덩잉차오 평전 2

鄧穎超評傳

The Critical Biography of Deng Ying-Chao

지은이 **진펑**(金鳳) 본명은 쟝리쥔(蔣勵君). 1928년 쟝쑤(江蘇) 성 이싱(宜興) 현에서 태어나 중화인민공화국 성립 이전 상하이(上海) 쟈오퉁(交通) 대학과 베이핑(北平) 칭화(淸華) 대학에서 수학하고 1947년 중국공산당에 입당한 후 해방구에서 활동하였으며, 『人民日報』의 유명 기자로서 '인민의 기자'로 평가받았다. 주요 작품으로는 『友誼的花朵』, 『時代的眼睛』, 『在中國大地上』, 『歷史的瞬間』, 『風起靑萍末』, 『鄧穎超傳』, 『偉人之初』 등이 있다. 이 가운데 『鄧穎超傳』은 國家圖書獎을 획득하였다.

옮긴이 **손승회**(孫承會) 1961년 서울에서 태어나 서울대학교 동양사학과를 졸업하고 동대학원에서 석·박사학위를 받았다. 현재 영남대학교 문과대 사학과 교수로 재직 중이다. 주요 논저로는 『近代中國의 土匪世界』, 『1920年代的中國』(공저), 『한중관계사상의 교통로와 거점』(공저), 「萬寶山事件과 中國共産黨」, 「중화인민공화국의 건립과 학습, 비평의 조직화」 등이 있고, 역서로는 『민족으로부터 역사를 구출하기-근대중국의 새로운 해석』(공역), 『인물과 근대중국-위기, 이탈, 회귀』 등이 있다.

덩잉차오 평전鄧穎超評傳 2

1판 1쇄 인쇄 2012년 2월 10일 1판 1쇄 발행 2012년 2월 20일

지은이 진펑 옮긴이 손승회 펴낸이 박성모 펴낸곳 소명출판
등록 제13-522호 주소 137-878 서울시 서초구 서초동 1621-18 (란빌딩 1층)
대표전화 (02) 585-7840 팩시밀리 (02) 585-7848
이메일 somyong@korea.com 홈페이지 www.somyong.co.kr

ISBN 978-89-5626-661-9 94820   값 31,000원, ⓒ 2012, 한국연구재단
ISBN 978-89-5626-659-6 (전 3권)

이 번역도서는 2008년도 정부재원(교육인적자원부 학술연구조성사업비)으로 한국연구재단의 지원에 의하여 연구되었음.

덩잉차오 평전 2

진펑 지음 | 손승회 옮김

鄧穎超評傳

소명출판

◆ 일러두기

1. 인명이나 지명은 외래어 표기법에 준하여 표기했다.
2. 독자의 이해를 돕기 위해 역주로써 옮긴이의 설명을 달았다.
3. 각주의 서지사항 가운데 논문은 번역하되, 서명은 그대로 두었다.
4. 가급적 쉬운 말로 번역하여 한문을 노출하지 않았다.
5. 명확히 중국공산당의 입장에서 사용된 표현들은 객관적·중립적인 것으로 바꿨다.

제7장 황토의 대지로 깊이 들어가 새로운 세계를 열다

제8장 여성해방을 위해 평생 그 뜻을 굽히지 않다

제9장 십년 세월을 침통한 마음으로 추도하는데, 송백(松柏)은 서리와 눈 속에서도 굴하지 않네

덩 잉 차 오 평 전 전 체 차 례

제7장 황토의 대지로 깊이 들어가 새로운 세계를 열다

(1945-1948)

65. 유일한 여성정치협상회의 위원

1945년 12월 16일, 덩잉차오는 저우언라이, 우위장(吳玉章), 예젠잉(葉劍英), 루딩이(陸定一)와 함께 국민당정부가 보낸 전용기를 타고 옌안을 떠나 총칭에 도착했다.

8년 항전의 과정에서 중국 인민은 막대한 대가를 지불하고 어렵게 승리를 획득했다. 전국 인민은 평화롭고 민주적으로 새로운 국가가 건설되기를 갈망하였다. 그러나 국민당에 의해 내전의 총성이 다시 울려 퍼졌다. 1945년 가을 마오쩌동, 저우언라이, 왕뤄페이(王若飛)는 총칭에서 담판을 빌여 국공 사이에 『쌍십회담기요(雙十會談紀要)』[1]를 체결하여 평화

---

1   역주: 항전 승리 후 중국의 분열을 원치 않던 미국의 대사 헐리의 중재로 1945년 8월 29일 마오쩌동이 총칭으로 와 쟝졔스와 담판하였다. 43일 간의 협상이 끝난 10월

건국의 방침을 확정지었다.

회담을 하면서 국공 양측은 별도로 정치협상회의를 개최하여 항전 이후의 국사에 대해 서로 협의하기로 동의하였다. 회의 대표는 국민당 8명, 공산당 7명, 청년당[2] 5명, 민주동맹 9명, 사회 저명인사 9명 등 총 38명이었다. 표면적으로는 국민당 대표가 단지 8명에 불과했지만 청년당과 사회 저명인사 가운데 적지 않은 인사들이 국민당 쪽에 가까웠다. 민주동맹은 기본적으로 공산당과 입장을 같이 했지만 둘을 합하더라도 겨우 16명에 불과하여 정치협상회의에서 소수에 지나지 않았다. 덩잉차오는 정치협상회의 가운데 유일한 여성대표였고, 중공대표단의 성원이었다. 그녀는 정치협상회의에 출석하여 회의가 나름의 성과를 획득할 수 있도록 힘껏 투쟁하였다. 그녀는 각계 인사와 폭넓게 접촉하여 민주통일전선을 확대하고 내전을 종식시켜 평화와 민주의 앞길을 열어나가고자 애썼다. 그녀는 더욱 적극적으로 국민당통치구의 여성운동을 조직하여 지도하는 한편 평화와 민주를 위한 전국 인민의 투쟁이라는 큰 물줄기 속으로 결집시켜 나가려고 노력하였다.

비행기가 천천히 내려오더니 충칭공항 내의 계류장에 멈추어 섰다. 1943년 6월에 그녀가 산성(山城) 충칭을 떠난 이래 2년 만의 일이었다.

그녀를 맞이한 중공남방국 여성조 부조장 장샤오메이는 지난 2년 동안 충칭을 중심으로 진행된 국민당통치구 내의 여성운동 상황에 대해 그녀에게 낱낱이 보고했다.

그녀들은 국민당의 억압 속에서 의연하게 많은 공작을 수행하였다. 특히 1945년 7월 15일, 일부 민주애국여성들은 중국여성연의회(聯誼會)를

10일 각 정당의 평등적 지위 인정, 정치협상회의의 소집, 군대의 국가화 등에 대한 합의가 이루어졌다.

2   역주: 최초 이름은 '중국국가주의청년단'이다. 1923년 쩡치(曾琦) 등이 발기. 1929년 '중국청년당'으로 개칭하고 지주, 자본가, 군벌, 정객, 지식인으로 구성되었다. 항일전쟁시기 일부가 일본에 투항했고 국공내전 시기 국민당정권에 협조하였다. 1949년 국민당을 따라 타이완으로 옮겼다.

발족시켰다. 주석은 리더취옌이었고, 이사에는 스량, 장샤오메이, 차오밍쥔, 후쯔잉(胡子嬰), 한유동(韓幽洞), 뤄수장(羅叔章), 두쥔휘(杜君慧), 니페이쥔(倪斐君), 루휘녠 등이 포함되었다. 그녀들은 『현대여성』, 『직업여성』 등의 여성잡지를 출간했고, 직장여성탁아소, 제약합작사 등을 운영하였다.

덩잉차오는 그간의 상황을 전해 듣고는 매우 기뻐하면서 곧장 긴장된 정치활동에 착수하였다.

총칭에 도착한 다음 날인 12월 17일에는 정치협상회의에 참석할 그녀를 비롯한 중공대표 저우언라이, 왕뤄페이, 우위장, 예젠잉, 루딩이 등은 편을 나눠서 정치협상대표 쑨커, 왕서제(王世杰), 사오리쯔(邵力子), 장란(張瀾) 등을 방문하고 의견을 교환하였다.[3]

12월 18일, 그녀는 저우언라이, 왕뤄페이 등 중공대표와 함께 중국과 외국기자를 상대로 한 대규모 기자회견을 열어, 언론계에 중공의 정치주장을 천명하고 해방구에 대한 국민당의 진공을 즉각 중지하라고 요구하였다.[4]

12월 20일 그녀는 강한 어조로 다음과 같은 기념의 글을 썼다. "나는 인민과 여성대중의 의견을 경청하여 인민과 여성의 이익을 위해 어떻게 분투해야 하는지 잘 알 수 있도록 하겠습니다." 22일 『신화일보』에 발표된 이 글에는 그녀가 기꺼이 인민의 공복이 되겠다는 고상한 인품과 정치적 이상이 담겨 있었는데, 총칭 각계 인사, 특히 여성계의 주목을 많이 받았다.

12월 23일에는 중국경제사업협진회(協進會)가 정치협상대표를 초대한 간담회에 그녀도 참석하였다. 그녀는 회의석상에서 다음과 같은 발언을 하였다; 『국공회담기요(國共會談紀要)』[5] 발표 후 중공은 적극적으로 약속을 이행했으나 국민당 측은 여전히 공산당에 대한 진공을 그치지 않았

---

3   총칭(重慶) 『신화일보(新華日報)』, 1945.12.18.
4   총칭 『신화일보』, 1945.12.19.
5   역주 : 바로 앞에 나오는 『쌍십회담기요(雙十會談紀要)』를 가리킨다.

으며, 해방구에서 철수하는 군대를 도중에 습격하는 등 상황이 여전히 심각하다. 하지만 그럼에도 불구하고 우리가 총칭으로 와 회의를 개최하는 것은 평화와 민주를 위해 분투하습격위함공회담기또한 전국 인민이 일치하여 평화와 민주를 위해 분투하고 있으며 정치협상회의가 성공할 수 있기를 바란다. 중국공산당은 반드시 전국 인민과 함께 평화와 민주의 실현을 위해 끝까지 투쟁할 것이다![6]

12월 28일 중국여성연의회는 신년 간담회를 열어 정치협상회의의 유일한 여성 대표인 덩잉차오를 환영하였다.[7] 덩잉차오는 장시간에 걸친 연설을 하였다. 그녀는 즉각 내전을 중지하고, 평화를 실현하며, 일당 전제를 종식하고, 민주 건국을 실행하는 것이 전국 인민의 이익과 세계 평화라는 목표에 이르는 길임을 강조하였다. 아울러 중공 측은 국민당에게 『국공회담기요』에 규정된 평화 건국의 약속을 지켜 즉각적이고 무조건적으로 내전을 종식시켜야 함을 정치 협상의 방식으로 해결하고자 하였다. 그러나 눈앞에 닥친 내전 상황은 매우 엄중하다.

그녀는 국민당이 적극적으로 내전을 전개하고 있던 지역을 상세하게 열거하면서 이미 국민당은 65여 개 군을 내전에 동원하였으며 이는 사람들에게 매우 심각한 우려를 자아내게 하고 있다고 설명하였다. 그녀는 연합정부 건립의 관건은 각 당파가 민주시정강령(民主施政綱領)을 공동으로 준수하는 데 있음을 강조하였다. 그리고 중공 측은 모든 세력과 대화할 준비가 되어 있으니 많은 의견을 제시해 주기를 희망하였다. 그리고 그녀는 중공 강령 가운데 여성권리와 아동복지와 관련된 부분에 대해 상세하게 소개하면서 여성들이 이와 관련된 의견을 더 많이 제출해 주기 바랐다.

1946년 1월 5일, 그녀는 청년당 정치협상회의 대표가 중공대표단을

---

6   총칭 『신화일보』, 1945.12.24.
7   총칭 『신화일보』, 1945.12.29.

초대해 개최한 만찬에 참석하여 정치협상회의와 관련된 문제에 대해 의견을 교환하였다.[8]

1월 8일 그녀는 우위장과 함께 중공대표단이 여성계인사를 초청한 회의에 출석하여 여성계 인사들과 원만한 정치협상회의 개최에 대해 충분히 의견을 교환하였다.[9]

1월 9일 그녀와 동비우, 예젠잉, 궈모뤄, 선쥔루(沈鈞儒), 사오리쯔, 장선푸(張申府), 뤄룽지(羅隆基)[10] 등은 정치협상 대표를 위한 중국여성연의회의 간담회에 출석하였다.[11]

리더취엔, 스량, 차오멍쥔 등은 즉각적인 내전 중지와 국가의 정치 민주화를 강력하게 주장하였고 인민과 여성에게 기본적인 권리를 부여해야 한다고 강조하였다. 뿐만 아니라 덩잉차오 중국의 여성이 국사에 관여하고 주인이 되어야 하며, 각당 각파가 민주정치를 실현하고자 한다면 억압 받고 있는 최대 다수 여성에 대해 반드시 주의를 기울여야 하며, 수많은 피억압여성이 진정으로 일어설 수 있어야 민주국가도 비로소 실현될 수 있음을 강조하였다. 그녀는 모든 의견을 정치협상회의에 반영할 수 있기를 희망하였고 여성자매들과 함께 공동으로 투쟁할 테니 모든 사람이 수시로 자신에게 가르침을 달라고 하였다.

그녀는 동시에 중공대표단 내부에서 다수의 중요한 토론에 참가하였으며 준비 활동을 전개하였다.

1946년 1월 10일 정치협상회의가 개막되던 날, 국공 양측은 마침내 충

---

8   충칭『신화일보』, 1946.1.6.
9   충칭『신화일보』, 1946.1.10.
10   역주: 1896-1965. 중국민주동맹의 창시자 중 한 사람. 1928년『신월(新月)』창간. 항일전쟁 기간과 이후 중국공산당과 적극적으로 협조. 1949년 9월 민맹 대표의 신분으로 중국인민정치협상회 제1차 전체 회의에 참석하여 신중국 건립에 큰 공헌을 함. 하지만 문혁 즈음에 우파분자로 낙인찍혔고 최종적으로 명예를 회복하지 못한 5명의 우파에 속하였다. 나머지 4명은 장바이쥔(章伯鈞), 펑원잉(彭文應), 추안핑(儲安平), 천런빙(陳仁炳)이다.
11   충칭『신화일보』, 1946.1.10.

돌을 중지하고 다시 교류하겠다는 명령과 성명에 서명했다. 전국의 인민은 매우 기뻐했다. 그들은 정치협상회의에 더욱 큰 희망을 걸었다.

이날, 덩잉차오는 저우언라이, 동비우, 왕루페이, 예졘잉, 우바오장, 루딩이 및 각 당파, 사회 저명인사 등 36명과 함께 총칭국민정부 강당에서 개최된 정치협상회의에 출석하였다. 이것은 중국정치사에 있어 각 당파가 공동으로 국사를 논의한, 유례가 없는 최고회의가 될 것이다.[12]

쟝졔스는 개막사 가운데 '4개 항의 약속'을 선포하였다; 첫째, 인민은 신체, 신앙, 언론, 출판, 집회, 결사의 자유를 가진다. 둘째, 각 정당은 합법적 지위를 가지며 법률적으로 모두 평등하다. 셋째 지방자치를 적극적으로 추진한다. 넷째, 정치범을 석방한다.

대회 의사일정에는 정부 개조, 시정 강령, 군사문제, 국민대회[13]문제, 헌법초안문제가 포함되었다.

회의에서 이루어진 격렬한 논쟁의 초점은 항전 승리 후 어떤 평화로운 방식으로 건국할 것이며 또 어떤 형태의 국가와 정부를 건립할 것인지에 모아졌다.

저우언라이, 덩잉차오 등 중공대표는 해방구 민주정권을 승인하고 거기에서 다른 지방으로 확대하여 중국의 정치개혁을 실현하자고 주장하였다. 민사당(民社黨)[14]의 대표 장쥔마이(張君勱)[15]는 대의제, 내각제를 갖

---

12   총칭 『신화일보』, 1946.1.11일자에 장문의 관련 보도가 게재되어 있다.

13   역주: 쑨원은 중화민국의 헌법을 구상하면서 권력을 정권(政權), 치권(治權)으로 나눠 행사한다고 명시하면서 치권은 5원(행정원, 입법원, 사법원, 감찰원, 고시원)이 행사하고 영토 주권, 헌법 개정 등에 해당하는 정권은 국민대회가 행사한다고 하였다. 따라서 국민대회는 헌법상 5원 위에 놓이면서 최고의 중앙정부기구가 된다.

14   역주: 중국국가사회당이 그 전신. 1941년 국가사회당은 청년당, 중화민족해방행동위원회, 구국회, 중화직업교육사 등과 함께 중국민주단동맹을 구성하여 국민당에 대항하였다. 2차대전 이후 중국국가사회당은 민맹을 탈퇴하고 량치차오(梁啓超) 계통의 민주헌정당과 합병하여 1946년 8월 15일 중국민주사회당을 결성, 1947년 장쥔마이를 주석으로 삼아 제헌국민대회에 참여하였다. 이에 장동쑨(張東蓀)은 장쥔마이와 결별한 후 별도로 중국민사회당혁신파를 결성 국민정부와 대항하였다.

춘 부르주아계급공화국 방안을 계획하였다. 국민당 대표는 대지주·대부르주아계급 독재 및 개인 독재의 정치제도를 고집했기 때문에 부르주아계급공화국 방안도 거절했다. 그들은 "군대 국가화"를 수립한 후 "정치 민주화"는 추후에 달성해야 한다는 속임수를 쓰며 공산당에게 군대와 해방구를 포기하도록 종용하였다. 그리고 그들이 실행하려고 준비하고 있는 소위 '민주'라는 것은 국민당 정부를 확대하고 기타 당파 가운데 몇몇을 흡수하여 정부 관리로 임명하는 것에 불과했다. 중국공산당 대표는 당연히 이에 반대하였고, 민주동맹의 대부분 대표들도 역시 찬성하지 않았다.

회의가 진행되는 동안 국민당 측은 필사적으로 청년당 대표 및 장쥔메이 등 일부 저명인사들을 끌어들여 중국공산당을 고립시키려 하였다. 저우언라이, 동비우, 덩잉차오 등 중공대표는 민주동맹을 비롯한 기타 당파와 저명인사 등과 많은 교섭을 하여 중요한 일이 생기면 바로 그들과 협상함으로써 진보인사를 단결시키고 중간인사를 포섭하여 국민당 수구파를 고립시키는 데에 주력하였다. 중국민주동맹대표와 일부 사회 저명인사들은 평화와 민주에 대한 주장을 견지하면서 기본적으로는 중국공산당 대표와 일치된 입장을 보였다. 이로써 공산당은 중공 대표를 고립시키려는 국민당의 음모를 좌절시켰고 국민당 이외의 대다수 대표를 광범하게 포섭함으로써 정치협상회의는 일정한 성과를 거둘 수 있게 되었다.

1월 12일 덩잉차오는 정치협상회의 제3차 회의에 출석하였다. 회의에서는 군사조사단을 조직하여 정전협정이 제대로 실행되고 있는지를 시찰 감독하기로 결정하였다. 군사조사단 인선에 대한 토론을 할 때 덩잉

---

15   역주: 1887-1969. 일본, 독일, 영국에서 유학한 후 각 대학의 교수 등을 역임하였고 베르그송 철학의 소개자이며 헌법학자로도 알려졌다. 준일전쟁 중 국가사회주의파의 영수로서 국민참정회 참정원이 되었으며 반공활동으로 쟝졔스 정권에 협력하였다.

차오는 여성들의 폭넓은 요구를 반영하여 조사단에 마땅히 여성이 참가하여야 한다고 주장하였다. 협상을 통해 군사조사단 8명 가운데 여성대표 리더취엔을 포함시키기로 결정하였다.[16]

1월 13일 그녀는 민주동맹여성위원회가 각계 여성을 초대해 개최한 간담회에 참석하였다.[17] 그녀는 회의에서 정치협상회의 상황에 대해 소개하고 섬감녕변구정부의 민주정치 활동 상황 및 변구여성이 누리고 있는 민주자유 권리에 대해 알렸다. 회의가 끝날 때 리더취엔이 달려와 그녀의 손을 꽉 잡고 흥분한 어조로 말했다.

"덩 여사, 군사조사단에 우리 여성이 참가할 수 있는 기회를 확보하는 데 힘써 주어 고맙습니다."

덩잉차오는 열정적으로 대답했다.

"더취엔 다제, 가는 길에 반드시 고통이 따를 것입니다. 부디 몸조심하시기 바랍니다. 우리 모두는 당신이 반드시 공정한 판단을 할 것이라 믿고 또 지지합니다."

1월 15일, 덩잉차오는 정치협상회의 제5차 회의에 참가하여, 대표들과 함께 공동 시정 강령 문제에 대해 토론하였다.[18]

1월 16일, 저우언라이, 동비우, 덩잉차오 등 중공대표는 그들이 함께 치밀하게 준비한 『화평건국강령초안(和平建國綱領草案)』을 제출하였다.

1월 17일, 덩잉차오는 정치협상회의 제7차 회의에 출석하여 국민대회 문제에 대해 토론하였다. 그녀는 정치협상회의에서 국민대회조에 참가하여 청년당 대표 쩡치(曾琦)[19]와 함께 이 조의 소집인을 맡았다. 그녀는

---

16   총칭 『신화일보』, 1943.1.13.
17   총칭 『신화일보』, 1943.1.14.
18   총칭 『신화일보』, 1943.1.16.
19   역주: 1892-1951. 1923년 프랑스에서 중국청년당을 조직. 귀국 후 상하이에서 『성사(醒獅)』를 창간하여 국가주의를 선전하고 국공합작에 반대하였다. 1938년 국민참정회가 구성될 때 청년당 주석으로 국공합작에 반대하고 쟝졔스에게 공산당 탄압을 주장하였다.

중공대표단을 대표하여 그들에게 국민대회에 대한 의견을 피력하고 국민대회 신선거법을 협상 제정하자고 제안하고, 신선거법에 근거하여 보통선거를 실시하자고 주장했다.[20]

국민당 대표는 각 당파에게 10년 전에 국민당이 독자적으로 제정한 국민대회 『선거법』과 『조직법』 및 그것에 근거하여 선출된 900여 명의 소위 '국민대표'를 인정하라고 무리하게 계속 요구하였다.

덩잉차오는 현장에서 이를 강력하게 반대하였다. 그녀는 회의 자료로 인쇄된 국민당 독단의 『선거법』과 『조직법』을 치켜들어 손으로 가리키며 말했다. "이것은 10년 전에 제정된 것으로 대표 역시 10년 전에 선출되었으니 현재 상황과는 너무 동떨어져 있습니다." 그는 『선거법』과 『조직법』의 많은 조문들을 일일이 반박하며 "민주적인 원칙에 부합되지 않는다"고 지적하였다. 특히 『선거법』 가운데 국민당중앙집행위원, 감찰위원, 후보집행위원, 후보감찰위원 등을 모두 당연직 대표로 지정함으로써 그 수가 460여 명에 이르도록 규정한 것은 "세계 어느 선거에서도 유례를 찾을 수 없는 일"임을 강조하였다. 그녀는 "저들은 모두 국민당에 의해 선출되었지 인민에 의해 선출된 것은 아니다"라고 항변했다.

또한 덩잉차오는 『선거법』 제3조의 규정에 따르면 인민이 공민선서를 해야만 비로소 선거권을 가질 수 있도록 규정했는데 이는 인민의 선거권을 제한하는 조치임을 지적했다. 그녀는 곧장 '공민맹세'를 큰 소리로 낭독한 뒤 웃으며 말했다. "여기에 함께 한 여러분들 대부분은 이 공민맹세를 대중 앞에서 낭독하지 않았지요? 맹세를 하지 않은 사람은 공민의 자격조차 없고 자연히 선거권도 없습니다. 또한 맹세의 내용이 인민이 선거권을 획득하기 이전에 사상의 자유를 제한하는 것입니다."

그녀는 또한 『선거법』 제4조 중에 "국민정부에 배반한 죄를 저지르고 그 형이 확정되거나 지명수배 중인 자는 선거권을 가질 수 없다"라는 규

---

20   총칭 『신화일보』, 1946.1.18.

정을 거론하면서, 그것 또한 10년 전 중국공산당을 반대하기 위한 조문으로 이제는 분명히 시대착오적인 것임을 지적하였다.

덩잉차오의 결론은 지금의 국민대회 대표가 매우 제한된 범주 안에서 선출되어 수많은 인민이 선거에서 배제되었다는 것이었다. 따라서 마땅히 대표는 새롭게 선출되어야 했고, 민주적인 원칙에 맞지 않는 『선거법』과 『조직법』도 역시 수정되어야 했다.

당시 『대공보(大公報)』는 덩잉차오의 이 발언에 대해 생생하게 보도했다. 기사 마지막에는 공산당의 이 유명한 여장부가 언변이 뛰어나다는 사실은 모두 알고 있었지만 이만큼 법리에 정통한 줄은 아무도 예상하지 못했다고 썼다. 반박하기 어려울 만큼 그녀의 발언은 근거가 충분했고 이치에 합당하였기 때문에 국민당의 법학전문가들까지 말문이 막혀 아연실색할 수밖에 없었다.

그러나 다른 사람들은 공산당 측에도 동비우, 우위장, 장유위(張友漁), 한유통(韓幽桐)처럼 법학에 정통한 전문가들이 있어 그녀를 도왔다는 사실은 알지 못했다. 공산당은 진리에 의거하고 나아가 집단적인 지혜에 의존했기 때문에 승리하지 않을 수 없었고, 공격 또한 예리하여 적이 당해낼 수 없었던 것이었다!

1월 23일 덩잉차오는 쟝졔스가 정치협상회의 대표를 위해 베푼 연회에 참석하였다. 쟝졔스는 겉으로는 예의를 갖추었으나 뒤로는 칼을 쓱쓱 갈고 있었다.[21]

1월 29일, 그녀는 동비우와 함께 중국공업합작사가 주최한 정치협상회의 대표와 언론계 인사를 위한 초청회에 참석하였다.[22]

중공대표단의 각고의 노력과 국민당 대표 중 사오리쯔처럼 분별력이 있는 인사까지 포함한 중간당파와의 합작을 통하여 정치협상회의는 어느 정도 가시적 성과를 거두었다.

---

21   충칭 『신화일보』, 1946.1.24.
22   충칭 『신화일보』, 1946.1.30.

1월 31일, 저우언라이, 동비우, 덩잉차오 등 중공대표는 정치협상회의 폐막회의에 출석하였다.[23]

회의에서는 다음과 같은 5개항의 합의안을 만장일치로 통과시켰다; 첫째, 국민당이 독점하고 있는 국민정부를 개편하여 각 당파의 인사를 두루 참가시킨다. 둘째, 각 당파, 사회 저명인사, 각 지구의 대표가 참가하는 국민대회를 개최하여 민주헌법을 제정한다. 셋째, 평화건국강령을 제정한다. 넷째, 민주적인 원칙에 근거하여 공평하고 합리적으로 전국의 군대를 정리한다. 다섯째, 헌법 초안 개정 원칙을 통해, 1936년 5월 5일 국민당이 독단적으로 제정한 헌법 초안의 중요 부분을 원칙적으로 개정하여 국회제, 내각제, 지방자치의 근본 원칙을 확정한다.

2월 1일, 저우언라이, 덩잉차오 등 중공대표단은 종산루(中山路) 사무소에서 내외 기자회견을 성대히 거행하여, 이번의 정치협상회의의 성공은 항전 승리 이후 중국 정치에 있어서는 획기적인 사건이라고 기자들에게 설명하였다. 비록 그 결의 내용이 중국공산당의 신민주주의 강령과는 아직 큰 차이가 있긴 하지만, 만약 정치협상회의의 합의 사항 비준대로 실행되기로 한다면 장차 평화적이고 민주적인 중국 건설의 새로운 시대가 열릴 것이었다.[24]

2월 3일 덩잉차오는 『현대여성』 잡지사가 여성계 인사를 초대해 개최한 간담회에 참석하였다. 그녀는 자매들을 향해 정치협상회의의 성과와 결의를 실천하는 것이 쉽지 않음에 대해 보고하고 수많은 여성을 동원하여 민주건설에 참가시켜야 한다는 새로운 과제가 주워졌음에 대해 열심히 설명하였다. 그녀는 여성사업의 궁극적 목표가 평화적이고 민주적인 신중국 건설에 있으며 각 여성단체는 항전시기의 활동 경험을 진지하게 정리, 종합하여 수많은 여성이 신중국의 진정한 주인이 될 수 있도

---

23   총칭 『신화일보』, 1946.2.1.
24   총칭 『신화일보』, 1946.2.4.

록 노력해 줄 것을 희망하였다.

중국공산당과 전인민은 정치협상회의의 성공에 기뻐하며 그 결의를 실천하기 위해 노력하였다. 그러나 바로 그때 쟝졔스는 이미 다른 계산을 하고 있었다. 그는 내전과 독재를 지속하겠다는 방침을 세우고 정전협정과 정치협상회의 결의를 하나하나 훼손시켜 나갔다.

1월 31일, 즉 정치협상회의 폐막 당일 오후 국민당 중앙회의에서 일부 골수분자들은 대성통곡을 하며 정치협상회의에서 결의한 내용에 대해 제멋대로 공격하고 국민당 전제통치의 뿌리를 흔들게 될 헌법 초안에 대해 집중적으로 공격했다. 그들의 소요사태를 접한 쟝졔스는 자신도 헌법 초안에 대해 불만이 있으나 사태가 이미 여기까지 왔으니 번복할 도리가 없다면서 잠시 통과시키고 향후 다시 논의하자고 최종적으로 말했다.

2월 10일 오전, 충칭의 각 군중단체 1만여 명이 쟈오창커우(較場口)에서 정치협상회의 승리를 경축하는 대회를 개최하였다. 대회 도중 갑자기 사방에서 소리를 지르며 국민당 특무대가 난입하여 단상의 주석단 궈모루, 리공푸(李公樸)[25], 마인추, 스프량(施復亮) 등을 구타하고 취재를 하던 기자 4명까지 두들겨 팼다. 또한 단상 아래에 있던 군중 가운데 60여 명도 구타를 당했다. 이것이 유명한 '쟈오창커우 참안(慘案)'이었다.[26]

저우언라이, 덩잉차오, 루딩이 그리고 막 감옥에서 석방된 랴오청즈(廖承志) 등은 바로 병원으로 달려가 부상당한 민주인사들을 위로하고 쟝졔스에게 연명으로 편지를 써 엄중하게 항의하였다.

2월 하순, 국민당은 또한 반소반공(反蘇反共) 시위를 기획하였다. 특무대의 앞잡이들은 『신화일보』와 민주동맹 기관지 『민주보』 영업부를 파괴하고 여러 명에게 부상을 입혔다. 중공대표단은 재차 엄중하게 항의하

---

25   역주: 1901-1946. 공산당과 독자적인 입장에서 구국회운동을 조직하였으며 중일전쟁에는 민주동맹 결성에 참가 이른바 제3세력의 저명한 정치가로 활약하였다. 전후 쿤밍에서 국민당의 특무대에 의해 암살당했다.

26   충칭 『신화일보』, 『대공보(大公報)』, 1946.2.11.

여 범인을 조사하고 특무조직을 해산하며 손실을 배상하고 유사한 사건
이 재발하지 않도록 보증하라고 요구하였다.

이처럼 상황은 복잡했고 평화와 민주를 쟁취하는 길은 험난했으며 중
국인민은 다시 한 번 어렵고도 고통스런 투쟁을 해야 했다. 덩잉차오 역
시 동지들과 함께 전투를 계속해 나가겠다고 결심하였다.

66. 복잡하고 교묘한 투쟁

이와 같이 첨예하고도 복잡하게 대립하던 정치상황 속에서 항전 승리
후 첫 번째로 맞이하는 '3·8'절은 빨리 다가왔다.

2월 11일 덩잉차오와 남방국 여성조의 주도 아래 총칭 28개 여성단체
는 연석회의를 개최하여 '3·8'절 기념일을 준비하였다. 덩잉차오는 리
더취옌, 류칭양(劉淸揚) 등과 함께 이 회의에 출석하였다. 덩잉차오는 발
언을 통해, 각 여성단체는 민주적인 원칙에 더욱 충실하고 여성의 역량
을 강화시켜 그들로 하여금 새로운 역사시기에 신중국의 주인으로서의
지위를 확보해야 한다고 하였다. 회의에서는 '3·8'절의 중심구호를 "평
화·민주 쟁취"로 확정하고 준비위원회 조직을 결성하였다.[27]

준비위원회는 5차례의 회의를 개최하였는데, 선전 강령과 대회 구호,
주석단 인선 등을 확정할 때에는 치열하게 논쟁하기도 했다. 덩잉차오는
직접 선전조에 출석하여 토론을 통해 정치협상회의 실시, 평화 민주 쟁
취, 여성대표의 합리적 선출 등의 대회 구호를 통과시키고 과거 쟝 위원
장을 옹호하던 진부한 구호를 폐지시켰으며 아울러 준비위원회가 통일

27　『中共南方局黨史資料』에 수록된 南方局婦女組編寫, 「1946년 '3·8'절의 투쟁」 참조.

적으로 ‘3·8’절 구호를 반포할 것을 규정하였다. 이것은 선전 방면에서 기선을 제압하는 것으로 초보적인 승리를 취득한 것이었다.

국민당 측은 결코 만족하지 않았다. 제5차 준비위원회 회의가 개최되었을 때 이전에 여성운동을 해본 적이 없던 많은 ‘대표’들이 갑자기 나타나 대회주석단 선거에 참가하였다. 주석단은 지명 20명, 선출 15명으로 구성되었다. 진보여성계 대표들은 성실하게 15명을 선택하였다. 국민당이 동원한 많은 사람들은 고의로 혼란을 야기했고 단지 한두 명의 자기사람을 집중적으로 담합하여 지명하였다. 그 결과 중공과 민주동맹의 후보들은 모두 대회주석단에 진입할 수 없었다. 회의에 참석한 대부분의 여성대표들은 불만스러웠다. 회의를 주재한 ‘신운부지회’ 총간사 장아이전(張藹眞) 역시 불만스러워 재선거 실시를 제안하였다. 어떤 사람은 중공과 민주동맹 대표가 반드시 주석단에 포함되어야 한다고 분명하게 주장하였다.

하지만 덩잉차오는 이것이 별 문제가 되지 않는다고 담담하게 천명하였다. 자신들은 단지 일을 요구할 뿐이지 주석단에 들어갈지 말지에 대해서는 생각해본 적이 없다고 하였다.

이렇듯 덩잉차오가 대국을 고려하는 정치가의 풍모를 보여주자 다른 여성대표들은 감탄하며 지지를 보냈다. 국민당 대표 역시 투표 결과에 대해 유감스럽게 생각한다고 하면서 섬감녕변구 대표가 단지 1표가 부족하니 대회주석단에 포함시키자고 가식적으로 말했다. 덩잉차오는 “필요 없습니다. 우리가 모두 함께 일을 할 수 있다면 주석단에 반드시 들어갈 필요는 없습니다”라고 대답하였다.

덩잉차오는 일정한 양보를 통해 원칙적 측면에서의 승리를 획득하였다. 그녀는 주석단 지위라는 작은 문제에 집착하기보다는 ‘3·8’절 대회에서 통과시킬 결의와 구호에 대해 더욱 관심을 쏟았다. 그녀는 주석단 문제에서 양보하였기 때문에 국민당 대표는 매우 낭패하였고 감히 이후 다시 혼란을 일으키지 못했다. 반대로 준비위원회는 그녀와 남방국 여성조 그리고 일부 민주여성들이 미리 마련한 대회 선전 대강과 구호를 순조롭게 통과시키고, 쏭메이링이 개회사를, 덩잉차오, 리더취옌, 류헝징(劉衡靜)이 중국여성 대표 연설을 맡는다는 대회일정을 통과시키도록 도움을 주었다. 실제적으로 덩잉차오는 주석단에 비해 더욱 중요한 역할인 대회연설을 맡게 되었다. 1946년 3월 8일 총칭 각계 여성 5천여 명은 촨동스판(川東師範) 체육관에서 항전 승리 후 첫 번째 맞는 '3ㆍ8'절 기념대회를 성대하게 거행하였다. 50여 개의 여성단체가 대회에 참여하였고 소련, 미국, 영국, 프랑스 대사 부인 역시 초청을 받고 대회에 참석하였다.[28]

대회 주석 쏭메이링이 개회사를 하였다. 회의 전, 그녀는 특별히 류헝징에게 회의장의 질서를 유지하며 회의를 교란시키는 사람이 없도록 부탁하였다. 리더취옌과 류헝징이 발언한 후 회색 트위드 천으로 만든 치파오를 입은 덩잉차오가 연설하였다. 그녀는 전국 여성이 단결하여 어려움을 두려워 말고 평화를 공고히 하며 정치협상회의의 결의를 분명히 관철하고 여성의 권리를 쟁취하기 위해 투쟁하라고 호소하였다.

소련, 미국, 영국, 프랑스 대사 부인 역시 치사를 통해 전 세계 여성이 단결하여 세계평화를 지키기 위해 분투하자고 호소하였다.

대회는 "전국의 역량을 모아서 민주 신중국을 건설하자"라는 선언을 통과시켰고 그 안에 세계와 중국의 평화를 공고히 하고, 민주 신중국 건설에 참가하며, 여성의 권리를 쟁취하고, 각 여성단체가 확실하게 단결 협력하자는 내용을 포함시켰다. 이는 기본적으로 남방국 여성조의 구상에 부합하는 것이었다.

총칭지하당은 대회의 순조로운 진행과 덩잉차오 및 민주여성들의 안전을 위해 위차이(育才)고등학교 여학생들로 구성된 조직으로 하여금 주석단에 머물며 대회장의 질서를 유지하도록 하였다. 비록 일부 정체불명의 사람들이 회의장 주변을 어슬렁거렸지만, 쏭메이링과 각국 대사 부인이

입장하자 그들도 감히 도발할 수 없었다. 회의장의 질서는 매우 좋았다.

이번 '3·8'기념대회는 국민당이 고의적으로 정치협상회의 결의를 파괴하고, '쟈오창커우 참안', '반소·반공시위', 『신화일보』 영업소 훼손 사건이 잇달아 발생하는 등 험악한 분위기 속에서 개최되었다. 특히 중공 남방국의 적절한 지도 덕분에 덩잉차오는 교묘히 투쟁 책략을 펼치고, 진보 역량에 의지하여 중간인사를 포섭하고, 수구파의 공세를 분쇄하여 완화시켰기 때문에, 결국 대규모의 기념 활동을 성공적으로 진행할 수 있었으며 아울러 이로 인해 수많은 여성들은 평화와 민주를 쟁취할 수 있다는 새로운 희망을 갖게 되었다.

67. '4·8'열사에 대한 침통한 애도

정치협상회의에서 쟝제스는 직접 자신의 입으로 정치범을 석방하겠다고 대답했다. 저우언라이와 덩잉차오는 시안사변 후 구금된 쟝쉐량, 양후청 장군과 환난사변 이후 구금된 예팅, 랴오청즈(廖承志) 및 기타 중공당원과 진보인사들의 즉시 석방할 것을 요구하였다.

그들은 여러 차례 교섭하였다. 쟝제스는 시안사변에 대해 매우 분개하며 쟝쉐량과 양후청 두 장군의 석방을 강하게 반대하였다. 하지만 정치적 압박에 밀려 1946년 1월 랴오청즈를 석방하였고, 3월 다시 예팅을 석방하였다. 예팅 부인 리슈원(李秀文)은 막내아들을 데리고 광동에서 총칭으로 서둘러 왔다.

덩잉차오는 그들을 보고 무척 기뻐했다. 일찍이 1925년 광저우에서 활동할 때부터 그녀는 예팅을 알았고, 1926년 그녀는 그의 아름답고 단아한 부인 리슈원을 알게 되었다.

국민혁명이 실패한 후 덩잉차오는 그들과 몇 년 동안 헤어져야 했다. 항일전이 시작된 이후 덩잉차오는 우한, 총칭에서 예팅을 몇 차례 만났다. 그러다 '환난사변'이 발생하여 예팅이 수감되자 그녀는 매우 우울해하였다.

예팅이 먼저 쟝시 상라오(上饒)에 수감되었고 이어 1943년 후난 헝양(衡陽)으로 이감되었으며 다시 후베이 언스(恩施)로 옮겨졌다. 그에게는 모두 아홉 명의 아이가 있었다. 세 아이는 아버지를 따라 후베이 언스로 옮겨 온 뒤 그곳에서 학교를 다녔다.

1945년 9월 초, 두 대의 트럭에 나눠 탄 2개 반의 특무대가 예팅과 세 아이를 후베이 언스에서 쓰촨 완(萬) 현으로 압송하였고 다시 완현에서 총칭으로 옮겼다. 그들은 강 선착장 부근의 작은 여관에 머물렀다.

예팅은 저우언라이에게 보내는 편지를 아이들에게 건네며 쩡쟈옌 50호로 그를 찾아가라고 했다.

세 아이는 예팅을 감시하던 특무대가 부주의한 틈을 타 몰래 여관을 빠져 나갔다. 그들은 인력거에 올라타고 바로 쩡쟈옌 50호로 향했다. 저우언라이는 그들을 보자 매우 기뻤다. 급히 아이들에게 아버지가 어디에 계시냐고 물었다. 아이들은 자기들이 안내할 수 있다고 대답했다. 저우언라이는 즉시 아이들과 함께 차를 타고 선착장으로 가보았으나 예팅은 이미 다시 다른 곳으로 이송되고 거기에 없었다.

저우언라이는 세 아이를 홍옌(紅巖) 사무소에 머물게 하고 항상 그들과 함께 식사를 하였으며 사람들을 시켜 아이들의 공부를 돕도록 했다.

예팅의 두 아들의 본명은 푸린(福麟), 푸헝(福恒)이었다. 저우언라이는 "너의 이름이 너무 진부하니 바꾸자"고 하였다. 그는 그들의 이름을 바꾸어 정밍(正明), 화밍(華明)이라 하였다. 그리고 양메이(揚眉)는 좋은 이름이니 바꿀 필요가 없다고 하였다. 그는 천진난만하고 활달한 양메이를 무척 좋아하여 그녀와 랴오멍싱(廖夢醒 : 랴오칭즈의 누나)의 딸 리메이(李眉)를 안고 웃으면서 두 메이 모두 자기 딸이 되어 달라고 했다. 이후 양메이와 리메이는 저우언라이를 양아버지, 덩잉차오를 양어머니라고 불렀다.

1945년 11월 세 아이도 동지들을 따라 옌안으로 왔다.

덩잉차오는 즉시 그들을 자기와 저우언라이가 머물던 토굴에서 맞이하였다.

덩잉차오는 아이들과 한 마디씩 주고받으며 그들이 충칭에서 옌안까지 오게 된 경과에 대해 듣고서는 그들을 품에 끌어안으며 말했다.

"얘들아, 정말 고생이 많았구나. 너희가 위험에서 벗어날 수 있게 되어 너무 잘 됐다. 너희 아버지는 1941년에 수감된 후 1942년에는 매우 유명한 죄수의 노래를 지어 너희 어머니를 통해 귀모둬 큰아버지께 전해주셨단다. 나와 너희 저우 큰아버지는 모두 그것을 외울 수 있단다."

총명한 양메이는 바로 대답했다. "양어머니, 저도 외울 수 있어요 제가 할 수 있는지 없는지 한 번 봐주세요."

양메이는 동굴 정중앙으로 용감하게 나서며 눈썹을 치켜 올리고 섰다.[29] 맑고 깨끗한 아이의 목소리가 동굴 속에 울려 퍼졌다.

> "사람들이 드나드는 문은 굳게 잠겨 있지만,
> 개가 기어올라 나가는 구멍은 활짝 열려 있네.
> 큰 소리 울려 퍼진다. '올라와라, 네게 자유를 주리라!'
> 나 자유를 갈망하나, 확실히 알고 있다.
> 사람이 몸으로 어찌 개구멍으로 기어오를 수 있을까?
> 나는 그날이 오기를 기다리네.
> 지하의 불꽃이 피어올라
> 이 관과 나를 모두 불사르리라!
> 나는 뜨거운 불과 뜨거운 피 속에서,
> 영생을 얻으리라!"

---

[29] 역주 : 원문엔 "揚着眉"로 되어 있는데 그녀의 이름 '양메이(揚眉)'를 비유한 것으로 보인다.

양메이는 자기 아버지의 시를 끝까지 외웠다. 토굴 안의 분위기는 얼어붙은 듯이 일시에 숙연해졌다. 잠시 후 덩잉차오는 다시 한 번 양메이를 꼭 껴안고 광동어로 그녀에게 말했다.

"양메이, 한 자도 틀리지 않고 외웠구나. 네 아버지는 얼마 있지 않아 반드시 너희와 만나게 될 것이다."

12월 16일 덩잉차오는 저우언라이와 함께 총칭으로 가 정치협상회의에 참가하였다. 세 아이는 옌안에서 학교를 다녔다. 주더와 캉커칭(康克淸)이 그들의 학습과 생활을 돌봐주었다.

1946년 1월 30일, 양메이는 저우언라이를 따라 총칭으로 와서 그녀의 아버지와 어머니를 기다렸다. 3월 4일, 예팅이 석방되어 부인과 양메이 그리고 어린 아들을 만났다. 광동에 아이들이 있었고, 옌안에도 두 아들이 있었기 때문에 여전히 가족은 뿔뿔이 흩어져 있는 상태였다. 그는 국가의 일이 중요하다고 여겼기 때문에 상황이 어느 정도 안정된 이후라야 모든 가족이 함께 모여 살 수 있을 것이라 생각했다.

정치 정세는 여전히 살벌했다. 쟝졔스는 정치협상결의와 정전협정을 무시하기로 결심하고 미국의 힘을 빌려 전면적인 내전으로 돌입하기 위해 박차를 가했다.

1946년 4월 8일 딸 양메이, 막내아들과 함께 한 예팅 부부는 당중앙에 국공 담판과 정치협상회의 이후 상황을 보고하기 위해 옌안으로 돌아가는 왕뤄페이(王若飛), 친방셴(秦邦憲), 덩파(鄧發) 등과 함께 미국 군용기 편으로 출발했다. 급격한 날씨 변화 때문에 비행기는 불행하게도 산시(山西) 싱(興) 현 헤이투(黑茶)산에서 추락하였고 탑승자 전원이 사망하였다. 덩잉차오는 이 흉보를 듣고 너무도 놀랐고 또 비통했다.

1946년 4월 19일, 총칭 각계는 성대한 '4·8'열사 추도회를 개최하였다. 추도회에 참가한 각계 인사는 6천여 명에 달했다. 저명한 민주인사 장란(張瀾)이 제사를 주관했고, 저우언라이가 열사의 생애에 대해 보고했으며, 쑨커, 뤄룽지(羅隆基), 왕윈우(王雲五) 등이 모두 추도사를 하였다.[30]

이날 덩잉차오는 『신화일보』에 그녀의 추도사를 발표하였다.

"저는 비통한 마음으로 뤄페이, 방셴, 예팅, 덩파 등 여러 동지와 황치성(黃齊生) 선생(왕뤄페이의 외삼촌) 및 예팅 부인 그리고 양메이 등의 죽음에 대해 눈물로써 애도를 표하는 바입니다."

"그들의 희생은 우리 당과 중국인민 해방사업에 엄청난 손실입니다!"

"그들의 희생은 전적으로 중국 파시스트 반동파가 정치협상회의 결의를 파괴하여 중국과 평화운동을 심대한 좌절의 위기에 빠뜨렸기 때문에 일어난 것입니다!"

"돌아가신 분들을 위해 당의 모든 동지와 중국인민은 더욱 긴밀하게 단결해야만 합니다! 그들의 용맹 분투의 정신을 배우며, 그들의 결연한 혁명정신을 배우고, 인민의 이익을 끊임없이 보위하려는 그들의 불굴의 정신을 배워 더욱 열심히 사업을 전개해야 합니다! 또한 중국인민의 이익을 위하고 중국의 민주주의 실현을 쟁취하기 위해, 정치협상회의 결의를 실현하기 위해 끝까지 분투해야 합니다! 중국의 반인민·반민주 파시스트들을 결연하게 쳐부수어야 합니다!"

"'4·8' 순국열사의 정신은 영원할 것입니다!"

덩잉차오는 열사의 혁명정신을 계승하여 복잡하고 살벌한 정세 하에서 용감하고 강인하게 분투 정진해나갈 것이라 다짐하였다!

68. 국제여성회의 참가를 위한 복잡한 투쟁

1946년 5월 3일 덩잉차오는 저우언라이, 루딩이, 랴오청즈 등과 함께

30　총칭 『신화일보』, 1946.4.20.

중국의 내전을 조정하러 온 미국의 마샬 장군[31]이 제공한 전용기를 타고 총칭에서 난징으로 직행하였다. 국민쨍국의부는 이미 난징으로 환도하였기 때문에 국공 담판의 중심은 난징으로 옮아갔다.

강남은 날씨는 이미 늦봄이었다. 스터우청(石頭城)의 복숭아는 붉었고 버드나무는 푸르렀으며 안개비가 뿌옇게 내렸다. 국민당 정부는 중공 대표단에게 메이위엔신춘(梅園新村) 17호와 30호 두 집을 마련해 주었고, 중공 대표단은 다시 35호의 집을 구입하였다.

덩잉차오와 저우언라이는 메이위엔신춘 30호에 거주했다. 그곳은 조그마한 정원이 있는 2층짜리 작은 집이었다. 정원에는 꽃과 나무가 무성했고 석류, 해당화, 새양나무, 장미, 포도, 측백나무 등이 있었다. 마침 석류가 불처럼 붉은 꽃을 만개했고, 해당화, 장미 역시 요염한 자태를 뽐내고 있었다. 층계를 올라가 작은 집에 들어서면 좌측엔 접견실이 있었고 그 안에 소파와 아담한 둥근 탁자가 놓여 있었다. 식당은 접견실 안쪽에 있었다. 접견실 맞은편은 저우언라이와 덩잉차오의 사무실로서, 두 개의 사무용 탁자가 서로 마주보며 놓여 있었고, 두 개의 의자와 책장, 옷장이 있었다. 사무실 안쪽엔 덩잉차오와 저우언라이의 침실이 있었다. 창문을 향해 두 개의 일인용 나무침상이 있었고 그 위에 흰색 침대시트와 얇은 면으로 된 침대보가 있었다. 두 침대 사이에는 작고 낮은 옷장이 놓여 있었다. 오두궤(五斗櫃)[32] 위에는 저우언라이의 오래된 가죽 상자가 있었다. 그것은 1936년 옌안에서 시안으로 갈 때 당중앙이 그에게 문건 보관용으로 제공한 것이었다. 그는 그것을 계속해서 지니고 다녔고, 우한에서 총칭으로 그리고 다시 난징까지 가지고 왔다. 작은 방 안에는 다른

---

31   역주: 1880-1959. 미국의 군인. 오성장군의 명예를 지닌 유명장군으로 1945년 11월 26일 65세의 나이로 퇴직. 바로 투르만 대통령의 요청에 따라 국공충돌을 막기 위해 중국에 파견되었다. 조정 실패 후 1946년 11월 국무장관에 임명되어 유럽 부흥을 유한 '마샬 플랜'을 추진하였다.
32   역주: 서랍이 다섯 개 달린 낮은 옷장. 위는 유리로 되어 있어 찻잔 따위를 놓을 수 있다.

가구는 없었다. 그들이 사용한 가제도구는 늘 그렇듯이 불의의 사태가 발생할 경우를 대비하거나 또 수시로 도주하기에 알맞도록 매우 단출하였다. 이층에는 비밀실이 있었다. 동비우, 리웨이한(李維漢) 등 동지는 메이위옌신춘 35호에 거주했고, 대부분의 공작원들은 메이위옌신춘 17호에 거주하였다.[33]

이곳의 환경은 충칭 때보다 더욱 살벌하였다. 주위 백 미터도 안 되는 범위 내에 국민당 특무대는 많은 거점을 설치하여, 문 대 문, 창 대 창으로 중공대표단과 방문객을 엄밀하게 감시하였다. 길가에는 오토바이와 지프차가 언제라도 미행할 수 있도록 항시 준비하고 있었다. 담배 판매인, 구두 수선인, 점쟁이 등으로 위장한 특무대원들이 밤낮으로 주변을 어슬렁거렸다. 궈모뤄가 메이위옌신춘을 방문한 후 『남경인상(南京印象)』이란 책에서 그런 정황을 자세히 묘사하였다. "온 사방에서 번뜩이는 듯 한 이리와 개들의 눈, 눈, 눈!"

저우언라이와 덩잉차오를 비롯한 100여 명의 중공대표단은 이렇게 살벌한 환경에서 용감하게 투쟁하였다. 덩잉차오는 이미 이 유명한 도시에 여러 번 온 적이 있었다. 그녀 나이 아직 19살이던 1923년, 톈진 다런(達仁) 여자학교 교사였을 때 난징에 와 차이위옌페이, 타오싱즈가 주재하는 전국평민교육회의에 참가한 적이 있었다. 이제 오랜 단련을 거친 혁명가이자 여성운동지도자가 된 그녀는 1937년에 다시 난징에 왔고, 리더취옌, 푸쉐원(傅學文), 탄티우(譚惕吾) 등 여성계 유명 인사를 만나며 항일여성통일전선공작을 전개하였다. 그녀는 중공대표단의 일원 및 정치협상회의 대표의 신분으로 다시 한 번 호랑이굴인 진링(金陵)[34] 고성(古城)으로 온 것이었다. 저우언라이는 중공대표단과 중공중앙남방국 지도를 맡았고, 덩잉차오는 대중공작위원회 지도와 직공(職工)[35], 여성, 청년 공작

---

33 필자는 난징 메이위옌신춘을 찾아 당시의 위치를 확인하였다.
34 역주: 난징의 옛 이름. 가장 이르게는 전국시대에 난징의 성 이름으로 사용되었다.
35 역주: 직원과 공원. 즉 관리직 직원과 생산직 노동자를 통칭한다.

을 각각 분담하였다.

이 당시 쟝졔스는 정치협상회의 결의를 제멋대로 파기하고, 미국정부의 힘을 빌려 430만에 달하는 군대를 동원, 전국 규모의 내전을 일으켜 동북지방과 쟝쑤 북부지방에서 해방구를 향해 대규모 진격을 단행하고 있었다. 민주당파와 무당파의 민주인사 가운데 다수가 국공 분열과 중국 공산당의 미래에 대해 걱정하였다.

덩잉차오, 저우언라이, 동비우, 리웨이한(李維漢)[36], 랴오청즈 등은 국민당과 치열하게 투쟁하였고 민주당파에 대한 많은 공작을 통해 그들에게 인민이 반드시 승리할 것이라고 확신을 주었다.

난징 성 밖의 위화타이(雨花臺)는 유명한 명승고적이었다. 하지만 세월의 변화가 무상하여 이제는 담배 풀만 무성한 황무지로 바뀌었다. 국민혁명이 실패한 후 이곳에서 십만여 명에 달하는 혁명지사가 죽임을 당하고 말았다. 저명한 중국공산당원 덩중샤(鄧中夏), 윈다이잉(惲代英)도 이곳에 영웅적인 최후를 맞이하였다. 난징에 도착하자마자 덩잉차오는 저우언라이, 동비우와 함께 일부러 위화타이로 가 혁명열사에 대해 추모하였다. 덩잉차오는 열사의 선혈이 담겨 있는 듯한 오색찬란한 위화(雨花)석[37]을 갖고 와 접견실의 작고 둥근 탁자 위에 있던 자기그릇에 담아두었다. 그녀는 침통한 심정으로 대표단 동지들에게 말했다.

"나는 이 위화석을 볼 때마다 혁명을 위해 피 흘리며 희생당한 무수한 열사를 떠올리게 됩니다. 동지들, 역사의 비극이 다시 되풀이 되어서는 안 됩니다. 우리는 찬란하게 빛나는 중국을 반드시 쟁취해야 합니다."

덩잉차오는 중국 여성운동의 걸출한 지도자로서 국민당통치구의 여성을 지도하며 능수능란하게 평화민주 투쟁을 전개하였다. 그녀의 이번

---

36 역주 : 1897-1984. 중국공산당 중앙위원회 조직부장, 국공화평회담 중공측 대표를 지냈다. 공산당 정권 성립 이후 당중앙통일전선의 공작부장이 되어 사영공상업의 사회주의 개조등을 지도하였으며 중국인민대표회의 대표 등을 지냈다.

37 역주 : 난징 위화타이 일대에서 나는 매끄럽고 무늬가 고운 자갈.

투쟁은 초청에 응해 참가하려는 국제여성회의를 저지하는 국민당 정부를 향해 전개되었다.[38]

1945년 11월 41개 국가 여성대표들은 파리에서 국제민주여성연합회[39]를 결성하였다. 같은 해 중국해방구 여성연합회 준비위원회를 정식 구성원으로 받아들이고 차이창, 덩잉차오를 이사로 추천, 선발하였다.

1946년 5월 덩잉차오는 국제민주여성연합회로부터 6월 27일 파리에서 개최되는 이사회에 참석해 달라는 요청을 받았다. 이것은 좋은 기회였다. 그녀는 이사회에서 각국 여성대표에게 미국이 국민당 정부를 지원하여 내전을 일으켰다는 사실을 폭로하고 각국 여성들의 동정과 지지를 얻어낼 수 있을 것으로 판단했다.

덩잉차오는 즉시 국민당 정부 외교부에 출국 여권을 신청하였다. 그러나 국민당 정부 외교부는 6월 초까지 미적미적하다가 사회부로 떠넘기고는 사회부의 비준이 있어야 여권을 발급할 수 있다고 하였다. 사회부는 온갖 궁리를 다 짜내어 세 가지 조건을 내걸었다; 첫째, 중화민국을 대표하여 출국할 경우 반드시 행정원의 비준을 거쳐야 한다. 둘째, 국내 기타 여성단체의 의견을 구해야 한다. 셋째, 작년 중국여성이 국제민주여성연합회에 참석했는지 여부와 문제가 있었는지에 대해 조사할 수 있다.

결국 고의로 출국 수속을 해주지 않겠다는 것이었다.

1946년 6월 11일, 덩잉차오는 메이위엔신춘 17호 회의실에서 중국 내외 신기자 회견을 실시하여 국민당 정부의 억지 수법에 대해 폭로하였다.[40]

---

38 丁衛平, 「평화를 위해, 민주를 위해」, 『鄧穎超, 一代偉大的女性』, 231-234쪽 참조.
39 역주: 비정부적 성격의 국제여성조직. 조직 구성이나 활동 범위의 측면에서 볼 때, 성립할 때 이 조직은 사회주의국가 배경이 농후했다. 사회주의국가의 지지와 광범한 영향 아래 '6·1' 아동절을 확정하였다. 성립 초기에는 파시즘 반대와 평화, 민주, 여성 평등 쟁취와 아동 보호 및 민족독립운동을 주장하였고 1960년대에는 평화와 군대 감소 등을 주장하였다.
40 상하이(上海) 『문회보(文彙報)』, 1946.6.12.

국민당 사회부의 허튼소리를 겨냥해 덩잉차오는 1945년 11월 해방구 여성연합회(준비회)가 단체회원으로 국제민주여성연합회에 가입하였다고 밝혔다. 그녀는 이렇게 말하였다. "나의 이번 출석은 연합회 이사의 자격으로 초청을 받아 이루어진 것입니다. 나는 국가의 대표가 아니며 또한 전국여성단체를 대표하여 출석하는 것이 아닙니다. 따라서 기타 여성단체의 의견을 들어야 할 이유가 없습니다. 나는 이 회의에 출석할 완전한 이유와 자격을 갖추고 있으며 또한 출국 여권을 취득할 권리도 있습니다. 만약 내가 여권을 취득하지 못해 제시간에 회의에 출석할 수 없다면 필히 국제적으로 좋지 않은 영향을 끼치게 될 것입니다!" 덩잉차오의 이 발언은 바로 국민당 정부의 급소를 찔렀다. 그들도 역시 국제적으로 좋지 않은 파장이 일어나는 것에 대해 분명히 걱정했던 것이다.

사회부가 "작년 중국여성이 국제민주여성연합회에 참석했는지 여부와 문제가 있었는지에 대해 조사할 수 있다"라는 것을 핑계로 여권 발급을 거절하지 않을까? 이에 대해 덩잉차오는 이하의 사실들을 열거하였다 : 작년 국제민주연합회 창립대회 개최 시, 국민당 정부의 프랑스 주재 대사 쳰타이(錢泰)는 유럽에 체류하고 있던 여성 가운데 11명을 뽑아 임시 대표단을 구성, 대회에 출석시켰다. 금년 3월 11명의 대표 가운데 리페이(李佩)가 귀국하여 중국의 일부 여성단체에 국제민주연합회 창립대회 상황에 대해 보고, 소개하였다. 쟝졔스 부인인 쏭메이링 역시 이 보고회에 참석하였다. 불과 수개월 전의 일인데 난징정부는 어떻게 이 사실을 벌써 잊을 수 있단 말인가?

이처럼 덩잉차오의 조리 있는 말은 회의장 내의 내외 기자들을 웃게 만들었다. 그들은 국민당 정부가 정말 지나친 무리수를 두고 있다고 느꼈다.

덩잉차오가 주재한 내외 기자회견은 매우 성공적이었다. 다음날, 난징과 상하이의 많은 신문들이 이번 회의에 대해 보도하였다. 일부 외국 통신사와 신문사 기자 역시 국외신문에 이 소식을 게재하였다. 이것은 난 징정부를 매우 난처하게 만들었다. 사회부가 내세운 모든 핑계가 덩잉차 오에게 일일이 반박 당하자, 다시 프랑스대사 첸타이의 증명이 있어야만 출국할 수 있다고 억지를 부렸다. 중공대표단의 저우언라이는 즉시 첸타 이에게 편지를 보내 증명을 요청했다.

6월 13일, 20일, 덩잉차오는 국제민주여성연합회 주석 고던(Gordon) 부 인에게 보내는 두 차례의 전보를 통해 난징정부가 고의로 트집을 잡아 덩잉차오의 여권 발급을 거부하고 있는 상황과 재차 국민당 정부에게 항의했다는 사실을 알려주었다.

덩잉차오는 고던 부인의 급전을 받았다. "우리는 덩잉차오 여사의 출 석을 기대하고 있으며 이미 프랑스 주재 중국대사관과 여권 문제를 교 섭했고 사회부에도 이미 전보로 이 사실을 알렸습니다." 국제민주여성연 합회 비서장은 과연 직접 프랑스 주재 중국대사관을 4차례 방문했다.

난징정부는 매우 난처한 상황에 빠졌다. 그들은 고의로 회의 5일 전까 지 미루다 "프랑스 주재 대사의 전보에 따르면 이번 회의에 출석할 필요 가 없으며 또 시간이 촉박해 갈 필요가 없다"는 '이유'로 일을 얼버무리 려 하였다. 덩잉차오는 재차 기자들에게 담화를 발표하였다. "나는 이번 사태에 대해 매우 불만스러워 항의를 표합니다……정부의 이번 조치는 분명히 인민이 응당 지녀야 할 여행, 집회의 자유를 박탈한 것입니다. 시 간이 촉박하다는 것은 바로 정부가 고의로 처리를 지연시켰기 때문에 일어난 것입니다!"

7월 3일, 국제민주여성연합회는 재차 덩잉차오에게 전보를 보내 그녀 에게 "조속히 프랑스로 와 회의에 참석해 달라"고 요청하였다. 덩잉차오 는 고던 부인에게 보내는 답전을 통해, 난징정부가 그녀의 회의 참석을 저지한 경과에 대해 설명하며 "이것은 중국인민이 최소한의 자유마저 없고 정치적으로 극히 비민주적인 상황에 처해 있음을 증명하는 것"이 라고 지적하였다.

덩잉차오는 비록 프랑스의 국제민주여성연합회 회의에 참석할 수 없었지만 정치적으로는 오히려 승리를 거뒀다. 국민당정부의 무리한 저지 조치는 국내외적으로 모두 비난을 받았다. 각 해방구의 여성연합과 국민당통치구의 수많은 여성들은 덩잉차오를 잇달아 성원하였고 난징정부가 당파적 이해 때문에 여성계의 국제적 명예를 실추시켰다고 비판하였다.

난징정부가 심혈을 기울여 덩잉차오의 파리행을 막았지만, 7월 30일 덩잉차오는 다시 참가 요청서를 받았다. 이번에는 그녀와 쏭칭링 등을 10월 중순 미국에서 거행하는 국제여성회의에 초청하는 것이었다. 이번 국제여성회의는 연합국사회경제위원회 여성소위원회가 제의하고 미국고 루스벨트 대통령의 부인이 발의하여 미국대학여성협회와 미국산업노동자여성회 등 19개 여성단체가 발기, 조직한 것이었다. 회의 주제는 각국 여성지도자가 모여 경험을 교류하고 세계평화와 여성의 권리 보호 등을 연구하기 위한 것이었다.

국제여성회의지도위원회 주석 카텔(Cattell) 부인은 덩잉차오에게 보낸 초청서에서 이렇게 썼다. "본회는 각 국가로부터 몇 분의 여성지도자를 초청하고, 그들이 귀국한 후 대회의 격려와 지혜를 해당 국가의 여성대표들에게 전달할 수 있도록 힘껏 요구하며 …… 이 편지가 당신을 국제여성회의에 참석을 요청하는 진실한 초청장이 되기를 바랍니다."

당시는 바로 국민당이 해방구에 대해 대규모 진공을 단행하여 전면적인 내전을 시작한 때였다. 덩잉차오는 이러한 초대장을 접하고 서둘러 미국으로 가 미국정부가 국민당을 도와 전면적인 내전을 일으켰음에 대해 폭로하고 전세계에 중국의 평화민주 건설사업에 대한 지지를 호소할 수 있을 것이라 생각했다.

7월 말, 덩잉차오는 다시 난징정부에 대해 출국 여권을 처리해 달라고 신청하였다. 하지만 난징정부는 이전과 같은 쇼를 되풀이하였다. 외교부는 사회부의 비준이 필수적이라고 떠넘겼고, 사회부는 우물우물하며 명확한 답변을 하지 않았다.

8월 초까지 시간을 끌다 비로소 사회부는 초청을 받은 17명의 대표가 모두 올 때까지 기다려 함께 심사겠다고 말했다. 덩잉차오는 17명의 대표 가운데 어떤 이는 이미 미국에 있고, 쑹칭링과 같은 대표는 회의에 출석하지 않으려 하기 때문에 함께 심사한다는 것은 사실 터무니없는 일이라고 즉시 반박했다. 사회부는 다시 이 일을 외교부에 떠넘겼고, 외교부는 반드시 사회부의 심사 허가가 있어야 여권을 처리할 수 있다고 한 마디로 잘라 말했다.

국민당의 무리한 방해에 직면한 덩잉차오는 조리 있고 체계적인, 그러면서 유리한 투쟁을 진행하였다.

8월 3일, 덩잉차오는 카텔 부인에게 보내는 전보를 통해 회의 초청을 흔쾌히 받아들인다는 의사를 표시하였다. 아울러 중국 정부에 대해 이미 여권을 신청했으며 회의 개최 시각에 맞춰 참가할 것이라 하였다. 카텔 부인은 전보를 접한 후 바로 관계인사와 접촉하여 덩잉차오가 미국 회의에 참가할 수 있도록 여러 방법을 강구하였다.

9월 6일, 카텔 부인은 다시 덩잉차오에게 "우리는 당신이 올 수 있도록 방법을 강구 중에 있으며 반드시 참석하기를 희망한다"는 소식을 전했다.

풍부한 합법투쟁과 대중운동의 경험을 지닌 덩잉차오는 이 합법투쟁을 평화민주 쟁취를 위한 중국여성의 대중운동과 결합하기로 결심하였다.

9월 1일, 덩잉차오는 난징에서 전국의 여성동포에게 알리는 글을 발표하여 국민당통치구의 수많은 여성이 해방구의 수천만 자매들과 함께 곧 개최될 국제여성회의를 향해 자신의 의견과 건의를 제출하자고 호소하였다. 그녀는 회의가 정한 의제에 근거하고 중국의 상황과 결합하여 자매들에게 다음의 6개 문제를 토론하자고 제안하였다; 첫째, 우리는 어떠한 정치, 경제 세계에서 생활할 것인가? 둘째, 여러 가지 정치 경험이 상이한 다른 국가들이 어떻게 하나가 되는 국제협력의 기초를 찾을 수 있게 할 수 있을까? 셋째, 각국의 정치, 경제 차이 때문에 발생하는 국제

협력의 방해 요인을 인민들이 어떻게 자기 나라에서 방지할 수 있는가? 넷째, 인민은 자기 나라에서 어떻게 생활수준을 제고할 수 있는가? 다섯째, 우리는 어떠한 사회질서를 쟁취하기 위해 분투해야 하는가? 여섯째, 우리들이 생활하는 이 세계의 정신과 도덕은 어떠한 상황에 있는가? 우리는 어떠한 정신과 도덕을 표준으로 삼아 분투해야 하는가?

9월 6일, 덩잉차오는 상하이 마쓰난루(馬斯南路) 107호에서 국내외기자를 초대하여 곧 미국에서 열리게 될 국제회의에 자신이 초대받았고 국민당 정부가 무리하게 자신의 출국을 가로막고 있는 상황에 대해 소개하면서, 중국여성에 대해 6가지 문제에 대한 의견을 구한다고 말했다. 덩잉차오는 각 당파 및 인민단체의 활동이 일당에 의해 독점되었다고 하면서 현재의 중국정부는 일당독재 정부이고 인민은 최소한의 민주적인 권리도 없다고 하였다. 그녀는 정부가 국제적 협력에 대한 영향을 고려하여 개인의 출석문제로 인해 국제사회가 정부에 대해 나쁜 인상과 나쁜 결과를 갖지 않기를 희망하였다.

다음날 상하이 17개 신문은 일제히 이번 기자회견과 덩잉차오가 제출한 문제에 대해 보도하였다. 베이핑, 총칭, 홍콩의 신문들도 역시 이 소식을 전했다.

전국 각지의 여성에게 의견을 구한다는 소식이 전해진 후 1개월이 지나지 않아 덩잉차오는 그들로부터 2천여 통 이상의 편지를 받았다. 어떤 것은 여성단체에서 왔으나 훨씬 많은 경우는 개인이 보내온 것들이었다. 그녀들은 편지를 통하여 덩잉차오에게 내전 종식과 평화민주에 대한 갈망을 알려왔다.

국민당 정부는 덩잉차오의 출국 여권 발급을 단호하게 거절하였다.

10월 7일 덩잉차오는 루즈벨트 부인, 카텔 부인 그리고 국제여성회의에 장문의 편지를 써 자신이 정부의 저지를 빌아 회의에 출석할 수 없게 된 상황에 대해 상세하게 설명하였다. 덩잉차오는 편지에서 "자유민주가 극단적으로 결핍된 일당 전제 국가에서 살고 있기 때문에 이처럼 무리한 대우를 받게 된 것"이라고 썼다. 또한 덩잉차오는 편지에서 대회에 대한 중국여성의 요구를 다음과 같이 기술했다. "미국정부에게 요구하여 중국 내전을 지원하는 정책을 즉시 바꿔 국민당정부에 대한 일체의 원조를 중지하며 중국 주둔군을 철수해야 한다. 미국여성과 인민에게 요구하여 미국정부가 현재의 대중국정책을 중단시키도록 촉구해야 한다." 그녀는 또한 각지 여성이 자기에게 보내온 의견들을 정리하여 국제여성회의 지도위원회 주석 카텔 부인에게 보냈다.

공교롭게도 중국여성계 저명인사 리더취옌이 펑위샹 장군과 함께 미국으로 수리시설을 시찰하러 가게 되었다. 덩잉차오는 곧 출국할 펑위샹, 리더취옌을 찾아가 리더취옌에게 자신을 대신해 국제여성회의에 출석해줄 것을 부탁하였다. 리더취옌은 회의에서 덩잉차오가 정리한 자료에 의거해 전쟁의 진상을 폭로하고 내전 종식, 평화 쟁취, 독재 정지, 민주 요구 등의 희망을 말하였으며, 그녀의 발언은 미국을 포함한 각국 대표의 관심과 지지를 얻어낼 수 있었다.

국제여성회의 폐막 후, 카텔 부인은 덩잉차오에게 편지를 써 이미 보내 준 자료를 받았으며 "그 자료가 매우 중요하고" 그 자료에 대해 "매우 큰 관심을 지니고 있다"고 하였다. 덩잉차오는 프랑스와 미국에서 개최된 국제회의에 참가하기 위한 투쟁을 반년 동안 계속하였다. 사실 그녀는 두 회의에 참석할 수 없었지만 실제로 그녀는 이번 투쟁의 승리자였다. 그녀가 전국 여성을 지도하여 전개한 이번 평화민주쟁취투쟁은 해방구와 국민당통치구 여성의 열렬한 반응을 이끌어내어 국민당통치구의 반전평화, 반독재민주투쟁을 추동하였을 뿐만 아니라, 국제 여성계에서도 커다란 반향을 불러일으켜 중국여성운동 지도자로서 갖추어야 할 그녀의 탁월한 투쟁 기술과 불굴의 전투정신을 다시 한 번 보여주었다.

69. "우리들은 반드시 돌아올 것이다!"

1946년 6월 장졔스는 30만 대군으로 하여금 중원의 해방구를 향하여 진격시킴으로써 전면적인 내전을 도발하는 동시에 국민당통치구 내에서는 민주운동에 대한 탄압을 강화하였다.

6월 23일, 중공중앙 상하이국은 상하이시 10만 인민을 조직하여 내전 반대, 평화 요구를 위한 성대한 집회와 시위를 거행하여, 청원을 위해 난징으로 떠나는 평화대표 마쉬룬(馬敍倫), 옌바오항(閻寶航), 우야오충(吳耀宗), 후줴원(胡厥文), 레이지충(雷洁琼) 등을 환송하였다. 그러나 뜻밖에도 그들은 난징 샤관(下關) 기차역에 내리자마자 폭도들에 의해 5시간 동안 구타를 당하였다. 마쉬룬, 옌바오항, 레이지충과 기자 가오지(高集), 푸시슈(浦熙修)는 모두 부상을 당하였다.[41]

저우언라이와 덩잉차오는 한밤중에 병원으로 달려가 그들에게 "당신들이 흘린 피는 헛되지 않을 것입니다"라고 위로하였다. 중상을 입은 저명한 민주인사 마쉬룬은 저우언라이의 손을 쥐고 "중국의 희망이 이제 당신들에게 달려 있습니다"라고 화답하였다.

7월 11일 국민당 특무대는 쿤밍에서 민주동맹중앙위원이며 구국회 '7군자' 가운데 한 명인 리공푸(李公樸)를 암살하였다. 15일 다시 민주동맹의 또 다른 중앙위원이며 저명한 시인이자 학자인 원이둬(聞一多)[42]도 암살하였다. 저우언라이와 덩잉차오는 이 소식을 접하고 너무도 슬퍼하며

---

41 필자가 레이지충을 방문했을 때, 그녀는 샤관(下關) 사건의 상황에 대해 소개하였다.

42 역주: 1899-1946. 칭화대학을 졸업. 그림 공부를 위해 미국으로 유학했으나 서양의 근대문학, 특히 영시에 큰 관심을 갖고 문학으로 전향하였다. 귀국 후 잡지 『신월(新月)』을 중심으로 시와 시론을 발표하고 격률시(格律詩)를 제창하였다. 칭화대 중문과 교수 취임 이후 고전연구에만 몰두하다 중일전쟁 중에 쿤밍 시난(西南)연합대학으로 옮겨간 후 정치운동에 관여하다 암살당했다.

분통을 터뜨렸다. 그들은 연명으로 국민정부를 향해 항의서를 제출했고 리공푸 부인과 원이둬 부인에게 침통한 조전을 보냈다.

며칠 후 중국민주동맹 상무위원 타오싱즈는 너무 큰 충격을 받아 돌연 뇌일혈을 일으켰다. 저우언라이와 덩잉차오는 급히 그의 집으로 달려갔지만, 타오싱즈는 바로 사망하여 얼굴색도 변하지 않은 상태였다. 저우언라이와 덩잉차오는 묵묵히 침상 곁에 서서 존경해 마지않던 동료에게 애도를 표했다.

10월 4일, 상하이 각계 인사 5천여 명은 톈찬(天蟾) 무대에서 리공푸, 원이둬의 합동장례를 거행하였다. 특무대 하수인들이 회의장을 봉쇄하였다. 덩잉차오는 극도의 위험을 무릅쓰고 합동장례에 참석하였다. 그녀는 저우언라이가 쓴 추도사를 침착하게 낭독하였다.[43]

"오늘 이 자리에서 리공푸, 원이둬 선생을 애도합니다. 시국이 너무 험악하고 사람들의 비통한 마음이 하늘에 닿았으니, 지금 이 자리에서 무슨 말을 더 할 수 있겠습니까? 저는 다할 수 없는 정성스러운 마음을 담아 대의를 위해 순국하신 분들에게 조용히 맹서합니다. '그 마음은 영원할 것이며 그 뜻은 끊이지 않을 것입니다. 평화에 대한 기대를 놓지 않을 것이며 민주에 대한 희망 또한 버리지 않을 것이며 살인자는 반드시 처단할 것입니다!'"

덩잉차오의 말이 막 끝나자, 수도회장에 모인 수천 명에 달하는 격분한 회중들은 "평화를 기대할 수 있다!", "민주는 반드시 승리한다!", "살인자는 반드시 처단하자!" 등의 구호를 일제히 목청껏 외치며 죽은 자에 대한 맹세로 삼았고 살인자를 공개적으로 성토하였다.

덩잉차오는 상하이에서 저우언라이와 함께 마쓰난루(馬斯南路) 107호에 거주하였다. 그곳은 3층 서양식 건물이었다. 국민당은 중공대표단의 활동을 제한하여 상하이에 사무소 설치도 허락하지 않았다. 문 밖의 구리

---

43 상하이 『문휘보』, 1946.10.5. 난징 메이위옌신춘(梅園新村) 기념관에서도 이 추도사가 진열되어 있다.

로 된 문패에는 중문과 영문으로 '저우 장군 숙소'라 적혀 있어, 대외적으로는 '저우 공관'으로 칭해졌다. 하지만 이곳이 실질적으로 중공대표단 사무소였다. 덩잉차오는 저우언라이와 2층 동편에 있는 협소한 침실에서 거처했다. 방은 낮고 무더웠으며 내부의 설비는 매우 단출하였다. 이인용 나무침대와 사무용 테이블이 각기 하나, 의자가 둘, 옷걸이가 달랑 하나 있을 뿐이었다. 마쓰난루 '저우공관' 문 밖에는 특무대가 촘촘히 배치되어 중공대표단의 출입을 감시하였다.

덩잉차오는 쑹칭링을 예방하여 그녀와 시국과 국제여성회의 참가 문제에 대해 의견을 교환하였다. 그녀는 쑹칭링이 개최한 재난 아동 구제를 위한 자선바자회에 참가하였다. 쑹칭링의 집 밖에도 역시 국민당의 사복경찰이 겹겹이 배치되어 있었다. 쑹칭링은 개인의 안위에 아랑곳 하지 않고 시국에 대한 의견서를 발표하여 내전은 반드시 중지되고 민주가 반드시 실현되며 일당독재통치가 반드시 끝장나야 한다고 하였다. 아울러 미국이 국민당 정부에 대한 모든 제공을 중지하라고 강력하게 요청하였다…….

덩잉차오는 루쉰 부인 쉬광핑(許廣平)을 방문하였다. 그녀들은 원래 톈진 즈리제일여사사범 동창으로 함께 장렬한 오사운동에 참가하였고, 이후 함께 다런(達仁) 여자학교에서 교사 생활을 하였다. 쉬광핑은 후에 베이징으로 가 여자고등사범에 진학했고, 졸업 후 광동에서 교편을 잡았다. 1925년 덩잉차오가 광저우로 갔을 때 그녀들은 다시 만났다. 국민혁명이 실패한 후 쉬광핑은 루쉰과 함께 상하이로 갔다. 덩잉차오도 그때 상하이에서 활동을 하고 있었다. 지하당의 비밀생활 때문에 그녀들은 다시 만날 수 없었다. 그러나 덩잉차오와 저우언라이는 루쉰을 매우 존경했고 그의 저작과 생활에 대해 매우 깊은 관심을 갖고 있었다.

오래된 두 동창은 헤어진 지 거의 20년 만에 다시 만났다. 덩잉차오는 항전시기에 쉬광핑이 고도(孤島) 상하이[44]에 머물며 많은 고통을 참고 겪었음에 대해 알고 있었다. 일본헌병은 쉬광핑을 체포하고 그녀에게 전기

고문을 가하며 루쉰의 친필 원고를 제출하라고 윽박질렀다. 쉬광핑은 결연히 버텼다. 항전 승리 이후 쉬광핑은 상하이의 애국민주여성과 연락하여 중국여성연의회(中國女性聯誼會) 상하이분회를 설립하였다. 그녀는 또한『민주주간(民主周刊)』편집과 『문회보』부록 편집을 맡았다.

쉬광핑은 덩잉차오보다 6살이 많았고, 이미 귀밑털이 희끗희끗했다. 쉬광핑은 과거에 겪었던 고통에 대해서는 한 마디도 하지 않았으며, 1946년 '3·8'절에 상하이의 3만여 여성들이 성대한 집회와 시위를 거행하여 국민당에게 정치협상회의의 결의를 실천하고 즉시 내전을 중지하라고 요구했음을 흥분하여 덩잉차오에게 말했다. 6월 23일 상하이의 10만여 시민은 난징으로 평화를 청원하기 위해 가는 대표들을 환송하였다. 3만여 명의 여성이 여기에 참가하여 평화와 민주를 요구하는 상하이 여성계의 거대한 역량을 충분히 보여주었다.

덩잉차오는 이러한 상황에 대해 전해 들으면서 매우 흥분하였다. 그녀는 쉬광핑에게 장제스가 멋대로 정치협상회의의 결의를 훼손하며 전면적인 내전을 발동했고 이에 대응하여 해방구 군민이 적극 분발하여 지금 저항 중이며 인민이 반드시 승리하게 될 것이라고 말하였다. 그러나 당시 국민당통치구의 백색공포는 사실 점점 더 극심했었다. 따라서 그녀는 쉬광핑에게 안전에 각별히 주의하라고 부탁하면서 상하이 지하당 조직 역시 그녀의 안전을 반드시 보호해줄 것이라고 하였다.

그녀는 저우언라이, 쉬광핑과 함께 완궈(萬國)공동묘지에 가서 루쉰 묘에 참배하였다. 가랑비가 내리는 가운데 그들은 루쉰의 묘 앞에 두 그루의 송백나무를 심어 루쉰에 대한 그들의 경모와 애도의 마음을 표시하

---

44   역주 : 일본군에 의해 상하이가 점령당한 사실을 표현한 것이다. 1937년 7월 중일전쟁이 발발한 이후 관동군을 중심으로 한 일본 육군 내의 전쟁확대파가 소련의 참전을 경계하는 비확대파의 반대를 물리치고 8월 13일 상하이 사변을 일으켜 속전속결로 전쟁을 끝내려 하였다. 하지만 이후 국공합작을 이룬 중국군의 완강한 저항에 부딪혀 그해 12월에 이르러 난징을 점령하게 되고 그 보복으로 엄청난 학살을 자행하였다.

였다.

또한 덩잉차오는 스량, 차오멍쥔, 뤄수장, 후쯔잉(胡子嬰), 선취전(沈粹縝), 니페이쥔(倪斐君) 등을 찾아가 그들의 설명을 통해 국민당통치구 여성운동의 상황에 대해 이해할 수 있었으며, 그들에게 상하이에서 투쟁을 계속하되 안전에 주의하라고 요청하였다. 그녀는 특별히 평화청원 대표 레이지충과 우휘쫑을 예방하여 그녀들을 위로하였다. 그녀는 또한 리훼이한, 치옌밍(齊燕銘)과 함께 궈모뤄의 집으로 가 홍선(洪深), 펑나이차오(馮乃超), 스동산(史東山) 등 문예계 인사들과 만나 긴 시간 대화를 나누었다. 당시 저명한 과학자 가오스치(高士其)는 상하이에 도착한 후 가난과 병이 번갈아 계속되는 고통 속에서 빈민병원에 입원해 있었다. 덩잉차오는 이 사실을 접한 후 바로 첸즈광(錢之光), 류양(劉昂)을 보내 위문하고 돈을 보내 그가 곤경에서 벗어날 수 있도록 도움을 주었다.

10월 11일, 국민당 군대는 진찰기(晉察冀)해방구[45]의 장쟈커우(張家口)를 점령했다. 이에 쟝졔스는 득의양양하여 중공대표단의 반복되는 경고를 무시하고 당일 국민당에 의해 단독으로 조종되는 '국민대회'를 "예정대로 거행할 것임"을 선포하였다. 국공 담판은 이제 전면적으로 깨졌다. 중공대표단은 철수 준비를 하여 일부는 옌안으로 돌아갔고, 일부는 홍콩으로 흩어졌으며 소수 인원만 상하이와 난징에 잔류하였다.

이 긴박한 순간에 덩잉차오는 남방국 여성조직원 우취옌헝(吳全衡)을 통해 1936년 하반기부터 갑자기 공산당과의 조직 관계가 끊긴 두쥔휘(杜君慧)에게 특별히 연락을 취했다. 당시 두쥔휘는 타오싱즈가 운영하는 위차이(育材)학교 교무주임을 맡고 있었다.[46] 덩잉차오는 두쥔휘에게 말하였다.

45　역주: 산시(山西), 차하얼(察哈爾), 허베이(河北)에 걸쳐 있는 공산당의 항일 근거지. 항일전쟁시기 공산당이 지도하는 팔로군이 저 후방에 건립한 근거지.

46　梁柯平, 『杜君慧傳』 참고. 두쥔휘의 재당년수(在黨年數) 문제는 신중국 성립 이후 해결되었다.

"조직은 이미 당신의 재입당을 결정했습니다. 당원 후보 기간은 필요 없습니다. 그리고 당신의 재당년수(在黨年數) 문제(그녀는 1928년 입당했다)는 이후에 조건이 갖춰지면 다시 잘 해결될 것입니다."

두쥔휘는 오랫동안 고민하던 문제가 마침내 해결되어 매우 기뻐했다. 그녀는 이것이 그녀에 대한 당과 덩잉차오의 신임과 관심의 결과임을 알았다. 동시에 덩잉차오는 접선 암호와 연락 동지에 대해 알려 주었다. 이로써 그녀는 당 조직과 정식 관계를 맺을 수 있었다.

장기간에 걸친 고통스런 투쟁으로 두쥔휘의 건강은 매우 나빴다. 덩잉차오는 조직이 영양 보충을 위해 자신에게 보내온 통조림 식품과 비타민제를 그녀에게 건네주었다. 지하당의 어려운 생활에 이것은 큰 도움이 되었다.

중공대표단의 쉬디신(許滌新), 장한푸(章漢夫), 챠오관화(喬冠華), 공펑(龔澎) 등은 홍콩으로 철수할 준비를 하였다. 덩잉차오는 특별히 관심을 갖고 그들을 방문하였다.[47]

그녀는 쉬디신의 부인 팡쥐펀에게 "'샤오 훠처(小火車)'는 어떻게 잘 있나요?" 하고 물었다. '샤오 훠처'는 쉬디신과 팡쥐펀의 첫째 아이였다. 쉬디신이 폐병을 앓고 있었는데 아이도 불행하게 척추결핵에 걸려 어려서부터 석고 보호대를 차고 있어야 했다. 충칭에 있을 때 덩잉차오는 늘 찾아와 아이를 돌보았고, 또한 외국친구가 저우언라이에게 보내 준 간유 구 두 병을 아이에게 영양제로 준 적도 있었다. 지금 덩잉차오는 특별히 이 아이의 안부가 궁금했던 것이다. 팡쥐펀은 말하였다.

"저와 디신은 변장을 하고 상하이를 떠날 것입니다. 샤오 훠처의 몸이 특이해 쉽게 적에게 발각될 수 있을 것 같아, 우리는 아이를 상하이 숙부 집에 두고 할머니에게 봐달라고 부탁했습니다."

덩잉차오는 고개를 끄덕이며 말했다.

---

[47]　필자가 방쥐펀(方卓芬)을 방문했을 때, 그녀는 덩잉차오가 자기 가족에 대해 관심을 보여준 상황에 대해 소개하였다.

"이렇게 하죠. 아이는 어른과 함께 있으니 비교적 안전할 것입니다. 쥐펀! 이후 상황이 좋아지면 아이의 병은 반드시 잘 치료될 것입니다."

그녀는 동물 모양의 자기 3개를 '샤오 훠처'에게 주었다.

"이것은 어떤 사람이 내게 준 것인데, 이제 샤오 훠처의 장난감으로 줄게요."

다섯 살의 샤오 훠처는 장난감을 받고는 좋아서 싱글벙글하며 연신 "덩 어머니 고맙습니다"라고 말하였다.

긴장된 시국으로 어수선한 속에서 철수를 하느라 매우 분주한 마지막 날까지 덩잉차오는 바쁜 와중에도 각 동지들에게 관심을 기울였고, 심지어 이 병든 아이까지 보살폈다. 동지들은 그녀를 통해 당의 온정과 관심을 느끼게 되었다.

저우언라이와 덩잉차오는 상하이를 떠나기 전, 전 국민당 고급지휘관 황치샹(黃琪翔)의 상하이 징쟝루(靖江路) 집에서 간단한 고별회를 열었다. 그때도 역시 국민당 특무대는 황치샹의 집 주변을 감시하였다. 상황은 이처럼 긴박하였다. 하지만 당일 장란, 선쥔루, 황옌페이, 장바이쥔, 뤄룽지(羅隆基) 등 수십 명의 민주인사가 참석하였다.[48]

덩잉차오는 황치샹의 부인 궈슈이(郭秀儀)는 항전초기 우한에서부터 친하게 지냈다. 당시 저우언라이와 황치샹은 둘 다 국민당 군사위원회 정치부 부부장이었다. 어느 여름 무더운 날, 두 집안은 함께 뤄쟈(珞珈)산 위에 살면서 수시로 왕래하였었다. 궈슈이는 덩잉차오의 영향을 바다 적극적으로 항전활동에 참가하였다.

이제 덩잉차오가 그녀의 집에 와 그녀에게 간단한 식사 준비와 친구들 초대를 부탁하였던 것이다. 궈슈이는 부페식으로 식사를 준비하였다.

이 모임에 참석한 민주인사들은 심리적으로 매우 불안해 하였다. 참석자 모두는 국민당이 전면적인 내전을 개시하여 재차 인민을 전쟁의

---

[48]　필자가 궈슈이(郭秀儀)를 방문했을 때 근는 1946년 저우언라이, 덩잉차오가 자기 집에서 고별회를 열었던 정황에 대해 소개하였다.

위험 속으로 몰아넣은 것에 대해 매우 분개하였다. 그리고 국가와 민족의 앞날에 대해 매우 걱정하였고, 경애하는 저우언라이와 덩잉차오가 떠나게 된 것에 대해 무척 아쉬워하며 석별의 정을 느꼈다…….

혁명에 대한 확신으로 충만한 저우언라이는 모두에게 말했다. "쟝제스는 이미 대화의 가면을 벗어던지고 무모하게 싸움을 확전하기 시작했습니다. 전쟁은 격렬하게 진행 중이며, 앞으로의 승부는 아직 분명하지 않습니다. 그러나 여러 가지를 고려해 본다면 몇 년간의 힘든 싸움이 지속되겠지만 쟝제스의 진공은 반드시 분쇄될 것입니다." 말이 여기에 이르자, 그의 어조는 조용하고 또 결연해졌다.

"국민혁명이 실패한 후인 1931년 겨울, 내가 상하이를 떠날 때는 언제 다시 상하이로 돌아오게 될지 막막했습니다. 하지만 지금은 그때와 다릅니다. 지금 상황으로는 3-5년 이내에 다시 돌아오게 될 가능성이 매우 큽니다. 난징이든 상하이든 상관없이 우리는 반드시 돌아올 것입니다!"

이 낙관적이며 단호한 말을 들으며 궈슈이는 집에 남아 있던 한 병 뿐인 고급 브랜디를 모두에게 내어 놓았다. 그녀는 술을 잔에 가득 따른 후 저우언라이를 향해 말했다.

"저우 선생님, 제가 술을 한 잔 권하겠습니다. 당신과 덩 다제께서 이제 가시지만 빨리 돌아오시기를 고대합니다!"

저우언라이는 술을 받고, 한 숨에 들이키고는 호기롭게 말했다.

"우리는 반드시 돌아올 것입니다!"

덩잉차오도 곁에서 웃으며 말했다.

"슈이, 안심하세요! 우리는 반드시 돌아옵니다. 멀지 않은 장래에 우리는 다시 함께 모일 수 있을 것입니다."

평소와 다름없이 저우언라이는 덩잉차오와 의연하게 담소를 나누었다. 그들의 낙관적인 정서와 결연한 확신은 모두에게 전염되었다. 술잔을 높이 들고 모두 한 목소리로 외쳤다.

"다시 만날 날을 위해 건배!"

모임이 끝나자, 덩잉차오는 회식 준비에 사용된 비용으로 약간의 돈을 궈슈이에게 주었다. 그러나 궈슈이는 극구 받으려 하지 않고 계속 돌려주었다. 덩잉차오가 규정에 따른 것이라 설득하자 그녀는 비로소 받았다.

덩잉차오와 저우언라이는 난징으로 돌아왔다. 총칭시기 보육원에서 활동한 바 있고 현재 중국여성연의회 난징분회에서 활동하고 있는 지하당원 두쯔밍(杜子明)과 후원징(胡文經)은 메이위옌신춘으로 덩잉차오를 찾아와 옌안으로 가겠다고 요구하였다.[49]

덩잉차오는 인내심을 갖고 그녀들을 설득하였다.

"당신들은 이미 국민당통치구에서 거점을 확보하였으며 이곳은 여전히 당신들을 필요로 하고 있습니다. 당신들은 남아서 계속 각자의 투쟁을 전개하여 더 많은 사람들을 단결시켜 승리의 그날을 기다려야 합니다!"

두쯔밍은 오로지 옌안으로 가고 싶었기에 그녀의 말에 아랑곳없이 자기도 모르는 사이에 눈물을 흘렸다. 덩잉차오는 늘 여성동지의 눈물을 받아들이지 않았다. 왜냐하면 그것은 여성이 연약하다는 사실을 의미한다고 여겼기 때문이었다. 그녀는 정말로 화가 났다.

"모두 다 가버리면 여기는 누가 남아 공작을 합니까? 모두가 다 옌안으로 갈 수는 없는 것 아닙니까? 국민당 대군이 이미 옌안을 바싹 포위하였습니다. 옌안 역시 전쟁을 준비하고 있습니다. 여기에 남아 활동을 전개하는 것은 혁명의 필요에 의한 것이며 우리가 개척한 또 다른 전장에서 복무하는 것으로 옌안에 가 전투하는 것과 동일합니다." 결국 두쯔밍과 후원징은 이 말에 수긍하여 승리의 그 날까지 남아서 계속 투쟁하기로 하였다.

덩잉차오가 총칭시기에 연락을 취했던 비밀당원 후룬루(胡潤如) 역시 메이위옌신춘으로 찾아와 덩잉차오를 만났다.[50]

---

49 필사가 두쯔밍을 빙문했을 때 그녀는 덩잉치오기 지신의 공작을 지도했던 정황에 대해 소개하였다.

50 필자가 난징의 후룬루를 방문했을 때 그녀는 덩잉차오가 자신의 공작을 지도했던

1938년 17세의 후룬루는 고향 후난성 타오위옌(桃源)현에서 입당하였다. 당조직은 그녀에게 그녀의 동창 왕핀쑤(王品素), 왕화빙(王華氷)과 함께 20집단군 여성선전대로 들어가 활동할 것을 지시하였다. 1940년 그녀들은 총칭국민당군정부 여성공작대에서 활동하였고, 당과의 조직관계는 남방국으로 이관되었다. 덩잉차오와 장샤오메이가 그들과 연락을 취하였다.

환난사변이 발생하고 긴박한 상황이 전개되자 덩잉차오는 그들에게 분산, 은폐할 것을 지시하며 "당신들은 아직 나이가 어리니 상급학교에 진학하라"고 하였다. 후룬루는 쟝진(江津)현 바이사(白沙)여자사범학원 부속고등학교에 진학했고, 왕핀쑤는 음악학원 부속고등학교에 합격하였다. 이후 후룬루는 다시 총칭 홍옌, 쩡쟈옌으로 덩잉차오를 찾아 왔다. 덩잉차오는 사랑스럽게 그녀에게 말했다. "'샤오 후쯔(胡子)', 이후 '다(大) 후쯔'가 되도록 해요. 이후에는 다른 사람에게 의지할 수 없으니 홀로 계획을 짜고 학교 공부를 열심히 하며 교우관계를 넓게 갖고 대중활동을 잘 하도록 하세요. 이렇게 항상 '집'을 찾아와서는 안 됩니다."

여름방학이나 겨울방학이 되면 후룬루는 항상 홍옌 혹은 쩡쟈옌으로 찾아와 상황에 대해 정리해 보고하였다. 덩잉차오는 그녀에게 정세에 대해 설명해 주었고 임무에 대해 이야기하였다. 그녀에게 매우 친절했고 또 그녀의 생활에 대해서도 깊은 관심을 보였다. 후룬루는 국비로 학교에 다녔기 때문에 먹는 것도 열악했고 제대로 입을 수도 없었다. 덩잉차오는 그녀가 옌안에서 가져온 솜으로 자은 털실과 거친 모직물을 그녀와 왕핀쑤에게 주었다. 1945년 후룬루는 종양(中央)대학 역사과에 합격하였다. 그녀는 학교에서 진보적인 친구들로 독서회를 조직 1945또 당의 외곽조직인 신민주주의청년사(新民主主義靑年社)를 조직하였다. 1946년 봄 어느 날 그녀는 쩡쟈옌 50호에서 덩잉차오와 함께 만두를 먹었다. 그녀

정황에 대해 소개하였다.

는 무척 기뻐했다! 그녀가 고향집을 떠나온 지 이미 몇 년이 지났기 때문에 당조직은 이미 그녀의 집이 되어 버렸고, 덩잉차오는 그녀의 가장 친한 큰 언니였다.

1946년 4월, 종앙대학은 난징으로 옮겼다. 7월 후룬루도 난징으로 왔고, 메이위옌신춘으로 덩잉차오를 찾아 왔다.

그러다 이제 덩잉차오가 난징을 떠나게 되었으니 그녀가 얼마나 아쉬워했겠는가! 그녀는 다시 한 번 덩잉차오를 찾아와 해방구로 가겠다고 하였다.

덩잉차오는 엄숙하게 그녀에게 말했다.

"당신은 남아서 학생운동을 하도록 하세요. 조직관계는 종앙대학과 난징시위원회로 이관할 것입니다. 이곳의 진지를 포기할 수 없어요. 당신은 학생들 속에서 벌써 수년에 걸쳐 활동을 해왔기 때문에 일정한 경험을 가지고 있습니다. 학생운동은 당이 염두에 둔 군중운동 가운데 중요한 한 부분이며 우리들의 중요한 전선이 됩니다. 당신은 해방전쟁과 결합하여 학생들과 함께 내전 반대, 평화 요구, 독재 반대, 민주 쟁취 운동을 효과적으로 전개해야 하며 학생과 교수의 구체적 요구에 근거하여 활동을 전개해야 합니다. 현재의 해방전쟁 상황이 매우 어렵습니다. 그러나 우리에게는 당중앙과 마오 주석의 지도가 있고 해방구와 전국인민의 지지가 있기 때문에 최후의 승리는 우리의 것입니다. '샤오 후쯔!', 아니, 당신은 이미 '다 후쯔'가 되었습니다. 우리는 꼭 다시 만나게 될 것을 믿기 바랍니다."

후룬루는 종앙대학 지하당지부 서기를 맡게 되었다. 그녀는 샤오 차오 다졔의 기대를 저버리지 않고, 종앙대학교의 학생운동을 훌륭하게 조직, 지도하였다. 1947년 5월, 반기아·반내전 운동이 난징 종앙대학교에서 시작되었고 이후 전국적 학생운동으로 발전하였다. 마오쩌둥은 「쟝졔스는 전인민에 의해 이미 포위당했다」라는 글에서 이 학생운동에 대해 매우 높이 평가하였다.

덩잉차오는 국민당의 저명인사 샤오리쯔(邵力子)의 부인 푸쉐원(傅學問)에게 특별히 작별의 글을 보냈고, 그녀에게 장시 징더전(景德鎭)에서 생산된 매우 정교하고 아름다운 꽃병을 보냈다. 그 꽃병에는 활달하게 놀고 있는 100여 명의 아이들이 그려져 있었다.[51] 한 친구가 자신과 언라이에게 준 것 이 꽃병을 이제 푸쉐원에게 다시 보내 기념으로 삼고자 한다고 하였다. 이후 줄곧 푸쉐원은 이것을 가장 좋은 기념품으로 여기며 소중하게 간직하였다.

국민당이 독점한 '국민대회'가 11월 15일 난징에서 개최되었다. 저우언라이, 덩잉차오, 중공대표단이 이미 민주인사에 대해 어렵고 힘든 여러 활동을 전개하였고, 또한 장제스가 내전과 독재를 지속하며 인민을 도탄의 지경에 빠뜨리려는 진면목이 유감없이 폭로되었기 때문에, 민주동맹과 무당파 민주인사들 가운데 다수의 주요인사들이 모두 국민대회 참가를 거부했다. 국민대회는 기본적으로 국민당만의 '모노드라마'였고, 내부적으로 이뤄진 이권 분배도 균등하게 이뤄지지 않았다. 또한 일부 국민당원들은 종산(中山)릉 앞에서 "통곡하는" 추태를 연출하기도 하였다.

11월 8일, 덩잉차오는 『신부녀』 잡지에 「중국해방구여성의 정치 지위」라는 글을 발표하여 국민당통치구의 수많은 여성들에게 해방구 여성의 정치적 지위와 성취에 대해 소개하였다. 그녀가 이 글을 쓴 것은 국민당통치구 여성자매들에 대한 고별의 의미였고, 그들에게 고통스러운 반내전·반독재투쟁을 지속하라는 격려였다.

11월 17일 점심, 저우언라이, 동비우, 덩잉차오는 메이위엔신춘에서 장란, 선쥔루, 장보쥔, 뤄룽지 등 민주동맹 지도자들과 연회를 같이 하며 그들에게 정중하게 작별을 고했다.

11월 19일, 덩잉차오는 저우언라이, 리웨이한 등 10여 명과 함께 미군 전용기로 난징을 떠나 옌안으로 돌아갔다. 당시는 초겨울이었고 온 대지

---

[51] 필자가 푸쉐원을 방문했을 때 그녀는 덩잉차오와 교제했던 상황에 대해 소개하였다.

가 적막하고 쓸쓸했다. 덩잉차오는 비행기 창 너머로 점점 작게 보이는 난징성을 내려다보면서, "우리는 반드시 돌아올 것이다!"라고 마음으로 굳게 다짐하였다.

70. 국민당통치구 여성운동 경험을 종합 평가하다

1946년 11월 덩잉차오는 옌안으로 돌아왔다. 당시 중앙여성위원회 서기 차이창이 이미 동북지방에서의 활동을 전개하기 위해 그곳으로 떠났기 때문에 덩잉차오가 여성위원회 업무를 담당해야 했다.

1947년 1월 28일, 그녀는 중앙여성위원회 동지를 상대로 국민당통치구 여성공작에 대해 상세하게 보고했다.[52] 그녀는 국민당통치구의 여성공작이 도시, 농촌, 통일전선 방면의 활동을 포함한다고 하면서, 주로 통일전선 방면의 여성공작에 대해 다음과 같이 집중적으로 보고했다; 중공대표단의 신분과 『신화일보』라는 매체를 이용하여 공개적인 당의 정치노선과 주장을 선전함으로써 국민당통치구의 대중운동에 영향을 미치고 또 지도하였으며 당의 정책을 갖고 대중투쟁을 추동했다. 친구를 사귀는 방식으로 통일전선의 지도자들을 찾아내 조직적으로 키우고, 합법적 형식을 이용하여 투쟁을 전개하였다. 친구, 지도자 및 영향력 있는 여성단체를 이용하여 여성운동을 전개하고 중상층의 통일전선공작을 통해 기층여성에 대한 활동을 발전시켰다. 해방구의 중심사업이 무장투쟁이지만 국민당통치구 중공대표단의 사업은 주로 정치투쟁이며 정치투쟁의 최전선에 서 있다.

---

[52] 1947년 1월 28일 중공여성위원회에 대해 보고한 기록 참조.

그녀는 1946년 국민당통치구 여성공작 상황에 대해 상세하게 보고했다. 1946년 1,2월의 투쟁은 내전 반대, 평화민주 요구가 중심이었고 후에 국민당이 정치협상회의 결의를 파괴하고 대중운동을 진압하자 투쟁의 중심은 민주쟁취에 두어졌다. 하반기에는 민주를 쟁취하고 미국정부가 국민당정부를 지원하여 내전을 일으키는 것에 반대하고 민족독립을 지키는 것을 투쟁의 중심으로 삼았다. 이렇듯 일 년 동안 투쟁의 중심은 변화했는데, 중국 민족민주운동이 국내외의 영향을 받아 항상 심한 기복이 있었기 때문이었다. 여성운동은 민족민주운동의 일부분으로 전체 투쟁의 발전과 변화에 따르고 또 그에 결합해야 했다. 1946년 1월부터 6월까지 여성들은 정전과 정치협상 결의를 옹호하는 많은 활동과 '3·8'절 투쟁을 전개했으며, 6월 전면적인 내전이 폭발하자 국민당통치구 여성들은 평화 요구와 민족 독립 옹호를 위한 투쟁을 전개했다. 10월 국공합작이 전면적으로 파기되자, 중국여성을 국제여성의 평화민주 정치운동과 결합시켜 중국여성운동의 국제적 영향력을 확대시켰다.

덩잉차오는 1년 동안의 국민당통치구 여성공작 경험을 다음과 같이 종합 평가하였다. 국민당통치구 사업은 정세에 근거하여 정책을 적확히 이해해야 하며 결연하고 융통성 있는 사업을 진행해야 한다. 예컨대, 미국정부가 파견한 마샬 장군에 대해 처음에는 많은 동료들은 그가 중국 내전을 중지시키려 왔다고 이해 하였다. 그러나 객관적 사실이 드러나자, 그들은 그가 중국에 온 것이 국민당을 지원하기 위한 것이라는 우리의 주장이 정확했다고 점차 인정하기에 이르렀다. 따라서 우리는 국민당통치구의 인민에 대해 사상적, 정치적 지도를 강화해야 하고 선명한 태도를 지녀야 하며 동시에 요구가 턱없이 높아서는 안 되며 점차 그들을 설득해야 한다. 또한 중국여성연의회 같은 경우는 정치적 색체가 너무 강해 정치적 주장과 정치 활동이 왕성한 대신 대중사업에는 소홀했다. 따라서 우리들은 그녀들을 여러 차례 설득하였고, 드디어 그녀들은 수유

실, 탁아소, 서점, 인쇄소 등을 운영하기 시작하였다. 우리들은 상하이의 두 여성연의회가 서로 단결하여 돕고 분공합작하며 각각 중점을 두고 활동해야 한다고 강조하였다. 그리고 우리들은 끊임없이 진보인사를 단결, 교육시켰고, 중간적 입장의 사람들을 영입하였으며 고도의 인내심을 갖고 이들 공작을 훌륭하게 수행하였다.

덩잉차오는 복잡한 중국사회를 잘 인식하여 공작이 천편일률적이어서는 안 된다고 하면서 통치계급 내부의 모순을 잘 이용하여 가능한 모두 쟁취해야 한다고 강조하였다. 예컨대, 기독교여성청년회는 항전시기 대체로 항전을 지지하여 단결을 주장하였다. 하지만 각 지역의 여성청년회 상황은 저마다 달랐다. 한커우여성청년회는 당시 여성 구망(救亡) 활동의 중심 가운데 하나였고, 광저우 조직 역시 비교적 양호했다. 또한 책임자의 구체적 활동에도 주의를 기울여야 했다. 여청년회전국협회 노공부(勞工部) 주임 덩위즈(鄧裕志)는 많은 노동자 간부를 양성하였다. 세계기독교 여성청년회 가운데에도 진보인사들이 존재했다. '신생활운동여성지도위원회'에 대한 공작은 몇 시기로 구분될 수 있다. 항전 초기 '신운부지회' 가운데 진보인사는 1/3을 차지하였다. 우리가 거기에 참가하여 활동하는 것은 올바른 선택이었다. 총간사인 장아이전은 공산당의 힘겨운 분투에 대해 진정으로 감탄하였으며 국민당의 부정부패에 대해 분통을 터뜨리며 우리와 일부 합작하기를 희망하였다. '신운부지회' 역시 향촌봉사대, 공장봉사대 등과 함께 많은 대중활동을 수행했는데, 우리는 그들을 통해 대중을 획득할 수 있었다. 단결과 투쟁에 능해야 하며 투쟁을 통해 단결에 도달해야 한다. 합법투쟁을 잘 이용하며 모순을 잘 이용해야 한다. 예컨대, 쑹메이링은 미국식의 민주를 표방하며 국민당특무대와는 다소 모순 관계를 유지하고 있었다. 기독교도 장아이전 또한 국민당과 갈등을 빚고 있었다. 1946년 2,3월 국민당특무대가 '챠오창커우사건'을 일으키고 반소·반공시위를 발동하며 『신화일보』와 『민주보』 영업소를 파괴했을 때, 우리는 총칭에서 '3・8'절 기념대회를 조직하였고 쏭메이링, 장아이전이 거기에 참석하여 국민당특무대가 감히 나서지 못하게 함으로써 대회가 성공적으로 개최될 수 있었다.

덩잉차오는 사람을 사귈 때에도 장기적인 계획이 필요하며 저마다 어느 시기가 되면 나름대로 역할을 수행할 수 있음에 주목해야 한다고 하였다; 우리와 동료들과의 관계는 주로 정치적으로 맺어지지만 감정적인 측면도 고려해야 한다. 그녀들을 도와 공작을 전개하게 하고 그녀들의 생활을 돌봐주며, 곤란한 경우가 생기면 사회적・경제적 원조를 제공해야 한다. 도와주겠다고 함부로 약속하지 말며 한 번 한 약속은 끝까지 지켜야 한다. 동료들을 단련시켜 전선을 지키고 진퇴를 거듭하는 속에서 용감하고 훌륭하게 전투를 수행할 수 있도록 해야 하며, 나아가 그녀들에게 어렵고 세심한 사상공작을 수행해야 한다.

덩잉차오는 국민당통치구에서 상층부에 대한 공개사업을 수행하기 위해서는 다양한 수단과 방법을 사용하여 여러 부류의 사람들과 교제를 잘 해야 하지만, 반드시 정치적 경계심도 높여야 한다고 하였다; 상층공작과 기층공작은 분리해야 하고, 공개공작과 비밀공작 역시 분리해야 한다. 항상 주동적으로 활동을 전개해야 하지만, 구체적인 공작에서는 어쩔 수 없이 피동적일 때도 있는데, 이 경우 피동적인 상황에서 주동성을 쟁취하도록 노력해야 한다.

덩잉차오는 이후 국민당통치구의 활동이 전국적 반제・반봉건투쟁의 승리를 쟁취하기 위한 것이고, 이를 위해 애국・민주의 구호를 사용하여 가장 광범하게 여성을 조직하여 투쟁에 참가시켜야 한다고 했다; 현재는 역량을 준비하는 시기이고, 조리 있고 유리하게 또 절도 있게 투쟁하여 일군의 후방예비군을 준비해야 한다. 선전교육을 강화하고 여성을 위한 출판물을 많이 간행해야 하며, 여성연의회를 도와 대중의 기초를 확대하고 합작사업을 강화해야 한다. 중상층여성에 대한 활동을 강화할 때 기층여성에 대한 활동도 적극 전개해야 하며 여성아동복지사업을 폭넓게 벌이고 국제여성과의 연계활동 또한 강화해야 한다.

덩잉차오는 국민당통치지구에서 활동하는 여성간부를 더 많이 배양해야 한다고 했다. 그녀는 다음과 같이 말했다; 1943년 정풍시기에 일부가 국민당통치구의 활동을 부정하고 많은 동지들이 그곳으로 가기를 원하지 않았다. 따라서 국민당통치구 내에서 공개활동이나 비밀활동을 전개할 간부가 매우 부족했다. 이제 계획적으로 여성간부들을 배양하여 상황에 맞게 그녀들을 파견할 수 있어야 한다.

덩잉차오는 마지막으로 중앙여성위원회가 전국을 상대로 해야 하기 때문에 해방구는 물론 국민당통치구의 여성공작까지 모두 장악해야 하며, 폭넓은 지식을 확보하고 다양한 경험을 축적하기 위해 노력하며, 자신의 사고를 더욱 유연하게 만들고, 전국의 형세와 여성운동에 낙후되지 않도록 해야 한다고 말했다.

이처럼 덩잉차오의 보고는 중앙여성위원회의 전면적 사업 강화를 위해 중요한 지도적 역할을 수행하였다.

71. 해방구 여성사업의 몇 가지 기본 문제

중국혁명의 근거지는 해방구에 있었다. 항전시기와 승리 후 첫 해인

1946년, 덩잉차오는 사업의 필요에 따라 국민당통치구의 여성운동과 정치투쟁을 지도하였다. 이제 그녀는 옌안으로 돌아와 국민당통치구 공작 때 입었던 치파오와 가죽신을 벗고 해방구의 회색 헝겊으로 된 제복과 신으로 바꿔 곧장 해방구의 여성운동에 대해 연구하고 지도하기 시작하였다.

1947년 2월 그녀는 중앙여성위원회에 해방구에서의 경험한 여성사업을 집대성하면서 해방구 여성사업 가운데 몇 가지의 기본 문제에 대해 언급함으로써 해방구 여성사업 발전에 기여하였다.[53]

그녀는 사업 환경을 이해하고 복무 대상을 명확히 해야 한다고 하면서 이것이 여성사업을 보다 잘 수행하기 위한 출발점이라고 하였다. 그녀는 다음과 같이 말했다; 중국은 농업국가이며 영토가 광활할 뿐만 아니라 각 지역마다 상황이 제각각이어서 도시가 있는가 하면 그보다 더 넓은 농촌도 있다. 해방구의 최대지역은 농촌이며, 분산적인 소농경제의 농촌 상황은 도시와 판이하다. 과거 여성 활동가(다수는 도시의 지식분자이다)는 종종 도시의 관점으로 농촌을 바라보고, 도시에서 활동하던 방식을 고스란히 농촌으로 가지고 와 그대로 적용한 결과 늘 어려움에 봉착하곤 했다. 예컨대 회의의 경우 도시의 지식인 여성에게는 매우 일상적인 일이지만 농촌여성들에게는 일종의 부담이었다. 왜냐하면 그녀들의 노동과 집안일에 방해가 되기 때문이었다. 따라서 우리는 사업 환경을 정확히 이해하여야 하며 도시의 방법과 태도를 농촌에 그대로 옮겨올 수 없고 동일하게 농촌의 방법과 태도를 도시로 옮겨갈 수 없다.

활동 대상에 대해 덩잉차오는 다음과 같이 말했다; 중국에는 2억 5천만의 여성이 있다고 우리는 늘 말한다. 그러나 이 수많은 여성들은 서로 다른 계급과 계층으로 분류되며 청년과 노년의 차이가 있고 농촌과 도

---

53 1947년 2월 중앙여성위원회에서 덩잉차오가 작성한 보고 기록 원고 참조.

시의 차이도 있다. 도시 가운데에서도 여성노동자, 여학생, 직장여성, 가정주부 등으로 구분된다. 농촌여성 역시 소속되는 계급이 서로 다르다. 일반적으로 볼 때, 농촌여성은 경제, 문화적으로 매우 열악하다. 대상이 다르면 그들에 대한 우리의 요구 또한 자연히 달라야 하며, 우리의 사업 방식 역시 달라야 한다.

여성은 어떻게 해야 비로소 해방될 수 있는가? 덩잉차오는 거듭 다음과 같이 분명히 강조하였다; "중국여성운동이 중국혁명과 긴밀히 결합되어 있어 중국혁명의 발전에 따라 발전"하며, 중국여성운동이 중국혁명과 건설의 일부분이다. 여성운동의 임무는 반드시 일정기간 동안 당의 핵심사업 임무를 그 중심에 두고, 이 중심임무를 실현하는 과정에서 남녀가 함께 참가한다는 방침을 실천하고 혁명과 건설 역량을 증강시켜야 한다. 동시에 의식적이고 계획적으로 여성의 절실한 이익과 관련된 문제를 결합시켜 해결하고 혁명과 건설에 대한 여성대중의 열정을 격발시켜야 한다. 여성운동을 전체 혁명이나 건설사업과 분리시켜서는 안 된다. 해방구의 여성사업은 일찍이 우여곡절을 겪은 바 있다. 항전 초기에는 여성운동이 전체 혁명운동과 분리되어 그저 눈앞에 있는 여성의 구체적 이익만을 쫓음으로써 여성운동의 고립을 초래하여 사회적 동정을 얻는 데 실패한 경우가 있었다. 당시 농촌에서의 주요한 사업은 항일을 지원하고 감조감식(減租減息) 운동54을 전개하며, 생산을 발전시키는 것이었다. 농촌여성이 가장 절실하게 요구하는 것도 이것들이었기 때문에 모든 농

---

54   역주: 본래는 제1차 국공합작시기 국민당에서 시행하려던 농민정책이었으나 공산당이 소작료 25%를 인하한 감조, 부채이자 15%를 인하한 감식을 실시하였다. 항일전쟁 후 공산당은 농민들의 높아진 요구와 국공 분열이라는 새로운 상황에서 1946년 '5·4' 지시, 1947년 토지법대강을 제정하여 지주 소유의 토지 몰수와 농민에게로의 분배를 내용으로 하는 토지개혁을 실시하여 농업정책의 방향을 바꾸었다. 한편 타이완으로 퇴각한 국민당 정부는 1949년 4월 공포한 '375감조조례'와 월리(月利) 1.5%라는 저리로 농민에게 생산 자금을 대부하는 등의 농업정책을 실시하였는데 이 역시 감조감식 정책의 일환이라 할 수 있다.

촌의 기층민, 즉 가난으로 고통 받는 여성들과 연합하여 함께 투쟁하고 그 가운데에서 자신들의 구체적 이익을 쟁취했어야 했다. 그러나 당시 여성사업을 지도한 동지들은 동떨어지게 "시부모의 구타와 욕설 반대", "남편의 부인에 대한 학대 반대" 등의 구호를 들고 나와 농민가정을 불화에 빠뜨리고 역량을 분산시키며 당의 중심사업 임무와 농촌사업의 주요 목표를 이완시켰다.

덩잉차오는 또 지적하였다; 1943년 당중앙은 「현 항일 근거지 여성사업 방침에 관한 결정」을 반포하여 근거지 여성사업은 생산을 주요 목표로 삼아야 하고, 여성사업을 전선 지원 및 근거지 건설과 결합시키며, 많은 여성이 생산에 힘을 쏟아 군수민용(軍需民用)을 보장하며, 전선을 지원해야 한다고 강조했다. 동시에 여성은 생산에 참가하여 생산건설 방면에서 좋은 성적을 거둬 모두로부터 주목을 받았다. 당시 옌안의 『해방일보』, 『군중보』는 연속으로 여성의 생산 소식과 여성노동의 영웅적 일화를 게재하였다. 연극, 소설, 앙가(秧歌)[55], 목판화, 세화(歲畫)[56], 창화(窓花)[57] 등 여러 형태의 문예물들도 여성의 생산과 신생활을 그려냈다.

덩잉차오는 말했다; 여성해방의 핵심은 경제문제였고, 경제적 지위가 향상되어야 정치적 지위나 문화적 수준을 높이기 위한 기초가 확립될 것이고 나아가 해방을 쟁취할 수 있을 것이다. 당시 섬감녕해방구와 각 해방구 여성은 정치·경제적으로 남성과 평등한 지위에 있었으며, 이것은 법률로도 이미 명문화되어 있었다. 그러나 어떻게 이러한 법적 규정

---

[55] 역주: 중국 북방의 농촌지역에서 널리 유행하는 민간 가무의 일종. 징이나 북으로 반주하며 어떤 지방에서는 일정한 줄거리를 연출하기도 한다.
[56] 역주: 설날 실내에 붙이는 그림. 신년에 문이나 기둥, 미간(楣間) 등에 써 붙이는 주련(柱聯) 또는 대련(對聯)을 포함한다.
[57] 역주: 주로 창문 장식에 사용하는 그림. 전지(剪紙), 즉 종이를 오려 여러 가지 형상이나 모양을 만든 종이 공예물을 붙인다.

을 명실상부한 현실로 만드는 것은 여전히 여성 자신의 노력에 달려 있다. 법률적 지위가 보장됨으로써 경제적 개선에 도움이 되고, 경제적 개선은 또한 여성의 정치 사회적 지위를 향상시킬 수 있다. 농촌여성의 경제적 이익은 가정과 분리될 수 없다. 그녀들은 베를 짜 가정의 수입을 증가시키고, 가정경제 상황을 개선시키면 가정 내의 부부관계와 고부관계 역시 자연스럽게 변할 것이다. 여성이 가정에서 일정한 지위를 보장받아야 사회활동에 참가할 수 있는 자유를 누릴 수 있고 사회적으로도 일정한 지위에 오를 수 있다.

덩잉차오는 인민대중이 역사를 창조한다는 유물주의적 관점에 근거하여 여성의 해방 여부는 여성 자신의 각오 정도에 달려 있다고 설명하면서, 여성대중은 자신에 의지하여 자신을 해방시켜야지 여성 활동가의 위에서 아래로의 '하사'나 강제적인 명령에 의지해서는 안 된다고 하였다.

그러면 어떻게 여성의 각오를 촉진시킬 것인가? 덩잉차오는 이렇게 설명하였다; 대중의 관점과 대중노선의 원칙에 근거하여 여성 활동가가 수많은 여성들과 함께 하면서 그들 속에서 한 구성원이 되어야지, 그들 밖에 위치하면서 그들을 한쪽에 밀쳐두고 방치해서는 안 된다. 그녀들의 머리 위에 군림해서도 안 되며 그녀들 뒤로 물러나 있어서는 더욱 안 된다. 그녀들의 생활과 하나가 되어 그녀들의 고통과 요구에 대해 관심을 갖고 그녀들의 요구에 근거하여 구체적인 해결 방법을 찾아내고, 그녀들 속으로 들어가 함께 실행에 옮겨야 한다. 실행 과정에서 만약 적합하지 않은 부분이 있을 경우 모든 의견을 청취하여 바로 잡고 또 보충해야 한다. 이를 일러 "대중 속에서 시작하여 대중 속으로 파고든다"라는 활동 방법이라 한다. 섬감녕해방구에서 일반여성은 생활 개선, 특히 의복 개선을 요구하였다. 이에 우리는 그녀들에게 방적·직포 소모임을 조직하도록 돕고 그녀들에게 기술을 가르쳤다. 또한 직업학교를 개설하여 그들의 기술을 향상시켰으며, 합작사를 열어 그녀들을 대신해 면화, 직포기,

완제품 거래 등의 문제를 해결하였다. 이로써 그녀들은 생산에 대한 희망을 품게 되었고, 충분히 생산할 수 있었으며, 그 성적도 좋았다. 따라서 그들 모두는 적극적으로 생산에 참가하였다. 1942년 섬감녕해방구에서 방적산업에 종사한 여성은 단지 7,500명에 불과했지만 1946년에는 15만 명 이상에 달했다. 1943년 해방구 내 직포 분야에 참여한 여성은 단지 3,500명에 불과했지만 1946년에는 6만여 명에 이를 정도로 발전하였다.

덩잉차오는 여성 조직의 형식이 매우 유연할 뿐만 아니라 다양해야 하며 여성대중의 습관에 합당한 것이어야지 지나치게 클 필요가 없다고 보았다. 대중의 의견을 존중하고 대중의 요구에 부합해하지 일률적으로 강요해서는 안 된다고 생각했다.

간부 문제에 관련하여 덩잉차오는 다음과 같이 말했다; 여성간부라고 하여 반드시 여성사업을 할 필요는 없으며 각 방면의 사업에 참여하여 여성 활동을 제고, 발전시켜야 한다. 하지만 여성사업은 여성간부가 하는 것이 가장 좋으며 남성동지의 경우 여성대중에게 접근하기가 쉽지 않다. 섬감녕해방구와 각 해방구에서는 개인의 의견과 관심을 존중하고 자신들의 장점을 발휘할 수 있도록 지원하고 격려하는 방향으로 간부의 역할을 부여하고 있다. 그러나 객관적인 조건도 고려해야 한다. 만약 어느 한 분야에 간부가 이미 포화상태에 이르렀을 경우 비록 어떤 개인이 흥미도 있고 장점도 발휘할 수 있다고 해도 다른 사업을 수행하는 것이 더 좋을 것이다. 공산당원의 사업 분배 시 당연히 개인의 의사도 고려해야겠지만, 궁극적으로는 사업에 대한에 대한 당의 수요에 복종해야 한다.

덩잉차오는 이상의 발언을 통하여 여성해방투쟁의 기본문제와 해방구 여성사업에 대해 역사적, 사상적으로 투철한 분석을 가했고, 몇 가지 중요 문제에 대해 명확하게 인식함으로써 해방구여성운동의 발전에 중요한 역할을 수행하였다.

72. 옌안에서 퇴각하다

1947년 2월 1일 마오쩌둥은 「혁명의 새로운 고조를 맞이하며」라는 글을 통해 중국의 시국이 새로운 단계로 발전하여 전국적 범위의 반제·반봉건투쟁이 새로운 인민대혁명의 단계로 나아갔다고 지적하였다. 군사적인 형국은 이미 인민에게 유리한 방향으로 전개되어, 1946년 7월 전면적인 항전이 폭발한 이래 1947년 1월까지 약 7개월 동안 해방구 군민은 해방구를 침탈하려는 국민당 정규부대 56개 여단을 섬멸하였으며 쟝제스의 공세는 이미 약화되기 시작하였다.

쟝제스는 수많은 군대가 섬멸되어 전면적인 진공 전략을 포기해야 하는 상황으로 내몰리게 되자 섬감녕해방구와 산동해방구를 집중적으로 공격하는 방향으로 전략을 수정하였다.

1947년 3월 쟝제스는 34개 여단 24만 명을 동원하여 섬감녕해방구를 집중적으로 공격하였다.

3월 8일 옌안의 각계에서 1만여 명이 해방구를 보호하기 위한 동원대회에 참가하였다. 저우언라이, 주더, 린보취(林伯渠)는 모두 대회에서 발언을 하였고 군중이 앞장서서 해방구와 토지를 지키고 당중앙과 마오 주석을 보위하자고 호소하였다. 당중앙은 일개 성이나 일개 지역의 득실을 치중하는 대신 적의 인적 전력[58]을 섬멸시킨다는 방침에 따라 잠시 옌안에서 철수하기로 결정하였다. 마오쩌둥, 저우언라이, 런비스(任弼時)는 산시 북부에 머물며 전국해방전쟁을 지휘하였다. 류샤오치, 주더는 동쪽으로 황허를 건너 중앙공작위원회를 지도하여 당중앙이 위임한 사업을 진행하였다. 덩잉차오도 옌안에서 철수하여 황허를 넘어 진수(晉綏) 해방구로 갔다. 그녀는 다시 저우언라이와 헤어져야 했다. 당시 상황이

---

[58] 역주: 군대 용어로 생명이 없는 무기나 화력 따위에 대비되는 인적 전력이나 마필(馬匹)을 가리킨다.

매우 급박했지만 헤어질 때 그들은 자신감으로 가득 차 있었다. 그들은 이번 해방전쟁을 통해 암흑 속에 빠진 옛 중국을 철저하게 매장시키고 광명의 새 중국을 맞이하게 될 것이라고 굳게 믿었다.

3월 16일, 덩잉차오와 캉커청(康克淸)은 당중앙기관의 5,60명에 달하는 가족부대를 이끌고 옌안을 떠났다. 가족부대에는 마오쩌둥의 어린 딸과 류샤오치의 두 아들, 루딩이(陸定一)의 부인 옌웨이빙(嚴慰氷)과 그들의 아들, 왕뤄페이(王若飛)의 부인 리페이즈(李培芝)와 어린아이, 그리고 늙은 동지들이 포함되어 있었다. 그들은 한 대의 대형트럭에 모두 몸을 실었다. 총을 휴대한 두 명의 경호원만이 그들을 호위하였다.

덩잉차오는 심장병을 앓고 있었지만 가족부대를 정성껏 돌보았고, 스물한 살의 경비원 청위옌공(成元功)은 그녀 곁에 바짝 붙어 따라 다녔다.[59]

청위옌공은 1940년에 군대에 입대하여 1941년 옌안으로 왔다. 먼저 유수병단(留守兵團)에서 활동하다 이어 중앙당교(中央黨校)로 옮겼으며, 1945년 8월부터 저우언라이와 덩잉차오의 신변 경호업무를 맡았다. 그날 청위옌공은 긴장된 마음으로 저우언라이와 덩잉차오가 거주하는 짜오위옌(棗園) 토굴 문 앞에 도착했다. 그는 군복을 단정히 갖추고 문밖에서 "보고합니다!"라고 소리치고는 동굴 안으로 들어와 다시 "경례" 하고 목청껏 인사를 함과 동시에 군대 예절에 맞게 부동자세를 취하였다. 덩잉차오는 만면에 미소를 띠며 그의 손을 잡고 말했다. "우리와 함께 일하게 된 것을 환영합니다." 덩잉차오는 그가 매우 긴장하고 있음을 알아채고, 재빨리 자리에 앉힌 뒤 친절하게 그와 일상적인 대화를 하면서, 나이가 어떻게 되는지, 언제 입대했는지, 그리고 "여기서 일하는 것이 어때요?" 하고 물었다.

청위옌공은 즉시 대답하였다. "조직이 명령한 배치에 복종하니 수장(首長)께서 많이 가르쳐주시기 바랍니다." 덩잉차오는 웃으며 말했다. "이

---

59   필자는 두 차례 청위옌공을 방문했는데, 그녀는 덩잉차오 곁에서 공작했던 상황에 대해 소개해 주었다.

제 문을 들어설 때 다시는 보고를 한다거나 경례를 하지 말 것이며, 또 '수장'이라고 부르지도 마세요. 그저 '다졔'라고 하세요. 나는 '샤오 청'이라고 부를 테니."

청위엔공은 고개를 끄덕였지만 마음속으로는 분명히 '수장'인데 어떻게 '다졔'라고 할 수 있을지 의아해했다. 그때 덩잉차오는 초등학생에게 수업하는 선생님같이 청위엔공에게 인민을 위한 복무규칙에 대해 설명하였다. 그녀는 "혁명대가족 안에서 각각 서로 다른 분업을 통해 일을 진행하지만 모두 인민을 위해 복무하는 것입니다. 당내의 모든 동지는 친척처럼 여겨야 하며 심지어는 친척보다 더 친밀해야 합니다"라고 말하였다.

청위엔공은 여기까지 듣고 나서는 분명히 깨닫게 되었다. 즉 친척과 마찬가지라면 앞으로 그녀를 '다졔'라고 부를 수 있을 것 같았다. 덩잉차오는 이어서 말했다.

"일을 하려면 반드시 밥을 먹어야 합니다. 따라서 밥을 짓는 것도 혁명사업입니다. 또한 말을 먹이고, 운전을 하고……어느 한 사업이라도 없어서는 안 됩니다. 혁명사업에는 귀천의 구분이 없을 뿐더러 모두 인민을 위한 봉사이어야 합니다. 현재 당신은 우리들을 도와 생활방면에서 복무하고 있는데 이 또한 서로 다른 분업이며 우리는 또 다른 위치에서 인민을 위해 봉사하는 것입니다……."

덩잉차오는 '샤오 청'이 교양과 정치에 대해 열심히 배우도록 격려하고, 곤경에 처하거나 이해되지 않는 부분이 생기면 언제라도 자기를 찾아와서 물어보라고 하였다.

청위엔공은 '샤오 다졔'가 진정 친척과 같이 자신을 대해 준 사실을 잊지 못하였다. 1945년 10월의 어느 날, 산시 북부의 날씨는 비교적 추웠다. 그녀는 토굴집 밖 서쪽 곁채에 거주하고 있었는데 남쪽으로 높은 산이 면하여 있어 낮에도 햇빛이 손바닥 한 조각 만큼밖에 들어오지 않아 방안이 추운 편이었다. 청위엔공은 이미 '샤오 차오 다졔'의 습관을 알고 있었다. 그녀는 매일 식사 후 항상 뜨겁고 진한 차 한 잔을 마셨다.

이날 저녁 식사 후 그는 목탄으로 물을 끓이고 석유등도 잘 닦아 두었으며 차 항아리엔 좋은 차입을 넣고 '샤오 차오 다제'가 식사를 마치고 와 차를 마시기를 기다렸다. 그러면서 그는 탁자에 엎드려 책을 보다 자기도 모르게 잠이 들어 버렸다.

덩잉차오가 돌아와 '샤오 청'이 탁자에 엎드려 잠들어 있는 모습을 보고는 그가 감기나 들지 않을까 걱정하여 옷을 가져다 덮어 주고는 직접 뜨거운 물을 부어 차를 우려낸 뒤 석유등을 들고 나갔다.

2시간 정도 자고 일어난 청위엔공은 순간 당황하여 머릿속이 백지장이 되었다. 서둘러 토굴집 안으로 뛰어가며 속으로 필히 혼쭐이 날 것이라고 생각하였다. 그러나 '샤오 차오 다제'는 그를 혼내지도 않았을 뿐만 아니라 친절하게 그에게 말하였다.

"날씨가 춥습니다. 그렇게 자다가는 감기 걸리기 십상입니다. 앞으로는 옷을 더 두텁게 덮어 감기에 걸리지 않도록 조심하세요." 이 말을 듣고 그는 진정한 혁명대가족의 따뜻한 정을 느꼈다.

1946년 11월, 덩잉차오가 옌안으로 돌아온 후에도 청위엔공은 계속해서 그녀와 저우언라이의 신변 경호 업무를 담당했다. 그는 총을 들고 덩잉차오와 가족들의 안전을 지켰다.

덩잉차오와 캉커칭은 모두 25,000리에 이르는 장정을 행군한 경험이 있었다. 그러나 이 가족부대는 정말 이끌고 가기에 힘이 들었다. 전부 여성이거나 아동들이었기 때문이다. 태어난 지 겨우 몇 개월밖에 되지 않는 핏덩이도 있었다. 그들은 옌안을 출발하여 황허를 지나 산시(山西)로 갔다. 길이 익숙하지 않은데다가 가는 도중 적기의 공습을 받기도 했다. 아이들은 울고불고 소리를 질러댔으며 대오는 흐트러졌다. 다행히도 덩잉차오가 침착하고 과감하게 모두에게 엎드리라, 당황하지 말라며 모두를 안심시켰다. 적기가 지나가자 덩잉차오는 급히 숙영지로 먼저 가서 잘 곳을 준비하였다. 그나마 조금 좋은 방은 아이를 데리고 있는 어머니들에게 배려했고, 자신과 아이가 없는 가족들은 한 방에서 모두 함께 잤다.

덩잉차오와 캉커칭은 결국 가족부대를 이끌고 황허를 건너 산시성 린(臨)현 싼쟈오(三交)진에 도착했다. 당중앙은 후방공작위원회를 성립시켰다. 덩잉차오는 후방공작위원회 위원을 맡았다.

당시 전방에서는 격렬한 해방전쟁이 진행 중이었고 후방에서는 드높은 기세의 토지개혁이 진행되었다. 덩잉차오는 즉시 중국농민의 토지 균등분배라는 위대한 투쟁 속으로 뛰어들었다.

73. 당 전체가 나서 여성사업을 수행하다

수억 농민을 자신들의 절실한 이익을 위해 투쟁에 나서게 하는 것이야 말로 인민해방전쟁의 승리를 가장 확실하게 보증하는 것이었다.

1946년 5월 4일 중공중앙은 지시를 내려 "경작하는 자가 그 토지를 소유한다"는 "경자유기전(耕者有其田)"정책을 실행하기로 결정하였다. 이 정책은 각지에서 바로 실행에 옮겨졌다. 1947년 봄까지 해방구의 2/3 지역에서 토지개혁이 이루어졌다. 중앙여성위원회 동지들은 진수(晋綏)지역 토지개혁에 동참하였다.

덩잉차오는 진수해방구에 도착하자마자 바로 좌담회를 개최하였다. 그녀는 회의에서 현재 해방국의 여성문제는 토지 투쟁 문제의 일부이고 여성사업의 중심 역시 토지개혁이라는 의견을 제출하였다. 그녀는 토지 투쟁이 중국의 반제·반봉건이라는 양대 임무 가운데 하나이고 농민해방의 길이며 광대한 농촌 여성해방의 중요 일환이라고 강조하였다. 해방구 후방에서 활동하는 남녀 간부는 모두 토지개혁에 참가하여 전쟁 동원, 군대 확충, 전선 지원 사업 등을 수행하였다.[60]

그녀는 토지개혁에 참가하는 동지들에게 개혁과정에서 어떻게 광대한 농촌여성을 조직, 동원하여 토지개혁에 참가시킬 수 있을 것인지와 관련된 자료를 수집하라고 요구했다. 또한 모두 토지투쟁 과정에서 새로운 사실을 찾아내고, 새로운 경험을 축적하며, 중국여성문제를 해결할 수 있는 더 좋은 방법들을 모색해 주기를 희망하였다.

1947년 7월 17일에서 9월 13일까지 덩잉차오는 허베이성 핑산(平山)현 시바이포(西柏坡)촌에서 열린 전국토지회의에 참가하였다. 그녀는 회의에 참가한 각 해방구 책임자 동지들과 두루두루 접촉하고 십여 차례의 좌담회를 소집했으며 토지개혁과 여성사업의 상황에 대해 깊이 이해하게 되었다. 회의에서는 29명의 동지가 사업에 대해 종합 보고를 하였고 그 가운데 19명의 동지가 여성사업의 중요성에 대해 지적하였다. 덩잉차오는 당내의 정치적 지위와 열정을 갖고 당중앙이 개최하는 중요회의에 출석했으며, 또 회의에서 주동적인 역할을 함으로써 참가한 동지들로 하여금 여성사업의 중요성에 대해 이해시켰다. 그리고 그들의 사고를 전환시킴으로써 토지개혁에 남녀 모두가 동원되어야 하고 당 전체가 나서 여성사업을 수행해야 한다는 결론을 이끌어 내었다. 이것은 중국여성운동 역사에 있어 획기적인 발전이었다.

8월 26일 덩잉차오는 전국토지회의에서 「토지개혁 과정에서 나타나는 여성사업의 몇 가지 문제」라는 긴 보고서를 제출했다.[61] 덩잉차오는 보고서에서 다음과 같이 지적했다; 해방구의 토지개혁은 중국역사상 전무후무한 위대한 혁명운동이다. 각 해방구에서 진행하는 토지개혁의 정도가 다르기 때문에 여성을 동원하여 토지개혁에 참가시키는 상황 역시 차이가 있다. 대체로 토지개혁이 비교적 철저하게 진행되는 경우 여성의 동원도 비교적 충분히 이루어지며, 토지개혁에 참가하는 여성 역시 매우

---

60 1947년 4월 진쑤이해방구에서 개최된 여성간부좌담회에서 이루어진 덩잉차오 발언 기록 원고 참고.
61 1947년 8월 26일 전국토지회의에서 이루어진 덩잉차오의 보고 기록 원고 참고.

적극적으로 자신들의 역량을 발휘한다. 하지만 토지개혁이 불철저하거나 매우 불철저하게 이루어지는 곳에서는 여성 동원도 충분치 못하거나 심지어 전혀 이뤄지지 않으며, 여성은 여전히 토지투쟁 밖에 위치하고 있다.

덩잉차오는 수많은 여성들이 해방전쟁을 지원하는 다수의 감동적 장면들에 대하여 말했다; 그녀들은 해방군에게 먹을 것, 입을 것을 공급했으며 부상병을 간호했을 뿐만 아니라 도로를 수리하기도 하고, 들 것을 지고 보급품을 지급하는 등 전선지원사업을 담당하였다. 예컨대 허베이 남부 여성들은 2개월 완성 예정으로 야전군에게 보내려 했던 80만 필에 달하는 군복 공급 의무를 보름 만에 해결했으며, 게다가 50만 켤레의 군화까지 공급하였다. 기노예(冀魯豫)해방구[62] 여성들은 매일 30만 근의 밀가루를 빻아 전방에 공급했다. 산동 루종(魯中) 전장에서 매일 소비되는 100만 근의 쌀은 모두 여성들이 밤낮으로 서둘러 정미해낸 것이었다.

덩잉차오는 해방구의 여성들이 전선 지원을 하는 데에 매우 큰 공헌을 하였기 때문에 해방구에서의 그들의 지위 또한 나날이 더 중요해졌다고 말하였다; 매우 많은 지방에서 여성들이 촌장 및 부촌장과 위원을 담당했다. 산동 6개 현의 통계에 따르면 정확하지는 않지만 촌장, 부촌장을 담당한 여성은 총 2,117명이나 되었다. 기노예해방구 남쪽 러(樂)·칭(淸) 두 현의 촌장 가운데 여성이 2/3를 차지하였다.

덩잉차오는 강조하였다; 여성의 진보가 당의 진보에 영향을 미쳤고, 일부 지방당의 경우 지도자 동지들로 하여금 여성사업을 중시하도록 유도하였으며, 그것이 이번 전국토지회의에도 반영되었다. 발언에 나선 29

62 　역주: 허베이, 산동, 허난에 걸쳐 있는 공산당의 해방구. 1945년 당시 10만 제곱킬로미터의 면적에 100여만의 인구를 포괄하였다.

명의 대표 가운데 19명의 대표가 여성사업에 대해 발언하였고 여성사업에 관한 전문적인 보고를 한 경우도 있었다. 많은 동지들은 발언을 통해 저마다 토지개혁과 전선 지원에 여성들을 동참시켜야 할 필요성과 그 중요성에 대해 지적하였으며, 여성사업이 당 전체의 임무이지 여성사업을 진행하는 소수의 여성간부만의 책임이 되어서는 안 된다고 특별히 지적하였다. 덩잉차오는 이것이 여성사업에 대한 인식의 비약적 발전이라 판단하고, 그녀 역시 이러한 중요 관점에 전적으로 찬성하며, 나아가 당의 모든 동지들이 동일하게 인식하기를 희망하였다.

또한 덩잉차오는 강조하였다; 여성운동에 대한 당 전체의 사상이 명확해져야 하고 여성사업을 당 전체의 임무로 삼아야 하며 당의 핵심임무와 항상 밀접하게 결합시켜야 한다. 사업 전체를 검토·총합할 때 반드시 여성사업도 검토·총결해야 한다. 농촌 토지개혁을 진행할 때 반드시 남녀농민을 함께 동원해야 한다. 당의 선전과 조직 그리고 간부사업 역시 반드시 여성에 대한 선전과 여성당원, 여성간부에 대한 교육, 배양, 계몽사업을 포함해야 한다. 여성사업에 대한 당의 지도를 발전시키고 강화시킴으로써 여성사업을 크게 진보시키고 발전시켜야 한다.

덩잉차오는 농민해방운동을 하면서 동시에 가장 억압을 많이 받고 있는 농촌여성의 대해방을 이룩해야 하며, 여성에 대한 봉건적 속박을 타파하는 것이 봉건제도 전체에 반대하는 일부로서 전 농민에게도 유익하다고 하였다; 예를 들어 매매혼 반대는 단지 여성에게만 국한되는 것이 아니라 남성농민과도 유관하다. 여성에 대한 봉건속박 타파는 쇠가 달 때 두들겨야 하듯이 토지개혁 과정에서 이뤄져야 하는데, 일반적으로 토지분배가 완성되어 생산 단계로의 원만한 진입을 준비할 때 하는 것이 좋다. 남녀농민이 함께 봉건의 꼬리를 끊어 생산과 결합시키고 여성노동력을 해방하여 생산력의 새로운 역량을 추동시킬 수 있게 된다. 각 지역

의 특수한 상황과 투쟁 발전의 차이에 근거하여 적합한 구호를 만들어
내야 한다. 일반적으로 "남녀 평등 실현!", "혼인 자유!", "전족 금지!",
"방족(放足)[63] 제창!", "여아 익사 금지!", "가정 민주 화목!", "며느리를 딸
처럼 대하자!", "여성의 정치적, 사회적 활동에 참가하는 자유를 획득하
자!" 등의 구호를 제시하였다. "혼인 자유"는 여성의 중요하고 절실한 문
제로 우리는 이를 견지하여야 한다.

덩잉차오는 현재 여성사업의 중심 임무는 토지개혁에 참가하는 것이
라고 말했다. 남녀평등의 원칙에 따라 여성은 일반 농민과 똑같이 토지
를 획득하며 토지 소유권을 보장 받아야 했다.

덩잉차오는 전선지원사업 역시 여성사업의 중요한 임무라고 하면서
수많은 여성이 지원사업을 더욱 훌륭하게 수행하여 전쟁을 승리로 이끌
수 있도록 해야 한다고 하였다. 여성조직에 박차를 가하여 농업생산에
참가시키고, 생산기술을 배우게 하며, 농업과 가정을 발전시키며, 토지
개혁의 성과를 공고히 하여 해방구의 생산을 향상시켜야 했다.

덩잉차오는 여성간부 문제에 대해 남성동지들이 말을 시작하면 한숨
을 쉬듯이, 여성간부 역시 그에 대해 말하면서 한숨을 내쉰다고 웃으며
말하며, 그들 대부분 곤란한 점이 매우 많으며 문제도 적지 않다는 사실
을 인정한다고 하였다. 또한 그녀는 토지개혁 속에서 새로운 여성간부가
대거 배출되므로 그녀들에게 관심을 쏟아 그녀들을 교육하여 길러내며,
그녀들의 교양과 활동능력을 향상시킴으로써 그녀들이 나날이 성장하여
강인한 전사가 되도록 해야 한다고 했다.

덩잉차오는 말했다; 당내에 일군의 여성간부가 있고 그들은 혁명과
전쟁을 통해 단련되어 각종 직책에서 사업을 진행하기도 하며, 그 가운
데에는 지도활동을 담당하는 경우도 있다. 이들 여성간부에 대해서는 이

---

63   역주 : 전족을 그만두는 것을 가리킨다.

론, 정치, 정책 교육을 강화해야 한다. 여성간부는 스스로 더욱 독려하여 사업을 더욱더 잘 수행해야 한다. 또한 극소수의 여성간부는 발전을 도모할 생각이 없어 공부는커녕 활동도 하지 않으며, 아이가 있어도 자신이 돌보지 않으며 보모나 잡부가 있어도 만족하지 않으며, 부유한 생활을 향유하여 사람들로부터 '신식 부인[太太]' 또는 '팔로(八路) 부인[太太]'이라 지칭되기도 한다. 이는 극소수의 개별적 현상이지만 당내외에 미치는 악영향은 심대하다. 물론 그녀 자신들도 자각하고 있지 못하지만 그녀들 가운데 일부 남편도 그녀들을 잘 도와주거나 가르치지 못한다. 이들 극소수 여성간부에 대하여 반드시 단체생활과 당 생활에 참가시켜 교육을 시켜야 하며 필요한 경우 비판도 가해야 한다.

덩잉차오는 여성간부의 수많은 곤란에 대해 말하였다; 우선은 사업과 관련된 고민이다. 그녀들은 활동하기를 매우 원하지만 항상 사업을 찾지 못하고 이 기관에서 저 기관으로 배치된다. 여성간부는 항상 기구 간소화 조치의 대상이 된다. 산동의 어떤 동지들은 '합리적 부담' 방법을 제안했다. 즉 각 기관은 오로지 여성간부만을 줄일 수 없으니 여성간부에 대해 각 기관이 '합리적 부담'을 하라는 것이었다. 그 뜻은 좋지만 여성간부를 '합리적 부담'으로 삼는다는 제기 방식에는 문제가 있었다. 이렇게 말하면, 여성간부는 '부담'이 되니 모두에게 "합리적으로 균등하게 부담하라"고 요구하는 것이 되지 않겠는가?

덩잉차오의 말이 여기에 이르자 회의장은 웃음이 터져 나왔다. 그녀는 각 지역 당 지도기관이 방법들을 강구해 이 문제를 해결해 줄 것을 희망한다고 간절하게 말했다. 장기적인 전쟁으로 많은 여성간부들이 부인병과 만성병에 시달렸고, 일부 지역의 경우 여성간부 가운데 80%가 병에 걸렸는데 이 문제 역시 지도기관의 조치를 통해 해결될 수 있기를 희망하였다.

덩잉차오는 아이 때문에 시달리는 것이 여성간부의 가장 큰 고민이라고 하였다; 본래 육아는 남녀 공통의 책임이지만 현재는 여성에게 전적으로 맡겨져 있다. 아이를 낳기 전에는 일을 하였지만 아이가 생긴 후에는 집으로 돌아가야 했다. 따라서 가족과 간부, 어머니와 아이, 일과 남편 사이에 발생하는 모순 때문에 그녀들의 고민은 깊어 갔고, 이는 해방구 안에서 보편적인 문제가 되었다. 가장 좋은 방법은 소형 탁아소를 건립하여 어머니들이 돌아가며 일을 맡게 하는 것이다. 여성간부들은 현실을 인정하고 자기의 문제를 스스로 책임을 지고 해결해야 한다.

덩잉차오는 각종 사업을 진행하는 가운데 여성간부를 배양해야 한다고 하였다; 예컨대 정치사업, 선전사업, 대중사업과 교육, 의료, 경제, 재정 등의 각종 사업에서 여성간부를 배양, 흡수하여 그녀들을 업무에 익숙한 전문가로 만들어야 한다. 여성간부를 여성사업이나 사무직에만 국한시켜서는 안 된다. 여성간부는 여성사업을 해야 하지만 그녀들을 흡수하여 다른 각 부문 사업에 참가시키는 데에 더욱 관심을 기울여야 한다. 특히 여성간부가 정치적으로 단련될 수 있는 기회와 그녀들의 학습 요구에 각별히 관심을 기울여야 한다. 그녀들의 장점을 격려하고 발전시키며, 그녀들의 단점에 대해서는 도움을 주어 교정시켜야 한다. 여성간부는 자신을 채찍질하여 발전할 수 있도록 더욱 노력해야 하며 실망해서는 안 된다. 여성간부를 배양하여 정치가로서의 기량을 갖추고 인민을 위해 성실히 복무하게 하는 것은 인민사업에서도 유익하다. 마지막으로 각 중앙국 및 각 대표단은 돌아가 토지개혁에 대해 토론할 때 여성사업에 대해서도 마땅히 토론하고 조사하여 개선 방법을 제출해야 한다.

덩잉차오는 회의에서 거의 한나절 동안 발언하였다. 그녀의 발언은 생동감이 있고, 명쾌했으며, 또 흥미롭고 관점이 명확하며, 충실한 자료에 바탕을 둔 것이었다. 토지개혁 속에서의 여성사업에 대해 상세하게 설명하였고, 여성사업에 대해 당의 지도를 어떻게 강화하느냐에 대해 언급했으며, 많은 여성간부의 고민과 목소리를 반영한 해결 방법을 제시하여 당중앙과 각 해방구 당조직 책임자의 집중적인 관심을 받았다.

9월 13일, 류샤오치는 전국토지회의에 대해 결론을 내리면서 덩잉차오의 의견을 수용하였다. 그는 다음과 같이 말했다. "여성사업은 매우 중요합니다. 여성사업은 당의 대중사업의 중요한 한 부분이며, 반드시 주의를 기울여 수행해야 합니다. 경험적으로 볼 때 단순히 여성동지에게만 의지하여서는 여성사업을 제대로 수행할 수 없으니 반드시 당 전체가 나서서 추진해야 합니다. 토지개혁을 하는 가운데 여성사업이 진행되어야 하며, 여성의 각오 정도에 맞추어 정책을 결정하고 방법을 채택해야 합니다. 혼인 자유에 대한 여성의 주장은 우리 공산당이 마땅히 옹호해야 합니다. 혼인 자유는 여성의 기본권리 가운데 하나입니다. 빈농과 고농 남녀가 모두 일어나 지주의 신권(神權), 재권(財權), 지권(地權)을 타도해야 할 뿐만 아니라 부권(夫權)을 타도해야 합니다. 이것은 오늘날 여성해방의 한 조건입니다."[64]

당중앙은 당 전체가 여성사업을 추진하는 것에 대해 분명하게 수긍했다. 이것은 중국여성사업에 있어 매우 중요한 발전이었다. 여성사업은 이로부터 매우 큰 발전을 이룩하게 되었다.

전국토지회의는 『중국토지법대강(中國土地法大綱)』을 통과시켰다. 『대강』은 봉건·반봉건적인 수탈 토지제도를 폐지하고 "경자유기전"제도 시행을 규정하였다. 아울러 농촌 전체 인구에 따라 남녀노소를 구분하지 않고 모두 균등한 토지분배를 실시토록 규정하였다.

9월 30일, 덩잉차오는 중앙여성위원회 위원 쉬이멍치(帥孟奇), 장친츄(張琴秋), 양즈화(楊之華), 장슈옌(張秀嚴)과 함께 당중앙에 여성사업에 관한 의견서를 제출하였으며 당중앙은 다시 그것을 각 지방당위원회에 전달

64　「전국토지회의 가운데의 결론」, 제5부분, 『劉少奇選集』(上), 393-394쪽.

하였다.

그녀는 이 의견서에서 다음과 같이 제안하였다; 해방구 여성사업의 중심은 토지개혁, 전선지원 그리고 생산이다. 토지개혁에서 여성은 토지를 분배받고 토지소유권을 보증받아야 한다. 여성은 반드시 농민협회에 참가하고 농업 및 부업 생산에 참가하여야 하며, 반제·반봉건투쟁에서 남녀평등을 획득하기 위해 투쟁해야 한다. 농민해방운동 과정에서 적절한 시점에 봉건타도 투쟁을 진행하며 농민 전체의 이익을 보호한다는 전제 하에 여성의 당연한 권리 획득을 위해 투쟁하며, 남녀평등 실현, 강제 결혼 반대, 전족과 익녀(溺女) 금지, 가정 민주 실현, 자유로운 여성의 사회·정치 활동 자유 실현 등의 구호를 제시할 수 있다. 여성조직을 농민협회로 통일하며 각급 농민협회는 적극적으로 여성을 흡수하여 참가시킨다. 여성연합회는 단체로 농민협회에 가입할 수 있고, 가장 훌륭한 여성간부를 선발하여 여성사업을 진행해야 한다. 여성사업은 대중을 향해야 하며 밑바닥으로 깊이 파고들어가, 과거 대중에서 이탈했던 공허한 사업 태도와 교조주의를 교정해야 한다.

각지당위원회는 중앙여성위원회의 의견에 대해 찬성하였고 그것을 토지개혁 사업에 관철시켰다. 여성사업은 당의 핵심사업과 서로 유기적으로 결합되었으며, 여성운동을 크게 보강, 발전시켰다.

1947년 12월 9일 『해방일보』에는 덩잉차오의 「토지개혁과 여성사업의 새로운 임무」가 발표되어 토지개혁 속에서 여성사업을 지도하는 지침으로 기능하였다. 덩잉차오와 중앙여성위원회 동지들은 계속해서 중국사회를 변혁시키는 위대한 토지개혁 속으로 뛰어들었다.

74. 시거우(細溝) 촌의 토지개혁[65]

1947년 10월 3일 덩잉차오는 진찰기해방구 토지회의에 참가하여 토지개혁에 여성을 어떻게 참가시킬 것인가라는 문제에 대해 발언하였다.

11월 17일 덩잉차오는 다시 푸핑(阜平)현 청난좡(城南莊)에서 개최된 토지회의에 참가하였다. 회의 후 그녀는 활동조를 대동하고 푸핑현 2구 시거우 촌으로 달려가 토지개혁 재검사 활동에 참가하였다.

덩잉차오가 인솔한 활동조는 황화(黃華), 허리량(何理良) 부부, 주더의 아들 주치(朱琦), 자오리핑(趙力平) 부부, 덩잉차오의 비서 천추핑(陳楚平)과 경호원 청위엔공으로 구성되었다.

덩잉차오는 진찰기해방구 토지회의와 푸핑현 토지회의에 참석한 적이 있기 때문에 진찰기, 특히 푸핑현의 토지 상황에 대한 대강은 이해하고 있었다.

푸핑현은 대부분 산지로 이루어진 가난한 지역이었다. 현 전체의 총면적이 2,400제곱킬로미터이고 그 가운데 경지면적은 단지 12만 무이며 인구는 10만여 명, 일인당 평균 1무의 모래가 많이 섞인 비탈 밭을 소유하고 있었다. 지주와 부농이 현 전체 토지의 85%를 소유하고 있으며, 그 나머지 토지 역시 다수 중농이 소유하고 있었다. 대다수의 빈·고농은 땅도 집도 없이 매우 곤궁한 생활을 하고 있었다. 1937년 '7·7'사변 이후 팔로군이 푸핑에 도착하여 민주정권을 건립하고 감조감식정책을 실행하였다. 농민의 생활은 개선되었으나, 토지 소유 상황은 그다지 변하지 않았다.

중공중앙이 1946년 5월 4일 토지개혁 지시를 내린 후 푸핑현에서 널

리 토지개혁이 이루어져 농민의 토지문제는 기본적으로 해결되었다. 그러나 토지개혁 과정에서 대중 동원이 철저하게 이루어지지 못했고 더욱이 쟝제스가 대규모의 군대를 파견하여 해방구로 진격하자, 어떤 농민들은 세상이 다시 바뀌게 될까 두려워했으며, 많은 지주들은 그러기를 바랐다. 결국 토지개혁은 철저하게 이루어지지 못했다.

1947년 5월 푸핑현에서는 토지 재조사운동이 전개되었다. 이번에는 군중이 충분히 동원되었다. 그러나 우편향을 교정하는 과정에서 다시 좌편향의 오류가 발생하였다. 중앙의 문건에 근거하여 푸핑현은 '5월 재조사' 과정에서 좌편향 오류를 교정하기 시작하였다.

덩잉차오는 푸핑 2구 시거우촌으로 가 토지개혁을 지도할 때 정책에 대해 매우 정확하게 이해하고 있었고 활동 또한 매우 치밀하였다.

시거우는 허베이, 산시(山西) 교계에 위치한 산촌으로 상시거우(上細溝), 중시거우(中細溝), 샤시거우(下細溝)로 나뉘며 100여 호로 구성되었다. 토지는 많지 않았다. 대다수 농민들은 산시 우타이(五臺) 산 라마승의 토지를 빌려 소작하였고, 일인당 평균 1무의 산비탈 모래땅을 경작하였다.

덩잉차오는 중시거우 농민 가오샹루(高香儒)의 집에 머물렀다. 그녀와 천추핑은 서쪽에 있는 방 한 칸에 묵었고, 주치 부부는 동쪽 방에 묵으면서, 중간 방에서 회의를 열었다. 황화와 허리량은 시거우에서 멀지 않은 차오창커우(草場口)에 머물며 그곳의 토지개혁을 지도했다. 푸핑현 2구 구위원회와 구공소(區公所) 역시 중시거우에 자리하고 있었는데 덩잉차오의 집과 바로 이웃해 있었다. 활동조와 구공소의 성원들은 취사를 같이 하였다. 덩잉차오를 비롯한 모든 사람들이 매일 두 끼 쌀밥에 옥수수떡을 먹거나 배추를 삶고 무를 쪄먹었다. 그녀는 샤오차오(肖超 : 샤오 차오(小超)의 유사음)로 이름을 바꾸었더니, 활동조 동지들은 그녀를 '샤오(肖) 다제'라 부르고 농민들은 다정하게 '라오(老) 샤오'라고 불렀다.

푸핑 현위원회의 통일적 배치에 따라 덩잉차오와 활동조는 촌으로 들어온 이후 빈농을 방문하여 그들의 고통에 대해 살피고 그들 속에 뿌리를 내리며 그들을 연결하여 빈농단을 조직하고 당원대회 및 군중대회를 개최하였다. 이어 당원 공개와 대중에 의한 감독을 선포하며 잠시 당지부와 촌간부의 활동을 중지하고 토지개혁은 빈농단이 지도하며 또 그들이 투쟁대상을 확정한다고 하였다.

당시에는 이미 좌편향의 오류를 시정하기 시작하였지만 아직 그 여파는 여전히 남아 있었다. 일부 지방에서는 "일체의 권력을 빈농단에게!", "빈농·고농이 세상을 바꾸고 장악하자!"는 구호를 제출하기도 했다. 어떤 지방에서는 심지어 빈농단을 당조직보다 상위에 두기도 하였다. 덩잉차오는 이들 구호가 타당하지 않다고 여겼다. 그녀는 이번 토지개혁을 당 전체와 결합하여 진행함에 있어, 당 조직을 정화하기 위해 한시적으로 잠시 당조직 활동을 중지하고 빈농단(그 가운데에는 많은 당원이 포함되어 있다.)이 토지개혁을 지도할 수 있으리라 판단했다. 그러나 빈농단을 당지부와 대립시킬 수 없으며 더욱이 빈농단을 당지부를 능가하는 상급조직으로 간주할 수는 없는 일이었다. 또한 많은 지방에서 마을의 모든 간부를 "비판을 통해 대열에서 그리고 현직이나 현장에서 떠나게 했으며[카오비옌잔(靠邊站)]", "농민 위에 군림하고 있는 간부를 제거하라[반스터우(搬石頭)]"는 말이 유행하였다. 마치 모든 기층 간부가 대중의 머리 위에서 압박을 가하는 '돌'과 같다는 것이었다. 덩잉차오는 이런 잘못된 태도에 동의하지 않았다.

덩잉차오는 시커우촌 당원대회를 개최하고 그들에게 자신들의 계급 성분에 대해 스스로 보고하도록 하였다. 20여 명의 당원은 대부분 빈농이고 또 몇 명의 중농도 있었다. 당원 단잉루(單瀛路)는 집안에 두 형제가 있고 척박하지만 땅 4무, 5무를 소유하여 생활이 비교적 괜찮았다. 당시 좌편향의 분위기 속에서 출신 성분을 감히 낮게 보고하지 못하고 스스로 부농이라 공개하였고 규정에 따라 숙청, 출당되어야 했다.

덩잉차오는 활동조 동지와 객관적이고 실체적인 사실에 근거하여 단잉루가 부농이 아니라 단지 중농이라 판단하여 당에 남게 하여 그의 정치생명을 구해 주었다. 단잉루는 감격하여 덩잉차오에게 말했다.

"'라오 샤오' 동지, 저를 엄호하고 구해주어 고맙습니다!"

덩잉차오는 웃으며 말했다.

"저에게 감사할 필요 없습니다. 당의 정책에 감사해야죠. 당은 반드시 공평하고 합리적으로 각 당원을 대한다는 사실을 믿어야 합니다."

덩잉차오는 간부회의를 개최하여 그들에게 토지개혁과 당 개선 관련 문건을 열심히 공부하게 하고 발전된 인식에 기초하여 스스로 문건을 대조, 조사할 수 있게 하였다. 한 달 정도가 지난 이후 시험을 통해 대부분의 마을 간부는 빈농단에 참가하여 활동을 재개할 수 있게 되었다.

빈농단은 대중을 동원하여 당원 및 간부의 잘못을 적발하여 비판하였다. 한 행정촌에 속해 있던 시거우와 차오창커우 인민은 다야오거우(大窯溝) 도랑 입구에서 군중대회를 개최하였다. 대회에 참석한 농민은 6,7백 명이나 되었다. 이전 향장(鄕長) 리한더(李漢德)와 향치보주임(鄕治保主任) 리상더(李尙德)는 차오창커우의 부유한 중농으로 평소 잔악무도하여 제멋대로 군중을 기만하고 폭압하였다. 리한더의 별명은 '조정(朝廷)'이었고 리상더는 '염라대왕'이었다. 군중들은 그들을 몹시 미워한 나머지 대회에서 그들을 포승줄로 포박하였다. 원래 차오창커우와 시거우는 천변 모래톱 분쟁 때문에 갈등이 깊었고, 농민들 사이에는 파벌적 정서가 강했다. 차오창커우 농민은 자기 현의 리한더, 리상더가 포박당하는 것을 보고 시거우촌의 촌장 후커라이(胡克來)에 대해서도 많은 문제를 제기하여 빈농 출신인 그를 결박하였다.

농촌의 상황은 이처럼 복잡하였다. 합리적인 대중투쟁도 파벌적인 정서와 결합하여 복잡하게 변질되었던 것이다.

덩잉차오는 큰 나무 아래에 자리 잡고 내내 서서 조용히 대회의 동향을 관찰하였다. 사전에 그녀는 이미 천추핑을 파견하여 시거우와 차오창커우의 분규에 대해 상세하게 조사해본 터라 농민들 사이의 분파적 정서에 대해 익히 알고 있었다. 그녀는 리더한과 리상덕에 대한 군중들의 분노가 매우 컸기 때문에 그들에 대한 투쟁 과정에서 그들을 체포하여 포박한 행위에 대해 이해할 수 있었다. 그녀는 또한 후커라이가 빈농이며 5월 재조사 때 다시 업무를 시작하여 일한 지 몇 개월밖에 되지 않았으며 문제가 있을 경우 별도의 교육을 받으면 됐지 군이 체포, 포박까지 당할 필요는 없다고 생각했다. 이것은 분명 차오창커우 일부 농민의 파벌 정서 때문에 빚어진 잘못된 행동이었다.

그녀는 강단에 올라가 큰 소리로 말했다.

"리한더는 향장의 신분으로 전심전력을 다하여 마을 사람들을 위해 복무해야만 했습니다. 그러나 마음 사람들은 그에게 '조정'이라는 별명을 붙여주었습니다. 리상더는 향치보(鄕治保) 주임으로서 마땅히 악인들을 단속해야 했습니다. 하지만 마을 사람들은 그에게 '염라대왕'이라는 별명을 붙여주었습니다. 이는 이 두 사람이 군중을 기만하여 그에 대한 분노가 매우 크다는 사실을 의미합니다. 마을 사람들이 지금 그들을 비판하는 것은 매우 정당하며 회의가 끝난 뒤 정부는 법에 따라 처리할 것입니다. 그러나 후커라이는 빈농으로 일을 한 지 몇 개월이 되지 않았으며 혹 착오가 있다면 교육을 통해 바로잡을 수 있을 것입니다. 자기 스스로는 자기를 어떻게 탓하지 못하니 말입니다." 그녀는 먼저 민병대장에게 후커라이를 풀어주게 하였고 또 민병대로 하여금 '조정', '염라대왕'으로 알려진 리한더, 리상더를 구공소(區公所)로 압송하게 하였다. 이렇게 합리적으로 처리하자 대중들은 '라오 차오'가 일을 공평하게 처리한다고 감탄하였다.

모든 이들은 '라오 차오'의 높은 식견으로 시비를 분명하게 가려 모두를 크게 각성시켰을 뿐만 아니라 대중을 보호하며 진정한 악질분자를 공격하였다고 말했다.

계급성분을 구분할 때 시커우촌 농민은 스스로 십여 호가 부농이라고 보고했고 빈농단 역시 십여 호가 부농이라고 평가하였다. 덩잉차오는 활동조 동지와 함께 대중을 동원하여 자세하게 수탈 정도를 계산하였다.

총수입 가운데 수탈액이 25% 이상이 될 경우 부농으로 분류될 수 있었다. 최종적으로 촌은 전체의 이름으로 4호를 부농으로 규정했는데 이는 실제 정황에 부합하고 또 당의 정책에도 합치하는 것으로 중농 이익을 침범하는 좌편향의 오류를 방지하였다.

덩잉차오는 토지개혁을 하면서 당연히 여성사업에 관심을 쏟았다. 그녀와 활동조는 대중을 동원할 때, 남녀 농민을 함께 동원하였고 또 단독으로 여성위원회를 소집하여 그들에게 과제를 부여하기도 하였다. 회의에서 그녀는 여성들에게 촌 간부가 어떠한지, 지독한지 아닌지, 토지 균배가 제대로 이루어졌는지 아닌지, 어떻게 나눠야 적당한지 등에 대해 자세하게 물었다. 그녀는 늘 집집마다 찾아가 여성들에게 해방의 이치에 대해 설명하였고, 그녀들이 올바르게 서서 새로운 사회의 당당한 새 주인이 되도록 격려하였다.

시거우촌의 늙은이들은 지금까지 토지개혁 당시 사업조 조장 '라오 차오'를 분명하게 기억하고 있다.

"'라오 차오'는 우리 마을사람들과 매우 친했어요!" 81세의 가오용량(高永凉), 79세의 가오용중(高永中), 65세의 가오더귀(高德貴) 그리고 64세의 양완잉(楊萬英)은 이구동성으로 이렇게 말했다.

그들은 '라오 차오'가 토지 균등분배를 지도하면서 주도면밀하고 또 세심하게 활동한 것에 대해 잊을 수 없었다. 그녀는 정책에 대해 잘 이해 하였고, 간부나 당원의 감정을 상하게 하는 일이 없었으며, 대중의 이익을 잘 보호하여 한 집도 계급성분이 잘못 획정되지 않도록 하였다. 남녀 노인 모든 이들이 붉은 인장으로 날인된 토지증서를 받고 얼마나 기뻐했는지 모른다. 어린아이들도 모두 기뻐하며 앙가(秧歌)를 목소리 높여 합창했다. "네모난 토지 증서, 그 가운데 선홍색 금인(金印)이 찍혔네. 우리 생활을 보장해준 중국공산당에 감사한다네."

마을 사람들의 노랫소리, 웃음소리를 들으며 덩잉차오 역시 그들과 함께 웃고 박수치며 노래를 불렀다. 해방구 농민은 이로써 이천년 동안 그들을 억압하고 수탈해왔던 봉건제도를 마감하고 자신의 이름으로 된 땅에서 새로운 삶을 시작하게 되었다.

시거우촌 대부분의 부락민들은 학교 교육을 제대로 받지 못해 옛날에는 글도 읽을 수 없어 많은 고통을 받아야 했다. 덩잉차오는 마을에 들어온 후 바로 활동조 동지들과 함께 농민학교를 열어 점심시간과 밤 시간을 이용하여 농민들에게 글자공부를 시켰는데 많은 농민들이 문맹의 딱지를 떼고 급기야는 정규학교로 입학할 수 있게 하였다.

시거우촌의 농민은 항상 의사와 약품이 부족했다. 만약 병에 걸리면 고작 온돌에 누워 몸을 지질 뿐이었다. 덩잉차오는 누가 병에 걸리면 약을 가져와 지체 없이 보냈는데 그것을 먹기만 하면 이내 좋아졌다.[66] 마을사람들이 그녀에게 감사하자 그녀는 웃으며 말했다. "약은 공공의 것이니 마땅히 모두가 먹어야 합니다." 당시 천추핑과 청위옌공이 도맡아 마을사람들에게 약을 건네주었다. 마을사람들은 청위옌공을 '남자의사'라고 하고, 천추핑을 '여자의사'라고 불렀다.

늙은 빈농 가오용춘(高永存)이 눈병으로 눈을 뜨지 못할 정도로 빨갛게 부어올라 생활조차 곤란한 지경에 빠졌다. 덩잉차오가 가서 살펴보고 그에게 말했다.

"'라오 가오', 빨리 눈을 치료해야지 시기를 놓치면 안 됩니다."

가오용춘은 깊이 한숨을 쉬며 말했다.

"'라오 차오', 당신도 알 테지만 우리 마을에 눈병을 치료할 수 있을 만큼 여유 있는 사람이 누가 있겠습니까? 그저 참고 지낼 수밖에 없지요"

덩잉차오는 그에게 소개장을 써 주며 탕(唐)현 베쑨병원으로 가서 눈을 치료하게 하고 그에게 여비까지 챙겨주었다.

가오용춘은 탕현의 베쑨병원을 찾아 가서 '라오 차오'가 그에게 써준 소개장을 꺼내 보였다. 원장은 그것을 보고 덩잉차오가 소개하여 오게

---

66 농민들은 의사와 약품이 부족했기 때문에 약품에 대한 저항반응이 없었다. 따라서 약을 복용할 경우 효과도 약을 상용하는 사람들에 비해 더욱 좋았다.

됐다는 사실을 알고 바로 그를 입원시켜 몇 주 동안 치료해 주었다. 병원을 스쟈쫭(石家莊)으로 옮기게 되자 원장은 그를 다시 스쟈쫭으로 데리고 가 그의 눈을 완전하게 치료하였다. 마을로 돌아온 가오용춘은 사람들을 만나 만약 '라오 차오'의 소개장이 없었다면 그의 두 눈을 틀림없이 잃어버렸을 것이라고 말했다.

시거우촌의 농민에게는 경작지가 매우 부족해 줄곧 담배를 심어 양식과 바꿔 먹었다. 농민들은 담배를 팔고 정부가 쌀을 발급했는데 안타깝게도 취양(曲陽)까지만 운송해 주었다. 그래서 시거우촌의 농민들은 쌀을 취양에서부터 마을까지 짊어지고 와야 했다. 장정 한 명이 한 번에 35-40 킬로그램 정도밖에 질 수 없어 품도 많이 들고 힘도 들었다. 봄 농사가 곧 다가오기 때문에 마을에선 일손을 따로 돌리기가 힘들었고 결국 마을 사람들은 먹을 양식이 부족해지게 되었다.

시거우촌에서 멀지 않은 왕콰이(王快)진(鎭)에는 담배공장이 있었는데 공장에는 화물 운송 때 이용하는 7,8마리의 노새가 있었다. 덩잉차오는 촌장에게 일러 담배공장 경리에게 노새를 임대하라고 부탁하고 또한 담당기관 행정과장에게도 편지를 보냈다. 담배공장에서는 바로 노새 몇 마리를 보내주었고, 2,000-2,500킬로그램의 쌀을 순식간에 시거우로 실어 날랐다. 이를 본 마을사람들은 '라오 차오'에 대해 어찌 감동하지 않겠는가?

대중에 대한 덩잉차오의 관심은 매우 세밀하여 두루 미쳤다.

한 번은 군대가 시거우를 지나갔는데 마을 사람들은 그들에게 식사를 대접했다. 그들이 떠난 후 몇 광주리의 쌀밥이 남았다. 덩잉차오는 부락민들에게 손해를 끼칠 수 없다면서 구공소로 하여금 남은 밥을 거둬들이게 하고 대신 마을 사람들에게는 식량 배급표를 발급하게 하였다. 그녀는 구공소 동지들과 함께 3일 동안 억지로 남은 밥을 먹어야 했다.

덩잉차오는 남녀청년들의 절박한 사정에도 깊은 관심을 기울였다. 구공소 옆에 살던 그녀는 젊은 남녀 한 쌍이 며칠 동안 구공소 문 앞을 눈에 눈물을 머금은 채 배회하고 있는 것을 보았다. 그녀가 다가가 이유를 물어보니, 다사디(大沙地)촌 남자와 쉬취옌(水泉)촌 여자가 자유연애 끝에 결혼하고 싶어 한다는 것을 알았다. 그런데 문제는 집안 어른들도 동의한 결혼을 마을 사람들이 정서에 맞지 않는다며 한사코 가로막고 있다는 것이다. 구공소 동지 역시 마을 사람들의 한 쪽 말만 듣고 그들에게 결혼등기를 해주지 않았다. 덩잉차오는 젊은 남녀가 자신의 짝을 제 손으로 고르고, 가장이 자신들의 결혼을 좌지우지하는 것에 반대하는 것은 진보적인 행동이며 정부도 이를 마땅히 지지한다고 하였다. 그녀는 이들 젊은 남녀를 구공소로 데려가서 상황을 설명하였다. 구공소는 즉시 그들에게 결혼 수속을 밟아 주었다. 덩잉차오는 이들 남녀가 자유 결혼에 성공하게 된 사정을 생생한 사례로 삼아, 시거우촌 군중을 대상으로 자주 결혼, 자유결혼에 대해 교육하였다.

간혹 자유혼인의 의미를 곡해하는 자도 있어 오히려 문제를 일으키기도 하였다. 비옌졔커우(邊界口)촌의 한 젊은 부부는 사소한 일로 서로 다툰 후 화가 나서 바로 구공소로 달려가 이혼 수속을 요구하였다. 구공소 간부는 자유결혼에 대한 '라오 차오'의 지시를 들은 바 있었기 때문에 상황에 대해 신중하게 분석하지 않은 채 바로 그들 부부에게 이혼 수속을 밟아 주었다. 그런데 그들은 이내 후회하고 돌아와 이혼을 취소하겠다고 하였다. 구공소 간부는 그들을 크게 나무라며 재결합을 허락하지 않았다. 둘은 어쩔 수 없이 시거우 근처에 있는 큰 나무 아래로 달려와 서로 껴안고 통곡하였다.

덩잉차오가 마침 근처를 산보하다가 젊은 부부 한 쌍이 껴안고 울고 있는 것을 보고 자초지종을 묻자, 둘은 잠깐의 싸움 때문에 이혼을 했고 바로 후회하며 재결합을 요구했지만 구공소에서 받아주지 않는다고 울면서 설명하였다. 웃으면서 자초지종을 들은 덩잉차오는 이렇게 말했다. "당신들의 상황이 그러하다면 재결합이 가능합니다. 당신들은 가서 구공소 동지에게 말하세요. '라오 차오'가 다시 한 번 고려해 주었으면 한다고 말입니다. 당신들의 구체적인 정황에 따르면 재결합을 허용할 수 있

어요. 대신 두 분은 다시는 싸우지 않도록 하고, 서로 약간의 문제가 있
다 하여 함부로 이혼하자고 하면 안 됩니다.”

젊은 부부는 덩잉차오에게 다시는 다투지 않을 것이며 두 번 다시 함
부로 이혼하지 않겠다고 다짐했다. 그들은 신이 나 구공소로 달려갔고
결국 아주 기뻐하며 집으로 돌아가게 되었다.

덩잉차오는 조속히 혼인법을 제정하고 대중들에게 널리 선전해야 비
로소 인민들이 수천 년간 지속되어 온 봉건적인 혼인제도의 속박에서
벗어나 행복이 가득 찬 가정생활을 할 수 있을 것이라고 생각했다.

75. 2구(區) 토지개혁 사업의 지도

덩잉차오는 푸핑(阜平)현 2구 토지개혁 사업에 참가하여 지도하였다.
그녀는 특별한 경험을 일반화시키는 방법으로 2구 토지개혁을 사상적으
로 지도하였다.

1948년 1월 9일 그녀는 2구 간부회의에서 자신의 시거우 토지개혁 참
가 경험을 종합적으로 정리하였다. 그 자리에서 그녀는 현지 간부의 사
상적 경향과 일부 정책상의 문제를 겨냥하여 자신의 의견을 피력하였다;
지도자급 간부의 사상에는 여전히 주관주의와 조급증이 자리하고 있어
서 빈농단의 순수함을 지나칠 정도로 과격하게 처리하며, 요구 또한 지
나치게 높다. 사상적으로 그들은 오직 자기 자신만 믿을 뿐 대중을 신뢰
하지 않으며, 항상 독단적으로 대중을 대신하며, 객관적이고 사실적인 데
서 출발하지 않고 주관에 따라 처리하며, 강제로 명령을 내리곤 하였다.

어떻게 하면 그들을 교정할 수 있을까? 그녀는 다음과 같이 말했다;

반드시 사상적으로 허세를 부리지 말고 기꺼이 대중의 어린 학생이 되어야 한다. 특히 지식분자는 늘 자신들이 대중에 비해 더 고명하다고 여긴다고 하면서 오로지 대중에게 배워야 비로소 "대중 가운데서 시작하여 대중 속으로 들어갈" 수 있으며, 그럴 때에야 대중을 지도할 수 있는 예견 능력과 과학성을 갖출 수 있게 된다.

덩잉차오는 주관주의를 진지하게 극복하고 항상 객관적이고 실제적인 데에서 출발해야 하며, 상부 지시를 앵무새처럼 따라하지 말고 현지의 실제상황에 맞게 일을 처리해야 한다고 말했다. 대중 속으로 깊숙이 들어가 그들에게 폭넓게 선전과 교육을 실시하여 그들의 각오를 드높이고 당의 구호를 대중의 행동으로 전화시킬 것을 요구했다.

덩잉차오는 구체적인 모든 사업이 모두 대중을 발동시키는 구체적 단계이며, 모든 사업이 대중을 동원하거나 조직하는 문제를 포괄하고 있다는 사실을 이해해야 한다고 말했다. 형식주의에 빠지지 않아야 하며, 제대로 이해하거나 준비도 하지 않은 채 제멋대로 시험을 해서는 안 된다고 했다.

그녀는 민주적인 사업 태도를 길러야 하고, 자신의 의견과 다른 타인의 의견을 충분히 고려해야 한다고 하면서 다음과 같이 말했다; 어떤 행동을 하더라도 항상 자세하게 살피고 준비해야 하며, 사후에는 연구 토론을 통해 결론을 내리고, 경험 속에서 교훈을 찾아내 이후에는 더욱 발전된 활동을 전개해야 한다. 지도는 주로 사상적·정책적 지도여야 하며 구체적인 행동은 대중이 스스로 하게 해야지, 독단적으로 대신해서는 안 된다. 그러나 독단적으로 남을 대신하는 행동의 폐단을 교정한다면서 제멋대로 하도록 방임하여 대중의 뒤를 추수해서도 안 된다. 빈농단이 주요한 역할을 수행한다고 하더라도 당의 지도를 받아야지 모든 일을 빈농단이 책임지게 해서는 안 된다. 지도와 독단적 대행을, 그리고 방임주의와 대중추수주의를 구별해야 하며 당내(黨內)와 당외(黨外), 오늘의 정책과 내일의 정책 등 몇 가지 구별에 주의해야 한다.

그녀는 2구 농촌 마을에 일반적으로 존재하는 분파문제에 대해 언급하였다; 이것은 역사적으로 존재했던 분규들 때문에 형성된 것이며, 옳고 그름과 경중을 따져 빈·고농의 분파 정서와 지주·부농이 의식적으로 만든 분파적 갈등을 구분하고, 분파의 두목과 일반대중을 구분하며, 분파 사상과 분파 행위, 그리고 자각하고 있는지 아닌지 등등에 대해 구분을 해야 한다. 이들을 구분하지 못하면 정책을 제대로 파악하거나 실천할 수 없으므로 그 구별이란 결국 정책 파악 여부나 실천 가능성을 판단할 수 있는 임계점이었다. 분파문제를 자세하고 신중하게 처리하여 농민의 사상적 각오를 고취시킴으로써 분파의 해악에 대해 분명하게 인식케 하고, 분파성을 타파함으로써 일치단결하여 토지개혁을 제대로 수행하여야 한다.[67]

2월 2일 덩잉차오는 2구 간부회의에서 다시 토지개혁에서 드러난 일부 인식 문제와 정책문제에 대해 강조하였다.

그녀는 간부 중 일부가, 빈농단이 본래 계급적 대중조직이며 프롤레타리아계급의 최고 조직 형식이 아니므로 당조직과는 대등한 관계에서 논의하는 것은 부당하며, 지위나 권력도 동등하지 않을 뿐만 아니라 더욱이 당을 능가할 수 없다는 사실에 대해 제대로 이해하지 못하고 있다고 하면서 다음과 같이 말하였다; 사실 당 개선 조치 이후 많은 당원은 빈농단과 신농회(新農會)에 참가하였고, 그 안에서 지도적인 역할과 모범적인 역할을 수행하였다. 당 개선 조치 이후 당의 지부는 여전히 농촌사업의 핵심이며 보루이다. 또한 계급성분을 구분하면서 과거 명확한 지시 없이 어떤 촌에서는 많은 중농과 부유한 중농을 지주나 부농에 포함시

---

67 1948년 1월 9일 허베이 푸핑 2구 간부회의에서 덩잉차오가 한 발언 참조. 『阜平黨史資料通訊』 수록.

켜 중농의 이익을 훼손시켰을 뿐만 아니라 우군 범위를 축소시킴과 동시에 적의 대오를 확대시킴으로써 토지개혁에 매우 불리하게 작용하였다. 우리들은 현재 중앙의 정책에 근거하여 과거의 잘못을 바로잡아야 하는데 이는 곧 토지법을 계속 유지하면서 당의 정책을 관철하는 것이지 정책을 바꾸는 것이 아니다.

덩잉차오는 빈농단 및 신농회 조직을 군건히 하고 확대하는 문제에 대해서도 언급하였다; 농촌에 들어가면 순수한 빈농단을 조직해야 하지만 이것이 곧 빈농단을 협소한 조직으로 만든다는 의미는 아니다. 그러나 어떤 동지는 사상적으로 지나치게 폐쇄적이어서 그저 빈궁한 정도만을 기준으로 삼아 3대를 조사하고 따짐으로써 빈농단을 고립시켜서 수많은 빈농들이 밖에서 빈농단을 배척하도록 만들었다. 동지들은 현 단계가 신민주주의혁명의 단계이지 빈농 독재의 단계가 아님을 명확하게 인식하고 동시에 이를 대중들에게 알려야 했다. 빈농단은 계급적 성격의 군중조직이며, 빈농이라면 지주나 부농의 앞잡이나 분파조직의 우두머리만 아니라면 모두 참가할 수 있다. 빈농단이 튼튼해지고 확대되면 이후 적절한 시점에 신농회를 만들 수 있다. 그것은 중농과 빈농단이 결합한 형식의 조직이며 토지법을 성공적으로 완성할 수 있는 보증서이다. 이전의 해방구에서는 중농이 다수인데 이러한 현실을 받아들여 당연히 그들과 단결해야 한다. 그러면 어떻게 중농과 단결할 것인가? 부유한 중농을 부농으로 구분하지 말며, 하중농(下中農) 또한 평균적인 수치에 따라 토지를 가질 수 있도록 해야 한다. 중농의 이익을 고려하여 그들의 부담을 경감시키고 정치적으로 빈농과 함께 역할을 수행할 수 있도록 하며 농회 대표 가운데 중농이 수적으로 1/3을 차지하도록 해야 한다.

덩잉차오는 어떻게 하면 대중들 속에서 공작을 잘 수행할 수 있는지에 대해 설명하였다; 임의대로 대중을 비판하거나 책망하지 말고 그들을 계발하고 유인하는 방식을 취해야 한다. 구 해방구의 현실 상황에 맞추어 빈·고농이 단지 조건만 갖춘다면 적당한 생산 자료와 생활 자료를 얻을 수 있어야 하며 활동하는 동안 반드시 대중의 정서와 이익에 주의하여야 한다. 그리고 상부의 지시를 기계적으로 반복하지 말고 경중과 완급을 따져 단계별로 질서 있게 공작을 진행해야 한다.

덩잉차오는 공작을 하는 동안 결점이 일부 발생하는 원인은 『토지법』을 충분히 연구 검토하지 못하고, 대중을 충분히 믿거나 그들을 철저하게 동원하지 못하며, 어떤 때에는 그들이 하는 대로 방임하거나 추수하기 때문이라고 하면서 다음과 같이 말했다; 객관적 사실에서 출발하지 않고 주관적 희망이나 열정에서 출발하여 감정적으로 정책을 바꾸며, 농민의 절대 평등주의 사상에 원칙도 없이 타협하고, 전심전력으로 인민에 복무한다는 태도품지 족하며, 활동 방법 또한 획일화되었다. 어떻게 이러한 결점을 교정할 것인가? 동지들은 『토지법』을 진지하게 연구하고, 단중에게 공급하여 단중이 행동으로 옮기도록 하며, 명확한 계급의 입장과 대중의 관점에 서서 실사구시의 활동 태도를 가지며 모든 일 분석하고 구별할 수 있어야 한다. 일반적인 원칙은 견지하되 구체적인 문제를 운용함에 있어서는 융통성이 있어야 한다. 하지만 특수한 문제 때문에 기본 원칙이 흔들려서는 안 된다. 그리고 토지개혁 속에서 스스로의 사상을 개조해야 한다.[68]

이상의 덩잉차오의 발언에 힘입어 토지개혁에 참가하는 2구 간부들은 사상 인식과 정책에 대한 이해의 수준을 높이고 공작 태도를 개선했으며 2구 토지개혁 작업을 정확한 궤도 위에서 순조롭게 진행시킬 수 있었다.
토지개혁 후 일부 구향(區鄕) 간부는 덩잉차오에게 농촌의 자유결혼이

---

68 1948년 2월 2일 푸핑 2구 간부회의에서의 덩잉차오 발언. 원문은 『阜平黨史資料通訊』
참조.

제대로 보장되지 못하고 있는 상황에 대해 계속해서 보고하였다. 덩잉차오 역시 시거우촌에서 이러한 문제를 직접 경험한 바가 있었다.

1948년 3월 그녀는 2구에서 혼인 문제 좌담회를 개최하였다. 좌담회에서 그녀는 혼인 문제는 남녀 모두의 문제일 뿐만 아니라 하나의 사회적 문제이며 대다수 인민의 이익에 관한 문제라고 하였다.

덩잉차오는 중국의 혼인 상황이 매우 불합리하다고 지적하였다; 첫째, 당사자를 무시한 채 독단적으로 혼인이 이루어져 개인의 의사와 관계없이 평생 갈등 속에 살 수밖에 없다. 둘째, 매매혼 문제인데 여성을 상품으로 판매하는 것이다. 돈이 없는 가난한 사람은 평생 떠돌이 부랑자로 살 수밖에 없었다. 또한 과부는 재혼도 할 수 없는데, 과부는 수절을 해야 하지 재혼을 해서는 안 된다는 결혼제도는 정말 잘못된 것이다. 혼인의 불합리함 때문에 사회관계 중 남녀관계는 비정상적이고 혼란스럽다.

그녀는 당시 중국이 과도기에 처하여 전쟁의 혼란이 가중되었기 때문에 혼인문제가 더욱 복잡하다고 하였다; 우리들은 봉건적인 혼인제도를 파괴하고 매매혼을 폐지하며 자유결혼을 제창해야 한다. 개인은 결혼의 자유를 가져야 할 뿐만 아니라 이혼의 자유도 보장받아야 한다. 물론 사람들에게 이혼을 하라고 촉구하는 것은 아니다. 농촌에서는 주로 봉건적인 일방적 결혼 때문에 여성들의 고통은 더욱 크다. 혼인의 자유는 원칙의 문제이며 반드시 확보되어야 한다. 혼인의 자유가 보장되면 사람들의 결혼과 이혼에 대해 우리가 간섭해서는 안 되며 간섭을 해서 좋을 것도 없다. 혼인 문제를 개선하기 위해서는 제도나 정책 이외에 장기적인 교육을 통해 과거의 사상을 개조하고 신사상 풍조를 수립해야 한다. 수천년 동안 자유가 없다가 자유롭게 혼인을 하게 된다면 사회에 미칠 엄청난 충격으로 어느 순간 일탈 현상이 나타날 수 있다. 하지만 이에 대해 지나치게 확대해석을 하지 말고 정확한 방향으로 잘 인도해야 한다. 또한 농촌에서는 조혼 풍조에 반대하는 교육을 진행해야 하는데 이것이 국민의 건강 문제에 영향을 주기 때문이다. 결론적으로 대중의 결혼문제는 반드시 신중하게 처리해야 하지 경솔하게 대강대강 처리해서는 안 된다.[69]

덩잉차오가 푸핑현에서 진지하게 토지개혁 사업을 전개하고 있을 때 저우언라이는 마오쩌둥, 런비스와 함께 산시(陝西) 북부를 전전하며 전국의 해방전쟁을 지도하였다. 전국의 각 해방구는 연이어 전쟁에서 승리하였다. 류덩(劉鄧)의 대군은 황허라는 천연 요새를 돌파하고 중원으로 진입하였다. 해방전쟁은 이미 전략적 방어 단계에서 전략적 진공 단계로 전환되었다.

덩잉차오는 당연히 해방전쟁의 진전 상황에 대해 시시각각으로 관심을 기울였고, 중국의 운명을 결정지을 해방전쟁을 마오 주석과 함께 지도하고 있는 언라이를 그리워하였다. 어느 날 드디어 그녀는 저우언라이가 산서 북부를 전전하며 쓴 친필 편지를 받았다. 그녀가 정신을 집중하며 편지를 읽고 있었는데, 그녀의 비서 천추핑(陳楚平)이 방안으로 들어오며 농담으로 그녀에게 말을 건넸다.

"다졔, 연애편지가 왔군요."

덩잉차오는 편지를 다 읽고는 웃으며 말했다.

"연애편지는 무슨, 정세보고일 뿐이에요. 못 믿겠다면 가져가 읽어보세요."

천추핑은 편지를 건네받아 읽어 보았다. 다 읽은 후 편지의 마지막 몇 구절을 가리켰다. "달을 바라보며 생각합니다, 몸은 건강하지요? 중추절에 언라이가." 그녀는 웃으며 덩잉차오에게 말했다.

"다졔, '달을 바라보며 생각합니다.' 이게 연애편지 아닌가요?"

덩잉차오는 웃었다. 그녀는 중추절 날 푸핑현 스쟈(史家) 채(寨)에서 진

---

69 1948년 3월 푸핑 2구 간부좌담회에서 이루어진 덩잉차오 발언 기록 원고 참조.

찰기(晉察冀)해방구 토지회의에 참석하고 있던 자신의 모습을 떠올렸다. 본래 중추절에는 가족이 다 함께 모여 식사를 하고 술을 마시며 월병(月餅)을 먹었다.

그날 밤 그녀는 하늘의 흰 달을 바라보며 멀리 산시 북부에 있는 언라이를 그리워하였다. 그러면서 그녀 역시 "달을 바라보며 그를 생각했었다." 그 당시 그녀는 그에게 바로 편지를 쓰고 싶었지만 힘든 작전 중이어서 정해진 주소가 없음을 생각해냈다. 하지만 그녀를 더욱 꺼리게 만든 것은 긴장의 끈을 놓지 못한 채 전국 해방전쟁을 지휘하고 있을 그의 신경을 분산시키는 것이었다. 그녀는 그에 대한 강렬한 그리움을 억지로 참으며 그에게 편지를 보내려던 생각을 접고 말았다. 그런데 그 바쁜 와중에도 그가 편지를 보내온 것이었다. 그녀에게 그는 이렇듯 세심하였으며 또 갈수록 그의 애정은 더욱 깊어만 갔다. 생각이 여기에까지 미치자 그녀는 자연스럽게 붓을 들어 흐릿한 등불 아래에서 그에게 답장을 쓰기 시작하였다. 재치 있는 천추펑은 몰래 밖으로 나가 다녜가 그녀의 애틋한 마음을 충분히 그리고 편하게 표현할 수 있도록 도와주었다.

76. 중앙여성위원회의 정비, 강화 활동

1948년 4월, 화창하고 꽃 피는 어느 봄날이었다. 덩잉차오와 활동 조원은 토지개혁 활동을 마치고 시거우를 떠나게 되었다.

시거우 농민들은 그들을 떠나보내는 것이 아쉬워 3리나 되는 길을 한참 동안 배웅하며 동행하였다. 덩잉차오는 그들에게 계속하여 그만 돌아가라고 말하였다.

꽤 멀리 왔다고 느낀 그녀가 고개를 돌려 바라보니 매일 같이 어울려 지냈던 젊은 여성당원 류상롱(劉尙榮)이 3살 난 어린 딸을 안고 있었다. 그 딸은 덩잉차오가 준 작은 꽃모자를 쓰고 있었다. 딸과 엄마는 그녀에게 손을 흔들고 있었다. 너무도 좋은 시골사람들에게서 두터운 정을 느끼고 있던 덩잉차오는 그들과 헤어지기가 몹시 서운하였다.

1948년 3월 23일 마오쩌동, 저우언라이, 런비스는 섬서 북부를 떠나 황허를 건넜다. 4월 13일 그들은 부핑현 청난좡(城南莊)에 도착하여 진찰기(晉察冀) 군구(軍區)에 머물렀다.

런비스는 청난좡에서 현위원회, 구위원회의 일부 서기들과 좌담회를 개최하여 토지개혁과 당 정비 상황에 대해 검토하였다. 덩잉차오도 역시 참가하였다.

그녀는 헤어진 지 1년 만에 저우언라이를 보았다. 그는 비록 약간 수척했지만 심리적으로나 신체적으로는 매우 좋은 상태였기 때문에 그녀는 안심하였다. 저우언라이 역시 '샤오 차오'가 농촌에서 반년 넘게 토지개혁 사업을 수행하면서 옌안에서보다 많이 건강해졌고 얼굴도 홍조를 띠며 좋아 보였기 때문에 안심하였다.

둘은 많은 이야기를 나눌 여유가 없었다. 점잖게 곁을 지나던 마오쩌동은 덩잉차오의 손을 잡으며 익살스럽게 말했다.

"'샤오 차오' 동지, 토지개혁을 위한 일선 현장에서의 활동은 좋은 성과를 거뒀고 경험도 풍부해졌으니 매우 좋습니다. 하지만 당신의 후방지원부장으로서의 역할은 그다지 좋지가 않아요. 이렇게 오랫동안 한 번도 전선위원회에 위문을 오지 않았으니 언라이가 얼마나 힘들었겠어요?"

"언라이는 계속 건강한 몸을 유지하고 있습니다. 또한 경호원도 그를 돌봐주고 있으며 주석께서도 관심을 기울여주시니 제가 가보지 않아도 별 문제가 없습니다." 덩잉차오가 웃으며 말했다.

마오쩌동은 농담으로 받았다.

"그러면 안 되지요. 우리가 당신의 후방지원부장 역을 대신할 수는 없지요."

저우언라이는 곁에서 웃으며 말했다.

"상관없습니다. 서로 연락도 되고 하니 만나 보는 것과 다름없지요"

마오쩌둥은 또한 덩잉차오가 작년 옌안을 떠나 올 때 자신의 사랑하는 어린 딸 리너(李訥)[70]를 데리고 다니며 잘 돌봐준 것에 대해 감사했다.

덩잉차오는 웃으며 말했다.

"주석, 그 일은 제가 마땅히 해야 할 일이었습니다. 그러니 감사하실 필요는 없습니다. 리너는 말을 아주 잘 들었을 뿐만 아니라 행군 중에는 다른 사람과 똑같이 삶은 콩을 먹으며 편식도 하지 않았습니다. 제가 그녀에게 아빠, 엄마가 보고 싶지 않냐고 물으면 그녀는 전쟁에서 승리를 거두고 옌안으로 돌아가 아빠, 엄마를 만나 보겠다고 말했습니다."

마오쩌둥은 이 이야기를 듣고 호탕하게 웃으며 의미심장하게 말했다.

"현재 옌안은 이미 수복됐습니다. 하지만 우리는 옌안으로 돌아가지 않고 베이핑, 난징, 상하이로 가서 세상 돌아가는 정황을 속속들이 알아야 합니다."

마오쩌둥의 이 같은 낙관적 전망을 듣고, 저우언라이와 덩잉차오 그리고 같이 있던 런비스, 네룽진 등은 모두 크게 웃었다.

이 당시 중앙여성위원회 서기 차이창은 동북해방구 사업을 진행하고 있었기 때문에, 덩잉차오가 중앙여성위원회 대리서기를 맡고 있었다.

1948년 4월 28일 덩잉차오는 저우언라이와 함께 허베이 핑산(平山) 현 시바이포(西柏坡)에 도착했다. 이곳은 중공중앙의 주둔지였다. 시바이포는 타이항(太行) 산 동쪽 기슭, 후퉈허(滹沱河) 북안(北岸)의 바이포링(柏坡嶺) 앞에 위치하였다. 바이포링에는 울창한 송백나무가 가득했고 그 앞에는 7,80호의 산촌이 있었는데 편의상 시바이포촌이라 불렀다.

덩잉차오와 저우언라이는 시바이포에 있는 한 농가에 머물렀다.

---

[70] 역주: 1940-현재. 마오쩌둥과 쟝칭 사이에서 난 딸. 옌안에서 출생하고 1966년 베이징대학 역사과를 졸업하였다. 항일전 당시 마오쩌둥은 리더성(李得勝)이라는 가명을 사용했기 때문에 딸의 성이 '마오'가 아닌 '리'였다.

그곳은 두 칸짜리 북방(北房)[71]이었다. 뒷방[72]이 그들의 침실이었다. 방에는 두 개의 나무 침상 이외에, 흰 나무 책꽂이, 옷걸이, 작은 책상이 각각 하나씩 놓여 있었는데 덩잉차오의 사무용이었다. 외옥(外屋)[73]은 저우언라이의 사무실이었다. 회의용 탁자, 의자, 목재 소파 두 개, 다기 세트 등이 있었다. 그리고 한 장의 전국지도가 벽면을 가득 채우고 있었다. 지도에는 붉은 색, 흰색 화살표가 가득했는데 그것은 전국의 전쟁 상황도였다.[74]

뜰에는 배나무와 취죽(翠竹)이 각각 한 그루씩 심겨져 있었다. 덩잉차오는 꽃과 나무를 무척 좋아하였다. 아침저녁으로 항상 취죽 아래에서 조용히 사색하였다. 해방전쟁은 곧 전국적인 승리로 끝나갈 예정이었다. 그렇다면 이러한 새로운 형국에서 맞추어 여성사업은 어떻게 새로운 국면을 개척해 나가야 할 것인가? 중앙여성위원회 대리서기를 담당하고 있는 덩잉차오는 먼저 중앙여성위원회를 강화시키는 활동을 전개해야 한다고 생각했다. 왜냐하면 그것이 전국여성운동의 '사령부'였기 때문이었다.

중앙여성위원회는 근 1년 동안 각 해방구로 분산되어 토지개혁에 참가하였다. 1948년 5월 위원회의 동지들이 속속 복귀하였다. 중앙여성위원회 기관은 시바이포에서 멀지 않은 동바이포(東柏坡)에 자리하고 있었다. 덩잉차오는 매일 산비탈의 작은 길을 따라서 동바이포로 가 업무를 처리하였다.

그녀는 세심하게 살피고 준비했으며 또 동지들과 의견을 나누었다. 5

71 　역주: 중국 전통 가옥인 사합방(四合房) 가운데 북쪽 정면의 가옥.
72 　역주: '이방(里房)'. '정방(正房)' 양쪽에 있는 방. 집안의 여러 개의 방 가운데 직접 뜰로 통하는 입구가 없고 다른 방을 거쳐서야만 뜰로 나갈 수 있는 방을 가리킨다.
73 　역주: 바깥으로 통하는 가운데 방. 중국의 가옥은 보통 세 칸으로 이루어졌는데, 양쪽의 방에 들어가려면 중앙에 있는 방, 즉 '외옥'으로 들어가고 다음에 거기에서 좌우에 있는 '이옥'으로 들어간다. '이옥'은 거실이며 '외옥'은 응접실로 보통 사용한다.
74 　필자가 시바이포를 방문했을 때 당시 진열된 모습을 본 것이다.

월 25일 그녀는 중앙여성위원회 회의에서 중앙여성위원회의 성격, 역할, 활동 방법, 활동 태도 등에 대해 체계적으로 설명하면서, 중앙여성위원회를 굳건하게 건설해 나가야 한다는 내용의 중요 의견을 제시하였다.

그녀는 중앙여성위원회의 역사에 대한 이야기로 발언을 시작하였다. 공산당 창당 직후 당중앙은 여성부 또는 여성운동위원회를 설립하여 여성운동을 전담시켰고 당중앙과 협조하여 전국여성운동을 연구, 지도하게 하였다. 그 사이에 일정 시기 동안 외부 환경의 변화 때문에 전담 책임자가 없는 경우도 있었지만 조직 자체가 취소된 적은 없었다. 여성위원회의 조직이 반드시 필요했기 때문이었다.

덩잉차오는 여성위원회가 당중앙 각부위원회와 마찬가지로 당중앙 직속기관이지만 선전부, 조직부 등과는 구별된다고 하면서 다음과 같이 지적했다. 여성위원회는 연구를 하거나 건의하는 기관으로 정책을 결정, 집행하는 기관이 아니다. 중앙여성위원회의 직권은 여성사업을 연구하여 중앙에 여성사업의 전개 상황에 대해 건의하고, 당중앙을 통해 각급 당위원회를 지도하여 여성사업을 추진한다. 우리는 어떻게 연구할 것인지, 어떻게 건의할 것인지, 어떻게 자신의 역할을 발휘하여 해야 할 과업을 수행할 수 있을지 등에 대해 분명하게 인식해야 한다.

그리고 덩잉차오는 다음과 같이 말했다. 우리의 연구는 반드시 당중앙의 핵심사업과 결합되어 중심을 갖고 추진되어야 한다. 현재 해방구의 중심사업은 전쟁, 토지개혁 그리고 생산이다. 여성들은 주로 후방에 거주하기 때문에 우리는 전선 지원, 토지개혁, 생산 가운데 여성사업을 어떻게 전개할 지에 대해 중점적으로 연구해야 한다. 연구 활동은 반드시 정태적인 연구와 동태적인 연구를 결합시켜야 한다. 기관에서 문건과 자료를 보며 정책을 연구하는 것이 정태적인 연구이다. 이러한 연구는 필요하다. 이렇게 정리하고 결론 맺는 연구를 통하지 않을 경우 우리는 경험적이고 감각적인 인식을 이성적인 지도로 승화시킬 수 없다. 그러나 그것은 반드시 실제의 대중운동과 서로 결합되어야 한다. 우리는 대중사업을 수행하는 조직으로서 반드시 대중과 대면해야 한다. 농촌으로 들어가고 도시의 공장으로 들어가며 빈민 가운데로 들어가고 아동보육기관이나 가족들 가운데로 파고 들어가야 한다. 이것이 동태적 연구이다. 아래로 들어가는 데에도 반드시 중심이 있어야 하고 단계적 절차가 있어야 하며 조직기관은 공연히 허세를 부려서는 안 된다.

어떻게 당중앙에 건의를 할 것인가? 이에 대해 덩잉차오는 다음과 같이 말했다; 건의에는 반드시 근거가 있어야 하는데 자료를 확실하게 파악하여 근거로 삼아야 하며 사람들이 받아들이는 수준을 고려한 절제가 필요하고 눈앞의 사업에 대해 활용될 수 있는 유용성이 있어야 한다. 단순히 주관적 열정에서 출발해서는 안 되고 효과의 측면을 고려하여 제의해야 한다. 경솔하고 조잡하며 실제에 부합하지 않는 건의를 하는 것보다는 차라리 조금 늦더라도 천천히 제출하는 편이 낫다. 그리고 정확한 시점을 잘 파악해야 한다. 어느 정도의 시간이 흐른 뒤 분위기가 성숙되어 사람들이 받아들일 수 있는 상황이 되면 그 시점에 도달한 것이다. 건의는 반드시 단계를 밟아 한 걸음 한 걸음 점차적으로 추진되어야 한다.

분명히 충분한 고려가 있었지만 우리들의 건의가 어떤 때는 받아들여지고 또 어떤 때에는 거절당하기도 하는데 이는 주로 여성위원회 자신의 활동에 의해 그렇게 결정되기 때문이라고 덩잉차오는 말하였다.

여성위원회의 주요 사업은 무엇인가? 덩잉차오는 이렇게 말했다; 전체적으로 대중적인 여성사업은 대중운동의 일부분이고 당 사업의 일부분이기 때문에 당의 핵심사업이나 대중운동과 결합해야지 고립적으로 여성사업을 추진해서는 안 된다. 중국사회의 반봉건성 때문에 당내에도 남존여비사상이 자리하고 있다. 따라서 어떻게 당 전체가 여성사업을 제기하고 또 그것을 중시하여 받아들일 수 있게 하기 위해서는 반드시 고통스럽고 세심한 사상공작을 줄기차게 해야 한다. 여성위원회의 업무는 여성사업의 방침과 정책을 지도하고 그 경험을 총결하는 것이다. 구체적으로 농촌여성사업, 도시여성사업, 여성간부의 교육과 배양, 아동 보육, 가족사업, 국제여성활동 등등을 포괄한다.

덩잉차오는 여성위원회의 업무와 여성사업은 마땅히 구분되어야 한다고 하면서 이렇게 말했다; 여성위원회 업무에 대해서는 반드시 소수의 연구가 필요하며, 여성위원회는 지도기관에게 당의 각급 지도를 통한 여성사업의 추진을 건의해야 한다. 여성사업은 광대한 대중적 성격의 사업으로, 여성기구의 소수 간부에 의하여 추진되어서는 안 되며 당 전체의 임무가 되어야 한다. 이 점에 대해서는 전국토지회의에서 이미 제기하여 명확히 한 부분이다. 그러나 그때 제기되었다고 해서 이미 실현되었다는 것은 결코 아니다. 그것은 단지 파종에 불과하였다. 여성사업을 진정 당전체의 임무로 만들기 위해서는 사상의 측면에서 시작하여 남존여비사상을 개조하고 줄여나가는 대신 남녀평등사상은 늘려나가야 한다. 건설적인 의견을 많이 제시하고 스스로를 돌아보는 방법을 선택해야 하지 모름지기 남을 탓하여 그와 대립해서는 안 된다. 동시에 이러한 필요에 부응할 수 있는 기구를 만들어야 한다. 여성위원회는 마땅히 전문적 간부로 일군을 삼아야 하며 그와 함께 문호를 개방하여 다른 분야의 여성 간부도 여성위원회에 참가시킬 뿐만 아니라 각종 보조 형식, 예컨대 아동보육위원회, 각종 전문문제 좌담회 등을 채택하여 여성사업을 추진, 전개해야 한다. 여성 대중조직은 당내의 여성조직과 분리되어야 한다. 당내 조직인 여성위원회는 광범위하게 여성대중조직을 만들어야 한다. 여성위원회는 이들 대중조직을 통해 여성운동을 지도하여야 한다.

덩잉차오는 과거 중앙여성위원회의 사업이 주동적이지 못했고 상당 부분 임기응변적이어서 장기적인 계획을 수립하지 못했으며, 중점을 기울여야 할 부분과 단계를 따져야 할 때를 고려하여 체계적으로 사업을 진행하지 못하였음을 솔직하게 인정하며 다음과 같이 말했다; 사업을 수행하면서 맹목적으로 하거나 조급증에 사로잡힌 적이 많았고 주관적인 열정으로만 시작하였지 냉정하고 깊이 있게 사고하거나 전면적인 검토를 하지 못했다. 그리고 엉성한 수공업 방식으로 사업을 추진하였지 과학적이고 체계적이며 조리 있는 방식을 택하지 못했으며 종합적으로 검토하려는 노력 또한 매우 부족했다. 실무적인 활동은 명확성, 긍정성, 지속성이 부족했었다. 그리고 때로는 전쟁 환경과 같은 객관적인 요인 때문에, 어떤 경우에는 투지 부족으로 사업을 지속할 수 없었다. 예컨대 국제 선전 활동의 경우 이년 전에는 긍정적이었으나 현재는 피동적으로 대처하는 상황에 이르고 말았다.

당연히 이들 결점은 여성위원회 조직의 불건전성과 간부의 유동성 문제와 밀접히 관련이 있었다. 덩잉차오는 1945년 당 제7차대회 이후, 10월 10개의 여성위원회가 5개로, 12월에는 다시 1개로 줄어 겨우 4명만 남아 활동을 이어가고 있다고 지적하면서 다음과 같이 말했다; 1946년 몇 명의 동지가 증원되었지만 이내 토지개혁에 참가하기 위해 각지로 분산되었다가 최근에야 비로소 다시 모였다. 따라서 당장 여성위원회의 조직 정비에 치중하여 향후 2,3년 내에 당 전체를 위해 수백 명에서 수천 명의 숙련된 여성간부를 배출하도록 노력해야 한다.

이어 덩잉차오는 말했다; 중앙여성위원회 사업 범위가 전국을 상대로 하고 또 민중을 향하게 해야 한다. 사업은 조직을 통하고 조직을 동원하는 방식으로 추진되어야 하지 매번 활동가가 대행하거나 직접 나서서는 안 된다. 핵심사업과 일상 업무를 구분하여 처리하고, 역량을 집중하여

몇 가지 사업을 처리하며, 집단적 지도와 개인 분담 책임제를 수립해야
한다. 지도 수준을 높이고 자신의 개조를 위해 노력하며 이론의 학습과
실천의 심화를 함께 중시하고 자신의 수양을 보다 강화하여 주관적인
맹목성을 극복해야 한다. 동지들은 서로 지지하고 서로 양해해야지 서로
에 대해 화를 내거나 머뭇거려서는 안 된다.

덩잉차오는 마지막으로 해방구 여성사업회의 개최를 준비해야 한다
고 주장했는데 이것은 시급히 해야 할 중요 사업이며 주요한 업무였다.
이 회의에서는 주로 농촌의 여성사업 문제를 해결할 것이었다. 그녀는
이러한 구상을 제안하면서 모두가 힘을 다해 이 회의가 원만하게 개최
될 수 있기를 희망하였다.[75]

덩잉차오의 이 발언을 통해 중앙여성위원회 사업의 기초는 더욱 공고
해지고 중앙여성위원회의 성격이나 사업 내용, 사업 방법과 태도에 대한
모두의 인식이 통일되고 전진해나가야 할 방향이 명확해질 수 있었다.
당시 중앙여성위원회 위원은 단지 6명밖에 없었고 실무를 담당하던 인
원도 겨우 6명이었는데, 이후에 8명으로 늘었다. 대리서기 덩잉차오가
직접 지도하고 비서장 쑤이멍치(蒐盟奇)가 협조해 주었으며, 모든 간부가
일치단결하여 전력투구함으로써 긴박한 사업을 효과적으로 진행할 수
있었다.

---

[75] 1948년 5월 25일 중앙여성위원회에서의 덩잉차오 발언 기록 원고 참고.

77. 해방구 여성사업회의 개최를 주재하다

1948년 9월 공산당은 국공내전에서 연이어 승리했다. 1946년에 120만이던 인민해방군은 이미 285만으로 늘어나 있었다. 반대로 전쟁 초기에 430만에 달하던 국민당 군대는 365만으로 줄어들었으며 그나마 일선에서 작전을 수행할 수 있는 군대는 단지 174만에 불과했다. 해방구의 면적은 235만㎢로 전국 면적의 24.5%, 인구는 1억 6,800만 명으로 전국 인구의 35.3%를 점하였다. 그 가운데 새롭게 편입된 지역을 제외한 인구 1억의 옛날 해방구에서는 토지개혁이 완성된 상태였다.

9월 8일에서 13일에 걸쳐 당중앙은 시바이포에서 정치국회의를 개최하였다. 마오쩌둥은 1946년 7월부터 시작하여 5년 내에 국민당의 반동통치를 근본적으로 타도할 것이라고 잘라 말했다. 9월 12일에는 결전의 요심(遼沈) 전투[76]가 시작되었다.

전국적인 승리가 달성되기 직전인 9월 20일에서 10월 6일 사이에 중공중앙은 허베이 핑산현 시바이포에서 해방구 여성사업회의를 개최하였다. 회의에는 허베이, 서북(西北), 산동, 화중(華中), 화남(華南) 등 해방구의 여성간부 85명이 참석하였고 그 외에 중공중앙 직속기관의 남녀간부 80여 명도 출석하였다. 회의는 주로 여성사업의 방침, 임무, 조직 형식 및 여성사업에 대한 당의 지도 문제 등에 대해 연구하고 해결 방안을 모색하였다. 당중앙은 이번 회의를 매우 중시하여 중앙서기처는 여성사업에 대해 토론하였고, 중앙에서 대중사업을 분담하고 있던 런비스는 시종일관 이번 회의에 대해 깊은 관심을 표명하며 지도 역할을 수행하였다. 류샤오치, 저우언라이, 주더는 회의에서 중요 발언을 하였다. 덩잉차오는

---

[76] 역주: 회하(淮河)전투, 평진(平津)전투와 함께 국공내전의 대표적 3대 전투 가운데 하나. 린뱌오가 지휘하는 동북야전군이 국민당군을 패배시키고 그 여세를 몰아 1949년 2월 베이징을 함락시킨다.

회의에서 주요 보고를 하였고, 양즈화는 결혼문제에 대해, 리페이즈(李培子)는 여성 간부 문제, 캉커칭(康克淸)은 아동 교육 문제, 뤄충(羅琼)은 생산 합작 문제에 대해 각각 발언하였다.

덩잉차오는 먼저 토지개혁 중에서 여성사업의 성적과 경험에 대해 총합하여 보고하였다; 농민을 동원할 때 여성도 함께 동원하여야 여성운동이 농민운동의 일부분이 되어 반봉건 역량이 충실하게 되고 여성이 정치적, 경제적으로 이익과 해방을 획득할 수 있게 된다는 사실이 토지개혁의 경험을 통해 증명되었다. 이후 여성의 토지권과 재산권을 확실하게 보장해야 한다. 토지개혁 과정에서 남은 결혼문제를 해결하기 위해 정확하게 결혼정책을 집행하여 자유결혼을 가로막는 이런저런 간섭을 바로잡아야 한다.

그리고 덩잉차오는 지적하였다; 해방구 여성사업의 방침과 임무는 여성을 조직하여 생산에 참가시키고, 생산을 중심으로 한 민주정권 수립과 기타 사업에 참가시키는 것이다. 생산 문제를 중심으로 여성에게 덧씌워진 특수한 봉건적 속박을 타파해야 한다. 여성을 조직하여 생산에 참가시킬 때 우선적으로 농업 생산을 대상으로 하여야 하며 부업이나 수공업 생산에도 참가토록 해야 한다.

여성조직의 형식에 대해 덩잉차오는 여성운동의 방침과 임무에 따라 조직의 형식을 확정해야 한다고 하면서 농촌여성의 생산과 생활 상황에 또한 적응해야 한다고 하였다.

덩잉차오는 보고를 통해 당 전체가 여성사업에 대한 지도를 강화해야 한다고 강조하면서 모든 계급에는 여성이 포함되어 있고 모든 사업에도 빠짐없이 여성이 있으며, 인구의 반이 여성이니 무시할 수 없는 역량이라 하였다. 그녀는 각급 지도자들이 반드시 여성사업을 회의 일정에 포함시키고 적절한 시점에 여성사업을 총결, 검토하기를 희망하였다.

덩잉차오는 보고에서 다음을 강조하였다; 각급 여성위원회, 그 가운데 먼저 중앙여성위원회와 여성사업 수행 간부 및 각급 직책의 여성간부는 이론, 정치, 문화 학습을 강화하고 자신의 사업이 계획성이 있었는지에 대해 적절한 때에 그 경험을 종합 검토하고, 대중과 밀접한 관련을 맺으며 대중적 관점을 충분히 견지해야 한다. 여성위원회는 동급 당위원회에 대해 당의 핵심사업 임무에 근거하여 체계와 정책 관점을 결합시켜 절실하게 실천할 수 있는 여성사업을 건의해야 하며 자기 비판의 정신을 갖고 있어야 한다.

덩잉차오는 중앙여성위원회를 대표하여 회의에서 진지한 자기비판을 하였다. 과거 몇 년 동안 각지의 여성운동을 제대로 돕지 못했으며 인내심을 갖고 힘든 공작을 수행하지 못했기 때문에 회의에 참석한 동지들이 엄격히 비판해 주기를 희망하였다. 이러한 행동은 회의에 참석한 여성간부들을 매우 감동시켰다.

그녀는 간절하게 말했다; 우리는 전국 2억 5천만 여성을 위해 복무하며 해방구의 생산 건설을 위해 복무하면서 매우 당당하고 영광스러워해야 하지 여성사업을 수행하는 것이 떳떳하지 못하다고 생각해서는 안 된다. 적극적으로 책임을 지고 억척스럽게 일에 몰두하여 반드시 여성사업을 훌륭하게 수행할 수 있어야 한다.[77]

회의에 참가한 동지들은 중앙 지도자 동지와 덩잉차오의 보고 및 기타 여성위원회 동지의 발언에 대해 진지하게 토론하고 주요 문제들에 대해 치열히 논쟁하였다. 모두가 매우 적극적으로 발언하였으며 덩잉차오는 회의에 대해 결론을 내렸다.

덩잉차오는 결론에서 다음과 같이 말했다; 여성사업의 총방침과 총임

---

[77] 1948년 9월 21일 해방구 여성공작회의에서 한 덩잉차오의 보고 기록 원고 참조.

무는 광범위하게 여성을 조직하고 동원하여 제국주의, 봉건주의, 관료자본주의에 반대하고 쟝제스의 반동적인 통치를 신속하게 타도하여 신민주주의, 신중국 건설을 위해 분투하는 것이다. 해방구여성사업의 방침은 여성을 조직하여 생산에 참가시키고 더욱 힘껏 전선을 지원하며 해방구의 경제를 건설하는 것이다. 동시에 여성을 조직, 계몽하며 산모와 젖먹이의 위생을 중시하고, 민주정권 건설에 참가시킨다. 생산을 진행하는 과정에서 여성의 이익을 보호하고 여성에 대한 봉건적 속박을 타파해야 한다. 예컨대 전족과 매매혼 등을 금지해야 한다. 여성을 조직하여 생산에 참가시킬 때 빈·고농여성과 중농여성의 단결을 강화시켜 계급성분에 대한 잘못된 규정이나 여성토지권 보장 등의 문제와 같은 토지개혁 과정에서의 남은 문제를 해결해야 한다.

여성조직의 형식에 관해 덩잉차오는 이렇게 말했다; 회의에서 토론을 거쳐 류샤오치 동지의 의견에 모두 동의하여 여성대표회의 형식이 비교적 좋고 가장 주요한 조직 형식이 될 수 있다고 생각하였다. 여성연합회는 여성대표회의 선거를 거쳐 만들어지며 광범한 민주성과 대중성을 지닌다.

혼인문제에 대해 덩잉차오는 혼인제도가 사회제도, 경제제도와 밀접한 관련이 있다고 하였다; 해방구의 민주정권은 일찍이 봉건적인 독단적 결혼과 매매혼에 대해 반대했을 뿐만 아니라 민며느리제도와 처첩제 등 추악한 행위에 대해서도 반대했으며, 자유결혼과 자주결혼정책을 실행하였다. 그러나 이전에는 이런 사업들이 고립적으로 진행되어 다소 좋지 않은 결과를 낳았다. 마땅히 생산과 결합하여 결연하게 자유결혼정책을 집행해야 한다.

덩잉차오는 간부의 혼인문제는 사회적인 혼인문제의 일부분이기 때문에 마땅히 자유결혼정책을 실행해야 한다고 하였다; 단지 법률적 절차에 부합한다면 함부로 다른 사람의 결혼에 관여해서는 안 된다. 공산당원, 혁명간부는 결혼문제가 전체 생활의 일부분이며 유일하지도 않으며 주요한 일부분도 아니라고 생각해야 한다. 주요한 것은 공산주의이며 혁명사업을 위해 분투하는 것이다. 양성생활에 대해 특별히 대단한 것으로 여겨서도 안 되고 또한 동시에 함부로 대해서도 안 된다. 남편이나 부인을 잃어도 큰일이나 당한 것처럼 여겨서는 안 되며, 걱정한다고 해서 생명을 보장할 수 없는 것이다. 반드시 혁명사업을 제대로 수행할 수 있도록 노력하고, 혁명사업을 하는 가운데 보조를 맞춰 정치적 결합의 기초를 닦아야 하며, 그 이후에 다시 사적인 생활의 결합을 이룩해야 한다. 혼인문제에 있어서는 신중한 태도를 취해야 한다. 만약 실패를 하더라도 굳건해야 한다. 특히 여성동지는 강인해야 한다. 여성은 무엇 때문에 사는가? 결코 남편을 위해서가 아니라 인민을 위해, 혁명사업을 위해 분투해 나가야 하는 것이다!

이러한 덩잉차오의 발언은 매우 분명하게 정곡을 찔렀고 많은 여성간부의 자립 자강의 믿음을 계발하고 또 증진시켰다.

덩잉차오는 결론 가운데 당 전체가 진일보하여 적극적으로 나섬으로써 여성사업을 관철시켜 나가야 한다는 방침에 대해 강조하였다; 당내에 여전히 봉건적인 남존여비사상이 존재하고 여성사업을 경시하여 여성사업을 제외하거나 취소하려는 경향이 있는데 이러한 사상에 대해서는 반드시 교육과 비판을 전개해야 한다.

덩잉차오는 우선 여성간부들의 자기비판을 강조하였다; 여성간부 중에는 자각하지 못한 채 여성사업을 경시하는 사상이 존재하고 있기 때문이다. 어떤 사람들은 당무공작(黨務工作)을 하고 싶어 하면서 여성사업을 무시하였고, 또 어떤 이는 여성들에게 아첨하기 싫다고 하면서 여성사업을 기피하였다.

덩잉차오는 만약 남들에게 여성사업을 중시하라고 하려면 여성간부 스스로가 먼저 여성사업을 중시해야 한다고 말했다; 그런 다음에야 비로소 당 전체에서 다른 동지를 비평하거나 개조할 수 있으며 또 영향을 끼칠 수 있고, 온 당에서 봉건사상을 축소하고 마르크스 레닌주의와 마오쩌동 사상의 진지를 확대할 수 있다.

덩잉차오는 여성사업을 전체 당 사업으로 정하고, 당 조직에 의지하고 또 당 조직과 각급 당위원회 조직을 통하여 여성사업에 대한 지도를 강화해야 한다고 하였다; 고급 당위원회에서 지부에 이르기까지 모두 여성사업에 주의를 기울여 실행해야 하고 당의 모든 간부, 특히 각 부분의 여성간부들이 여성사업을 담당해야 한다. 여성사업을 당 전체의 사업으로 삼아야 할 뿐만 아니라 모든 간부의 폭넓은 대중사업으로 변화시켜야 한다.

덩잉차오는 각급 당위원회와 당의 모든 간부가 완전하고 철저하게 인민(여성대중을 포함)을 위해 복무하며 여성사업을 중시한다는 당 중앙의 정신을 학습하기를 희망하였다; 당중앙은 여성사업을 의사 일정에 포함시켜 중앙서기처에서 토론하도록 했다. 당중앙은 당 전체가 여성사업을 추진해야 한다는 방침을 인정했고 류샤오치 동지 역시 회의에 참석하여 중요한 지시를 하였다. 이 방침을 완전하게 실현하기 위해서는 여전히 장기적인 과정을 거쳐야 하며 주관적 측면과 객관적 측면에서 여러 곤란과 좌절을 겪게 될 것이었다. 여성사업을 수행하는 동지들은 불굴의 정신으로 지칠 줄 모르고 끝까지 여성에 대한 당의 방침을 선전하고 설명해야 했다. 여성 대중을 쟁취함에 있어 너무 느슨하게 해서도 안 되고 그렇다고 조급하게 해서도 안 된다.

여성간부를 발탁하여 활용할 때에는 그녀들을 믿고 맡기는 방식으로 대범하게 그녀들을 끌어안아 각종 사업에 참가시켜야 한다고 덩잉차오는 강조하였다; 남녀간부를 막론하고 같은 사업능력을 갖고 있다면 반드시 동등한 사업을 분배하고 동일하게 발탁하여 일을 맡겨야 했다. 여성간부는 스스로 노력하여 게으르지 말며 우수한 간부가 될 수 있도록 단련하고 노력해야 한다. 샤오치 동지가 당에게 여성들을 지지해 달라고 요구하려면 여성들이 먼저 우뚝 일어서야 한다고 하였다. 여성들이 복지부동한다면 당 역시 여성들을 지원해줄 근거가 없다고 했는데 이 말은 정말 옳은 말이다. 따라서 여성간부들은 우선 스스로 노력 분투하여 당의 교육 훈련과 선발에 합당하도록 하여야 한다. 여성동지는 개인영웅주의사상을 극복하고 인민을 위해 복무한다는 관점을 더욱 강화하는 데 관심을 쏟아야 한다.

또한 그녀는 이렇게 말했다. "나는 물론 모든 여성간부는 개인적인 문제들을 떨쳐버리고 항상 어떻게 해야 인민대중을 위해 봉사할 수 있는지, 공복으로서 제대로 일하고 있는지를 생각하며 사업을 잘 할 수 있도록 더욱 노력해야 합니다. 항상 이렇게 생각하면 스스로의 사상이 비교적 단순해지고 생활의 목적 역시 단순해지며 곤란한 상황을 맞이해도 쉽게 극복할 수 있게 됩니다." 그녀는 여성간부가 비판과 자아비판의 무기를 확보하고 민주적인 태도를 양성하여 여성간부와 여성동지 사이의 단결을 더욱 강화시키기를 희망하였다.

덩잉차오는 결론에서 다시 국제여성운동의 단결 강화와 전국여성대표대회 개최 문제에 대해 언급하였다. 그녀는 국제민주여성연회 회원이 8천만을 넘었고 그 가운데 3천만이 중국해방구의 회원이라고 하였다. 그녀는 회의에 참석한 동지들이 중국문제 뿐만 아니라 책임감을 갖고 국제문제에 대해서도 고민하기를 희망하였다. 중국혁명이 매우 빠르게 진행되었고 곧 전국적인 승리가 예상되었기 때문에 1949년 봄에 개최할 예정

인 전국 제1차여성대표대회에 대한 준비 활동이 긴박하게 진행되었다.[78]

덩잉차오가 주재한 해방구여성사업회의는 성공적인 회의였다. 회의는 해방구여성사업의 방침을 결정했고 여성의 조직적 생산 참여와 여성해방의 관계 및 전쟁 지원과 신민주의경제 건설에서의 여성의 작용에 대해 명확히 규정하였으며 사상적이나 이론적으로 여성간부의 인식을 크게 고조시킴으로써 모두가 여성해방의 길과 경로를 깊이 인식할 수 있도록 하였다. 회의는 여성이 마땅히 독자적인 조직을 지녀야 하고 여성대표회가 주요한 조직형식으로서 조직여성과 광범한 여성대중을 연계시켜 그녀들을 위해 복무할 수 있다고 인정하였다.

많은 여성간부들은 처음에 대체로 여성사업을 경시하는 당에 대한 불만과 원망의 정서를 상당히 갖고 있었다. 그러나 덩잉차오의 보고를 듣고 모두는 비교적 객관적으로 여성사업에 대한 각 지역 당위원회의 지도에 대해 분석하였다. 전국토지회의 후에 일부 당위원회는 이전에 비해 좋아졌지만 일부 당위원회는 여전히 여성을 제멋대로 경시하는 풍조가 있었다. 회의에서 모두는 당내에 남아 있는 남존여비사상을 비판하였다. 많은 여성간부들은 스스로 여성사업을 경시하거나 참여하기를 원하지 않았으며 자기도 모르게 남존여비사상의 영향을 받았다고 비교적 심각하게 비판하였다. 사업을 전개하기 곤란한 점도 그녀들이 여성사업을 원하지 않은 한 원인이었다. 덩잉차오는 보고 가운데 여성간부가 이론, 정책, 문화를 학습하고 스스로를 개조하도록 노력하여 모두가 수많은 여성을 위해 봉사한다는 책임감을 높여야 한다고 강조하였다. 회의에는 당 전체가 나서 여성사업을 수행한다는 토지회의에서 확정된 지도방침을 전달되어 회의에 출석한 여성간부에게 여성사업을 제대로 수행할 수 있다는 자신감과 용기를 북돋았고, 여성사업을 수행함에 있어 돌파구가 없다는 사고방식을 바꾸어 놓았다. 덩잉차오는 적절한 시점에 회의의 종합

---

[78]　1948년 10월 6일 해방구여성공작회의에서 덩잉차오가 발언한 결론 기록 원고 참조.

보고서를 작성하여 당중앙과 마오 주석에게 보고하였다. 당중앙은 이 종합보고를 신속하게 해방구 각 중앙국, 구당위원회, 성위원회, 시위원회, 지방위원회로 전달하여 각 지역에서 회의의 정신을 구현하여 여성운동 사업을 전개하도록 하였다.

중앙여성위원회는 또한 당중앙에 "현 해방구여성사업 방침과 임무에 대한 건의"를 제출하였고, 당중앙의 심사와 수정 비준을 거쳐 『현 해방구여성사업에 관한 중국공산당 중앙위원회의 결정』을 정식을 작성하여 당과 사회 전체에 공포하였다. 당중앙은 이와 같이 여성사업을 중시하여 당 전체 여성사업에 대해 모범을 보였다.

이는 덩잉차오의 노력과 분리될 수 없다. 그녀는 전국토지회의에서 당 전체가 나서 여성사업을 수행해야 한다는 방침을 확립하기 위해 노력하였다. 또한 지칠 줄 모르는 그녀의 노력 때문에 이 방침은 한 걸음씩 실천 과정에서 관철되었고 여성사업의 새로운 국면이 만들어졌다.

그녀 자신은 여성사업을 위해 헌신하는 하나의 모범이었다. 그녀는 선전부 동지를 보면 최근에 어떤 간행물을 보는지, 간행물에는 여성사업에 관한 보도가 있는지, 그것을 보았는지, 그에 대해 어떠한 의견을 가지고 있는지 등에 대해 물었다. 그녀는 조직부 동지를 만나면 최근 여성간부에게는 어떠한 문제가 있는지, 여성간부에 대해 어떠한 요구가 있는지, 여성들이 어떻게 도와야 하는지 등을 묻기도 하였다.

그녀는 항상 당 기관지에 글을 썼으며 또한 적극적으로 나서 신화사(新華社) 기자에게 여성사업에 대해 기사를 써줄 것을 요구하였다. 그녀는 당 기관지와 신화사를 통해 여성사업을 지도하는 것에 대해 각별한 주의를 기울였다. 그리고 이번 회의에 대해 그녀는 더욱 정성껏 준비했고 세심하게 조직하였다. 그녀는 당중앙서기처에서 회의 업무에 대해 토론할 때 런비스 동지의 적절한 지도를 얻어 냈고, 류샤오치, 저우언라이, 주더의 발언을 이끌어내었다. 그녀는 중앙여성위원회 동지와 함께 회의의 주요 보고를 세심하게 준비하였다. 그녀는 또한 중앙여성위원회 동지와 함께 집단지도 방식을 적극 활용하여 회의의 중심과 간부의 사상적 경향을 확실하게 장악하였고 반복적인 토론을 거쳐 모두의 사상을 점차 높여나갔다. 그녀의 겸손한 태도와 지칠 줄 모르는 여성사업에 대한 자세와 열정은 회의에 참석한 여성간부들에게는 하나의 좋은 모범사례였다. 그녀들은 덩 다제에게서 힘을 확인하였고 강한 자신감으로 무장한 후 각 해방구로 돌아가서 회의의 정신을 적극적으로 관철시키면서 힘껏 해방구여성사업을 전개하였다.

덩잉차오는 회의에 참석한 대표들을 주도면밀하게 보살폈다. 허베이 중구 여성연합회 주임 쉬밍(許明)은 오랜 기간에 걸쳐 적 후방에서 근거지 활동을 전개하느라 중앙의 지도자동지들을 만날 기회가 없었다. 회의 전에 그녀는 여성사업에 대해 중앙여성위원회에 보고하였다. 덩잉차오는 그녀를 저우언라이와 주더에게 소개시켰다. 회의에서 그녀 또한 류샤오치, 저우언라이, 주더의 발언을 들었다. 하지만 그녀에게는 강렬한 희망이 더 있었다. 덩잉차오는 그것을 알아채고는 "쉬밍 동지, 주석을 뵙고 싶은 거지요?" 하고 물었다. 쉬밍은 쑥스러워하며 "주석께서는 일 때문에 매우 바쁘다는 것을 잘 알고 있습니다. 하지만 뵙고 싶기는 합니다. 이는 사실 저와 근거지의 수많은 대중의 강렬한 바람이지요"라고 대답하였다. 덩잉차오는 웃으며 "당신의 뜻을 잘 이해합니다. 며칠 더 머무르면 주석께 소개해 드리겠습니다"라고 말했다.

이내 중추절이 되었다. 한밤에 시바이포의 탈곡장에서는 댄스파트가 열렸다. 타작마당에 매우 밝은 가스등 두 개가 걸렸고 주위에는 긴 의자들이 놓였다. 한 동지가 오래된 낡은 유성기를 돌리며 반주 악대 노릇을 하였다.

덩잉차오는 쉬밍을 데리고 이 파티에 참석하였다. 그녀들이 의자에 앉아 이야기를 나눈 지 잠시 후, 회색 제복을 입고 둥근 헝겊신을 신은 마오 주석이 천천히 탈곡장으로 들어섰다. 덩잉차오는 쉬밍을 데리고 마오 주석 앞으로 다가가 열정적으로 소개하였다. "주석, 이 사람은 허베이 중구에서 8년 동안 항전을 계속해온 구여성연합회 주임 쉬밍 동지입니다." 마오 주석은 손을 뻗어 쉬밍의 손을 잡고 말했다. "쉬밍 동지, 안녕하십니까?" 쉬밍은 너무 흥분한 나머지 얼굴이 홍당무처럼 빨개지며 단 한 마디 말도 제대로 할 수 없을 지경이었다.

덩잉차오는 쉬밍을 의자에 앉힌 뒤 마오 주석이 한 여성동지와 함께 천천히 춤을 추는 모습을 나란히 지켜보았다. 덩잉차오는 조용히 쉬밍에게 물었다. "춤출 줄 아나요? 출 줄 알면 마오 주석에게 가 함께 추자고 해보세요." 쉬밍은 작은 소리로 말했다. "아뇨, 덩 다졔, 저는 시골 촌뜨기입니다. 사교춤조차도 이전에는 본 적이 없는 걸요. 마오 주석께서 저렇게 건강하신 모습을 볼 수 있게 된 것만으로도 너무나 만족스럽습니다. 그런데 덩 다졔는 왜 같이 춤을 추시지 않나요?" 덩잉차오는 조용히 웃으며 말했다. "나는 국민당통치구에서 몇 년 동안 공작을 수행했지만 사교춤을 배운 적이 없답니다. 당신이 보기에 저들의 춤추는 모습이 전체적으로 조금 이상하지 않나요? 중앙의 지도자동지들은 일 때문에 매우 바쁘고 긴장된 생활을 하면서도 특별한 오락이 없지요. 그래서 겨우 주말에 이렇게 춤을 추며 휴식을 취할 뿐입니다."

쉬밍이 허베이 중구로 돌아가려 할 때, 덩잉차오는 그녀에게 돌아가서도 여성사업을 계속 잘 수행해 주기를 희망하였고, 마오 주석을 봤다는 사실을 돌아가 절대로 남에게 이야기하지 말라고 당부하였다. 그리고 "당중앙의 위치를 절대 노출시켜서는 안 됩니다. 이는 반드시 지켜야 할 기율입니다"라고 하였다. 쉬밍은 당연히 비밀을 지켰고, 남편에게조차도 말하지 않았다.[79]

회의에 참가한 동지들이 속속 돌아갔다. 덩잉차오는 다시 긴장된 사업에 긴박하게 투입되었다.

---

[79] 필자가 쉬밍을 방문했을 때 그녀는 덩잉차오가 자신을 마오쩌둥에게 소개했던 상황에 대해 이야기하였다.

78. 당중앙, 마오 주석에 대해 여성위원회 공작을 보고하다

중국혁명은 곧 전국적인 승리를 목전에 두고 있었다. 마오쩌둥은 당 전체에 대해 "군대는 앞으로 나아가고 조금 더 증산하자. 기율성을 더욱 강화하고 반드시 혁명을 승리로 이끌자"는 구호를 제출하였다. 1948년 9월 당중앙은 시바이포에서 개최된 정치국회의에서 기율성 강화 문제에 대해 토론하고 상급기관에 대한 문의와 보고에 대한 제도를 엄격히 집행한다는 결의를 통과시켰다.

10월 24일 덩잉차오는 당중앙과 마오 주석에게 다음과 같은 서면보고서를 작성하여 제출하였다. "지난날에는 단지 당중앙과 마오 주석에게만 간략한 문장이나 구두로 개별적이고 단편적이며 소략한 문의와 보고를 했을 따름이지 당중앙에 대해 여성위원회의 전체 사업에 대한 계통적이고 종합적인 서면보고를 정식으로 제출하려는 생각을 의식적으로 해본 적이 없다. 따라서 당중앙으로부터 더 많은 지시를 제 때에 제대로 받지 못했다. 이러한 착오의 책임은 주로 나에게 있다. 이후 기율성을 강화하여 인민에 대한 책임감을 높여야 하는데 우선은 사업보고를 엄격히 실시하는 데에서부터 출발할 것이다."

덩잉차오는 당중앙에 중앙여성위원회 집단지도의 실천 상황에 대해 보고하였다. 1948년 5월 중앙여성위원회는 여성위원회 회의제도를 만들었다. "이후 여성위원회의 정기회의는 한 달에 두 번씩 연다. 집단근무제도를 만들어 매주 두 번씩 실시한다. 원칙, 정책, 사업과 관련된 중대한 문문먼저 의견을 교환한 후 회의에 제출하여 토론에 붙이고 논쟁을 거친 후 마지막에 의견을 모아서 명확한 결론을 도출한다. 소수가 다수에 복종하고 개별적으로 동의하지 않문주장에 대해선 보류할 수 있다. 사업과 관련된 개별적인 문나 기술적인 문문나와 솨이광(帥光, 즉 멍치(孟奇)) 동지가 분담하여 관련이 있는 동지와 함께 상의하여 해결토록 한다.

필요한 활동인원을 배치하여 조직을 튼튼하게 하고 재차 업무분담을 조정한다. 집단지도와 개인책임제를 연구하고 운용하며 둘 중 어느 하나도 소홀히 해서는 안 된다.”

덩잉차오는 지난 5개월 동안의 사업을 보고하면서 중국여성대표단을 파견하여 국제활동을 전개하게 한 일과 해방구여성사업회의의 개최를 중점 사업으로 삼았으며, 수확이 있었다고 하였다. 그러나 조직의 기구가 충분할 만큼 든든하게 갖춰지지 못했고, 지도를 함에 있어서도 계획성과 조직성이 매우 부족했으며, 비록 업무 분담이 이루어졌다고는 하나 명확히 관철되지 못한 부분도 있으며, 지정된 시간의 점검과 총결이 부족했다고 하였다. 또한 여성위원회 위원들 사이에는 정도의 차이는 있지만 모두 편협하고 조급한 정서가 있었고 관대함과 인내심이 부족하여 서로 협력이 잘 이루어졌음에도 불구하고 집단활동의 효과를 발휘할 수 없었다고 하였다.

덩잉차오는 보고에서 다음과 같이 엄격하게 자기비판을 하였다. “이상에서 서술한 여성위원회 공작의 결점은 주로 내 지도능력이 부족했기 때문에 빚어진 것으로, 나의 주요한 결점은 사상적으로나 사업을 수행하는 과정에서 심각성이 부족하다는 사실과 관련이 있다.”

덩잉차오는 또한 9월 20일 중앙여성위원회 회의에서, 모두가 사상과 활동에서 결함을 노출하였기 때문에 서로에 대한 비평과 자기비판을 실시하여 상호간 진일보한 이해를 도모하고 진일보한 단결을 이룩하여 역량의 증가를 확인할 수 있었다고 보고하였다. “우리는 이후 특별히 이론과 정책에 대한 학습을 강화하여 자질구레한 일보다 큰일에 더 큰 관심을 기울이며 결정된 제도를 확실하게 집행해야 한다. 이후 전국여성대표대회 준비를 중심적인 과제로 삼아 여성위원회의의 전체 사업을 개선시켜 나가야 한다.”[80]

---

[80] 1948년 10월 24일 당중앙에 대해 덩잉차오가 쓴 보고 참조.

덩잉차오가 10월 24일 쓴 이 보고는 당중앙에 전달되었고 그 다음날 마오 주석은 보고서 위에 다음과 같은 비시(批示)[81]를 내렸다. "덩잉차오 동지 : 이미 열람했음. 당신의 의견대로 처리하기 바람. 마오쩌동. 10월 25일."

덩잉차오는 이렇게 빨리 마오쩌동의 지시를 받게 될 것이라고는 생각하지 못했다. 그녀는 감격하여 중앙여성위원회 동지들에게 마오 주석의 지시를 전달했다. 모두 이 말을 듣고 매우 감동하면서 당중앙과 마오 주석이 여성사업을 얼마나 중요하게 여기고중요하지를 확인하고는, 더욱 분발하여 여성사업을 훌륭하게 수행함으로써 당중앙과 마오 주석의 기대를 저버리지 말아야겠다고 다짐하였다. 모두는 매우 흥분하여 전국제1차여성대표대회 준비 작업에 온 힘을 기울였다.

79. 중국여성제1차전국대표대회를 힘써 준비하다

덩잉차오와 중앙여성위원회 동지들은 정신을 집중하여 중국여성제1차대표대회 준비작업에 착수하였다.

전국여성대표회의의 경우 그 준비를 위해 몇 대에 걸쳐 사람들이 힘써 노력했지만 실현하지 못했던 숙원사업임을 덩잉차오는 알고 있었다. 국공내전에서 공산당이 결정적인 승리를 거둬 공산당의 지도 아래 전국적 해방을 목전에 두고 있는 현 시점에서 덩잉차오는 자신과 전체 여성 공작간부가 자신감을 갖고 기쁜 마음으로 이 어려운 숙제를 짊어져야 한다고 생각했다. 덩잉차오는 준비 작업이 영광스럽지만 매우 어려운 임

무로서 반드시 당 전체가 나서야 하고 당 밖의 인사들까지 포함시켜 함께 수행해야 한다는 사실을 잘 알고 있었다.

이때, 국민당통치구의 일부 여성계 저명인사-리더취엔(李德全), 쉬광핑(許廣平), 선쯔쥬(沈玆九), 차오멍쥐(曹孟君), 류칭양(劉淸楊) 등과 또한 여성노동자대표 탕귀펀(湯桂芬), 여학생대표 장위펀(張毓芬), 저명한 여기자 양강(楊剛) 등이 속속 해방구로 들어와 시바이포에서 멀지 않은 리쟈좡(李家莊)에 거주하고 있었다. 덩잉차오는 그녀들을 보고 너무 기뻤다. 해방구와 국민당통치구의 여성계 대표가 마침내 성공적으로 결집했던 것이다. 혁명 승리의 추세는 이렇게 빠르고 맹렬하게 발전하였고 모두는 크게 감격하고 흥분했다.

덩잉차오는 특별히 리더취엔 다제를 위문하여 펑위샹 장군이 귀국 도중 불행하게 선상에서 사망[82]한 것에 대해 심심한 애도의 마음을 표시하고 그녀를 격려한 뒤 꿋꿋하게 활동하며 생활해 주기를 희망했다.

1949년 1월 17일, 덩잉차오는 시바이포 근처의 리쟈좡(李家莊)에 도착하여 국민당통치구에서 온 애국민주여성에게 해방구의 여성사업에 대해 소개하였다. 이들 민주 다제들은 그녀의 보고를 통해 눈앞에 펼쳐진 새로운 세계를 보게 되었다.

그녀는 토지개혁 가운데 추진된 여성사업에 대해 집중적으로 보고하면서 다음과 같이 말했다; 1947년 여름 중국공산당중앙은 전국토지회의를 개최하여 『토지법대강』을 통과시켰는데, 그 회의에서 반드시 여성을 동원하여 토지개혁에 참가시킬 것을 규정했으며, 여성사업이 공산당 전체의 임무라고 규정하였다. 토지회의 후 유격지[토지변경지]을 제외한 드넓은 해방구에서 전면적인 토지개혁이 실시되었으며, 천백 만에 달하

---

[82] 역주: —1948년 9월 1일 뉴욕에서 소련으로 가는 기선 '승리호'에서 화재가 발생하여 펑위샹과 그 딸이 사망한 것을 가리킨다. 1948년 7월 펑위샹은 중공중앙의 요청에 호응하여 귀국한 후 중국인민정치협상회의 준비활동에 참가하려고 준비 중에 있었다.

는 여성이 적극적으로 토지개혁에 참가하여 토지개혁의 지도활동에 동참하였다. 각지 빈농단, 농민협회, 인민대표회 가운데 회의 후갠 1/4에서 1/3까지 차지했으며, 그녀들의 활동 또한 매우 적극적이어서 많은 지방에서의 토지 균배 사업에 참여하여 지도했다. 회의은 자신의 토지를 소유하고 지위도 상승됨에 따라 이제 더 이상 '믿지는 상품'[83]도 '기생충'도 아니었다. 장마당에 가거나 연극 관람도 하고 직접 연기를 하거나 문맹 퇴치반에 들어가 공부도 하고 결혼의 자유까지 얻었다. 이처럼 토지개혁 후 농민의 생활은 개선되었다.

덩잉차오가 직접 토지개혁에 참가한 시거우촌의 경우 작년 설 기간에 가정 당 평균 세끼의 만두를 먹을 수 있었는데 과거에는 상상할 수도 없는 일이라 웃으며 말했다.

덩잉차오는 토지개혁 중에 일어난 약간의 착오에 대해 민주다계들에게 객관적 사실에 기초하여 소개하였다; 토지개혁을 하면서 사람을 구타하거나 살인하는 문제에 대해 언급하였다. 어떤 경우 군중들이 격분한 나머지 일부 한간(漢奸)과 악질 지주를 처단한 것은 마땅히 그럴 만하다. 그러나 어떤 지주들이 필사적으로 죄를 인정하지 않자 군중들이 격분하여 육형(肉刑)[84]을 가해 죽음에 이르게도 하였다. 이 가운데 잘못이 발견되면 바로 시정하였다. 또한 농촌에는 여전히 파벌간의 갈등 문제가 발생하였는데, 촌과 촌 사이, 서로 다른 성씨 사이, 이주민과 현지인 사이에서 항상 파벌이 생겨 쉽게 계투(械鬪)[85]가 일어나고 사람들이 죽었다.

83　역주: 원문은 '페이첸휘(賠錢貨)'. 옛날 여자는 밖에 나가 돈을 벌 수 없을 뿐만 아니라 또 출가할 때 많은 비용이 들었기 때문에 이렇게 표현하였다.

84　역주: 고대 중국에서 죄인에게 가했던 체형. 자자(刺字)를 가하는 묵형(墨刑), 코를 베는 의형(劓刑), 발을 자르는 비형(剕刑), 남성의 성기를 거세하는 궁형(宮刑), 발꿈치를 베는 월형(刖刑) 등이 있었다.

85　역주: 전통시대 각종 파벌 간에 벌어진 무장 투쟁을 가리킨다. 푸젠(福建)성의 종족 계투가 대표적이다.

‘반스터우(搬石頭)’[86]에 대해서 덩잉차오는 말했다; 이 구호는 잘못된 것으로 우리는 간부를 ‘스터우’라고 규정할 수 없다. 일부 잘못된 간부를 교체할 필요가 있는데, 그리하지 않는다면 대중들은 감히 말할 수도 없고 일을 주동적으로 맡아 처리할 수 없다. 그러나 어떤 지방에서는 시비를 가리지도 않고 곧장 기층간부들에게 상해를 입히는 일이 발생하였는데 이런 잘못된 방식은 이미 재빨리 교정되었다.

계급성분을 잘못 구분하는 문제에 관해 덩잉차오는 두 가지 원인을 제시했다; 하나는 생산수단의 소유량과 사용량으로써 계급성분을 구분하는 기준으로 삼지 않고 생활정도로써만 판단하였는데 이는 잘못된 것이다. 옛 해방구의 수많은 중농들은 자수성가하여 생활이 비교적 풍요로웠기 때문에 가끔 부농으로 구분되기도 했으나 나중에 서둘러 바로 잡았다. 두 번째 원인은 생활태도의 문제를 갖고 계급성분을 결정하는 것이다. 예컨대 혼외정사를 한 어떤 남녀는 농민협회에 참가할 수 없었고 선거권도 박탈당했다. 우리는 대중에게 가난으로 빈·고농이 결혼할 수 없어 부득이하게 혼외정사를 하게 된 것이라고 설명하였다. 그밖에도 결혼이 자유롭지 못하고 집안에서 강제로 혼사를 결정하거나 매매혼이 이루어졌기 때문에 그렇게 되기도 하였다. 설명을 통해 이러한 상황 역시 교정되었다.

덩잉차오는 해방구 여성을 조직하여 생산에 참가시킨 일에 대해 소개하였다; 이것은 여성사업의 핵심고리이며 장기적인 방침이었다. 여성의 지위 변화는 경제지위 변화에 의해 결정되었다. 생산 참가를 통해 여성은 해방의 물질적 기초를 닦았다. 수많은 우리 여성간부들은 방직을 배우고 농촌으로 들어가 여성대중과 하나가 됨으로써 여성사업의 면모를

---

86   역주: 직역하면 “돌을 운반하다”는 의미이지만, 1948년 토지개혁 당시 류샤오치는 “농민 위에 군림하고 있는 간부를 제거하다”라는 뜻으로 사용하였다.

일신했다. 1947년 타이항(太行)산 지구에서는 100일 방직운동이 전개되었는데, 29개 현 70만 여성을 조직하여 100일 내에 1천만 근의 면방사(綿紡絲)를 완성하기로 목표를 세웠다. 그 결과 80일만에 완성하여, 타이항 지구 군민의 의복 문제가 해결되었다. 여성이 생산에 참가하여 수입이 발생하였고 수입에 따라 집안에서의 지위 역시 이전과 달라졌다. 과거 여성은 농업생산에 참가하는 경우가 매우 적었지만 최근 몇 년 동안 점차 증가하였다. 토지개혁 후 대략 70%에서 80%의 농촌여성이 농업생산에 참가하였다.

덩잉차오는 해방구의 여성조직을 소개하면서 여성대표회의가 주요한 형식이라고 분명하게 밝혔고 또한 해방구 혼인정책에 대해 소개하였다.[87]

중국여성제1차대표대회 개최와 전국적인 여성단체 성립에 대해 덩잉차오는 국민당통치구의 애국민주여성대표들과 충분하게 의견을 교환하였다.

1월 7일, 덩잉차오는 당중앙서기처에 중국여성제1차전국대표대회 개최 준비와 관련된 서면보고를 하였다.

1월 12일 중국여성제1차대표대회 준비위원회가 성립되었다. 그 위원은 총 73명이었다. 상무위원회 위원은 티옌슈쥐옌(田秀娟), 바이시(白茜), 리더취옌, 리페이즈(李培芝), 선쯔쥬(沈茲九), 우종리옌(吳仲廉), 저우잉(周穎), 쑨원수(孫文淑), 쑨이진(孫以瑾), 캉커칭(康克淸), 캉뤄위(康若愚), 양즈화, 쉬광핑, 장친츄(張琴秋), 장위펀(張毓芬), 탕귀펀(湯桂芬), 솨이멍치(帥孟奇), 자오펑(趙峰), 덩잉차오, 차이창(蔡暢), 뤄층(羅琼) 등 22명이었다. 차이창을 주임으로 선출하고 덩잉차오, 리더취옌을 부주임, 장친츄를 비서장, 쑨원수, 쩡셴즈(曾憲植)를 부비서장으로 선출했다. 그리고 준비 작업에 참가한 간부

---

87 1949년 1월 17일, 덩잉차오가 허베이성 핑산(平山)현 리쟈좡(李家莊)에서 국민당통치구 여성계 유명인사에게 한 보고 기록 원고 참고.

로는 자오스란(趙世蘭), 왕루치(王汝琪), 황간잉(黃甘英), 류민옌즈(柳勉之), 동빈옌(董邊), 주단화(朱旦華), 천추핑(陳楚平), 덩거밍(鄧戈明), 천웨이칭(陳維淸), 리츙(李琼), 양원(楊蘊), 치윈(戚雲), 차이아쑹(蔡阿松), 캉링(康凌) 등이 있었다. 당시 차이창은 동북해방구에 있었기 때문에 덩잉차오가 그녀의 공작을 대신했다. 위원 및 간부들은 덩잉차오의 강력한 지도와 솨이멍치의 적절한 협조에 힘입어, 중국여성제1차대표대회를 기민하고 일사불란하게 준비하였다.

오사운동에서부터 덩잉차오는 여성운동을 조직, 지도하여 왔기 때문에 도시여성운동에 대한 풍부한 경험을 축적하고 있었다. 국공내전시기에 그녀는 토지개혁에 참가하여 일차적인 자료를 획득하였고 또한 해방구 여성사업 경험을 종합하면서 농촌여성사업의 방침과 임무를 확립하고 여성사업을 당 전체의 임무가 될 수 있도록 노력하여 성과를 거두었다. 이제 중화전국민주여성연합회가 곧 결성되어 그녀는 중앙여성위원회 동지들과 함께 전국여성운동을 지도하는 무거운 책임을 맡게 될 예정이었다.

80. 타인에게 세심한 배려와 관심을 쏟은 '덩 다제', '덩 마마'

바쁘고 긴장된 업무 속에서도 덩잉차오는 아주 꼼꼼하게 주위 동지들에게 관심을 기울였다.

중앙여성위원회 준비 작업에 막 참가한 치윈(戚雲)은 두 아이를 데리고 일을 하느라 정신이 없었다. 그녀가 입고 있던 솜저고리는 낡고 더러웠으나 세탁할 짬도 없었고 게다가 단벌이었다. 덩잉차오는 이를 보고 그녀가 갈아입을 옷이 없음을 알았다. 하루는 덩잉차오가 저우언라이의 깨끗한 솜저고리를 가져와 치원에게 주며 말했다.

"치원, 입고 있는 솜저고리를 빨아야겠네요. 내게는 여유분의 솜저고리가 없어 언라이 동지의 것을 가져올 수밖에 없었는데 우선 입어 보세요."

치원은 이 말을 듣고 일순간 얼굴이 붉어지며 어쩔 줄 몰라 했다. 잠시 후 그녀는 솜저고리를 되돌려주며 말했다.

"덩 다졔, 저에게 관심을 기울여주셔서 정말 감사합니다. 하지만 제가 어떻게 저우 부주석의 솜옷을 입을 수 있겠습니까?"

그녀의 말이 끝나기도 전에 덩잉차오는 재빨리 솜옷을 그녀의 손에 쥐어 주고는 웃으며 말했다.

"솜옷이 몸에 맞지 않아도 참고 입어 봐요. 그렇지 않으면 옷을 좀 수선하던지."

치원은 차마 거절을 할 수 없어 두 손으로 저우언라이의 솜옷을 받아 들었다. 그녀는 밤새 자신의 낡은 솜저고리를 뜯어 빨아 불에 말린 뒤 다음 날 다시 잘 꿰맸다. 그녀는 깨끗하게 빤 솜저고리를 입고 저우언라이의 솜저고리를 다시 덩 다졔에게 돌려주었다. 그녀는 가슴 속에서 비할 데 없는 따뜻한 정을 느꼈고 덩 다졔가 자신에게 보여준 관심에 크게 감격했다.[88]

펑전(彭眞)의 장모는 원래 베이핑에 거주하였다. 그녀의 집은 혁명가정이었다. 펑전의 부인 장졔칭(張洁淸)과 장졔칭의 남동생 장원쏭(張文松)과 여동생 장졔쉰(張洁珣)은 국민혁명시기에 입당한 고모 장슈옌(張秀巖)의 영향을 받아 혁명에 참가하였다. 그들의 베이핑 거주지는 지하당의 한 거점이었다. 장졔칭의 어머니 역시 혁명을 위해 수많은 엄호 공작을 수행하였다. 1948년 장졔칭은 늙고 병드신 어머니를 해방구에서 맞이하였다.

---

[88] 필자가 치원을 방문했을 때 그녀는 그녀에게 보여준 덩잉차오의 관심에 대해 소개하였다.

11월 어머니는 지병이 악화되어 세상을 떠났다. 그런데 펑전은 이미 베이핑 부근의 량샹(良鄉)으로 가 베이핑 해방을 맞이하기 위한 활동을 전개하고 있었다. 장졔칭 또한 펑전의 비서로서 반드시 량샹으로 가야 했기에 어머니 장례는 대강 간소하게 할 수밖에 없었다.

덩잉차오는 이러한 상황을 알고 장졔칭에게 말했다.

"혁명사업이 가장 중요하니, 당신은 빨리 펑전을 따라 량샹으로 가 활동을 전개해야 합니다. 당신 어머니는 혁명을 위해 공헌한 분이므로 우리가 반드시 추도회를 개최해야 합니다. 마침 원쏭과 그 부인 황간잉(黃甘英)이 이곳에 있으니 당신은 안심하고 떠나도록 하세요."

장졔칭은 덩잉차오의 손을 꼭 잡았다. 자신도 모르게 눈가가 붉어졌다.

덩잉차오는 매우 심각하게 말했다.

"나 역시 우리 혁명을 힘껏 지원해주시던 어머니가 계셨습니다. 1940년 그녀는 충칭에서 돌아가셨는데, 당시 남방국 동지들이 그녀를 위한 추도회를 열어주었지요. 혁명에 공헌을 하신 분들에 대해서 우리 당은 영원히 그들을 기념할 것입니다."

덩잉차오의 배려 속에 장졔칭의 어머니에 대한 추도회가 거행되었다. 장졔칭, 장원쏭, 장졔쉰, 장졔쉬옌(張洁璇) 등 형제자매들은 덩 다졔의 열정과 주도면밀함에 매우 감격하였다.[89]

류샤오치는 왕광메이(王光美)[90]와 결혼하려 하였다. 그러나 왕광메이는 베이핑 푸런(輔仁)대학 물리학과 졸업생으로 본디 소련으로 유학하여 오로지 과학자가 되고자 하였다. 따라서 당시 결혼을 앞에 두고 그녀는 마

---

89 필자가 장졔칭을 방문했을 때, 그녀는 덩잉차오가 그녀의 어머니 장례를 잘 처리해준 상황에 대해 소개하였다.

90 역주: 1921-2006. 신중국 성립 이후 전국여성연합회 중앙집행위원이며, 1964년 전국인민대표대회 대의원이 되었다. 문화대혁명 때 베이징대학의 여성간부를 지도했지만, 이후 대자보에서 '부르주아분자', '수정주의분자'로 공격받았다. 쟝칭과 대립적인 관계를 갖고 있었기 때문에 그녀의 영향력 하에 있던 출판물에 의해 경멸되고 냉소를 받았다.

음속으로 약간의 주저함이 없을 수 없었다. 덩잉차오는 그녀가 결혼과
일 사이의 모순에 대해 고민하고 있음을 알아차리고 그녀에게 세심하게
마음을 터놓고 대화하였다.

"광메이 동지, 결혼과 일은 결코 대립하는 모순의 것이 아니며 양쪽
모두를 고려할 수 있습니다. 당신은 샤오치 동지와 결혼하고도 여전히
혁명사업을 견지할 수 있고 동시에 샤오치 동지의 생활을 돌봐줄 수 있
습니다. 이것 역시 혁명이 요구하는 사업 가운데 한 부분입니다. 하지만
그저 사상적으로 남편에게 의존하려는 생각은 버려야 하며 가정생활과
일의 관계를 잘 처리한다면 여성동지는 당연히 혁명을 위해 공헌할 수
있습니다. 당신이 소련으로 유학갈 기회를 잃는 것은 일종의 손실이라
할 수 있습니다. 그러나 당신이 샤오치 동지를 잘 보살펴 그가 따뜻하고
화목하며 행복한 가정을 갖고 또 힘을 집중하여 당의 사업에 더욱 커다
란 공헌을 할 수 있게 된다면 당신 역시 혁명사업을 견지하는 것입니다.
이는 전체적으로 보면 혁명에 대한 더 큰 공헌이 될 수 있습니다."

이치에 합당한 덩잉차오의 말을 들은 왕광메이의 마음속에는 한 줄기
환한 빛이 비쳤다. 그녀는 류샤오치와 시바이포에서 기꺼이 결혼하였다.
덩잉차오와 저우언라이 역시 기쁜 마음으로 그들의 결혼식에 참가하였다.

마오쩌동의 큰 아들 마오안잉(毛岸英)은 류치옌추(劉謙初) 열사의 딸 류
쓰지(劉思齊)와 열애 중이었다. 1948년 마오안잉은 25살이 되어 류쓰지와
결혼하고 싶어 했다. 그는 용기를 내어 아버지에게 말을 하였다. 마오쩌
동은 류쓰지가 이제 겨우 17살로 너무 어려서 결혼하겠다는 아들의 요
구에 동의할 수 없다고 화를 내며 말했다. 마오안잉은 화가 나 방문을
닫고 틀어박혀 잠만 잤다. 그는 아무리 생각해도 별다른 방법이 없자 평
소 그에게 관심을 갖고 대해주던 덩 마마를 찾아가 자신의 고민을 털어
놓을 수밖에 없었다.[91]

---

[91] 필자는 1952년 이미 류쓰지와 그녀의 어머니 장원츄(張文秋)를 알고 있었으며 그녀
  들과 평소 왕래하였는데, 그때 그들이 마오안잉에 대해 하는 많은 이야기를 들었다.

덩잉차오는 마오안잉이 털어놓는 불평을 조용히 들었다. 그녀는 마오안잉이 겪었던 수많은 고통에 대해 알고 있었다. 1930년 마오안잉의 생모 양카이휘(楊開慧)는 창사(長沙)에서 체포되었다. 7살의 안잉과 두 동생은 어머니와 함께 감옥에 갇혔다. 후난성정부 주석 허지엔(何鍵)은 양카이휘에게 마오쩌동과의 부부관계를 청산하라고 강요하면서 그럴 경우 모자를 석방해주겠다고 하였다. 양카이휘는 전혀 굴하지 않고 지조를 지키다 결국 영웅적으로 희생당했다. 허지엔은 또한 세 아이를 모두 굶겨 죽이려 하였다. 양카이휘의 아버지 양창지(楊昌濟) 교수의 많은 친구들이 보증인을 세워 아이들이 너무 어려 옥살이를 할 나이가 아니라고 연명으로 건의하자, 안영 형제는 비로소 보석으로 석방될 수 있었다. 1931년 후난 성 당조직은 마오안잉과 그의 두 동생을 모두 상하이로 보냈다. 저우언라이는 그들을 지하당이 개설한 한 유아원으로 보냈다. 가장 나이가 어린 동생은 그때 불행하게도 병으로 죽고 말았다. 어느 날 유아원의 한 공작원이 갑자기 외출하여 돌아오지 않은 일이 발생하였다. 지하당은 문제가 생길 것을 염려하여 다시 마오안잉과 마오안칭(毛岸青)을 어떤 목사 집으로 옮겼고, 1936년 당조직은 그들을 데려와 모스크바로 유학을 보냈다. 1945년 마오안잉은 옌안으로 돌아왔다. 마오쩌동은 즉시 그의 양복을 벗기고 쌀을 짊어지게 하여 노동모범(勞動模範)[92]에게 보내 농사를 배우게 하였다. 덩잉차오는 마오안잉의 힘들었던 삶을 잘 알고 있었으니 어떻게 그를 지극히 사랑하지 않을 수 있겠는가?

지금 그녀는 마오안잉의 하소연을 들으며 아무런 반응을 보이지 않았다. 그녀는 마오쩌동의 성격을 잘 알고 있었기 때문이었다. 그는 한 번 한 말은 다시 번복하지 않았다. 그녀는 또한 고민하고 있는 안잉에 대해서도 충분히 동정하였다. 어려서 어머니의 사랑을 받지 못한 안잉이 첫사랑에 빠졌으니 그가 사랑하는 여인과 얼마나 빨리 가정을 꾸리고 싶

---

92 역주 : 중국공산당이 생산을 촉진시키기 위해 노동자 중에 선발하여 정한 모범 노동자. 아래로부터 '모범노동자', '노동모범', '노동영웅' 세 단계가 있다.

었겠는가! 덩잉차오 역시 류쓰지를 좋아하였다. 그녀는 류쓰지 역시 순탄하지 않은 고난의 삶을 살아왔다는 것에 대해 알고 있었다.

류쓰지의 아버지 류지옌추(劉謙初)는 국민혁명시기에 입당을 하여 북벌전쟁에 참가하였으며 30년대 초 산동성 서기로 활동하다 체포되어 죽임을 당했다. 그녀의 어머니 장원츄(張文秋)는 1926년 동비우의 소개로 입당하여 류지옌추와 함께 체포되었다가 감옥에서 류쓰지를 낳았다. 이 때문에 그녀의 어릴 적 이름은 라오성(牢生)[93]이었고 또 쏭린(松林)이라고도 불렸다. 항전 초기 국공합작에 따라 장원츄와 딸은 감옥에서 풀려났다. 이후 그녀는 신장(新疆)으로 가 활동을 계속했다. 1941년 성스차이(盛世才)[94]에게 체포되어 딸과 함께 다시 한 번 투옥되었다. 1946년에 저우언라이는 쟝제스와 여러 번 교섭하였고, 또 장즈중(張治中)[95] 장군의 협조를 얻어 신장 감옥에 있던 중공당원들이 풀려나 옌안으로 돌아오게 되었다. 마오안잉과 류쓰지가 서로 사랑하게 된 데에는 둘 다 매우 닮은 고난의 역경을 체험하였고 또한 동시에 둘 다 열사의 자식들이라는 이유가 작용하였다.

어떻게 하면 마오안잉이 자신의 고민을 해결할 수 있도록 도와줄 수 있을까? 덩잉차오는 잠시 생각하더니 대책을 생각해내었다. 그녀는 마오안잉에게 말했다.

"안잉, 혼인조례라는 것을 아나요?"

마오안잉은 잘 모르는 듯 고개를 흔들며 솔직하게 물었다.

"덩 마마, 우리 해방구에도 혼인조례라는 것이 있나요?"

---

93 역주: 글자 그대로 '감옥에서 태어났다.'는 의미이다.

94 역주: 1895-1970. 1933년부터 1944년까지 신장의 군사, 정치를 장악하여 '신장왕'이라는 칭호를 받았다. 소련과 공산당과 밀접한 관련을 갖고 항일의 후방역량으로 기능하였으나 결국 반공·반소노선으로 돌아서 1949년 타이완으로 갔다.

95 역주: 1890-1969. 국민당 중앙집행위원, 후난성 주석을 역임했다. 1946년 국민정부 대표의 자격으로 국공정군협정을 체결하였고, 1949년 국민정부측 수석대표로서 국공평화회의에 참석하였다. 회의가 결렬된 후 베이징에 남아 공산당의 신장성 평정에 협력하였다.

덩잉차오는 웃기 시작하였다.

"이 사람, 오랫동안 외국에 나가 있더니 해방구를 포함한 국내 상황에 대해 전혀 모르고 있군요. 우리 해방구는 일찍 정권을 수립했고 혼인조례 역시 일찍 제정했지요. 첫 번째 혼인조례는 1931년 주석께서 쟝시 중화소비에트공화국 주석일 때 직접 서명하여 통과시킨 것입니다. 항전시기 각 해방구 역시 몇 가지의 혼인조례를 제정, 반포했고요. 혼인조례는 결혼의 최저 연령을 남성은 20세, 여성은 18세로 규정하고 있습니다. 당신은 20세를 넘겼지만 쓰지는 이제 겨우 17세에 불과합니다. 주석께서 당장 결혼하겠다는 데에 동의하지 않는 가장 주요한 이유는 쓰지가 아직 결혼연령에 도달하지 않았기 때문이지, 당신들의 결혼 자체를 반대하는 것은 결코 아닐 것입니다. 안잉, 한 번 생각해봐요, 주석께서 해방구의 첫 번째 혼인조례를 스스로 반포하고 당신 아들이 그 혼인조례를 지키지 않겠다는 것을 허락할 수 있겠어요?"

덩잉차오의 이 말을 듣고 마오안잉은 고개를 끄덕거리며 말했다.

"'덩 마마', 말씀을 들으니 이제 환하게 알겠습니다. 제가 틀렸습니다. 제가 결혼 연령 규정을 잘 알지도 못하면서 괜히 아버지를 화나게 했군요. 그러면서 오히려 아버지가 제 심정을 이해하지 못한다고 원망하며 문을 닫아걸고 울분을 품고 있었는데 알고 보니 모두 제 잘못이었습니다. 감사합니다, '덩 마마'. 바로 아버지에게 가서 사죄해야 하겠습니다."

마오안잉은 바로 마오쩌동에게 가 진지하게 자신의 잘못을 빌었다.

"아버지, 제가 잘못했습니다. 쓰지는 아직 결혼할 나이가 되지 못했으니 저의 결혼 요구는 마땅히 잘못된 것입니다."

마오쩌동은 이야기를 듣고 고개를 끄덕이며 말했다.

"잘못을 알았다면 됐다" 하고 말하면서 그는 나가라고 손을 내저었다. 마오안잉이 막 나가려고 하는데 마오쩌동은 다시 그를 불러 세우고는 웃으며 물었다.

"너는 방 안에 틀어박혀 잠만 자면서 사고가 꽉 막힌 채 생각 없이 지내지 않았느냐? 그런데 어떻게 이리 빨리 납득하게 되었느냐?"

마오안잉은 다시 진지하게 덩잉차오가 자신에게 했던 말을 한 번 더 이야기하였다. 마오쩌둥은 크게 웃기 시작했다.

"알고 보니 '샤오 차오' 동지가 너에게 사상공작을 한 것이구나. 좋다, 가 보거라."

며칠이 지난 어느 토요일 밤, 시바이포의 탈곡장에서는 다시 한 번 주말 댄스파티가 열렸다. 마오쩌둥은 덩잉차오를 보자 웃으며 말했다.

"'샤오 차오' 동지, 내가 아들 안잉을 교육시키는 데 도움을 주어 고마워요."

덩잉차오는 서둘러 말했다.

"주석 동지, 당신은 그렇게 바쁜 가운데에서도 어떻게 일상의 자질구레한 일들까지 세심하게 살필 수 있으십니까? 안잉의 교육도 정말 꼼꼼하게 챙기시고요. 일전에는 그에게 쌀을 짊어지고 노동모범에게 보내 농사일을 배우게 하지 않으셨나요?"

별들이 하늘에 가득했고 수십 호로 구성된 작은 산촌 시바이포의 사람들은 이미 잠에 빠져들었다. 단지 마오쩌둥이 거주하는 정원만은 여전히 등불로 온통 환하였다. 마오쩌둥, 류샤오치, 저우언라이, 주더, 런비스는 매일 밤 이곳에서 회의를 열고, 전중국의 해방이라는 큰일에 대해 의견을 나누었다. 덩잉차오는 방에서 전국 제1차여성대표대회에서 하게 될 주요보고 준비에 몰두하였다.

요심(遼沈) 전투는 이미 승리를 거두었고, 핑진(平津), 화이하이(淮海) 전투가 막 격렬하게 전개되고 있었다. 중국혁명은 이제 곧 전면적인 승리로 끝날 터였다. 덩잉차오의 마음은 희열과 격동으로 충만하였다. 그녀가 거주하는 방의 등불 역시 하늘의 수많은 별들과 함께 깊은 밤 아주 오래 동안 밝게 빛나고 있었다.

제8장 여성해방을 위해 평생 그 뜻을 굽히지 않다

(1949-1966)

81. 베이핑이 해방되다

우리는 덩잉차오의 발자취를 따라 중국 대부분을 돌아다녔다. 주(珠)강, 황푸(黃浦)강, 하이허(海河), 황허, 창(長)강을 건너, 설산과 초원을 넘고 황토고원을 지나 톈진, 광저우, 베이핑, 상하이, 우한, 충칭, 난징 등 대도시를 거쳤으며 또한 도시에서 농촌으로 들어와 허베이 핑산(平山)현 시바이포(西柏坡)라는 이 작은 산골마을에까지 이르렀다. 우리는 그녀의 족적을 따라 기나긴 45년을 달려왔다. 우리는 오사운동시기 15세 애국학생이었던 덩잉차오가 30년 혁명의 단련을 거치면서 탁월한 프롤레타리아트 계급 혁명가이자 중국여성운동의 걸출한 지도자가 되어 가는 과정을 지켜보았다. 이제 우리는 다시 그녀를 따라 신중국 성립 이후 40여 년에 걸친 투쟁 역정에 대해 살펴보자.

1949년 1월 31일, 덩잉차오는 고도(古都) 베이핑이 해방되었다는 소식을 들었다. 그녀는 매우 흥분되었다. 지난 몇 개월 동안 그녀는 혁명이 승리를 향해 끊임없이 나아가고 있다는 사실 때문에 흥분과 희열 속에 빠져 있었다.

마오쩌둥, 류샤오치, 저우언라이, 주더, 런비스 등의 긴밀한 협조와 지도 아래에 중국인민해방군은 요심(遼沈), 회해(淮海), 평진(平津) 3대 전투에서 잇달아 눈부신 승리를 거두었다. 1948년 9월 12일에서 1949년 1월 31일까지 국민당군대 총 154만 명, 즉 당시 국민당 총병력의 42%, 국민당 전방 병력의 60%를 섬멸하였다. 이로 인해 쟝졔스는 반혁명내전과 반동통치를 뒷받침할 주력부대를 근본적으로 상실하였으며, 그와는 달리 해방군은 남쪽으로 창강을 건너 전 중국을 해방시킬 수 있는 토대를 구축하며 전국해방의 승리를 향해 더욱 빨리 전진할 수 있었다.

덩잉차오는 중앙여성위원회 동지에게 이와 같은 해방전쟁에 관한 최근의 소식을 보고하였다. 그녀는 중국여성제1차전국대표대회가 해방된 베이핑에서 개최될 것이며, 이는 춤출 듯이 너무 기쁜 일이라고 말하였다.

1949년 3월 5일에서 13일까지 덩잉차오는 시바이포에서 중국공산당 7기3중전회에 참가하였다. 회의장은 새로 지은 간이식당에 마련되었다. 정면에는 마르크스, 엥겔스, 레닌, 스탈린의 커다란 사진이 걸려 있었다. 맞은편에는 '전국적아형세도(全國敵我形勢圖)'가 걸려 있었는데 공격방향을 나타내는 화살표가 모두 창강 쪽을 가리키고 있었다.

마오쩌둥은 모두에게 중요보고를 하였다. 그는 보고를 통해 혁명을 독려하여 전국적인 승리를 쟁취해야 한다는 방침을 제안하고 전국적인 승리의 국면에서 당 사업의 무게중심은 농촌에서 도시로 전환되어야 한다고 역설하면서, 전국적인 승리 이후 공산당의 정치, 경제, 외교 등의 방면에서 기본정책에 대해 밝혔다. 또한 그는 중국이 농업국가에서 공업국가로, 신민주주의사회에서 사회주의사회로 전환해야 하는 임무와 주요 경로 그리고 부르주아계급의 '사탕발림'[1] 구호에 대해 당 전체가 경계해야 한다는 사실을 천명했다.

덩잉차오는 정신을 집중하여 마오쩌동의 보고를 들었으며 자신에 가득 차 전회(全會) 토론에 참가하였다. 전회는 1945년 6월 당 7기1중전회 이후 중앙정치국의 활동을 비준하고 중공이 발기하고 각 민주당파, 인민단체, 무당파민주인사와 협력하여 신정치협상회의를 개최하여 민주연합정부를 구성한다는 결의를 비준하였다. 신중국이 곧 탄생할 것이라는 생각에 덩잉차오는 너무도 흥분되었다.

그녀는 기차를 이용하여 베이핑으로 들어왔다. 막 수리를 마쳐 철로가 복구되었으나 기차 안에는 전기가 들어오지 않아 객차 안은 촛불로 조명을 삼아야 했다. 흔들리는 열차에 맞추어 흔들리는 촛불 아래에서 덩잉차오는 유명한 민주애국인사 류야쯔(柳亞子)를 만났다.[2]

해방전쟁 기간 동안 쟝졔스는 민주인사를 함부로 박해 하였다. 수많은 민주인사들이 홍콩으로 도망쳤다. 저우언라이의 기획 아래 이들은 지하당 조직에 의해 동북 혹은 화북해방구로 보내졌다. 류야쯔는 홍콩에서 화북해방구로 갔다가 다시 덩잉차오와 같은 열차로 베이핑으로 가는 길이었다. 오래전부터 덩잉차오는 류야쯔와 알고 지낸 사이였다.

1925년 덩잉차오는 광저우에서 활동하였다. 1926년 초 국민당제2차전국대표대회에서 22세의 덩잉초는 후보중앙집행위원에 선출되어, 저명한 시인이자 국민당 좌파인 류야쯔를 알게 되었다. 쟝졔스와 국민당우파에 의해 장악된 1926년 5월 소개된 국민당2기2중전회에서 소위 당무정리안(黨務整理案)[3] 결의가 통과되었던 사실을 덩잉차오는 기억해냈다. 이 결의

---

1   역주: 본문은 '당의포탄(糖衣炮彈)'. 직역하면 당의를 입힌 포탄이 된다. 즉 표면은 달콤하여 사람을 유인하나, 내용물은 포탄처럼 큰 해를 주는 달콤한 속임수, 사탕발림, 뇌물 등을 가리킨다.

2   덩잉차오, 「류야쯔 선생 회고」, 『人民日報』, 1987.5.29 참고. 필자가 류야쯔의 딸 류우페이(柳無非)를 만났을 때 그녀는 덩잉차오와 그녀 아버지와의 교류에 대해 소개하였다.

3   역주: 국공합작을 이용하여 활동을 강화하려는 공산당의 공작을 철저히 봉쇄하기 위해 쟝졔스가 취한 조치. 이에 따르면 국민당에 가입한 공산주의자들은 삼민주의

는 쑨원의 연소(聯蘇), 용공(容共), 농공부조(農工扶助)의 신삼민주의(新三民主義)[4]에 반대하는 것으로 국공분열의 제일보를 내딛는 사건이었다. 당시 표결에서 시대의 흐름에 역행하는 이 결의안에 허샹닝(何香凝)과 류야쯔는 반대표를 던짐으로써 용기 있는 결단을 보여주었다. 덩잉차오는 정치적으로 두려움을 모르는 그들의 정신에 매우 감탄하며 그들을 존경하게 되었다.

1941년 12월 태평양전쟁이 발발하자 류야쯔와 많은 진보인사들은 중국공산당의 배려로 일본에게 함락당한 홍콩을 떠나 귀린(桂林)으로 이동했다. 1944년 여름 귀린의 형세가 위급해지자 저우언라이는 류야쯔의 안전을 고려하여 비행기 표 2장을 구입, 류야쯔 부부를 마지막 비행기를 이용해 총칭으로 가도록 조치하였다.

1945년 12월 다시 류야쯔가 총칭을 떠나 상하이로 가게 되었을 때 덩잉차오는 특별히 그에게 편지를 써 보냈다.

"야쯔 선생님. 내일 새벽 총칭을 떠나 상하이로 가신다는데 직접 배웅하지 못해 너무 죄송합니다! 언라이가 대표를 배웅하는 편으로 옌안의 목각 창화(窗花)[5] 8폭을 보내어 환송의 마음을 대신합니다. 기념으로 삼아 웃으며 받아주시기를 바랍니다. 그럼 이만 줄입니다. 가는 길 평안하시기 바랍니다! 그리고 부인께도 안부 전해주십시오. 덩잉차오"

8폭 창화의 내용은 황무지 개척, 춘경, 오물 수거, 학습, 보초 근무, 소금 운반, 예쁜 인형, 식자(識字) 등으로 해방구에서의 새로운 생활이 갖는 신선한 숨결로 가득 찼다. 류야쯔는 매우 기뻤으며, 또 수 년 동안 변하

를 엄격히 준수하고 국민당과 공산당의 이중당적(二重黨籍)을 가질 수 없고, 일체의 비밀활동을 할 수 없었다.

4 역주: 1905년 쑨원에 의해 "만주족 출출, 중화 회복, 민국 창립, 토지소유 균등"을 내용으로 하는 동맹회 강령, 즉 '구삼민주의'가 채택되었다. 이후 쑨원은 이를 수정 발전시켜 민족주의와 관련해서는 반제국주의를 강화하고 민생주의와 관련해서는 사회주의 정책을 강화한 '신민주의의'를 주장하였다.

5 역주: 주로 창문 장식에 사용하는 전지(剪紙)의 일종. 전지란 종이를 오려 여러 가지 형상이나 모양을 만드는 종이 공예를 가리킨다.

지 않는 우정을 귀하게 여겨 이를 계속 소중히 보관했다. 현재 이 편지와 8폭 창하는 중국혁명박물관에 역사적 증거로 보관되어 있다.

기차에서 덩잉차오와 류야쯔는 지난 24년의 일들을 서로 흉금을 털어놓고 이야기하였다. 둘은 모두 매우 즐거웠고 또 유쾌하였다. 류야쯔는 시흥이 크게 발동하여 달리는 열차에서 바로 시 한 수를 지어 덩잉차오에게 주었다.

> "홍면(紅綿) 꽃 떨어지는 우양청(五羊城)[6]에서 그대 만난 지 어언 24년
>
> 오늘 창저우(滄州)[7]에서 다시 만나 손을 맞잡으며 인민의 승리를 즐겁게 바라보네.
>
> 쩌우룽(鄒容)[8] 비문 아래에서 술 마시고 시 지을 때, 바람은 일어 황셰푸(黃歇浦)[9]로 조수 밀려왔지.
>
> 따뜻하고 향기로운 지난 일들 잊기 힘들어, 다시 등불 옆에서 샤오 차오를 알아보네."

시를 다 쓴 후 류야쯔는 다음과 같은 재미있는 몇 마디 말을 덧붙였다. "'샤오 차오'는 동지들 사이에서 잉차오 여사를 친숙하게 부를 때 쓰는 호칭입니다. 내가 당돌하게 전후 사정도 모르고 흉내를 낸 것이니[10] 언라이가 너무 탓하지 않았으면 좋겠습니다."

이것을 보고 덩잉차오는 빙그레 미소를 지으며 류야쯔에게 말했다.

---

6 역주: 광저우(廣州)의 또 다른 이름.
7 역주: 허베이 남부의 지명.
8 역주: 1885-1905. 1903년 애국학사(愛國學社)에 가입하고 중국학생동맹회를 조직하였다. 유명한 『혁명군(革命軍)』을 저술하여 반청혁명과 중화공화국 건설을 주장하였다. 청조의 압력을 받은 상하이조계당국에 의해 체포되어 옥사하였다.
9 역주: 상하이 경내 황푸(黃浦)강의 별칭. 셰푸라고 간략하게 칭한다.
10 역주: 본문엔 '효빈(效顰)'으로 되어 있다. 그것은 미녀 서시(西施)가 병이 있어 눈썹을 찡그리며 아픔을 참으니, 같은 마을의 추녀가 보고 아름답다고 여겨 그 찡그림을 흉내 냈다는 이야기에서 유래하였다.

"류 선생님, 당신은 저를 '샤오 차오'라고 불러도 전혀 문제가 되지 않아요. 언라이는 결코 이상하게 생각하지 않을 겁니다."

류아쯔는 세 갈래의 긴 수염을 어루만지며 크게 웃기 시작했다.

"하하, 그렇다면 정말 당돌하게도 '샤오 차오'라 불러야겠군요."

열차 안에는 덩잉차오와 류아쯔의 밝고 활달한 웃음소리가 울려 퍼졌다.

이렇듯 덩잉차오는 당 밖의 친구들과 친밀한 교우관계를 잘 유지했고 사상적으로 또 감정적으로 잘 어울리며 매우 친밀하게 지냈다.

승리의 열차가 봄바람 속에 앞으로 나아갔다. 비록 도중에 많이 흔들리긴 했지만 열차는 씩씩하게 해방된 베이핑을 향해 곧바로 나아갔다.

고도 베이핑이 시야에 들어왔다. 덩잉차오는 일어나 과거의 일들을 회상하였다. 어린 시절 어머니를 따라 베이징[11]에 처음 왔을 때 평민학교에 입학하여 천이룽(陳翼龍) 선생으로부터 계몽을 받았던 일을 떠올렸다. 또한 여자사범을 졸업한 후 베이징에서 초등학교 교사를 하던 일을 떠올렸고, 1925년 쑨원의 관을 곁에서 지켰던 일, 1937년 베이핑 시산(西山) 평민요양원에서 요양하던 일을 떠올렸다. 군벌과 국민당 통치를 아래서 당시 베이핑 인민들은 도탄에 빠져 살기 힘들었지만, 이제 마침내 인민의 품속으로 돌아오게 되었다. 처음 베이징에 왔을 때 그녀는 9살로 세상 물정을 모르던 철없던 어린 아이였다. 이후 오랜 동안 혁명노정을 통해 고통스런 단련을 겪으면서 그녀는 이미 중년이 되었고 한 명의 프롤레타리아트 계급혁명가가 되었다. 중국혁명은 결정적인 승리를 획득하였다. 그러나 그녀는 마오 주석이 7기2중전회에서 당 전체를 향해 쏟아놓은 호소를 똑똑하게 기억하였다.

"전국적인 승리를 쟁취하였지만, 이것은 단지 만리 장정(長征)의 제1보에 불과합니다. 이 일보 역시 자랑할 만하지만 그것은 상대적으로 보잘

---

11   역주: 본래 명칭은 베이징이었으나 1928년 난징국민정부의 중국 통일 이후 난징이 수도로 정해짐에 따라 베이핑(北平)으로 개칭되었다가, 1949년 중화인민공화국 수립과 함께 베이징으로 고치고 다시 수도로 정해졌다.

것 없는 것입니다. 더욱 자랑할 만한 일은 이 뒤에 나타날 것입니다……
중국의 혁명은 위대합니다. 하지만 혁명 이후의 길은 더욱 길며 사업은
더욱 위대하고 더욱 힘듭니다. 이 점에 대해 현재 당내의 동지들에게 분
명하게 말합니다. 동지들은 늘 겸허하고 근신하며 교만하지 않고 여유
있는 태도를 지녀야 하며, 동지들은 고통을 무릅쓰고 분투하는 모습을
계속 유지해야만 합니다. 우리에게는 비평과 자아비판이라는 마르크스
레닌주의의 무기가 있습니다. 우리는 잘못된 태도를 충분히 제거할 수
있고 우수한 태도를 유지할 수 있습니다. 우리는 제대로 이해하지 못한
것에 대해 충분히 학습하여 익힐 수 있습니다. 우리는 낡은 세상을 깨부
수는 일을 잘 할 뿐만 아니라 신세계를 건설하는 일도 잘 해야 할 것입
니다."[12]

마오 주석의 이 말은 정말 적절하고 훌륭한 말이었다.

신세계를 건설하겠다는 강렬한 희망을 품고, 덩잉차오는 당중앙기관
의 동지들 및 류야쯔 등의 친구들과 함께 충만한 자심감으로 베이핑에
들어섰다.

82. 유례가 없이 성대했던 중국여성회의

1949년 3월 24일 해방된 지 얼마 되지 않은 베이핑에는 꽃샘추위가
살을 에는 듯하였다. 쯔진청(紫禁城) 옆 중난하이(中南海) 화이런탕(懷仁堂)
은 눈부시게 화려했고 열기가 넘쳤다. 이곳에서 유례를 찾아볼 수 없을 만
큼 성대한 중국여성계의 회의-중국여성제1차전국대표대회가 개막되었다.

12　『마오쩌동선집(毛澤東選集)』(第4卷), 人民出版社, 1991(第2版), 1438-1439쪽.

대회에 출석한 대표는 467명이었다. 그들은 해방구와 국민당통치구, 그리고 중국 각성과 해외 일부 지역에서 온 대표들이었다. 그들 가운데에는 국민당통치구에서 영웅적인 투쟁을 한 여성노동자 탕귀펀(湯桂芬)과 해방구의 모범여성노동자도 있었고, 민병(民兵) 영웅 쑨위민(孫玉敏), 자제병(子弟兵)[13]의 어머니 룽관슈(戎冠秀)와 기타 전선지원모범도 있었으며, 장정을 경험한 여성간부와 용감한 인민해방군여전사-그 가운데 저명한 '백의천사(白衣天使)' 리란딩(李藍丁) 등이 있었으며, 지식인과 전문직여성은 물론 종교계 대표, 화교 대표, 각 민주당파의 여성, 소수민족 여성대표 등 중국혁명을 위해 가혹한 시련을 겪은 여성혁명가와 다양한 여성 활동가가 망라되어 있었다. 진실로 중화민족을 대표할 수 있는 우수한 여성들이 집결한 것이다. 그녀들은 홍기를 들고 대열을 갖춰 행진했다. 의기양양하게 큰 걸음으로 신화먼(新華門)으로 달려갔고, 과거의 황궁 내원(內苑)인 중난하이로 가 웅장한 화이런탕으로 들어섰다. 그녀들은 이제 곧 건립하게 될 신중국의 주인이 된다고 자랑스럽게 생각하면서 기쁨에 충만하여 중국 2억 5천만 여성의 해방을 의미하는 성대한 회의에 참석하였다.

차이창, 덩잉차오, 리더취옌, 쉬광핑, 솨이멍치, 장친츄(張琴秋), 캉커칭(康克清), 차오멍쥔, 레이졔충(雷洁琼), 양즈화, 쳰정잉(錢正英), 선쯔쥬, 뤄수장(羅叔章), 장윈(章蘊), 양윈위(楊蘊玉), 류야슝(劉亞雄), 리졘전(李堅眞), 취멍줴(區夢覺), 리원이(李文宜), 장진바오(張金保), 류잉(劉英), 장샤오메이, 덩위즈(鄧裕志), 장슈옌(張秀巖), 리슈전(李秀眞), 리펑롄(李鳳蓮), 우란(烏蘭), 동리성(董力生), 양강(楊剛) 등 여성계 대표가 함께 의장단에 올랐다. 회의장 경내에는 오랫동안 열렬한 박수소리가 끊이지 않고 이어졌다.

우아한 풍모의 차이창이 개막사를 하였다. 동비우가 중공중앙을 대표하여 대회에 축하인사를 하였다. 덩잉차오는 회의에서 「중국여성운동의

---

13 역주 : 아들딸로 구성된 병사를 가리키는데 현재는 군대를 친근하게 일컫는 말이기도 하다.

현재 방침과 임무」라는 보고를 하였다.

덩잉차오는 보고에서 중국여성운동의 성과를 높이 평가하면서 다음을 명확히 하였다; 제국주의, 봉건주의, 관료자본주의에 반대하는 투쟁을 끝까지 진행하여 국민당 반동 잔여세력을 완전히 숙청하며 신민주주의혁명을 완성하고 통일 인민민주공화국을 건설하는 것, 이것이 현재 중국여성운동의 전체 임무이다. 이 전체 임무를 중심으로 적극적으로 전선을 지원하고 생산을 회복, 발전시킴과 동시에 잔존하는 봉건 악습에 반대하고 자유결혼을 주창하며, 민주정권 건설에 동참하고 여성과 아동의 위생과 아동보육사업을 추진한다.

덩잉차오는 보고에서 농촌 여성사업을 홀대하지 않는다는 조건 하에 도시 여성사업을 중점 사업으로 삼아야 한다고 하면서 여성조직을 만들어 도시 경제건설에 참가시켜야 한다고 지적하였다.

전국에 걸친 혁명 정세의 발전에 부응하기 위해 덩잉차오는 보고에서 중화전국민주여성연합회를 건설하여 여성간부를 각성, 배양하여 그들을 신중국 건설의 주요 인재로 활용하자고 제안하였다.

덩잉차오는 또한 중국여성운동이 전세계 민주여성의 동정과 지지를 받았다고 하면서 이후 국제민주여성운동과의 관계를 더욱 밀접하게 하고 특히 아시아여성과의 관계를 강화하여 세계평화를 공동으로 보위해야 한다고 하였다.[14]

리더취옌은 회의에서 국민당통치구의 여성운동에 대해 보고했다. 차이창은 세계민주여성운동의 현황과 임무에 대해 보고하였다. 대표들은 이들 보고에 대해 열띤 토론을 진행하였다. 캉커칭은 아동보육사업에 대해 발언하였고, 류야슝은 도시여성사업에 대해 발언하였다.

45명의 대표가 대회 발언을 통해 매우 많은 좋은 의견과 간절한 기대

14　「중국여성제1차전국대표대회에서의 덩잉차오 보고」, 『人民日報』, 1949.3.30.

를 표시했다.

덩잉차오는 대회주석단을 대표하여 종합보고를 하였다.

그녀는 종합보고에서 먼저 각지의 여성사업의 성과가 매우 좋다고 평가하고, 이러한 성적은 기층에서 장기간 공작을 견지한 여성간부와 노동모범의 노력의 결과라고 하였다. 그녀는 대회주석단의 이름으로 각 활동현장에서 억척스레 일에 몰두한 다수의 여성간부들을 향하여 구두 격려와 정신적 포상을 수여하였다.

그녀는 총결 가운데 통속적이고 대중적인 표현을 사용하여 대표들에게 당 7기2중전회의 정신을 알기 쉽게 표현하였다. 대표들이 새로운 형세에서 제출한 새로운 문제에 대해, 선진계급의 사상을 이용하여 그녀들의 사상을 무장시켰고, 특히 노동자계급의 지도 아래 농민을 단결시켜 노농연맹을 공고히 해야 함을 강조하였다. 그녀는 노농연맹을 기초로 삼아 많은 지식인과 민족부르주아계급, 소부르주아계급을 단결시켜야 인민민주정권이 비로소 견고해질 수 있다고 하였다.

덩잉차오는 종합 결론에서 또한 소수민족여성이 함께 전진해야 한다고 강조하였다. 그녀는 마지막으로 자신들은 (출신에 상관없이) 혁명가이며 마땅히 혁명의 새로운 임무를 잘 받아들여 공부에 매진, 시대에 뒤처지지 않아야 하고 모든 사람이 결연히 혁명을 추구하고 용감하게 전진하는 태도를 갖춰야 한다고 말했다. 이 부분을 말할 때 그녀는 목소리를 높여 외쳤다. "동지 여러분, 스스로를 한 층 더 발전시키고 혁명정신으로 자신을 개조하여 전진 또 전진합시다! 시대에 뒤처지지 않도록 공부하고 또 공부합시다! 모두가 반드시 시대의 전진을 충분히 따라잡을 수 있으며 새로운 임무를 충분히 받아들일 수 있다고 믿읍시다!"

덩잉차오의 열정적인 호소는 대표단의 열렬한 박수를 받았다. 덩잉차오의 불같은 열정은 대표들의 용기와 결심을 더욱 자극했고 덩 다제의 말이 자신들의 폐부에 깊이깊이 파고듦을 느꼈다. 그녀들은 다제의 호소에 호응하여 학습하고 또 학습하며 노력 전진하기로 결심하였다.

여성조직의 형식에 대해 덩잉차오는 여성연합회가 각 계층의 각계 여성대중을 포괄하며 여성대표회 형식으로 여성대중과 광범하게 연계할 수 있으며 도시와 농촌 모두에서 채택할 수 있다고 말했다. 여성연합회 조직은 이러한 대표회의 기초 위에 성립되었다.

덩잉차오는 과거 여성을 협소한 테두리에 속박하고 사업을 진행하던 고립적 태도를 반드시 없애야 하며 여성대중사업과 관련 있는 각 부분, 각 방면과 결합하여 여성사업을 수행할 때에만 비로소 여성사업이 전진할 수 있다고 말했다.

덩잉차오는 또한 신문사, 통신사, 방송 등의 매체를 충분히 이용하여 여성운동과 관련된 선전 활동을 광범하게 전개해야 한다고 하면서, 그렇지 않을 경우 사람들에게 여성사업을 중시하도록 환기시키게 하는 데에 있어 피곤하여 입술이 마르고 혀가 부르틀 정도가 된다고 하였다.[15]

회의는 전국여성연합회의 장정(章程)과 중국여성운동의 현재 임무에 대한 결의를 통과시키고 중화전국민주여성연합회 설립을 만장일치로 통과시켰다. 대회는 선거를 통해 집행위원회를 출범시켰다. 차이창과 덩잉차오 등 72명의 대표가 집행위원회와 후보집행위원으로 당선되었다. 집행위원회 회의에서 허샹닝이 명예주석으로 선출되었다. 차이창은 전국여성연합회 주석에, 덩잉차오, 리더취엔, 쉬광핑은 부주석에 당선되었다. 취멍쮀(區夢覺)는 전국여성연합회 비서장을 맡았다.

폐막식에 주더(朱德) 총사령관이 참석하여 축하해 주었으며, 대회가 마오 주석과 주 총사령관에게 바치는 깃발을 그는 기꺼이 받았다. 마오쩌둥, 류샤오치는 전체대표들을 접견했고 류샤오치는 또한 중요한 연설을 하였다.

성대한 중국여성제1차전국대표대회가 막을 내렸다. 덩잉차오는 회의가 성공했다는 기쁨 속에서도 전국의 2억 5천만 여성자매를 조직, 지도

---

15   전국제1차여성대표대회에서 덩잉차오가 한 종합보고 기록 원고 참고.

해야 한다는 부담이 자신의 어깨를 짓누르고 있다는 생각을 줄곧 떨쳐 버릴 수가 없었다. 신중국이 곧 탄생할 예정이었다. 중요하고도 산적한 사업이 그녀를 기다리고 있었기에 그녀는 조금의 나태함도 용납할 수 없었다.

83. 남하하여 쏭칭링의 북상(北上)을 정정히 요청하다

덩잉차오와 쏭칭링, 당대 중국의 위대한 두 여성 사이의 우의에 대해서 사람들은 기꺼이 찬양하였다. 1924년 쑨원은 병든 몸을 이끌고 북상하다 톈진을 경유한 적이 있었다. 덩잉차오는 톈진인민의 대표 자격으로 항구에서 특별히 쑨원을 영접했는데 그때 쑨원 곁에 서 있던 날씬한 몸매의 미녀 쏭칭링을 처음 보았다. 1925년 쑨원이 불행하게 베이징에서 병사하자 덩잉차오는 경야(經夜)[16]와 장례에 참석하였고, 검은 망사를 쓰고 애통해하던 쏭칭링을 다시 보았다. 1926년 1월, 덩잉차오는 국민당제2차대표대회에 참가하여 쏭칭링, 허향닝과 함께 여성운동결의안을 기초하였다. 1927년 여름 우한에서 왕징웨이와 장제스가 연합하여 반혁명을 일으켰을 때 덩잉차오는 쏭칭링이 격분하며 그들을 신랄하게 비난하는 소리를 직접 들은 적이 있었다. 1938년 가을, 덩잉차오는 다시 특별히 홍콩으로 쏭칭링을 만나러 갔고 그녀와 함께 광저우에서 화남여성운동을 추진하였다. 이후 총칭과 항전승리 후 상하이에서 그 둘은 수시로 왕래하였다.

1949년 중국혁명은 전국에 걸쳐 승리를 거두었다. 난징, 상하이는 이

---

16   역주: 초상 중에 근친지기(近親知己)들이 관 곁에서 밤새는 일.

미 해방되었다. 6월 15일에서 19일까지 신정치협상회의 준비회가 베이핑에서 개최되었다. 새로운 인민공화국이 곧 탄생될 터였다. 중공중앙은 쏭칭링이 베이핑으로 와 인민공화국 건립이라는 큰 계획에 동참해 주기를 진지하게 그리고 열정을 다해 요청했다.

마오쩌동은 저우언라이와 상의하여 특사를 상하이로 파견하여 쏭칭링의 북상을 요청하기로 하였다.[17] 그들은 쏭칭링과 교분이 매우 깊은 덩잉차오를 상하이로 먼저 파견하여 쏭칭링을 만나보도록 결정하였다.

마오쩌동은 쏭칭링에게 친필 편지를 썼다.

"칭링 여사께. 총칭에서 헤어진 지[18] 벌써 4년입니다. 우러러 존경하는 마음은 날이 갈수록 더욱 깊어집니다. 이제 전국적으로 혁명의 승리가 눈앞에 다가왔습니다. 건설이란 큰 계획을 수립하는 데 하루 빨리 동참해주시기를 바라 특별히 덩잉차오 동지를 보내 안부를 여쭈니, 부디 북상하시어 여사를 환영케 해주십시오 삼가 베이핑으로 오시어 곁에서 가르침 주시기를 간절히 바라는 바입니다. 이에 각별히 평안하시기 바랍니다. 마오쩌동. 1949.6.19."

저우언라이 역시 쏭칭링에게 보내는 친필 편지를 썼다.

"칭링 여사께. 상하이에서 헤어진 지 벌써 3년이 지났습니다. 쟝적(蔣賊)[19]이 함부로 사람들이 죽이고 박해할 때마다 매번 여사의 안전을 염려했습니다. 이제 다행히 해방이 신속하게 이루어져 여사께서 영원히 위험에서 벗어날 수 있게 되었으니 인민의 큰 기쁨이며 저의 마음 역시 크게 위안이 됩니다. 현재 전국에 걸친 승리가 목전에 있으니, 신중국 건설을 위한 여사의 큰 가르침을 고대하고 있습니다. 이에 잉차오가 특별히 영접을 위해 찾아뵙고 여사의 북상을 갈망하는 마음을 전하게 될 것입니

17　필자가 뤄수장(羅叔章)을 방문했을 때, 1949년 덩잉차오와 함께 상하이로 갔던 그녀는 덩잉차오가 명령을 받고 남하하여 쏭칭링의 북상을 요청했던 상황에 대해 소개하였다.

18　역주: 원문은 '위교(違敎)'. 오랫동안 곁에서 가르침의 말을 듣지 못한다는 의미이다.

19　역주: 쟝졔스를 가리킨다.

다. 조속히 베이핑으로 오시기를 간절히 바랍니다. 이에 각별히 평안하시기 바랍니다. 저우언라이. 1949.6.20.”

6월 28일 덩잉차오는 마오쩌둥과 저우언라이의 편지를 갖고 허광핑, 뤄수장과 함께 베이핑을 떠나 상하이로 갔다.

29일 열차가 서서히 상하이역에 도착하였다. 그녀에게는 익숙한 영웅의 도시인 상하이는 중국공산당의 탄생지이기도 했다. 1925년 그녀는 광저우로 남하하면서 상하이에 들러 상하이여성계에 톈진의 ‘5·30’참안 지원 상황에 대해 소개한 적이 있다. 그 당시 그녀는 막 입당한 21세의 청년 공산당원이었다. 국민혁명이 실패한 후 그는 저우언라이와 함께 백색테러[20] 하의 상하이에서 지하공작을 수행하면서 5년 동안 영웅적인 투쟁을 전개하였다. 1946년 그녀는 또한 저우언라이와 함께 중공대표단의 일원으로 상하이에서 평화민주 쟁취투쟁을 전개하였다. 그때 미국의 지원을 받은 쟝졔스는 해방구를 향해 대대적인 공격을 감행하여 전면적인 내전이 이미 폭발한 상태였기 때문에 상황은 매우 살벌했었다. 그녀는 일찍이 애국민주인사들과 “머지않아 우리는 반드시 돌아올 것”이라고 약속한 바 있었다. 이제 과연 그녀는 해방을 맞이한 인민의 상하이로 돌아왔다. 그러니 어찌 그녀의 마음이 한껏 일렁이며 극도로 흥분하지 않을 수 있겠는가?

도착한 날 바로 그녀는 쏭칭링을 만나러 갔다. 그녀가 살고 있는 소박한 집은 애국화교가 쑨원에게 선물로 준 것이었다. 쑨원은 평생 동안 혁명을 도모하였기 때문에 변변한 재산도 없이 검소하였다. 그는 죽을 때 남긴 유언을 통해 이 집과 소장서적을 쏭칭링에게 남겼다.

덩잉차오가 정원으로 들어서보니 푸른빛의 나무가 무성하고 신선한 꽃들이 만개하여 있었다. 풀 위에는 흰 비둘기 몇 마리가 한가로이 노닐고 있었다. 그녀는 가벼운 걸음으로 1층 응접실로 들어섰다. 이층에서

---

[20]　역주: 공산당의 테러, 즉 홍색테러에 상대되는 국민당의 테러를 가리킨다.

은은하게 피아노 소리가 들려왔다. 쏭칭링이 피아노를 치고 있었던 것이었다. 이것은 그녀는 갖고 있던 비교적 '사치스럽다'고 할 만한 유일한 생활습관이었다.

쏭칭링과 오래 동안 생활해 왔던 리옌어(李燕娥)가 이층으로 올라가 덩잉차오가 왔음을 알렸다. 쏭칭링은 서둘러 아래층으로 내려왔다. 승리의 재회가 있기까지 3년 동안 보지 못했던 중국의 위대하고 숭고한 두 여성 지도자는 기쁨에 겨워 서로를 포옹했다.

둘은 서로 부여잡고 소파에 앉았다. 리옌어는 맑은 향이 가득한 룽징(龍井)차를 갖다 주고는 조용히 물러갔다.

덩잉차오는 바로 편지를 전하지 않고 헤어진 이후 있었던 일들에 대해 천천히 이야기하였다.

덩잉차오는 쏭칭링에게 자신이 참가했던 토지개혁의 상황에 대해 개략적으로 소개하였고 중국농촌여성이 해방된 기쁨과 그녀들이 열렬히 전선을 지원하고 생산에 참가했다는 감동적인 모습에 대해 설명하였다. 또한 성황리에 중국여성제1차전국대표대회가 개최되었고 전국여성연합회가 설립되었음을 그녀에게 소개하였다. 그녀는 쏭칭링이 이전부터 줄곧 중국 여성운동에 관심을 기울여왔음을 알고 있었고 그녀가 중국여성운동이 거둔 이 획기적인 성과를 알게 되면 기뻐할 것이라고 믿었다. 또한 그녀는 쏭칭링에게 신정치협상회의 준비회 상황에 대해 말해 주었다.

덩잉차오는 열정적으로 설명하였고, 쏭칭링은 매우 흥미롭게 그녀의 이야기를 경청하였다. 벌써 몇 잔의 차를 마셔가며 그녀들은 아주 오랜만에 다시 만난 자매와 같이 속마음을 털어놓았고 헤어진 이후 몇 년 동안 중국 땅에서 일어난 경천동지할 만한 큰 변화에 대해 거침없이 모두 이야기하였다.

쏭칭링은 이야기 속으로 흠뻑 빠져들었다. 그녀가 쑨원과 함께 수십 년 동안 분투하며 힘써 추구했던 것이 중국의 독립, 자유, 평등 그리고 인민의 행복이 아니었던가? 이 모두를 부패하고 반동적인 국민당이 완성할 것이라고는 이미 기대할 수 없었고, 단지 중국공산당과 그가 영도하는 인민의 피 흘리는 분투만이 비로소 눈앞의 현실로 만들 수 있었으니, 그녀가 어찌 흥분하고 기뻐하지 않을 수 있겠는가? 그녀는 이미 비록 신문을 통해 이러한 정황에 대해 알고 있었지만, 오늘 덩잉차오의 직접적인 설명을 듣고 특별한 감격과 충격을 느끼게 되었다.

신정치협상회의 준비 상황에 대한 설명을 마치고 나서 덩잉차오는 비로소 손가방에서 마오쩌둥과 저우언라이의 친필 편지를 꺼내고는 신정치협상회의가 곧 베이핑에서 개최될 것이고 중앙인민정부 역시 정식으로 건립될 것이며, 당중앙과 마오 주석은 쑹칭링이 올라와 건국의 큰 계획을 함께 수립하기를 간절하게 바란다고 정중하게 말했다.

쑹칭링은 덩잉차오가 건네주는 두 통의 편지를 받아 들었다. 그녀는 두 편지의 중요성을 분명히 알았다. 그것은 암흑의 옛 중국을 끝장내고 광명의 새 중국을 건립한 두 거인의 친필 편지였다. 그녀는 찬찬히 그것을 다 읽은 후 매우 진지하게 사색하면서 좀 더 자세하게 생각할 기회를 달라고 느릿느릿 말했다. 쑨원이 베이징에서 사망했기 때문에 그녀에게 그곳은 상심의 땅이었다!

덩잉차오는 초초했지만 이 일이 서둘러 결정할 성질의 것은 아니었다. 쑹칭링에게는 결정을 내릴 때까지 조용히 생각할 시간이 주어졌다. 마침 7월 1일은 중국공산당 건당 28주년 기념일이었다. 덩잉차오는 쑹칭링에게 다음 날 저녁 자신과 함께 경축대회에 참가하자고 적극적으로 요청하였다.

쑹칭링은 흔쾌히 동의했다.

6월 30일 밤, 덩잉차오와 천이(陳毅)는 쑹칭링을 수행하여 중공중앙화동국, 중공상하이시위원회가 거행하는 중국공산당 28주년기념대회에 출석하였다. 쑹칭링은 병든 몸을 이끌고 대회에 참석하여 덩잉차오에게 자신의 축사를 대신 낭독주기를 부탁하였다. 그것은 열정적인 중국공산당에 대한 찬가였다. 쑹칭링의 진정한 마음이 덩잉차오의 격정으로 가득 찬 목소리를 통해 낭랑하게 표현되었다. "이것은 우리들 조국의 새로운 광명입니다. 자유가 탄생되었습니다. 그의 밝은 빛은 반동세력이 뒤덮은 모든 외진 곳마다 환하게 비추고……인민의 자유에 대해 경의를 표하는 바입니다."[21]

회의장에는 우뢰와 같은 박수소리가 울려 퍼졌다. 덩잉차오는 쑹칭링을 부축하여 일어나 회의장 내의 공산당원들과 함께 열렬하게 박수를 쳤고 힘을 합쳐 어렵사리 쟁취한 승리를 함께 축하했다.

덩잉차오는 상하이에서 2개월 동안 줄곧 머물렀다. 그녀는 스량(史良), 니페이쥔(倪斐君) 등 옛 친구를 방문하여 상하이여성들의 상하이여성연합회 건설 준비 상황에 대해 살펴보았다. 그녀는 또한 쉬광핑과 함께 쥬싱(九星) 극장에 가 위옌쉐펀(袁雪芬) 연출의 월극(越劇)[22] 적자희(折子戲)[23] 특별 공연을 관람했다.

그리고 덩잉차오는 몇 차례 쑹칭링을 더 만났다. 덩잉차오는 쑹칭링이 상하이에서 주관한 중국아동복리기금회의 아동극장을 참관하였고, 그녀에게 중국여성운동 발전에 대한 의견을 제시하여 줄 것을 간절하게 요청하였다. 또한 어떤 때에는 신정치협상회의 준비 상황에 대해, 특히 그녀가 참가하여 토론하여 만든, 임시헌법으로 기능하게 될 『공동강령(共同綱領)』의 제정 상황에 대해 설명하였다. 쑹칭링은 항상 그녀의 설명에 주의를 기울여 들었다.

결국 어느 날 쑹칭링은 미소를 지으며 덩잉차오에게 자신이 마오쩌동 주석과 저우언라이 선생의 요청을 받아들여 베이핑으로 가겠다고 말했다.

덩잉차오는 이 말을 듣고 다시 한 번 쑹칭링을 끌어안았다.

덩잉차오는 바로 쑹칭링과 떠날 날에 대해 상의하고 즉시 이 사실을

---

21 상하이(上海) 『해방일보(解放日報)』, 1949.7.1.
22 역주 : 저쟝성 성(嵊)현이 발원지로, 그 지방 민가(民歌)에서 발전해 이루어진 지방극.
23 역주 : 여러 막으로 구성된 중국 전통극에서 가장 정채롭거나 관객들이 좋아하는 한 막만을 독립적으로 연출하는 극.

베이핑에 알렸다. 세심한 덩잉차오는 다시 한 가지 일을 떠올리고는, 쑹칭링에게 기차를 이용해 북상할 때 난징에 들러야 할 지, 그리고 난징에 잠시 머물러 쑨원의 묘소에 참배할 지에 대해 완곡하게 물었다.

쑹칭링은 잠시 생각하더니 가게 되면 상심만 더할 것이니 갈 필요 없다고 대답하였다. 저 세상에 있는 쑨원의 혼령 역시 현재 중국혁명이 승리했음을 알고 있고 기쁨과 위안을 느끼고 있을 것이었다.

9월 1일 덩잉차오는 쑹칭링을 수행하여 기차로 베이핑에 도착하였다. 마오쩌둥, 류샤오치, 저우언라이, 주더 그리고 민주당파 책임자들 모두가 첸먼(前門) 기차역에서 쑹칭링을 영접하였다.

덩잉차오는 쑹칭링을 모셔오라는 당중앙의 임무를 훌륭하게 완수하였다.

84. 신정치협상회의에 참가하고 톈안먼(天安門)에 오르다

전국인민이 열렬하게 바라던 중국인민정치협상회의가 1949년 9월 21일 베이핑 중난하이 화이런탕에서 개막되었다. 중국인민정치협상회의의 성질은 과거 국민당이 독점했던 이전의 정치협상회의와 판이했다. 구정치협상회의는 쟝졔스가 민의를 왜곡한 껍데기만의 기구로 대표는 36명에 불과하였다. 중국인민정치협상의 대표는 662명으로 전국의 모든 민주계급, 민주당파, 인민단체, 국내 소수민족, 해외화교, 종교대표인물 및 쑹칭링을 필두로 한 특별초청인사를 포함하였고 또한 국민당 진영에서 분화되어 나온 애국인사를 포함하고 있어 명실상부 진정한 인민대표회의의 역할을 수행하였다. 덩잉차오는 정치협상회의에 참가하여 주석단의 일원으로 선출되었다. 그녀는 유일한 여성정치협상대표가 아니었다.

정치협상회의에는 69명의 여성대표가 참석하여 전체 대표 가운데 10% 이상을 차지하였다.

마오쩌동은 개막사를 통해 엄숙하게 선포하였다.

"인류 전체 인구의 1/4을 차지하는 중국이 이제 당당하게 일어섰습니다!"

이것은 위대한 역사적 의의를 함축한 주장이었다. 600여 명의 대표들은 힘차게 박수를 쳤다. 그칠 줄 모르고 이어지는 박수소리는 마치 황색의 유리기와로 된 지붕을 뚫고 나가 짙은 남색의 하늘로 곧장 날아오를 듯하였다.

마오쩌동은 다시 정중하면서 위엄 있게 중국인민정치협상회가 전국인민대표대회의 직권을 행사한다고 선포하였다.

9월 24일 덩잉차오는 정치협상회의 전체회의에서의 발언을 통해 중국여성을 대표하여 정치협상회의가 개최된 것에 대해 열렬히 옹호하며 축하한다고 하였다. 그녀는 중국인민정치협상회의가 중국여성의 정치적 지위에 있어 새로운 기록을 수립했다고 기뻐하며 지적했다. 이번에 대회에 출석한 여성대표는 69명으로, 그녀들은 남성대표들과 같이 신중국 건설이란 큰 계획을 공동으로 협의하였다. 덩잉차오는 전국여성이 적극적으로 신중국의 경제건설과 문화교육사업에 참가하고 자신의 교양과 과학 수준을 제고시키는 데 노력하여야 한다고 호소하였다. 그녀는 곧 성립될 중앙인민정부와 각급 정부가 공동강령 속에 여성에게 부여한 각종 권리를 보장하고 각 정부의 사업에 가능한 한 많은 여성을 끌어들여 참가시키기를 희망하였다. 그녀는 수많은 여성이 정권의 사업에 대해 부지런히 학습하고 자신의 지식을 충실히 하여 자신의 능력을 제고시키고 진정한 남녀평등을 실현하여 인민을 위해 더욱 잘 복무하기를 희망하였다.[24]

정치협상회의는 임시헌법 역할을 할 『공동강령』을 통과시켰다. 『공동

---

24   정치협상회의 전국회의에서의 덩잉차오 강화(講話) 참고. 『人民日報』, 1949.9.25.

강령』은 신민주주의 단계에 있어 중화인민공화국의 국가적 성격을 규정하였다. 즉 그것은 노동자계급이 지도하고 노동자 농민연맹을 기초로 한 각 민주계급 및 국내 각 민족의 인민민주독재였다. 또한 중화인민공화국의 경제적 뿌리는 국영경제 지도 아래, 국영경제, 합작사경제, 개인자본주의경제, 소생산경제, 국가자본주의경제 등 다섯 가지 경제 요소로 구성되며 서로 협조하여 전 사회경제의 발전을 촉진한다고 규정하였다.

『공동강령』은 명확하게 규정하였다. "중화인민공화국은 여성을 속박하는 봉건제도를 폐지한다. 여성은 정치적, 경제적, 문화적, 교육적, 사회적 생활 방면에 있어 남성과 평등한 권리를 균등하게 갖는다. 남녀의 자유결혼을 시행한다.", "청년노동자와 여성노동자의 특수이익을 보호한다.", "어머니, 영아, 아동의 건강 보호에 주의한다." 남녀평등과 여성과 아동의 이익 보호를『공동강령』안에 정식으로 포함시킨 것은 중국 역사상 초유의 사건으로 중국공산당이 전국의 인민과 전국의 여성을 지도하며 30년 동안 함께 투쟁하여 마침내 얻어낸 풍성한 성과였다.

회의에서 마오쩌동은 전국정치협상회의 주석에 당선되었고, 저우언라이, 리지선(李濟深)[25], 선쥔루(沈鈞儒), 궈모둬, 천수통(陳叔通)은 부주석에 당선되었다. 덩잉차오 등 28명은 전국정치협상회의 상무위원으로 선출되었다. 그녀는 전체대표들과 함께 마오쩌동을 중화인민공화국 주석으로 선출하고, 주더, 류사오치, 쏭칭링, 리지선, 장란(張瀾)[26], 가오강(高崗)[27]을

---

25   역주 : 1885-1959. 북벌 때 국민혁명군 총참모장 겸 광동유수사령관이었다. 1929년 리쫑런(李宗仁)과 함께 반장운동을 일으켰고 1933년 푸젠사변에 참가하였다. 1948년 홍콩에서 국민당혁명위원회를 조직하고 그 주석에 취임하였다.

26   역주 : 1872-1955. 1941년 중국민주정단동맹(1944년 중국민주동맹으로 개조)을 발기하였고 1941년 10월 황옌페이(黃炎培)의 뒤를 이어 중국민주정단동맹 집행위원회 주석 그리고 민맹중앙집행위원회 주석을 역임하였다. 항일전 시기 국민참정회 참정원을 맡았고 국공내전시기에는 공산당에 호응하여 단결통일, 평화통일, 내전반대 등을 주장하며 공산당과 보조를 같이 했다.

27   역주 : 1891-1954. 1927년 농민봉기를 지도하고 산시(陝西), 간쑤(甘肅), 닝샤(寧夏)지구 유격전을 지도. 이후 동북지역에서 활동. 신중국 성립 이후 동북국 서기와 군사령관을 겸임하였다 1954년 대규모 당내 숙청 때 주요 대상자가 되었다. 그는 '군벌

중앙인민정부 부주석으로 선출하였다. 저우언라이는 정무원(政務院)[28] 총리를 맡았다. 수도 베이핑은 베이징으로 이름이 바뀌었다.

많은 여성계 저명인사들이 중앙인민정부에서 중요사업을 담당하게 되었다. 중앙인민정부 부주석에 쑹칭링이 임명된 것을 필두로 차이창은 중앙인민정부위원회 위원, 허샹닝은 화교사무위원회 주임, 리더취옌은 위생부장, 스량은 사법부장에 각각 임명되었다. 이런 결정은 모두 정무원 총리 저우언라이가 각 방면 인사들과 협의하여 내려진 것이었다.

1949년 10월 1일 베이징 30만 인민은 톈안먼 광장의 성대하고 장중한 건국식전에 참가하였다. 오후 2시 경, 덩잉차오는 장엄하게 우뚝 솟은 톈안먼 성루(城樓)에 천천히 걸어서 올라갔다.

톈안먼 성루에 오른 덩잉차오는 한백옥석(漢白玉石)[29] 난간에 기대어 아래로 내려 보았다. 10월의 햇살 아래 수만의 홍기가 바람에 펄럭이고 있었다. 수십 만의 군중이 오색찬란한 꽃과 풍선을 들고 동창안졔(東長安街) 큰 도로와 톈안먼 광장을 빼곡히 둘러싸고 있었다. 그녀의 마음은 이루 말로 다할 수 없는 희열과 흥분으로 가득했다. 지난 일들에 대한 수많은 기억들이 그녀의 머릿속에 물밀듯이 떠올랐다. 그녀는 오늘의 승리를 위해 고귀한 생명을 바친 열사들과 톈안먼 앞에서의 영웅적인 투쟁에 대해 생각하지 않을 수 없었다. '마톈안(馬天安)'이라는 별명을 가진 오사운동시기의 전우 마쥔(馬駿)은 1919년 톈안먼 앞에서 군경과 격렬하게 격투를 벌였고, 1928년 베이징에서 중공시위원회 서기로 활동하다 장렬하게 희생당하였다. 불같이 강렬했던 다졔 궈룽전(郭隆眞) 역시 톈안먼 앞에서 분주히 뛰어다니며 동정과 지지를 호소하였고, 1931년 지난(濟南)

주의자'이며 '반당분자'로 낙인찍혔고 스탈린의 후원을 받아 만주지방을 독립왕국 혹은 위성국으로 만들려 했다고 비난받았다. 숙청 이후 비관하여 자살하였다.

28   역주: 인민대표대회가 개최되기 전 국가 정무의 최고집행기관으로 행정부에 해당한다.

29   역주: 허베이 성 팡산(房山)현에서 나는 아름다운 흰 돌로 궁전 건축의 장식 재료로 사용된다.

에서 의롭게 정의를 위해 희생당하였다. 또한 취츄바이(瞿秋白), 덩중사(鄧中夏), 윈다이잉(惲代英), 차이허썬(蔡和森), 샹징위(向警予)를 포함하여 여러 번에 걸친 국내혁명과 항일전쟁시기에 희생당한 수천 수백만의 중화의 아들딸들, 그리고 1840년 제1차 중영전쟁 이후 영웅적인 투쟁을 계속해 온 수천 수백만 중화의 아들딸들이 있었으며, 그들의 붉은 피가 지금 바로 저 광장에서 펄럭이는 수많은 깃발들을 붉게 물들이고 있는 것이다. 이 순간은 덩잉차오가 살아온 이후 가장 격동적이고 잊을 수 없는 순간이었다.

광장에는 마르크스, 엥겔스, 레닌, 스탈린의 거대한 초상화가 걸려 있었고 중국혁명의 위대한 선구자 쑨원의 커다란 초상화가 걸려 있었다. 그들은 마치 베이징의 30만 인민과 함께 중국인민의 성대한 기념일을 기쁜 마음으로 주시하고 있는 듯했다.[30]

오후 3시 건국 축하의식이 시작되었다. 마오쩌둥이 전기 스위치를 작동시키자 오성홍기(五星紅旗)가 톈안먼 광장에서 서서히 올라가기 시작했다. 마오쩌둥은 중화인민공화국 중앙인민정부가 건립되었다고 엄숙하게 선포하였다. 주더 총사령관은 인민해방군총사령부를 통해 전군은 아직 해방되지 않은 전국의 모든 영토를 신속하게 해방시키라고 명령했다.

성대한 열병식이 시작되었다. 기병, 보병, 포병, 기갑병이 위무도 당당하게 톈안먼 앞에서부터 대열을 지어 행진했다. 하늘에서는 엄청난 엔진 소리가 들려왔다. 덩잉차오가 고개를 들어보니 톈안먼 상공에서 씽 하는 소리를 내며 비행기가 지나갔다. "저것은 우리들의 공군이군요" 덩잉차오는 놀랍고도 기쁜 소리로 곁에 있는 차이창에게 말했다. "차이 다제, 아직 기억하고 있나요? 장정에 나섰을 때 국민당 비행기 때문에 우리가 얼마나 고생을 했던가요? 그런데 이제 우리는 우리의 공군을 갖게 되었군요." 단정한 용모의 차이창은 웃으며 고개를 끄덕였다.

---

30 필자는 『人民日報』 기자로서 운 좋게 1949년 10월 개국 경축행사를 취재하면서 이 성대하고 장중한 장면을 목격할 수 있었다.

덩잉차오는 계속해 여러 생각을 떠올리며 신이 나서 차이창에게 말했다. "우리 신중국의 여성들도 언젠가 날개를 달고 푸른 하늘을 날 수 있기를 희망합니다." 차이창은 크게 기뻐하며 말했다. "머지않아 우리는 신중국이 길러낸 첫 번째 여성비행사를 반드시 보게 될 것입니다."

흥겨운 시위행진이 이어졌다. 30만의 노동자, 농민, 학생, 기관간부, 시민들이 홍기와 꽃다발을 높이 들고 톈안먼 앞에서 노래하고 춤추며 환호성 속에서 행진을 하였다. 밤의 장막이 깃들었다. 등롱과 횃불을 높이 들고 있는 행진대의 모습은 마치 힘차게 불을 내뿜는 용이 톈안먼 앞과 진쉐이챠오(金水橋) 물가에서 선회하며 춤추고 있는 듯했다. "중화인민공화국 만세!", "중국공산당 만세!", "마오 주석 만세!" 하고 외치는 환호성이 마치 대해의 파도처럼 붉은 빛을 드리운 웅장한 톈안먼 성벽에 잇달아 부딪쳐 오는 듯했다. 마오쩌둥은 매우 흥분하여 쉴 새 없이 팔을 들고 소리쳤다. "노동자 동지 만세!", "농민 동지 만세!", "학생 동지 만세!", "인민 만세!"

오후 3시부터 밤 10시까지 덩잉차오는 톈안먼 성루 위에 줄곧 서 있었다. 그녀는 마오쩌둥, 류사오치, 저우언라이, 주더 등 공화국의 창립자들 역시 그곳을 떠나지 않고 계속 서 있는 것을 보았다.

밤하늘에 가득한 별들이 환한 빛을 발하자 덩잉차오는 들뜬 기분으로 톈안먼 성루에서 내려와 숙소로 돌아갔다. 이날은 영원히 기억할 만한 즐겁고 행복한 하루였다!

85. 아시아여성이 단결하기 시작하다

해방된 신중국 여성의 국제적 지위는 신속하게 향상되었다.

1949년 12월 10일부터 16일까지 베이징에서 아시아여성대표회의가 개최되었다. 덩잉차오는 아시아여성대표회의에 참석하는 중국여성 대표단 단장을 맡았다.

덩잉차오는 차이창과 전국여성연합회 동지들 및 회의 진행을 돕기 위해 선발된 작업인원들과 함께 긴장된 준비작업을 진행하였다.

197명의 대표가 회의에 참석하였다. 거기에는 중국, 북한, 몽골, 인도네시아, 베트남, 미얀마, 이란, 이스라엘, 레바논, 말레이시아, 태국, 시리아, 소련 가운데 아시아 지역 대표가 포함되었다. 내빈 30명은 영국, 미국, 프랑스, 체코, 네덜란드, 쿠바, 알제리아, 서아프리카, 마다가스카르 등 유럽, 미주, 아프리카 국가에서 왔다. 국제민주여성연합 총서기 쿠트리에르(Coutrier) 부인도 회의에 참석하였다. 중국에서 국제적인 여성회의가 개최된 것은 이번이 처음이었다. 아시아 각국 여성대표 역시 첫 모임을 가진 것이었다.

전국여성연합회 주석 차이창이 개막사를 하였다. 덩잉차오는 회의에서 「아시아 여성은 민족독립, 인민민주 그리고 세계평화를 위해 투쟁한다」라는 주요보고를 하였다. 그녀는 아시아 각국 여성이 민족독립투쟁에서 획득한 거대한 승리에 대해 열정적으로 찬양하고 아시아 여성운동의 방침과 임무가 아시아 여성이 민족이나 계층, 종교적 신앙과 상관없이 단결하며 나아가 각국 인민과 단결하여 민족독립과 인민민주를 위해 투쟁하자고 제안했다.

덩잉차오는 중국혁명과 여성운동의 경험을 종합하면서 보고 가운데 아시아 각국 여성의 해방과 민족의 해방은 분리될 수 없고 여성운동은 민족해방 및 인민민주운동의 일부분임을 명확히 지적하였다.

덩잉차오는 아시아에 존재하는 3종류의 서로 다른 유형의 국가에 근거하여 각국의 상황에 합당한 서로 다른 구체적인 임무를 제시하였다. 그녀는 구체적인 임무에는 각기 차이가 있지만 아시아 각국 여성이 모두 세계평화를 보위하는 운동에 참가해야 하는데 이것이 공동의 임무라

고 하였다.[31]

덩잉차오의 보고는 회의에 참석한 아시아 각국 여성대표와 참관[32]한 여성대표들로부터 큰 호응을 받았다.

국제민주여성연합회 쿠트리에르 부인은 회의에서 「국제민주여성연합회는 민주독립과 평화를 위해 투쟁한다」라는 보고를 했고, 이란 대표는 「아시아여성의 권리 보호」라는 보고를 하였으며 인도 대표는 '아동권리 보호'에 대한 보고를 하였다.

한 자리에 모인 세계 5대륙 23개국에서 온 여성대표들은 비록 피부색이 다르고 민족이 다르며 신앙도 각각 차이가 있지만, 동일한 목적을 갖고 있었는데, 그것은 아시아여성의 해방을 쟁취하기 투쟁한다는 것이었다. 식민지 대표와 제국주의국가의 민주여성 사이에도 역시 인류와 여성 해방을 위한 공동의 희망을 표시하였다. 프랑스의 내빈과 베트남의 대표는 서로 선물을 주고받으며 열렬하게 포옹하였다. 이러한 국제주의적 우애와 열정으로 인하여 덩잉차오와 회의장의 모든 대표들은 함께 큰 감동을 받았다.

이번 회의는 아시아 각국의 여성운동의 상황에 대해 이해를 넓혔고 각국 여성들의 이해와 단결을 증진시켰으며 아시아 여성운동의 방침과 임무를 확정하고 아시아 여성운동의 발전에 힘을 실어 주었다.

각국 여성대표들은 차이창, 덩잉차오와 중국여성연합회가 회의를 훌륭하게 꾸리고 진행한 것에 대해 매우 감사했다. 다년간의 전쟁에서 이제 막 해방된 중국인민이 자신들을 이렇게 열정적이고 주도면밀하게 맞이해 줄 줄을 그녀들은 미처 생각하지 못했다. 그녀들은 중국인민의 승리는 곧 자신들의 승리라고 이구동성으로 말했다. 덩잉차오 역시 그녀들에게 중국의 승리가 곧 당신들의 승리이고 당신들의 승리가 곧 우리 중

---

31 아시아여성대표회의에서 발표한 덩잉차오의 보고 참조. 『人民日報』, 1949.12.11.
32 역주: 본문엔 '열석대표(列席代表)'로 되어 있는데, 발언권은 있으나 표결권 없이 회의에 참석하는 대표를 가리킨다.

국인들의 승리라고 열정적으로 말했다.

이 회의를 계기로 덩잉차오의 이름은 아시아는 물론 세계 각국의 여성들에게 널리 퍼져나갔다. 그녀들은 신중국에 매우 걸출한 여성이 있어 중국인민과 여성의 해방을 위해 이미 30년 동안 투쟁해왔다는 사실을 알게 되었다. 그녀는 정치적인 재능과 원대한 식견을 지녔으며 또한 인류해방과 여성해방을 위해 헌신한다는 고상한 사상과 절개를 지녔고, 극히 풍부한 혁명 경험과 지혜를 보유했으며 태도 역시 매우 열정적이고 진실되며 겸허하였기 때문에 대표들은 정말 감탄하였다.

덩잉차오는 회의에서 아시아와 유럽, 미주, 아프리카의 많은 국가 여성대표들과 교류하면서 그들 국가들의 여성 상황에 대해 이해 하였고 자신에게 주워진 무거운 책임감을 느꼈다. 그녀는 반드시 계속 노력하여 국내 사업을 훌륭하게 수행할 뿐만 아니라 동시에 국제적 여성운동을 적극적으로 지원하며, 여성운동에 적극 참가하여 아시아와 각국 여성들이 중국에 대해 갖고 있는 기대를 저버리지 말아야겠다고 결심하였다.

86. "기량을 익혀 사업에 만전을 기하다"

1950년 '3·8'절이 너무도 빨리 다가왔다. 해방된 신중국과 신중국의 2억 5천만 여성동포, 그리고 난마처럼 뒤엉킨 여성사업 앞에서 덩잉차오의 생각은 매우 복잡하였다. 그녀는 복잡한 상황에서 두서를 잘 정하고 중점을 제대로 파악하였다. 그녀는 여성대중 중에서 핵심인 여성간부를 기르고 교육하는 사업에 중점을 두어야 한다고 생각했다.

조사·연구와 주도면밀한 검토를 통해 덩잉차오는 중국공산당 중앙기관지 『인민일보』에 '3·8'절 사설 「기량을 익혀 사업에 만전을 기하자」

를 작성하였다. 이것은 그녀가 신중국의 수많은 여성간부에게 제기한 간절한 기대와 충고이며 동시에 당의 각급 당위원회와 인민정부에게 제출한 여성간부 양성에 관한 중요한 의견과 건의였다. 당조직과 각급 정부를 통해 여성사업을 제대로 수행하는 것은 덩잉차오가 전국토지회의에 참석한 후 명확하게 습득한 사업 방식이었다. 여론 작업을 통해 여성사업을 널리 선전하는 방식 역시 그녀가 다년간의 여성사업을 수행하며 터득한 경험이었다.

덩잉차오는 조사한 자료에 근거하여 전국여성간부의 상황에 대해 전면적으로 분석하였다. 전국 각 지방, 각 부분에는 이미 일군의 여성간부가 출현하였다. 그녀들은 새로운 건설임무를 완성하고 각고의 노력으로 업무를 학습하며 힘써 향상을 꾀할 수 있었다. 그러나 일부 여성간부는 사상상, 사업상, 학습상, 생활상 여전히 정도의 차이는 있었지만 문제를 지니고 있었다. 통계에 따르면 차하르(察哈爾) 성구급(省區級) 이상 여성간부 1,200명 가운데, 문맹, 반문맹이 51%를 차지하였다. 이러한 상황에서 여성간부는 비교적 복잡하고 어려운 사업을 쉽게 감당할 수 없었다. 불완전하긴 하지만 1949년의 통계에 따르면 화북지구 여성간부 4,470명 가운데 현급 및 현급 이상의 여성간부는 단지 235명으로 5%에 불과하였다. 소수인 여성간부의 정치적 각성도 높지 않아 좀스럽게 개인의 이익에 눈이 어두워 지위나 대우 같은 문제에만 관심을 쏟았다. 또한 일부 여성간부들은 결심이 강하지 못하고 사명감도 높지 않으며 구사회 여성들이 보여주던 의존성을 그대로 간직하고 있다. 더욱 일반적인 현상은 다수의 여성간부들이 새 임무를 앞에 두고서도 새로운 기량을 배우고 노력하여 새 사업을 완성하려고 하지 않고 과거의 경험이나 과거의 인식 속에 갇혀 정체되어 있으며, 심지어 소수의 여성간부들에게서는 비관하여 실망하거나 신념을 잃어버리는 분위기마저 생겨나기도 했다. 이것들은 반드시 극복해야 할 중요한 현상이다.

이러한 상황에 대처하여 덩잉차오는 전체 여성간부에게 호소하여 눈앞의 새로운 형세를 충분하고도 분명하게 인식하여 새 임무를 받아들이며 더욱 분투노력하여 각 방면에서 자신의 결점을 극복하고 스스로를 발전시켜야 한다고 하였다.

그녀는 글자를 모르고 문화수준이 낮은 모든 여성간부는 문맹을 해소하고 과학 상식에 대해 공부하며 마르크스 레닌주의와 마오쩌동 사상을 학습하고 실제의 사업을 통해 정책을 학습하며 과학지식과 새로운 생산기술을 학습함으로써 생산에 더욱 효과적으로 참가해야 한다고 호소하였다.

그녀는 여성간부가 개인주의적인 이기심을 벗어던지며 향락주의와 단절할 것을 요구했다; 모든 여성간부는 모두 남성동지와 사업의 많고 적음과 인민에 대한 봉사의 좋고 나쁨을 견주어야지 지위나 대우를 비교해서는 안 된다. 여성간부는 자신의 관심을 가정에 국한시키지 말고 독립 분투의 정신을 견지하여 모든 정력을 혁명사업에 맡기고 남편에 의지하려는 생각을 떨쳐버려야 한다.

그녀는 모든 여성강부가 힘써 단결하고 서로 학습하여 함께 진보하며 사업 임무를 완성하기 위해 노력하기를 희망하면서 노간부는 신간부에 대해, 공산당은 비공산당간부에 대해 더욱 겸손하고 성실해야 하며 화합하고 융합하는 관계를 조성해야 한다고 했다.

덩잉차오는 각급 당위원회와 각급 인민정부가 반드시 대규모의 여성간부를 양성, 활용하고 각종 사업단위에서 활동케 하도록 분명히 요구하였다; 동등한 능력을 가진 남녀간부에게는 마땅히 동등한 일이 분배되어야 한다. 개별 사업에서 기혼자나 아이가 있는 여성간부를 거부하거나 도태시키는 현상에 대해서는 반드시 결연하게 시정해야 한다. 항상 여성간부의 사업 상황 및 사상 상황에 대해 관심을 기울이고, 그들에 대한 지원을 강화하여 점차 그들을 각성시켜야 한다. 정부, 당, 인민단체의 교육부문, 조직부문은 여성간부의 양성을 일상적인 업무로 삼아야 한다. 각종 간부양성학교와 훈련반은 계획적으로 일정 정도의 여성을 참가시켜 훈육하여야 한다. 각종 사업토론회의는 여성간부의 출석과 열석을 가능한 많이 보장하고, 각 방면에서 여성간부에게 가능한 범위의 학습 기회를 제공해야 한다. 여성간부의 특수한 어려움에 대해서 가능한 지원을 다해야 한다. 경제적 조건이 허락하는 범위 내에서 보육원과 공장, 기관을 단위로 하는 탁아소를 점차적으로 운영하고 여성간부들이 서로 협조하여 아이들을 돌봐줌으로써 그녀들의 가정 부담을 경감시켜야 한다.[33]

덩잉차오의 이 사설은 강력한 현실적 의의를 지녔고 분명한 구체적 대상을 겨냥한 것이었다. 전국의 수많은 여성간부들에게 있어 이것은 생동감 넘치는 교재였다. 그녀들은 이 사설을 학습하고 혁명적 사명감과 책임감을 절실히 느끼고 자기 자신의 약점과 부족한 점을 확실하게 인식하며 문화, 과학지식을 더욱 열심히 학습하고 각종의 구체적 업무와 기량을 익혀 사업에 만전을 기할 수 있도록 노력함으로써 신중국 건설의 현장에서 여성간부로서의 열과 성을 다하리라 결심하였다.[34]

많은 지방 당위원회와 정부 부문에서는 사설의 요구에 따라 여성간부에 대한 교육, 양성, 활용, 발탁에 대해 검토하고 잘못된 점을 고쳐나갔다. 교양이 부족한 많은 여성간부들은 속속 노동자농민속성중학과 각종 간부훈련반에 진학하였고 일부는 대학에 입학하였다. 또한 일부 여성간부들은 각급 조직의 지도적 위치로 진출하였다.

덩잉차오 자신은 발전을 위해 열심히 노력한 전국여성간부의 모범이었다. 1950년 1월부터 3월에 걸쳐 90일 동안 그녀는 52회의 강연과 보고

33　사설「기량을 익혀 공작에 만전을 기하자」,『인민일보(人民日報)』, 1950.3.8 참조.
34　필자는 당시『인민일보』의 기자로서 당시『인민일보』사장 판창장(范長江)이 '3·8'절에 신문사 전체 여성동지와 함께 회식을 하면서 덩잉차오의 '3·8'절 사설을 모두가 진지하게 학습하기를 호소했던 사실을 기억하고 있다.

를 했고, 중앙 각 부분 및 전국여성연합회 각 부문 책임자 동지들과 31회 대화를 나누었으며, 외국의 친구를 환영, 환송하는 등 중요한 국외 관련 활동을 38회 진행하였다. 또한 이 3개월 동안 그녀는 톈진으로 가서 그곳 여성연합회의 사업에 대한 보고를 청취했다. 그녀는 톈진여성사업의 성과에 대해 긍정적으로 평가했고 사업에서의 어려움과 그것의 극복 방법을 제시하여 톈진시의 여성사업을 지도하고 발전시켰다.[35]

덩잉차오는 여성간부의 학습과 양성에 대해 매우 깊은 관심을 기울였고 온갖 방법을 동원하여 그녀들이 학습 기회를 얻을 수 있도록 노력했다. 그녀는 국무원의 문화, 교육, 외교부문에서 소련과 동유럽으로 파견하는 첫 번째 유학생 50명 가운데 여학생이 한 명도 없다는 이야기를 전해 들었다. 그녀는 사람을 보내 이 3개 기관과 연락을 취했으나 이미 정원이 정해져서 증가할 수 없다는 대답만 들었을 뿐이었다.[36]

덩잉차오는 직접 나서서 그들에게 다음과 같이 이야기 하였다; 이것은 남녀평등의 국책과 관련된 문제이다. 소련과 동유럽의 인민민주주의 국가[37]에 도착했을 때, 사람들이 신민주주의의 중국이 어떻게 한 명의 여학생도 유학을 보내지 않을 수 있으며, 남녀평등은 어디에서 찾을 수 있는지 물을 것이다. 덩잉차오는 여러 번 교섭도 하고 교육부에 편지도 썼다. 교육부는 이미 문화위원회로 이관하여 협력, 처리키로 했다는 답을 보내왔다. 덩잉차오는 다시 문화위원회에 전화를 걸었으나 문화위원회 책임자는 죄송하다며 말하였다. "덩 다제, 당신의 의견이 좋기는 하지만, 유학생들이 조속히 출발해야 하기 때문에 어쩔 도리가 없습니다." 덩잉차오는 방법이 있다고 말했다. 그녀는 1%라도 희망이 있다면 100%의 노력을 기울여야 한다고 줄곧 믿어왔다. 그녀는 베이징여성연합회를

35　1950년 1월부터 3월에 걸친 덩잉차오의 활동에 대한 전국여성연합회 통계 자료 근거.
36　덩잉차오는 1950년 한 담화에서 이러한 상황에 대해 이야기하였다.
37　역주: 본문은 '신민주주의국가'로 되어 있으나 제2차세계대전 이후 동유럽국가의 국가 형태를 고려하여 '인민민주주의국가'로 번역하였다.

통해 베이징에서 외국 유학 조건을 완전하게 충족시킬 수 있는 자격을 갖춘 여학생 5명을 빨리 찾아내어 출발 이틀 전에 유학생대표단에 참가시켜 유학을 보냈다.

신중국 성립 이후 첫 번째로 국외에서 유학한 여학생은 아직도 이 사실을 잘 모르고 있을 것이다. 그녀들이 이런 학습 기회를 충분히 얻을 수 있었던 것은 전적으로 덩잉차오가 그녀들을 위해 고생을 마다않고 거듭거듭 온 힘을 기울여 작업하고 노력한 결과였기 때문이었다.

덩잉차오는 이렇게 남녀평등을 실현하기 위해 쉼 없이 노력했다. 그녀는 늘 스스로에게 "입술이 터지고 입이 마르도록 계속해야 한다"고 말하며 선전, 설득 작업에 노력하여 사람들의 고정관념을 변화시키고 중국 여성을 위해 당연한 권리를 얻고자 하였다.

덩잉차오는 전국여성연합회에서 차이창과 함께 사상적으로나 정치적으로 여성연합회간부를 양성하는 데 동분서주하였다. 1950년 초 원래 전국여성연합회 비서장을 맡고 있던 취멍쮀가 광동에서의 활동을 위해 파견되자 덩잉차오는 전국여성연합회 비서장을 겸임하였다. 그녀는 전국여성연합회 간부의 마르크스, 모택동 사상 학습에 대해 특별히 주의를 기울여 직접 앞장서서 학습하고 발언에 대해 지도했다. 그녀는 또한 여성연합회간부가 대중 속으로 깊이 파고들어 조사와 연구를 진행하라고 요구했다. 전국여성연합회 조직 규정에 따르면 여성연합회 간부, 특히 지도간부는 일 년의 1/3 동안 농촌과 도시의 기층에서 조사하고 대중과 함께 먹고 자며 노동하는 것이 제도화되어 있었다. 차이창, 덩잉차오의 지도 아래 전국여성연합회 간부는 기층 대중 속으로 깊숙이 들어갔는데 이는 활발하게 실시되어 하나의 풍조를 이루었다.

덩잉차오는 전국여성연합회 조직 내에서 민주의 원칙을 크게 발양시키고 비평과 자기비판을 일상화하자고 주창하였다. 그녀는 전국여성연합회가 1년에 몇 차례 민주생활회를 개최하여 전체 공작원이 지도간부에게 의견을 제시할 수 있도록 요구하였다. 그녀가 주재하여 개최한 각종 회의에서도 모두가 자유스럽게 문제에 대해 논쟁을 벌이고 사업에 대해 비판적인 의견을 제기할 수 있도록 하였다. 그녀는 전국여성연합회와 각급 여성연합회의 사업에 대해 "일분위이(一分爲二)"의 관점[38]을 견지하여 성과에 대해 긍정하면서 동시에 존재하는 결점에 대해서는 선의의 비판을 제기하였다. 전국여성연합회의 일부 나이 든 동지들은 지금까지 덩 다졔가 전국여성연합회 사업을 주재했던 잊을 수 없는 과거의 일들에 대해 기억하며, 덩 다졔가 말과 행동으로 모범을 보이고 자신들이 성심성의로 인민과 인구의 반을 차지하는 여성대중을 위해 봉사하도록 직접 양성, 교육시켰다고 이야기하였다. 그녀들은 이러한 사실에 대해 죽을 때까지 잊을 수 없을 것이다.

87. 최대 다수의 이익을 보호하다

1950년 5월 1일 신중국은 첫 번째 『중화인민공화국혼인법』 실시를 선포하였다. 덩잉차오는 전국의 수많은 여성과 청년들의 행복한 생활과 관련이 있는 혼인법이 탄생하기까지 심혈을 기울였다.

1948년 겨울, 중앙여성위원회가 허베이 핑산(平山)현 동바이포(東柏坡)에 있을 때, 류샤오치는 중앙여성위원회에 혼인법 초안 작성 역할을 부여하였다. 덩잉차오의 주재 아래 쇠이멍치(帥孟奇), 캉커칭(康克淸), 양즈화, 리페이즈, 뤄츙, 왕루치(王汝琪) 등의 동지들로 구성된 초안 작성 소조가 결성되었다.

---

[38] 역주: 직역하면 하나가 분열하여 둘이 된다는 의미. 사물의 운동, 발전에서 대립면의 분열은 불가피하다는 이론으로 의역하며 두 측면에서 관찰하고 생각하는 관점을 가리킨다.

초안 작성 과정에서 덩잉차오는 많은 귀중한 의견들을 제시하여 혼인법 초고 제정에 매우 중요한 역할을 하였다. 당시 가장 큰 쟁점이 됐던 문제는 결혼과 이혼의 자유를 포함한 혼인자유의 문제였다. 특히 어떻게 이혼의 자유를 체현할 것인가가 논쟁의 초점이었다.

1950년 1월 초, 중앙여성위원회에서는 혼인법 초고의 조문을 둘러싸고 진일보한 토론이 전개되었다. 이때 덩잉차오는 다음과 같이 말했다. "모두는 혼인자유의 원칙에 대해서는 별다른 이견이 없으며 이혼자유의 원칙에 대해서도 기본적으로 의견을 같이 합니다. 그러나 '일방이 이혼을 주장할 경우 이혼할 수 있다'라는 조문에 대해서는 서로 다른 의견이 있습니다. 정법(政法)[39], 청년, 여성연합회 좌담회에서 나와 조직부의 한 동지만이 일방이 이혼을 주장할 경우 이혼할 수 있다는 데에 찬성했고 기타 나머지 동지들은 이혼엔 마땅히 있어야 할 조건이 있어야 한다고 주장하였습니다."

덩잉차오는 말하였다. "내가 왜 부가적인 조건을 달지 않고 일방이 이혼을 요구할 경우 이혼할 수 있어야 한다고 주장하겠습니까? 중국은 봉건사회에서 오랫동안 정체되어 있었고 여성이 가장 큰 고통을 받았으며 혼인문제에서 여성이 받는 고통이 가장 심각했기 때문입니다. 조혼(早婚), 노소혼(老少婚)[40], 매매혼, 포판혼(包辦婚)[41]은 보편적인 현상이며 제도입니다. 둘째, 중혼(重婚), 축첩제, 민며느리제를 금지하며 과부의 혼인자유에 간섭하는 것을 금지하고 누구도 혼인관계를 이용하여 재물을 요구하지 못하게 해야 하기 때문입니다."

덩잉차오는 혼인자유에는 결혼자유와 이혼자유 두 측면을 포괄한다고 하면서 다음과 같이 설명했다; 혼인법은 이 두 부분에 대해 명확하게 규정해야 한다. 결혼은 반드시 남녀 양측의 완전한 동의를 필요로 하였

---

39   역주 : 정부조직 내의 정치, 법률 관련 부서를 가리킨다.
40   역주 : 늙은 남자나 어린 남자아이와 혼인하는 것을 가리킨다.
41   역주 : 당사자의 동의 없이 부모의 독단적인 결정으로 이루어지는 혼인을 가리킨다.

고 어느 한쪽이 상대방에 대해 강요나 제3자의 간섭이 있어서는 안 된다. 이혼의 경우, 남녀 쌍방이 이혼을 원할 경우 허가하는 것 외에, 남녀 일방이 분명하게 이혼을 요구하고 조정이 효과가 없을 때 역시 이혼을 허가해야 한다. 이것이 바로 남녀 쌍방의 결혼자유이며 이혼자유를 보증하는 것이다.

덩잉차오는 사람들의 우려(어떤 이는 결혼과 이혼의 자유를 보장할 경우 부부관계에 대한 '보험'이 없게 된다고 하였다)를 겨냥하여 이혼자유와 관련된 몇몇 문제에 대해 집중적으로 말하였다.

덩잉차오는 이혼자유의 규정이 여성에게 유리하다고 했다; 일부 소수 간부의 이혼이 대개 남성에 의해 제기됐다는 일부 국한된 현상에만 의거하여, 일부 소수의 남녀 중 어느 한쪽이 이혼을 분명하게 요구하면 이혼을 허가해야 한다는 규정이 여성에게 불리하다고 생각할 수는 없다. 이것은 단지 개인이나 소수 사람들의 경험에서 비롯된 것이며 수많은 여성의 이익을 무시하는 것이다. 과거의 중국에서는 남성의 일방적인 이혼자유를 보장해온 소위 '칠거지악(七去之惡)'[42]으로 인해 임의로 여성은 버림을 받을 수 있었다. 그러나 여성은 어떤 고통을 받더라도 반드시 "한 평생 한 남편을 섬겨야 했다."[43] 현재 많은 여성들이 이혼을 하는 데에 겪는 어려움이 결혼에 비해 더욱 크다. 수많은 농촌여성들은 항상 이혼의 자유가 없기 때문에 자살하거나 피살당하는 참사가 발생하고 있다. 따라서 남녀 어느 한 쪽이 분명하게 이혼을 요구할 경우 이혼을 허락하는 것은 수많은 여성대중에게 확실하게 유리하며 인민전체에게도 유리

---

[42] 역주: 원문은 '칠출지조(七出之條)'인데, 전통 중국에서 아내를 내쫓을 수 있는 일곱 가지 조건을 가리킨다. 자식을 못 낳는 것(無子), 행실이 음탕한 것(淫佚), 시부모를 공경하지 않는 것(不事舅姑), 입버릇이 나쁜 것(口舌), 도둑질하는 것(盜竊), 질투하는 것(妬忌), 나쁜 병이 있는 것(惡疾) 등이다.

[43] 역주: 충신의 불사이군(不事二君)에 비유하는 여성의 덕목으로 과부가 수절을 하면서 재혼하지 않거나 한평생 한 남편을 섬기는 "종일이종(從一而從)"을 가리킨다.

하다.

덩잉차오는 혼인법을 어떻게 집행시켜 나갈 것인가에 대해 상세한 의견을 제출하였다.[44]

덩잉차오의 중요한 이 발언이 신문을 통해 발표된 후, 그것은 혼인법을 대대적으로 선전하고 관철시키기 위한 중요 교재로 활용되었고 전국 각지에 걸쳐 혼인법이 실시될 수 있도록 촉진하는 작용을 하였다. 수많은 여성과 청년들은 혼인법의 반포를 통해 투쟁의 무기와 힘을 획득했고 용감하게 봉건적인 혼인제도의 족쇄를 파괴하고 혼인자주, 혼인자유의 밝은 길로 나아가 행복하고 원만한 가정생활을 꾸려나갈 수 있었다. 이는 바로 덩잉차오가 다년간의 분투노력한 끝에 이루어졌고 또한 점차 신중국의 현실로 되었다. 따라서 그녀가 어찌 극도로 흥분하지 않을 수 있었겠는가?

40여 년이 지난 이후 상황이 이전과 달리 변화 발전하였기 때문에 1950년에 실시된 혼인법은 개정되었다. 1981년 1월 1일 새로운 혼인법이 실시되었다. 그 가운데 이혼자유 조항에는 이제 부가조건이 없었다. 이는 사회의 진보를 의미하며 덩잉차오가 당초 견지한 의견이 옳았음을 실천적으로 증명하는 것이었다. 단지, 중국봉건사상의 유산이 매우 심각하고 거기에 더하여 부르주아계급의 부패사상이 계속 침투되었기 때문에, 1980년대와 90년대 중국의 도시와 농촌, 특히 가난하고 궁벽한 산촌에서는 여전히 "애정이 사라진 구석진 곳"이 있고 또한 포판혼, 매매혼, 금전혼이 존재하며 일부 도시에는 심지어 매음이라는 추악한 현상이 출현하기도 하였다. 그에 따라 이미 오래 전에 사라졌던 성병이 다시 발생하기도 하였다. 덩잉차오는 전 사회가 진정으로 건강한 연애와 결혼생활을 보편적으로 영위하는 것이 장기적인 투쟁의 과정이라고 여러 차례

---

[44] 장쟈커우(張家口) 간부회의에서 이루어진 1950년 5월 14일 덩잉차오의 보고 기록 원고 참고.

강조하였다. 위의 사실들은 그녀가 얼마나 현명하게 그리고 사려 깊게
혼인문제에 대해 인식하고 있었는지를 보다 잘 증명해 주는 사례이다.

88. 시화팅(西花廳)의 즐거운 웃음소리

덩잉차오의 결혼 생활은 원만하고 행복하였다. 신중국 건립 후 그녀
는 저우언라이와 중난하이 시화팅에서 함께 많은 행복한 나날을 보냈다
시화팅은 중난하이 서북쪽 모퉁이에 위치한 후원이 하나 딸린 대청(大
廳)으로 동서 양쪽 방과 굽어진 긴 복도, 화원이 있었다. 그곳은 원래
1910년 청조 선통(宣統) 황제 푸이(溥儀)의 아버지 순친왕(醇親王)이 섭정할
때 지은 사무실이었다. 순친왕이 아직 그곳으로 이사해들오기 전에 신해
혁명(辛亥革命)이 발생하였다. 거의 반세기 동안 비바람을 맞으면서 건물
은 오랫동안 수리하지 않아 폐허로 변했다.
1949년 베이핑이 해방된 이후 시화팅은 잠시 베이핑군관회(軍管會) 사
무실로 사용되었다. 음력 봄 4월, 저우언라이는 시화팅에서 예젠잉(당시
베이핑 군관회 주임을 맡고 있었다)을 만났다. 그는 뜰에 있는 몇 그루의 해
당화가 만개하여 솜처럼 피어 있는 것을 보았다. 그는 '뭇꽃[군화(群花)]'이
라고 불리는 해당화를 특히 좋아하였다. 이후 베이핑군관회는 중난하이
로 이사하였고, 저우언라이와 덩잉차오는 바로 시화팅으로 이사하였다.
건물 정면의 대청 시화팅은 저우언라이가 외부손님을 접대하거나 회의
를 개최하는 곳이었고, 동서쪽의 곁채는 총리사무실 사무원들이 일을 하
는 곳이었다.
후원 7칸 단층방은 저우언라이, 덩잉차오의 사무실 겸 거주 공간이었
다. 서쪽 터진 두 칸 방은 저우언라이의 사무실이었다. 중간의 터진 두

칸 방은 응접실 겸 식당이었다. 동쪽의 3칸 가운데 하나는 덩잉차오의 사무실이고 다른 하나는 그녀의 침실이었으며 가장 동쪽의 한 칸은 저우언라이의 침실이었다.

시화팅은 지은 지 오래된 데다 수리를 하지 않아 벽면이 시커멓게 변하고 기둥마저 무너졌지만 저우언라이는 고집스럽게 수리를 하지 못하도록 말렸다. 겨울 찬바람이 찢어진 창문 틈으로 밀려들어 왔고, 땅은 습했으며, 천정에서는 이따금 비가 샜다.

이렇게 오래되고 소박한 몇 칸 집에서 저우언라이는 25년 동안 일을 하고 생활하였다. 덩잉차오 역시 이곳에서 40여 년 동안 일하고 생활하였다.

"산은 높지 않지만 신선이 있으면 유명하고 물은 깊지 않지만 용이 있으면 신령스럽다. 비록 누추한 집이지만 오히려 나의 품행을 널리 펴져 돋보이게 하는구나." 당대의 문학가 유우석(劉禹錫)[45]이 지은 「루실명(陋室銘)」이 일찍부터 인구에 회자되었다. 오래되어 낡고 소박한 중난하이의 시화팅은 수십 년 동안 수많은 중국 내외 인사들로부터 주목을 받았다.

1950년 8월초 어느 일요일, 녹음이 우거지고 꽃과 나무가 무성한 시화팅에 즐거운 웃음소리가 가득했다.

"샤오 차오 어머니, 샤오 차오 어머니." 덩잉차오가 지극히 사랑하는 쑨웨이스(孫維世)가 웃음을 머금고 소리치며 덩잉차오의 침실로 들어왔다.

1939년 가을 저우언라이와 덩잉차오를 따라 소련으로 유학을 갔던 쑨웨이스는 국공내전기간에 중국으로 돌아왔고, 해방 후 베이징에 새로 건립된 중국청년예술극장의 배우가 되었다. 그녀가 출연한 소련 연극 『폴 코차진(Paul Korchajin)』은 대성공을 거두었다. 얼마 전 그녀는 폴 코차진

---

[45] 역주 : 772-842. 당나라 중기의 시인. 박학굉사과(博學宏詞科)에 급제하여 회남절도사(淮南節度使) 두우(杜佑)의 막료가 되었으나 정치 개혁 실패로 한직으로 전직되었다. 지방관으로 있으면서 농민의 생활감정을 노래한 『죽지사(竹枝詞)』를 펴냈다.

역을 연기한 유명 배우 진산(金山)과 결혼하였다. 덩잉차오는 그들의 혼례에 참석하여 신혼부부에게 『중화인민공화국혼인법』이라는 책을 선물로 주었는데 이는 막 반포된 것으로서 독창적이면서 매우 뜻 깊은 예물이었다.[46] 그녀는 속표지에 친필로 "사랑하는 딸 웨이스, 너를 사랑하고 네가 사랑하는 엄마가 주다"라고 썼다.[47]

덩잉차오는 예물을 줄 때 항상 독창적인 생각을 하였다. 그녀가 막 반포된 『혼인법』을 진산, 쑨웨이스에게 준 것은 그들이 혼인법을 실천하는 모범적인 부부가 되어 주기를 바랐기 때문이었다. 이제 쑨웨이스는 기쁜 마음으로 새신랑 진산과 그녀의 여동생 쑨신스(孫新世)와 함께 "친정으로 돌아와" 저우언라이와 덩잉차오를 만나고자 했던 것이었다.

저우언라이와 쑨웨이스의 아버지 쑨빙원(孫炳文)과의 우정은 매우 돈독했었다. 1920년대 초 저우언라이는 유럽에서 그를 소개하여 입당시켰다. 쑨빙원은 1927년 상하이 롱화(龍華)에서 장렬하게 희생당하였고, 부인 런뤼(任銳)는 5명의 자녀를 부양하느라 생활이 매우 곤궁했다. 그녀는 넷째 쑨밍스(孫名世, 이후 참전하여 국공내전시기에 목숨을 잃었다)를 친정아버지에게 보내 양육시켰고, 가장 어린 딸은 언니와 형부에게 보냈으며 이름도 황위예성(黃粵生)으로 바뀌었다. 1949년 봄 런뤼는 사망했다. 위예성은 이모부와 이모를 따라 홍콩으로 갔다. 덩잉차오는 홍콩에서 활동하던 공펑(龔膨, 챠오관화(喬冠華)의 부인)에게 전보를 띄워 위예성을 찾도록 부탁했고 결국 찾아냈다. 위예성은 홍콩에서 배로 잉커우(營口)에 도착했고 다시 선양(沈陽)으로 가 큰 오빠 쑨양(孫泱)을 만났고, 1949년 8월 베이핑에 도착했다. 덩잉차오는 즉시 사람을 보내 그녀를 중난하이로 데려오게 하였다. 덩잉차오는 그녀를 품에 껴안고 말했다.

---

46 역주: 이후 중화인민공화국과 공산당이 발행한 책자는 주요한 결혼 예물이 되었고, 문화대혁명시기에는 단연 『毛澤東語錄』이 선택되었다.

47 필자가 쑨웨이스 여동생 쑨신스(孫新世)를 방문했을 때 그녀는 덩잉차오가 자기 자매에게 쏟은 관심과 1950년 8월 시화팅에서 즐겁게 한 자리에 모였던 상황에 대해 상세하게 소개하였다.

"애야 드디어 너를 찾았구나. 네 아버지는 희생당했고 작은 오빠 역시 희생되었으며 어머니 역시 돌아가시고 말았지. 앞으로 이곳을 네 집으로 여겨 살도록 해라."

덩잉차오는 그녀의 이름을 다시 쑨신스로 바꾸고 화북인민혁명학교에 진학시켰고 이후 외국어학원으로 전학시켰다. 일요일이나 경축일 휴일이면 그녀는 항상 시화팅으로 저우언라이와 덩잉차오를 찾아 왔다.

쑨신스는 이제 언니 쑨웨이스와 함께 덩잉차오의 침실로 뛰어 들어와 친밀하게 덩잉차오를 보고 소리쳤다. "어머니, 안녕하세요!"

저우언라이의 조카딸인 12살의 빙더(秉德)와 5살 빙이(秉宜) 역시 방으로 들어와 덩잉차오를 보고는 공손하게 인사하였다. "일곱째 어머니, 안녕하세요!"[48]

저우빙더와 저우빙이는 저우언라이의 셋째 동생 저우언서우(周恩壽)의 딸들이었다. 그녀들은 왜 덩잉차오를 '일곱째 어머니'라고 부를까?

저우언라이의 가족은 대가족이었다. 증조부 후손의 당형제(대략 십 수 명이나 되었는데 모두 언(恩)자 돌림이었다) 가운데 저우언라이가 7번째 항렬이었다. 따라서 질녀들은 모두 저우언라이를 '백부(伯父)'라고 하고 덩잉차오를 '일곱째 어머니'라고 불렀다.

해방 후 수많은 친척과 친구가 저우언라이를 찾아왔다. 덩잉차오는 직접 그들에게 음식을 대접하여 덩잉차오가 신경 쓰지 않도록 하였다. 저우언라이는 일찍이 조카와 조카딸에게 말했다.

"너희 일곱째 어머니는 친척이 없으시다. 일을 제외하면 평생 우리 저우 가문을 위해 헌신하셨단다." 그는 또한 저명한 극작가 차오위(曹禺)에게 이렇게 말한 적이 있다.

"샤오 차오도 바쁘고, 나도 더욱 바쁩니다. 우리 저우 가문은 대가족

<hr>

48 필자가 저우빙더와 저우빙이를 방문했을 때, 그녀들은 저우언라이의 가계와 자신들에 대한 덩잉차오의 교육을 소개했고 또한 1950년 8월 시화팅의 즐거움 만남에 대해 이야기하였다.

이어서 나를 찾아오는 친척이 매우 많은데, 모두 샤오 차오가 내 대신 요리를 해 대접합니다. 우리 집안 일로 나를 번거롭게 하지 않아 정말 그녀에게 고맙게 생각하고 있습니다.”

덩잉차오는 저우언라이의 ‘후방지원근무’를 잘 맡아 하는 것이 자신의 본분에 속하는 일이라고 여겼다.

이제 빙더, 빙이 그리고 쑨웨이스, 쑨신스는 덩잉차오를 둘러싸고 깔깔거리며 쉬지 않고 이야기하였다.

“쉬” 덩잉차오는 집게손가락을 입술에 대었다. “좀 조용히 해요. 백부께서 아직 주무십니다.”

“누가 아직까지 내가 잔다고 그래요. 이미 일어났습니다.” 저우언라이가 웃으며 덩잉차오의 침실로 달려 들어왔다.

덩잉차오가 관심을 갖고 물었다.

“새벽 6시가 지나 주무시더니 어떻게 이렇게 빨리 일어났어요?

“벌써 12시가 다 되었습니다. 일어나야지요” 저우언라이는 벌써 세면을 하고 수염을 깎아 얼굴빛이 환하고 원기 왕성하며 풍채가 좋아 보였다. 그는 웃으며 말했다.

“오늘은 일요일이지. 좋아요. 웨이스, 신스 모두 왔고, 빙더, 빙이 역시 다 왔군요. 애들아, 우리 오늘 하루 신나게 놀아보자.”

덩잉차오는 이 말을 듣고 매우 기분이 좋아졌다. 모처럼만에 언라이가 하루를 쉬겠다고 했기 때문이었다. 그녀는 재빨리 말했다.

“좋아요. 애들아, 백부께서 오늘 하루 쉬겠다고 하시니 그 말씀에 책임을 지시겠지.”

저우언라이가 그에 대꾸하면서 모두 함께 응접실로 나왔다.

“오, 진산도 왔군요. 신랑께서 오셨으니 샤오 차오, 당신이 대접을 잘 해 주세요” 저우언라이는 웃으며 진산과 악수를 나누었다. 빙이가 작은 손으로 손뼉을 치며 “새신랑, 새신랑!”하고 외치니 모두가 크게 웃었다.

“아버지, 어머니!” 쑨웨이스가 웃으면서 가방에서 두 송이 붉은 꽃을 꺼냈다.

"저희가 오늘 온 것은 그저 그런 일요일을 보내려는 것이 아닙니다. 저희는 두 분의 은혼(銀婚)을 기념해 드리려고 합니다."

"무슨 말이냐? 은혼 기념?" 저우언라이는 한 순간 멍해졌다.

덩잉차오가 듣고는 그 의미를 알아채고 웃으며 말했다.

"웨이스, 똑똑한 네가 한 번 말해봐라. 오늘, 무슨 명목으로 그러느냐?"

쑨웨이스는 장난스럽게 웃으며 말했다.

"아이! 아버지, 어머니 괜히 모른 척하지 하세요. 두 분은 1925년 8월 초에 결혼하시지 않았나요? 오늘이 1950년 8월 초니까 꼭 25주년이 되는 것 아닌가요? 결혼 50주년을 금혼(金婚)이라 하고 25주년을 은혼이라고 하지요. 두 분 중 한 분은 국내외의 큰일을 총괄하시는 총리시고, 또 한 분은 전국 2억 5천 여성동포를 지도하는 전국여성연합회 부주석이신데 설마 이처럼 쉬운 문제를 모른다고 하시겠어요?"

말솜씨가 유창한 쑨웨이스가 웃음을 띠고 계속해서 정말 많은 말을 쏟아 내었다. 저우언라이와 덩잉차오는 듣고 나서 웃음을 참을 수 없었다.

저우언라이와 덩잉차오는 이제껏 생일 같은 것을 챙긴 적이 없으니 그들에게 은혼 기념 따위는 더더욱 불필요했다. 덩잉차오는 고개를 저으며 무슨 말인가를 하고자 하였다. 그런데 오늘 매우 기분이 좋은 저우언라이가 미소를 지으며 말했다.

"고맙구나. 웨이스! 네가 우리를 위해 이렇게 꼼꼼히 챙겨 주는구나. 우리가 결혼할 당시에는 무슨 의식이라 할 것도 없었다. 늦기는 했지만 오늘 너희들이 우리를 위해 자리를 한 번 마련해 보려무나."

쑨웨이스, 진산, 쑨신스, 저우빙더, 저우빙이는 이 말을 듣고 신이 나서 박수를 쳤다. 덩잉차오는 막고 싶었지만 막을 수가 없었다.

쑨웨이스와 진산이 정중하게 커다란 붉은 꽃을 저우언라이와 덩잉차오의 옷에 달아 준 뒤, 쑨웨이스는 다시 그 둘을 서로 마주보게 하였다. 이어 진산에게 "당신이 결혼식 사회를 맡도록 하세요"라고 시켰다.

유명한 연기자인 진산은 그의 연극 『굴원(屈原)』에 나오는 「뢰전송(雷電頌)」을 우렁찬 목소리로 낭송하고는 기개 넘치게 외치기 시작하였다.

"신랑, 신부는 서로 절하세요. 한 번, 두 번, 세 번."

쑨웨스와 쑨신스 자매 중 하나는 저우언라이를 돕고 다른 한 명은 덩잉차오를 도와 두 사람이 서로에게 3차례 크게 허리를 굽혀 절하게 하였다. 덩잉차오는 얼굴 가득 홍조를 띠며 흥분하여 말하였다. "우리가 결혼할 때 어떤 혼례 의식도 거행하지 않았지요. 오늘 웨이스가 장난이지만 우리에게 큰 붉은 꽃을 달아주니 정말 경사스런 날 같네요." 저우언라이는 정답게 그녀를 바라보며 부드럽게 말했다.

"샤오 차오, 지난 세월 당신을 정말 힘들게 했구려!"

두 어린 조카딸과 진산, 쑨웨스, 쑨신스는 모두 함께 박수를 치며 환호하였다.

그들은 정원에서 함께 사진을 찍었다. 52세의 저우언라이와 46세의 덩잉차오가 가슴에 커다란 붉은 꽃을 달고 함박웃음을 지으며 나란히 서 있는 모습을 사람들은 지금도 볼 수 있다. 그것은 그들의 은혼을 기념하고 축하하고 있다.

그날, 그들은 쑹칭링이 상하이에서 보낸 결혼 25주년 기념 전보를 받았고, 또한 늙은 허샹닝이 직접 매화와 송백을 그려 보낸 그림을 받았다. 그 위에는 "언라이와 잉차오의 결혼 25주년을 기념하며"라고 적혀 있었다. 허샹닝은 평생 매화와 송백을 가장 좋아했고 서릿발 속에서도 굴하지 않는 그 고결함과 꿋꿋함을 좋아했다. 매화와 송백으로 저우언라이와 덩잉차오의 성격과 지조를 비유한 것인데 더할 나위 없이 적절한 것이었다.

이날 하루 시화팅은 행복한 웃음소리로 충만했다.

그러나 정확히 하루라고는 할 수 없었다. 점심 식사 후 저우언라이는 또 바삐 공무 때문에 나갔기 때문이다. 2시간의 휴식을 위해 짬을 내는 것도 그에게는 힘든 일이었지만 덩잉차오는 그래도 매우 만족스러웠다.

저우언라이의 동생 저우언서우(周恩壽)는 건강이 좋지 않았다. 1963년 59세 되던 해에 저우언라이는 그를 퇴직시키며 "국가에 부담을 주느니 차라리 내가 너를 먹여 살리겠다"고 했다. 왕스친(王士琴)[49]은 저우언서우가 60세가 되기 전에 퇴직하는 것을 납득할 수 없었다. 덩잉차오는 그녀에게 완곡하게 말했다.

"언라이가 당신들에게만 엄격하게 대한다고 생각하지 말아요. 나에게도 똑같이 한답니다. 1951년 직급을 정할 때 중앙은 나에게 5급을 인정했지만 그가 1급을 내렸지요. 나는 그가 그렇게 한 것에 대해 동의합니다." 왕스친은 이 이야기를 듣고 아무 말도 할 수 없었다.[50]

저우언라이에게 아버지와 같은 항렬의 형제는 7,8명이 있었고 저우언라이와 같은 항렬의 당형제는 십 수 명이 되었으며 그들 자식들과 조카들은 더욱 많았다. 그들이 베이징에 오면 덩잉차오는 모두 초대하였다. 문병을 가야할 때도 있었는데 그럴 경우 그녀는 병원비나 약값을 모두 지불했다. 두 사람의 월급 가운데 1/3을 친척이나 친구를 돕는 데 썼다. 공적인 활동을 제외하면 저우언라이가 식사할 때 손님들에게 비용을 지불케 한 적이 없었다.

덩잉차오는 저우언라이의 친척과 친구들에게 매우 꼼꼼하게 신경을 썼고 돈 쓰는 데에도 인색하지 않았다. 반면 자신의 생활에 대해서는 늘 매우 검박하였다. 매월 식사비는 결코 정해진 기준을 넘지 않았다.

당연히 그녀는 그녀와 저우언라이의 가정생활을 극히 소중하게 여겼다.

해방되기 전 수십 년 동안 그녀는 여러 번이나 생사를 같이 했고, 함께 힘들게 투쟁하였다. 해방이 되자, 저우언라이는 일 때문에 더욱 바빠져서 낮에는 정무원과 외교부에 근무하면서 외교활동을 주재했고 밤에도 일에 몰두하느라 새벽까지 바빴다. 그는 덩잉차오와 쉬는 시간이 달랐다. 항상 덩잉차오가 일어나서 보면 저우언라이는 아직 잠에 들지 않

---

49   역주: 왕스친은 저우언서우의 부인이다.
50   왕스친은 이러한 상황에 대해 소개하였다.

았다. 덩잉차오가 조용히 총리 사무실로 가 그에게 쉬어야 한다고 일깨워주었다. 점심에 저우언라이는 일어나 아침을 먹었다. 이때 덩잉차오는 이미 점심을 먹고 난 이후여서 그의 곁에 앉아 대화를 나누었다.

밤은 깊었지만 총리 사무실의 불은 환하게 밝았다. 급히 중요한 보고를 해야 할 경우엔, 저우언라이는 며칠 밤낮을 쉬지 않았다. 덩잉차오는 사무실 밖에서 왔다 갔다 하며 몇 번이나 안으로 들어가 쉬라고 권하고 싶었지만 그가 말을 듣지 않을 것임을 알고 있었다.

하루는 저우언라이가 아주 심한 감기에 걸렸다. 마오 주석이 3일 동안 쉬고 일을 엄격히 금지한다고 명령하였다. 저우언라이는 덩잉차오의 사무실로 와서 그녀와 함께 과거의 사진들을 펼쳐 보았다. 덩잉차오는 또 그를 억지로 침상에 뉘여 쉬게 하였다. 그녀는 저우언라이가 좋아하는 경극(京劇)[51]과 월극(粤劇) 레코드를 찾아 튼 뒤 함께 우아한 곡조와 선율을 감상하였다. 그녀는 저우언라이의 눈꺼풀이 무겁게 내려앉는 것을 보자 바로 축음기를 끄고 조용히 방문을 닫고 나갔다.

덩잉차오는 몇 가지의 기념품을 소장하고 있었는데 위험한 순간들을 겪으면서도 잃지 않은 것들이었다. 그 가운데 저우언라이의 아버지가 물려준 은제 회중시계와 그녀의 어머니가 물려준 은수저 한 쌍, 그리고 은으로 된 저우언라이의 훈장과 금으로 된 금장(襟章)이 있었다.

1950년 정부가 첫 번째 공채를 발행하였을 때 덩잉차오는 이들 기념품을 경호실장 청위옌공(成元功)에게 주어 공채로 매입하게 하였다. 청위옌공은 그녀에게 다음과 같이 권했다.

"'다졔!', 이들 물건은 매우 기념될 만한 의의를 지닌 것들입니다. 보존해 오기도 쉽지 않았을 뿐만 아니라 팔아도 얼마 돈이 되지 않으니 그냥 갖고 계시지요."

---

[51] 역주: 중국 주요 전통극의 하나. 청 중엽 이래 '서피(西皮)', '이황(二黃)'을 주요 곡조로 한 '휘조(徽調)'와 '한조(漢調)'가 베이징에 들어와서 결합 발전된 '베이징피황희(北京皮黃戲)'를 가리킨다.

덩잉차오는 분명하게 말했다.

"아닙니다. 물건은 아무리 좋아도 죽은 것입니다. 그것으로 공채를 사서 사회주의건설에 보탬이 된다면 더 좋지 않겠어요?"

청위엔공은 아쉬운 마음이 들었지만 어쩔 수 없이 80원 정도에 팔아 그 돈으로 모두 공채를 샀다.

저우언라이는 이를 알고 샤오 차오가 합당하게 처리했다고 거듭거듭 칭찬하였다.[52]

두 위대한 혁명가의 마음 씀씀이는 항상 이처럼 하나로 통하였던 것이다.

89. 생산을 중심에 두고 도시 여성사업을 전개하다

덩잉차오와 같은 혁명가에게 가정생활은 항상 혁명 다음 순위에 자리했다. 시화팅에서 가진 즐거운 모임의 날은 덩잉차오에게는 거의 경험할 수 없었던 편안한 하루였다. 그녀는 여성동지에게 혁명사업을 가장 중요하게 여기도록 요구하였고 그녀도 항상 그렇게 몸으로 실천하였다.

전국여성연합회 17명 상임위원 가운데 11명이 겸직이었다. 예컨대, 리더취엔, 스량, 쉬아이멍치, 쉬광핑 등이 그러했다. 그녀들은 모두 정부와 당의 기관에서 중요한 직무를 겸직하고 있었기 때문에 전국여성연합회 사무실에는 없는 날이 많았다. 전국여성연합회 전임 상무위원은 차이창, 덩잉차오, 캉커칭, 선쯔쥬, 차오멍쥔, 뤄츙 등 6명뿐이었다. 그녀들 역시 기타 직무를 겸하였다. 차이창은 중앙인민정부위원이고, 덩잉차오는 전

국정치협상회의 상임위원이었다. 그녀들은 당연히 정부와 정치협상회의 활동에 참가해야 했다. 한 번은 차이창이 병에 걸렸고 비서장 취명줴(區夢覺) 역시 광동으로 파견되어 전국여성연합회 근무 인원이 고작 107명에 불과한 적이 있었다. 덩잉차오는 눈코 뜰 새 없이 더욱 바쁘게 되었다. 그러나 그녀는 바쁜 와중에도 중심을 잃지 않고 계획을 세워 중요도에 따라 일을 원만하게 수행하였다.

전국이 해방된 이후 여성사업의 무게중심은 농촌에서 도시로 전환되었다. 어떻게 도시의 여성사업을 전개할 것인가, 이것은 덩잉차오를 비롯한 수많은 여성간부에게 새로운 과제였다. 덩잉차오는 톈진, 상하이시 여성연합회 활동에 대한 보고를 듣고 베이징시여성연합회의 사업에 대해 연구하였으며, 도시 활동 경험을 일차적으로 정리해 본 결과 많은 문제를 발견하였다.

1950년 9월 4일부터 18일까지 전국여성연합회는 제3차 집행위원확대회의를 소집하였다. 덩잉차오는 한 걸음 더 나아가 각지 여성연합회의 경험을 전체적으로 정리하여 회의에서 「도시여성사업에 관한 몇 가지 문제」 보고를 하였다.

보고 가운데 덩잉차오는 도시여성사업의 현황을 소개하였다; 도시여성사업은 복잡한 탐색 과정을 거쳐 일정한 성과를 얻었다. 그러나 도시여성사업 가운데에는 여전히 약간의 결점과 근본적인 문제가 있어 완전히 해결하지 못했다.

덩잉차오는 회의에서 전국제1차여성연합회대회에서 여성운동이 생산을 중심으로 삼아야 한다고 확정한 방침은 정확하다고 지적했다; 문제는 도시여성연합회의 일부 간부가 여성노동자를 기초로 삼고 여성을 조직하여 생산에 참가시키는 방침을 집행할 때, 현지 도시의 구체적인 상황에 근거하지 않고 그 방침을 기계적으로 이해하고 집행하는 데에 있었다. 사업이 장애에 부딪혔을 때나 노동조합과의 협상이 제대로 해결되지 못했을 경우, 어떤 곳에서는 바로 활동을 축소하거나 후퇴하였다. 가정노동에 종사하는 여성을 생산활동에 참가토록 조직할 때, 일부 간부는 성과 욕심 때문에 조급하게 대규모의 사업을 벌이겠다고 기대하며 일을 처리하였고, 경중과 완급을 따지지 않았으며, 대중의 요구에 전적으로 따른다는 시혜의 관점을 유지하였다. 이들 결점들은 이제 교정의 과정에 있다.

덩잉차오는 전국여성연합회의 이러한 결점에 대해 구체적인 지도를 하였고 간부의 사상 문제를 적절한 시점에 해결하지 못한 것에 대해 진지한 자기비판을 하였다.

그녀는 요구하였다; 각지의 여성연합회는 반드시 각 도시의 구체적 상황, 현지 인민정부의 중심사업 임무, 현지 시장 공급 상황, 여성대중 본래의 생산기초 등에 근거하여 서로 다른 중심을 확정하고 서로 다른 절차를 채택하여 한 걸음 한 걸음 여성을 생산에 참가시켜야 한다. 직장여성사업이 많은 공업도시에서 여성연합회는 직장여성과 노동자가족을 주요 사업대상으로 삼아야 한다. 직장여성이 매우 적은 도시와 광업지역에서는 노동자가족을 위주로 해야 한다. 비공업도시에서는 가사노동여성을 주요대상으로 삼아야 한다.

덩잉차오는 여성을 생산에 참가시킨다는 방침을 보다 잘 관철시키기 위해 반드시 생산과 문화, 정치교육을 결합시키고 또한 여성을 생산에 참여시키는 데에 대한 장애와 봉건적 속박을 적당히 해결해야 한다고 말했다. 따라서 각 도시의 여성연합회는 인민정부 및 유관방면과 아동보육, 여성 및 아동 위생, 혼인법 관철 등의 사업에 협조해야 했다.

덩잉차오는 도시여성사업의 방법에 대해 언급하면서 오랫동안 형성된 농촌 관점과 일괄적인 사업 관점을 철저하게 변화시키고 그것을 총체사상과 분공합작(分工合作), 상호배합의 과학적 사업 방법으로 대체해야 한다고 하면서 다음과 같이 지적했다; 여성연합회가 주관해야 할 모든 사업은 반드시 적극적으로 나서 유관기관과 협조해야 한다. 기타 기관이 주관해야 할 여성 관련 사업(예컨대 노동조합 여성노동자부가 여성노동자사업을 주관할 경우)의 경우에는 여성연합회가 적극적으로 나서서 결합, 협조하여 진행해야 한다. 이로써 반드시 "이것저것 모두 섞여 중심을 잃거나", "여기저기 모두 섞여 역량이 분산되는" 등 수동적인 방식에 빠지는 것을 시정해야 한다.

오랜 기간 동안 통일전선사업의 풍부한 경험을 지닌 덩잉차오는 모든 각급 민주여성연합회가 노동자계급의 지도 아래 공농노동(工農勞動)여성을 근간으로 하여 소부르주아계급, 민족부르주아계급여성과 모든 애국민주여성을 가장 광범한 통일전선조직으로 단결시켜야 하고, 현지의 각 민족, 각 민주계급, 각 민주당파 및 무당파 민주여성을 단결시켜 각급 여성연합회 사업에 참가시켜야 한다고 강변하였다.

덩잉차오는 체계적으로 통일전선 정책과 사업 방법에 대해 상세히 해석했다; 동료에 대해 사업, 학습, 대우에서 누구에게나 차등 없이 대하며 조직상, 사업상 여성통일전선을 충실히 하고 또 확대해야 한다. 다민족 지역에서는 민족정책에 주의하여 각 민족, 각 당파와 무당파 여성 사이에서 상호 존중하고 의구심을 타파하며 서로에게 성의를 다하며 일이 닥치면 함께 상의하고 직책과 직권을 동시에 부여하여 사업을 착실하게 수행하며 공동으로 진보해야 한다. 여성통일전선사업에서 폐쇄주의 경향은 반드시 극복해야 하지만 동시에 통일전선사업의 내용을 단지 사적인 감정 교류나 교제 정도로 낮춰 통속화하려는 인식이나 방식에도 반대하였다.

회의의 종합 보고에서 덩잉차오는 여성이 민주정권 건립사업에 진지하고 또 열심히 참가해야 한다고 하였다. 그녀는 72명의 여성연합회 집

행위원 가운데 55명이 중앙인민정부 사업에 참가하고 12명이 전국정치
협상위원이라고 말했다. 중앙직속기관의 여성간부는 간부 총수의 20%를
차지하였다. 그녀는 모든 여성간부가 사업에 노력하고 정기적으로 활동
경험을 총결하며 여성사업을 자신의 책임으로 간주해 주기를 희망하였
다.[53]

덩잉차오의 도시여성사업보고는 그 내용이 풍부하고 충실하였으며
성, 시 여성연합회 간부의 많은 사상 인식문제를 적절하게 해결하였고,
그녀들의 많은 의구심을 해소함으로써 도시여성사업의 발전에 힘을 실
어 주었다.

덩잉차오는 여성동지에 대해 배우 깊은 관심을 기울여 왔다. 톈진시
여성연합회 주임 뤄윈(羅雲)은 생후 28일 된 아이를 두고 있었으나 출산
휴가를 다 채우지 못한 채 회의에 참가하였다. 회의에 아이를 데리고 참
가할 수 없다는 지시를 받았지만 태어난 지 한 달이 안 된 영아를 위한
유모를 바로 찾을 수 없었다. 뤄윈은 어쩔 수 없이 아이를 데리고 베이
징으로 와 친구 양뭐(楊沫)의 집에 맡겨 두었다. 점심, 저녁 식사 시간에
그녀는 재빨리 그녀의 집으로 가 아기에게 젖을 먹였다.

세심하며 또 다른 사람에게 관심이 많은 덩잉차오는 회의가 열릴 때
뤄윈이 있었으나 식사 때에 없는 것을 보고 이상하게 여겼다. 그녀는 뤄
윈에게 어떻게 된 일이냐고 물었다. 뤄윈은 아기를 데리고 회의에 참석
할 수 없다는 통지를 받았지만 아기가 너무 어려 젖을 먹여야 했기 때문
에 친구 집에 맡기고 식사 때 서둘러 가 젖을 먹인다고 하였다. 덩잉차
오는 이야기를 듣고 화를 내며 비판하였다. "다른 기관이 회의를 개최할
때 여성간부가 아기를 데리고 오지 못하게 하는 것은 있을 수 있습니다.
하지만 여성연합회 회의에 어떻게 아기를 데려 오지 못하게 한단 말입
니까?" 그녀는 즉시 전국연합회 부비서장 쩡시옌즈(曾憲植)에게 회의가

---

[53] 1950년 9월 전국여성연합회 제3차 집행위원회 확대회의에서 한 덩잉차오의 보고 기
록 원고 참조.

열리고 있던 여성간부학교 내에 방 한 칸을 마련하여 뤄윈과 아기 그리고 데려온 보모를 함께 거주토록 조치시켰다. 뤄윈은 아기 옆에서 젖을 먹이고 밥을 먹을 수 있었다.

덩잉차오는 그녀들이 머물고 있던 방으로 가 막 태어난 영아를 보고, 다시 전족을 하고 있는 보모를 보고 물었다. "어떻게 식사는 하셨나요?" 보모는 "식당에 가 먹었습니다"라고 대답하였다. 덩잉차오가 다시 "어떤가요? 당신이 식사할 때 아기는 누가 보나요? 그리고 전족 때문에 걸을 때 많이 불편하겠어요." 덩잉차오는 여성간부학교 교장 류칭양(劉淸揚)과 상의하여 회의 진행을 담당하고 있는 간부학교 학생을 시켜 보모에게 식사를 배달해 주도록 하였다.

보모는 농촌여성이었다. 그녀는 덩잉차오가 자신에게 이렇게 따뜻하게 대해 주며 깊은 관심을 기울이자 뤄윈에게 물었다. "막 들어왔던 분이 누구시지요?" 뤄윈은 웃으며 말했다. "그분은 전국여성연합회 부주석이며 저우 총리의 부인입니다." 보모는 놀라 탄성을 지르며 말했다. "어떻게 이렇게 훌륭할 수가 있을까요? 저는 평생 이렇게 자상한 분을 뵌 적이 없습니다. 게다가 사람을 시켜 저에게 밥까지 날라다 주니 설마 총리 부인이라 할 수 있겠어요?" 뤄윈은 다시 웃으며 말했다. "그녀는 원래 사람들이 자신을 총리 부인이라고 부르지 못하게 하여 우리는 그녀를 '덩 다제'라고 하지요. 그녀는 전국여성의 지도자입니다. 그녀는 평생 중국여성을 위해 노심초사하며 일을 하셨습니다. 당신에게 이렇게 잘 대해 주는 것은 사소한 일에 불과한 것입니다. 그녀가 걱정하시는 일은 너무 많고 너무도 큽니다."[54]

이처럼 작은 일에 대해서 덩잉차오는 정확하게 기억할 수 없었다. 그녀는 일과 사람들에게 관심을 기울였다. 그녀는 사업과 사람을 열렬히 사랑하였다. 사업에 대한 극단적 책임감과 사람에 대한 극단적 관심을

---

[54] 필자가 톈진의 뤄윈을 방문했을 때 그녀는 자신에게 덩잉차오가 관심을 보여주었던 상황에 대해 매우 감동적으로 이야기하였다.

긴밀하게 결합하여 사업을 수행하는 데에 항상 감정적인 색채를 띠고 인간미가 넘치게 만들었으며, 또 원칙을 잃지 않았는데 이것이 덩잉차오의 활동 특색이었다. 또한 이 때문에 그녀와 함께 활동하거나 접촉한 수많은 동지들이 항상 그녀의 이러한 태도를 잊을 수가 없었다.

뤄윈의 딸은 지금 이미 막 40세를 넘었다.[55] 뤄윈은 항상 그녀에게 "너는 '덩 마마'의 사랑과 관심을 받았다는 사실을 평생 기억해야 한다"고 말했다. 하지만 덩잉차오의 사랑과 관심을 받은 사람은 그녀 이외에도 이루 헤아릴 수 없이 많았다!

90. 여성에 대한 선전교육을 강화하다

덩잉차오는 중국의 안팎에서 공인된 탁월한 선전 선동가였다. 그녀는 일관되게 여성에 대한 선전교육을 중시하고 또 당 전체를 통하여 여성에 대한 선전교육사업을 효과적으로 수행하였다.

1951년 7월 중공중앙은 전국선전사업회의를 개최하였다. 덩잉차오는 당내 선전을 책임지고 있는 지도간부에 대해 「여성선전사업 문제에 관하여」라는 보고를 하였다.

그녀는 보고에서 여성선전교육사업의 주요 내용으로 다음의 것들을 포함시켰다;

여성에 대해 제국주의 반대, 봉건주의 반대, 애국주의와 국제주의 교육 제창 등을 통상적으로 진행한다.

중앙과 지방인민정부의 정책법령을 선전하고 여성대중을 계몽하여

---

55   역주 : 책이 집필된 시점이 1992년이니 지금 나이로는 50세 가까이 되었다.

법령을 준수하고 정책을 자각적으로 집행하게 한다.

여성해방 교육을 진행한다. 광대한 여성을 행하여 다음을 선전한다. 여성이 노동생산에 참가하여 사회와 가정의 재물과 부를 창조하는 사람이 되어야 비로소 정책으로 규정된 각종 남녀평등의 법령을 진정으로 실현시킬 수 있고 남녀평등의 각종 권리를 진정으로 향유할 수 있으니, 노동생산 참가가 여성해방의 핵심적인 내용이다. 동시에 여성해방은 여성에게만 유리할 뿐만 아니라 남성에게도 유리하고 사회 전체의 발전에도 유리함을 모든 사회를 향해 선전해야 한다. 또한 '여성해방이 사회해방의 척도'라는 이치를 선전하여 모두가 여성의 잠재역량이 매우 거대하며 이 역량이 발휘될 경우 신중국 건설의 거대한 동력이 될 수 있다고 인식하도록 해야 한다.

마르크스 레닌주의와 마오쩌동 사상을 이용하여 봉건사상 반대 투쟁을 진행하고 여성을 제한하고 속박하는 각종의 봉건사상에 반대하며 "여성은 아무 것도 할 수 없다"는 그러한 사상을 결연하게 타파하는 대신 "여성은 모든 것을 할 수 있다"는 사상으로 바꾸어야 한다. 몇 가지의 특수한 사업 이외에 모든 사업을 여성은 충분히 수행할 수 있다.

덩잉차오는 여성 선전교육사업의 주요 내용이 인민혁명운동의 발전에 따라 발전하고 각 시기의 핵심사업과 밀접히 결합하여야 하지 고립되어 여성 자신에만 국한된 선전이 되어서는 안 된다하며 다음과 같이 말했다; 전 여성이 여성의 이익은 전 인민의 이익과 분리될 수 없다는 사실을 인식하게 해야 하고 동시에 인민혁명사업은 반드시 여성의 참여가 있을 때 비로소 완전한 성과를 얻을 수 있다는 사실을 지적해야 한다. 따라서 매번 중심 임무를 선전할 때마다 여성의 사상 상황과 실제 이익 및 여성에 대한 사회의 시각 등을 연결시키는 데에 주의하고 구체적인 데에서부터 시작하여 원칙성의 문제로 선전을 진행하여야 비로소 쉽게 여성대중을 접수할 수 있다.

덩잉차오는 각급 당위원회 및 선전 부분이 여성에 대한 선전사업 지도를 강화하고 당의 통일적 지도와 통일적 계획 아래 남녀간부가 함께 착수해야 한다고 요구했다; 당위원회의 선전 계획은 여성에 대해 진행하는 통상적인 선전 내용을 포괄하여 여성사상 상황에 적합한 선전 요점을 포괄해야 한다. 여성조직은 주동적으로 당위원회에 여성대중의 사상과 문제에 대해 보고하여 당위원회로 하여금 체계적으로 여성운동의 상황에 대해 이해하여 적절한 지도를 할 수 있도록 해야 한다. 각급 당위원회가 소집한 회의에는 선전사업을 수행한 여성간부가 가능한 한 많이 참가토록 하여 그녀들에게 양성교육을 받을 기회를 제공하고 그녀들을 통해 수많은 여성대중을 향하여 선전을 진행할 수 있도록 해야 한다.

덩잉차오는 당의 신문, 출판물 가운데 여성운동에 관한 선전보도를 보다 강화하고 도서, 만화, 연속 그림책, 글자 교본 등 통속적인 서적에도 여성과 관련된 내용이 더 많이 포함되기를 희망하였다.

덩잉차오는 당위원회 선전 부분과 조직 부분이 여성간부 양성을 위한 간부사업에서 중요임무임을 인지하도록 요구하였다. 당시 전국 여성간부는 15만 명 정도였다. 그녀는 각급 당간부학교, 간부학교, 훈련반 등이 계획적으로 일정한 수의 여성간부를 참가시켜 학습시킬 것을 희망하였다.[56]

덩잉차오는 당중앙이 소집한 전당선전사업회의에서의 보고를 통해 당내에서 선전을 책임지고 있는 고급간부를 향해 직접적으로 여성과 관련된 선전교육을 진행했을 뿐만 아니라 그들에게 여성선전교육 사업을 강화하라고 요구했고 그들에게 여성선전교육 사업에 대한 지도와 조직 사업을 개선하고 더욱 강화하도록 하였다. 이것은 덩잉차오의 효과적인 사업 방법이었고 또한 당 전체가 확실하게 여성사업을 수행하도록 추동하는 그녀의 구체적인 실천이었다. 이것은 여성연합회가 홀로 여성선전

---

[56] 1951년 7월 전국선전공작회의에서 이루어진 덩잉차오의 보고 기록 원고 참고.

교육 사업을 호소하는 것에 비해 설득력이 더했을 뿐만 아니라 활동에
도 유리했다.

91. 조직되지 않은 수많은 가정여성에 대해 사업을 진행
해야 한다

전국선전사업회의가 막 개최된 1951년 7월 중순, 전국여성연합회도
제1차선전교육선전회의를 개최하였다.
덩잉차오는 여성연합회 선전교육사업회의를 총결산하면서 회의의 주
요 성과가 제대로 조직되지 못하고 교육 받지 못한 수많은 가정여성에
대해 여성연합회가 사업을 진행해야 한다는 사실을 보다 명확히 인정했
다는 점을 높이 평가하였다. 그녀는 이렇게 말했다; 과거 우리들이 여성
노동자와 농민을 공업, 농업 생산에 직접 참가시키는 사업에만 국한했지
부업생산이나 가사노동에 참가하는 절대 다수의 여성을 포괄하지 못했
다. 이러한 인식은 불안전한 것이었다. 우리는 가정여성을 선전교육의
중점대상으로 삼고 조직되지 않은 여성 가운데에서 사업을 진행하여 모
두는 "여성노동자를 위주로 하고 여성노동자를 기초로 한다"라는 범주
에 한정되지 말고 가정여성에 대해서 활동을 시작해야 한다. '가정여성'
이라는 말에 대해 많은 동지들은 좋지 않은 감정을 갖고 있다. 이 말은
하나의 부담을 의미하는데 이러한 부담은 털어버려야 한다. 우리는 실제
요구에 부응하여 대중을 향해 활동해야 한다. 도시의 가정여성 가운데
노동여성과 소부르주아계급여성이 대다수를 점하며 특히 우리들의 활동
을 필요로 하고 있다. 사업을 전개할 때에는 발전이 있어야 한다. 몇 년

이 경과한 후 도시의 무조직 가정노동여성이 점차 감소하고, 그들이 점차 조직화되어 조직화된 여성이 하루하루 증가하게 되면 이후 우리는 다시 조직화된 여성에 대한 사업을 더욱 심화시킬 수 있을 것이다.

덩잉차오는 여성선전교육사업이 사회 각 방면에 대해 여성문제를 선전하고 사회 각 방면에 걸친 여성 문제의 선전을 포괄하며, 선전 방법이 여성대중의 실제 생활과 절실한 문제와 관련 있고, 선전 형식은 통속적이고 이해하기 쉬워야 한다고 개괄적으로 제의했다.

그녀는 이렇게 말했다; 우리는 인구의 반인 여성에 대해 선전해야 하고, 또 다른 반인 남성에 대해서도 선전해야 한다. 우리의 선전사업은 5억 인구에 대한 선전을 포괄하기 때문에, 수만에 불과한 여성연합회 간부들은 반드시 당, 정, 인민단체와 공동으로 협력해야만 비로소 사업을 원활히 수행할 수 있다.

덩잉차오는 여성해방운동이 곧 장기적인 교육운동이라고 지적하면서, 선전교육사업은 여성사업 가운데 중요하고도 필수적인 부분이고 여성대중을 조직하고 여성사업을 추동하는 데 있어 가장 중요한 단계라고 하였다.

덩잉차오는 과거 여성사업이 당의 중심사업과 상호 결합해야 한다고 여러 차례 강조하면서 많은 여성간부들이 항상 중심사업에 집중하느라 여성사업을 잃어버리고 또 여성사업에 집중하느라 중심사업을 잃어버렸다고 했다. 모든 사람들이 이러한 모순을 느끼며 매우 힘들어 했는데 덩잉차오는 이러한 상황을 겨냥하여 말했다; 여성사업과 중심사업은 변증법적 통일을 이루어야 한다. 전체의 이익에서 출발하든 여성의 이익에서 출발하든 관계없이 고립적으로 여성사업을 수행해서는 안 된다. 당의 중심사업 임무는 여성을 포함한 전체 인민의 근본 이익을 대표하는 것이고 당의 혁명과 건설이 성공적으로 진행되어 모든 사회가 발전해야 비로소 여성도 점차 해방될 수 있다. 또한 다른 한편으로 여성의 역량을 발동시켜 남녀가 함께 전투하고 어깨를 나란히 할 때에만 비로소 전체 혁명과 건설은 승리할 수 있다. 예컨대, 한국전쟁[57], 토지개혁, 생산 발전 등은 모두 여성해방을 위한 조건을 창출했으며 의식적이고 계획적인 노력을 통해서만 여성의 특별한 곤란함이나 지켜야 할 여성의 절박한 이익을 함께 해결할 수 있었다. 이는 양자가 잘 결합될 수 있음을 실천적으로 증명한 것이었다.

덩잉차오는 다시 말했다; 지도기관에 속하는 조직이 상황을 판단하고 입안하거나 사업계획을 수립하고 중요한 보고의 기초를 작성하거나 중요문건을 발표할 때, 여성연합회와 여성간부들이 그들에게 여성사업을 더 강화시키도록 주의를 환기시켜야 한다. 우리 여성사업을 하는 동지들은 아주 민첩해야 하며 사람들의 결의에 여성사업에 관한 부분이 없는 것을 발견하고 바로 그 자리에서 화를 낼 것이 아니라 미리 적극적으로 건의하고 그것을 얻어내기 위해 적극적으로 노력해야 한다.

여기까지 듣고는 회의에 참석한 많은 동지들은 웃음을 참지 못했다. 덩 다졔는 진정 그녀들의 사상 정도가 어떠한지 잘 이해하고 있었고 열정적으로 그리고 친절하게 그녀들이 여성사업을 어떻게 해야 잘 수행할 수 있는지 가르쳐 주었다.

이어 덩 다졔는 계속하여 수많은 여성대중을 향해 눈앞의 사업과 여성해방의 관계에 대해 선전함으로써 여성대중을 적극적으로 중심사업에 참가시켜야 한다고 하면서 다음의 예를 들었다; 한국전쟁에 대한 기부운동의 경우, 각지 여성연합회는 많은 여성대중을 동원하여 43기의 비행기를 헌납하였다. 저명한 예극(豫劇)[58] 배우 창상위(常香玉)는 혼자 한 대의

---

57   역주: 중국은 이 전쟁을 "미국에 항거하고 북한을 지원한다"는 의미의 "항미원조(抗美援朝)"라고 칭한다. 본문도 역시 그러하다.

비행기를 헌납하였다.

덩잉차오는 흥미진진하게 이야기하였다; 우리가 사람들을 사업으로 추동시킬 때 사리에 맞춰 해야 하고 발언권을 얻도록 힘써 노력하며 법률이 이미 부여하고 있는 여성의 각종 권리를 실현하도록 애써야 한다. 우리가 각 기관과 협력할 때 반드시 전체의 이익에서 출발해야 한다. 의견 제시는 조사 연구를 반드시 경과해야 하고 근거가 있고 사리에 맞아야 한다. 또한 의견을 합당하게 제출하고 끝까지 견지함에 소홀함이 없어야 하고 기회와 상황을 잘 포착해야 한다. 예컨대 정치협상회의가 개최되었을 때 우리 여성연합회는 여성대표가 전체 대표의 10% 정도는 점해야 한다고 제의해야 했다. 건의한 후 각 부분과 협상하여 결국 10.4%를 차지하게 되었는데 이는 전체의 국면과 가능성을 모두 고려한 결과였다.

이어 덩잉차오는 격정적으로 말했다; 여성사업은 전도가 유망하며 여성해방의 내용은 매우 풍부하다. 여성사업이 발전했다는 결과는 철저한 여성해방으로 나타나는데, 그때에는 다시 여성사업을 수행할 필요가 없다. 그러나 이것은 단기간에 해결될 수 있는 것이 아니어서 적어도 수십 년의 사업이 필요하다.

그녀는 모두가 한편으로 사업을 진행하면서 다른 한편으로는 학습하여 여성해방 이론을 열심히 연구하고 부단히 정치문화 수준을 높이며 군중으로 파고 들어가 공론을 일삼지 말고 절실하게 여성 대중의 이익을 도모해 주기를 희망하였다.[59]

---

58   역주 : 허난 성의 지방극. 허난 성 전역과 산시(陝西), 산시(山西) 등지에서 유행하는 '방자(梆子)'의 일종.
59   1951년 7월 전국여성연합회가 소집한 제1차선전교육공작회의에서 한 덩잉차오의 보

덩잉차오의 발언을 통해, 많은 여성간부들이 지속적으로 고심해왔던 사업 대상 문제, 여성사업과 중심사업의 결합문제, 여성연합회와 각 부문의 협조 문제 및 효과적인 선전교육문제 등이 해결되었다. 이로써 모두 이들이 나아갈 사업의 방향을 바로 잡을 수 있었고, 사업에 대한 믿음과 능력을 배가시킬 수 있었다. 덩 다졔가 보여준 여성사업에 대한 지칠 줄 모르는 열정과 인내심은 사업에 대한 그녀들의 열정을 격발시켰다. 그녀들은 기쁜 마음으로 각자의 위치로 돌아가 착실하게 여성대중의 이익을 위해 힘써 활동했으며 선전교육사업을 충실히 수행하였다.

92. 중국여성은 세계평화를 결연하게 수호하였다

1951년 한 겨울. 베이징을 떠나 모스크바로 가는 국제열차가 베이징과 톈진 사이의 벌판을 달리고 있었다. 덩잉차오는 객차에 의지해 하얗게 눈으로 뒤덮인 들판을 바라보았다. 지금 그녀는 국제민주여성연합회 제6차집행위원회에 참석하기 위해 베를린으로 가는 길이었다.

일반적으로 정무원 총리 겸 외교부장 저우언라이가 출국 대표단의 보고를 받게 되어 있었다. 그러나 이번에 덩잉차오가 출국할 때 저우언라이는 다른 업무 때문에 너무 바빠 시간을 낼 수 없었다. 덩잉차오 역시 재촉하지 않고 여성연합회 동지들과 함께 열심히 대회를 준비하였다.

덩잉차오와 수행원 쑨웨이스, 치윈(戚雲)은 이미 국제열차에 탑승했다. 덩잉차오의 통역을 맡은 쑨웨이스는 감정을 억제하지 못하고 덩잉차오에게 투덜거렸다. "어머니, 어떻게 아버지에게 말씀을 하지 않을 수 있

고 참고.

어요? 아버지께서는 우리에게 작별 인사라도 하셔야 하는 것 아닌가요?”

덩잉차오는 미소만 짓고 말을 하지 않았다. 단지 저우언라이의 경호원 청위엔공만이 객실로 와 웃으며 말했다. “덩 다제, 총리께서 뒤에 연결된 공무용 객차에 계신데 당신과 여성연합회 동지들과 대화를 나누고 싶다고 하십니다.”

저우언라이가 어떻게 샤오 차오의 사업에 대해 소홀히 할 수 있겠는가? 그는 신경 써서 배려를 잘 하여 국제열차 뒤에 공무용 객차를 연결시키고 거기에서 덩잉차오 등과 대화를 나누고자 하는 것이었다.

덩잉차오, 치원, 쑨웨이스 등은 공무용 객차로 서둘러 갔다. 저우언라이가 서서 웃으며 그녀들과 악수를 나누었다. 덩잉차오는 일부로 말했다.

“저는 당신께서 우리의 여성사업을 경시하여 우리와 대화하지 않으려 하시는 줄 알았어요.”

“천만에요, 천만에요!” 저우언라이는 웃으며 말했다. “감히 누가 2억 5천만 여성동포의 대표를 경시합니까? 내가 일부로 이렇게 안배하여 당신을 깜짝 놀라게 하고, 이를 기회로 당신들을 전송하려고 합니다.”

이 같은 저우언라이의 다정한 말을 듣고 덩잉차오는 매우 감동하였다. 장난스런 쑨웨이스가 바로 말했다.

“아버지, 우리를 전송한다고 말씀하셨는데 치원 동지와 제가 무슨 자격이 있겠어요? 아버지는 분명히 어머니를 전송하러 오신 것이고 우리는 그저 장식용으로 끌어들인 것이지요. 어머니 제 말이 틀렸나요?”

덩잉차오는 웃으며 즐거움에 찬 목소리로 말하였다.

“웨이스, 말하는 것 좀 봐! 정말 예의범절을 가르쳐야겠군요. 언라이가 그렇게 바쁜 와중에 우리의 보고를 들으러 왔는데. 그에게 사과하도록 해요.”

“예!” 쑨웨이스는 바로 일어서 저우언라이를 향해 소년대가 하는 경례를 하였다. 이를 보고 모두는 즐겁게 웃기 시작하였다.

덩잉차오는 진지하게 자신들의 준비 활동 상황을 저우언라이에게 정

리해 보고하였다. 저우언라이는 자세하게 다 듣고 나서 몇 가지 의견을
이야기하였다.

이야기를 마치고 저우언라이는 웃으며 말했다.

"이제 빚을 갚은 겁니다. 그리고 제시할 다른 의견은 없나요?"

덩잉차오는 입가에 가벼운 미소를 띠웠고, 쑨웨이스는 즐겁게 소리쳤
다. "아버지, 여성사업에 관심을 기울여 주셔서 감사합니다." 저우언라이
는 쑨웨이스에게 덩잉차오의 몸을 잘 돌봐달라고 부탁하였다. 그는 일어
나 덩잉차오, 치원, 쑨웨이스와 일일이 악수를 나누며 작별 인사를 하였다.

덩잉차오 일행은 국제열차 특별석으로 돌아왔다. 열차가 톈진에 도착
하자 열차 뒤에 연결됐던 공무용 객실은 분리되어 다른 기관차에 연결
되어 베이징으로 향했다.[60]

당시 중국의 재정상황은 매우 어려웠고 외화는 턱없이 부족했다. 저
우언라이는 특별히 1만 달러를 가지고 가 전국여성연합이 국제민주연합
에 납부하는 회비로 사용하도록 허락하였다. 덩잉차오는 그 돈을 몸에
지니고 있었으나 도중에 잃어버릴 것을 걱정하여 항상 쑨웨이스에게도
잘 살피도록 주의를 주었다.

덩잉차오는 모스크바에 도착하여 소련여성반파시스트위원회 주석과 의
견을 교환하였다. 그녀들은 함께 기차를 타고 베를린에 도착하였다.

국제민주여성연합은 이미 62개국, 9천만 명 이상의 회원을 두고 있었
다. 제6차집행위원회는 세계여성제3차대표대회 개최 문제에 대해 주로
토론하였다. 국제민주연합은 중국여성운동 지도자 덩잉차오를 매우 중
요한 인물로 여겼으며, 그녀가 국제여성운동에 대해 많은 의견과 방법을
제시해 주기를 희망하였다.

덩잉차오는 발언을 통해 정치방면과 조직방면에서 세계여성대회 소
집 준비작업을 원만하게 수행해야 한다고 말했고, 중국여성이 세계평화

---

[60] 필자가 치원을 방문했을 때 그녀는 저우언라이가 기차에서 덩잉차오의 보고를 들었
던 상황에 대해서 소개하였다. 청위옌공 역시 같은 일화에 대해 이야기하였다.

를 수호하는 운동을 전개하고 있는 상황에 대해 소개하였다.[61]

1951년 '3·8'절을 전후하여 2천만 이상의 중국여성이 '미국의 한국전 개입'[62]과 일본의 재무장을 반대하는 애국시위 행렬에 참가하였다. 시위에 참가한 행렬에는 각 계층, 각 당파, 각 민족, 각 단체 그리고 서로 다른 각종 직업의 여성이 포함되었으며 또한 평상시 정치 활동에 아주 드물게 참가했던 종교계 여성과 집 밖을 나서지 않았던 일부 가정주부들까지 포함되어 있었다. 이것은 애국주의와 국제주의의 기치 아래 중국여성이 세계평화 수호를 위해 대동단결하였음을 분명하게 드러내는 것이었다. 중국여성은 5대국의 평화공약 체결[63]에 대해 열정적으로 지지 서명을 하였다. 전국에서 서명자 수가 3억 4천만 명으로 전체 인구 가운데 72%를 차지하였고, 그 가운데 여성이 매우 큰 비중을 차지하였다. 이는 중국여성이 평화를 열렬히 사랑하며 적극적으로 세계평화를 보위하려는 결심과 역량을 지니고 있음을 충분히 설명하는 것이었다.

덩잉차오는 보고에서 다음과 같이 지적하였다; 각 회원국은 주동적이면서 적극적으로 비회원국의 여성조직, 각 직장여성조직 및 문예, 아동조직과 같은 유관조직과 광범하고 구체적이며 효과적으로 협력해야 한다. 소수의 활동가에게 남아 있는 편협하고 폐쇄적인 사상과 태도는 반드시 지적되어야 한다. 중국에서도 소수의 여성간부는 정치적 신념이 서로 다르거나 당에 소속되지 않은 여성 활동가나 각 계층의 수많은 여성에 대해 충분히 접근하지 않고 각 민주당파와 무당파 여성 활동가에 대해 서로 고려해주거나 충분히 신뢰하지 않는 현상이 존재하고 있다. 우

---

61 1951년 12월 국제민주여성연합회 제6차집행위원회에서 한 덩잉차오의 발언 기록 원고 참고.

62 역주: 원문엔 '미제국주의의 북한 침략'으로 되어 있는데 '항미원조(抗美援朝)'와 같이 한국전쟁을 바라보는 중국공산당의 시각을 그대로 반영하고 있다.

63 역주: 세계평화를 위해 세계평화이사회가 주장한 공약으로 소련, 미국, 영국, 프랑스, 중국 등 5대국이 한국 문제, 일본 문제, 독일 문제, 식민지 문제 및 부속국의 독립 문제를 평화적으로 해결하며 원자탄의 사용 금지, 전세계 군비 축소 등을 내용으로 하고 있다.

리는 부단히 이러한 현상에 대해 지적해야 하며 이들 현상들에 대해 모든 여성 역량을 동원하여 조국을 건설하고 평화를 보위하는 데 해가 된다고 지적해야 한다. 우리는 사업회의를 개최하여 서로 흉금을 터놓고 이야기하며 관계를 개선하고 사업을 개선해야 한다. 동시에 각 방면의 대표적인 여성들을 적극적으로 여성연합회와 각급 여성대표회의 및 사업에 끌어들여 직무에 충실하도록 도와주고 그녀들을 조직하여 정치, 이론, 문화 학습에 참가시키며 그녀들과의 단결을 강화해야 한다. 이러한 방식을 효과적으로 실천할 경우 일반 여성대중과 중국여성연합회의 단결은 점점 더 확대될 것이다.

덩잉차오는 또한 다음과 같이 건의했다; 세계여성대회에 출석하는 대표를 선출하는 데에는 조직화된 여성을 대상으로 회의를 소집하여 선거로써 대표를 선출하는 방식, 각 여성단체가 협상을 통해 대표를 선출하는 방식 그리고 특별히 초청하는 방식 등 몇 가지의 방법을 채택할 수 있다. 중국의 영토는 매우 넓고 인구가 많아 현, 시 이상의 인민대표회의와 여성대표회의를 개최할 때 이상 세 가지 방법을 모두 채택하고 있는데 효과가 매우 좋다.

덩잉차오의 의견은 국제민주여성연합 제3차이사회에서 전체적으로 환영을 받았고 또 존중되었다.

그녀는 또한 중국여성이 한국전쟁과 토지개혁에 참가했던 상황에 대해 회의에서 소개하였다; 토지개혁과 한국전쟁 지원 운동을 통해 중국여성운동은 크게 발전하였고 여성연합회의 조직 역시 발전하였다. 각급 여성연합회는 대표회의를 통해 조직화된 여성과 그렇지 않는 여성을 연계하였는데 그 수가 수천만 명 이상에 이르렀다. 중국여성은 이미 세계평화 수호의 중요한 역량으로 등장하였다.

덩잉차오는 회의에 참가한 각국 이사들과 광범하게 접촉하면서 많은 친구들과 교류하였다. 그녀들은 공통적으로 덩잉차오가 매우 풍부한 여성운동 경험을 지녔으며 탁월한 선전과 조직 능력을 소유했고 매우 높은 정치사상 수준을 갖고 있다고 느꼈다. 또한 그들은 그녀의 태도가 매우 겸손하고 민주적인 태도와 생각을 지녔으며 큰 나라와 작은 나라를 차별하지 않고 동등하게 대한다고 느꼈다. 이러한 그녀의 모습은 일부 큰 나라 대표의 독단적인 전횡과 오만불손함과는 너무도 큰 차이를 보였다.

93. 신중국은 여성에게 날개를 달아 주었다

1952년 3월 8일, 하늘은 높고 쾌청했으며 엷은 구름 사이로 시원한 바람이 불었다. 베이징 시쟈오(西郊) 비행장에서는 신중국이 양성한 첫 번째 인민공군 여전사인 14명의 여비행사, 6명의 항공관제사, 5명의 통신기술자 및 30명의 비행장 지상근무원들이 수도 상공에서 거행되는 첫 번째 비행시범을 늠름하게 거행하였다.

덩잉차오가 몇 년 동안 바라던 일이 이제 실현되었다. 1949년 10월 1일 그녀는 톈안먼 성루에서 신중국인민의 공군 비행기가 톈안먼 상공을 비행하는 것을 보고 차이창과 이야기하면서 중국여성 역시 비행기를 조종하여 푸른 하늘을 날게 되기를 희망하였다. 오늘 그녀는 마침내 신중국이 길러 낸 첫 번째 공군 여전사를 보게 된 것이었다.

덩잉차오는 더할 수 없이 큰 기쁜 마음으로 주더 총사령관과 75세의 전국여성연합회 명예주석 허샹닝 그리고 부주석 리더취엔을 수행하여 시쟈오 비행장에 도착하였다. 그밖에 여성비행사의 비행 시범 의식에는 해방군 정치부 부주임 런샤오화(任蕭華), 공군사령관 류야러우(劉亞樓)와 각국 주중국 사절의 부인들이 참석하였다.

이들 여성비행사, 여성항공관제사, 여성통신원, 여성기술자는 모두 20세 전후의 처녀들이었고, 그 대부분은 고등학교를 졸업한 후 1951년 5월 항공학교에 진학하였다. 그녀들은 각고의 노력으로 공부하여 약 반년 동안 초급·중급 훈련비행기 조종, 통신, 항공관제, 지상지원 기술 등을 익혔다. 이제 14명의 여성비행사가 중급 훈련비행기를 조종하여 이른 봄의 산들바람을 맞으며 베이징의 푸른 하늘로 비상하였다. 그녀들은 때로는 정연하게 편대비행을 하였고 때로는 민첩하게 회전비행을 하였는데 마치 한 쌍의 제비가 창공을 날렵하게 날아오르는 것 같았다.[64]

덩잉차오는 허샹닝, 리더취옌과 함께 정신을 한 데 모아 창공에서 펼쳐지는 여성비행사의 비행시범을 주시하였다.

비행기가 부드럽게 하강하였다. 50여 명의 여성공군전사들이 그 곳에 정연하게 서 있었다. 흥분한 얼굴에는 젊은 광채가 뿜어 나왔고 신중국 여성이라는 행복감과 자신감이 넘쳐흘렀다.

주 총사령관은 그녀들을 열렬하게 축하하였다. 그는 이렇게 말했다; 우리에게는 일찍이 여성트랙터기사, 여성기관사가 있었지만 이제 우리는 양성 과정을 통해 신중국의 첫 번째 여성비행요원들을 훈련시켰다. 당신들은 신중국 여성의 영광이며 해방된 여성의 귀감이다.

주더 총사령관은 흥분하여 말을 이어갔다; 대국인 우리 중국의 여성들은 조국건설의 각종 현장에서 여러 전문 인재로 그 역할을 수행해야 하고, 더 많은 과학자, 설계사, 엔지니어, 의사, 숙련기술자, 농업노동모범이 배출되어야 하며, 트랙터 기사, 자동차 기사, 전차 기사, 기관사나

---

[64] 필자는 첫 번째 여성비행사 가운데 한 명인 우슈메이(武秀梅)를 방문했다. 30여 년 동안 비행을 계속한 그녀는 1952년 '3·8'절에 자신이 시범비행에 참가한 상황에 대해 소개하였다. 또한 『人民日報』, 1952.3.9 보도 참조.

여러분 같은 비행요원도 배출되어야 한다. 이것이 중국여성의 철저한 자기 해방이며 조국 건설에 참가한 여성들의 실제 모습이다.

허상잉 역시 경축식에서 흥분하여 말하였다; 오늘 여성비행사들의 영광스런 첫 비행 성과는 신중국 여성이 현대화된 국방 건설 기술을 배우고 익힐 수 있음을 증명하는 것이다. 전국의 젊은 남녀는 그녀들을 학습의 모범으로 삼아야 한다.

리더취옌과 소련 주중국 대사 로산(Roshan) 부인의 발언에 이어 덩잉차오도 연설을 하였다. 그녀의 낭랑하고 웅장한 목소리가 기쁨이 가득 찬 비행장에 울려 퍼졌다. "올해 '3·8'국제여성절을 기념할 때 우리는 여성비행사, 여성항법사, 여성통신원, 여성기술자들이 조종하고 지원하는 비행기가 우리 조국 수도의 상공에서 시범비행을 거행하는 것을 보았습니다. 이것은 과거 중국에서는 꿈도 꿀 수 없는 일이었습니다. 오직 신중국에서만 이처럼 새로운 인물의 등장과 새로운 일이 가능할 수 있습니다."
덩잉차오는 신중국 성립 이후 여성의 업적에 대해 정리하였다; 신중국이 탄생한 지 겨우 2년 반밖에 되지 않았지만 수많은 여성이 이미 각 방면의 조국건설 사업에 참가하고 있다. 이전 여성이 참가하지 않았던 일부 사업에도 현재 여성이 참가하고 있다. 트랙터기사, 기관사, 전차기사, 자동차기사가 등장했으며 각 방면에서 새로운 업적을 창조한 수많은 새 인물들이 출현하였다. 이제 인민공군 가운데에도 첫 번째 여성비행요원이 등장하였다.

덩잉차오는 소리 높여 이야기하였다; 이러한 사실들은 중국공산당과 마오 주석의 지도 아래, 중국에서 남녀평등 정책에 입각하여 여성에 대한 구사회의 각종 속박과 압박을 타파하고 여성들에게 공작과 학습에서 충분한 권리와 기회를 보장했으며, 여성에게 그들의 능력을 무한히 발휘하여 조국사업에 헌신할 수 있는 가능성을 실제로 부여하고, 또 여성에게 철저한 해방에 이를 수 있도록 확장된 큰 길을 제공했음을 증명하는 것이다. 이들 사실은 또한 우리들 여성이 스스로 비하하는 마음을 타파하고 자신감과 용기를 갖고 스스로를 끊임없이 강화하며 학습에 매진하고 결연히 분투해야만 우리 여성도 남성과 똑같이 모든 공작을 해낼 수 있고 또 잘 할 수 있다는 사실을 증명하는 것이다. 그리고 이러한 사실들은 여성이 온갖 구실을 핑계로 대며 자신들은 할 수 없다는 구태의연하고 부패한 옛 사상을 배척하는 데 큰 역할을 하였다.

덩잉차오는 또한 간곡하게 경계하였다; 하지만 우리는 새로운 인물, 새로운 사정, 새로운 영웅이 출현했다고 해서 자만하거나 교만해서는 안 된다. 지금은 우리들에게 단지 시작에 불과하며 우리에게 부여된 조국의 요구를 완전히 달성하기까지는 아직 멀기 때문이다. 우리 여성은 백배의 노력을 기울여 끊임없이 자신의 정치, 문화, 기술 수준을 향상시키고 사상을 개조하고 신체를 단련하여 시대 발전의 수요를 따라잡아야 한다.

여성비행사 치무무(戚木木)가 전체 여성비행요원을 대표하여 당과 인민이 자신들을 양성하였고 자신들에게 힘을 실어주어 수많은 어려움을 극복하게 하였으며 1년도 안 되는 짧은 시간에 비행, 항공관제, 통신, 기계설비 보호 기술 등을 익힐 수 있게 해 주었다고 말하였다. 그녀들은 단지 신중국이 있어 비로소 여성들이 날개를 달고 하늘을 날 수 있었고 더 발전할 수 있다는 희망을 갖게 됐다고 깊이 감사하였다. 그녀들은 반드시 교만과 조급증을 경계하고 더욱더 학습에 열중하여 더 많은 기술을 익힘으로써 조국과 인민을 위해 복무하겠다고 하였다.
덩잉차오는 주 총사령관, 허샹닝, 리더취엔, 류야러우, 샤오화 그리고 여성비행요원들과 함께 비행장에서 기념사진을 찍었다.
인민의 공군은 이후로도 계속해서 여성비행요원을 길러 냈다. 그녀들

은 각종 비행기를 조종하여 중국의 영공을 비행했고 풍랑과 싸우며 중
국의 영공을 보위하고 사회주의 건설을 지원하며 신중국 여성의 힘과
긍지를 넉넉히 보여주었다.

94. 각국의 친구들에게 중국여성운동을 소개하다

덩잉차오는 전국여성연합회에서 전면적으로 사업을 주재하고(차이창이
병에 걸렸기 때문에 그러했다.) 동시에 외국 관련 사업에도 더 깊은 관심을
기울였다.

인류의 1/5 인구를 차지하는 중국혁명의 승리는 전 세계를 놀라게 하
였다. 중국혁명의 한 부분인 중국여성운동의 성과와 경험은 각국 여성과
여성운동가들의 관심을 환기시켰다. 그녀들은 앞 다투어 중국을 참관하
기 위해 방문하였다. 2,3년의 짧은 기간 동안 전국여성연합회는 이미 5
대륙 52개국의 여성, 여성단체와 관계를 맺었다.

1951년, 1952년 전국여성연합회는 크고 작은 초대회, 연회, 다과회, 개
별 면담을 90여 차례 개최하고 4,50개국 여성대표와 접견하였다. 그녀들
가운데에는 여성운동 지도자, 여성단체 책임자, 노동조합 활동가, 노동
자, 언론인, 작가, 의사, 교사, 경제학자, 국회의원, 종교인 등이 포함되어
있었다. 서로 다른 직업, 정치제도, 종교 신앙을 대표하는 이들은 자기들
과 다른 사회제도의 국가를 찾아와 다른 시각에서 경제, 문화, 교육, 혼
인, 종교, 아동복지 등과 관련된 각종 문제를 제출하였다.

덩잉차오는 이들 외빈을 접대하는 모임에 거의 대부분 직접 참가하였
다. 1952년 5월과 6월에만 그녀는 23차례에 걸쳐 외빈을 접대하였고, 9
월과 10월 사이에는 24차례나 외빈과 회견하였다. 그녀는 신중국을 방문

한 여성들이 중국여성운동에 대해 공통적인 흥미를 갖고 있고 또 서로 다른 중요 의견을 가지고 있음을 알고 있었다. 자본주의국가 및 식민지 국가의 진보여성은 중국여성이 어떻게 민족독립과 정치해방을 성공적으로 이뤄낼 수 있었는지에 대해 알고자 하였다. 특히 반동통치 아래에서 전개된 중국여성의 통일전선 전개와 합법, 비합법 투쟁 방법과 투쟁 전략에 대해 알고 싶어 했다. 이들 국가의 일반 여성은 중국여성과 아동의 생활, 일과 학습 상황에 대해 궁금해 했고 특히 혼인법에 대해 가장 깊이 흥미를 가졌다. 북한, 월남 국가 여성은 당시 '전쟁'[65] 중이었기 때문에 전쟁 가운데 여성을 어떻게 동원했는지 그 경험에 대해 가장 알고 싶어 했다. 소련, 동유럽 국가 여성은 중국여성의 국가건설 참가 상황에 대해 궁금해 했다.

덩잉차오는 풍부한 통일전선사업 경험을 바탕으로 다양한 친구들과 교유할 수 있었다. 그녀는 외빈을 접대할 때 항상 상황이 다른 그들의 입장에 근거하여 그들이 다른 중점을 두고 제기하는 문제에 대답하였다.

1952년 5월에서 10월까지, 덩잉차오는 '5·1'절에 참가한 각국 노동조합대표단 가운데 여성대표, 즉 인도, 북한, 월남, 미얀마, 영국, 인도네시아, 파키스탄, 스웨덴, 소련, 루마니아 대표와 아시아 및 태평양지역 평화회의에 참가한 수십 개국의 여성대표들을 향하여 신중국 여성운동의 성과와 경험을 소개하고 각국의 친구들에게 신중국 여성의 신생활, 신풍조가 지닌 영광스런 모습에 대해 설명하였다;

신중국 성립 이후 여성은 정치, 경제, 문화교육 및 사회생활에서 남성과 완전히 평등한 권리를 이미 획득하였다. 임시헌법 기능을 하는『공동강령』및 중앙인민정부가 공포한『혼인법』,『토지개혁법』,『노동보험조례』가운데에는 여성의 권리에 대한 구체적 규정이 있다. 중국여성조직-중화전국민주여성연합회는 매우 커다란 발전을 보였다.

65　역주: 원문엔 '해방전쟁'으로 되어 있는데 한국전쟁과 베트남전쟁에 대한 중국 측의 시각을 반영하고 있다.

중국여성은 이미 국가의 주인공이 되었고 많은 여성들이 국가건설에 적극적으로 참가하였다. 전국현각계인민대표대회 대표 가운데 여성은 1952년 15% 정도를 차지하였다. 베이징시각계인민대표대회 대표 가운데 여성은 1952년 18%를 차지하였다. 가도(街道)[66]여성대표는 총대표 수 가운데 48%를 점하였다. 중앙인민정부에서 하급 각급 정부기구에 이르기까지 여성은 중요한 직무를 맡았다. 중앙인민정부에서 부주석, 정부위원, 정부(正副)부장, 사국장(司局長) 등 중요 직무를 맡은 여성 간부는 60여 명이었고 성, 시 등 1급 인민정부 가운데에서 중요 직무를 맡은 여성은 287명이었다. 기층정권 가운데에서 여성이 점한 비율은 더욱 컸다.

중국여성은 적극적으로 경제 건설에 참가하였다. 전국의 여성노동자는 1952년 이미 99만 명이 달해, 1950년에 비해 74%의 증가를 보였다. 그녀들 가운데에는 적지 않은 노동모범이 배출되었다. 많은 여성노동자들이 기업 내의 지도간부로 발탁되었다. 남녀에게 동등하게 임금을 지급하는 제도가 이미 보편적으로 시행되었다. 여성노동자만의 특수한 애로사항은 특별하게 고려되었다. 여성노동자의 출산휴가 기간에도 임금은 그대로 지급되었다.

4억여 인구가 사는 중국의 농촌지역에서 토지개혁은 이미 완성되었다. 농민협회 회원 가운데 여성은 30% 정도를 점하고, 농민대표 가운데 여성은 20%를 차지하였다. 거의 대부분의 농촌에서 60% 이상의 농촌여성이 노동에 참가하였다. 국영농장 가운데에서는 여성트랙터 기사와 여성 농장장이 출현했다. 여성은 또한 대규모의 거대한 수리건설 사업에 참가하였다. 많은 여성이 '공신(功臣)', '모범' 등의 칭호를 획득했다.

중국의 여성은 교양 학습에 열중하였고 경제, 문화건설을 위한 지식과 기술을 학습하였다. 각급 학교에는 상당수의 여학생이 진학하였고 수천, 수만의 여성들이 식자반(識字班), 성인학교와 성인야학교에서 학습하

---

66   역주: 도시의 구(區) 아래의 작은 행정 단위를 가리킨다.

였다.

여성의 혼인자유 권리는 법률적으로 보장받았다. 1950년 5월 1일 『혼인법』이 시행되었다.

신중국에서 어머니와 아동은 정부의 관심과 보호를 받았다. 해방 이후 3년 내에 모자위생 및 아동의 복리사업은 활기찬 발전의 모습을 보였다. 아동의 사망률은 점차 내려가고 어머니와 아동의 건강은 날로 증진되었다.

덩잉차오는 각국의 친구들에게 신중국 여성의 생활, 일, 학습, 혼인 상황에 대해 소개하였고 그녀들에게 큰 반향을 불러일으켰다. 그녀들은 덩잉차오가 소개한 중국여성운동의 주요 경험에 대해 깊은 관심을 기울였다.

덩잉차오는 다음과 같이 말했다; 여성운동은 반드시 민족해방운동과 긴밀히 결합해야지 고립적으로 진행해서는 안 된다. 중국여성은 중국인민과 함께 제국주의, 봉건주의 반대투쟁을 견지하고 다년간의 고통스런 투쟁을 전개하여 승리를 획득하고 중화인민공화국을 건립하였다. 신중국의 여성운동은 생산을 중심으로 삼고 여성을 동원하여 농공업생산과 문화, 교육활동에 참가시켜 여성의 독립적 지위를 보장하는 것이다. 여성운동에서 각 계층여성과 광범하게 단결하는 것은 매우 중요하였다. 장기적인 투쟁의 경우 부단히 단결을 확대하고 공고히 하며 단결을 다시 확대하여야 비로소 힘 있게 장기적인 투쟁을 진행할 수 있고 또 하나의 승리를 획득할 수 있다. 중국여성은 일찍이 장기 전쟁의 고통을 경험하였기 때문에 평화가 가장 소중하다는 사실을 깊이 알았다. 평화의 환경 속에서만 국가의 건설을 진행할 수 있고 행복한 생활을 영위할 수 있으며 여성과 아동의 복리사업을 보장, 발전시킬 수 있다. 따라서 중국여성은 세계평화를 보위하는 사업과 자기의 행복한 생활을 건설하는 것을 긴밀하게 결합시켜 그것을 자신의 주요한 책무이자 영광스런 임무로 간주하였다.[67]

덩잉차오는 간단명료한 말로 중국여성운동의 주요 경험을 소개하여 각국 여성의 환영과 존중을 받았다. 그녀는 다른 국가의 구체적 정황에 맞춰 여성사업의 많은 문제에 대해 대답하였다. 그녀는 또한 실사구시적으로 중국여성사업에 존재하는 문제와 부족한 부분에 대해 말하였다. 덩잉차오의 열정적이고 진지한 발언은 대표들에게 깊은 인상을 남겼다. 어떤 이들은 잇달아 그녀에게 열정적인 편지를 보내 감사의 마음을 표현하기도 하였다. 또 어떤 국가는 중국에 사람을 파견해 여성사업 경험을 학습하겠다고 요구하기도 하였다. 이로 인해 덩잉차오는 매우 크게 고무되었다. 그러나 그녀는 결코 자만하지 않고 냉정하게 사업에서 부족한 부분에 대처하고 태만하지 않고 꿋꿋하게 여성운동의 더 낳은 발전을 위해 열심히 활동을 전개하였다.

95. "여성사업에 주의를 기울이지 않는 사람이 있다면 그에게 당신들은 더 많은 자료를 보내야 합니다. 보내고, 재촉하고, 비판하며[一送二催三批評] 관료주의의 오류에 대해 말해야 합니다!"

덩잉차오는 여성사업이 매우 복잡하게 뒤엉켜있음을 고려하여 이러한 상황에서 가장 중요한 것은 각급 당위원회의 관심과 지지 그리고 지도의 강화라고 판단하였다.

1952년 11월과 12월에 그녀는 착실한 준비를 통해 당중앙과 마오 주

---

67   1952년 5월에서 10월까지 각국여성대표에게 한 덩잉차오의 강화 참고.

석에게 연이어 여성사업과 관련된 몇몇 보고를 통해 도시와 농촌의 여성사업과 여성 아동 복지사업을 체계적으로 반영하고 당중앙에 여성위원회 조직 정비와 여성위원회에 대한 당위원회의 지도 강화에 대한 건의를 제출하였다.

1952년 11월 10일, 덩잉차오는 마오 주석과 중앙 서기처에 「도시여성사업 가운데의 일부 문제에 관하여」라는 보고서를 발송했다.

그녀는 보고에서 다음과 같이 말했다; 전국 도시의 한국전쟁, 반혁명 진압, '삼반(三反)'[68], '오반(五反)'[69], 각종 사회민주개혁 및 증산절약운동[70] 등을 통해, 전체 여성대중을 동원하여 가도(街道)여성대표회의를 전 지역에 조직하였다. 이미 가도여성대표회의는 기층정권이 정부법령을 관철하고 가정(街政)임무[71]를 완성하는 데 필요한 유력한 조수가 되었다. 이후 주민사업[72]을 훌륭하게 수행하고 기층정권을 공고히 하는 것을 여성연합회 임무 가운데 하나로 규정할 필요가 있었다. 여성을 조직하여 생산 부문에 참가시키는 사업에 있어 도시는 매우 큰 성과를 내었다. 그러나 대부분의 도시에서 여성을 조직하여 참가시킨 생산 분야는 그 종류가

---

[68] 역주: 공산당은 1950년 증산절약운동을 벌였으나 얼마 되지 않아 각급 당정기관의 간부들에게서 '삼해(三害)' 즉 독직, 낭비, 관료주의 현상이 나타났다. 따라서 12월 24일 정무원에 중앙절약검사위원회를 설치하고 반독직, 반낭비, 반관료주의 투쟁을 벌이게 하였다. 이것이 삼반운동인데 대중적인 심사, 고발 및 독백이라는 방법을 통해 진행되었다.

[69] 역주: 삼반운동에서 발전된 것으로 중국의 경제회복기 정치, 경제 건설에 일단 매듭을 짓고 그 동안 과도적으로 합법적 이윤을 보장받고 있던 사기업 내부와 일부 당정간부들의 부패에 의해 뇌물, 탈세, 국유자재의 절취, 노력과 시간 및 재료의 속임, 국가 경제 정보의 절취 등 '오독(五毒)'을 제거하자는 운동으로 1953년부터 시작된 3회에 걸친 5개년계획에 대비하는 일대 정지 작업이라 할 수 있다.

[70] 역주: 신중국 성립 초기 공산당은 근검 건국, 절약형 국가 건설이라는 지도사상을 주창하였고 이러한 사상적 지도 아래 전국적 규모의 거대한 대중운동을 전개하였다. 이러한 증산절약운동은 1949에서 1952년 사이에 돌출적으로 표현되었다.

[71] 역주: 건국 초기 중국공산당이 가도(街道)의 지역 단위에서 추진하는 정치 활동 임무를 가리킨다.

[72] 역주: 건국 초기 거주민을 대상으로 기층정권이 수행하는 활동의 총칭. 예컨대, 주민등록이나 주민 위원회 조직 등을 가리킨다.

충분하지 않았고 여성의 생산 기능 역시 뒤떨어져 교육 훈련이 필요했다. 여성은 문화학습에 매우 적극적으로 참가하였는데, 우리는 문맹 문제를 일소해야 할 뿐만 아니라 여성 부업·직업보습학교를 반드시 설치 운영하여 여성의 자생능력을 키워주어야 한다.

덩잉차오는 보고 가운데 도시여성사업의 발전이 여전히 불균형하여 대도시와 공업도시에서의 발전은 매우 빠르지만 중소도시에서는 비교적 느리다고 강조하였다. 시급 여성연합회기구는 제대로 정비되어 있지 못했고 일부 성여성연합회는 도시여성사업에 대해 제대로 파악하고 있지 못했으며 어떻게 지도 방법을 개선할 것인지가 해결해야 될 문제라고 지적하였다.

11월 12일 덩잉차오는 당중앙, 마오 주석에게 「공업 생산 가운데 존재하는 여성노동자 방면의 문제」 보고를 하였다. 보고는 국영공장 가운데 존재하는 여성노동자의 질병 증가와 아이 수유 및 임산부 보호 등의 문제를 반영하였다. 또한 개인이 경영하는 공장에서의 남녀노동자 임금 차이, 복지 후생 상의 남녀노동자 불평등, 임시 노동자, 아동노동자 등의 문제, 그리고 여성노동자의 사상교육과 조직지도 문제를 반영하였다.

12월 7일 덩잉차오는 당중앙, 마오 주석에게 「당면한 여성의 농업 생산 참가 상황과 반드시 해결해야 할 문제」 보고를 하였다.

덩잉차오는 보고에서 다음과 같이 말했다; 3년 동안 전국에서는 이미 대규모의 여성이 농업생산노동과 호조(互助) 합작사 조직에 참가하였다. 여성은 이미 조직되어 생산을 발전시키는 중요한 역량이 되었다. 그러나 이러한 여성사업에는 여전히 적지 않은 문제가 존재한다. 여성은 일반적으로 호조 합작사 조직 가운데에서 동일노동 동일임금이라는 민주권리의 혜택을 대부분 받지 못하였다. 예컨대, 남녀가 동등한 노동을 하여 동등한 효과를 냈지만 남자가 10점이면 여성은 5점, 6점으로 평가되었다. 이러한 문제를 해결하는 방법은 농업 노동의 정액(定額) 표준을 정하는 것이다. 호조 합작사 조직은 마땅히 적극적인 여성을 흡수하여 지도 역할을 부여해야 한다. 여성의 농업 생산 참가와 가정노동의 모순을 해결하여야 하고 농번기 탁아조직을 운영하고 정미, 제분, 재봉, 가공 등의 문제를 해결하며 여성의 가사노동 부담을 경감시켜야 한다.

12월 10일 덩잉차오는 당중앙, 마오 주석에게 「전국 여성과 아동의 복리사업에 관한 보고」를 제시하였다.

덩잉차오는 보고에서 가도탁아소에 대한 경비 보조, 농촌탁아조직에 대한 의약 보조, 보육 인원의 육성, 훈련 문제 해결을 희망하였다.

12월 16일 덩잉차오는 다시 당중앙, 마오 주석에게 「여성위원회 조직과 여성위원회 인선 정비 및 여성위원회에 대한 당위원회 지도 강화와 관련된 당중앙에 대한 건의(이하 「건의」)」를 제시하였다.

덩잉차오는 「건의」에서 다음과 같이 말했다; 현재 특별한 지구 이외에 전국적으로 성시 이상의 당위원회에는 이미 여성위원회조직이 건립되었다. 그러나 유명무실한 것이 많고 실제로 기능하고 있는 것이 적다. 여성위원회 성원 가운데는 다른 직책을 겸직하는 경우가 너무 많아 여성위원회에 대한 부담으로 작용하여 여성위원회 회의가 소집되기 곤란한 지경이다. 대부분의 지구여성위원회가 2,3년에 단지 한 두 차례의 회의를 개최했을 뿐이다. 여성위원회의 인선이 지나치게 자격과 경력을 강조한 나머지 오늘까지도 제대로 된 인선을 하지 못하였다.

덩잉차오는 지금 가장 시급히 필요한 것은 각급 여성위원회 기구를 조정, 정비하여 그로부터 사업을 개선하는 것이라고 지적하였다.

덩잉차오는 보고에서 여성사업에 대한 당위원회의 지도 개선을 건의하였다; 전 인력을 지정하여 항상적으로 관계하며 지도하는 것 이외에 각급 당위원회는 적어도 두 차례 이상 여성사업에 대해 토론해야 한다. 사업을 배치, 검사, 총결할 때 반드시 여성사업을 포함시켜 진행해야 한다. 여성사업에 관한 중요 결정과 1년 동안의 사업 계획과 종합은 반드시 당위원회 회의에서 토론을 거쳐야 하고 관련 부분에 통보하여 공동으로 진행되어야 한다. 여성위원회 서기 혹은 여성연합회 당조(黨組)[73] 서기는 당위원회 위원을 맡을 수 있고 또한 마땅히 당위원회에 참가하여 위원이 되어야 한다. 당위원회 위원이 될 수 없으면 당위원회 회의에 옵서버로 참관하여야 한다. 그럼으로써 그녀들은 사업 전반에 대해 이해할 수 있고 사업 능력을 양성, 제고시킬 수 있다. 각급 당위원회는 마땅히 정기, 부정기적으로 여성위원회 혹은 여성연합회 당조 사업을 검사하고 보고를 청취하고 혹은 전문 인력을 파견하여 중점적으로 조사를 진행해야 한다.

덩잉차오는 여성간부 육성교육을 일관되게 중시하였다. 그녀는 「건의」에서 다음과 같이 말했다; 각 지역에서는 최근에 비록 일군의 여성간부를 육성, 활용하고 있긴 하지만, 일부 지방 당위원회는 여성간부를 육성, 발탁하는 데에 있어 여러 방면에 대한 고려가 많고 대담하지 못하였다. 간부정책을 집행하는 과정에서 남존여비라는 봉건적 사상의 잔재가 남아 있다. 활용의 측면에서도 남성을 쓰기 원하고 여성은 필요로 하지 않았다. 미혼의 젊은 여성을 요구하면서 결혼하여 아이가 딸린 여성은 필요 없다고 하였다. 남성간부를 선발할 경우에는 대개 그 장점에 착안하여 사용하고 여성간부를 선발할 때는 대개 그 단점을 근거로 받아들이지 않았다. 일부 지방당의 조직 부분에는 일반적으로 병약하고 아이들이 많은 여성간부나 가족들을 여성연합회에 배치하였다. 그러나 여성연합회의 능력 있는 간부들은 항상 다른 곳으로 전출시키는 등 크게 신경 쓰지 않았다. 평가를 할 때 남성과 여성이 동등한 활동을 하여 동등한 능력을 발휘했는데 남성의 평가는 높고 여성의 평가는 낮았다. 여성위원

---

73 역주: 국가기관이나 민간단체 지도부 내의 당 조직으로, 그 부서에 관련된 당의 방침, 정책을 실시하는 책임을 진다.

회는 여성간부의 상황에 대해 전면적이고 체계적인 이해가 없었고, 여성간부를 발탁하는 문제에 있어서도 마찬가지로 열등심리가 작동하여 감히 대담하게 나서 쟁취하려고 하지 않았다.

이에 덩잉차오는 다음을 건의하였다; 각급 당위원회 및 조직부, 선전부는 계획적으로 여성당원을 육성, 교육시키고 여성당원 특히 고급 여성간부의 결점에 대해 엄격하게 비판해야 하며 그들의 곤란에 대해서 적극적으로 도움을 주고, 그들의 장점에 대해서는 더욱 발전시킬 수 있도록 돕는 데에 주의를 기울여야 한다. 당과 정부의 각종 교육훈련기관은 여성당원, 여성간부를 위해 적당한 할당액을 정해야 한다. 여성위원회는 당위원회의 여성간부 훈련, 육성, 활용, 발탁 등의 상황에 대해 주의하고 필요한 건의를 제출해야 한다. 간부의 활용 방면에서 남녀가 동등한 능력을 소유했으면 동등한 대우를 받아야 한다. 아이가 있는 여성간부에 대해서는 한편으로 그녀들을 교육하여 책임감을 수립하도록 하고 다른 한편으로는 아이의 문제를 가능한 한 해결하며 실사구시적으로 적당한 사업에 배치토록 한다. 여성사업 간부가 전출될 때에는 당위원회가 여성위원회에 통지하여 여성위원회의 동의를 얻어야 한다.

이와 같은 덩잉차오의 보고를 통해 당중앙은 적절한 시점에 여성사업의 상황에 대해 이해할 수 있었고, 여성사업은 당중앙의 관심과 지지를 획득하고 당의 지도가 개선되어 대대적으로 추동, 발전될 수 있었다.
덩잉차오는 당중앙에 올린 건의에서 중앙여성위원회 자체도 제대로 정비되어 있지 않음을 지적하였다. 신중국 성립 이후 여성위원회 위원장 쉬이멍치는 당중앙 조직부로 전출되었고 이후 부부장을 맡던 양즈화는 전국총공회 여성노동자 부장을 담당했으며, 부주석이었던 장친츄(張琴秋)는 방직공업부 부부장에 임명되었다. 덩잉차오는 중앙여성위원회와 각급 여성위원회를 정비하는 것이 현재 가장 시급한 일이라고 판단하였다.

그녀는 전국여성연합회 당조 동지와 함께 상의하여 여성사업회의를 개
최하고 이후 중앙여성위원회를 열어 여성위원회가 어떻게 여성사업을
제대로 수행할 수 있을지에 대해 토론하기로 결정하였다. 그녀들은 보고
서를 써 당중앙과 마오 주석에게 보냈다. 동시에 덩잉차오는 편지를 마
오 주석에게 보내어 여성사업에 대한 주석의 지시와 지원을 요청하였다.

마오 주석은 여성사업을 매우 중시하였다.

1952년 11월 14일 중난하이의 근정전(勤政殿)에서 마오 주석은 전국여
성연합회 당조성원 차이창, 덩잉차오, 장원(章蘊), 캉커칭, 류야슝(劉亞雄),
뤄츙, 쩡쉬옌즈(曾憲植)[74]를 접견했다.

마오 주석은 열정적으로 그녀들에게 앉으라고 청하고 차를 마시며 우
스갯소리를 하였다.

"오늘, 나는 여성부대[75]에 의해 포위당했군요! 문제가 있다면 거리낌
없이 다 말하세요."

이렇게 재미있는 말로 마오 주석이 이야기를 하자 전국여성연합회 당
조 동지들의 긴장된 마음은 이내 편안해졌다. 차이창이 중앙여성위원회
와 여성연합회 당조 상황에 대해 보고하였다. 덩잉차오는 도시여성의 생
산 참가와 여성사업에 대한 당의 지도 및 여성연합회와 노동조합의 관
계 등의 문제에 대해 간략하게 보고하였다. '유리한 유치'에 있었던[76] 마
오 주석은 제일 먼저 여성사업에 대한 당의 지도 문제에 대해 언급했다.
마오 주석은 단도직입적으로 말했다.

"여성위원회는 당의 조수입니다. 여성사업에 대한 여성위원회의 지도
는 마땅히 자료로써 당위원회에 보고되어야 합니다. 당신들은 신속히 여

---

74 뤄츙은 마오 주석이 그녀들을 접했던 상황에 대해 소개하였다.
75 역주: 원문은 '낭자군(娘子軍)'인데, 본래는 당 고조(高祖)의 딸 평양(平陽) 공주가 이
    끌고 고조의 천하 평정을 도운 군대를 가리킨다.
76 역주: 원문은 '고옥건영(高屋建瓴)'인데 높은 지붕 위에서 병에 든 물을 쏟는다는 뜻
    으로 의역하면 유리한 지대나 정세를 차지한다는 의미이다. 여성대표에 대해 비판
    하는 입장에 있는 마오쩌둥의 상황을 표현한다.

성위원회 기구를 정비하여야 합니다. 당신들의 '사령부'조차 제대로 정비되지 않은 상황에서 무슨 사업을 할 수 있겠습니까?"

덩잉차오는 마오 주석의 말이 비평이며 동시에 애정의 표시라고 느꼈다. 그녀는 바로 대답하였다.

"최근 몇 년 동안 여성위원회 구성원의 변동이 매우 컸고, 조직 역시 매우 큰 문제가 있었습니다. 우리는 과거에서 현재까지 몇 번에 걸쳐 중앙여성위원회를 정비해야 한다고 요구한 바 있습니다. 그러나 이런저런 상의를 하며 1년 내내 질질 끌면서 아직까지 해결하지 못했습니다."

마오 주석은 웃기 시작하였다.

"이것은 매우 쉬운 것 아닙니까? 당신들은 지금 그 명단을 내게 주도록 하세요."

덩잉차오는 약간 난처해 하면서 말했다.

"우리는 중앙조직부의 '쑤이 다제'(즉 쑤이밍치를 가리킨다.)와 명단을 상의하여 조속한 시일 내에 주석께 반드시 보고토록 하겠습니다."

마오 주석은 담배를 한 모금 피우고 고개를 끄덕이며 말했다.

"좋습니다. 당신들은 명단에 대해 잘 상의한 후 즉시 내게 제출하세요." 이어 그는 비판에 이어갔다.

"당신들은 항상 당위원회가 여성사업을 중시하지 않는다고 원망하면서, 오히려 당신들 스스로가 사업 방법에 대해 주의하지 않은 줄은 생각하지 않았습니다. 당신들은 당의 조수로서 완전한 권한과 책임을 갖고 문제를 제기하며 당의 명의로써 지시를 내리고 검사사업을 독촉할 수 있습니다. 당신들이 내게 읽으라고 보낸 자료는 매우 적습니다. 며칠 사이(11월 10일, 11월 12일)에 '샤오 차오' 동지가 도시사업과 여성노동자 문제에 관한 두 가지 자료를 내게 보내왔을 뿐입니다."

덩잉차오는 이 말을 듣고 서둘러 말했다.

"주석의 비판은 지극히 옳습니다. 우리에게는 한 가지 결점이 있습니다. 항상 자료가 완벽히 갖춰지기를 요구한다는 점입니다. 자료가 완전하지 않으면 당위원회에 보고하려 하지 않습니다. 그리고 자료가 다 갖춰지기를 기다리다가는 다시 시간만 흘러갑니다. 3년 동안 여성사업은 많은 성과를 내었습니다. 몇 차례의 커다란 정치운동에서 여성은 매우 큰 역할을 수행하였습니다. 기억하시겠지만 한국전쟁 지원 운동 과정에서 전국의 여성은 매우 큰 공헌을 하였습니다. 전국여성연합회가 이 운동에 대해 총결하려고 3월에서 6월까지 기다렸지만 자료가 여전히 제대로 갖춰지지 못했습니다. '오반'운동 가운데 상하이여성연합회는 가족사업에 대해 매우 적절한 총결을 하였고 그녀들은 관련 자료를 현지 당위원회에 보냈으며 후에 저희에게 비로소 전달되었습니다. 우리가 중앙에 보고할 때 겨우 이 운동의 꽁무니를 따라잡을 수 있었을 뿐이었습니다. 우리는 가까이 베이징시여성연합회에 대해서조차 제대로 파악하고 있지 못합니다. 주석, 우리의 사업에는 분명히 많은 결점이 있습니다. 주석의 엄격한 요구와 엄격한 비판, 이것은 우리에 대한 최고의 질책이며 도움입니다. 단지 각지 여성연합회 동지들의 요구를 반영하여 전달하자면 그녀들 역시 사업상의 어려움이 있습니다. 그녀들은 제대로 소통이 되지 않아 당위원회에 건의를 할 수 없을 뿐만 아니라 심지어 어떤 때는 누구와 만나기도 어렵다고 합니다."

마오 주석은 다시 한 번 웃기 시작하더니 이어 정중하게 말했다.

"어떻게 말해야 할 지 모른다고 말하지 않는 것입니까? 여성사업에 주의를 기울이지 않는 사람이 있다면 그에게 당신들은 더 많은 자료를 보내야 합니다. 첫째 보내고, 둘째 재촉하고, 셋째 비판하며 관료주의의 오류에 대해 말해야 합니다! 사람들이 당신들을 만나주지 않는다면 당신들은 사무실 문밖에서 기다리세요. 그가 만나줄 때까지 기다려야 합니다. 결국 당신들의 사업 방법이 그동안 충분하지 않았다고 할 수 있겠군요."

덩잉차오는 재빨리 인정하였다.

"주석의 비판은 매우 옳습니다. 우리는 확실히 당의 기구와 정부기구를 통해 여성사업을 원만하게 추진하지 못했습니다. 어떤 때에는 일부만 그렇게 추진했고 어떤 때에는 생각하지도 못했습니다. 우리들의 사업 방법 중 잘못된 부분에 대해서는 이후 반드시 개선하도록 주의하겠습니다.”

여성연합회와 노동조합의 관계에 대해 마오 주석은 말했다.

“당신들은 노동조합과 적절하게 상의하여 일을 처리했습니다. 모두가 당과 인민을 위해 사업을 하는 것인데 해결하지 못할 문제가 어디에 있겠습니까?”

그는 류야슝에게 말했다.

“당신이 맡고 있는 도시여성사업의 경우, 당신은 중화전국총공회(中華全國總工會)[77] 라이뤄위(賴若愚) 동지와 상의하도록 하세요.”

대화를 하는 과정에서 회견에 참여한 다른 동지들도 발언하였다. 회견을 마치고 마오 주석은 매우 예의를 갖춰 그녀들을 전송하면서 웃으며 말했다.

“언제든지 나를 찾아오는 것을 환영합니다. 만약 내가 만나주지 않으면 내가 관료주의의 오류를 범하고 있다고 말해도 좋습니다!” 모두는 일제히 웃기 시작하였다.

마오 주석과의 접견과 대화를 통해 덩잉차오와 여성연합회 동지들은 매우 크게 고무되었고 또 자신감을 갖게 되었다. 그녀들은 즉시 중앙여성위원회, 여성위원회 상임위원, 전국여성연합회 당조 명단을 작성하고 중앙조직부장 안쯔원(安子文)과 쒀이밍치와 상의하여 명단을 확정하고 당 중앙과 마오 주석에게 상신(上申)하였다. 마오 주석은 그 다음날 바로 명단을 비준하였다. 덩잉차오은 마오 주석이 이렇게 신속하고 과감하게 일을 처리하고 또 여성사업에 대해 깊은 관심을 기울이는 모습을 보며 진

---

77 역주 : 중국노동조합의 전국 조직을 가리키며 약칭하여 전총(全總)이라 한다. 1925년 5·30사건을 계기로 노동조합운동의 기운이 고조되면서 광저우에서 열린 제2회 전국노동대회에서 중국공산당의 주도로 결성되었다. 이후 반제·반봉건 신민주주의 혁명의 진전과 함께 중국 노동운동의 최고지도기관이 되었다. 1929년 장제스에 의해 불법화되었다가 1948년 하얼빈에서 열린 제6회 전국노동대회를 통해 부활, 신정부 수립에 한몫을 하였다.

정 배워야 할 만한 가치가 있는 일이라고 느꼈다.

당중앙과 마오 주석이 비준한 중앙여성위원회, 여성위원회상임위원회 및 전국여성연합회 당조 명단에는 전국여성연합회의 당원책임간부, 각 대행정구(各大行政區) 및 베이징, 상하이, 톈진 3대도시여성연합회의 당내 책임간부가 포함되었고 또한 당, 정, 군, 노동조합, 청년단 등 각 부분에서 사업을 지도하는 여성간부가 포함되었다.

중앙여성위원회상임위원 겸 전국여성연합회 당조 성원은 차이창, 덩잉차오, 장원(章蘊), 캉커칭, 뤄춍, 차오관췬(曹冠群), 쩡쉬엔즈, 티엔슈쥐엔(田秀娟), 궈밍츄(郭明秋), 천순잉(陳舜英), 리바오광(李寶光)이 있었고, 중앙여성위원회서기 겸 전국여성연합회 당조 제1서기는 차이창, 제2서기는 덩잉차오, 제3서기는 장원이었다. 장원은 1920년대에 입당하여 해방 초기에 화동(華東)여성연합회주석을 맡아 활동하면서 매우 좋은 능력을 발휘하여 후에 전국여성연합회로 전출되었다. 차이창과 덩잉차오 모두 건강이 그다지 좋지 못했기 때문에 전국여성연합회의 일상적인 업무는 장원이 주재하였다.

중앙여성위원회의 조직 진용이 크게 강화되었기 때문에 차이창, 덩잉차오와 전국여성연합회 및 각지여성연합회 동지들은 매우 만족하였다. 덩잉차오는 중앙여성위원회가 당중앙과 마오 주석의 기대를 저버리지 않고 당중앙이 전국여성운동을 지도하는 데에 조수 역할을 훌륭하게 수행하여 여성운동을 크게 진전시키며 발전시켜 나갈 것임을 희망하고 또 그렇게 될 것이라 믿었다.

96. 여성위원회의 지도 정비와 사업 방법의 개선

전국여성연합회는 1952년 11월 20일에서 12월 4일에 걸쳐 여성사업회의를 개최하였다.

11월 16일에 덩잉차오는 각지 여성사업대표단 중 당원대표와 전국여성연합회의 당원에게 여성사업에 대한 마오 주석의 지시를 전달하였다.[78]

덩잉차오는 마오 주석의 관심 아래 중앙여성위원회, 여성위원회상임위원과 전국여성연합회 당조 명단이 이미 중앙의 비준을 받았으며 조직부가 당중앙의 명의로 각급 당위원회에 통지했다고 말했다. 덩잉차오는 즉시 중앙여성위원, 여성위원회상임위원 그리고 전국여성연합회 당조의 명단을 선포하였다. 말이 끝나자 회의장 전체에서 열렬한 박수소리가 터져 나왔다.

덩잉차오는 중앙여성위원회에 대해 보여준 모두의 믿음과 지지에 대해 감사하였다. 그녀는 웃으며 다음과 같이 말했다; 국민혁명시기 입당한 류야슝(劉亞雄) 동지는 원래 중앙여성위원회 상임위원을 맡고 있었는데 전국여성연합회가 매우 쉽게 그녀를 차출할 수 있었다. 그러나 이제 그녀를 중앙인민정부 노동부 부부장으로 보내야 했다. 여성이 정부기관에 참여하여 활동하는 것은 매우 중요하다. 각급 여성연합회는 이에 모두 주의해야 하는데 특히 고급간부로서 필요하다는 요구가 있다면 바로 보내야 한다. 여성연합회 간부 역시 자체적으로 발탁할 수 있다. 현재 우리 여성연합회에서는 '다제'가 '중제(中姐)'를 누르고, '중제'는 또 '샤오제(小姐)'를 누르고 있는 상황이다.[79]

---

78 1952년 11월 16일 전국여성사업회의 예비회의에서 발표한 당원 간부에 대한 덩잉차오의 강화 기록 원고 참고.

79 역주 : '다제', '중제', '샤오제'는 각각 여성연합회 내 여성들 사이에 존재하는 연령 차

여기까지 듣고 나니 회의장에서는 유쾌한 웃음소리가 다시 터져 나왔다. 많은 사람들이 덩 다졔의 연설이 생동감이 넘치고 재미있다고 쑤군거렸다.

덩잉차오는 이후 계속해서 여성연합회가 대량으로 간부를 발탁하여 송출시켜야 한다고 했다; 류야슝 다졔가 떠나는 것은 우리 여성연합회 조직의 입장에서 보면 핵심인원이 한 명 줄게 된 것이지만 전국 노동여성의 이익에서 보면 아주 큰 작용을 하게 될 것이고 여성의 이익과 여성 취업 방면에서 더욱 유리하게 작용하게 될 것이다. 우리는 이러한 이익에 따라야 한다.

덩잉차오는 또 다음과 같이 말했다; 마오 주석이 강조하였듯이 사업 방법에 주의해야 한다. 3년 동안 우리는 적지 않은 사업을 수행하였다. 결점은 사업에 대해 총결하지 못하고, 중심사업과 결합하는 과정에서 여성사업을 연구하여 사업을 한 단계 발전시켜야 한다는 사실에 대해 제대로 이해하지 못했다는 점이다. 우리는 사업 방법 문제를 진지하게 해결해야 한다. 그 하나는 여성대중에 대한 여성연합회 조직의 사업 방법이고 다른 하나는 여성사업 부문에 대한 당의 사업 방법이다. 여성대중의 사업 방법에 대해서는 모두 마오 주석이 쓴 「대중생활에 관심을 기울이고 사업 방법에 주의해야 한다」를 읽고 참고할 수 있을 것이다. 모든 대중문제에 대해 우리는 마땅히 관심을 기울이고 토론해야 하고 토론하면 반드시 결론이 있어야 하며 결정이 되면 실행해야 하고 실행하면 다시 검토하여 종합해야 한다. 3년 동안의 여성대중 사업과 여성연합회 사업은 모두 일정의 경험을 축적하였다. 현재 그것을 체계화시켜 비교적 완전한 사업방법을 형성해야 한다.

이를 가리킨다. 나이 많은 '언니'들이 조직 안에 정체되었음을 의미한다.

덩잉차오는 간곡하게 의미심장한 말을 하였다; 어떤 사람은 여성사업이 제대로 수행되지 못했고 당위원회도 중시하지 않는다고 말한다. 또 어떤 사람은 이것이 간부가 너무 적기 때문에 그러하다고 이야기한다. 설사 당위원회가 중시하지 않는다고 해도 우리는 어떻게 그로부터 관심을 이끌어낼 수 있을 것인가? 간부가 적어 사업이 분망하다면 적당히 그 수를 증가시켜 해결할 수 있을 것이다. 이를 제외하고 사업 방법, 사업 효율, 사상문제가 남아 있다. 우리 여성사업은 당위원회 사업의 일부분이며 당위원회가 중시해야 하지만 우리 스스로가 먼저 여성사업을 중시해야 비로소 사람들의 관점을 변화시킬 수 있다. 다음으로 사업 방법에 주의해야 한다. 주석이 우리에게 지시하였듯이 여성위원회가 사업을 잘 수행하려면 반드시 사업 방법을 개선하고 첫째 보내고(보고하고 의견을 제시한다), 둘째 재촉하며(당위원회에 공문을 읽고 지시하거나 수정하라고 답변을 요구하다), 셋째 비평해야 한다.(당위원회가 미루며 답변하지 않으면 비평해야 한다) 또한 당위원회의 명의를 잘 활용하여 당위원회를 통해 당의 각 중요 부분을 지도하여 여성사업에 대한 지도를 강화하도록 해야 한다.

덩잉차오는 계속해서 말했다; 여성사업회의는 전국여성의 생산, 문화 교육, 위생복리 방면에 대한 문제를 해결하고 또한 중국이 제1차5개년 건설계획이 시작되는 시점에 여성사업을 어떻게 전개할 것인지에 대해 연구해야 한다. 공업과 농업 증산을 막론하고 2억 여성의 역량을 동원해야 한다. 따라서 모두에게 여성사업을 중시하라고 요구하기에 앞서 스스로 그것을 중시해야 하고 여성사업을 훌륭하게 수행하여 여성의 역량을 표현하여야 비로소 여성을 경시하는 사람들의 습관을 변화시킬 수 있다. 마오 주석은 우리에게 첫째 보내고 둘째 재촉하며 셋째 비판하라고 지시하였다. 사업에 대해 불안해하기 때문에 그에 대해 책임을 질 수도 없으면서, 보내지도 않고, 적극적으로 재촉하지도 않으며, 용기를 내어 비판하지도 않으면서 그저 전근만 요구하였다. 하지만 당신이 전근하여도 여성문제는 여전히 존재한다. 이상 많은 사상문제는 결국 전력을 기울여 인민을 위해 복무한다는 사상을 수립하지 않은 개개인의 문제로 귀결된다. 우리는 항상 남성동지가 여성사업을 방치한다고 비판하지만 우리 스스로도 여성사업을 방치해서는 안 된다. 우리는 단지 하루도 여성사업의 현장에서 벗어날 수 없고, 여성사업을 제대로 수행하여 당과 2억 여성동포에 대해 책임을 져야 한다.

덩잉차오는 마지막으로 마오 주석의 「대중생활에 관심을 기울이고 사업 방법에 주의해야 한다」 가운데 쟝시(江西) 싱궈(興國)현 동지들이 사업을 잘 하였다고 지적한 다음의 말을 인용하였다. "그들은 혁명 방법 문제와 임무 문제를 동시에 해결하였다. 그들은 거기에서 진지하게 사업을 진행했고, 또 상세하게 문제를 해결했다. 그들은 혁명 앞에서 진정으로 책임을 다했다. 그들은 혁명전쟁 가운데 매우 훌륭한 조직가이며 지도자였고 그들은 또한 대중생활의 매우 훌륭한 조직가이자 지도자였다."[80]
덩잉차오는 자신들 역시 여성대중의 생산과 생활의 조직가와 지도자가 되어 당과 대중의 위임과 공산당원으로서의 책임을 저버려서는 안 된다고 소리 높여 외쳤다.
전국여성사업회의 당원대회에서 행한 덩 다졔의 열정적이고 적절한 연설은 여성사업을 하는 당원 지도간부들에게 매우 큰 감동을 주며 교육적 효과를 상승시켰다. 그녀의 말들은 거울처럼 그녀들의 마음을 비추었고 또 호각소리처럼 그녀들을 힘껏 전진하도록 불러 세웠다.
11월 20일 덩잉차오는 여성사업회의 다음과 같은 개막 연설을 하였다; 문제를 고려할 때 수많은 여성대중 가운데 존재하는 절박한 수요를 어떻게 해결할 것인가라는 문제보다 그 상위에 반드시 사상문제를 위치시켜야 한다. 여성연합회가 어떻게 대중 가운데에서 사업을 진행할 것인가

---

80   『毛澤東選集』第1卷, 人民出版社, 1991.6, 第2版, 140쪽.

를 연구해야 하고 당의 지도와 정부의 지지를 어떻게 획득할 수 있으며 각급 여성연합회의 사업을 어떻게 개선하고 제고시킬 것인가에 대해 연구해야 한다. 또한 학습을 중시하고 사업 방법을 개선해야 한다.[81]

덩샤오핑은 당중앙과 마오 주석의 위임을 받아 회의에서 정치보고를 하였다. 리웨이한(李維漢)은 민족정책보고를 하였다. 덩잉차오는 「전국민주여성연합의 국제 활동에 관한 보고」를 하였다. 장원은 「현재 여성사업 문제에 관한 보고」를 하였다. 류야슝, 캉커칭은 각각 도시여성사업, 아동복리, 모자위생사업에 관한 특별 발언을 하였다. 인도 친구 짚타 부인은 인도 여성운동에 대해 소개하였다.

모든 사람들은 당중앙이 중앙여성위원회를 명확히 성립시키고 각급 여성위원회 조직을 정비하겠다는 것에 대해 적극적으로 지지하고 이것이 이후 여성사업을 강화시키는 열쇠 역할을 수행하게 될 것이라 생각했다. 중앙 및 각지 여성위원회 책임자 동지는 마오 주석의 지시에 따라 모두 자기비판을 진행하였다. 모두는 마오 주석의 지시를 결연하게 집행할 것이며 사업 방법을 개선하겠다는 의사를 밝혔다.

각 지역의 대표는 경험을 교류하고 사업을 총결했으며 사상과 인식을 제고하고 이후 방침과 임무를 명확히 하며 사업 방법에 대해 학습하였다.

덩잉차오는 국제 활동에 관한 보고를 통해 지난 2년간 진행된 전국여성연합회 국제 활동의 성과에 대해 소개하고 국제사업을 국내사업과 기계적으로 분리하거나 국제사업을 신비화, 통속화시키거나 또한 거기에서 만들어지는 보수, 회피, 고식적 대응 등의 협소한 사고방식에 대해 비판하며 대표들에게 사고의 방향을 제시하였다. 모두는 국제여성운동에 대한 책임감을 강화하였고 이후 적극적으로 중국여성사업의 성과와 경험을 선전하여 국제적인 교류를 통한 단결 사업을 잘 수행하겠다고 잇

달아 자신들의 의견을 나타냈다.

회의가 끝난 뒤 덩잉차오는 다시 강화를 통해 모두가 학습을 중시하고 단결을 강화하며 사업 방법을 연구, 개선하고 업무에 대해 깊이 연구하여 정치와 업무 수준을 제고시켜야 한다고 요구하였다.

12월 14일 덩잉차오는 여성사업회의 보고를 당중앙과 마오 주석에게 보냈다.

보고에서 덩잉차오는 다음과 같이 말했다; 회의에서는 여성사업의 총 임무가 대규모의 경제건설과 문화건설의 수요에 맞춰 여성을 더욱 조직, 동원하여 신중국 건설에 참가시키고 적극적으로 여성을 공업과 농업 생산 및 문화학습에 참가시키며 진로 상에 존재하는 사상, 사회, 가정, 그리고 여성 자신으로부터 비롯되는 모든 장애물을 깨끗이 제거하는 것이라는 사실을 명확히 함으로써 주요 문제를 해결하였다.

현재 여성사업의 중점은 계획적으로 경제, 문화 건설과 결합하여 여성대중의 문화, 정치교육과 사상사업을 강화하는 것이다. 구사회로부터 잔존하는 봉건사상과 습속, 예컨대 포판혼(包辦婚)이나 매매혼, 부권사상, 여성에게 가하는 구타나 욕과 같은 학대 악습, 여성 무시 등의 관행을 반드시 없애야 한다. 여성연합회는 여성의 합법적 권리를 반드시 옹호하고 남녀평등을 실현하며 봉건잔존사상을 없애기 위해 투쟁하는 전투조직이다. 또한 위생부문과 협조하여 여성아동보건과 아동보육사업을 전개하여 국가 건설의 수요에 호응해야 한다.

덩잉차오는 보고 가운데 여성사업회의가 끝난 뒤 중앙여성위원회회의와 전국여성연합회 1기4차집행위원회를 개최하고 또 1953년 4,5월 사이에 중국여성제2차전국대표대회를 개최하기로 결정했다고 말했다.

97. 국가건설에 참가하는 것이 여성운동의 중심임무이다

덩잉차오는 전국여성연합회 동지들과 함께 중국여성제2차전국대표대회 소집을 긴장 속에 준비하였다. 이때 차이창은 소련에서 치료 중이었기 때문에 덩잉차오의 부담은 더욱 컸다.

1953년 중국은 제1차5개년 건설계획을 시작하였다. 전국은 변화와 건설의 새로운 시대에 접어들었고 상하 모두 한 마음이 되어 그 열기가 대단하였다.

1953년 4월 15일부터 23일까지 중국여성제2차전국대표대회가 중난하이 화이런탕에서 장엄한 분위기 속에 개최되었다. 이번 대회에는 전국 6개 대행정구대표단, 중국인민해방군과 중국인민지원군대표단, 화교여성대표단, 중앙직속기관여성간부대표단이 참가하였다. 대표 중에는 공업, 농업 생산 과정과 각종 건설 사업에서 배출된 노동모범과 적극분자가 포함되었고, 소수민족지구의 25개 민족여성대표 및 각 민주계층 여성대표가 있었으며 또한 각지 여성연합회와 각 민주여성단체의 책임간부와 여성사업자가 포함되어 있었다. 여성대표는 제1차여성대표대회 때보다 더욱 많이 확대되었다. 대회에 출석한 대표는 총 916명이고 열석 대표는 244명이었다.

전국여성연합회 부주석 쉬광핑이 개막사를 통해 이번 대회가 지난 4년 동안 진행된 여성운동의 성과와 경험을 종합하고 이후 여성운동의 방침과 임무를 제정하게 된다고 설명하였다.

덩잉차오는 전국여성연합회를 대표하여 「4년 동안 진행된 중국여성운동에 대한 기본적인 총결과 향후 임무」 보고를 하였다.

덩잉차오는 4년간의 중국여성운동 성과에 대해 개괄적으로 보고하였다,

4년 동안 중국여성운동은 이미 높은 성적을 거두었으며 수많은 여성대중의 각오가 대개 향상되었다. 전국의 각 성, 시 및 절대 다수의 현에

서는 이미 민주여성연합회가 건립되었다. 각 사업 단위에서 사업하는 여성간부는 대략 34만 명에 이르고 여성사업을 전문적으로 담당하는 간부는 약 4만여 명에 이르렀다.

수많은 농촌여성은 남성과 함께 토지개혁을 진행하고 남성과 똑같이 토지를 분배받았으며 농촌 노동여성 총수 가운데 실제 농업생산에 참가하는 여성의 비율이 증가하였다. 공업생산에 참가하는 여성노동자 수 역시 점차 증가하였다.

신중국은 여성의 정치 권리를 보장하였다. 향, 현, 시 각계 인민대표 가운데 여성대표는 대표 총수의 대략 12%에서 22% 정도를 차지하였다. 정부사업 인원 가운데 여성 향장이 가장 많고, 여성 현장, 부현장, 법원정·부원장도 적지 않았다. 성, 시, 대행정구에서도 여성은 성 정부 부주석, 전원(專員)[82], 청장을 맡았다. 중앙인민정부 가운데 부주석, 정부부장, 정부 사국장(司局長) 같은 자리를 총 60여 명의 여성이 담당하였다.

중국여성은 남성과 동등한 교육 기회를 얻었다. 1952년 서남구(西南區) 통계에 따르면 대학, 전문대학에서 여학생은 전체의 32%를, 중·고등학교에서는 38%를 차지하였다. 각지에서 운영하는 민교(民校)[83], 식자반에서 여성 수강생은 전체의 30%에서 50% 정도를 점하였고 많은 여성들이 교육사업을 담당하였다. 의료사업과 애국위생운동에서 여성은 더욱 중요한 역할을 수행하였다.

신중국 성립 후 남존여비의 봉건사상과 전통 습속은 변화하였고,『혼인법』공포 이후 자유혼인을 통해 이룬 가정이 전국에 걸쳐 많아졌다.

신중국의『노동보호조례』는 여성노동자에게 56일 동안의 산전 산후 휴가와 임금 보존을 규정했다. 인사부는 1951년 6월 직원 채용을 공포할 때 임산부 채용 금지 규정을 제정해서는 안 된다고 기관에 공포했다. 전

---

[82] 역주: 성, 자치구의 인민위원회가 파견한 전구(專區)의 책임자.
[83] 역주: 농한기를 이용하여 운영하는 농민학교 혹은 인민공사(人民公社)가 설립한 성인학교를 가리킨다.

국적으로 이미 조산소, 모자보건실, 3만의 산부인과병원이 건립되었고, 조산원 269,000여 명이 훈련을 받았다. 공장기업이나 기관 및 농촌에서의 탁아조직 역시 매우 발전하였다.

중국여성은 국제여성의 진보적 활동에 적극적으로 참가하여 53개 국가의 여성과 교류관계를 맺었다. 중국여성은 이미 세계 여성들의 평화와 민주운동을 위한 중요한 역할을 수행하게 되었다.

덩잉차오는 4년 동안 진행된 중국여성운동의 주요 경험을 다음과 같이 종합하였다; 여성해방운동을 국가와 인민의 모든 사업과 결합시켜야 했다. 우리는 여성을 조직하고 동원하여 생산에 참가시키는 것을 중심사업으로 삼아 집행하였으며 중국여성이 점차 신중국의 건설자가 되게 하였다. 동시에 여성들을 동원하여 문화교육, 의무위생, 아동보육 등의 사업에 참가시키고 생산 발전을 위해 복무하게 하였다.

여성을 동원하여 중심사업과 공업, 농업 생산에 참가시킬 때, 여성에게 절실한 이익을 보호하는 데에 주의했고, 여성의 특수한 곤란, 예컨대 육아와 가사 부담의 곤란 및 여성의 특수한 심리상태에서 오는 곤란 등에 대해 고려했다. 중심사업과 생산사업에 대한 여성의 참가를 가로막는 봉건 잔존사상과 전통 습관에 대해서는 반드시 시비를 가려 비판을 가했다.

각급 민주여성연합회가 사업을 진행할 때 적당한 사업 방법을 강구했다. 주동적으로 관련기관이나 단체와 연합하여 역할을 나누고 협력하였으며 다함께 특정 여성문제나 특정시기의 여성사업 임무를 완성했다.

덩잉차오는 수많은 여성을 동원하고 조직하여 공업이나 농업 생산 및 각 방면에 걸친 국가 건설에 참가시키는 것이 이후 여성운동의 중심임무라고 말했다.

덩잉차오는 이 중심임무를 위주로 하는 여성사업에 대해 상세하게 논술하였다; 도시에서 민주여성연합회는 노동조합을 도와 여성사업을 진행해야 하며 여성노동자를 동원, 조직하여 애국증산절약운동에 적극적으로 참가시키고 노동조합이 여성노동자의 안전 생산, 노동보호, 탁아 문제 등을 잘 해결할 수 있도록 독촉하고 또 협조해야 한다.

지식인 여성, 여성과학기술자, 문화교육자, 의료위생 종사자를 교육하고 조직하여 공장과 농촌의 대중 속으로 깊이 침투시켜 생산을 위해 봉사하도록 해야 한다.

직공(職工)[84]가족사업과 가정여성사업은 도시여성사업의 중요한 부분이다. 민주여성연합회는 수많은 가정여성과 가족을 교육하여 가사노동을 잘 하도록 하고 학습을 강화하며 정치문화 수준을 향상시키고 조건을 잘 갖추게 하여 일단 국가가 필요로 할 때 적절하게 각 건설사업에 참가할 수 있어야 한다.

농촌에서는 여성을 동원하고 격려하여 애국증산운동에 적극적으로 참여시키고 지원 원칙 아래 농업호조협력운동에 참가시키며 농업기술을 학습시키고 그 수준을 향상시킨다. 민주여성연합회는 농촌여성을 도와 농촌 부업 생산과 수공업 생산을 증진시키고 공소사(供銷社)[85] 등 유관 부문과 협조하여 원료 공급과 상품 판매에 지원하고 생산 기술과 상품 규격 방면에서 지도한다. 유목지역에서는 여성과 남성을 똑같이 동원하고 조직하여 역할을 나누어 협력하여 목축생산을 발전시킨다.

또 덩잉차오는 다음과 같이 말했다; 농촌여성을 동원하여 농업생산에 참가시킬 때 반드시 그녀들이 가족 구성원의 역할 분담을 잘 하도록 도와줄 뿐만 아니라 서로 단결할 수 있도록 도와서 생산을 증진시키며 나아가 가정생활도 잘 할 수 있도록 해야 한다. 가능하면 완전한 자원이라

---

84 역주: 직원과 공원의 총칭. 관리직과 생산직 직원을 일컫는 말.
85 역주: 공급과 판매를 관장하는 합작사를 칭함. 생산도구와 소모품을 공급하고 제품을 판매하는 순수 상업활동을 전개하는 조직을 가리킨다.

는 전제 하에서 농번기 탁아소나 탁아조(托兒組)를 조직할 수 있다. 그러나 일부 지방에서는 농촌에 큰 식당을 운영하고 집단적으로 돼지 사육을 하는 등 농촌여성을 한꺼번에 가사노동에서 완전히 벗어나게 하려는 시도가 있었는데 이것은 분명히 통용될 수 없는 방식으로 따라서 절대 잘못이고 또 절대 해가 된다.

일관되게 실사구시적으로 덩잉차오는 강조했다; 반드시 소농경제의 사유와 분산이라는 특징에 근거할 때, 집단농민과 도시노동자에 대한 방식을 가져다가 소생산의 개별 농민에게 적용하려는 어떠한 시도도 분명히 실패할 것이고 호조조직 혹은 합작사에 참가하고 있는 농민에게 적용하려는 것도 역시 적합하지 않아 실패를 면할 수 없을 것이다. 농촌여성사업에 종사하는 동지들은 이 두 가지 사실에 대해 반드시 기억해야 한다.

여성을 동원하여 생산에 참가시킬 때 반드시 남녀 동일노동 동일임금의 원칙을 실현하고 여성의 특수한 어려움에 대해 고려해야 한다. 인민정부 위생부와 협조하여 아동보육과 모자 위생 사업을 전개하고 조산원과 보육원을 대량으로 교육 훈련시키며 생산의 제고에 따라 여성·아동 복지사업을 발전시키고 모자 건강을 보호해야 한다.

여성대중 가운데 교육학습운동을 보편적으로 전개하여 점차 문맹을 해소하며 문화교양 수준을 높이고 생산기술과 사회봉사의 기량을 배우고 익히게 한다.

다민족지구에서는 반드시 민족 평등, 민족 단결 정책을 관철, 집행하고 각 민족의 여성간부 양성에 관심을 기울여야 한다. 각 민족의 특징에 근거하여 중심사업과 결합시키고 점진적으로 여성사업을 추진하며 한족 거주지역의 경험과 방법을 기계적으로 적용해서는 안 된다.

중국여성은 더 나아가 세계 각국 여성과의 관계를 확대하고 강화하며 국외 친구들과의 단결사업을 잘 진행하며 모든 피압박민족여성의 자유와 평등을 위한 투쟁에 관심을 기울고 지원하여야 한다. 또한 세계평화와 여성아동의 행복한 생활을 쟁취하고 보호하기 위해 적극적으로 투쟁해야 한다.

이상의 임무를 완성하기 위해 덩잉차오는 다음과 같이 말했다; 전국의 모든 민주여성조직과 여성사업자는 반드시 사업 방법과 사상 태도를 개선하고 공장 기업과 농촌으로 깊이 들어가며 가도(街道) 주민 속으로 파고들어 더욱 더 도시와 농촌의 수많은 여성대중을 조직해야 한다. 사업방면에서는 공산당과 인민정부의 지도를 더 잘 받아야 하고 유관부문이나 단체와 더 잘 결합, 협력하여 사업을 진행해야 한다. 더 중요한 것은 조사, 연구를 강화하여 현재 현지 여성의 실제상황에 맞게 차근차근 전진하며 전형(典型)을 확보하고 경험을 종합하여 편협 되지 않게 추진해야 한다. 아울러 타인에 대한 비평과 자기비판을 전개하고 아래로부터 위로의 비판을 중시하고 지지하며 사업에서 관료주의와 명령주의를 수시로 방지하고 극복해야 한다.

덩잉차오는 전국여성연합회의 사업에 대해서 솔선하여 절절한 자기비판을 감행하였다. 그녀는 다음과 같이 말했다. "전국여성연합회 사업에 존재하는 엄중한 결점과 착오는 대중에서 이탈하고 실제에서 이탈하는 관료주의의 오류이다. 우리는 각급 민주여성연합의 사업 지도에 대해 단지 일반적인 호소만 했지 구체적인 지시를 내리지 못했고 사업 배치만 했지 주도면밀하게 검사하거나 시의 적절하게 총합하지 못했다." 그녀는 반드시 관료주의의 폐해를 극복하여 여성사업을 앞으로 발전시키며 더 많은 성적을 거둬야 한다고 했다.
회의대표들은 충분한 시간을 갖고 검토하여 덩잉차오가 전국여성연합회집행위원회를 대표하여 작성한 보고에 동의하였으며, 이후 여성운동의 결의를 통과시켰고, 중화전국민주여성연합회장정 수정안을 통과시

켰으며, 차이창, 덩잉차오 등 125명으로 구성된 전국여성연합회 제2기집
행위원회 위원을 선출하였다. 이어 집행위원회가 개최되어 쏭칭링, 허샹
닝을 전국여성연합회의 명예주석으로 선출하고 차이창을 전국여성연합
회 주석, 덩잉차오, 리더취엔, 스량, 쉬광핑, 장윈을 부주석으로 선출하였
다. 장윈은 비서장을 겸임하였다.

긴장된 회의가 끝나자 덩잉차오는 과로로 병에 걸렸다. 비록 회의가
개최되어 큰 성과를 거두긴 했지만 중요한 것은 회의 이후에 어떻게 사
업을 관철, 집행할 것인가가 문제라는 것을 그녀는 잘 알고 있었다. 전국
과 각급 여성연합회간부를 반드시 조직하여 수많은 여성을 착실하게 단
결시켜 열심히 일하도록 노력해야 하며, 그녀 자신도 조금도 나태해서는
안 되었다.

98. 해당화, 단풍, 작약에 깊은 정을 담아 전하다

베이징의 봄기운이 한결 짙어졌다. 한밤에 봄비가 내린 후 중난하이
시화팅의 정원에는 해당화가 만발하였다. 분홍빛깔 꽃송이들이 만발하
였고 아름다운 자태를 뽐내며 바람에 몸을 맡긴 가지는 마치 정원 주인
에게 인사라도 하는 듯 이리저리 흔들렸다. 덩잉차오는 해당화 나무 아
래 여기저기를 거닐었다. 그녀는 해당화가 뭇꽃(群花)이라 언라이가 좋아
한다는 사실을 알고 있었다. 매년 해당화가 피면 언라이의 사업이 더 바
빠졌지만, 그녀는 친구들과 함께 그 꽃을 감상하였다. 그러나 올해 해당
화가 피었을 때에는 그는 그녀 곁에 있지 않았다.

저우언라이는 어디로 갔는가? 때는 1954년 봄, 저우언라이는 스위스
제노바에서 중국, 소련, 미국, 영국, 프랑스 등이 중심이 되어 연 중요 국

제회의에 참석 중이었다. 회의는 4개월 동안 열렸다. 전반부에는 한국전쟁에 대한 논의를 통해 문제를 해결했고, 후반부에는 인도차이나의 평화 회복 문제에 대해 토론하여 두 개 항의 합의에 도달하였다. 이상과 같은 성과는 저우언라이의 수많은 노력이 응축되어 나타난 것으로 그의 원칙성과 융통성이 교묘하게 결합된 투쟁 예술을 잘 보여주고 있다. 긴장된 전투가 계속되는 하루하루 그는 식사도 제대로 하지 못하고 잠도 제대로 자지 못한 채 밤낮 없이 사업을 계속하였다. 이것은 신중국총리가 처음 참석하는 중요 국제회의였고, 서로 첨예하게 대립한 하나의 전투였다.

이미 오랫동안 습관처럼 있던 일이었기 때문에 덩잉차오는 저우언라이와의 이별에는 이미 익숙해져 있었다. 그러나 그에 대한 걱정은 어쩔 수 없는 일이었다. 덩잉차오는 현재 눈앞에 만발한 해당화를 보고 있자니 그 꽃을 너무나 좋아했던, 멀리 제노바의 언라이가 더욱 그리워졌다. 그녀는 그가 밤낮으로 전투를 계속하고 있음을 알고 사업으로 쌓인 그의 피로를 어떻게 조금이나마 경감시켜 줄 수 없을까 생각하였다.

덩잉차오는 아름다운 해당화 한 송이를 꺾어 조심스레 책 속에 눌러 놓았다. 며칠 후 그녀는 편지를 썼고 편지 안에 그녀가 잘 눌러 놓은 해당화와 작년 상산(香山)에서 따서 눌러 놓은 단풍을 함께 동봉해 저우언라이에게 보냈다. 해당화는 저우언라이가 가장 좋아하는 꽃이었고 단풍은 혁명과 열렬한 사랑 및 그리운 정을 상징하였다. 덩잉차오는 이미 "지천명(知天命)"[86]의 나이가 되었지만 저우언라이와의 감정은 오히려 청춘의 향기를 그윽하게 발산하고 있었다.

제노바에서 긴장된 전투를 전개하고 있던 저우언라이는 덩잉차오의 편지를 받고 편지 사이에 끼여 있는, 그가 좋아하는 해당화와 그리움을 전하는 단풍을 보고 그것들을 통해 샤오 차오의 깊은 정을 느꼈다. 이국 타향에 있는 그에게 있어 고국의 가족이 보낸 애정이 충만한 이 위문에

---

[86] 역주: 나이 50세를 가리킨다.

견줄 수 있는 것이 또 어디에 있겠으며, 이만큼 그의 마음을 탁 트이게 하고 유쾌하게 만들 수 있는 것이 어디에 있겠는가? 며칠 동안 쌓인 피로가 한꺼번에 다 풀리는 듯했다.

제노바의 풍광은 아름다웠다. 길가와 정원에는 꽃들이 가득했다. 저우언라이는 바쁜 와중에도 동지들에게 부탁하여 정원에 피어 있는 작약과 붓꽃을 꺾어 받아 그것을 조심스레 잘 눌러 편지와 함께 동봉한 뒤 외교사절을 통해 덩잉차오에게 전했다.

덩잉차오는 흥분하여 편지를 뜯어보았다.

"차오에게, 당신이 보내 준 편지는 이미 잘 받았어요. 당신이 아직도 그렇게까지 서로 뒤엉킨 감성과 이성에 충만해 있고, 늙었지만 아직도 강인한 모습을 보니 내가 당신만 하지 못한 것 같아 부끄럽군요

제노바에 온지 벌써 7주네요. 어찌 그리 바쁜지 늘 수면 시간이 부족해 아무리해도 일주일에 하루나 이틀 동안 8시간밖에 잠을 자지 못하고 있구려. 그래도 다행히 불면증에 걸리지는 않아 몸도 정신도 모두 좋으니 안심하도록 해요.

천하오(陳浩), 청위옌공 두 동지가 나에게 편지를 쓰라고 몇 번이나 재촉을 합니다. 지금은 이미 새벽 4시, 아직 하지 못한 일이 산처럼 쌓였구려. 내일 외교사절이 떠난다고 하여 이렇게 허둥지둥 몇 자를 적고 동지들에게 부탁해 모은 정원의 꽃들을 동봉하니 잠시 멀리서나마 그리움을 전합니다. 저우언라이, 6월 13일 밤."[87]

덩잉차오는 보고 또 보면서 얼굴에 흐뭇한 미소를 떠올렸다. 그녀는 저우언라이가 멀리 제노바에서 보내온 작약과 붓꽃을 조용히 꺼내들고 보니 그가 밤낮으로 수고하고 있는 모습과 그의 형형한 눈빛, 매력 넘치는 미소를 보는 듯했다. 서신은 비록 짧았지만 깊은 정을 담고 있었다. 예전에 몇 년 동안 그녀가 병으로 휴양을 취하고 있었을 때 저우언라이

---

87   『周恩來書信選集』, 中央文獻出版社, 1988(第1版), 501쪽.

는 그녀에게 깊은 정이 담긴 편지 몇 통을 보낸 적이 있었다.

한번은 1951년 봄이었다. 그녀는 병 때문에 항저우에서 휴양하고 있었다. 시쯔(西子) 호의 풍광은 비록 아름답긴 했지만 저우언라이가 곁에 없어서 외로움과 적막감에 떨어야 했었다. 그리운 마음을 어떻게 전달할 수 있을까? 그녀는 단풍을 편지와 함께 보냈다. 며칠이 지나 저우언라이로부터 답장을 받았다.

"차오에게, 시쯔 호반에서 단풍이 날아 왔으나 신속하게 답신을 보내 당신의 우아하고 고상한 마음[88]에 부응하지 못했군요. 아무리 바빠도 핑계를 델 수 없지요. 이번에도 결코 잊은 게 아니니 단지 게으름을 탓할 수밖에요. 남쪽에서 올라 온 사람들이나 전보에 따르면 당신의 병이 잘 치료되고 있다고 하니 매우 안심이 됩니다. 요양을 마치고 돌아올 때 해당화와 복숭아꽃이 만개하여 주인을 기다리고 있을 겁니다."[89]

"해당화와 복숭아꽃이 만개하여 주인을 기다리고 있을 겁니다"라는 부분은 매우 감흥 넘치게 쓴 구절이었다. 덩잉차오는 바로 답신을 보내어 그에게 "연애편지 같지 않은 연애편지를 썼군요"라고 화답했다.

그녀가 베이징을 떠나 상하이로 갈 때, 저우언라이는 지나치게 과로하여 몸이 매우 좋지 않았다. 의사는 그에게 휴식을 권했지만 그는 계속 받아들이지 않았다. 덩잉차오는 총리사무실 부주임 류양(劉昴)에게 일요일에 잘 아는 사람들을 초대하여 그와 함께 한담을 나누며 그의 긴장을 풀어주고 좀 쉬게 해주라고 부탁하였다. 류양은 당연히 그렇게 했다.[90]

3월 중순 어느 일요일, 쒀이멍치, 쩡시옌즈(아쩡(阿曾[91]))과 국제민주여성연합회이사회와 제1기세계평화대회이사회에 참가하고 귀국한 전국여성연합회 국제부 부장 루취(陸璀) 등은 유양(사실은 덩잉차오)의 부탁을 받

---

88   역주: 원문은 '야의(雅意)'인데, 상대의 생각을 높여 이르는 존경어이다.

89   『周恩來書信選集』, 中央文獻出版社, 1988(第1版), 451쪽.

90   필자가 류양, 쒀이멍치, 루취(陸璀)를 방문했을 때, 그녀들은 덩잉차오의 부탁을 받고 저우언라이를 돌봐 주었던 상황에 대해 이야기하였다.

91   역주: 쩡시옌즈(曾憲植)를 친근하게 부를 때 성 앞에 '아(阿)'를 붙여 사용하였다.

고 함께 시화팅으로 찾아왔다. 접견실의 대문이 열리자 찬란한 햇빛이 집안 가득히 내려쬐어 오래되고 소박한 대청이 넓고 밝게 빛났다. 얼마 되지 않아 저우 총리가 동쪽 방에서 나왔다. 그는 얼굴 가득 미소를 띠고 쇠이 다졔 등과 일일이 악수를 나누었다. 총리의 얼굴은 수척했지만 여전히 원기 왕성했다. 인사를 모두 마치자 아쩡이 바로 농담을 하였다.

"샤오 차오 다졔가 없으니 총리께서는 적막하시지요?"

총리는 하하 웃으며 말했다.

"적막이라, 늘 조금은 그렇지요. 하지만 샤오 차오가 남방에서 몸을 회복하고 돌아오게 하려면 이 정도는 참을 만한 가치가 있지요."

총리가 이렇게 이야기를 하자 모두 또 웃었다. 총리는 다시 루취에게 물었다.

"당신은 막 외국에서 돌아왔지요?"

루취는 총리가 국제평화운동과 국제여성운동에 매우 깊은 관심을 기울이고 있음을 알았다. 하지만 오늘은 결코 정식 보고를 할 때가 아니기 때문에 그녀는 두 회의에 대한 상황과 초청을 받아 방문했던 체코의 상황에 대해서만 간단하게 설명하였다. 그녀는 총리의 기분을 전환시키기 위해 베를린 사람과 체코 사람이 찍어 준 많은 사진과 주최국에서 보내 준 몇 권의 섬세한 사진첩을 꺼내 총리에게 보여주었다. 총리는 매우 기분이 좋아져 그것들을 보며 질문하였다. 루취는 틈틈이 회의에서 있었던 재미있는 이야기나 우스운 이야기를 총리에게 들려주어 총리의 큰 웃음을 이끌어 내었다.

저오 총리는 루취가 며칠 후에 상하이로 간다는 얘기를 듣고 물었다.

"내가 샤오 차오에게 편지를 한 통 써 줄 테니 그녀에게 전해 줄래요?"

루취는 흔쾌히 대답하였다.

"당연히 총리와 샤오 차오 다졔를 위해 봉사해야죠."

총리는 젊고 용모가 빼어난 루취를 바라보며 해학적으로 말했다.

"이것은 '아름다운 홍낭(紅娘)[92]이 늙은이의 연애편지를 가져가는 것'

이라 합시다. 하하!"

모두들 이 말을 듣고 일제히 웃기 시작하였다.

루춰 등은 저우 총리가 유쾌하고 편안해 하는 모습을 보고 모두 기분이 매우 좋았고 샤오 차오 다졔가 간접적으로 자신들에게 부탁하여 총리를 편하게 쉬게 해 달라는 목적을 달성했다고 느꼈다.

후에 루춰가 너무 예상보다 빨리 가게 되었고 총리 역시 너무 바빴기 때문에, 저우언라이는 루춰를 통해 덩잉차오에게 자신은 매우 건강하니 걱정하지 말고 편하게 요양하라는 전갈만을 전했다. 루춰가 상하이에 도착하여 덩잉차오를 만났다. 그녀는 자신이 쉬이 다졔, 아쩡과 함께 총리를 찾아갔던 상황과 총리의 전갈을 일일이 덩잉차오에게 보고하였다. 덩잉차오는 이 말을 듣고 매우 기뻐하며 이렇게 말했다.

"언라이는 항상 쉬려고 하지 않지요. 도우미들과 의사들도 어쩔 수가 없답니다. 당신들이 이렇게 그를 찾아 주어 강제로라도 긴장을 풀고 쉴 수 있게 만들어 준 셈이니 너무 잘 됐군요. 정말 감사합니다."

덩잉차오는 재미있게 루춰에게 말했다.

"이번에 비록 그가 쓴 연애편지를 가져오지 못했지만 그의 전언을 가져 왔습니다. 그러니 당신은 홍냥의 임무를 다한 것입니다. 당신에게 감사드립니다." 이 말을 듣고 루춰 역시 웃었다. 그녀는 총리와 샤오 차오 다졔 사이의 정이 오래되고 더욱 두터워져 부러워할 만하다고 느꼈다.

며칠이 지나 덩잉차오는 항저우로 옮겨 휴양을 계속했다. 이때 저우언라이의 3월 17일, 3월 31일 두 통의 편지를 연속으로 받았다. 3월 31일 편지에서 저우언라이는 다음과 같이 썼다.

"차오에게. 어제 당신이 23일에 보낸 편지를 받았어요. 내가 연애편지 같지 않은 연애편지를 썼다고 했더군요. 사실, 이 주일 전에 루춰가 내 부탁을 듣고 강남으로 편지를 가져가려 했지요. 당시 나는 농담으로 아

---

92 역주:『서상기(西廂記)』에 나오는 시녀의 이름. 남녀 간의 사랑을 맺어주는 중매쟁이라는 의미로 사용된다.

름다운 홍낭(紅娘)이 늙은이의 연애편지를 가져간다고 했어요. 그러나 결국 홍낭은 갔지만 편지는 쓰지 못했고 보고 싶은 마음을 편지에 담지 못했어요. 그런데 보내 준 시후(西湖) 책자는 모두 구식이어서 볼 만한 게 없네요. 아름답고 의미 있는 장면을 몇 장 찍은 것을 부탁하여 보내니 절대 '양장을 한 시후'93를 찍지 말아요. 시후에는 5가지가 많은데 내가 보기엔 차가 가장 많은 것 같아요. 차를 심고, 따고, 제조하는 전 생산 과정을 깊이 있게 이해한다면 당신은 비로소 '차왕(茶王)'이란 이름을 얻을 수 있을 겁니다. 그렇지 않다면 단지 '찻주전자'일 뿐입니다. 탁구 시합은 정말 좋습니다. 당신이 돌아올 때까지 준비해 놓도록 하죠. 현재 강남엔 녹색 천지로 나무 가지와 풀들이 벌써 파릇파릇해졌지요? 당신이 베이징으로 돌아올 4월쯤엔 복숭아꽃과 해당화가 활짝 피어 있을 겁니다. 내 생각엔 4월 중순 쯤이 아닐까 합니다. 일에 바쁜 사람이 병든 이를 생각하는 게 병자가 바쁜 이를 생각하는 것엔 비할 바가 아닐 것입니다. 하지만 누군가를 몹시도 그리워하는 마음을 이렇게 남겨 두어 훗날의 증거로 삼으려 합니다. 저우언라이."94

덩잉차오는 꼼꼼하게 편지를 읽고 행간에 열렬한 정감이 세밀하게 담겨져 있음을 발견하였다. "일에 바쁜 사람이 병든 이를 생각하는 게 병자가 바쁜 이를 생각하는 것엔 비할 바가 아닐 것입니다"라는 표현은 아주 적절했다. "하지만 누군가를 몹시도 그리워하는 마음을 이렇게 남겨 두어 훗날의 증거로 삼으려 했다." 그리워하는 횟수는 비할 수 없지만 그 깊고 절실한 마음은 그의 한결 같은 깊은 정을 더욱 잘 보여주었다. 그런데 도대체 왜 국가경제와 국민생활에 전념하느라 바쁜 총리가 시후에 많은 차를 감상해보라는 것일까? 또한 왜 그녀에게 차를 심고, 채취

---

93 역주 : 원문은 "西裝的西子"이다. 본래 '西子'는 시후 이외에도 춘추시대 강남지역을 장악했던 월(越)나라 미녀 서시(西施)를 가리키기도 하는데 그렇다면 중국의 전통 미인이 어울리지 않게 양장한 모습을 비유하는 뜻으로도 해석할 수 있겠다.
94 『周恩來書信集』, 中央文獻出版社, 1988, 453쪽.

하고, 제조하는 전 생산 과정을 분명히 살펴 이해하여 비로소 '차왕'의 칭호에 걸 맞는 사람이 되라고 하는 것일까? 그렇지 않으면 단지 '찻주전자'에 불과하다고 하였다. 이 때문에 그녀는 다소 궁지에 몰리게 되었다. 그녀는 담백한 음식을 먹었고 차 마시는 것을 무척 좋아하였다. '차왕'이라는 말은 비록 농담이었지만 그녀 역시 '찻주전자'가 되고 싶지는 않았다.

그녀는 과연 서둘러 차의 산지인 룽징(龍井)으로 가 차 파종, 채취, 제조의 전 과정을 자세하게 살펴서 이해하게 되었다. 그녀는 언라이를 너무도 잘 알고 있었다. 그는 국가와 인민의 이익에 관계된 것이라면 일의 대소를 가리지 않고 늘 매우 분명하게 파악해야 했다. 시후 룽징은 천하에 이름이 널리 알려진 곳이었다. 국가에 커다란 명예를 가져다주었을 뿐만 아니라 많은 농민들이 차 농사로 생계를 유지하고 있었다. 그가 어떻게 관심을 갖지 않을 수 있겠는가?

저우언라이는 제네바에서 돌아올 때, 샤오 차오가 자기에게 보내 준 해당화와 단풍을 잘 보존하다 지니고 왔다. 세심한 덩잉차오는 저우언라이 등이 제네바에서 따서 보내 준 작약, 붓꽃을 종이에 잘 붙여 우아한 액자에 넣었다. 그것은 한 폭의 유화 같았다. 그녀는 그것을 그녀의 침실에 걸어 놓았다. 지금도 시화팅을 방문한 사람들은 그녀의 침실에서 독특한 해당화, 단풍, 작약 액자를 볼 수 있다. 그것은 두 혁명가의 위대하고도 영원한 사랑을 생생하게 보여주는 것이다.

99. "혼인, 가정, 어머니, 아동은 국가의 보호를 받아야 한다"

1954년 9월 아름다운 가을이었다. 베이징의 하늘은 높고 날씨는 시원하고 상쾌했다. 구름은 옅게 깔렸으며 바람은 맑고 신선했다. 인민대표로 선출된 덩잉차오는 제1기전국인민대표대회에 출석했다. 그녀는 대회 주석단 위원으로 당선되었다. 이번 회의를 통해 『중화인민공화국헌법』이 심사, 통과되었다. 이것은 중국인민의 정치생활 가운데 일대 중대사건이었다. 헌법은 여성이 정치, 경제, 사회, 문화교육 및 가정 생활에서 남성과 평등한 권리를 향유한다고 명확하게 규정하였다.

헌법 초안을 심의할 때 덩잉차오는 혼인, 가정, 어머니, 아동은 국가의 보호를 받아야 한다는 규정과 관련된 헌법 제3장의 조항에 대해 중요한 의견을 발표하였다.[95]

그녀는 다음과 같이 말했다; 중화인민공화국이 건국된 이후 5년 동안 『혼인법』과 『노동보호조례』가 공포되어 유관 기관과 단체는 어머니와 아동을 보호하기 위한 구체적인 방법을 제정했으며, 사회 역량에 맞추어 혼인 및 어머니 보호와 유아 부양을 위한 수많은 사업을 시행하였다. 국가경제의 회복과 발전에 맞추어 어머니와 아동 보호와 관련된 물적 조건과 문화적 설비도 현저하게 증가하였다. 이 때문에 수많은 여성들이 더욱 안심하고 생산과 사업에 참가할 수 있었고 아동은 건강하게 성장할 수 있었다. 현재 헌법초안에서 또한 혼인, 가정, 어머니, 아동은 국가의 보호를 받아야 한다고 명확하게 규정하였다. 이것은 틀림없이 수많은 여성들이 애국주의 정열을 끊임없이 제고하게 만들 것이고 그녀들이 보다 적극적으로 생산노동과 사업에 참가할 수 있도록 할 것이며 국가건

---

[95] 1954년 9월 제1기전국인민대표대회에서 행한 덩잉차오의 발언 기록 원고 참조.

설 사업을 동원하는 데에도 유리할 것이다.

또 덩잉차오는 다음과 같이 말했다; 이 조항을 관철시키기 위해서는 우선 남녀평등, 어머니 존중, 아동 애호의 사회도덕과 좋은 풍토를 건립해야 한다. 혼인의 경우, 혼인법에 합당한 모든 혼인은 반드시 보호받아야 한다. 고통스런 봉건적 혼인에서 벗어나 혼인의 자유를 얻기 위해 투쟁하는 모든 사람들을 반드시 지지하고 보호해야 한다. 혼인자유를 곡해하거나 혼인자유를 억압, 파괴하면 상황의 경중을 따져 교육을 시키거나 법률적인 제재를 받도록 해야 한다. 혼인법을 위반한 사건에 대해서는 사회적인 여론을 통해 규탄하고 죄가 무거운 경우 반드시 법률적 제재를 받게 해야 한다. 가정 보호 방면에 있어서는 '단결 생산', '민주 화목의 가정'을 제창하고 봉건적으로 낙후된 가정을 개조해야 한다. 어머니 보호 방면에 있어서는 '어머니 존중'을 제창하고 어머니에 대해 관심을 갖고 협조하며 노동생산 과정에서 부닥치는 곤란과 장애를 해결하도록 하며 어머니에 대한 차별에 반대해야 한다. 아동 보호의 경우, '아동 존중', '아동 애호'를 제창하고 아동에게 적합한 교육방법을 채택하며 성인의 관점과 요구로 아동을 대하지 말며 동시에 아동을 과잉보호한다거나 제멋대로 행동하게 내버려두어서는 안 된다. 현재 매우 보편적으로 존재하는 아동에 대한 경시와 무관심 그리고 아동에 대한 체벌 등의 현상에 대해서는 반드시 교정해야 한다. 남아 있는 봉건사상과 부르주아사상이 아동에게 전염되는 것에 대해 경계해야 한다. 우리들은 아동을 덕(德), 지(智), 체(體), 미(美), 노(勞)가 전면적으로 발현되는 새로운 인간으로 교육시켜야 한다. 동시에 국가 경제와 문화 발전의 기초 위에서 여성과 아동을 보호하는 실제적인 여러 조치를 증진시켜야 한다.

덩잉차오는 이어 말했다; 혼인, 가정, 어머니, 아동에 대한 보호는 국가, 사회, 공민 전체가 공동으로 책임져야 하며 부모의 영광스런 책무이기도 하다. 이러한 이치에 대해 일반인은 물론 심지어 일부 부모들조차 확실히 인식하고 있지 못하다. 여성단체 역시 이에 대해 충분한 사업을 벌이지 않고 있다. 이후 과거의 결점을 극복하고 관련 분야에서 이에 관한 사업을 적극적으로 선전하고 강화시켜 나가기를 희망한다.

이번 회의에서 덩잉차오는 전국인민대표회의 상무위원회위원에 당선되었다. 그녀의 부담은 더욱 가중되었다.

100. "외교전과 군사전은 같다"

수십 년의 혁명 과정 동안 저우언라이는 여러 차례 생명의 위협을 무릅썼고 생사의 경계를 헤매다 살아남았다. 이에 대해 덩잉차오는 자기 일처럼 고마워하였다. 저우언라이는 여러 번 생명이 위협 당했지만 뛰어난 용맹과 기지 덕분에 매번 위험에서 안전하게 벗어났다. 심지어 유탄으로 인해 부상을 당한 적도 없었다.

이제 중국혁명은 승리를 거두고 평화건설의 시기가 되자, 저우언라이는 외교전선에서 생명을 담보로 한 위험을 감수해야 했다.

때는 1955년 4월이었다. 세계인의 주목을 받은 아시아·아프리카회의가 4월 18부터 24일까지 인도네시아 반둥에서 개최되었다. 이것은 아시아, 아프리카국가들이 자주적으로 개최한 회의였다. 29개 아시아, 아프리카국가 정부 정상들이 회의에 참가하였다. 중국정부는 저우언라이를 단장으로 하는 정부대표단을 회의에 참석시키기로 결정하였다.

제국주의자와 식민주의자는 이 회의를 극단적으로 적대시하였고 온갖 방법을 동원하여 회의를 방해하고 파괴하려 하였다. 1955년 3월 취득한 정보에 따르면 타이완 정보기관이 아시아·아프리카회의를 이용하여 중국정부대표단장 저우언라이를 살해할 계획을 꾸미고 있었다.[96]

덩잉차오는 몹시 걱정이 되었다. 당시 그녀는 자궁에서 다량의 출혈이 있어 병원에 입원해 수술을 받아야 했다. 저우언라이 역시 급성맹장염에 걸려 수술을 막 마친 상태였다. 일반적인 상황이라면 그는 바로 출국할 수 없었다. 하지만 이번 회의는 매우 중요했기 때문에 수술 봉합 부위가 아직 아물지도 않았지만 저우언라이는 이미 회의에 참가할 준비가 다 끝났다고 선포하였다.

당시, 신중국의 항공사업은 크게 낙후되어 있었고 국제선은 아직 개통되지 못하였다. 중국대표단은 인도항공사의 여객기 '카슈미르 프린세스호'를 빌려 홍콩에서 바로 자카르타로 가기로 결정하였다.

모두 이들이 저우언라이와 대표단의 안전에 대해 걱정하였다. 병원에 있던 덩잉차오는 걱정으로 애가 탔다. 그러나 그녀는 가는 길에 어떠한 위험이 도사리고 있더라도 저우언라이가 반드시 중국정부대표단을 이끌고 인도네시아 반둥의 아시아·아프리카회의에 참석할 것이라는 사실을 확실하게 알고 있었다.

저우언라이는 홍콩으로 곧 출발하려 하였다. 이때 아시아·아프리카회의 발기국 정부수뇌인 인도 수상 네루, 이집트 대통령 나세르, 미얀마 총리 우노(U Nu) 등은 회의 준비를 잘 하기 위해 먼저 미얀마에서 소규모 회의를 개최하기로 하고 저우언라이에게 회의 참석을 요청하였다. 저우언라이는 먼저 미얀마로 가기로 결정하였다.

출발하기 전에 저우언라이는 각별히 병원으로 덩잉차오를 찾아갔다.

오랫동안 단련된 덩잉차오는 비록 많은 걱정을 하였지만 겉으로는 의연하고 매우 침착하였다. 이때 많은 말을 할 수가 없어, 그저 몸조심하고

---

[96] 필자는 청위옌공을 방문했을 때, 그는 저우언라이가 아시아·아프리카회의에 참가하면서 위험을 무릅썼던 상황에 대해 소개하였다. 또한 청위옌공, 「아시아·아프리카회의 기간의 보호 활동 회고」, 『不盡的思念』, 中央文獻出版社, 1987(第1版).

평안히 다녀오라는 평상시 대문 밖을 나설 때 하는 말 정도만 했을 뿐이
었다. 저우언라이는 샤오 차오를 정답게 바라보며 부드럽게 말했다.

"안심해요. 나는 조심할 겁니다. 내가 불안한 것은 당신의 건강입니다.
곧 수술을 해야 하는데 안타깝게도 당신 곁을 지키지 못하게 됐어요. 치
료 방법에 대해서는 의사와 이미 얘기를 마쳤어요. 당신은 특별히 건강
에 주의하여 내가 돌아올 때 건강한 모습으로 퇴원하는 것을 볼 수 있기
를 바랍니다."

덩잉차오는 애써 웃으려 노력하며 조용히 말했다.

"수술은 문제가 없을 테니 안심해요. 돌아올 때 내가 반드시 비행장에
서 당신을 마중하도록 할 것입니다."

서로 두 손을 꽉 잡고 서로에 대한 깊은 정을 담은 두 눈으로 상대방
을 응시하며 숙연하게 이별하였다. 이번의 이별은 평소와 다름없어 보였
지만 사실은 매우 특별했다. 하지만 위대하며 고상한 품격을 지닌 두 사
람은 큰일을 간단하게 처리했고 특별한 일 역시 그렇지 않은 듯이 대했
던 것이었다.

4월 7일, 공안부 부부장 양치칭(楊奇淸), 중앙경찰국 부국장 리푸쿤(李福
坤)이 저우언라이를 쿤밍까지 호위하였다. 쿤밍에서 미얀마로 가 회의에
참석하고 다시 홍콩을 경유해 인도네시아로 가기에는 시간이 너무 촉박
하였기 때문에 저우언라이는 홍콩을 경유하는 남선(南線)을 따르지 않기
로 했다. 대신 별도로 인도 비행기를 전세 내어 쿤밍-미얀마-자카르타로
이어지는 북선(北線)으로 변경하였다. 하지만 이전에는 이 항로로 비행한
적이 없었기 때문에 사전에 시험비행을 하기로 했다.

덩잉차오는 이전부터 줄곧 저우언라이와 그렇게 많은 연락을 서로 취
하지는 않았다. 하지만 이번에 그녀는 저우언라이에게 연이어 4차례의
편지를 보냈고, 3차례나 전화를 하였다.

4월 9일 오후, 시험 비행이 성공했다는 소식이 전해졌다. 저우언라이
는 매우 기뻐하며 대표단이 북선을 택하기로 결정했다. 이때 그는 특히

안전문제에 주의할 것을 당부하는 덩잉차오의 두 번째 편지를 받았다.

4월 11일 오후, 저우언라이는 베이징으로부터 전화를 받았다. 그에 따르면 '카슈미르 프린세스호' 여객기가 연락이 끊겼고 외신은 남중국해에서 거대한 폭발음이 있었다고 보도했다…… 이날 저우언라이는 저녁도 먹지 못한 채 '카슈미르 프린세스호' 소식을 기다렸다.

덩잉차오도 똑같이 초조하고 불안하게 소식을 기다렸다. 그녀는 마침내 '카슈미르 프린세스호'가 홍콩에서 이륙한 지 얼마 되지 않아 폭발하여 남중국해에 추락했다는 불길한 소식을 들었다. 여객기에는 중국대표단 8명과 폴란드, 오스트리아, 베트남의 외국기자 3명 등 총 11명이 타고 있었는데 모두 조난당하고 말았다.

덩잉차오는 이 흉보를 듣고 너무 놀라 온몸에 식은땀이 흘렀다. 그녀는 조난당한 오스트리아 기자 엠피터를 잘 알고 있었다. 그는 확고한 공산주의자였고 중국혁명에 대해 매우 우호적이었으며 또한 중국여성과 결혼까지 하였다. 그런데 이렇게 희생을 당했으니 얼마나 안타까운 일인가!

이 침통한 소식이 그날 밤 쿤밍에 전해졌다. 저우언라이는 경악했고 또 비통해 하면서 분개했다. 많은 동지들이 너무 위험하니 그에게 가지 말 것을 권고했다. 하지만 저우언라이는 가겠다고 고집했다. 그는 침착하게 말했다.

"우리는 세계평화를 촉진하기 위해 그리고 아시아, 아프리카인민의 단결을 위해 가야 합니다. 설사 의외의 사태가 발생한다고 해도 그것은 가치 있는 일이며 뭐 그렇게 대단한 일도 아닙니다."

그날 밤 그가 동지들과 대책회의를 마치고 나니 이미 4월 12일 새벽이 되었다. 그는 샤오 차오가 자신의 안전에 대해 매우 걱정할 것을 예상하고 서둘러 그녀에게 짧은 편지를 썼다.

"차오에게. 당신의 편지를 잘 받아 보았어요 나에 대한 호의와 직언, 고맙구려. 혹 잊을까 걱정되어 지금 편지를 인편에 다시 보냅니다. 이번 사태에서 얻은 교훈이 하나 있다면 그것은 더 신중하고 더 노력해 한다는 점입니다. 외교전도 군사전[97]과 같이 위험하지 않을 수 없고 준비 없이 전쟁을 할 수 없습니다. 어떤 일이건 당연히 발생할 가능성이 있는 여러 가지 경우의 수를 심사숙고해야 하고 집단적으로 상의 결정한 후 시행에 옮겨야 하는 것입니다. 안심하기를 바랍니다. 잘 지내도록 해요. 저우언라이. 1955.4.12."[98]

저우언라이는 출발하였다. 경호를 책임진 수행비서 허치엔(何謙)이 갑자기 맹장염에 걸려 쿤밍에서 수술을 받기로 결정하였다. 그리고 중앙경찰국 부국장 리푸쿤(李福坤)이 허치엔 대신 출국하기로 긴급히 결정하였다. 상황이 긴박한 관계로 리푸쿤은 복장조차 제대로 갖추지 못한 채 허치엔의 여장을 아쉬운 대로 써야 했다.

저우언라이는 샤오 차오가 걱정할 것을 염려하여 4월 13일 다시 그녀에게 짧은 편지를 썼다.

"차오에게, 허치엔이 어제 갑자기 만성맹장염에 걸렸다가 오늘은 아급성(亞急性)[99]으로 전환됐습니다. 그래서 쿤밍에 남아 의사 왕(王) 선생으로부터 내일 아침 일찍 수술을 받도록 조치했는데 우취옌퀴(伍全奎, 경찰국 간부)를 그와 동반토록 했습니다. 린위화(林玉華, 허첸의 부인)에게 안심하라 일러 주기 바랍니다. 현재 리푸쿤이 하첸을 대신하여 출국합니다. 윈난대학생의 편지와 연극 팸플릿을 각각 2부씩 동봉하니 우리들의 쿤밍 생활이 어떤지 생각해 보기 바랍니다. 저우언라이. 4월 13일."[100]

앞길에 위험이 도사리가 있음을 분명히 알면서도 편지에서 저우언라이는 여전히 이렇게 침착하며 평상시와 다름없이 안정된 모습을 보였다. 덩잉차오는 편지에 동봉된 윈난대학 학생이 저우언라이에게 보낸 열정 넘치는 편지를 보면서 그리고 위난 경극단이 연출한 경극 팸플릿 두 장

97　역주: 본문엔 외교전, 군사전 대신 '문장(文仗)', '무장(武仗)'으로 되어 있다.

98　『周恩來書信選集』, 514쪽.

99　역주: 급성과 만성의 중간 상태의 병을 일컫는 의학 용어.

100　『周恩來書信選集』, 516쪽.

을 보면서 저우언라이의 비할 데 없는 침착함을 느낄 수 있었다. 그녀는 일반인을 뛰어 넘는 용기와 지혜를 고루 갖춘 언라이가 동지들의 협력과 보호 아래 어렵고도 막중한 사명을 반드시 완수해 낼 것이라는 사실을 확신했다.

4월 14일, 저우 총리는 의연하게 개인의 안위는 돌보지 않고 계획대로 대표단을 이끌고 혹서기에 접어든 남국의 천개의 섬으로 이루어진 나라[101]로의 여정을 위해 비행기에 올랐다. 그는 양곤에서 네루, 나세르, 우누와 만나 회담하였다.

4월 15일, 저우 총리는 인도 수상 네루와 '카시미르 프린세스호' 폭발 문제에 대해 특별 회담을 하였다.

네루는 인도 정보국 부국장 가우쓰(Gauss)와 저우언라이의 개인 대표 슝향휘(熊向暉)를 함께 홍콩으로 파견해 조사토록 하였다. 조사 결과에 따르면 타이완 정보조직원 한 명이 비행기 급유직원으로 위장하여 비행기에 급유하는 틈을 이용, 시한폭탄을 비행기 원료탱크에 장치하였다. 그리하여 비행기가 나스나 섬 상공에 이르렀을 때 갑자기 폭파하였던 것이었다.

수많은 증거 자료가 눈앞에 드러나자 영국 당국도 어쩔 수 없이 이것이 저우언라이와 아시아 아프리카회의를 겨냥한 정치적인 암살사건임을 인정하였다.

4월 16일, 저우언라이, 천이(陳毅) 부총리 및 대표단 전체는 랑곤에서 비행기로 자카르타로 비행하였다.

자카르타에서도 국민당 정보기관은 저오 총리를 암살하려는 음모를 꾸몄다. 하지만 다행히도 그들 가운데 한 명이 인도네시아 주재 중국대사관에 밀고하였고, 인도네시아 정부가 신속하게 조치를 취하여 저우 총리는 비로소 위기에서 벗어날 수 있었다.

---

101   역주 : 천 개의 섬으로 이루어진 나라, 즉 천도지국(千島之國)은 반둥 회의가 열릴 예
       정이었던 인도네시아를 가리킨다.

이 날, 덩잉차오는 수술을 받았다. 그녀는 실도 뽑지 않은 채 바로 집으로 돌아와 저우언라이의 소식을 기다렸다. 그녀는 내내 불안에 휩싸여 안절부절하며 걱정, 걱정하였다…….

4월 19일, 그녀는 병원으로 가 실을 뽑고, 바로 긴장된 사업에 투입되었다. 그녀는 사업을 통해 자신의 불안한 마음을 진정시키려 하였다.

4월 21일, 그녀는 비행장으로 가 중국을 방문하는 국제민주여성연합회 회장 고던(Gordon) 부인을 영접하였다.

4월 23일, 그녀는 전국여성연합회가 개최한 사업회의에 출석하여 중요한 발언을 하였다.

4월 24일, 그녀는 고던 부인 초청 연회를 개최하였다.

이 날, 아시아·아프리카회의는 의견일치를 보고 결의안을 통과시키고 마지막 성명을 발표하였다. 저우언라이는 아시아·아프리카회의의 성공을 위해 매우 큰 공헌을 하였다. 저우언라이가 1954년 네루와 함께 주장한 평화공존 5개항 원칙은 그가 여러 간섭을 물리치고 원만하게 협상을 진행하며 각국 대표단과 거듭되는 협의를 거친 결과, 반둥회의에서 10개항 원칙으로 확대되었다. 뛰어난 외교적 재능과 고상한 품격으로 그는 각국 대표들의 존경을 받았다.

저우언라이는 편안하게 귀국하였다. 혈색이 좋아진 덩잉차오는 약속한 대로 시쟈오(西郊) 비행장에 나와 그녀의 언라이를 맞이하였다. 둘은 손을 꼭 쥐고 서로 마주보며 웃었다. 모든 근심, 걱정, 피로, 긴장, 불안이 한 순간에 다 사라졌다.

저우언라이는 곧장 서둘러 업무에 착수하였다. 청위옌공은 총리가 여행 도중에 있었던 일과 인도네시아에서 있었던 일들에 대해 다졔에게 자세하게 보고하였다.

덩잉차오는 이야기를 다 듣고 나서 다시 돌이켜보니 정말 무서운 일이었음을 깨달았다.

101. "이론을 학습하고 대중관점을 지니며 신체를 단련해야 한다"

1955년 4월 전국여성연합회는 도시여성사업회의를 개최하였다. 회의는 전국여성연합회 부주석 장원이 주재하였다. 각성시여성연합회의 책임간부가 회의에 참석하였다. 그녀들은 당 다졔의 연설을 몹시 듣고 싶어 했다. 하지만 덩 다졔가 몸이 좋지 않아 입원했고, 막 수술을 받았다는 소리만 들어야 했다. 그녀들은 이번 회의에선 경애하는 덩 다졔의 연설을 듣지 못하게 되어 매우 안타깝게 생각했다.

전국여성연합회 지도간부들은 또한 '카시미르 프린세스호' 폭발사건 소식을 듣고 저우 총리가 엄청난 위험을 무릅쓰고 인도네시아 반둥 아시아·아프리카회의에 참석하고 있음을 알았다. 그래서 지금 덩 다졔가 분명히 매우 초조할 것이라고 그녀들은 생각하였다. 그녀들은 병원으로 덩 다졔를 방문하여 사업에 관해서는 신경 쓰지 말고 안심하고 요양만 잘 하라고 권했다.

하지만 덩잉차오는 오히려 도시여성사업회의에 대해 관심을 갖고 회의 연설을 이미 준비했다고 말했다.

"덩 다졔, 당신은 막 수술을 받았으니 편히 쉬어야 합니다." 동지들은 그녀에게 건강 회복에 영향을 미치니 무리하여 과로하지 말 것을 권했다.

덩잉차오는 침착하게 말했다.

"걱정하지 마세요. 전문가의 검사에 따르면 병에서 아직 완전하게 회복된 것은 아니지만, 상당히 건강해졌기 때문에 적당히 일을 시작할 수 있다고 합니다. 게다가 회의에 출석한 동지들과 함께 이야기를 너무나 나누고 싶습니다."

덩잉차오는 여성간부에 대해 이전부터 줄곧 관심을 기울여 왔다. 회의에 참석한 각성 시여성연합회 대부분의 지도간부를 그녀는 이미 알고 있었고 이름까지 기억하고 있었다. 그녀는 기회가 되면 그녀들의 건강을 포함한 사상, 사업, 학습 등의 문제에 대해 중요한 몇 가지 의견들을 분명히 제시하고 싶었다.

4월 23일, 수척한 용모의 덩잉차오가 불쑥 도시여성사업회의 회의장에 나타났다. 동지들은 전혀 예상치 못한 일이라 모두 놀라면서도 기뻐하며 열렬히 박수로 그녀를 맞아 주었다.

그녀는 웃으며 말했다. "동지들은 사업 때문에 분망한데, 나는 요양을 핑계로 동지들보다 한가하며 또 활동도 적어 매우 부끄러웠습니다. 그러나 그저 소극적으로 부끄러워한 것만은 아니었습니다. 병상에 있으면서 항상 스스로를 반성하고 검사하였습니다. 반성하면서 스스로에 대해 더욱 분명하게 알게 됐으며 다른 사람들에 대해서도 더욱 분명하게 알게 됐습니다. 오늘 병상에서 깨닫게 된 것을 이야기하려 합니다."[102]

이 이야기를 들으며 동지들은 크게 감동하였다. 경애하는 덩 다제는 병중에 있으면서도 엄격하게 자신에 대해 요구하고 또 동지들에게 관심을 기울였던 것이었다. 더욱이 이제 아픈 몸을 이끌고 와 모두에게 마음을 터놓고 이야기하며 사상적 계발과 도움을 주려하였다.

모두는 덩잉차오가 천천히 하는 말을 들었다.

"내가 병중에 있으면서 거듭 생각한 첫 번째 문제는 사회주의 건설이론을 반드시 학습해야 한다는 것입니다. 그렇다면 왜 이론학습을 강화해야 한다고 말하지 않고 반드시 이론을 학습해야 한다고 제의할까요? 과거 이 점에 대해 말로는 중요하다고 하면서도 사상적으로 충분하게 중요시하지 못했고 실천면에서는 더욱 모자랐습니다. 사상적인 장애의 원인으로 사업이 바빠 학습할 시간이 없다는 핑계를 드는데 이러한 사고방식은 잘못된 것입니다. 사업에 바빠 학습을 게을리 하면 사업과 이론

---

102 1955년 4월 23일 도시여성사업회의에서 한 덩잉차오의 강화 기록 원고 참고.

적 지도가 분리되고 또 이론과의 결합 역시 이루어질 수 없어 사업은 심각한 맹목성을 띠게 되는 것입니다."

"사업을 잘 하려면 반드시 이론을 학습해야 합니다. 어떤 동지는 힘들게 사업을 진행하면 그것으로 충분하며 이론 학습은 필요 없다고 합니다. 하지만 우리는 사업의 효과가 어떠한지 물어야 합니다. 주관적인 생각과 객관적인 효과를 연결시켜 검사하지 않으면 사업을 잘 할 수 없습니다. 또 어떤 동지는 여성사업을 수행하는 데 뭐 때문에 이론 학습을 하느냐고 말합니다. 이것은 혁명의 이론과 경험을 현재의 혁명성과와 일치시켜 그것을 바탕에 두고 문제를 인식하지 않은 때문입니다. 여성사업도 동일하게 이론이 있습니다. 이들 이론을 이용하여 사업을 지도해야 여성사업을 경시하는 풍조나 이론을 변화시키고 나아가 사람들을 설득함과 동시에 사업의 수준을 제고시킬 수 있습니다. 여성사업은 매 혁명시기 당의 중심사업 가운데 일부분이었습니다. 혁명이론은 반드시 학습해야 합니다. 오늘 우리는 사회주의건설 이론, 방침, 정책을 더욱 연구, 학습하여 여성사업과 결합하고 그것을 추동해야 합니다. 모두 사람들은 항상 자신들의 수준이 높지 않으며 특히 이론 수준이 높지 않기 때문에 어려운 문제에 봉착하면 사상적으로 해결할 수 없다고 말하곤 합니다. 반드시 이론을 학습하면 이후 사업은 질적, 양적으로 더욱 향상되고 그 효과 역시 더욱 증가할 것입니다. 이론의 무기를 장악해야만 비로소 대중을 위한 복무 역시 더욱 잘 하게 될 것입니다."

덩잉차오는 이론을 학습하면서 문화교양 수준이 저급하다면 제대로 학습한 것이 아니라고 매우 구체적으로 지적하면서 이론 학습과 동시에 문화 수준을 제고시켜야 한다고 하였다. 그녀는 병상에 있는 동안 그것을 기회로 삼아 많은 작품을 읽었고 또한 작문 연습에 주의했으며 몇 편의 글을 더 쓰고 몇 편의 글을 수정했다고 말했다. 그녀가 글을 쓰면서 중요시 했던 것은 양이 아니라 그 내용이 실제에 부합하여 생동감이 있는지, 논리적인지, 변증법적 관점에 부합하는지에 있었다.

덩잉차오는 사업 중에 짬을 내 이론 공부를 하는 것이 매우 힘든 일이며, 그것을 애써 하고 일상화하는 것이 쉬운 일이 아니라고 재차 강조하였다. 그녀는 이렇게 말했다. "우리는 이론을 학습하는 데 있어 열정과 적극성을 지녀야 하며 단순히 일상적으로만 해서는 충분하지 않습니다. 일상성과 각고의 노력은 전적으로 동일한 것이어야 합니다. 열심히 학습하는 것이 곧 항상 학습을 견지함을 의미합니다. 이론 학습에 지나치게 욕심을 부려서는 안 됩니다. 일 년에 책 한 권만이라도 열심히 읽고 끝까지 탐구하여 사업에 활용해도 사업에 많은 도움이 될 것입니다. 과거 2,30년 동안 내가 정말 진지하게 읽은 책은 몇 권에 지나지 않습니다. 이것들을 생각하며 어떻게 인민, 사업, 모두에 대해 그리고 스스로에 대해 제대로 책임질 수 있을 지 그 책임을 통절하게 느끼게 되었습니다. 사회주의를 건설하고 여성사업을 잘 수행하려면 우리들은 반드시 이론을 학습해야 하는 것입니다."

덩 다제가 자신의 경험을 예로 들며 어떻게 스스로 이론을 학습해야만 했는지 설명하자 자리에 있던 많은 여성동지들이 마음속 깊이 그 이야기를 받아들이게 되었다. 그녀들은 분명히 매우 힘들게 사업을 하였지만 항상 그 효율성이 높지 않았고 효과 역시 좋지 않았다. 과거에도 검토 결과 항상 자신의 수준이 높지 않았는데, 도대체 그 원인이 어디에 있을까 생각해 보니 덩 다제의 말이 옳다고 느꼈다. 이론 수준이 높지 않으면 사업수행에 있어 이론적 지도가 없게 되어 맹목성과 주관성이 등장하였던 것이다. 사업을 하면서 또한 이론에 입각하여 총결하지 않는 것에 대해서도 덩 다제는 비판을 가했다. 총결이 마치 한약방을 개설하고 여러 가지 잡다한 약재들을 함부로 펼쳐 놓아 규칙성을 찾을 수 없는 것과 같다고 비판하였다. 그녀들은 이러한 상황에 대해 확실하게 공감하였다. 많은 남녀 젊은이들이 함께 사업에 참가하였지만 몇 년 후 차이가 드러나게 되었다. 원인은 많은 남성동지들은 이론학습을 중시하여 매우 빠르게 진보한 반면, 여성동지들은 이론학습에 주의를 기울이지 않아 정치, 사상, 사업에서 뒤졌기 때문이었다. 과거에는 또한 항상 사업이 바쁘다는 구실로 이론학습을 소홀히 하였다. 하지만 덩 다쳬가 말한 것처럼 이러한 이유는 통용될 수 없었다. 지금 보면 다시 이론학습을 확고하게 결심하지 않으면 사업을 제대로 수행할 수 없으니 어떻게 인민과 수많은 여성 그리고 자기 자신에 대해 책임을 다할 수 있겠는가? 병든 몸을 이끌고 찾아 와 노파심에서 모두가 이론을 학습해야 한다고 거듭 충고하는 덩 다쳬에 대해서는 더욱 미안할 것이었다. 모두의 생각이 여기까지 미치자, 회의장의 분위기는 돌연 심각해졌다. 모두는 다시 숨을 죽이고 덩 다쳬의 연설을 서둘러 듣기 시작하였다.

덩잉차오가 지적한 두 번째 문제는 반드시 대중관점을 강화해야 한다는 점이었다. 그녀는 말했다.

“대중관점의 함의는 류샤오치 동지가 「당에 대해 논하다」에서 말한 바와 같이 모두 대중을 위한 관점이고, 모두 인민대중에 대해 책임을 지는 관점이며, 대중 스스로가 스스로를 해방시킨다는 것을 믿는 관점이고, 인민대중에게서 배우는 관점입니다. 그러므로 대중관점을 반드시 강화해야 한다고 해야지 대중노선을 집행해야 한다고 하지 않는 것은 대중관점이 먼저 있어야 대중노선을 집행할 수 있기 때문입니다.”

덩잉차오는 또 말했다. “모두 인민대중에 대해 책임을 지는 관점에 따르면 여성사업을 수행할 때 우리는 여성대중의 이익과 희망에서 출발해야지 스스로의 성적을 올리려 하거나 자신을 드러내려 해서는 안 되며 대중에 대해 책임을 져야 합니다. 인민에 대해 책임을 지는 것 역시 집단지도와 민주적 기풍 문제를 포함하고 있습니다. 개인의 역할을 축소시키는 대신 집단지도가 필요하다고 인식해야 하는데 하지만 이 경우에도 개인의 의견은 잘 존중되어야 합니다. 이러한 문제를 과거에는 제대로 처리하지 못했는데, 어떤 때에는 다른 사람의 의견 제시가 채 끝나지 않았는데 벌써 참지 못하는 모습을 보이기도 했습니다. 이것은 대중관점에 철저하지 못하다는 징표입니다. 반드시 다른 사람의 의견을 잘 청취해야 하며 설사 그것이 잘못 됐다고 하더라도 그를 통해 스스로를 개발하여 잘못을 피할 수 있어야 합니다.”

덩잉차오는 이에 말했다. “대중 스스로가 스스로를 해방시킬 수 있다는 것을 믿는 관점에 입각할 경우 우리는 주관주의에 반대하고 대중으로 하여금 단지 우리의 의견을 집행하게 할 수 없으며 객관적인 실제 상황에서 출발하고, 이론지도를 통해 대중문제를 해결하며 조급성에 반대해야 합니다. 예컨대 도시에서의 사회주의 개조 문제에 대해서 우리는 조급성을 지녀서는 안 됩니다. 일부 사람들은 좋은 의도에서 출발하여 한꺼번에 모든 일을 잘 하고 싶어 하지만 이것은 조급증을 범하는 일입니다. 마땅히 대중의 희망이 무엇인지를 살펴야 하며, 비록 대중의 희망이나 요구가 있다 하더라도 반드시 대중이 어느 정도 각오하고 있는지를 살펴야 합니다. 대중 스스로 자신을 해방시킬 수 있다는 사실을 믿는 관점에 따르면 일을 지나치게 조급하게 처리해서는 안 되고 모두 대중을 대신하여 독단적으로 처리해서도 안 됩니다. 전국 총 4만여 명의 여성사업 간부는 3억 여성의 일을 독단할 수 없는 것입니다.”

모두 인민에게서 배운다는 관점에 대해 덩잉차오는 다음과 같이 말했다: 대중으로부터 배울 뿐만 아니라 주변 동지들에게서도 배워 거만과 자만의 태도를 극복해야 한다. 여성간부는 너무도 쉽게 거만해지거나 자만할 수 있는데 이에 대해 반드시 주의, 경계해야 한다. 맹목적인 거만, 자만을 극복해야 대중을 무시하는 잘못을 극복할 수 있고 대중의 지혜를 잘 섭취할 수 있다. 동지들 사이에서 서로 무시하는 정서를 반드시 없애야 하고 자신의 결점을 늘 돌아보고 다른 사람의 장점을 많이 찾아보도록 해야 한다. 자신의 강점을 매우 잘 활용하고 다른 사람의 결점을 극복할 수 있도록 잘 도와야 비로소 보다 잘 단결하고 사업도 잘 수행하며 이로써 스스로도 진보할 수 있다.

덩잉차오가 제기한 세 번째 문제는 반드시 신체를 단련해야 한다는 점이었다.

그녀는 여성의 신체적 특성상 신체 단련은 남성에 비해 더욱 중요하다고 말했다; 여성은 생리적으로 월경, 출산 등의 원인 때문에 특별하며 또 이 때문에 남성에 비해 더 빠르게 노쇠해진다. 따라서 특별히 신체를 단련해야 한다. 건강한 신체를 지녀야 비로소 정력에 넘쳐 사업을 수행할 수 있고, 또 대중을 위해 오랫동안 지치지 않고 더 잘 복무할 수 있다.

덩잉차오의 이번 강화는 각성시여성연합회 책임간부 등 중국여성운동의 핵심인물들을 대상으로 한 것이었다. 덩 다졔는 그녀들에게 엄격하게 요구하고 동시에 여러모로 그들을 보살피며 심지어 신체 단련 문제까지 그녀들을 위해 생각한 것이었다. 그녀들은 덩 다졔에 대해 너무도 감격해하며 또 존경하게 되었다. 그녀들은 돌아가서 덩 다졔의 요구에 따라 열심히 이론을 학습하고 대중관점을 확립하며 신체 단련에 주의함으로써 여성대중을 위해 더 잘 봉사하겠다고 더욱더 결의를 굳건히 하였다.

102. "위대한 조국과 함께 전진하다"

1956년 봄. 중국 대지에 사회주의 개조의 높은 파고가 일었다. 전국 90% 이상의 농가가 농업생산합작사에 참가하였다. 수공업 역시 전체적으로 합작화하였다. 자본주의 방식의 상공업에도 전 업종에 걸쳐 공사합영(公私合營)[103] 방식이 도입되었다. 베이징의 대로에서는 도처에서 징과

103　역주: 국가와 개인이 공동 경영방식으로 기업을 운영하는 것.

북 소리가 하늘을 찔렀고 폭죽이 일제히 터졌다. 저 멀리 중난하이 시화팅에 있던 덩잉차오도 이 징과 북 소리, 그리고 폭죽 소리를 들을 수 있었다. 그것은 공사합영을 도입한 공상업자와 그들의 가족이 당중앙과 국무원을 향해 기쁨을 표시하는 것이었다. 사람들은 당시 중국인민이 "사회주의로 달려간다"고 묘사하였다.

덩잉차오가 알고 있듯이, 1952년 국민경제가 기본적으로 회복되었을 때 당중앙은 과도시기의 총노선, 즉 1953년부터 대략 3차 5개년 계획 기간(15년) 내에 국가의 공업화를 점차 실현하고 동시에 농업, 수공업과 자본주의적 상공업에 대해 점진적으로 사회주의 개조를 완성할 것이라고 당에 제시하였다. 그러나 1956년 당시 3년밖에 지나지 않은 시점에서 사회주의 개조를 예정된 시간보다 앞당겨 실현함으로써 그녀와 당 내외의 많은 사람들을 놀라게 만들었다. 1955년 4월, 그녀가 전국도시여성사업회의에서 발언할 때 일찍이 사람들의 조급증에 대해 비판하면서 도시사회주의 개조에 대해서 조급해서는 안 된다고 말한 바 있었다. 그러나 예정보다 앞당겨 사회주의 개조가 이미 실현된 데에 대해 그녀는 수많은 동지들과 함께 내심 흥분에 휩싸였고 또한 매우 기뻐하였다. 왜냐하면 수탈제도와 생산수단 사유제를 폐지하고 인민이 함께 부유해질 수 있는 사회주의사회를 건립하는 것이 그녀가 젊을 시절부터 추구해 왔던 바였기 때문이었다.

덩잉차오는 상하이여성연합회와 기타 도시여성연합회 자료를 통해 자본주의 방식의 상공업 개조에서 많은 상공업자의 가족들이 상공업자가 사회주의 개조를 받아들이도록 적극적으로 권유하고 성공적으로 추진하는데 있어 매우 중요한 역할을 했다는 사실을 알게 되었다. 그녀는 또한 1955년 당중앙이 소집한 상공업자좌담회에서 천윈(陳雲), 천이(陳毅) 두 부총리가 사회주의 개조에 대해 보고할 때 많은 상공업계 인사들이 보고를 듣고 사상적으로 이해했으나, 집으로 돌아가 부인들로부터의 '잠자리에서의 사적인 말'[104]을 듣고는 마음이 바뀌어 사상적으로 당과 서로 통하지 않게 되었음을 알았다. 여기에서 상공업자 가족의 작용은 다른 사람이 대신할 수 없는 무엇이 있다는 사실을 깨달았다.

1956년 2월 2일, 전국여성연합회와 베이징시여성연합회는 공동으로 간담회를 개최하여 상하이, 텐진, 베이징 등 11개 도시상공업자 가족 가운데 사회주의 개조를 받아들이는 데 적극적인 인사를 초대하였다. 덩잉차오는 이 간담회에 참석하여 열정적인 발언을 하였다.[105]

덩잉차오는 전국여성연합회와 베이징시여성연합회를 대표하여 그녀들을 열렬하게 환영하였고 그녀들의 성과와 노력을 축하하고 또 표창하였다.

"왜 당신들은 자본주의 상공업의 사회주의 개조에 있어 중요한 역할을 수행한 역군이겠습니까?" 덩잉차오는 친절하게 그녀들에게 설명하였다.

"왜냐하면 당신들은 애국주의와 집단주의 사상으로 부르주아계급의 이기적 개인주의 사상과 개인적 이해를 대신하였고, 금전의 노예가 되지 않고 남편의 부속품이 되지 않았으며 열렬하게 조국을 사랑하고 사회주의를 사랑하며 사회주의의 길로 나아가는 새로운 인간이 되었기 때문입니다."

덩잉차오는 그녀들이 이후에도 사회주의 길로 나아갈 수 있도록 적극적인 역할을 수행하여 부정적이고 방해가 되는 요인을 극복해 주기를 희망했다. 왜냐하면 이러한 역할을 통해 그녀들의 가족이 사회주의 개조를 받아들일 지 아니면 거부할 지 여부에 대해 종종 결정적인 작용을 할 수 있기 때문이었다.

덩잉차오는 전국여성연합회와 각성시여성연합회를 대표하여 과거 상공업자 가족들에 대한 여성연합회의 관심과 지원이 충분하지 못했음에

---

104 역주: 원문은 '침두풍(枕頭風)'으로 부인이 남편에게 침실에서 하는 베갯머리송사를 가리킨다.
105 1956년 2월 2일 전국여성연합과 베이징여성연합회가 공동 주최한 간담회에서 한 덩잉차오의 발언 기록 원고 참고.

대해 진실한 자기비판을 하였다. 그녀는 소수의 사업 간부가 얼마간 상공업자 가족에게 접근하는 것을 꺼리는 잘못된 사상을 지니고 있었고, 생활방식과 사고방식이 다르기 때문에 접근하기 어렵다고 생각했으며 '대홍문(大紅門)'이나 '대양루(大洋樓)'[106]로 들어가 그들과 부딪치게 될 장애를 걱정했다고 말했다. 자신의 사업 방법이 상투적이며 사업을 심화시키지 못한 것을 책망하지 않고, 오히려 사람들이 낙후되었다고 비판을 한다거나 상공업자 가족에게 다가가려는 노력이나 진전된 모습을 보이지 못하고 있다고 꼬집었다. 이들 결점과 잘못에 대해 반드시 노력하여 교정해야 했다. 덩잉차오는 모두가 전국여성연합회와 각성시여성연합회의 이러한 결점에 대해 비판하는 것을 환영하였다. "여성연합회 역시 당신들의 조직이며 당신들의 '친정' 같기 때문입니다. '친정'이 딸의 길을 끊는 것은 잘못된 일입니다. 당신들은 '친정으로 돌아올' 권리가 있으며 '친정'의 대문을 두드릴 권리가 있습니다. '친정'은 당연히 대문을 활짝 열고 당신들을 환영하지 냉담하게 대할 리가 없기 때문입니다."

이러한 덩잉차오의 열정적이며 솔직한 말을 듣고 회의장에는 열렬한 박수 소리가 터져 나왔고 많은 상공업자 가족들은 뜨거운 눈물이 눈에 맺힐 정도로 감동받았다. 그녀들은 덩 다졔가 정말 좋은 말을 했다고 생각했다. 신중국 성립 이후 그녀들 역시 한 마음으로 진보적이고자 하였으나 일부 여성연합회 간부들은 그녀들을 경원하였다. 하지만 모처럼 덩 다졔가 이렇게 그녀들의 마음을 헤아려주고 솔직하게 자기비판까지 하였던 것이다. 덩 다졔는 진실로 그들의 마음을 넉넉히 헤아리는 다정하고 훌륭한 지도자였다.

이것이 바로 덩잉차오의 기풍이었다. 사업의 결점을 숨기지 않고, 자기가 지도하는 간부를 일방적으로 감싸거나 비호하지 않았으며 지도 책임에 대해 용감하게 인정하며 당외 인사들을 진심을 다해 상대하였다.

---

[106] 역주: 부르주아들이 살고 있던 '큰 집의 대문'이나 '서양식 건물'을 가리킨다.

이 또한 그녀가 오랫동안 수행했던 통일전선사업 경험과 지극히 높은 정치 수준, 그리고 넓은 정치적 도량이 그대로 드러난 사례였다.

덩잉차오는 전국 자본주의식 상공업의 공사합영 상황을 소개하며 그녀들에게 자세하게 사상지도를 하였다.

그녀는 이렇게 말했다: 현재 전국 자본주의식 상공업이 비록 기본적으로 전 업종에 걸치어 합영되었지만, 이제 막 사회주의의 문턱에 들어섰을 뿐이고 이어 가야 할 일들이 매우 많다. 예컨대, 기업 개조의 경우 청산핵자(淸産核資)[107], 정식(定息)[108] 문제, 인력 배분 문제 등은 하나같이 매우 복잡하고 미묘한 문제로 상공업자 가족을 대상으로 많은 작업을 하여야 하며 그녀들을 동원하여 함께 완성해야 할 과제이다. 기업 개조 이외에도 인간 개조가 필요한데 중요한 사상 개조의 경우 더욱 복잡하고 어렵다.

덩잉차오는 사상 개조 활동에 매우 능숙했다. 이에 대해 그녀는 다음과 같이 말했다: 사상 개조는 장기적이고 반복적으로 진행해야 하는 어려운 투쟁과정이다. 신구 두 사상은 항상 머릿속에서 서로 갈등을 일으킨다. 학습을 통해 사상 인식을 제고해야 하지만 이러한 신사상을 자기 행동의 목표로 변화시키기는 매우 어렵다. 이미 모두가 경험한 바처럼 "어떤 때는 분명하지만 어떤 때는 모호하다." 예컨대 공사합영의 우월성 측면에서 보면 공사합영을 바라게 된다. 하지만 자기 남편 수입이 지나치게 높아 합리적이지 않을 경우 수입 조정을 두려워하게 되고 조정 이후의 긴축 생활에 대해 걱정하게 된다. 인력 배치는 마땅히 재능에 따라 이루어져야 함을 분명히 알고 있으면서도 자신의 남편이 직책에 걸맞지 않을 경우 혹 강등될까 두려워한다. 대원칙에는 마땅히 복종해야 한다고

107　역주: 자산을 정리하고 자금을 조합(照合)하는 것.
108　역주: 중화인민공화국의 1956년 업종별 공사합영화 후에 취해진 개인 출자 자본에 대한 고정 이자.

알고 또 그렇게 하기를 바라면서 실천 과정에서는 격렬한 '사상투쟁'을 거쳐야 비로소 구사상을 머릿속에서 몰아내고 신사상을 공고히 할 수 있다. 따라서 사상 개조는 장기적이고 반복적으로 진행되어야 할 어려운 숙제이다.

덩잉차오는 또한 그녀들이 단결을 널리 확대하여 중소 상공업자 가족에게까지 활동을 심화시켜 나가기를 희망하였다.

1956년 3월 29일에서 4월 2일까지, 전국여성연합회, 중국민주건국회, 전국상공업연합회는 공동으로 전국상공업자 부인과 여성상공업자 대표회의를 개최하였다. 대회에 참석한 상공업자 부인과 여성상공업자는 1천여 명에 이르렀고, 덩잉차오는 회의에 출석하여 「조국과 함께 전진하고 사회주의를 위해 역량을 바치자」라는 보고를 하였다.[109]

그녀는 신중국의 각 민족이나 각 계층의 여성들이 사회주의로의 길로 전진하고 있다고 말했다. 상공업계의 여성들은 사회주의 사회에서만 비로소 진정으로 행복하고 밝은 앞날이 보장될 수 있다. 구사회의 여성상공업자는 너나 할 것 없이 모두 고통스런 체험을 하였다. 그녀들은 조그만 사업도 쉽사리 할 수 없었다. 예컨대, 모든 민족기업은 하나같이 늘 제국주의와 관료 자본의 배제와 박해를 받았다. 여성이라는 신분 때문에 그녀들은 갑절의 곤란을 겪었다. 그녀들의 능력과 사업은 사회로부터 진정한 존중을 받지 못했고 어떤 때에는 통치계급의 장식품으로 취급받거나 단지 비웃음의 대상이 되어야 했다. 비로소 지금에서야 그녀들은 자신들의 기술과 능력을 발휘하여 진정으로 국가 공업화의 위대한 사업이나 여성해방 사업에 충분히 공헌할 수 있게 되었다.

상공업자 가정에서 생활하는 여성에 대해 덩잉차오는 다음과 같이 말

---

[109] 1956년 3월 29일 전국공상업자 가족 및 여성공상업자 대표회의에서 이루어진 덩잉차오의 강화 참조. 『중국부녀(中國婦女)』, 1956-5 수록.

했다; 구사회에서 비록 호사스럽고 부유한 생활을 하였지만 그녀들은 정신적으로 종종 많은 고민을 겪어야 했다. 그녀들은 "회사가 손해를 보지 않을까, 남편이 변심하지 않을까, 자녀가 타락하지 않을까"에 대해 항상 걱정했고, "기업이 망하여 가족 전체가 고통을 받지 않을까" 염려했다. 그녀들은 가정이나 사회에서 평등한 지위를 보장받지 못했다. 그 중 일부는 비록 비교적 높은 교육을 받긴 했지만 주변 생활환경으로 인해 그녀들의 시야와 포부는 점점 좁아들었어 가정이나 드넓은 세계에 대해 거의 관심을 기울일 수 없었다. 많은 상업자의 가정여성은 해방 이후의 새 사회에서, 특히 상공업개조운동 이후 스스로 새로운 인물로 거듭나게 됐다고 느끼게 되었다.

덩잉차오는 수많은 상공업자 가족과 여성상공업자들이 사회주의 개조에서 적극성을 보인 것에 대해 높이 평가하였다; 어떤 사람은 자기 남편과 친구들을 격려하여 공사합영 실시를 통해 생산경영을 잘 하도록 하였고 어떤 사람은 친구를 도와 개조의 어려움을 극복하게 했으며 근심을 덜어 주었다. 또 어떤 이는 문화 교양 학습을 열심히 하며 기술을 익혀 사회노동 참가를 위한 새로운 조건을 창출해냈다. 여성상공업자는 기업 개조에서 더욱 직접적인 역할을 수행하였다.

덩잉차오는 상공업계의 여성, 특히 상공업자 부인에 대해 노력의 방향을 제안하여 그녀들이 자신들의 남편과 친구들을 격려하고 한 걸음 더 나아가 사회주의 개조를 받아들이고 기업의 경영관리를 잘 할 수 있기를 희망하였다. 집안을 잘 꾸리며 자녀 교육을 잘 하며 서로 돕고 힘쓰고 함께 진보하는 단결되고 화목한 가정을 꾸려나가기를 바랐다. 노동을 중시하여 노동 습관을 기르고 노동이 영광스러운 것이라는 생각을 정립하며 노동하는 가운데 기술을 습득하기를 바랐다. 또 적극적으로 공부하여 사회활동과 사회공익사업에 참가하고 자신의 조건과 가능성에 근거하여 문화 학습에 노력하고 기술을 습득하여 점차 그것을 발전시킴으로써 스스로 살아갈 수 있는 노동자가 되어주기 희망했다.

덩잉차오의 보고는 상공업자 가족과 여성상공업자 대표의 열렬한 환영을 받았다. 그녀들은 감격스러워하며 덩 다졔가 자신들의 처지와 심정을 정말 철저하게 이해하고 있다고 칭찬하였다. 그녀들은 과거에 비록 부유하게 생활하긴 했지만 늘 기업이 망하지 않을까, 남편이 변심하지 않을까, 자녀들이 제대로 성장할 수 있을까 걱정했고, 국민당 군경특무조직과 암흑가 불량배에 의해 갈취를 당하거나 '인질'[110]이 되지 않을까 걱정했으며, 나아가 그녀들은 단지 남편의 부속품으로 전락해 있었다. 새 사회에서 그녀들은 비로소 각성하고 독립하기 시작했고 조국과 함께 전진하는 새로운 사람이 되었다. 그녀들은 여성의 해방감과 국가와 인민에 대한 책임감이 심화되었다. 많은 사람들이 감격적으로 말했다. "나는 평생 처음으로 독립적인 인격체임을 느꼈다." 그리고 "국가에 전망에 있어야 스스로에게도 전망이 있다"고 생각했다. 그녀들은 자신의 남편과 자녀가 사회주의 개조에 참가한다는 것을 지지한다고 이구동성으로 말했다. 그녀들은 집 밖의 사회로 달려 나가 사회봉사활동에 참가하거나 직접 운영해야 한다고 요구하였다. 쓰촨 총칭에서 온 허위싱(何玉興)의 남편은 수십 명의 직원을 둔 기계공장을 경영하고 있었다.[111] 젊은 허위싱은 집에서 단지 '젊은 사모님' 노릇만 하는 데에 만족하지 않고 1954년 직접 공장에서 노동을 하는 한 명의 선반공이 되었고 또 남편에게 솔선수범하여 공사합영을 신청하라고 촉구했다. 덩잉차오는 그녀를 특히 기쁘게 만나 그녀가 계속 노력하여 명실상부한 노동자가 되어 달라고 격려하였다. 상하이의 잉슝(英雄) 만년필공장 공장장 탕디인(湯蒂茵)은 여성

110 　역주: 원문은 '방표(綁票)'인데 '표'는 인질을 뜻하는 말로 '처녀인질'은 '쾌표(快票)', '인질협상인'은 '설표(說票)', '인질처형'을 '시표(撕票)' 등으로 민국시대 토비(土匪) 사이에 그들만 쓰던 은어[흑화(黑話)]가 있었다.
111 　필자가 총칭 허위싱을 방문했을 때 그녀는 1956년 베이징 회의에서 덩잉차오를 만났던 상황에 대해 소개하였다.

상공업자에게 한 덩 다졔의 말이 구구절절 자기 마음에 와 닿는다고 느꼈다. 신중국 성립 이전에 그녀가 힘들게 경영하던 만년필공장은 도산 직전에 있었다. 신중국 성립 이후 공장은 나날이 발전하였고 그녀는 일찌감치 공사합영을 신청하였다. 이제 잉슝 만년필은 전국 각지에서 팔려 나갔고 또한 멀리 해외까지 수출되었다. 그녀는 진정 새 사회에서 스스로 기를 펼 수 있게 됐다고 느꼈다.

회의 중에 열린 친목회에서 중국 최대의 민족자본가이며 상하이시부시장 롱이런(榮毅仁)의 부인 양지옌칭(楊鑒淸), 롱이런의 여동생 롱수런(榮漱仁)과 상하이 잉슝만년필공장 공장장 탕디인 등이 아이들 옷을 입고 단상에 올라 "사회주의 좋아!"라고 크게 소리쳤다. 톈진시상공연합 주임 저우수도(周叔弢) 부인 쭤다오위(左道腴)와 왕광잉(王光英) 부인 잉이리(應伊利)는 함께 간단한 연극을 했다. 톈진의 유명한 약재상 러다런(樂達仁)의 며느리 선쓰슈(沈思秀)는 무대에서 콰이반(快板)[112]을 불렀다. 또한 톈진상공업계의 '10인의 다졔'는 무대에 올라 춤추고 노래하며 "차를 따는 아가씨들이 나비를 쫓는다"와 "우리 신쟝은 좋은 지방이다"라는 무용을 공연하였다. 덩잉차오는 무대 아래에서 흥미진진하게 이들 '부인'과 '사모님'들의 공연을 관람하면서 그녀들과 함께 해방의 흥분과 즐거움을 만끽했다.[113]

4월 2일 오후, 마오쩌둥, 류샤오치, 저우언라이, 펑전(彭眞), 덩샤오핑 및 각 민주당파 책임자들은 중난하이에서 회의에 참석한 전체대표들을 접견했다. 많은 사람들이 너무 흥분하여 울기 시작했는데 정성껏 화장한 얼굴 위로 연지와 분에 뒤엉킨 눈물이 흘러내렸다. 덩잉차오는 이를 보고는 그녀들의 사상 감정에 격렬한 변화가 일었다고 느끼게 되었다. 그

---

[112] 역주: 비교적 빠른 박자로 '박판(拍板, 3개의 나무쪽으로 된 리듬악기)과 '죽판(竹板, 2개의 대쪽으로 된 리듬악기)을 치며 기본적으로 7자의 압운된 구어 가사에 간혹 대사를 섞어 노래하는 중국 민간 예능의 한 가지.

[113] 필자가 상하이의 롱수런을 방문하고, 톈진의 쭤다오위, 선쓰슈 등을 방문했을 때 그녀들은 1956년 베이징 회의 상황에 대해 즐겁게 이야기하였다.

녀는 이 역시 하나의 기적이라 할 만한 것으로 중국의 부르주아계급이 "징을 치고 북을 울리며 떠들썩하게 사회주의로 나아가고 있으며", 이는 그들 부인의 역할과 밀접하게 관련되어 있는 일이라 생각하여 여성연합회가 그들 부인에 대한 활동을 강화해야 한다고 느꼈다.

103. "평화사업을 자신들의 손 안에 확실하게 장악하다"

상공업자가족과 여성상공업자 대표회의가 막 끝나자 덩잉차오는 바로 차이창을 도와 국제민주연합회가 베이징에서 개최하게 될 이사회확대대회 준비 작업에 전념하게 되었다.

1956년 4월 24일 48개국의 183명 이사들이 베이징에 모여 회의를 개최하였다. 특별 초청 대표를 포함하면 총 250여 명에 이르렀다. 국제민주여성연합회 주석 고든(Gordon) 부인은 개막사를 통해 세계 각국의 여성이 일어나 세계평화를 수호하자고 호소하였다.

국제민주여성연합회 부주석, 전국여성연합회 주석 차이창은 중국여성연합회를 대표하여 환영사를 통해 각국 이사들의 베이징 회의 참가를 환영하였다. 국제민주연합회 총서기 안젤라 미네라는 대회에서 보고를 하였다.

중국여성대표단 단장 덩잉차오는 중국 수억 여성을 대표하여 회의에서 발언하였다. 그녀는 중국여성운동의 경험을 소개하고 중국여성이 평화를 열렬하게 사랑하며 평화를 지지한다는 마음을 표현하였다.[114]

덩잉차오는 전 세계 각국, 특히 아시아와 아프리카의 수많은 국가 여

---

[114] 1956년 4월 국제민주여성연합회 확대이사회의에서 한 덩잉차오의 연설 기록 원고 참고.

성이 평화를 수호하고 민족독립을 쟁취하기 위한 활동에 적극적으로 참가했다고 말했다; 그녀들은 민족 압박이 이들 국가 여성과 인민에 대한 고통의 근원임을 점점 더 분명하게 인식하였다. 중국여성은 백 년 동안 제국주의자의 노예로 살면서 억압을 받았음과, 여성과 아동의 권리를 보호하기 위해서는 평화 수호, 민족독립과 민주자유 쟁취, 민족경제 번영, 민족문화사업 발전 등과 결합해야 됨을 절실하게 깨달았다. 중국여성은 전국의 인민과 함께 오랜 동안 불굴의 투쟁을 해왔고 마침내 인민의 국가를 건립하였다. 중국여성은 전국의 인민과 함께 자신의 부드러운 힘을 사용하여 국민경제를 발전시키고 과학문화를 발달시키며 사회주의 조국을 건설하고 더욱 아름다운 미래를 창조하기 위해 분투하였다.

덩잉차오는 식민지와 반식민지 여성운동의 경험을 종합하였다; 식민주의의 압박을 경험한 국가에서 민족의 독립과 민주는 전체 인민의 가장 근본적인 이익이다. 동시에 평화를 수호하고 민족독립과 민주자유를 수호한다는 전제 아래 여성의 구체적 상황과 특수한 이익을 보살펴야 하고 여성과 아동의 처지를 적당하게 개선하고 여성의 권리를 쟁취하기 위해 분투해야만 한다.

덩잉차오는 각국 이사를 향해 중국여성운동의 대중노선 활동 방침에 대해 소개하였다: 여성대중은 지혜가 있고 재능이 있으며 역량이 있다. 우리는 반드시 그녀들을 믿고 의지해야 하며 그녀들과 밀접하게 교류해야 한다. 우리는 마땅히 그녀들의 의견을 청취하고 존중해야 하며 유익한 의견을 모아 그 의견에 따라 활동 방안을 결정해야 한다. 방안이 생기면 그것을 대중 속에서 실천하고 추진해야 한다. 실천과 추진 과정에서 여성대중의 인식과 요구와 결합하고 인내심을 갖고 그녀들에게 선전하고 이해시켜야 하며 점차 그녀들의 각오를 계발, 제고시켜 더 많은 여성대중이 자원하여 공동 행동에 참가할 수 있도록 유도하며 그녀들의 지혜와 재능이 발휘될 수 있도록 도와야 한다. 또한 우리는 수시로 대중에게서 얻은 좋은 경험을 축적하고 총괄하여 부단하게 우리의 활동 내용을 풍성하게 하고 또 충실하게 해야 한다. 대중의 의견에 근거하여 우리의 활동 방안을 보충·수정해야 하고 그 후 다시 대중 속에서 실천하고 추진해야 한다. 그렇게 함으로써 우리는 "대중에게서 얻어 다시 대중에게 돌려준다"는 방식을 학습 운영하여 대중을 동원, 운동을 전개하며, 그 속에서 승리를 얻을 수 있다.

회의에 참가한 다수의 이사들은 각국 여성운동의 지도자였다. 그녀들은 덩잉차오의 이 말에 대해 특별한 관심을 보였다. 그녀들 대부분은 수년 동안 여성운동에 종사하면서 여성운동의 어려움에 대해 심각하게 느꼈으며, 운동 중 난관에 봉착했을 때에는 바로 울어버리고 싶을 정도로 화가 난 때도 있었으며, 대중이 뒤떨어졌다고 원망하기도 했다. 덩잉차오의 소개를 듣고 세상에는 이렇게 절묘한 운동방법도 있구나 하고 느꼈다. 그것은 "대중에게서 얻어 대중에게로 돌려준다"는 것인데 그녀들에게 이 말은 정말 흥미로운 것이었다. 과연 중국여성운동이 이렇게 거대한 업적을 낼 수 있었던 것은 놀랄 만한 일이 아니라 훌륭한 운동 방법에서 기인된 것이기에 가능한 것이었음을 깨달았다. 그녀들은 귀국 후에 이러한 운동방식을 시험적으로 운용하여 더 많은 여성대중을 평화수호와 민족독립 획득 투쟁에 동원해보고자 하였다.

사실, 덩잉차오가 소개한 대중노선의 운동방식은 마오쩌둥이 역사유물주의의 기본 관점과 수 년 간의 운동 실천에 근거하여 얻어낸 결과를 종합 검토하여 얻은 것이었다. 덩잉차오의 이 말은 또한 마르크스주의와 마오쩌둥사상을 표면에 드러내지 않으면서 교묘하게 선진사상과 선진적 운동 방법을 각국 여성에게 주입시키고 또 자연스럽고 적절하게 남을 강요하는 듯한 흔적을 조금도 보이지 않았다.

덩잉차오는 여성과의 폭넓은 단결이 중요하다고 논술하였다 : 과거 중국인민의 민족독립과 민주자유 쟁취 사업에서, 각 민족, 각 계층, 각종 종교신앙, 각종 직업의 애국여성은 광범하게 단결하고 긴밀하게 협력하여 외국 침략자를 몰아냈었다. 이제 사회주의 조국 건설사업에 각 민족, 각 계층 여성은 여성노동자, 여성농민, 여성지식인, 직장인부인 등을 막론하여 모두 긴밀하게 단결하여 적극적으로 참가하여야 할 뿐만 아니라, 자본주의 상공업에 대해 평화로운 개조 정책을 통해 여성 상공업자와 상공업자 부인들은 스스로 사회주의 개조를 적극적으로 수용하고 사회주의 길로 갈 때에만 비로소 광명의 길이 열린다고 인식해야 한다. 그녀들은 전국 인민과 함께 하고 조국과 함께 전진하겠다고 의지를 나타내었다.

덩잉차오는 또한 저우언라이와 인도 수상 네루가 함께 제창한 평화공존 5개항 원칙 및 막 개최되었던 반둥회의 경험을 살려 모든 국가의 인민과 여성은 모두 자신들이 좋아하는 사회제도, 정치, 종교신앙, 생활방식을 선택할 수 있는 권리를 갖는다고 말했다; 모든 계층의 인민과 여성 역시 모두 서로 다른 처지와 희망을 지녔다. 단지 모두는 구동존이(求同存異)[115]의 정신에 따라 공통점을 찾아 확대하고 구체적 문제의 합작에서 점차 전면적인 합작에 도달하고 반복적인 협상의 방법을 채택하여 해결 가능한 차이를 해결하고 상호 존중하여 서로의 이익을 추구하며 서로 믿고 간섭하지 않으면 반드시 우호적인 합작에 도달하여 평화공존에 이를 수 있다.

마지막으로 덩잉차오는 힘 있게 말했다.
"친애하는 친구 여러분, 우리는 각국 여성이 한 걸음 더 나아가 더욱 굳건히 단결함으로써 평화사업을 자신들의 손안에 확실하게 움켜쥐기만

---

115 역주: 일치하는 점은 취하고, 의견이 서로 다른 점은 잠시 보류하다.

한다면, 우리는 반드시 큰 평화를 얻을 수 있고 더 큰 승리를 획득할 수
있을 것입니다.”

그녀의 연설은 열정적이고 진실 되며 또 풍부한 내용을 담고 있었기
때문에 박수 소리가 오래 동안 지속되었다. 세계 도처에서 온 이사들은
중국여성운동에 대해 감탄하였을 뿐만 아니라 차이창, 덩잉차오와 함께
중국여성운동을 수십 년 동안 지도하며 풍부한 경험과 탁월한 재능을
지닌 걸출한 여성들에 대해 더욱 탄복하였다.

국제민주여성연합회 베이징이사회확대회의는 매우 성공적으로 개최
되었고, 세계평화 수호와, 여성 단결 강화에 관한 결의를 통과시켰고 각
국 여성들의 우호협력을 발전시켜 세계평화 수호를 위한 유리한 환경을
조성하였다.

중국정부 총리 저우언라이는 성대한 연회를 열어 회의에 참석한 국제
민주연합회 이사와 특별히 초청한 대표들, 그리고 회의 관계자들을 환영
하였다. 덩잉차오는 저우언라이가 주재하는 환영 연회에 참석하였다. 그
날 그녀는 연회 대상으로 환영 받을 ‘손님’이면서 동시에 연회의 주인이
기도 했다. 그녀는 고상한 풍모의 저우언라이 곁에 서 있었는데 그 모습이
아름다워 사람의 이목을 끌었다. 많은 이사들이 그들을 향해 매우 존경하
는 눈빛을 보였는데 마치 “정말 걸출한 한 쌍이다”라고 말하는 듯했다.

회의 주최를 맡은 중국이사와 회의 관계자들은 차이창, 덩잉차오와
전국여성연합회의 지도 아래 열정적으로 회의를 주재하였으며 또 항상
“주객이 전도되지” 않도록 조심하였고, 국제민주여성연합회 지도자와
각국 이사의 의견을 존중하였다. 특히 작은 나라 이사들에게 특별한 관
심을 기울임으로써 그녀들은 충분한 배려에 매우 편안하고 쾌적하다고
느꼈다. 이것은 덩잉차오가 사전에 특별히 중국 관계자들에게 대국주의
사상에 빠져서는 안 된다고 하면서 모든 이사들을 대할 때 대국, 소국을
차별하지 말고 반드시 똑같이 대하며 작은 나라일수록 더욱 배려하고
존중해야 한다고 주의시켰기 때문에 가능했다.

이사회가 끝난 뒤 전국여성연합회는 또한 40여 개 국가 이사들을 나눠 중국 각지를 참관시켰다. 덩잉차오는 사전에 역시 각 지역의 여성연합회에 부탁하여 그녀들에게 좋은 면뿐만 아니라 낙후된 부분도 빠뜨리지 않고 보도록 하여 그녀들에게 중국의 진면목을 있는 그대로 알 수 있게 하였다. 덩잉차오는 단지 그녀들에게 좋은 면만 보여주면 그녀들은 오히려 믿으려 하지 않을 것이라고 말했다; 그녀들에게 낙후된 면을 보여줄 경우 이들 낙후된 것들은 구사회의 유물들로 우리가 반드시 변화시킬 것이라고 그녀들에게 설명해 줄 수 있고 또 그래야 그녀들은 우리를 더욱 신뢰할 수 있을 것이다. 과거 우리는 그녀들이 전족을 볼까 걱정하며 "집안 허물은 밖으로 드러내서는 안 된다"고 생각했는데, 반드시 이럴 필요는 없다. 전족은 옛날 중국사회의 유물로 신중국이 건립된 이후 여성은 이제 전족을 하지 않는다. 실사구시의 정신이 있다면 있는 그대로 말하고 있는 그대로 그녀들에게 보여줄 수 있는 것이다.

각국 이사를 접대하게 될 각 지역의 여성연합회는 덩 다제의 의견에 따라 일을 처리했다. 손님들은 매우 만족했고 또 매우 감동받았다. 그녀들은 자신들이 진실로 생기발랄하게 발전하고 있는 신중국을 보았다고 말했다.

104. 여성운동에 대한 당의 지도 강화

1956년 9월 중국공산당은 전국제8차대표대회를 개최할 예정이었다. '8대'대표로 선출된 덩잉차오는 대회 발언을 준비하였다.

덩잉차오는 발표 요지를 준비하고 발언 초고를 썼다. 그녀는 보다 큰 효과를 거두기 위해 여러 사람의 의견을 모으고 여러 차례에 걸쳐 원고를 수정하고 나서야 비로소 안심했다.

1956년 9월 15일 중국공산당 제8차전국대표대회가 베이징에서 성대하게 개최되었다. 덩잉차오는 대회에 출석하여 대회주석단 성원과 대표자격심사위원회 위원으로 선출되었다.

개막식에서 그녀는 마오쩌둥의 개막사를 정중히 들었다. 그 가운데 "겸허한 마음은 사람을 발전시키고 오만함은 사람을 낙오시킨다"라는 두 구절의 의미심장한 말이 그녀의 마음속에 깊게 각인되었다.

그녀는 류샤오치가 당중앙을 대표하여 한 정치 보고를 들었다. 보고에서 그는 다음과 같이 말하였다. "당의 현재 임무는 이미 획득한 해방과 이미 조직한 수억 노동인민에 의지하여 국내외에 결속 가능한 모든 역량이 힘을 합쳐 우리에게 유리한 모든 조건을 충분히 이용하고 가능한 한 신속하게 우리나라를 위대한 사회주의국가로 건설하는 바로 이것이다." 당중앙이 제출한 이 위대한 목표 때문에 덩잉차오는 크게 고무되었다.

그녀를 더욱 흥분시킨 것은 류샤오치의 정치보고 가운데 여성운동과 여성사업에 대해 상당 부분을 할애해 충분하게 언급하고 있다는 점이었다. "우리당은 일관되게 여성해방운동에 대해 관심을 기울이고 지지하였으며 여성의 철저한 해방을 우리 사업의 주요 목표 가운데 하나로 여겼다. 우리나라 여성대중은 현재 농업과 공업 노동 및 기타 수많은 직업 부문에서 날로 그 중요성을 더해가고 있다. 각종 직책에서 여성간부는 빠르게 성장하고 있는 중이다. 당은 계속하여 더욱 발전하고자 하는 여성의 마음을 고취시키고 그녀들이 활동에 참가할 때 봉착하는 특수한 난관을 극복하도록 도우며 그녀들을 도와 활동의 숙련 정도를 제고시키고 당 내외에 존재하는 여성 경시의 모든 잘못된 사상을 규정해야 한다. 또한 사회생활과 가정생활에서 남녀평등과 여성 아동 보호라는 새로운 도덕적 기풍을 수립해야 한다. 이미 전국 각지에 건립된 조직인 민주여성연합회는 거대한 여성군중조직으므로 당은 마땅히 그의 활동에 관심을 갖고 지원해야 하며 그를 통해 당은 여성대중과의 관계를 강화해야 한다.”[116]

류샤오치는 이 말을 통해 여성운동의 업적을 긍정하고 노력의 방향을 가리켰으며 덩잉차오로 하여금 더 분발하여 활동하라고 격려하였다.

덩잉차오는 저우언라이의 「국민경제 발전 제2차 5개년계획에 관한 건의」 보고와 덩샤오핑의 「당 장정 수정에 관한 보고」를 청취했다. 덩샤오핑의 보고 가운데 개인 결정 반대에 관한 문제와 당의 집단지도 관철, 그리고 당내 민주의 확대 의견 등에 대해 그녀는 매우 깊은 인상을 받았다.

9월 19일 그녀는 11번째로 자신의 발언 원고를 수정하였다.

9월 22일, 그녀는 당 대표대회에서 「거대한 여성대중 역량을 단결시키고 발휘하여 우리나라를 위대한 사회주의국가로 만들자」는 발언을 하였다.

덩잉차오는 신중국 성립 이후 중국여성운동의 성과에 대해 개괄하였다; 전국적으로 절대 다수의 여성이 이미 조직되었고, 점점 자발적으로 사회주의의 길로 매진하고 있으며 사회주의 개조와 건설사업에 적극적으로 참가하였다. 200만여 명의 여성노동자, 1억에 달하는 여성농민, 200만여 명의 여성수공업자, 70만여 명의 여성간부, 그들의 노동과 사업에 대한 열정은 전에 없이 고양되었고, 능력 역시 점차 향상되었으며 문화, 과학, 기술에 대한 학습 요구도 부단히 증가하였다. 대규모의 노동자 부인과 수공업자 부인은 기층정권과 각종 사회활동에 적극적으로 참가하고 있으며 사회주의를 위해 복무하려고 노력하고 있다. 여성상인과 상공업자 부인 역시 자립적으로 살아 갈 수 있는 노동자로 거듭 나기 위해 노력하고 있다.

덩잉차오는 “현실적으로 우리나라에서 여성해방문제가 이미 완결됐

---

116 『劉少奇選集』下卷, 人民出版社, 1985.12, 第1版, 274-275쪽.

다고 할 수 없다"고 말했다. 그녀는 중국이 원래 경제적으로나 문화적으로 낙후된 국가라고 하면서 다음과 같이 지적하였다; 현재 여성대중 가운데 문맹이 아직 다수를 점하고 있으며 여성지식인은 매우 부족한 편이다. 이미 사회노동에 참가한 여성은 일반적으로 업무 지식과 기술이 높지 않고 경험도 부족하며 대부분은 사회노동 참가와 자녀 부양, 가사노동 종사 사이에 모순을 느끼고 있다. 구사회로부터 전래된 여성을 경시하고 차별하는 의식은 사람들이 여성과 여아를 대하는 태도 그리고 혼인, 가정생활 등 각 방면에 걸쳐 상당히 보편적으로 반영되어 있다. 당은 여성운동에 대한 지도를 강화하고 또한 구체적이고 절실한 의견을 제출해 주어야 한다.

현재 당의 임무는 중국을 위대한 사회주의국가로 건설하는 것이고 여성운동의 중심임무는 여성을 광범하게 동원하여 각 방면에서 사회주의 건설에 참가시키는 것이다. 사회주의 건설의 필요에 부응하기 위해서 여성을 반드시 계획적으로 끌어들여 각종 사회운동에 참가시켜야 한다. 그러나 일부 지방에서는 여전히 여성을 경시하거나 차별하며, 여성의 노동력을 이용해서는 안 된다는 잘못된 편견을 가지고 있다. 예컨대, 여성의 노동력이 적합한 기관에서는 공공연히 여성노동자 채용을 거부하고 불합리한 규율을 제정하여 여성의 취업을 제한하였다. 어떤 기관에서는 여성의 생리적 특징과 가사노동을 무시하고 과도하게 여성의 노동지표를 설정함으로써 지나치게 힘든 노동 부담을 여성에게 부가하여 여성의 건강을 해치게 하였다. 이제 이런 편향된 시각은 확실하게 시정되어야 한다.

여성을 동원하여 생산노동에 참가시킬 때 반드시 여성의 안전을 효과적으로 보호할 수 있는 조치를 취해야 한다. 사회노동에 참가하는 여성에 대해 남녀 동일임금의 원칙을 반드시 관철시켜야 한다. 또한 가능한 한 많이 각종 탁아시설을 확충하여 여성이 안심하고 사회노동에 참가할 수 있도록 해야 한다.

현재 중국의 조건에서 가사노동은 가치가 있고 또 마땅히 중시되어야 한다. 이후 여성연합회는 여성노동자, 여성수공업자 그리고 상공업자 가족에 대한 활동을 보다 더 강화해야 한다. 이미 사회노동이나 사회활동에 참가하고 있는 여성에 대해서는 가능한 한 그녀들이 가사노동을 처리할 수 있는 시간을 보장해야 하고 동시에 사회봉사사업을 확대 발전시키는 데에 주의하여 점차 도시와 농촌 여성이 가사노동을 줄여야 한다는 요구를 충족시켜야 한다.

수많은 여성에 대해 항구적인 정치교육 활동을 강화하고 그녀들이 사회주의 각오를 부단히 제고할 수 있도록 도와야 한다. 계획적으로 여성의 문맹을 해소해야 한다. 중등교육과 고등교육 기관 내에 여학생의 비율을 적절히 증가시켜야 한다.

국내외 여성의 단결을 더욱 확대하고 공고히 해야 한다. 여성계의 통일전선사업은 인민민주통일전선의 일부분이다. 사회주의 혁명 고조 가운데에서 여성통일전선은 더욱 공고히 해야 하며 발전시켜야 한다. 민족부르주아계급에 속하는 많은 여성이 부르주아계급 내부에서 적극적으로 활동하여 자본주의 상공업자가 사회주의 개조를 받아들이는 데에 매우 큰 역할을 하였다. 이후 계속적으로 여성통일전선을 공고히 하고 확대시켜야 한다. 민주여성연합회는 항상 각 민족, 각 계층, 각 민주당파 여성 중 새로운 지식인에 주의를 기울여 그녀들을 흡수함으로써 자신이 지도하는 기관에서 비공산당 여성의 비율이 적당히 증가할 수 있도록 해야 한다. 민주여성연합회의 당간부는 비공산당원의 지도 핵심과 단결 협력을 강화하여 분파주의적인 사상 태도를 확실하게 교정해야 한다. 또한 당외의 간부와 상호협력하고 상호학습하며 일을 수행함에 있어 서로 상의하고 정성을 다해 대하며 그녀들에게 직책과 권리를 갖게 하고 그녀들을 위해 좋은 활동 조건을 마련해 주며 그들이 역할을 충분히 수행할 수 있도록 도와야 한다.

또한 중국여성은 적극적으로 국제여성의 중요한 활동에 적극적으로 참여하였다. 전국여성연합회는 이미 56개 국가의 여성과 우호 관계를 맺었다. 이후 각국여성들과의 관계를 공고히 하고 발전시키며 단결을 강화하고 여성과 아동의 권리를 보호하고 세계평화를 수호해야 한다.

덩잉차오는 당이 여성운동에 대한 지도를 계속 강화하는 문제를 중히 여겨 말했다 : 전당이 여성운동을 전개해야 한다는 방침을 관철시키고 여성운동에 대한 당의 지도를 전면적이고 체계적으로 강화하는 것이 여성운동을 효과적으로 수행하는 기본적인 관건이다. 몇 년 이래 이미 많은 당위원회가 여성운동을 당위원회의 활동 계획에 포함시켰고 관련기관에 일임하여 구체적인 조치를 취하였으며, 역할을 분담하고 협력하여 함께 추진하며 정기적으로 여성운동에 대해 검사하여 경험을 총괄하고 확대하도록 하였다. 이를 통해 여성운동이 전면적으로 전개되고 각 방면의 활동으로 확장될 수 있었다. 그러나 일부 당위원회는 여성운동에 대해 충분히 지도하지 못했으며 또 충분할 만큼 구체적으로 대처하지 못했으며, 간혹 그저 누군가 찾아와 "적당히 한 번 관여해 주기를" 기다릴 뿐 여성단체의 역할을 수행하려고 주의하지 않았다. 이러한 상황은 반드시 개선되어야 한다. 동시에 현재 더욱 당의 여성운동 부분을 개선하고 정리하며 활동을 개선할 필요가 있다.

국가기관, 광공업기업, 국영농장, 합작사 내의 당(黨), 단(團), 노동조합조직은 반드시 여성운동에 대한 지도를 강화하여야·한다. 이들 기관에서 활동하는 여성과 부인들이 점점 더 많아지고 그녀들 모두 특수한 요구를 갖고 있기 때문에 운동도 따라 발전해야 이것들을 해결할 수 있다. 이들 기관의 당, 단, 노동조합조직은 필요에 따라 전문기구 혹은 전문인력을 배치하여 여성운동을 지도하는 것이 가장 바람직하다.

이러한 상황에서 여전히 여성단체는 필요한가? 덩잉차오는 이것 또한 필요하다고 명확하게 말했다 : 여성대중조직은 사회 역사의 일정한 조건 아래에서 만들어졌기 때문이었다. 그의 역사 임무는 여성의 특수문제를 겨냥하여 여성대중 가운데에서 전문적인 활동을 진행하는 것이다. 현재 여성대중은 여전히 적지 않은 특수문제를 갖고 있고 일부 여성들은 여전히 조직에 참가하지 않고 자신의 권리를 아직까지 제대로 누리지 못하고 있다. 수많은 여성은 여성의 요구를 표현하고 여성과 아동의 권익을 보호하며, 남녀평등 정책과 법령 집행을 감독할 자신들의 조직을 여전히 필요로 하고 있다. 각국 여성과 우호적인 관계를 유지하는 것도 그것의 장기적 임무이다.

덩잉차오는 각급 당위원회가 각급 민주여성연합회에 대한 지도를 강화하여 조직화의 역할을 충분히 발휘하며 활동 방법을 개선할 수 있도록 도와주기를 희망하였다. 사회주의혁명이 고조되는 가운데 활동하던 일부 여성간부는 여성의 기층조직을 취소하자고 주장하면서 민주여성연합회의 각급 조직의 역할을 저평가하였는데 이러한 생각은 온당하지 못하다고 하였다.

덩잉차오는 전국여성연합회가 활동 과정에서 대중과 현실에서 벗어난 주관주의와 관료주의의 결점이 있었음에 대해 검토하고 확실히 이러한 결점을 진지하게 교정하여 활동을 개선해야 한다고 하였다.

9월 27일, 중국공산당제8차대표대회가 폐막되었다. 차이창, 덩잉차오, 첸잉(錢瑛), 천샤오민(陳少敏)은 중앙위원에 당선되었고, 솨이멍치, 장윈, 리지옌전(李堅眞), 취멍줴(區夢覺)는 후보중앙위원에 당선되었다. 당중앙지도기구 가운데 8명의 여성동지가 포함된 것은 당 역사에 있어 처음 있는 일로서 당내에서 여성의 정치적 지위가 향상되었음을 의미하는 것이었다.

중국여성제3차전국대표대회가 1957년 9월 개최되었다. 중국의 사회주의 개조는 이미 기본적으로 완성되었고 사회주의 건설의 새로운 시기 탐색에 돌입하였다. 당의 '8대'는 "전당이 역량을 집중하여 생산력을 발전시킨다"고 확정하였다. 마오 주석은 사회주의 건설 시기에 "모든 사업을 알뜰하게 꾸려나가야 하며", "중국은 대국이지만 현재 매우 가난하기 때문에 중국을 부유하게 하려면 수십 년의 시간이 걸리고 수십 년 이후에도 근검절약의 방침을 유지해야 한다"고 지적했다.

중국여성제3차전국대표대회는 '8대'가 확정한 노선에 따라 여성의 특수한 조건에서 출발하여 사회주의 건설시기 여성운동의 방침에 대해 연구, 토론하였다.

당중앙은 이번 회의를 매우 중시하였다. 8월 베이다이허(北戴河)에서 당중앙 총서기 덩샤오핑이 직접 중앙서기처 회의를 주재하여 두 차례에 걸쳐 중국여성제3차전국대회의 보고에 대해 토론하였다. 덩샤오핑은 마땅히 근검절약을 통해 건국하고 근검하게 살림하며 사회주의 건설을 위해 분투하는 것을 보고의 지도사상으로 삼고 여성사업의 근본방침으로 삼아야 한다고 지적하면서 특히 근검하게 살림한다는 구절이 좋다고 하였다. 이 지시에 근거하여 보고의 기초를 담당한 조직원들이 보고를 다시 작성하였다. 차이창, 덩잉차오, 장윈, 뤄츙, 동비엔(董邊)은 중앙서기처 회의에 참석하였다. 덩잉차오는 회의 발언을 통해 이 방침을 옹호하였다. 중앙서기처 제2차보고토론 때에 수정 보고가 비준되었다.

이어, 류샤오치가 베이징에서 주재한 정치국회의에서 이 보고에 대해 토론하였고 근검절약을 통해 건국하고 근검하게 살림하며 사회주의 건설을 위해 분투하는 것이 여성사업의 장기적인 방침임을 인정하고 중앙서기처가 심사한 보고를 통과시켰으며, 쟁점이 됐던 문제에 대해서 명확하게 지시를 내렸다. 차이창, 덩잉차오, 장윈, 뤄슝은 회의에 참석하였다.

이후, 중앙여성위원회 제7차회의, 전국여성연합회 제2기상임위원회제16차회의, 전국여성연합회 제2기4차집행위원회는 차례로 회의 보고와 수정 장정에 대해 토론하였다. 덩잉차오는 이 일련의 회의에 출석하였고 회의석상에서 이 방침이 지니는 중대한 의의에 대해 상세하고 분명하게 밝혔다.

1957년 9월 9일에서 20일까지, 중국여성제3차전국대표대회가 베이징에서 성대하게 개최되었다. 차이창은 개막사를 하였다. 류샤오치, 주더,

저우언라이, 천원, 덩샤오핑, 궈모뤄 등 지도자들이 개막식에 출석하였다. 주더는 당중앙을 대표하여 대회에 축사를 하였다. 그는 "우리나라는 이미 새로운 역사 시대로 진입했습니다. 우리의 임무는 우리의 사회주의 제도를 계속 건립, 공고히 하고 역량을 집중하여 우리나라의 생산력을 발전시키는 것입니다"라고 말했다. 그는 전국여성연합회가 중국공산당이 제출한 "근검절약을 통해 건국하고 근검하게 살림하며 근검하게 일체의 사업을 꾸려나간다"는 방침을 관철, 집행시켜 나가야 한다고 호소하였다. 장원은 「근검절약을 통해 건국하고 근검하게 살림하며 사회주의 건설을 위해 분투한다」라는 활동보고를 하였다. 덩잉차오는 폐막사를 통해 근검절약을 통해 건국하고 근검하게 살림하며 여성을 동원, 조직하여 사회주의 건설을 위해 분투하는 것이 현단계 여성운동의 근본방침이라고 지적하였다. 그녀는 다시 전국여성연합회 부주석에 당선되었다.

105. 간절한 마음으로 깊은 우정을 쌓다

덩잉차오는 오랜 친구들과 고난을 같이 하고 고난 속에서 그녀의 도움을 필요로 하는 친구들에게 깊은 관심을 기울였다.

1949년 광저우가 막 해방되자 덩잉차오는 1927년 '4·15'사변[117] 후 위기에 빠졌을 때 자신을 구해준 산부인과 의사 왕더신(王德馨)과 간호사 한르슈(韓日修)에 대한 소식을 다른 사람에게 부탁하여 알아보았다.[118] 20여 년의 세월이 흘러 세상이 많이 변했기 때문에 한 동안 찾을 수 없었

---

[117] 역주 : 1927년 상하이 반공쿠데타가 발생한 데 영향을 받아 광저우에서 일어난 반혁명정변을 가리킨다.
[118] 역주 : 덩잉차오와 왕더신, 한르슈와의 관계에 대해서는 제4장 24절 참조.

다. 1951년 겨울 그녀가 병에 걸렸을 때 느닷없는 한르슈의 편지를 받고 매우 기뻤다. 하지만 병상에 있었기 때문에 편지를 쓰기가 힘들었다. 1952년 봄, 그녀의 몸이 다소 좋아지자 곧장 한르슈에게 다음과 같은 편지를 직접 썼다.

"르슈 언니에게. 작년 와병 중에 광저우로부터 온 당신의 갑작스런 편지 받고 근황을 알게 되어 매우 기뻤습니다. 광저우 해방 이후 난 사람을 시켜 당신과 왕더신 선생의 행방을 찾았으나 알 길이 없었습니다. 지금 언니가 잘 지내고 있고 여전히 일도 하고 있다니 매우 기쁩니다. 그러나 혹 언니께서 왕더신 선생의 근황에 대해 아는지 궁금합니다. 알면 연락바랍니다."

"병에서 회복된 뒤 바쁜 업무 때문에 바로 답장을 보내지 못해 매우 미안합니다. 이제 시여성연합회 동지에게 특별히 부탁하여 대신 당신을 찾아 안부를 전합니다."

"보낸 편지에서 내 어머니에 대해 물으셨는데, 어머니는 이미 1940년 충칭에서 병으로 돌아가셨습니다. 벌써 십여 년이 지났군요. 나는 지난번 난산 이후 다시는 애를 가질 수 없습니다. 어려운 혁명 생활 속에서 몸은 이전만큼 건강하지 않지만 다행히 활동을 계속하고 있습니다. 이상의 소식을 전하며 우선 답장을 대신합니다. 건강하세요. 덩잉차오. 1952년 3월 20일."

덩잉차오는 광저우시 여성연합회 동지들에게 부탁하여 한르슈를 찾아 가 자신의 안부 인사를 전해 달라고 하였다. 그리고 그녀들은 여기저기 찾아다니며 의사 왕더신의 행방을 수소문하였다. 이후 왕더신이 신중국이 수립되기 이전에 홍콩으로 가 모의원에서 일을 한 사실을 알아냈다. 덩잉차오는 다시 홍콩으로 가는 동지에게 부탁하여 의사 왕더신에게 자신의 안부인사를 전해 달라고 부탁했다.[119]

---

[119] 광동성여성연합회 동지는 필자에게 한르슈와 왕더신에 대해 덩잉차오가 관심을 보였던 상황에 대해 소개하였다.

상하이 중앙여성위원회 사업 당시 덩잉차오의 '여덟번 째 동생' 좡동샤오(莊東曉)는 장정이 전개될 때 쟝시소비에트구에 남아 당과 연락이 끊겼다. 이후 좡동샤오는 홍콩으로 갔고 판한녠(潘漢年)의 지도 아래 국민당 군대 내부의 반란공작을 전개하였다. 신중국 수립 이후 "복잡한 사정으로 인하여" 광동성 중·소우호협회에서 업무를 맡아 종사하고 있었다.[120] 좡동샤오는 몸도 마음도 좋지 않았다. 그녀는 자신의 불안한 심정을 덩잉차오에게 편지로 전했다. 편지를 보낸 후 그녀는 후회하였다. 과거 그녀는 덩잉차오와 함께 활동할 때에는 서로 언니 동생이라 불렀다. 하지만 수십 년이 지나 세상은 많이 변했고 자신의 처지가 불우하게 되었는데, 덩잉차오가 아직까지 그녀를 기억하고 있을까?[121]

뜻밖에 그녀는 매우 빨리 덩잉차오의 편지를 받아 볼 수 있었다. 편지에서 덩잉차오는 처음부터 그녀를 '여덟째 동생'이라고 친밀하게 불렀다. 좡동샤오는 감격하여 눈물을 흘렸다. 그녀는 덩 다졔의 몸이 좋지 않다는 소식을 접하고 다시 안부 편지를 썼다.

1950년 8월 그녀는 덩잉차오의 편지를 또 받았다.

"여덟째 동생에게. 회의 후 몸이 또 부지할 수 없을 정도로 좋지 않아요. 최근에는 계속 고열인데 벌써 1개월이나 지났군요."

"내 몸이 좋지 않아 비록 내가 원하는 대로 할 수 없고 마음껏 활동할 수도 없지만, 오랜 병과의 싸움에서 나는 어떻게 해야 체력 부담의 한계를 넘지 않으면서 일을 해야 하는지 알게 됐어요. 그러니 내 건강 때문에 걱정하지는 마세요. 일이나 병과의 투쟁 속에서 우리는 반드시 경쟁하여 승리를 쟁취해야 합니다."

---

[120] 역주 : 좡동샤오(1908-2000)는 1935년 쟝시성에서 국민당군에 체포되었고 동년 4월 석방된 후 공산당과의 조직관계가 단절되었다. 국민당 군관의 부인이 되었기 때문이었다. 교사로서 생활하다 신중국 수립을 맞이하였는데 1950년 홍콩에서 광저우로 돌아와 광동 중·소우호협회 간사를 역임했다. 문화대혁명 때 공격을 당했고 1985년 중앙조직부의 결정에 따라 당적이 회복되었다.

[121] 좡동샤오는 자신에 대해 덩잉차오가 관심을 기울여주었던 상황에 대해 소개하였다.

"들자하니 올해 중·소우의협회가 업무회의를 개최한다고 하니 기회를 봐서 꼭 베이징 회의에 출석하도록 노력해 봐요. 회의 때에 나와 차이창 다제가 우리 여덟째 동생과 반드시 만나 회포를 풀수 있도록 해줘요. 덩잉차오. 1950년 8월 24일."

쾅동샤오는 베이징 회의에 참석할 기회를 얻지 못했다. 1953년이 되어서야 그녀는 조카가 베이징에서 일을 하고 있어 친척을 방문한다는 이유를 빌미로 비로소 베이징에 도착할 수 있었다. 떠나기 전 그녀는 덩잉차오에게 편지를 썼다. 덩잉차오는 쾅동샤오를 집으로 초대하였다.

쾅동샤오가 시화팅 뒤 응접실에 도착해 보니 집안이 텅 비어 있음을 발견하였다. 앞에는 네모난 작은 탁자가 놓여 있었고 4개의 작은 의자가 둘러 있었다. 이곳이 필시 총리와 다제가 식사하는 곳일 것이었다. 응접실 서북쪽 귀퉁이에는 흰 천으로 덮힌 오래된 소파가 놓여 있었다. 발밑은 오래된 네모난 벽돌 바닥이었다. 그녀는 총리와 다제의 응접실이 이렇게 초라하다는 사실을 발견하고 정말 놀랐다. 덩잉차오가 그녀를 맞이하러 나왔다. 저우언라이도 그녀를 보기 위해 왔다.

쾅동샤오는 덩잉차오를 보자, 마치 수년 동안 보지 못한 친척을 만난 듯이 하염없이 눈물을 흘렸다. 덩잉차오가 계속적으로 그녀에게 권유했다.

"여덟 째 동생, 더 굳세져야 합니다." 그녀는 서로 헤어진 이후의 상황에 대한 쾅동샤오의 상세한 설명을 듣고는 다시 감탄조 말했다.

"여덟 째 동생, 정말 운이 없군요. 판한녠은 사망하였고, 당신의 당적 문제 해결은 또한 지연되고만 있습니다."

덩잉차오는 쾅동샤오에게 새로이 입당하라고 권했다. 쾅동샤오는 광저우에 있을 때 광동성위원회 책임자 동지 팡팡(方方)과 취멍줴 역시 그녀에게 그렇게 권했었다. 그녀는 단지 울기만 하고 수긍하지 않았다. 그녀는 1926년 입당한 당원이었기 때문에 자신의 당적이 회복되기를 희망했다. 덩잉차오는 재차 그녀에게 권했다. "다시 입당토록 해요" 쾅동샤오는 그저 울기만 할 뿐 말을 듣지 않았다. 덩잉차오는 그녀가 산동 사람인 것을 알고 특별히 요리사에게 만두를 빚어 준비시킨 후 그녀를 초대하였다. 또한 차이창과 양즈화에게 전화하여 알렸다. "여덟 째 동생이 왔어요."

차이창과 양즈화는 모두 쫭동샤오를 자신들의 집으로 불러 이야기를 나누었다.

당시 쫭동샤오는 얼굴이 누렇게 뜨고 몹시 수척하였으며 몸이 아주 안 좋았다. 덩잉차오는 그녀를 베다이허로 보내 4개월 동안 요양하도록 조치하였다. 덩잉차오는 다시 그녀에게 편지를 보내 요양을 잘 하여 몸을 회복 한 후 일을 계속해야 한다고 충고하였다. 쫭동샤오는 베이징으로 돌아와 중·소우호협회초대소에 머물렀다. 덩잉차오는 다시 그녀를 찾았고 그녀가 베이징에서 일을 계속하기를 희망하였다. 하지만 광저우 측에서 동의하지 않았다.

덩잉차오는 그녀에게 말했다.

"여덟 째 동생, 생각을 크게 갖도록 해요. 당신의 당적문제를 해결하려면 아직 광저우에 있어야 하니 바로 광저우로 돌아가 일하도록 해요"

덩잉차오는 그녀에게 기분전환을 시켜주려고 양즈화에게 그녀를 데리고 연극 『굴원(屈原)』을 보러 가게 하였다. 양즈화는 또한 그녀와 함께 중난하이 화이런탕(懷仁堂)에서 상연한 경극 『장상화(將相和)』를 보러 갔다. 저우언라이와 덩잉차오는 그들 앞자리에 앉아 있었다. 덩잉차오가 고개를 돌려 쫭동샤오를 보며 억지로 그녀를 앞자리로 끌고 와 자기 옆자리에 앉혀 같이 경극을 보았다.

덩잉차오는 마음속 가득히 오랜 친구를 담아 두고 있었다. 그녀는 중앙소비에트에서 활동할 때 폐병에 걸려 홍군 중앙의원원장 푸롄장(傅連璋)의 집에서 요양한 적이 있었다. 그 집사람들은 그녀를 가족처럼 대해 주었다. 당시 생활이 매우 어려웠음에도 푸롄장의 부인 류츠푸(劉賜福)은 그녀에게 닭국을 끓여주었고 영양가 높은 음식을 만들어 주었다. 홍군이 출발할 때 덩잉차오는 어머니를 류츠푸에게 돌봐 달라고 부탁하기도 하였다. 후에 그녀는 홍군이 어머니를 데려가게 됐다는 소식을 들었다. 어머니와 류츠푸가 헤어질 때 둘은 울며 헤어지는 것을 매우 아쉬워하였다. 류츠푸는 소비에트구에 남아 많은 고생을 하였다. 그녀는 세 아이를 데리고 푸젠 창팅(長汀)으로 돌아가 초등학교와 병원에서 일을 하였다. 그런데 어떤 사람이 그녀가 불행하게도 희생되었다고 잘못 소식을 전하였다. 푸롄장은 옌안에서 재혼을 하였다. 이것은 고통스런 전쟁이 만들어낸 불행한 비극이었다. 류츠푸는 저간의 사정을 듣고서는 모두 이해하며 이혼 수속에 동의하였다. 덩잉차오는 이 이야기를 접하고 매우 난처해 어떻게 해야 좋을지 몰랐다. 그러나 마음속으로는 츠푸를 염려하고 기억하고 있었다.[122]

그녀가 상하이로 출장을 갔을 때 류츠푸 역시 상하이에 있음을 알았다. 그녀는 아들 푸웨이광(傅維光, 중산(中山)병원 외과의사)의 집에 살고 있었다. 덩잉차오는 급히 차를 보내 그녀를 모셔오게 하여 만났다. 덩잉차오는 당시 18층 방에 머물고 있었는데, 직접 아래층으로 내려와 그녀를 맞이했다. 보자마자 덩칭차오는 소리쳤다. "츠푸 언니, 안녕하셨나요?" 류츠푸는 기쁜 마음을 억누를 수 없어 눈물을 흘렸다.

덩잉차오는 류츠푸의 손을 끌어 당겨 엘리베이터에 올랐다. 엘리베이터에는 의자가 있었는데 덩잉차오는 꼭 류츠푸가 앉아야 한다고 고집했다. 그녀들이 위에 올라와 보니 저우언라이도 거기에 있었다. 그는 급히 악수를 하며 류츠푸를 맞이했다.

"츠푸, 미안합니다. 난 일이 있어 나가봐야 합니다. '만구(滿姑)'[123]와 이야기를 나누도록 해요." 저우언라이는 아직까지 만구(즉 샤오구(小姑), 푸젠 서부 말로는 만구라고 한다)라는 말이 류츠푸와 아이가 덩잉차오를 부를

---

122 필자가 1987년 92세 고령인 류츠푸를 상하이로 방문했을 때 그녀는 건강한 몸이었고 기억력도 매우 좋았다. 그녀는 기쁜 마음으로 자신과 덩잉차오와의 교제 상황에 대해 말하였다.

123 역주: 이에 대해서는 5장 35절 참조.

때 사용하는 호칭이었음을 알고 있었다. 류츠푸는 이 말을 듣고 매우 친밀함을 느꼈다.

덩잉차오는 류츠푸의 손을 끌어 당겨 함께 소파에 앉았다. 그녀는 말할 때마다 "츠푸 언니"라고 하며 이전에 자신의 어머니를 돌봐준 것에 대해 감사하였다. 그리고 완곡하게 류츠푸에게 대범하게 생각하라고 권하면서 세 아이가 모두 잘 자라 독립적으로 일을 할 수 있게 되지 않았냐고 하였다. 그녀는 또한 자상하게 물었다.

"츠푸 언니, 생활은 어떠세요? 돈은 충분한가요?"

류츠푸는 말했다.

"나는 현재 퇴직연금을 받고 있어 돈은 충분해요."

덩잉차오는 그녀에게 손목시계를 사 주었다. 류츠푸는 바로 말하였다.

"고마워요. 만구. 나도 시계를 갖게 되었네요."

덩잉차오는 츠푸 언니가 슬픔과 근심에서 벗어나 기분전환을 하게 하려고 웃으며 말했다.

"츠푸 언니, 언니의 음식은 정말 맛있었어요. 잠시 후에 그 요리법을 적어 내게 알려 줘요." 류츠푸는 두말없이 허락하면서 다시 물었다.

"만구, 또 내가 당신에게 해 줄 것이 없나요?"

덩잉차오는 잠시 생각하더니 말했다.

"츠푸 언니, 나를 도와 헝겊신 한 짝을 만들어줘요. 당시 소비에트구에서 언니가 헝겊신을 정말 잘 만드는 것을 본 적이 있습니다."

덩잉차오는 이 순박한 여성이 금쪽같은 마음씨를 소유하고 있음을 알고 있었다. 비록 생활에 심각한 타격을 받을지라도 당과 홍군에 대해 여전히 깊은 정과 두터운 의리를 지지고 있음을 알았다. 류츠푸는 당장 덩잉차오의 발 크기를 기억해내고는 서둘러 덩잉차오에게 헝겊신 한 짝을 만들어 주었다. 덩잉차오는 그녀에게 과일 바구니 하나를 선물했다. 덩잉차오는 츠푸와 가족 같은 관계를 유지해야만 비로소 상처로 조각난 그녀의 마음을 조금이라도 위로할 수 있을 것이라고 생각했다.

덩잉차오는 국민혁명시기부터 잘 알고 지내던 허샹닝에 대한 존경심을 계속 이어갔다. 매년 허샹닝의 생일이 되면 덩잉차오는 비록 베이징에 있었지만 항상 생화를 들고 찾아가 축하드렸다. 어떤 때는 저우언라이도 같이 갔다. 저우언라이는 자신과 랴오 가문은 3대에 걸친 친분이라고 입버릇처럼 이야기하였다. 랴오중카이(廖仲愷)는 생전에 저우언라이를 매우 높이 평가하였다. 랴요청즈(廖承志)는 현재 저우언라이의 지도를 직접 받으며 일을 하고 있으며 랴오멍싱(廖夢醒)의 딸 리메이(李湄) 또한 그와 덩잉차오의 수양딸이 되었다. 허샹닝은 비록 혁명을 위해 일생을 살았지만 어느 정도 세속에 얽매일 수밖에 없었기 때문인지 남존여비의 사상을 갖고 있어 아들 랴오청즈를 편애하였다. 덩잉차오는 일부러 그녀를 놀리며 말했다. "편파적인 생각을 갖고 아들만 지극히 사랑하고 딸은 사랑하지 않는군요." 이렇게 말하면 늘 엄숙하기만 하던 허샹닝도 웃지 않을 없었다. 1954년 덩잉차오의 50세 생일이었다. 그녀는 본래 생일을 챙기지 않았다. 그러나 그녀와 30년 동안 친교를 맺어온 허샹닝이 특별히 기념으로 국화 그림을 그려서 선물로 보내왔다. 그림은 수려하고 그윽하며 탈속적이며 매우 힘이 있었다. 이 그림은 현재 신화(新華)출판사가 출판한 『중남해진장서화집(中南海珍藏書畵集)』에 이미 수록되어 있다.

오래된 옛 친구를 잊지 않는 것은 통일전선사업을 전개했던 덩잉차오가 일관되게 지켰던 원칙이었고 또 그녀의 사람 됨됨이를 보여주는 대목이었다. 중화기독교여청년회 전국협회 총간사 덩위즈(鄧裕志)는 항전시기 항일구국사업에 참가하였고, 해방전쟁시기에도 혁명활동을 지지하였다. 덩잉차오는 덩위즈와 매우 친하게 지냈고 만나면 '종친'이라 부르고 또 "오백년 전에는 한 집안사람이었다"고 말하였다.[124]

1949년 덩잉차오는 중국여성제1차전국대표대회 준비위원회를 대표하여 당시 홍콩에 있던 덩위즈를 특별히 베이징으로 초청하여 대회에 참

---

[124] 필자가 덩위즈를 방문했을 때, 그녀는 자신과 덩잉차오와의 교류 상황에 대해 소개하였다.

석하게 하였고 또 기독교여청년회전국협회를 전국여성연합회의 단체회
원으로 흡수토록 하였다. 그리고 덩위즈(즉 덩캉(鄧康))는 전국여성연합회
집행위원회 위원에 당선되었다.

1950년 12월 덩잉차오는 덩위즈를 추천하여 폴란드 바르샤바에서 개
최된 세계평화회의에 참가시켰고, 1953년에는 다시 그녀를 추천하여 덴
마크에서 개최된 세계여성대회에 참가토록 하였다. 1957년 스리랑카에
서 개최된 여성청년회 창립 75주년 기념회는 덩위즈의 참가를 요청하였
다. 덩위즈는 덩잉차오에게 참가 여부에 대한 지시를 바라자, 덩잉차오
는 당의 정책에 근거하여 분명하게 답했다. "당연히 가야지요. 중국기독
교여청년회 전국협회를 대표하여 대회에 참석하여 회의에서 많은 친구
와 교류하도록 해요."

덩위즈는 스리랑카회의에서 돌아온 뒤 시화팅의 덩잉차오를 찾아와
출국 상황에 대해 보고하였다. 그녀가 막 입을 열었다.

"덩 다제, 당신에게 활동 보고를 합니다."

덩잉차오는 급히 말했다.

"아이구! 우리는 종친입니다. 그렇게 또박또박 활동보고 하듯이 격식
을 차릴 필요가 없어요. 회의 상황을 편하게 이야기해주면 우리가 수많
은 국외상황을 이해하는 데에 도움을 받을 수 있습니다."

지식인, 전문가, 작가를 존중하고 인재를 존중하는 것이 덩잉차오와
저우언라이의 일관된 자세였다. 일찍이 항일전쟁시기에 덩잉차오는 저
명한 여성작가 빙신(氷心)[125]을 알게 되었다. 1951년 빙신과 우원짜오(吳文
藻)가 함께 일본에서 귀국하자, 저우 총리는 차를 보내어 그들을 시화팅
으로 데려와 함께 대화를 나누었다. 이후 덩잉차오는 인민대표대회와 정

---

[125] 역주: 1900-1999. 아동문학가. 오사신문화운동, 문학연구회 등에 참가하였다. 초기에
는 가정이나 부녀문제를 다룬 문제소설을 주로 발표했지만 중기에는 범애사상을 바
탕으로 종교적 성향이 강한 작품을 썼다. 주요 작품으로는 『두 가정』, 『초인』, 『꼬
마 독자들에게』 등이 있다.

치협상회의에서 항상 빙신과 만났다.[126]

1957년 중앙민족학원 교수가 된 오원짜오는 '우파'로 잘못 구분되었다.[127] 빙신은 이해할 수 없었다. 그녀는 덩잉차오에게 편지를 보내 자신의 고통과 곡절에 대해 호소했다. 바로 덩잉차오는 그녀를 시화팅으로 불러 면담했다.

당시 정치 정세에서 덩잉차오가 할 수 있는 일은 사실 별로 없었다. 그녀는 즉각적으로 빙신과 약속해서 만난 것 자체가 그녀가 할 수 있는 최대한의 일이었다. 그녀는 인내심을 갖고 빙신이 자신의 억울함에 대해 말하는 것을 경청했다.

"덩 다제, 만약 원짜오가 정말 공산당에 반대하고 사회주의 신중국에 반대했다면 그와 제가 만 리 길을 멀다하지 않고 왜 조국으로 돌아왔겠어요? 외국에서의 우리 직장과 생활 조건은 매우 좋았고 여러 나라에서 원짜오와 저를 초청해 학술강연을 요청했지만 우리는 모두 거절했습니다. 원짜오는 귀국 후 일에 몰두했고 그의 민족학 연구는 우리나라에 많은 공헌을 하였습니다. 그는 순수한 서생으로 정치에는 별 관심이 없는데 이것이 그의 약점입니다. 그러나 그가 어떻게 사회주의에 반대한다고 했겠어요?"

평소 온화하고 조용하던 빙신은 이때 매우 흥분하여 울먹이며 말했는데 그 말이 그칠 줄 몰랐다. 덩잉차오는 이때 만 리 길을 마당 않고 귀국했고 문학 방면에서 걸출한 업적을 낸 저명 여류작가를 어떤 말로 위로할 수 있었겠는가? 그녀는 갑자기 빙신에게 물었다.

"저는 당신이 몇 살 더 많은 걸로 기억합니다."

빙신은 눈물을 머금고 고개를 끄덕였다.

---

126 필자가 저명한 작가 빙신을 방문했을 때 그녀에 대한 덩잉차오의 관심과 신임에 대해 매우 친근한 마음으로 말했다.

127 역주: 1957년 "대명대방(大鳴大放)" 운동에 대한 반우파투쟁의 확대운동에 따라 많은 지식인, 애국인사, 당간부가 우파로 몰려 불행하게 되었는데 원짜오 역시 그 한 예라 할 수 있다.

"저는 1900년 생으로 금세기와 같은 나이입니다."

덩잉차오는 천천히 말했다.

"저는 1904년 생으로 당신보다 4살이 아래군요. 빙신 여사, 우리는 모두 부패한 청 왕조와 군벌혼전의 민국시대를 겪었습니다. 고달픈 항일전쟁과 국민당의 독재통치를 겪었으며 또한 3년간의 해방전쟁을 거쳐 신중국 수립에까지 도달했습니다. 당신이 보기에도 우리가 얼마나 많은 정권을 겪었습니까? 그리고 전체적으로 보면 신중국이 구중국에 비해 진보했고 또 유망하지 않습니까?"

빙신은 자연스럽게 고개를 끄덕였다. 덩잉차오는 매우 간절하게 말했다.

"이와 같이 큰 국가를 통치하다 보면 어려운 점이 매우 많습니다. 당과 정부의 어려움을 이해해야 합니다. 어떤 경우 '시야를 크게 하여 넓은 마음으로 세상사를 바라봐야 합니다.'[128] 원짜오와 당신은 단지 열심히 학습하여 시대와 함께 하고 의연하게 국가와 인민을 위해 많은 일을 할 수 있도록 해요. 언라이와 저는 지난날과 다름없이 당신들을 충분히 존중하고 있습니다."

빙신은 매우 총명한 사람이었다. 그녀는 덩잉차오가 성의를 다해 한 이 말을 듣고, 특히 "시야를 크게 하여 넓은 마음으로 세상사를 바라봐야 합니다"라는 부분은 그녀의 마음을 밝게 비추었고, 그녀에게 밝은 앞날을 내다보도록 하였다. 대국적인 견지에서 본다면 신중국은 필시 구중국에 비해 많은 면에서 좋아졌고 개인적인 일은 국가, 인민에 비한다면 매우 작은 것이었다. 그녀는 일어나 덩잉차오의 손을 꼭 잡고 말했다.

"덩 다제, 당신과 총리의 관심에 대해 감사합니다. 저와 원짜오는 계속 노력하여 신중국과 인민을 위해 봉사할 수 있을 것입니다."

128 　역주: 원문 "風物長宜放眼量"은 마오쩌둥의 시 「류야쯔(柳亞子) 선생과 함께」에 나온다. 시 전문은 이러하다. "飮茶粤海未以忘, 索句渝州葉正黃. 三十一年還舊國, 落花時節讀華章. 牢騷太勝防腸斷, 風物長宜放眼量. 莫道昆明池水淺, 觀魚勝過富春江." 내용은 평소 불만이 많고 소심한 성격의 류야쯔를 완곡하게 타이르는 것이다.

덩잉차오는 그녀의 깊고 넓은 마음으로 역경에 처한 친구들에게 따뜻함과 희망을 주었다.

덩잉차오는 정치 투쟁과 당내 투쟁의 풍랑을 겪으면서, 역경에 처한 사람들의 처지와 심정을 매우 깊이 이해 하였고, 항상 가장 곤란할 때 사람들을 끌어안아 주었다.

1963년 1월, 그녀는 상하이에 도착하여 여류작가 한쯔(菡子)의 상황에 대해 관심을 갖고 수소문하였다. 상하이시여성연합회 동지는 한쯔가 1959년 안휘에서 일할 때 '우경기회주의'의 착오를 범하여 직장에서 쫓겨나고 강등되어 농촌으로 하방(下放)[129] 당해 노동하였다고 그녀에게 알려 주었다. 1962년 그녀는 복권되어[130] 쟝쑤 이싱(宜興)현에서 생활체험(生活體驗)[131]을 하였다. 그녀의 집은 상하이에 있었기 때문에 설날 집에 돌아와 있을 가능성이 있었다. 덩잉차오는 즉시 시여성연합회 동지에게 시켜 한쯔가 상하이시정치협상회의 강당에서 보고를 청취하라고 통지하고 또한 그녀에게 상하이시여성연합회로 와 덩잉차오가 주재하여 소집하는 좌담회에 참석토록 하였다.[132]

한쯔는 해방구가 길러낸 여류작가로서, 1949년 중국제1차전국여성대표대회 때 덩잉차오와 만났다. 1951년 그녀는 전국여성연합회가 선전활동회의를 개최했을 때 몸이 매우 좋지 않아 열이 많이 나고 빈혈 증세가 있었다. 덩잉차오는 특별히 찾아가 그녀를 간호하며 병 치료를 잘 하라면서 "절대 몸을 해쳐서는 안 된다"고 충고하였다. 신중국의 첫번째 작가대표단이 출국하여 소련을 방문할 때였다. 대표단에는 한 명의 여류작

129　역주: 간부나 지식인들이 사상 단련을 위해 공장, 농촌, 광산 등지로 노동하러 가는 것.
130　역주: 본문에 '평반(平反)'으로 되어 있는데 계급 구분을 잘못하여 혹은 반혁명 분자로 낙인찍힌 사람의 명예를 회복시켜 주는 것을 가리킨다.
131　역주: 노동자, 농민, 병사들과 함께 생활함으로써 대중의 사상, 감정, 심리상태를 직접 체험하는 것을 가리킴.
132　필자가 상하이로 여류작가 한쯔를 방문했을 때, 그녀는 자신이 역경에 처해 있을 때 자신에게 보여준 덩잉차오의 관심과 도움에 대해 열정적으로 이야기하였다.

가도 없었다. 덩잉차오는 다시 한쯔를 추천하여 참가시켰다. 그녀는 "한쯔는 해방구가 배출한 작가로서 창작에 큰 업적이 있고 대표성 또한 있다"고 말했다. 그런데 이 몇 년 동안 한쯔는 불우하게 되어 '우경기회주의자'로 지목되고 또 '특무조직원 혐의'를 받기도 하였다. 비록 이제 복권되었지만, 정치적으로는 여전히 "다른 사람보다 한 등급 아래"로 평가되었다. 그런 그녀는 덩 다제가 이렇게 자신에게 관심을 기울일 줄을 생각하지도 못했다. 그녀는 이미 몇 년 동안이나 다제를 만나지 못했었다. 사실 그녀는 다제 보기를 조금은 두려워했는데 보면 무슨 말을 할 것인가?

상하이시여성연합회는 과거 자본가의 서구식 건물에 위치했다. 회의실은 두 객실로 이루어지고 중간에 문이 있었다. 한쯔는 그곳으로 서둘러 가 조용히 문 쪽의 끝 의자에 앉았다. 문 건너편에는 덩잉차오와 상하이시위원회 서기 천피시엔(陳丕顯)이 앉았다. 한쯔는 이쪽 편에 앉아 있는데 덩잉차오가 찾는 소리를 들었다. "한쯔는 왔나요?"

한쯔가 듣고서 마음속으로 울컥하며 서둘러 일어났다.

"한쯔, 이쪽으로 와 앉도록 해요." 덩잉차오는 이렇게 불렀다.

한쯔는 달려가 문 옆에 섰다. 덩잉차오가 웃으며 말했다.

"한쯔, 이리 와요 문 앞에서 보초를 서고 있나요?"

한쯔는 달려갈 수밖에 없었다. 덩잉차오는 그녀를 곁의 의자로 끌어당겨 앉히고는 또 웃으며 말했다.

"누가 가장 많은 고생을 하였고 농촌 체험생활을 지속하면서 창작활동을 유지했는지 모두들 알아 맞춰 보기 바랍니다. 여성동지로서 작가가된다는 일은 매우 어렵습니다. 어떤 이는 자만하여 잘못된 길로 빠지지만, 한쯔는 고통스런 상황에서도 끝까지 포기하지 않았습니다. 피시엔동지." 덩잉차오는 천피시엔 쪽으로 몸을 돌려 물었다. "당신은 그녀가 여기에 있다는 사실을 아나요?"

한쯔는 재빨리 말했다.

"제가 아직 천 서기께 보고를 드리지 못했습니다. 자의로 이싱으로 갔습니다.”

덩잉차오는 웃으며 말했다.

“내친 김에 한 마디 더 하지요. 여기에 자리한 사람들은 모두 능력 있는 여성동지들입니다. 기개와 학식을 지닌 분들로서 모두 문화적 소양과 강인한 의지력을 지녔습니다. 여성동지는 마땅히 기개 있는 인사가 되어야 하지만 지도할 때에도 마땅히 주의를 기울여 양성하고 보살펴야 합니다. 그렇지 않습니까, 피시엔 동지?”

천피시엔은 황급히 말했다.

“이 젊은 여성은 군에 입대했을 때에도 제가 받아들였는데, 상하이에 와서 일언반구 말이 없었고 저를 찾아온 적도 없었습니다.”

한쯔는 바삐 일어나 감격하여 말했다.

“덩 다졔, 당신의 말씀은 저에게 격려가 되고 채찍이 되기도 합니다. 저는 반드시 노동자, 농민, 병사를 떠나지 않을 것이며 농촌으로 들어가 생활하겠습니다. 거기에서 자신을 개조하고 각고의 노력을 기울여 학습과 창작을 수행하며 교만하지 않고 잘못된 길로 빠지지 않겠습니다.”

덩잉차오는 바로 그녀를 자리에 앉히고는 그녀의 손을 끌며 말했다.

“내가 보기에 당신의 안색이 별로 좋아 보이지 않는군요. 건강에 문제가 있는 것 같아요. 당신은 이후에 농촌에서 생활하지 말고 글을 쓰며 상하이에서 거주하도록 해요.”

한쯔는 자신에 대한 덩 다졔의 관심과 도움에 대해 너무도 감동했다. 그녀는 비록 원칙적으로는 복권되었지만, “정치적 착오를 범했다”는 딱지가 붙어 있어 떳떳하게 고개를 들지 못하였고 그녀의 작품 역시 공개적으로 발표될 수 없었다. 하지만 그녀에 대한 덩 다졔의 말은 다시 한 차례 공개적으로 그녀를 평반시켜 그녀의 창작 활동에 청신호를 켜 준 것과 다름없었다. 『인민일보』은 오래지 않아 그녀의 소설 『양내내(楊奶奶)』를 게재하였고, 『인민문학(人民文學)』은 그녀의 소설 『만유(萬妞)』를 발표하였다. 그녀는 또한 제3기전국인민대표대회 대표로 당선되었다. 이 역시 덩잉차오가 건의한 것이었다.

덩잉차오는 온갖 방법을 동원하여 여성계의 인재를 보살폈다. 그녀의 마음속에는 자신이 도와주어야 할 많은 사람들로 채워져 있는 것 같았다. 『신중국부녀(新中國婦女)』 잡지사 부총편집 쮜쑹펀(左誦芬)은 항일전쟁시기 총칭에서 덩잉차오를 알게 되었다. 그녀의 남편은 1956년 정치심사를 받고 직무 정지와 반성 처분을 받았다. 쮜쑹펀은 이전에 중난하이 시화팅으로 가 덩잉차오에게 『신중국부녀』에 대한 의견을 제시한 바 있었다. 그녀는 덩 다졔가 일관되게 『신중국부녀』에 대해 관심을 기울이고 있다는 사실을 알았다. 그녀의 글재주가 좋아 덩잉차오는 그녀의 글 중 몇 편의 글을 그녀에게 부탁하여 자구를 다듬어 달라고 한 적이 있었다. 현재 쮜쑹펀은 남편이 심사를 받고 있는 상황에서 자기가 다시 중난하이로 가는 것은 적절하지 않다고 판단하여 일부러 피하고 가지 않았다.[133]

덩잉차오는 이러한 상황을 재빠르게 눈치 채고는 쮜쑹펀에게 전화를 걸었다.

"왜 오랫동안 나를 찾아오지 않는 겁니까?"

쮜쑹펀은 매우 성실하게 자신의 생각을 설명했다. 덩잉차오는 바로 대답했다.

"당신은 당신이고, 그는 그입니다. 하물며 그의 문제는 조직에서 아직 결론을 내리지 않았습니다. 당신은 마땅히 안심하고 업무에 종사해야 하거늘 무슨 혐의를 피한다고 합니까? 오도록 해요. 그리고 중요한 발표문이 하나 있는데 세밀한 자구 수정을 좀 도와줘요"

쮜쑹펀은 이 말을 듣고 매우 감동하였다. 전국여성연합회부주석이며 당조(黨組) 부서기인 덩 다졔가 그녀에게 이렇게까지 지속적인 신임을 보여주었던 것이었다. 예정된 시간에 맞춰 쮜쑹펀은 중난하이 시화팅으로 서둘러 갔다. 그녀는 전국여성연합회서기처 서기 뤄충과 양윈위(楊蘊玉)

---

133 필자가 쮜쑹펀을 방문했을 때, 그녀는 자신에 대한 덩잉차오의 신임과 관심에 대해 격정적으로 이야기하였다.

이 이미 와 있는 것을 보았다. 그녀가 더욱 놀란 것은 덩 다졔가 자구 수정을 도와 달라고 부탁한 글이 국제민주여성연합회 확대이사회에서 발표할 그녀의 발언 원고였다.

그녀는 머뭇거리며 말을 하였다.

"덩 다졔, 이렇게 중요한 원고에 대해 제가 어떻게 감히 의견을 제시할 수 있겠습니까?"

덩잉차오는 정색하며 그녀를 비판하였다.

"쮜쏭펀 동지, 내가 가장 싫어하는 것은 여성동지가 스스로를 비하하는 마음을 갖는 것입니다. 당신이 어째서 감히 나의 발언에 대해 의견을 제시할 수 없다고 하십니까? 이 발표는 덩잉차오 개인의 의견을 대표하는 것이 아니라 중국 전체 여성을 대표하여 국제민주여성연합회 확대이사회에서 발표할 의견임을 알아야 합니다. 당신은 신중국 여성 가운데 한 명이 아닌가요? 더욱이 전국여성연합회 기관지 편집을 맡으며 전국의 수많은 여성들로부터의 편지를 항상 접수하지 않나요? 당신은 나보다 더 전국여성운동의 실제 상황에 대해 더 잘 이해하고 있을 것입니다. 당신은 책임과 의무를 갖고 나를 도와 이 발언을 잘 수정해주어야 합니다."

쮜쏭펀은 덩 다졔의 비평을 들을수록 마음이 편해지고 생각도 더욱 분명해졌다. 덩 다졔는 이렇듯 진정으로 간부에 관심을 기울이고, 간부를 보살폈으며 정책에 대해 확실하게 이해하여 이렇듯 높은 경지에 이르렀던 것이었다. 쮜쏭펀은 고개를 끄덕이며 묵묵히 발언 원고를 한 자 한 자 꼼꼼하게 수정하였다.

오래지 않아 쮜쏭펀은 맹장염에 걸려 병원에서 수술을 받았다. 덩잉차오는 건강이 좋지 않아 비서 장위옌(張元)을 대신 병원으로 보내 쮜쏭펀을 문병하게 하였다. 그리고 그녀를 통해 쮜쏭펀에게 꽃과 50위옌을 보냈다.

쮜쏭펀은 덩 다졔가 보내온 꽃과 돈을 보고 감동하여 눈물을 흘렸다. 그녀는 덩 다졔가 자신의 남편이 정직 반성 처분을 받아 월급이 중단된 사실을 잘 알고 있을 것이라 생긱했다. 그녀에게는 3명의 자식이 있었다. 덩 다졔는 그녀의 생활이 곤란할 것을 능히 짐작할 수 있었기에 "급할 때 도움을 주었던 것이었다."[134]

쮀쏭펀은 꽃은 받았지만 돈은 한사코 거절했다.

장위옌은 난처해하며 말했다.

"당신이 받지 않으면 다졔가 화를 낼 것임을 잘 알 것입니다. 제가 돌아가 다졔로부터 야단맞지 않도록 해 주세요. 다졔는 '장원, 당신은 이런 일도 제대로 처리하지 못하나요? 내가 직접 가 그녀에게 이것을 전해야겠어요?'라고 꾸중할 것입니다. 쮀쏭펀 동지 당신은 내가 돌아가 혼이 나기를 원합니까?"

쮀쏭펀은 할 수 없이 돈을 받아들며 말했다.

"당신은 돌아가 저와 저의 세 아이를 대신해 다졔께 감사 인사를 전해 주세요. 저는 이 일을 아이들에게 알려 그들이 덩 어머니께서 과거와 같이 우리 집에 대해 관심을 기울여 주셨다는 사실을 알도록 하겠습니다."

장위옌은 돌아가 사실 그대로 쮀쏭펀의 말을 덩 다졔에게 보고했다. 덩 다졔는 이야기를 듣고 손을 내저으며 말했다.

"허허! 이 쮀쏭펀은 정말 쓸데없는 걱정을 하네요. 이 조금한 일을 아이들까지 알 게 하다니요. 장위옌, 수고스럽지만 다시 쮀쏭펀에게 전화하여 절대 아이들에게 이번 일에 대해 이야기하지 말라고 전하세요. 아이들은 천진난만합니다. 그들의 순결한 정신에 이번 일로 어두운 그림자를 드리우게 하지 말아야 합니다."

쮀쏭펀은 장위옌의 전화를 받고 매우 감격하였다. 그녀는 항상 사람들에게 깊은 관심을 기울이는 덩 다졔가 아이들의 마음에 너무 일찍 정치적인 충격이 가해지면 안 된다고 판단했다는 데에 생각이 미치자 그녀가 정말 아이들의 부모보다도 더 세심하게 아이들을 생각한다고 느꼈다.

---

[134] 역주: 원문은 "설중송탄(雪中送炭)"으로 직역하면 눈 속에 탄을 보낸다는 의미이다.

많은 동지들이 덩 다졔에 대해 이렇게 개괄하여 이야기 하였다; 저우 총리와 같이 덩 다졔는 당성(黨性)과 인성(人性)을 완전무결하게 하나로 용해시킨 전형적인 모범이다. 당성은 인성보다 고귀하며 계급성의 집중된 표현이고, 인성은 보통 사람의 희노애락과 일반적인 감정을 체현한다. 공산당원은 높은 수준의 당성을 가져야 하고 또한 완전한 인성을 소중히 여겨야 한다.

106. 깊고 돈독한 우정

덩잉차오는 젊은 시절 연극을 좋아하였다. 그녀는 연극과 배우에 관심을 가졌고 특히 여성배우에 대해 관심을 기울이고 보살폈다. 유명한 여성배우의 경우 대부분 구사회에서 피눈물이 나는 고통의 경험을 갖고 있음을 그녀는 알았다.

저명한 월극(越劇) 배우 위옌쉐펀(袁雪芬)은 정치협상회의 특별초청대표로 베이징회의에 참석할 때 종종 류궈(六國) 호텔에 머물렀다. 저우언라이, 덩잉차오는 그녀의 건강이 좋지 않은 것을 알고 특별히 호텔에 부탁하여 매일 위옌쉐펀에게 우유 한 잔과 달걀 두 개를 보내주었다. 당시 위옌쉐펀과 함께 방을 쓴 사람은 해방군의료대 대장 리란딩(李藍丁)이었다. 위옌쉐펀은 우유와 달걀을 보고 어떻게 된 일인지 의아하게 생각했다. 호텔의 근무자가 그녀에게 알려 주었다.

"당신의 건강이 좋지 않다고 해서 저우 부주석과 덩 다졔가 특별히 관심을 보이며 건강을 챙기라고 보내신 것입니다." 위옌쉐펀은 매우 크게 감동하였다. 그녀는 1942년 각혈을 하였으나 극장 사장이 그것을 무시하고 그대로 무대에 올라 공연을 하라고 강요했던 것을 기억하였다.

그러나 새로운 사회의 중국공산당은 그녀에게 정치적인 영예를 주었을 뿐만 아니라 이렇게 그녀의 건강에 대해 관심을 기울였다. 새로운 사회는 진정 이전과는 전혀 다른 세계였다!

덩잉차오는 위옌쉐펀을 집으로 초대해 식사를 대접하고 그녀와 함께 월극 음반을 들었으며 또한 화이런탕(懷仁堂)에 함께 가 경극배우 청옌츄(程硯秋)의 공연을 관람했다.

1950년 위옌쉐펀은 공산주의청년단에 입단하였다. 덩잉차오는 그녀에게 편지를 보내 축하였다.

1954년 2월 24일, 위옌쉐펀은 공산당에 입당하였다. 그녀는 즉시 이 사실을 덩잉차오에게 편지로 알렸다.

덩잉차오는 장문의 편지를 위옌쉐펀에게 보냈는데 그 가운데에는 다음과 같은 구절이 있다.

"이것은 당신에 대한 우리의 관심 가운데 가장 중요한 부분입니다. 이제 당신에 대한 우리의 새로운 희망과 새로운 요구가 생겨납니다. 입당 이후 당신은 영광스런 공산당원의 직분을 갖게 되었습니다. 우선 당성 단련을 강화하고 당성에 위배되는 개인주의를 부단히 극복하며 유물변증법의 관점을 견지하여 객관적으로 관찰, 분석하고 어떻게 해야 자신과 타인 그리고 사물을 정확하게 대할 수 있는지 항상 학습하며 마르크스레닌주의 학습을 강화해야 합니다. 그리하여 자신의 수준과 각오를 제고시키도록 해요. 우선 당신의 병에 스스로 잘 대처하고 잘 추슬러 병을 깨끗이 치료해야 합니다. 이것은 바로 당신이 당성의 측면에서 단련하는 것이기도 합니다."

당시는 마침 제네바회의가 열리던 기간이었다. 저우언라이는 위옌쉐펀이 주연한 중국의 천연색 극영화 『양산백(梁山伯)과 축영대(祝英臺)』[135]

---

[135] 역주: 동진 말을 배경으로 사대부 가분의 딸 축영대와 평민 출신 양산백 사이의 이루어질 수 없는 사랑이야기를 다룬다. 중국판 '로미오와 줄리엣'이라 칭해지며 중국에 유전되는 사대 전설 가운데 하나인 나비환생설화가 유래하였다.

를 제네바로 가져와 '중국의 로미오와 줄리엣'이라 부르며 각국 기자와 저명한 세계적 배우 채플린을 초대해 보여주었는데 제네바에서 매우 큰 호평을 받았다.

덩잉차오가 관심을 갖고 보살핀 문예 활동가는 매우 많아 당연히 위옌쉐펀에 국한되지 않았다.

저명한 영화배우 친이(秦怡)는 항전시기 충칭에서 이제 막 세상에 이름을 알리고 있었다. 그녀는 갑상선종에 걸려 거러산중앙(歌藥山中央) 병원에 입원하여 치료를 받았다. 저우언라이도 당시 병이 나 그녀의 앞 병실에 입원하고 있었다. 20세의 친이는 약을 먹고 침상에 누워 있는데 덩잉차오가 그녀 앞에 나타나 말했다.

"나는 언라이를 문병을 왔는데 당신이 병에 걸렸다는 이야기를 듣고 일부러 보러 왔어요. 갑상선은 어떤가요? 두려워하지 말아요, 잘 치료될 겁니다."

그녀의 태도는 정말 친절하고 부드러워 타향에서 일가친척과 멀리 떨어져 유랑하던 천이는 깊은 감동을 받았다. 마치 가족을 만나는 듯했다.

1946년 여름, 저우언라이와 덩잉차오는 상하이에 도착하였다. 친이는 서둘러 마쓰난루(馬斯南路)의 '저우 공관'으로 찾아갔다. 그녀는 덩잉차오에게 옌안으로 가겠다는 의견을 제출하였다. 당시 형세는 매우 긴박하여 특무대와 비밀경찰이 '저우 공관' 주변에 가득했었다. 덩잉차오는 오히려 침착한 모습으로 친이의 손을 잡고 작은 화원 안을 거닐며 당시 상황과 사업에 대해 이야기하였다. 그리고는 이렇게 말했다.

"이곳은 중요한 진지이니, 반드시 옌안으로 가야만 하는 것은 아닙니다."

신중국 성립 이후 친이는 영화『여자농구선수 5번』을 찍었다. 덩잉차오는 이 영화를 매우 좋아하여 6번이나 거듭 보았다. 친이가 덩잉차오를 보러 오자 덩잉차오는 바로 칭찬하며 말하였다.

"나는『여자농구선수 5번』를 너무 좋아하여 벌써 6번이나 봤어요." 서로 이야기를 나누다 갑자기 덩잉차오가 친이에게 말했다.

"당신의 코치는 아직 당신을 기다리고 있나요?" 친이는 멍해졌다.

"다제, 누구를 말씀하시는 것인가요?"

"당신에게 농구를 가르쳐 주었던 그 코치 말입니다." 영화에 푹 빠져 있던 덩잉차오는 여전히 고집스럽게 이야기하였다.

친이는 그때에 비로소 무슨 말인지 깨달았다.

"아하! 다제, 당신이 말하는 사람은 『여자농구선수 5번』에 출연하는 그 코치를 가리키는 모양입니다. 그 역은 류충(劉瓊)이 연기했습니다. 제 남편은 진옌(金焰)이고요!"

덩잉차오도 엉겁결에 소리를 내며 웃기 시작하였다.

"보세요, 내가 이렇게 멍청하다니까요. 영화 속의 당신과 현실을 헛갈 렸군요. 그 코치의 연기는 정말 좋았습니다. 나를 대신하여 류충 동지에 게 안부를 전해 주세요."

친이는 『청춘의 노래』에서는 린홍(林紅) 역을 맡아 연기했는데 덩잉차 오도 매우 마음에 들어 했다. 그녀는 친이에게 말했다.

"당신이 연기한 린홍은 영화에 많은 시간을 등장하지 않지만 비중이 매우 중요합니다. 얼마 동안 연기했느냐는 중요치 않습니다. 그 배역을 정말 잘 소화했어요."

친이는 직장암에 걸려 상하이의 한 병원에 입원하였다. 덩잉차오는 편지를 보내 위로하면서 자기가 병과 어떻게 그리고 얼마나 낙관적인 희망을 갖고 싸워 이겼는지에 대해 이야기하고 그녀를 다음과 같이 위 로하였다. "공산당원은 그 무엇에도 두려워하는 바가 없어야 하는데 질 병도 마찬가지로 반드시 싸워 이겨야 합니다!"[136]

덩잉차오는 많은 여배우들이 장기간의 연기로 고생을 하여 건강이 매 우 좋지 않다는 사실을 알았다. 그녀는 특별히 그녀들의 건강에 대해 관 심을 기울였다.

---

[136] 필자가 상하이로 친이를 방문하였을 때 그녀는 자신에 대한 덩잉차오의 관심과 보 살핌에 대해 이야기하였다.

저명한 영화 연극배우 바이양(白楊)은 어떤 해에 베이징에 와 전국인민대표대회에 참가하였고 동시에 『대중전영(大衆電影)』[137] 제1기 '백화장(百花獎)' 심사위원을 맡았다. 그녀는 과로하다 심장병이 재발하여 병원에 입원 치료를 받았다. 덩잉차오는 특별히 병원으로 그녀를 문병하러 가서 그녀에게 알록달록 화려한 꽃을 건네며 정중하게 말했다. "이 꽃은 언라이가 나를 시켜 당신에게 전하는 것으로 우리 집 정원에서 막 딴 것입니다. 이 꽃의 품종은 특별하여 '카이부바이(開不敗)꽃'이라고 하는데 정말 오랫동안 시들지 않는답니다." 바이양은 감동하여 뜨거운 눈물이 눈망울에 가득 찼다. 퇴원 후 그녀는 그 꽃을 상하이 집으로 가져와 책상에 넣어 두고 오래오래 곁에 두었다.[138]

저명한 예극(豫劇) 배우 창샹위(常香玉)는 진보적 사상을 소유하였으며 전국인민대표회의 대표로서 회의에서 덩잉차오를 항상 보았다. 휴식 시간에 덩잉차오는 창샹위에게 당신들은 마땅히 운동으로 단련하여야 한다고 말했다. 창샹위는 태극권을 좋아하여 한 번 시범을 보였다. 덩잉차오도 이를 보고 말했다. "형식에 그다지 잘 맞는 것 같지는 않군요 내가 당신에게 바돤진(八段錦)[139]을 가르쳐 주겠습니다. 이것은 비교적 간단합니다." 덩잉차오는 바돤진을 실행하면서 창샹위를 가르쳤다. 창샹위는 배우고 나서 이후 계속 바돤진을 수련하고 기공단련을 함께 계속하니 과연 건강에 크게 도움이 되었다. 지금까지 덩 다제가 자신에게 바돤진 수련의 장점에 대해 가르쳐 주었다고 거듭 이야기하였다.

1958년 창샹위는 자궁암에 걸렸다. 그녀는 그 사실도 모르고 계속 연기를 하였다. 저우언라이와 덩잉차오는 베이징의 종양병원에 연락하여 그녀를 신속히 베이징으로 불러 입원시키고 검사를 받게 하였고 또 저

---

137 역주: 1950년 상하이에서 창간되었다. 1952년 『신전영(新電影)』과 합간되며 베이징에서 편집 출판됨으로써 전국 대중의 영화감상을 지도하는 출간물이 되었다.
138 左欣, 「희망의 은막(銀幕)에서」 제6절, 『인민일보(人民日報)』(해외판), 1991.3.26.
139 역주: 중국 고유의 건강 증진을 위한 운동법(체조).

명한 우환싱(吳桓興) 교수에게 부탁하여 그녀를 치료하도록 조치했다.

창상위는 수면제를 먹고 깊은 잠에 빠져 있었다. 덩잉차오는 그녀를 보고 있었지만, 창상위는 전혀 알지 못했다. 덩잉차오는 그녀를 놀라게 할까봐 조용히 갔다. 창상위가 깨어 침상 머리맡의 장에 꽃과 식품이 놓여 있는 것을 보고 덩 다제가 다녀간 것을 알고 참지 못하고 눈물을 흘렸다. 그녀는 과거 사회에서는 병에 걸려 고열이 펄펄 나도 억지로 참아가며 무대에 올라 공연을 해야 했다. 그러나 이제 총리가 그녀에게 사람을 보내 치료를 해 주고 덩 다제가 또한 직접 문병을 와주니 두 사회는 정말 하늘과 땅 만큼의 차이가 났다![140]

저명한 월극(粤劇) 여배우 홍시옌뉘(紅線女)는 1966년 말 홍콩에서 대륙으로 돌아왔다. 그녀의 몸도 역시 좋지 않아 자율신경기능이 혼란스러웠다. 저우 총리는 총리사무실 주임 치옌밍(齊燕銘)을 시켜 그녀를 베이징 이허위옌(頤和園)에 요양토록 조치하였다. 덩잉차오는 항상 그녀에게 안심하고 요양하라고 하였다. 덩잉차오는 광저우에 가면 또한 홍시옌뉘의 집을 찾아 그녀를 만나고 그녀에게 몇 권이라도 책을 많이 읽어보라고 하였다. 홍시옌뉘의 생질녀는 베이징사범대학 학생이었는데 교사가 되지 않으려 했다. 홍시옌뉘는 덩잉차오에게 이 일에 대해 이야기하였다. 덩잉차오는 "그녀를 오라해요. 내가 한 번 얘기해 보지요"라고 말했다. 홍시옌뉘는 언니와 질녀를 데리고 와 덩잉차오와 만나게 하였다.

덩잉차오는 이 여학생과 자세하고 솔직하게 대화를 나누었다.

"나는 가장 숭고한 직업이 교사라고 줄곧 생각해 왔어요. 만약 교사가 없다면 어떻게 지식을 습득할 수 있을까요? 어떻게 기술을 익힐 수 있겠어요? 만약에 모두가 교사가 되지 않으려 한다면 이후 젊은이들은 어떻게 조국 건설을 위한 지식과 기술을 익힐 수 있겠어요?"

젊은 여대생은 덩잉차오의 말을 듣고 졸업한 후 어렵고 힘든 교외지

---

[140] 필자가 창상위를 방문했을 때 그녀는 자신에 대해 덩잉차오가 관심을 보였던 상황에 대해 이야기하였다.

역의 중학교 교사가 되었고 매우 훌륭하게 교사로서의 본분을 다했다.[141]

저명한 연극 영화배우 위란(于藍)은 해방구가 배출한 배우였다. 그녀는 신중국 성립 초기 『취강홍기(翠崗紅旗)』의 주연을 맡았는데 이것은 소비에트지역 인민투쟁을 묘사한 영화였다. 덩잉차오는 이 영화를 매우 좋아하여 저우언라이와 함께 3번이나 보았다. 위란은 중앙실험연극단으로 전근되어 연극 『동감공고(同甘共苦)』을 공연하였다. 저우언라이와 덩잉차오는 함께 이 연극을 보았다. 위란은 그들이 찾아 온 것을 보고 특히 힘을 다해 연기를 하였다.

표현예술에 대해 조예가 꽤 깊은 저우언라이가 위란에게 말했다.

"위란의 연기는 매우 좋습니다. 하지만 너무 힘이 들어가지는 않았나요? 조금 과장된 것 같아 꼭 맞는 것 같지는 않아요." 덩잉차오가 이어 말했다.

"위란, 한 번 메이란팡(梅蘭芳)[142]의 연기를 봐요. 무대 위에서 그는 일거수일투족 동작에 군더더기가 없지요. 진정 최고도의 경지에 올라 매우 정확하고 적절한 수준을 유지하지요." 덩잉차오는 또한 손가방에서 작게 포장한 자스민꽃을 모두에게 나누어주었다. 배우들이 자스민꽃을 옷 주머니에 다투어 넣는 바람에 그윽한 향기가 사방에 퍼져나갔다. 덩잉차오는 이렇듯 시적 정취가 넘치게 배우들에 대한 자신의 진지한 감정을 표현하였다.

위란은 당시 실험연극원 연극과의 대표였고 또한 당지부 서기로서 학습과 업무 때문에 매우 피로했고 고도로 신경이 쇠약해졌다. 하루는 그녀가 유명한 배우 바이이양, 장돤팡(張段芳), 수슈원(舒銹文), 샤멍(夏夢), 후펑

---

141 필자가 홍시옌뉘를 방문했을 때 그녀는 자신의 질녀를 교육시켜 순조롭게 인민을 위한 교사가 되게 했던 사정에 대해 이야기하였다.

142 역주: 1894-1961. 중국의 대표적 경극배우로 그의 미모, 미성, 자태는 경극계의 제1인자로 꼽혔다. 1934년 두각을 나타낸 이후 20년 동안 베이징을 중심으로 경극의 황금시대를 열었다. 일본, 미국, 소련을 비롯한 세계 각국의 순회공연을 통해 경극의 존재와 그 진가, 연극으로서의 특수성을 세계에 인식시켰다.

(胡朋), 스리엔싱(石聯星), 쉬옌징린(宣景琳) 등과 함께 중난하이에 초대를 받아갔다. 덩잉차오는 위란이 매우 수척해 있는 것을 보고 관심 있게 그녀에게 "몸은 어떤가요? 어떻게 할 셈인가요?" 하고 물었다. 위란은 전혀 아랑곳하지 않고 대답했다. "지나친 피로로 생긴 병이니 항저우로 가서 좀 휴식을 취하려고 준비하고 있습니다."

위란은 별 생각 없이 말했지만 덩잉차오는 마음속에 기억해 두었다, 외국손님을 대동하여 항저우에 가 있던 저우언라이에게 부탁하여 그녀를 잘 살피라고 하였다.[143]

덩잉차오는 이미 유명해진 배우에 대해서 관심을 기울였을 뿐만 아니라 젊은 배우에게도 관심을 기울이며 보살폈다. 1950년 중앙연극학교를 졸업하고 베이징인민예술극장에 배치된 류화(劉華)는 라오서(老舍)[144] 연극『춘화추실(春華秋實)』가운데 세금을 몰래 탈루한 자본가 아버지와 결연하고 분명하게 한계를 그은 붉은 스카프를 두른 젊은 아가씨 역을 연기하였다. 덩잉차오는 저우언라이와 함께 이 연극을 보고는 모두 막 연기를 시작한 어린 배우를 무척 좋아하였다. 그들은 류화를 만났다. 저우언라이는 "연극을 보다 보니 내 젊었을 때 가족과 분명하게 선을 그었던 일이 떠오르더군요" 하고 말했다. 그는 류화에게 "어떤 가정 출신이지요?" 하고 물었다. 류화는 안절부절 못하며 "출신이 별로 좋지 않습니다. 아버지께서는 국민당 육군병원 원장이셨습니다"라고 대답하였다. 덩잉차오는 웃으며 말했다.

"출신은 당신이 선택할 수 없지요. 하지만 혁명의 길은 당신 스스로

---

[143] 필자가 위란을 방문했을 때 그녀는 자신에게 보여준 덩잉차오의 관심과 보살핌에 대해 소개하였다.

[144] 역주 : 1899-1966. 루쉰(魯迅), 마오둔(矛盾)과 함께 중국근대문학의 대표작가. 도시빈민가 출신으로 중국문학사상 가장 서민적인 작가로 꼽히며『낙타상자(駱駝祥子)』등 다수의 작품을 통해 하층민의 삶을 해학과 풍자의 필치로 묘사하였다. 그러나 그가 문화대혁명의 광풍 속에서 홍위병에 의해 죽음으로 내몰렸다는 것은 역사의 아이러니이다.

결연히 결정하여 갈 수 있습니다. 학습을 강화하고 사상을 개조하는 데에 주의하면 됩니다."

일 년 중 겨울이었지만 정향나무 꽃이 갑자기 피었다.

덩잉차오는 특별히 류화에게 전화해 같이 꽃구경을 가기로 약속했다. 류화는 서둘러 시화팅으로 가보니 과연 정원에는 옅은 자줏빛의 정향나무 꽃이 한 겨울인데도 잔뜩 피어 있었다.

저우언라이도 일어나 그녀들과 함께 한 겨울에 활짝 핀 정향나무 꽃을 감상하였고 또 같이 점심식사를 하였다. 덩잉차오가 류화에게 "한 달에 얼마나 임금을 받나요?" 하고 물었다. 류화는 "몇 십 위엔 밖에 되지 않아요" 하고 입을 삐죽거리며 대답했다.

"당신은 이제 막 대학을 졸업했으니 몇 십 위엔이면 적다 할 수 없지요. 당신들같이 젊은 사람들은 온실 속의 화초가 아니라 추운 겨울 매화같이 온갖 어려움 속에서 단련되어야 합니다. 매우 열심히 학습하고 표현예술에 대해 확실히 숙달토록 해요."

류화는 후에 연극 『일출(日出)』에서 단역을 연기했고 『유명배우의 죽음(名優之死)』, 『인색한 사람(慳吝人)』 등에서는 주연을 맡았다. 덩잉차오는 그녀의 연기를 보았고 항상 더욱 노력하라고 격려하였다.[145]

저우언라이와 덩잉차오는 특히 베이징인민예술극장을 중시하여 매년 섣달 그믐날 밤이면 인민예술극장의 친목회에 참석하였다. 1960년 섣달 그믐날, 저우언라이와 덩잉차오는 친이와 함께 다시 한 번 인민예술극장 무대연습실을 찾아와 배우들과 함께 즐겁게 설을 맞이했다. 당시 국민경제가 곤란한 시기였는데 덩잉차오는 사탕을 가져다 아이들에게 나누어주었다. 배우들은 몇몇 프로그램을 진행했고 모두는 또한 일제히 총리에게도 '장기'를 좀 보여 달라고 요구했다. 저우언라이는 웃으며 말했다.

---

[145] 필자가 류화를 방문했을 때, 그녀는 그녀에 대한 덩잉차오의 관심과 지원에 대해 소개했고 또한 베이징인민예술극장 배우들에 대한 저우언라이, 덩잉차오의 관심을 소개하였다.

"당신들은 응당 샤오 차오 다졔에게 한 번 보여 달라고 해야 합니다. 그녀는 경극 중 한 대목을 부를 수 있답니다." 배우들은 이 말을 듣자 사방에서 박수를 치기 시작했다. 덩잉차오는 대담하게 일어서서 "나는 『우쟈포(武家坡)』[146] 가운데 쉐핑귀(薛平貴) 역을 맡아 노래할 수 있는데 누가 왕바오촨(王寶釧) 역을 할 수 있나요?" 베이징인민예술극장은 재주꾼들로 가득했었는데 어떤 사람이 나서 "디신휘(狄辛會)가 있습니다. 신휘에게 왕바오촨 역을 맡겨 노래 부르게 하고", "주쉬(朱旭)가 호금(胡琴)을 연주하면 됩니다"라고 말했다.

환호성 속에서 덩잉차오와 디신휘는 다른 방에서 대창(對唱) 가사를 맞춰보았다. 둘은 주쉬의 호금 반주에 맞춰 노래하기 시작하였다.

노래가 한 곡 끝나자 배우들은 열렬히 박수를 쳤고, 덩잉차오는 단정한 태도로 앙코르에 답하였다. 류화는 웃으며 덩 다졔에게 이러한 재능이 있는 줄 생각지도 못했다고 말했다. 천이는 모두사람들과 함께 모내기 춤을 추었다. 비록 날씨는 춥고 땅은 얼었으며 경제적으로 매우 힘겨운 상황이었지만 중앙의 지도자들은 모든 이들과 함께 즐겁게 새해를 맞이하였으며 홀은 봄날의 따뜻함과 즐거움이 가득 넘쳐흘렀다.

파티가 끝난 후 저우언라이와 덩잉차오는 함께 배우 숙소로 가 모두를 방문하였다. 저명한 배우 수슈원(舒繡文)의 10살 된 아들이 방으로 들어왔다. 덩잉차오는 "애, 너는 나를 알아보겠느냐?" 하고 물었다. 어린아이는 유창한 말솜씨로 이렇게 말했다. "예, 저는 압니다. 저우 총리의 부인이십니다. 저희 할아버지께서 그렇게 말씀하셨습니다. 할머니께서 '누가 오시냐'고 물었을 때 저의 할아버지께서는 '저우 총리의 부인이 오셨다'고 했거든요" 덩잉차오는 그 이야기를 들으며 웃으면서 말했다. "이 아이는 정말 성대모사 배우가 될 수 있는 재목입니다." 모두들 일제히

---

[146] 역주: 경극의 하나. 왕바오촨(王寶釧)이 추운 동굴에서 18년 동안 홀로 살다 시량(西凉)의 남편 쉐핑귀(薛平貴)에게 편지를 보내자 남편이 돌아와 다시 만난다는 줄거리이다.

웃음을 터뜨렸다.

덩잉차오는 많은 배우들에게 이렇듯 깊은 관심을 기울였고 문예사업
에 대한 당의 관심을 실천했고 여성에 대한 그녀의 관심과 보살핌을 더
욱 구체화하였다. 그녀는 여성이 문예사업을 포함한 각종 문예에서 성과
를 내려면 남성에 비해 몇 배의 노력을 기울여야 하고 지도자들이 특별
히 보호와 양성에 주의해야 한다는 사실을 절감하고 있었다.

107. 질병에 대해 낙관적으로 그리고 맹렬하게 투쟁하다[147]

장기간에 걸친 힘든 투쟁과 긴장된 업무 때문에 덩잉차오는 각종 만
성질환에 시달렸다. 예컨대, 심장병, 고혈압, 당뇨병 외에도 50여세의 나
이에 따른 여성갱년기의 종합적 증상이 나타났다. 그녀의 갱년기는 비교
적 길게 끌었고 증상 또한 매우 심했다. 혈압이 상승하고 심장이 지나치
게 빨리 뛰었으며 말초혈관이 경련을 일으키고 사지에서 전신에 걸쳐
땀이 나며 머리가 어지러워 몸을 마음대로 움직일 수 없게 되었다. 땀이
많을 때는 옷과 침구가 모두 젖을 정도였다. 기후에 특히 민감하여 더운
것을 힘들어 했을 뿐만 아니라 추운 것도 그러했다. 하루에도 여러 차례
갑자기 추웠다가 또 갑자기 덥다고 느꼈다. 매일 미열이 있어 5년 동안
이나 계속되었다. 성격적으로도 변화가 생겨, 안달복달하고 또 쉽게 화
를 내게 되었다…….

덩잉차오는 이러한 질병과 맹렬하게 투쟁하였다. 혁명적 낙관주의 정

---

147 덩잉차오, 「어떻게 만성질환과 싸웠는가」, 『人民日報』, 1963.11.28; 「여성의 갱년기
　　에 어떻게 대처해야 하는가를 말하다」, 『농민보(農民報)』, 1983.1.31 참조. 필자는 또
　　한 덩잉차오의 신변 간호사 정수원(鄭淑芸)을 방문하였다.

신과 변증법적 유물주의 관점에 입각해 스스로를 대하고 질병에 대처하였다. 한편으로 그녀는 병이라는 현실을 직시하여 의료진의 치료와 휴양을 적극적으로 병행하면서, 다른 한편으로는 병에 위협당하지 않고 질병을 상대로 이길 수 있다는 강인한 믿음을 갖고 병과 투쟁하면서 병을 고치고 요양할 수 있는 법칙과 방법을 모색하였다.

50년대 중엽, 여성갱년기 종합병과의 투쟁은 더욱 힘들었다. 그녀는 산부인과 전문가 린챠오즈(林巧稚), 위아이펑(兪藹峰)의 지도와 자신의 생리변화 체험 과정에서 점차 갱년기의 폐경전기, 폐경기, 폐경후기의 변화에 대해 알게 되었고, 그 과정에서의 경험과 교훈을 계속해서 종합하고 주관적인 능동성을 충분히 발휘하며 강인한 의지와 인내력을 갖고 의료진과 협력하여 이 어려운 투쟁에서 승리하였다.

그녀는 스스로에 대해 가능한 한 절제하여 하고 싶은 많은 일들을 하지 않거나 조금만 하고, 보고픈 사람들도 보지 않거나 그 수를 최소한으로 줄였다. 심지어 문화오락 활동에 대해서도 절제하였다. 그렇게 좋아하던 연극이나 영화도 가장 중요한 부분을 보다가도 의사가 규정한 휴식시간이 되면 바로 보는 것을 그만 두고 돌아와 휴식을 취하였다. 쉽게 화를 내고 안달복달하는 등 성격적으로 나타나는 변화에 대해서도 스스로 의식적으로 참으려 하였고, 주위 동지들에게 일깨워주어 자기가 막을 수 있도록 도와달라고 요구했다.

덩잉차오는 적극적으로 육체를 계속 단련하기 위해 더욱 주의하였다. 그녀는 항상 하는 산보 이외에도 태극권, 바돤진 수련뿐만 아니라 보건체조와 검무도 하였는데 매일 10분에서 시작하여 몇 분 씩 증가하여 점차 40여분까지 지속할 수 있게 되었다. 그녀의 체력과 체질은 눈에 띄게 호전되었다. 그녀의 혈압은 안정되었고 말초혈관경련도 나타나지 않았고 사유능력과 기억력도 회복되었으며 업무 능력과 생활 능력도 점차 회복되었다. 60년대 초기가 되자 그녀는 이제 유쾌하게 업무에 종사하고 생활할 수 있게 되었다.

그녀도 역시 잘못된 길로 빠진 적이 있었다. 그때 린챠오즈는 그녀에게 폐경이 갱년기의 끝이 아니며 신체 변화에 계속 주의해야 한다고 일깨워 주었다. 그러나 덩잉차오는 폐경 이후 몸과 정신이 이전에 비해 더욱 좋아졌기 때문에 그녀는 수년 동안 괴롭혀왔던 갱년기가 이제 끝났다고 생각하여 다시 열정적으로 힘든 업무에 뛰어들었다. 업무량이 크게 증가하였기 때문에 신체 내의 새로운 균형이 영향을 받게 되었다. 그녀에게는 폐경 일 년 후 다시 과거에 앓았던 여러 심한 증상들이 다시 나타났다. 말초혈관 경련이 다시 나타나 그녀의 건강을 크게 해쳤고, 결국 그녀는 일을 계속할 수 없어 다시 휴양을 하면서 계속해 신체를 단련해야만 했다.

이후 그녀는 더욱 근신하였다. 폐경 후 여전히 정기적으로 산부인과 검사를 받았고 업무량을 통제하였다. 이렇게 5년여의 세월을 이어갔다.

1962년 3월 산부인과 검사 과정에서 그녀에게서 갑자기 난소낭종이 발견되었다. 그녀는 조금도 주저하지 않고 수술을 받았다. 수술 결과는 양호했다. 이로써 그녀는 다시 관문 하나를 넘게 되었다.

덩잉차오는 자신의 질병과의 투쟁 경험을 정리하여 「혁명정신으로써 질병에 싸워 이기다」, 「어떻게 만성질환과 싸웠는가?」, 「어떻게 여성갱년기에 대처해야 하는가를 말하다」를 써 신문과 잡지에 발표하였다. 만성질환과 여성갱년기 때문에 고통 받고 있던 많은 동지들이 이 글을 보고 사상적으로 매우 크게 계몽되었고 질병에 대한 투쟁을 전개함에 있어 용기와 믿음을 얻게 되었다.

108. 좌절과 곤혹

덩잉차오는 자신의 질병에 대해 낙관적인 생각을 갖고 맹렬하게 투쟁을 전개하였지만, 그녀가 병이 나 요양을 취하는 동안 중국에서 발생한 시국의 변화에 대해서는 어떻게 달리 대처할 수가 없었다.

요양기간 동안 덩잉차오는 계속해서 중국사회주의건설사업에 대해 관심을 기울였다. 단지 신체적인 조건이 허락하고 의사가 용인하는 범위에서 그녀는 중공중앙이 소집한 전체회의에 참가하고 전국인민대표회의가 소집한 대의원대회와 인민대표대회상임위원회에도 참가하며 전국정치협상회의가 소집한 전체회의와 정치협상회의상임위원회에도 모두 참가할 수 있었다. 그녀는 또한 중국여성운동과 여성사업에도 계속해서 깊은 관심을 기울였다.

병이 나서 덩잉차오는 1957년의 '반우파투쟁'에 참가하지 못했고, 전국여성연합의 '반우파운동'을 지도하지 못했다.

1958년 '대약진운동'의 북소리가 중국 천지에 크게 울려 퍼졌다. 신문에는 무(畝)[148] 당 식량 수천 근(斤)[149], 수만 근을 생산했다는 '신기록'[150]이 빈번히 등장하였고, 인민 전체가 강철을 제련하겠다는 열풍[151]이 맹렬하게 일었다. 1958년 여름, 전국적으로 '인민공사화'의 풍조[152]가 높이

---

[148] 역주: 토지 면적 단위. 60평방 장(丈), 즉 6,000평방 척(尺)을 1무로 규정. 1무는 6.667 아르에 해당한다.

[149] 역주: 무게 단위. 1근은 약 500그램. 옛날, 1근은 16량(兩), 596.816그램에 해당한다.

[150] 역주: 본문은 '위성(衛星)'인데, 사람을 놀라게 하는 신기록이나 큰 업적을 비유한다.

[151] 역주: 공산당은 대약진운동시기가 사회주의로부터 공산주의로 진입하는 초기단계라고 하면서 강철생산량이 15년 내에 영국을 초과할 것이라 예상하며 백성들로부터 밥 짓는 솥까지 몰수해 재래식 방법으로 수만 개의 제철소를 만들어 생산을 독촉하였다.

[152] 역주: 제2차 5개년계획이 시작된 1958년, 마오쩌둥이 제기한 '사회주의건설의 총노선'의 주도 아래 경제의 대약진과 함께 추진된 인민공사화가 추진되었다. 이상 '총노선', '대약진', '인민공사' 등 3가지 경제정책을 일컬어 중국의 '삼면홍기(三面紅旗)'라

일어났다. 1956년 전국에 걸쳐 농업합작사화가 기본적으로 실현되었다. (하지만 많은 지방에서는 여전히 초급합작사와 개체농호(個體農戶)[153]가 남아 있었다.) 합작사는 아직 견고하지 못했으나, 이때 또한 "벼락같이 갑자기 고도화되고"[154] "규모화가 크고 집단화 수준이 높은"[155] "정사합일(政社合一)"[156]의 인민공사가 등장하였고 그 규모 역시 매우 컸다. "밥을 먹지만 돈은 필요 없다(吃飯不要錢)", "생활군사화(生活軍事化)", "식당화(食堂化)", "대병단작전(大兵團作戰)" …… 등 신문에 등장한 수많은 '새로운 것들'을 본 덩잉차오의 눈은 어지러웠다.

1958년 8월 그녀는 베이다이허(北戴河)에서 소집된 중공중앙정치국 확대회의에 참석하였다. 회의에서는 「농촌 인민공사 건립문제에 관한 결의」를 통과시키면서 "인민공사는 사회주의 건설과 공산주의로 넘어가는 점진적 발전의 가장 좋은 조직 형식이며", "우리나라에서 공산주의 실현이 이제 그렇게 멀지 않은 장래의 일이 되었다"고 지적하였다. 이를 본 덩잉차오의 마음은 매우 흥분되었다.

덩잉차오는 전국여성연합회 서기처에서 "대약진"과 "대규모 강철 제련", "대병단작전(大兵團作戰)" 가운데 여성들이 과중한 노동에 시달리고 있다고 들었다. 어떤 이는 여성을 "중시한다"는 것이 여성을 "심하게 사역시키는"[157] 것으로 변질되었고, 많은 여성들이 무리한 노동으로 인해

하였다.

153 역주: 집단화되지 않은 개인농을 가리킨다.

154 역주: 원문은 벼락출세를 가리키는 "일보등천(一步登天)"으로 되어 있다.

155 역주: 원문은 "일대이공(一大二公)"으로 인민공사 조직화의 주요방침이었다.

156 역주: 정치권력으로서의 역할인 '정(政)'과 집단소유제에 근거한 경제조직으로서의 역할인 '사(社)'를 일체화하는 것. 인민공사는 종래의 향(鄕), 진(鎭)과 같은 행정조직의 인민위원회와 경제, 경영조직이었던 농업고급합작사와의 병합체이다. 이러한 인민공사는 1982년 신헌법에 의거 '사'의 역할만을 지니는 조직으로 성격이 바뀌고 종래의 행정기능은 향 인민정부, 새로 성립된 지방행정기구의 기초조직으로 넘어갔다. 이것이 곧 "정사분개(政社分開)"인데, 이러한 인민공사의 정치, 경제 분리작업은 1984년 말까지 완료되었다.

157 역주: 원문은 "중시(重視)"가 "중사(重使)"로 변한 것으로 되어 있는데 둘 다 중국어

폐경과 자궁하수(子宮下垂) 등의 질병에 시달리며 또 작업 도중 부상을 당하기도 한다고 하였다. "생활군사화"에 따라 여성은 한 곳에 모여 일을 하였다. "대규모 식당운영"에 따라 여성의 돼지사육과 가내 부업은 영향을 받았고 농민생활은 급속하게 악화되었다. 각지에서 이러한 현상이 나타났다. 1958년 식량생산은 확실히 풍년이었지만, 그것을 더 거둬들이지 못했다. 대규모 강철제련에 9천만 명의 노동력이 투입되었고 수많은 양식과 면화가 들판에 너무 익어 문드러진 채 방치되었다.

덩잉차오는 곤혹스러웠다. 그녀는 여성사업이라는 측면에서 '대약진운동'에서 나타나는 이들 문제를 감지하고 적절하게 해결해야 했다.

마오쩌둥 역시 "공기를 압축해야 한다."[158]고 느꼈다. 1958년 11월 마오쩌둥은 자신이 제의하여 소집한 제1차 정저우(鄭州)회의를 주재하였다. 그는 솔선수범하여 자신이 이미 관찰한 '좌'경 오류를 규정할 것을 제안하고 또 요구하였다. 1958년 말 소집된 우창(武昌)회의에서 보고된 각 성과 시의 통계에 따르면 1958년 목표 식량 총생산량은 1조 5,000억 근에 달했다! 마오쩌둥은 반을 깎아 7,500억 근으로 조정하였다. 사실, 이 수치도 여전히 2배는 과장된 것이었다. 그해 실제 식량생산은 대략 4,000억 근 정도였고, 그 나마 실제 수확량은 3,600억 근 정도로, 대략 1956년도 식량생산에 해당하였다.

1959년 봄이 되자 도시에서 부식품 부족 현상이 일어났다.

그해 봄, 덩잉차오는 의사의 권고에 따라 광저우로 병을 치료하기 위해 요양을 떠났다. '3·8'절 당일, 그녀는 병실에서 적막하게 하루를 보냈다.

그래도 그 당시 그녀를 기쁘게 한 것은 저우언라이가 '우하오(伍豪)'[159]

발음으로는 "종스"로 동일하다.
158 역주: 원문은 "壓縮空氣"이다. '대약진운동' 시기 경제건설에 있어서 맹목적으로 착수한 것과 계획 외의 비생산성 지출을 감소하고 과열한 공기를 낮추어야 함을 비유한 말이다.
159 역주: '우하오'에 대해서는 제1장 8절 참조.

라는 이름으로 그녀에게 보낸 '3·8'절 축하 엽서를 받은 것이었다. 저우언라이는 바쁜 와중에도 잊지 않고 그녀에게 기념일 안부 인사를 전했으며 30여 년 전의 필명을 사용함으로써 그녀에 대한 깊은 애정과 자상함을 보여주었다. 하지만 그녀의 병든 몸은 너무 허약하여 붓을 잡기도 힘들었고 전화 걸 힘조차 거의 소진됐을 정도였다.

10여 일이 지난 뒤 그녀는 다시 언라이의 편지를 받았다.

"차오에게, 며칠을 기다려도 당신의 전화를 받을 수 없더니 오늘 당신에게 또 병이 났다는 말을 들었는데 매우 걱정이 됩니다. 내일 당신과 통화하려고 하니 일찍 집에 와 있도록 해요. 나는 다소 늦어져 23일이 되서야 다시 광저우로 가게 될 것 같아요. 요사이 며칠 동안은 보고 때문에 바쁘고 또 각지에서 오는 문서, 전보 그리고 여러 일들을 처리하느라 잠도 제대로 자지 못했어요. 지금은 벌써 밤이 깊었고 내일 아침 총잉(琼英)이 쒜(穗)[160]로 간다고 합니다. 이렇게 짧은 글로 그리운 마음을 전합니다. '3·8'절 당일에는 비록 통화하지 못했지만 축하 엽서를 썼고 또 30여 년 전의 필명을 썼으니 당신이 보고 아마 옛날 기억들이 새록새록 되살아났을 겁니다. 이미 나이가 들긴 했지만 잊을 수 없는 기억들이지요. 그러나 지금 이 시대는 우리에게 더욱 앞을 바라보고 후대를 위해 더욱 고민하며 젊은이에게서 더 많이 학습할 것을 요구하고 있습니다. 본의 아니게 잠시라고 주의를 쏟지 않으면 뒤처질 위험이 도사리고 있어요. 열의를 북돋아 전진 또 전진해야죠! 평안하길 빌어요. 샹위(翔宇). 1959년 3월 18일."[161]

덩잉차오는 '샹위'라는 서명을 보자 따스한 정을 가득 느끼며 웃음을 참을 수 없었다. 샹위는 저우언라이의 호였다. 오사운동시기 톈진 각오

---

[160] 역주: 광저우의 약칭이다. 기원전 9세기 초나라가 광저우에 성읍을 건설했는데 자연재해가 심했다. 이때 5명의 신령이 나타나 곡식 이삭(穗)과 양을 주어 재난을 해결했다는 데에서 그 명칭이 유래하였다.

[161] 『주은래서신선집』, 537쪽. 편지 가운데 총잉은 런비스(任弼時)의 부인 천총잉(陳琼英)을 가리킨다.

사(覺悟社) 전우들은 모두 그를 이렇게 불렀고, 그 후부터는 거의 사용하지 않았다. 이제 덩잉차오가 샹위라는 서명을 보니 과거 두각을 나타냈던 세월이 떠오르는 듯했다. 하지만 언라이가 편지에서 분명하게 썼듯이 시대는 우리에게 더욱 앞을 향해 바라볼 것을 요구하고 있어 과거의 회상에 마냥 안주하고 있을 순 없었다.

3월 25일부터 4월 1일까지, 당중앙은 상하이에서 정치국확대회의를 개최하였다. 4월 2일에서 5일까지에는 8기7중전회를 소집하였고 덩잉차오도 서둘러 이 회의에 참석하였다. 회의는 인민공사에 대한 중앙정치국의 규정을 인정하였고 '대약진운동' 과정에서 출현한 "공산풍(共産風)", "지나치게 높게 잡은 지표(高指標)", "고징구(高徵購)"[162] 등등의 잘못된 방식을 교정하여 "농민을 수탈할 수 없고", "가치 법칙에 주의해야 한다"고 하였으며 인민공사의 방침을 조정하여 사업에서 출현한 '좌'적 오류에 대해 확실하게 바로 잡았다.

덩잉차오는 다행스럽게 생각하며 안도의 한숨을 내쉬었다.

1959년 4월 29일 마오쩌동은 성(省), 지(地), 현(縣), 공사(公社), 대대(大隊), 생산대(生産隊) 등 6급 간부에게 편지를 보냈다. 편지에서 그는 식량 생산과 계획 지표에 대해 "여유를 남기도록 하였고", 각지 간부들이 실제상황을 정확히 반영하라고 요구하였다. 그는 "많은 거짓말이 상부의 압박에서 비롯됩니다. 상부에서 한 번 부추기고, 두 번 압력을 가하며, 세 번 발원(發願)하면 하부에서는 일하기가 매우 힘들어집니다"라고 말했다. 그는 "거짓말하기를 좋아하는 자는 우선 인민을, 그 다음에는 자신을 해치게 됩니다"라고 강하게 비판하였다.

덩잉차오는 이 편지를 보고 매우 기뻤다. 당중앙과 마오 주석이 이미 '대약진운동'에서 드러난 '좌'적 오류와 편차를 확실하게 시정하기로 결심했다고 판단했다.

162　역주: 농산물이나 토지 등을 정부가 민간으로부터 너무 높은 가격으로 사들이는 것.

1959년 7월 초, 덩잉차오는 저우언라이와 함께 쟝시 쥬쟝(九江)에 있는, 풍광이 아름답기로 소문이 난 루산(廬山)에 올라 정치국확대회의에 참가하였다. 회의는 7월 2일에 시작되어 15일에 끝날 예정이었다.

마오쩌둥은 회의에서 회의의 임무가 1958년 이후 사업에서 얻은 경험과 교훈에 대해 총괄적으로 검토하는 것이라고 하였다. 그는 최근 몇 년 동안의 사업에서 "성적이 매우 좋았지만 다른 한편으로 문제점도 적지 않았으며 그럼에도 불구하고 전망은 밝다"고 하면서 모두가 진지하게 "가치 법칙이라는 과학에 대해 학습해 줄 것"을 호소하였다. 덩잉차오와 회의에 참석한 절대 다수의 동지들은 모두 이번 회의가 사업에서 드러난 '좌'적 오류를 계속해서 진지하게 수정해야 한다고 생각하고 있었다. 회의에서 모든 참석자들은 실제 상황을 있는 그대로 드러내어 문제를 제기했으며 그 문제의 근원을 찾고 개선을 추구했다. 또한 서로의 입장과 상황을 교류하고 자신의 의견을 제시하는 등 회의는 비교적 순조롭고 활발하게 진행되었다. 저우언라이는 국무원 각부 책임자와 성위원회 서기를 찾아 바삐 회의를 개최하고 세밀한 계산을 하며 국민경제의 조정 업무에 매진하였다.

그러나 뜻밖에 정치국위원이며 국방부장 펑더화이(彭德懷)가 마오쩌둥과 면담할 기회를 갖지 못하자 직접 그에게 편지를 보내, 1958년 성적을 기초로 '대약진운동', '대규모 강철제련', '인민공사화'에서 드러난 결점, 착오, 사상지도 방법, 사업 태도 등 다방면에 걸친 문제를 직언하였다. 마오쩌둥은 펑더화이의 편지를 '의견서'로 만들어 나누어 토론하도록 하였다. 회의는 갑자기 이전 '좌'의 오류 수정에서 "우경기회주의 반대"로 전환되었고 분위기 역시 매우 긴장되었다. 원래 15일에 끝나기로 예정됐던 회의도 월말까지 연장되었다. 8월 2일 소집된 8기8중전회에서 펑더화이, 장원톈(張聞天) 등이 '우경기회주의'이며 '반당집단(反黨集團)' 조직을 결성했다는 결론을 내렸다.

덩잉차오는 본래 몸이 좋지 않았던 데에다 당내에서 인 정치적 격동의 투쟁을 접하고는 심장병이 발병하여 서둘러 하산하였다.

본래 '좌'를 교정하려 했으나 상황은 "우파 반대"로 일변하여 전국 각지에서 즉각 "우경기회주의 반대" 운동이 전개되었고 "대약진운동 지속", 즉 '좌'의 오류를 지속하게 되었다. 전국여성연합회도 예외가 아니어서 잘못된 '우경화 반대운동'을 전개하였다. 덩잉차오는 병에 걸렸기 때문에 조직과 이 운동을 함께 하지 못했다.

1960년, "우경화 반대"와 "대약진운동 지속"의 결과가 드러나기 시작하였는데 그 중 하나는 격심한 경제적 어려움이었다. 소련 또한 등 뒤에 칼을 꽂았다. 즉, 일방적으로 2,572건의 과학기술합작 협의와 계약을 파기하였고 전체 1,390명의 전문가를 철수시켰으며, 한국전쟁 때 소련이 제공한 무기 차관을 상환하라고 중국을 압박했다. 전국에서 농업과 식량 생산이 전체적으로 저조해져 식량생산은 1957년에 비해 1/3로 줄어들었다. 도시와 농촌의 인민생활은 매우 힘들게 되었다.

3년 동안 지속된 경제 난국의 시기에 덩잉차오는 요리사와 의논하여 가능한 한 잡곡을 많이 사용하는 방식으로 식사비용을 줄였다. 그녀와 저우언라이는 본래 소박하게 식사하였지만, 이때는 고기와 달걀까지 최대한 줄여 적게 먹었다.

1961년 1월 14일부터 18일에 걸쳐 덩잉차오는 당의 8기9중전회에 참가하였다. 회의에서는 "조정(調整), 공고(鞏固), 충실(充實), 제고(提高)"와 국민경제를 전면적으로 조정한다는 방침이 통과되었다. 이로써 기본건설과 공업건설을 대폭적으로 축소하고 2천만에 달하는 도시의 관리직과 생산직 노동자를(이들 가운데 많은 수가 '대약진운동' 중 도시로 들어온 농민이었다) 농촌으로 보내어 농사일을 수행토록 하였고 "당전체가 농업을 크게 일으켜 식량을 대규모로 생산"하기로 하고 인민공사 체제를 조정하였다.

마오쩌동은 전체회의에서 조사 연구의 풍조를 크게 일으킬 것을 제안하여, 실사구시를 추구하고 등가교환과 노동의 양과 질에 따라 임금을 지급하는 정책을 강력하게 집행하며 무상으로 공출한 농민의 재산에 대해서는 확실하게 배상토록 하였다. 그는 자신들이 사회주의를 건설하는 과정에서의 경험 부족과 실천 과정에서 탐색을 모색해야 한다는 사실을 인정했다. 그는 1961년을 '조사연구년'으로 삼자고 요구했다.

1961년 2월 2일, 덩잉차오는 전국여성연합 당조회의에서 마오 주석의 8기9중전회 발언을 전달하고 여성연합회 동지들이 마땅히 당중앙의 호소에 호응하여 기층민중 속으로 깊이 들어가 조사연구해 줄 것을 당부하였다.

덩잉차오의 몸도 현저하게 좋아졌다. 그녀 역시 농촌조사연구 활동을 준비하였다.

109. "우리 농민의 마음과 잘 통하다"

1961년은 당 전체가 조사 연구의 거센 바람에 휩싸인 한 해였다.

1961년 4월, 마오쩌둥은 직접 3개의 조사팀을 조직, 지도하여 저쟝, 광동, 후난에서 조사하였다. 류샤오치는 후난으로, 주더는 쓰촨으로, 저우언라이는 덩잉차오와 함께 허베이 한단(邯鄲)으로 가 조사하게 되었다.

그전에 덩잉차오는 하노이에서 개최된 베트남 제3차전국여성대표대회에 참가하여 축하연설을 하였다. 호치민(胡志明) 주석은 그녀를 초대해 주석부(主席府)에 머물게 하고 정성과 열정을 다해 대접했다.

4월 중순, 덩잉차오는 전국여성연합의 루쉐민(呂學敏), 왕수위엔(汪淑遠)을 집으로 불러 대화를 나누기로 약속하였다. 그 둘은 시와팅에 막 도착했을 때에는 마음속으로 다소 긴장하고 있었다.[163] 덩잉차오는 직접 그

---

[163] 필자가 루쉐민과 마례(馬列)를 방문했을 때, 그녀들은 저우언라이, 덩잉차오를 따라 허베이 우안(武安)현으로 가 조사했던 상황에 대해 소개하였다.

녀들에게 차를 따라주고 미소를 지으며 말했다.

"내 집에 왔으면 손님이니 너무 예의를 갖출 필요 없어요."

이 말을 듣자 루쉐민과 왕수위옌의 긴장은 스르르 사라졌다.

덩잉차오는 그녀들에게 임무를 맡겼다.

"당중앙은 조사, 연구 풍조를 크게 일으키라고 호소하고 있습니다. 언라이 동지도 곧 허베이 한단으로 조사를 나가게 됩니다. 나도 그와 함께 가려고 준비하고 있지요. 당신들은 총리 사무실 비서 쉬밍(許明)과 마례(馬列), 쑨웨(孫岳) 등의 동지와 함께 먼저 가서 상황을 파악하도록 하세요. 우리가 대중속으로 들어갈 때에는 어떤 격식도 차리지 않고 허심탄회하게 대중의 의견을 듣고 대중의 고통을 체험하고 관찰해야 한다는 사실을 꼭 기억해야 합니다.

루쉐민, 왕수위안은 덩 다졔의 말을 자세하게 기억했다. 루쉐민이 출발하기 직전, 덩잉차오의 비서 장위옌은 다시 그녀에게 전화를 걸어, 아이는 잘 지내는지, 가정생활이 힘들지는 않은지 등에 대해 물었다. 루쉐민은 아무런 어려움이 없다고 대답하였다. 그녀는 속으로 덩 다졔가 간부에 대한 관심과 배려가 매우 세심하고 주도면밀하다고 생각하였다.

쉬밍, 마례, 쑨웨, 루쉐민, 왕수위안은 한단에 도착하여 지역위원회와 함께 협의하여 우안 현의 바이옌(伯延) 공사(公社)를 조사하기로 확정하였다. 1960년 당중앙은 『농촌공작12조(農村工作十二條)』를 제정하여 '공사소유제'를 '대대소유제(大隊所有制)'로 바꿀 것을 요구하였다.[164] 그러나 많은 지방에서 이 지시가 조금도 진지하게 관철되지 않았다. 바이옌공사 역시 여전히 공사소유제를 채택하였다. 17개의 촌, 5천여 호의 농민들이 공동 취사[165]를 하였다.

---

164   역주: 당시 행정 구분이 성(省), 지(地), 현(縣), 공사(公社), 대대(大隊), 생산대(生産隊) 등 6급으로 구성되었던 것을 감안하면 '공사소유'에서 '대대소유'로의 전환은 집단소유제의 완화를 의미한다.

165   역주: 원문은 "吃大鍋飯"으로 공동 취사하여 한솥밥을 먹는 것을 가리키지만, 업적이나 능력에 상관없이 똑같은 대우를 받는 것을 의미하도 한다.

1961년 봄 당중앙은 다시 『농촌인민공사공작조례』(간략하게 칭하여 『농업60조(초안)』)을 제정하였고 더 나아가 공사체제를 조정하고 노동력에 따른 분배 원칙을 관철하고 사원(社員)에게 자류지(自留地)[166] 소유를 허락했으며 가내부업을 경영할 수 있도록 하였다. 그러나 『농업60조(초안)』에서는 여전히 농촌공공식당을 운영하도록 요구하였다. 1958년 이래 농촌식당은 '사회주의 진지'라고 일관되게 선전하였다. 그러나 실제로 농촌에서 대규모의 공공식당을 운영하는 것은 농민의 생활 곤란을 가중시켰다. 본래 식량이 부족하여 일부 지역농민의 일인당 필수식량은 하루에 고작 반근 정도로 겨우 목숨을 부지할 정도였다. 생산대와 대대의 간부 그리고 그들의 가족, 요리사 등은 더 많이 먹고 더 많이 차지했기 때문에 사원의 손에는 4량(兩)[167]도 채 안 되는 양이 쥐어줬다.

루쉐민, 왕수위안은 농촌의 매우 빈궁한 생활상을 보았다. 사람들은 매일 식당에서 옥수수, 고구마, 식품 대용물을 혼합해 만든 검은 워워터우(窩窩頭)[168]를 일인당 6량 씩 수령해 먹었는데, 많은 사람들이 몸이 붓고 병자가 많이 발생하였다. 대중들은 그들을 매우 냉담하게 대했다.

쉬밍, 마례, 쑨웨, 루쉐민, 왕수위안은 매일 각 지, 각 촌을 돌며 집집마다 방문하였다. 사람들이 그들과 조금은 친숙해지고 또 그들이 진정으로 자신들에게 관심을 기울이는 것을 보고서는 식량이 부족하다고 서서히 말하였다. 그러나 그들에게 어떤 의견이 있냐고 물으면 그들은 다시 우물쭈물하며 말하려 하지 않았다.

쉬밍은 몇 차례 사원좌담회를 열었다. 쉬밍은 1952년, 1953년(호조조(互助組)[169], 초급합작사 시기)의 생활과 현재 생활을 비교하여 어느 때가 더 좋

---

166   역주: 사회주의 국가에서 농촌집체화 이후 농민 개인이 경영할 수 있도록 한 약간의 자유 경작지.
167   역주: 10량이 1근이므로 4량은 대략 200그램 정도가 된다.
168   역주: 옥수수 가루, 수수가루 따위의 잡곡 가루를 원추형으로 빚어서 찐 음식. 한쪽 엄지손가락을 집어넣고 만들므로 바닥은 움푹 패어 있으며 보통 가난한 집의 주식이었음.

으냐고 물었다. 대부분의 사람은 별 차이가 없다고 대답했다. 어떤 사람은 현재 생활이 더 좋다고도 대답했다. 빈농 장얼팅(張二廷)은 천진하며 멍청하기로 유명한 인물이었는데 참지 못하고 큰 소리로 말했다.

"이 탁자에 둘러 앉아 있는 사람들은 모두 거짓말을 하면서 올바른 말을 하지 않습니다."

그는 "현재 생활이 더 좋다"고 말한 이를 가리키며 말했다.

"너야 식당경리이니 생활이 나아졌다고 할 수 있지. 식구 가운데 대장, 부대장, 회계, 식당경리가 되고 설령 요리사가 되더라도 모두 배불리 먹을 수 있어. 하지만 우리 사원들을 빈궁에 빠뜨리지요."

이 말로 인해 동석한 모든 사람은 크게 놀랐다. 이어 아무도 말하는 사람이 없었다.

쉬밍은 장얼팅의 이름을 기억해 두었다.

1961년 4월 29일, 덩잉차오는 저우언라이와 함께 기차로 한단에 도착한 후 한단 시위원회 초대소에 머물렀다.[170] 덩잉차오는 즉시 초대소 동지에게 시켜 식사에 생선, 고기, 달걀, 심지어 콩류까지도 포함시키지 말라고 하였다. 초대소 동지는 난감해 하면서 그러면 총리께서는 뭘 드시냐고 물었다. 덩잉차오는 간명하게 말했다.

"당신들은 식당에서 뭘 먹나요? 우리는 똑 같은 것을 먹을 겁니다."

저우언라이는 초대소에서 허베이성위원회와 일부 지역위원회 책임자로부터 보고를 청취했다.

덩잉차오는 한단지구여성연합회와 시여성연합회 동지들과 만나고 그녀들을 통해 기층여성연합회와 여성사업 상황에 대해 알게 되었다.

그녀들은 덩 다제가 온다는 소식을 듣고 밤낮으로 자료를 준비하였는

---

169   역주: 노동농민이 개체경제를 기초로 하여 형성한 사회주의적 요소를 띤 집체노동 조직. 토지개혁 이후 광범위하게 발전하였다. 농업합작화운동 과정에서 초급농업생산합작사로 발전하였다.

170   필자가 1988년 한단에 갔을 때, 한단 시위원회 초대소 동지는 1961년 저우언라이, 덩잉차오의 한단 조사 상황에 대해 소개하였다.

데, 연이어 이틀 밤을 꼬박 세워가며 20건의 자료를 준비했다. 이를테면 "식당화", "탁아화", "재봉틀화" 그리고 '대약진운동' 때의 '철고랑대(鐵姑娘隊)'[171], '심번대(深翻隊)'[172], '여성 연철대(練鐵隊)'[173] 등등.

그녀들은 시위원회 건물에서 기다리고 있었다. 사실 그녀들은 이틀 밤을 꼬박 샌 후 새벽에 겨우 묽은 죽 한 사발로 끼니를 때웠기 때문에 배에서 꼬르륵 소리가 날 정도로 배가 고팠다. 행정처의 동지가 밀기울에 설탕을 타 만든 과자를 가져다주니 모두 정말 달게 먹었다. 그녀들은 다시 제 때 분명하게 말하지 못할 것을 걱정해 서둘러 물을 마셨다.

그녀들은 시위원회 초대소 이층으로 올라가 서쪽 방으로 들어갔다. 회색 목면 제복을 입고 검은 색 헝겊신을 신은 덩 다졔가 매우 뜨겁게 그녀들을 맞이하였다. 덩잉차오는 그녀들에게 일일이 앉으라고 하고, 차례로 그녀들의 이름을 물으며 언제부터 사업에 참가하게 됐는지, 아이는 몇인지 물었다. 덩잉차오는 다음과 같이 말했다.

"나는 특별히 동지들을 만나려고 팡쥔(龐均) 동지(한단지방위원회서기)에게 휴가를 청했습니다. 언라이 동지는 다른 일 때문에 못 왔습니다. 그는 나에게 대신 동지들에게 안부를 전하라고 했지요." 이 몇 마디의 말로 모두의 마음은 훈훈해졌다. 모두는 짤막하게 상황들에 대해 이야기하였다. 그것은 "인민공사화"와 '대약진운동'에서 여성들이 얼마나 열정적이며 의욕적이었는지, "식당화"를 통해 여성들이 다시는 부엌에서 분주히 돌아다니지 않으며 여성들이 해방을 얻게 되었다는 등등에 관한 것이었다.

덩잉차오는 단지 조용히 듣기만 했다. 이어 그녀는 한단지구여성연합회에 도착하였다.

한단지구여성연합회 주임 류원즈(劉文芝)는 농촌에서 실행하고 있는

---

171 역주: 본래는 문화대혁명시기 본격적으로 유행한 용어. '철'과 같이 강인한 여성상을 의미하여 전통적으로 유약했던 여성상을 배격한다는 의미로 활용됨.

172 역주: 신중국 이후 새롭게 태어났다는 의미의 "번신(翻身)"을 강화시키는 부대를 가리킴.

173 역주: 대약진운동 시기 유행했던 강철제련을 촉진하는 여성중심부대를 가리킨다.

"식당화"의 좋은 점에 중점을 맞춰 보고하였다.

덩잉차오는 말했다.

"이제 어떻게 하면 좋을까요?"

"공고(鞏固)화하고 제고(提高)시켜야죠."

"어느 정도까지 제고시켜야 하나요?" 덩잉차오는 바로 이어 한 마디 물었다.

모두 서로 쳐다보며 제대로 대답하지 못했다. 그녀들은 다시 '모자(母子)행복거리'에 대해 중점적으로 보고하였다. 그녀들은 한단시의 어느 거리에는 식당, 양로원, 유아원, 산부인과병원 등등이 몰려 있다고 말했다. 덩잉차오는 물었다.

"이들 복리사업은 대중들에게서 돈을 모아 한 것입니까 아니면 대중들이 스스로 원하여 한 것입니까? 그리고 그들이 좋아합니까? 실사구시적으로 해야 하며 대중이 스스로 원할 경우 해야 하고 대중의 의견을 더 많이 들어야 합니다."

한단구여성위원회와 시여성연합회 동지들은 덩 다졔의 말에서 '주요 의미'를 파악하며 이전의 다른 지도자들과는 다른 것 같다고 느꼈다. 어떤 지도자는 단지 성적만 듣기 원하며 어떤 문제가 있다고 하면 바로 눈살을 찌푸리며 하급 동지들을 향하여 "당신들은 일을 어떻게 하는 것이냐?"고 큰 소리로 질책하였다. 덩 다졔는 대중의 희망과 요구에서 문제를 제출하였는데 이는 그녀들을 난처하게 만들었다. 그녀들은 어렵게 준비한 20건의 자료를 아예 꺼내 보지도 못했다.

다음 날, 덩잉차오는 다시 한단시여성연합회로 와서 동지들에게 말했다.

"나는 다시 친정에 와 당신들을 보고 또 당신들의 사업을 보게 되는군요."

5월 1일 밤, 덩잉차오는 저우언라이와 함께 한단에서 '5 · 1'절 경축 파티에 참석하였다. 파티 이후 그들은 밤새 서둘러 베이징으로 돌아갔다. 그 다음 날 그들은 미안마 총리 우노(U Nu) 부부와 회견을 하였다.

5월 3일, 그들은 다시 한단으로 왔다. 그리고 그날 그들은 서둘러 우안 현 바이엔공사로 조사를 하러 갔다.[174]

짚차로 그들은 마을 바깥까지 이동하였다. 그들은 차에서 내려 걸어서 이동하는데 큰길 양측 버드나무에 잎 하나 없이 앙상한 나뭇가지만 남아 있는 것을 발견했다. 저우언라이는 물었다.

"버드나무가 왜 저렇게 됐죠? 나뭇잎이 어째서 없습니까?"

그를 수행한 우안 현 서기가 서둘러 대답했다.

"양에게 먹이로 주어, 양이 먹었습니다."

저우언라이와 덩잉차오는 속으로 나뭇잎은 사람이 먹은 것이지 양이 먹은 게 아니라는 사실을 이미 분명히 알고 있었다. 양이 어떻게 나무 위에 올라 잎을 뜯어먹을 수 있겠는가?

덩잉차오는 마을 입구에서 8-9살의 어린 여자아이를 보고 물었다.

"어디에서 밥을 먹나요?"

"식당이죠!" 어린아이는 매우 분명하게 대답하였다.

"식당에서 지은 밥이 맛있나요 아니면 집에서 해 주는 밥이 맛있나요?" 덩잉차오는 또 물었다.

"당연히 우리 엄마가 해 주는 밥이죠. 하지만 오랫동안 그런 밥을 먹어보지 못했어요." 어린 여자아이는 매우 순진하게 대답했다. 덩잉차오는 남몰래 탄식하였다. 아이의 말은 농민들의 마음을 표현해 주는 것이었다.

덩잉차오는 선봉대대의 제6식당에 도착했다. 한 젊은 사원이 옥수수 가루, 고량 가루, 식량대용품을 섞어 끓인 멀건 죽을 받쳐 들고 담장 밑에 웅크리고 앉아 계속해서 주발에서 무엇인가를 건지고 있었다.

덩잉차오는 그 앞에 서서 조용히 물었다.

"무엇을 건지려 하나요?"

<hr>

[174] 필자가 한단 조사에 참가한 마례, 루쉐민을 방문하고 또한 우안현 바이엔향 농민을 찾아 저우언라이와 덩잉차오의 농촌조사 상황을 상세하게 이해 하였다.

그 청년은 고개도 들지 않은 채 변함없이 건지고 있었다.

덩잉차오는 조용히 수행하던 루쉐민에게 말했다.

"너무 멀거네요. 뭘 건지려고 해도 건질 게 하나 없네요."

그녀들은 식당 주방에 들어가 보니 시루 위에는 몇 개의 검은 와와터우가 올려져 있고 그 안에는 약간의 묽은 죽이 남아 있었는데, 그 시루보는 하나같이 까맣게 더러워져 있었다.

덩잉차오는 요리사에게 사원이 하루에 얼마나 먹느냐고 물었다. 요리사는 양식 4량, 음식 2근, 대용식품(옥수수와 면화 줄기껍질로 만든 전분) 1근이라고 대답했다.

덩잉차오는 이 말을 듣고 마음이 매우 무거웠지만 요리사에게는 아무런 말을 하지 않고 그저 다음과 같이 말했다.

"이곳은 모든 사람들이 식사하는 곳입니다. 먹을 양식의 양적 기준 낮긴 하지만 모두에게 잘 하고, 모두가 따뜻한 밥을 먹을 수 있으며 또 깨끗하게 식사할 수 있도록 특히 주의해야 합니다." 다른 것에 대해서는 그녀는 말을 꺼낼 수 없었다.

큰길에서 덩잉차오는 30여 세의 여사원을 만났는데 솔직담백한 성격이 마음에 들어 그녀에게 웃으며 말했다.

"당신 집에 한 번 가보고 싶은데요."

여사원의 이름은 궈셴어(郭仙娥)이었고 매우 솔직담백한 사람이었다. 그녀 역시 웃으며 말했다.

"환영합니다, 환영합니다."

그녀들은 함께 궈셴어의 집으로 가 보니, 그녀의 남편 왕롄성(王連生)이 온돌에 누워 있었다. 궈셴어는 바삐 왕롄성을 불렀다.

"빨리 일어나요. 베이징에서 온 다제가 우리를 보러 왔단 말입니다."

왕롄성이 억지로 일어나려 하니까 덩잉차오는 바삐 그에게 누워 있으라고 하고는 그에게 무슨 병에 걸렸냐고 물었다. 왕롄성은 힘없이 말했다.

"두통에다 머리에 열이 나며 온몸에 힘이 없어 어떻게 살 수가 없습니다.”

덩잉차오는 바로 말했다.

“약을 좀 먹지요.” 왕롄성은 쓴 웃음을 지며 말했다.

“무슨 돈으로 약을 산답니까? 농민은 이겨낼 수 있지요, 아마 이겨낼 것입니다.”

이 말을 들은 덩잉차오는 마음이 쓰렸다. 그녀는 그의 병이 주로 영양실조 때문에 비롯된 것임을 알고 있었다. 그녀는 그들에게 천천히 말했다.

“식당이 도대체 어떻게 됐는지 말해 줘요. 아무 것도 고려하지 말고 할 말이 있으면 모두 말해 봐요.”

솔직한 성격의 궈셴어는 화끈하게 말하기 시작하였다.

“다제께서는 정말 부드럽고 상냥하시어 다른 관리들과는 다른 것 같습니다. 우리 사원이 눈을 부릅뜨고 성을 내고 있는 모습을 좀 보세요. 조금이라도 말을 삐딱하게 하면 공개집회 등에서 비판 투쟁을 당하게 되거나, 죄인의 딱지가 붙게 됩니다.[175] 그러니 누가 감히 말을 할 수 있겠어요? 사원들은 식당 이야기를 꺼내면 바로 울고 싶어 합니다. 들에 나가 일을 하며 배불리 먹을 수 없는 것에 대해 불평합니다. 우리 집을 예로 말씀드리지요. 양식 기준치는 적어 일인당 하루 6량입니다. 그것을 모두 수령하여 집으로 갖고 와 그대로 먹거나 죽으로 끓여 적당히 섞어 먹을 경우 아마도 배부르게 먹을 수 있을 겁니다. 또한 밥을 짓게 되면 온돌을 따뜻하게 덥힐 수도 있습니다. 하지만 지금 식당에서 먹게 되니 일인당 4량도 제대로 먹을 수 없습니다. 요즘은 너무 힘들어 견디기 어렵게 됐습니다. 아이와 아이 아버지는 병들었고 또 배고픔에 시달리고 있습니다. 배불리 먹지 못하는데 어떻게 활기차게 생활할 수 있겠습니까? 지난 가을의 면화대는 봄이 되었는데도 아직 땅속에서 뽑아내지도

---

175 ‘정치적인 죄명’을 씌우는 것을 가리킨다. 역주: 원문은 “모자를 쓴다”는 의미의 “다이마오쯔(戴帽子)”이다. 주로 공개비판장에서 사람에게 딱지를 붙여 죄명을 씌우는 행위를 가리킨다.

못했답니다."

덩잉차오는 이 말을 듣고 매우 괴로워했다. 신중국이 수립된 지 벌써 한참 지났는데 농촌이 이 정도일 줄은 예상하지 못했다. 그녀는 말했다.

"당신들이 보기에 어떻게 하면 사원들이 마음 편하게 식사를 할 수 있을까요?"

궈셴어는 대담하게 말했다.

"식당을 해산시키고 양식 기준 지표가 얼마가 됐든 상관없이 모든 식량을 집집마다 나누어 준다면 식당에서 함께 식사할 때보다 반드시 더 배불리 먹을 수 있을 것입니다."[176]

덩잉차오는 이제 농촌식당을 해산하는 것이 수많은 농민의 절박한 요구임을 분명하게 깨달았다. 하지만 공교롭게 『농촌인민공사공작조례(초안)』에는 이 부분에 대한 언급이 없었다.

저우언라이 역시 대중 속으로 들어가 조사를 진행하였다. 그는 담 밑에 쪼그리고 앉아 햇빛을 쬐고 있던 3명의 노인들에게 물었다.

"식당이 좋은가요?"

"좋지요, 좋습니다." 3명의 노인들은 이구동성으로 대답했다.

"식당을 해산해도 좋겠습니까?" 저우언라이는 큰 소리로 물었다.

"아, 정말입니까? 정말 맞지요?" 세 노인은 놀라며 이상히 여겼다.

"정말, 어때요?" 저우언라이는 다시 물었다.

"정말, 식당을 해산합니까? 그렇다면 고맙기 그지없지요!" 세 노인은 얼굴에 웃음꽃이 피어올랐다.

저우언라이도 농촌식당을 해산하는 것이 수많은 농민들의 절박한 요구라는 사실을 분명하게 알았다.

저우언라이와 덩잉차오는 간부, 당단, 사원 좌담회를 소집하였다. 저우언라이는 물었다.

---

[176] 필자가 바이옌의 궈셴어를 방문했을 때, 그녀는 덩잉차오가 자신의 집을 찾아 왔던 상황에 대해 생동감 있게 설명하였다.

“식당에서 식사를 하지 않는 사람이 있습니까?”

“늙은 ‘번신호(翻身戶)’¹⁷⁷가 식당에 들어가려 하지 않습니다. 이미 ‘비투(批鬪)’¹⁷⁸를 겪었지만 여전히 들어가려 하지 않고 있습니다.” 공사 서기는 대답하였다. 저우언라이는 말했다.

“그 사람을 오라고 해요, 이야기를 한 번 나누어 봅시다.”

노인이 오자, 저우언라이는 그와 일상적인 이야기를 하며 나이가 어떻게 되냐고 물었다. 노인은 63세라고 대답했다.

“식당에 가본 적 있나요?” 저우언라이가 물었다.

“가지 않았습니다. 온 마을에서 저 하나만 안 가 이미 ‘비투’를 겪었습니다.” 노인은 말하며 불안스러워했다.

“‘비투’에서 당신에게 뭐라고 했나요?” 저우언라이가 물었다.

“제가 사회주의의 장애물이라고 했습니다. 그러나 사실 저는 이미 늙어 단지 부드럽고 따뜻한 음식을 먹고 싶었을 뿐이었습니다. 식당 밥은 입맛에 맞지 않아 그냥 먹지 않고 나왔을 뿐입니다.” 노인은 식식거리며 말했다.

“나 역시 식당에 들어갔다 그냥 나온 적이 있습니다. 나는 항상 회의 때문에 늦게 귀가하는데 그만 식당 식사시간을 넘겨버렸습니다. 다시 밥을 해야 하는데 난 그러기를 바라지 않았고 밥이 없으니 늘 과자 따위를 먹어야 하는데 그게 입맛에 잘 맞지 않았습니다. 그래서 그날은 먹지 않고 식당을 그냥 나왔습니다.” 저우언라이는 웃으며 이렇게 말했다.

“당신은 직위가 높으신 분이니 누가 감히 ‘비투’를 하겠어요?” 노인은 소박하게 말했다.

이 말에 저우언라이는 쉽게 대답하지 못했다. 덩잉차오가 곁에서 끼

---

177   역주 : 압박에서 해방된 농민을 가리키는 말로 낙후한 면모나 불리한 처지를 개변시킨다는 의미의 상용어이다.

178   역주 : 이 시기 잘못에 대한 조직적인 ‘비판투쟁’을 가리키는 말로 약칭해서 통상 이렇게 사용하였다.

어들며 노인에게 물었다.

"당신은 또 어떤 점이 곤란한가요?"

"농기구를 강철 제련한다고 모두 거둬갔습니다. 현재 괭이가 부족한데 어디를 가더라도 살 수가 없습니다." 노인은 다시 화가 나 식식거리며 말했다.

덩잉차오는 노트에 노인의 이름을 적었고, 그 위에 '괭이'라고 두 자를 써두었다. 이야기 도중 문 밖에서 한 사람이 들어와 셴펑졔(先鋒街) 서기의 귀에 대고 조용히 말을 했다. 그 지부 서기는 난처한 표정을 지으며 머리를 가로저었다. 덩잉차오는 이 모습을 보고 목소리를 낮춰 저우언라이와 이야기하였다. 저우언라이는 물었다.

"당신들은 몰래 무슨 말을 했나요?" 공사 서기는 대답했다.

"저 지부 서기 부인이 애를 낳았답니다." 저우언라이는 화급하게 말했다.

"집에 가 보세요. 어서 돌아가요! 회의는 내일 다시 열도록 합시다." 그 지부 서기는 허둥대며 집으로 갔다.

다음 날, 그는 다시 회의에 참석하였다. 저우언라이가 웃으며 물었다.

"태어난 아이는 아들인가요 딸인가요?"

"딸입니다." 지부 서기는 낮은 목소리로 말했다.

"아들이나 딸이나 모두 똑같습니다. 축하합니다." 저우언라이는 큰 소리로 말했다.

"축하합니다." 덩잉차오도 옆에서 이렇게 말하자 그 지부 서기의 얼굴은 붉게 변했다.

회의에서는 식당문제에 대해 토론하였다. 성위원회, 지방위원회, 현위원회에서 공사, 대대 서기에 이르는 각급 간부는 모두 식당 운영이 사회주의로 나아가는 커다란 방향에 부합하고 현재 전진해 나가는 과정에서 일부 문제가 발생하는 것뿐이라고 말했다.[179]

---

[179] 이들 간부를 비판할 수 없는데 왜냐하면 당신의 문건이나 간행물은 모두 이렇게 선전하였기 때문이다.

"아닙니다." 저우언라이는 말했다. "식당에서 먹느냐 마느냐는 것은 단지 생활방식의 문제이지 사회제도로까지 연결될 문제는 아니며 무슨 커다란 방향을 거론할 것도 아닙니다. 관건은 대중의 생산과 생활에 유리한지 아닌지에 달려 있고 대중이 스스로 원하고 있는지 여부에 있는 것입니다. 나와 덩잉차오 동지는 집에서 따로 작은 솥에 밥을 지어 먹는데 그렇다면 우리가 사회주의 길로 가지 않는 것입니까?"

이제 회의장은 바늘이 떨어지는 소리도 들을 수 있을 만큼 조용해졌다. 모두 귀를 쫑긋하고 들었고 정말 이전에 들어보지 못한 것들을 듣게 된 것이었다. 총리가 식당은 커다란 방향의 문제가 아니라고 말했다. 이것은 총리의 말이었다! 사실, 대대, 공사에서 현위원회 서기에 이르기까지 모든 사원들이 식당 운영에 대해 하나같이 반대하고 있음을 알고 있었으나, 누구도 감히 사실대로 반영하려 하지 않았을 뿐이었다. 그런데 이제는 총리가 이렇게 말했으니 당연히 그들은 기꺼이 그대로 집행할 수 있게 되었다.

총리 사무실 비서 쉬밍은 저우 총리에게 46세의 사원 장얼팅(張二廷)이 용기 있게 진실을 말하는데 그의 생활도 너무 곤궁하여 부인은 부종증에 걸려 죽었고, 4명의 아이가 있는데 큰애는 10살, 작은 애는 3,4살밖에 되지 않았다고 보고하였다.

저우언라이는 이 말을 듣고 사원좌담회 때 특별히 장얼팅을 불러 그에게 물었다.

"식당이 좋은가요?"

"좋지 않습니다." 장얼팅은 분명하게 대답했다.

"왜 안 좋은가요?" 저우언라이는 다시 물었다.

"국가는 사원에게 (매일 한 사람 당) 6량의 양식을 배급했지만 저는 단지 4량만 먹었습니다. 사대(社隊)[180]간부도 모두 식당에서 밥을 먹는데 국

180　역주: 인민공사와 생산대대의 통칭.

가는 더 많은 배급을 하지 아니 하니 우리의 2량을 먹지 않으면 누구 것을 먹겠습니까? 요리사도 많이 먹었을 겁니다. 식당을 해산하면 우리는 우리 몫 6량 전부를 가지게 되고 땅에서 야채까지 캐 먹으면 아마 사람들의 허기진 배를 채울 수 있을 것입니다." 장얼팅이 사실대로 대답하고, 다시 큰 소리로 말했다.

"당신은 지금 오셨습니다. 앞으로 2년 더 이곳에서 생활하면 당신도 역시 배고파 뱃가죽이 등에 붙을 것입니다." 저우언라이는 진지하게 듣고 다시 말했다.

"얼팅, 계속해 봐요." 장얼팅은 분명히 말했다.

"다시 2 년을 지낸다면 사원들은 모두 배고파 살아갈 수 없을 것이고 땅에서는 아무 것도 자라지 않을 것입니다. 당신네 베이징 창고에서는 곡식이 자라지 않지요? 땅에서 8되를 거둬 내가 그 자리에서 날 것으로 다 먹어 버렸는데 당신 먹을 게 남겠어요? 당신 베이징에 아직 남은 양식이 있어 2년 동안 다 먹지 못한다고 해도 3년이면 다 끝날 텐데 그때가 되면 당신도 배를 주리지 않겠어요?"

이 말을 듣고 저우언라이는 천천히 말했다.

"얼팅, 당신의 말은 정말 나의 말문을 막히게 할 정도군요."

장얼팅이 말을 다하고 집으로 돌아가니 이웃사람들이 그에게 말했다.

"얼팅, 당신 정말 대담해요. 이렇게 말하고도 살기를 바랍니까? 베이징에서 온 고위관리가 가고 나면 공사와 현에서 당신을 가만 놔둘 것 같아요?"

다음 날, 공사에서 그에게 회의에 참석하라고 요청했다. 하지만 그는 온돌 위에 누워 꾀병을 부리며 다시는 가려하지 않았다. 저우언라이는 덩잉차오와 함께 그를 집까지 찾아와서는 집 마당에서 큰 소리로 물었다.

"얼팅, 집에 있나요?" 장얼팅은 자는 척하면서 소리를 내지 않았다. 이웃사람은 그가 집에 있다고 말했다. 저우언라이와 덩잉차오가 방으로 들어가 보니 아직도 그는 자는 척하고 있었다.

“얼팅, 피곤해요?” 저우언라이는 장얼팅의 몸을 툭툭 쳤다.

“아닙니다. 아니예요.” 장얼팅은 직선적인 성격이어서 시치미를 떼지 못하고 바로 앉았다.

“그렇다면 오후에 다시 회의에 참가토록 하세요.” 저우언라이는 부드럽게 말했다.

“저는 감기에 걸려 말을 많이 할 수 없으니 다른 사람에게 이야기하도록 하시지요.”

“당신은 감기에 걸리지 않았어요. 달리 우려하는 것이 있지요?”

장얼팅은 솔직하게 말했다.

“당신은 고관으로 전국의 일을 관장하십니다. 그리고 멀리 베이징에 계시고요. 당신이 가시고 나면 저 장얼팅은 죽은 목숨입니다.”

“나는 올 수 없지만 다른 사람을 여기에 파견할 수 있습니다. 그것도 매년 그렇게 하여 반드시 얼팅에게 어떤 곤란한 일이 생겼는지 물을 겁니다.” 저우 총리는 매우 간절하게 말했다.

이제 장얼팅은 비로소 안심하게 되었다. 저우언라이와 덩잉차오가 집안[181]을 훑어보니 네 아이는 얼굴에 핏기가 없고 삐쩍 말랐으며 헤진 옷을 입고 있는 게 생활이 정말 어려워 보였다. 저우언라이는 덩잉차오를 한 번 보았다. 덩잉차오는 바로 말했다.

“얼팅, 당신은 이 많은 아이들을 다 부양할 수 없을 테니 우리가 한 명 데리고 갈 수 있게 해줘요.”

지극히 고분고분해진 장얼팅은 말했다.

“다제, 당신들은 국가의 대사를 관장하셔야 하고 당신 역시 고위간부이신데, 아이가 당신들을 귀찮게 할 테니 그래도 제가 맡도록 하겠습니다.

다음 날, 공사는 사람을 파견해 장얼팅에게 밀가루 20근, 노란 콩 5근, 식용유 2근을 보냈고 농기구가 필요하다고 한 노인에게는 괭이 한 자루

---

[181] 역주: 원문은 ‘항상지하(炕上地下)’이다. 그것은 본래 온돌방 위에서 하는 바느질이나 아래에서 하는 취사, 소제 따위의 가정주부가 맡아 하는 집안일을 가리킨다.

를 보냈다. 이후 저우언라이는 과연 매년 사람을 바이엔공사에 파견해 조사했는데 이는 문화대혁명 때까지 계속되었다.

장얼팅의 말은 저우언라이와 덩잉차오의 마음을 강렬하게 흔들어 놓았다. 식당문제는 반드시 해결해야 했다.

당시의 분석에 따르면 만약 각자의 희망에 따라 결정한다는 원칙을 선언할 경우 80%의 사원이 식당을 이용하지 않겠다고 했다. 그렇다면 20%의 남자 독신자, 젊은 사원 그리고 사대(社隊)간부는 계속 식당을 이용할 가능성이 있었다.

결국 바이엔공사는 한 생산대 식당을 시험적으로 정해 자유롭게 식당을 이용하라고 선포했더니, 다음 날 사대간부를 포함한 전 사원이 식당에 오지 않았으며 단지 요리사 한 명만 남게 되었다.

셋째 날, 대대에 이 원칙을 선포했다. 넷째 날에는 공사를 대상으로 선포했다. 다섯째 날, 현 전체를 대상으로 하였다. 우안현에 소속된 모든 식당은 5월에 하나도 남김없이 해산되었다. 허베이성의 농촌식당은 6월 말 모두 해산되었다. 이전에는 식당 해산만큼 순리적이고 신속하게 처리된 사업이 없었다. 그만큼 그것이 민의에 부합됐기 때문이었다.

5월 7일 오전, 저우언라이는 덩잉차오와 함께 바이엔공사 공급판매합작사에서 간부좌담회에 참석하였다. 저우언라이는 며칠간의 농촌조사를 총괄하면서 식량생산을 회복 발전시키고 노동력에 따른 분배원칙을 관철시켜야 하며 식당은 제도문제가 아니고 인민공사 체제를 정비해야 한다고 말했다.

저우언라이와 덩잉차오의 바이엔 조사에 대한 기밀 유지는 매우 잘 되었다. 일반 사원은 베이징에서 온 조사단으로만 알고 있었다. 그들이 온 둘째 날, 몇몇 초등학교 학생들이 저우언라이를 보고는 학교 선생에 천진스럽게 물었다.

"저우 총리께서 우리 촌에 오셨나 봐요? 사진속의 모습과 생김새가 똑 같은 걸요"

셋째 날, 넷째 날이 되자 이 소식이 쫙 퍼졌다.

5월 7일, 저우언라이와 덩잉차오가 공급판매합작사에서 막 회의를 열고 있는데, 문 밖 큰 길에 사람들이 점점 더 많이 모여들었다. 그곳 사람들 외에도 다른 마을사람까지 모여들어서 모두 8,9천 명이 공급판매합작사 문 앞 위옌바오캉(元寶炕)이라 하는 공터를 가득 메웠다. 모두 총리가 나오기를 기다렸다.

수행한 경호원들은 매우 긴장하여 의논 끝에 군중들을 쫓아내 해산시키려 하였다. 저우언라이는 그들을 안심시키며 말했다.

"서두르지 말아요, 내가 나갈 테니. 인민들이 나를 쫓아내기야 하겠어요?"

수천 명의 인민들은 묵묵히 그곳에 서서 총리가 나오기를 기다렸다.

저우언라이는 태연하게 공급판매합작사에서 나왔다. 덩잉차오는 바로 그 뒤를 따랐다. 저우언라이는 군중들을 향해 한편으로 손을 흔들며 다른 한편으로는 가까이 있던 인민들의 손을 잡았다. 초등학생 몇 명이 친숙하게 "할아버지, 할아버지!" 하고 불렀다. 덩잉차오는 가볍게 저우언라이를 밀며 말했다.

"아이들이 당신을 부르네요." 저우언라이는 아이들의 손을 어루만지며 다시 앞으로 나아갔다.

이때 갑자기 군중속에서 한 노인이 비집고 나와 쿵 소리를 내며 바닥에 꿇어 엎드리고는 큰 소리로 소리쳤다.

"저우 대인(大人), 저우 대인! 우리 같은 백성을 돌아봐 주세요. 우리 일반 백성을 좀 살려주세요!"

비록 저우언라이가 평생 일반인보다 10배, 100배의 특별한 경험을 했다고는 하지만, 이전에 이러한 장면을 본 적은 없었다. 그러나 저우언라이는 본래 급박한 상황에서도 당황하지 않는 성품이었다. 그는 서둘러 말했다.

"어르신, 빨리 일어나시지요."

덩잉차오가 허리를 굽혀 노인을 부축하려고 했으나 곁에 있던 루쉐민이 이미 재빨리 노인을 부축했다. 덩잉차오가 노인의 다리를 만져보고 온 다리가 부어 있는 것을 알고는 마음이 매우 아팠다. 저우언라이 역시 그를 보고는 말했다.

"빨리 그에게 누런 콩을 좀 보내주도록 하세요!"

마싼용(馬三用)이라는 노인은 오래된 빈농으로 어려서부터 희곡을 좋아했다. 그는 저우 총리가 왔다는 얘기를 듣고 다른 사람에게 총리란 과거 왕조의 '재상'이고 '재상'은 '황제' 의 신하를 대표한다고 하였다. 그는 총리에게 이마를 땅에 조아리며 절을 하여 일반 백성의 마음속 말을 전하려 했던 것 같았다.

수행한 간부와 경호원은 깜짝 놀랐다. 저우언라이는 한단시로 돌아온 그날 밤 특별히 바이엔공사 서기에게 전화하여 노인이 누군지, 무슨 사정이 있는지, 필요하다면 다시 만날 수 있다고 전화하였다. 공사는 총리 지시에 따라 마싼용에게 밀가루 5근, 고기 3근, 누런 콩 2근을 전했다.

우안현 여성연합 주임 류인팅(劉銀廷)은 계속 덩잉차오의 조사를 수행하였다. 덩잉차오는 현위원회와 현여성연합, 현위원회의 여성동지들과 함께 특별히 사진을 찍었다. 류인팅은 사진을 찍을 때 자신은 가장 바깥쪽에 서든가 땅에 무릎 꿇고 앉으면 그만인데 덩잉차오가 한사코 자신을 사람들 중앙에 서게 할 줄은 전혀 생각하지 못했다. 덩잉차오가 이렇게까지 겸손하고 기층간부를 존중한다는 사실에 그녀는 큰 감동을 받았다.

덩잉차오는 현위원회 취사장을 둘러보고 먹는 문제가 정말 어렵다는 것을 알았다. 주먹밥 안에는 참죽나무 잎과 홰나무 잎이 적지 않게 섞여 있었다. 덩잉차오는 그 가운데 하나를 손수건으로 싸 가지고 돌아가 저우언라이에게 보여주고자 하였다.

덩잉차오는 류인팅에게 물었다.

"당신은 여성사업을 하고 싶나요?" 류인팅은 대답했다.

"제 자신이 여성인데 제가 여성사업을 하지 않으면 남성 동지에게 하라고 할까요? 일부 여성동지들이 여성사업을 하지 않으려 합니다. 하지만 저는 평생 여성사업에 대해 싫증을 낸 적이 없습니다. 저는 여성전선을 떠나고 싶지 않습니다.”

류인팅은 1941년 그곳 촌여성연합 주임이 되었고, 1944년 생산현장을 떠났으며, 1946년 현여성연합회로 승진되고, 1952년 현여성연합 주임이 되었다. 1962년까지 그녀는 이미 21년 동안이나 여성사업에 종사하였다.

덩잉차오는 그녀가 이렇게 말하는 것을 듣고 그녀의 어깨를 치며 칭찬을 계속하였다.

“동생, 훌륭합니다. 정말 말 잘했어요. 참 잘 했어요”

류인팅은 덩잉차오를 수행하여 큰길 여기저기를 다녔다. 그녀들이 한 부식품 상점에 들려 보니 고가의 많은 과자들이 진열되어 있었다. 과자를 사려는 사람들의 손에는 양표(糧票)[182]와 돈이 쥐여져 있었다. 덩잉차오는 판매원에게 물었다. “과자는 1근에 얼마인가요?” 판매원은 제품을 포장하느라 바빠서 고개를 들지도 않았고 대꾸도 하지 않았다. 3번이나 거듭 물으니 그때서야 판매원은 비로소 머리를 돌리고는 1근에 6위엔이라 대답했다. 덩잉차오는 그를 보고 조용히 류인팅에게 말했다.

“이 사람, 고객에게 어떻게 이렇게 대하지요?”

그녀들은 한 슈퍼마켓에 들어갔다. 계산대 위에 베이징에서 만든 베이징 롱냐오(絨鳥)[183]가 진열되어 있었다. 덩잉차오는 판매원에게 물었다.

“이 새 인형은 어떤 사람이 사나요? 많이 팔리나요? 입하량이 많은가요? 창고에 남은 물건이 있나요?” 판매원이 단지 한 마디로 대답했다.

“가격이 비싸 살려는 사람이 없어 팔리지 않습니다. 그래서 다시 입하된 것이 없습니다.”

---

[182] 역주 : 식량 배급표. 곡류의 배급권으로 전국 통용, 각성 통용, 직할시 통용의 것으로 구분되었다.

[183] 역주 : 비단실로 꽃, 새, 벌레, 풀, 동물, 풍경 등을 만든 베이징 특산 공예품을 가리킨다. 청나라 초기부터 유래하였다.

덩잉차오는 털이 더부룩한 새 인형을 몇 개 사고는, 다시 여성이 상용하는 바늘과 실, 머리핀 등이 있냐고 물었다. 판매원은 다시 단지 한 마디로 대답했다.

"물건이 많지 않아 다 팔렸습니다."

덩잉차오는 고개를 돌려 류인팅에게 말했다.

"상업사업에 많은 문제가 있네요. 대중이 필요로 하는 일용품은 공급이 충분치 않은 반면 저 공예품들은 팔리지 않고 창고에 쌓여 헛되이 자금만 낭비하고 있습니다. 판매원의 태도 역시 좋지 않고요. 기회가 있으면 당신이 현위원회에 이러한 현실을 전달토록 하세요."

그녀와 류인팅은 바이옌공사에 도착하여 가운데 문을 통과하다 계단으로 사용되고 있는 석비를 발견했다. 덩잉차오가 자세히 비문을 보고는 황급히 류인팅에게 말했다.

"이 석비에는 역사가 기재되어 있는데 이렇게 발에 밟히게 해서는 안 됩니다."[184]

덩잉차오는 한단으로 돌아와 한단시여성연합에서 좌담회를 개최하여 전구(專區)[185], 시, 현 여성연합의 조직 상황에 대해 살펴보고 춘경(春耕)생산에 대한 여성 동원 상황에 대해 살펴보았다.

여성연합 동지는 다음과 같이 보고했다; 춘경생산에 제대로 동원하지 못했는데 여성 가운데 다수가 병이 들었기 때문이었다. 그리고 식당에서 식사할 때 여성들은 최대한 남편과 아이가 먼저 먹도록 하느라 몸이 붓고 부인병에 걸린 여성이 많다. 또한 여성연합의 사업 역시 제대로 전개되지 못했다. 과거에는 항상 여성사업이 중심사업을 바싹 뒤따라야 한다고 강조했다. 즉 "대약진", "인민공사화", "대규모 강철 제련", "대규모 식당 운영" 등 이들 중심사업에 대해 여성연합은 뒤처지지 않기 위해 노

---

¹⁸⁴ 필자가 우안현의 류인팅을 방문했을 때 그녀는 덩잉차오의 우안현 조사 상황에 대해 생동감 있게 묘사했고 당시 같이 찍었던 사진을 보여주었다.

¹⁸⁵ 역주: 중화인민공화국의 행정 구역의 한 단위로서 성과 현의 중간에 해당한다.

력했고 뒤떨어질 경우 많은 원망을 들어야 했다. 그런데 앞으로는 어떻게 따라붙어야 할 것인가?

덩잉차오는 말했다; 이번 한단 바이엔공사 조사는 대중의 의견을 직접 듣기 위한 것이었다. 여성연합 간부는 생산에 매진해야 할 뿐만 아니라 대중생활에도 특별히 주의해야 한다. 현재 대중생활이 이렇게 곤란하고 제대로 배불리 먹지도 못하고 있는데 어떻게 생산을 잘 할 수 있겠는가? 공공식당 문제는 해결해야 하고 다시 운영할 수 없으며 대중의 염원에 반하는 일은 다시 고수해서는 안 된다. 여성대중의 생활에 관심을 기울이면서 여성연합은 또한 중심사업에 충실해야 한다. 현재 당중앙은 조사 연구의 바람을 크게 일으키고 있는데 여성연합 간부 역시 대중 속으로 깊이 들어가 조사 연구하고 대중의 고통에 대해 직접 체험하고 관찰해야지 좋은 말만 들어서는 안 된다. 좋은 말, 나쁜 말, 비평의 말 모두 대중의 입으로 말하게 해야 한다. 이번에 농촌으로 내려와 보니 마음이 매우 아프다. 신중국이 성립된 지 벌써 한참이 지났는데, 대중은 여전히 대용식량을 먹고 있다. 우리가 제대로 사업을 전개하지 못한 때문이다. 대중들에게 미안할 뿐이다!

저우언라이와 함께 한 이번 덩잉차오의 한단조사는 비록 오랜 시간동안 이루어지지는 않았지만 그녀는 다시 한 번 농민과 접촉하여 농민의 빈궁한 생활과 굶주린 모습을 직접 보고, 농민의 호소를 들었으며 여성사업의 여러 정황들을 이해 하였다는 점에서 매우 큰 수확을 거둔 셈이었다.

덩잉차오는 베이징으로 돌아와 전국여성연합 당조회의에서 자신의 농촌조사에 대해 설명하면서 여성연합 간부가 기층대중 속으로 깊이 파고들어 그들에게 관심을 기울이고 생산에 매진하고 또 대중생활을 특히 중시할 것을 요구하였다. 덩 다졔의 선도 아래, 각급 여성연합 간부는 앞

다투어 군중속으로 들어가 조사 연구하고 여성사업에서 드러난 어려운 숙제들을 해결하였다.

6월 『농촌인민공사공작조례(수정초안)』가 정식 공포되어 식당을 다시 열지 않을 것임을 분명히 천명하였다. 당중앙, 국무원은 또한 농업, 특히 식량 생산 회복과 발전을 안정시키고 촉진시킬 수 있는 일련의 방침과 정책을 채택하였다. 국민경제는 점차 회복, 발전하게 되었다. 덩잉차오 의 무겁게 가라앉았던 마음이 비로소 점차 편안하게 풀렸다.

110. 동북(東北)으로 가다

1962년 5월 28일부터 6월 26일까지 덩잉차오는 사시 동북지방으로 1 개월 동안 시찰, 조사를 떠나 10여 곳의 도시와 3곳의 광공업지구를 방 문하였다. 그 여정이 4천여 리나 되었다.[186] 그녀는 매우 흥분되었다. 34 년 전인 1928년 그녀는 저우언라이와 함께 동북지방을 경유하여 소련에 서 열린 제6차공산당대표회의에 참석한 적이 있었다. 그때 동북지방은 여전히 군벌에 의해 통치되고 있었고 또한 도처에서 일본 군경이나 특 무대가 횡행하고 있었다. 하지만 이제 동북지방은 신중국의 중공업건설 기지로써 인민이 이미 국가의 주인이 되어 의기양양하게 사회주의 건설 에 참여하고 있었다.

안산(鞍山)시에서, 덩잉차오는 안산강철공장 무봉관(無縫管)공장[187]과 제 강공장을 참관하여 새빨간 쇳물이 마치 화룡(火龍)같이 세차게 흐르는 것 을 보고 아찔하여 정신이 나갈 정도였다. 선양(沈陽)에서 그녀는 비행기

---

[186] 1962년 7월 7일 전국여성연합 간부회의에서 한 덩잉차오의 발언 기록 원고 참고.
[187] 역주: 이음매 없는 파이프를 만드는 공장.

제조공장을 방문, 중국이 국산 비행기를 만들 수 있다는 사실에 큰 긍지를 느꼈다. 푸순(撫順)에서 그녀는 노천탄광을 보고 샤오펑만(小豊滿)으로 가서 발전소를 견학했다. 치치하얼(齊齊哈爾)에서 그녀는 중형기계공장을 방문했다. 그녀는 창춘(長春), 지린(吉林), 다롄(大連), 하얼빈(哈爾濱), 톄링(鐵嶺), 안다(安達)에서 수많은 중공업기업과 화공기업을 보며 견문을 크게 넓혔다. 그녀는 또한 옌벤(延邊) 조선족자치주 수부(首府)[188] 옌지(延吉)에 가 농촌생산대와 학교를 살피고, 한 조선족 전국인민대표회의 여성대표를 방문했다. 동북지방의 공업 건설 성과에 덩잉차오는 강한 인상을 받았다. 그녀는 중국의 사회주의 건설이 비록 굽은 길을 거쳐 왔지만 6억 인민의 각고 분투를 통해 신중국의 공업화는 어쨌든 건실한 기초를 닦게 되었음을 확인하였다. 이것은 사회주의 사업에서 가장 믿을 만한 물질적 보증이었다.

더 많은 시간을 할애하여 그녀는 방문한 성, 시의 여성연합 간부와 광범하게 접촉했다. 그녀는 15개 여성연합 단위에서 좌담회를 열어 여성사업에 대해 조사 연구하였다. 그녀가 접촉한 여성연합 책임자 간부는 132명, 일반간부는 78명이었다. 여기에는 한족 간부 이외에 조선족 여성간부 11명, 만주족 여성간부와 회족(回族) 여성간부가 각각 1명씩 포함되었다. 소수민족 간부의 성장을 확인했기 때문에 그녀는 특히 기뻤다.

그녀는 이 132명의 여성핵심분자 가운데 청장년이 89%를 차지하고, 76%의 여성간부가 10년 이상 여성사업을 전개하였음을 알았다. 어떤 지방에서는 시, 현의 지도간부와 노동조합 간부를 흡수하여 여성사업을 진행하였다. 예컨대 선양시위원회 서기 쟈오뤄위(焦若愚)는 여성위원회 서기를 겸임하여 여성사업을 매우 열심히 하였고 또 적극적으로 지원하였다. 치치하얼(齊齊哈爾) 시위원회 부서기는 여성사업을 관장하였고 또 효과적으로 했다. 덩잉차오는 또한 그녀가 만난 200여 명의 여성간부 가운

---

[188] 역주 : 소수민족이 거주하는 자치구(自治區), 자치주(自治州)의 인민정부가 소재하는 지역을 가리킨다.

데 동북인이 60%를 차지한다는 사실을 알았다. 이것은 현지 여성간부가 성장하였음을 방증하는 것으로 이 때문에 덩잉차오는 기쁘고 위안이 되었다.

그러나 그녀가 부족하다고 느낀 점은 132명의 여성책임간부 가운데 중학교, 고등학교수준의 교양을 갖춘 사람이 84.7%, 대학 수준은 단지 13.3%에 불과하다는 사실이었다. 지린, 창춘의 60여 명 여성간부 가운데 단지 3명만 대학을 다녔고 절대 다수는 중학교 수준에 머물렀다. 그녀들 교양 수준은 사업 기간이나 연령과는 서로 맞지 않았고 60년대의 임무에 따른 그녀들에 대한 요구와 서로 걸맞지 않았다.

덩잉차오는 좌담회에서 그녀들이 교양교육을 더 많이 받고 작문을 학습하며 또 신체 단련에 주의해 줄 것을 제의하였다.

덩잉차오는 특정 주제의 조사를 실시하고 여성간부에게 전국여성연합이 기초한『기층여성대표회의조례』초안에 대한 의견을 요구했다. 모두는 이『조례』에 대해 만족하면서 일부 수정 의견을 제시하였다. 그녀들은 기층여성대표회의를 위한 조항이 만들어져 그 사업이 착실하게 진행됐으며 그『조례』가 각지에 모두 전달되어 시험사업이 진행되었다고 여겼다.

푸순시여성연합 좌담회에서 여성연합간부는 덩잉차오에게 중앙이 엄선하여 2천만 도시노동자를 농촌으로 보내기로 결정한 데에 대해 농민이 좋아하지 않는다고 보고했다. 어떤 농민들은 달걀을 도시에 팔기 원하지 않는다고도 했다.

덩잉차오는 웃으며 물었다. "이 두 가지 문제에 대해 당신들은 농민들에게 어떻게 선전하고 해석합니까?"

여성연합 간부는 대답했다. "우리는 일반적으로 노농동맹(勞農同盟)의 일반적 원리로 설명합니다."

덩잉차오는 말했다. "당신들이 그렇게 선전하면 커다란 원리만 말할 뿐, 선전 대상의 절박한 문제에 대한 선전에서 출발한 것이 아닙니다. 농민은 자신들도 배불리 먹지 못하는데 노농동맹은 필요 없다고 생각할 수 있습니다. 내가 생각하는 답안은 이렇습니다. 농민의 식량이 먹기에 부족한데 왜 부족한지 먼저 묻습니다. 아무리 생각해 봐도 도시에서 상품화된 식량을 먹는 일부 직공들을 농촌으로 돌려보내는 것이 좋을 것 같다고 설명합니다. 그렇게 되면 상품식량 소비를 줄일 수 있고, 또 시골에서 생산을 도와 농업을 크게 일으켜 식량을 대량으로 생산할 수 있을 것입니다. 이것은 농업과 농민에게 모두 좋은 일인 것입니다. 이렇게 말하면 농민은 도시에서 엄선하여 농촌으로 보낸 직공(대부분은 본래 농민이다)에 대해 환영할 것입니다."

"달걀 판매 문제에 대해 이야기하겠습니다. 당신들은 단지 무미건조하게 농민들에게 반드시 달걀을 팔아 도시를 지원해야 한다고 말합니다. 하지만 나는 이렇게 말하고 싶습니다. 달걀을 도시에 많이 파는 것은 애국행동일 뿐만 아니라 농민에게도 좋은 일입니다. 달걀은 도시로 팔려나갈 때 다른 물건과 교환할 수 있습니다. 예컨대 화학비료 같은 것으로 바꿀 경우 농업을 더 발전시킬 수 있습니다. 이렇게 말하고 나서 도시 노동자를 지원하면 '공런라오다거(工人老大哥)'[189]는 기계를 만들어 반대로 농촌을 지원할 수 있다고 다시 말하는 것입니다. 결국 선전사업은 매우 중요하며 선전 방법과 선전 효과에 대해 강구하고 연구해야 합니다."

덩 다졔의 이 말을 듣고 푸순여성연합 간부들은 일시에 눈이 활짝 열리는 듯했다. 정말 그녀들은 이미 오랫동안 여성사업에 종사하면서 왼종일 농촌을 뛰어다녔지만 농민을 상대로 한 선전에 대해서는 크게 마음을 쓰지 않았다. 덩 다졔의 말은 옳았다. 원칙적으로 현실에 맞게 인민의 마음속을 파고드는 말을 해야 하는데 이를 위해서는 반드시 선전 방법을 연구하고 선전 효과에 주의해야 했다.

덩잉차오는 조사하는 가운데 매우 많은 여성연합 간부들이 힘들게

---

[189] 역주: 노동자에 대한 경칭.

1,20년 동안 여성사업을 전개하면서 사업에 대해 종합 검토하지 못하고 왼 종일 바쁘게 활동하지만 성적이 그다지 좋지 않아 자괴감이 들고 또 사업에도 자신이 없어지고 있다는 사실에 주의하였다. 이 역시 수많은 여성연합 간부의 일반적 폐단이었다.

어떻게 그녀들이 이러한 문제를 해결하는 데에 도움을 줄 수 있을까? 덩잉차오는 푸순시 여성연합의 한 종합 보고 자료를 보고 그것을 모범으로 삼아 여성연합 간부들과 사업을 총괄하는 문제에 대해 이야기하였다.

그녀는 말했다; 총괄작업은 실천의 내용에서 출발해야 하며, 일정한 실천이 있으면 제 때에 맞춰 그만큼 총괄하여야 하지 오래 동안 자료를 기다려서는 안 된다. 올해의 작업에 대해서 내년이 되어 총괄해서는 안 되고 한나절이 지나서도 소용이 없으니 이미 때를 놓친 것이다. 현재 자료에 대해 몇 가지 조목에 맞춰 총괄해야지 욕심을 부려 완전무결하게 모든 것을 갖추려 해서는 안 된다. 주된 것과 부차적인 것을 분명하게 구분하고 어떤 때는 단지 한 가지 문제에만 집중하여 서술할 수 있는데 이를 특정한 테마의 총괄이라 부른다. 총괄작업은 당장 앞에 있는 문제와 결합하여 단도직입적으로 문제를 제기해야 하지 문건을 베껴서는 안 되고 범주를 정해 분명하게 문제를 제기해야 한다. 푸순의 자료를 갖고 말한다면 문제는 이미 해결됐지만 어떻게 해결됐는지에 대해서는 불명확하다. 문제를 해결하는 데에는 일정한 과정이 있는데, 당신이 어떠한 단계를 밟았는지, 어떤 규칙적인 경험을 했는지 모두 분명하게 밝혀야 한다. 주관적으로 분명하다고 여기지 말아야 한다. 그럴 경우 놓치는 부분이 생길 수 있다. 총결 자료를 작성하는 것은 남이 보도록 하는 것이므로 남들이 분명하게 이해할 수 있도록 해야 한다. 총결 작성은 머리를 많이 쓰고 생각을 많이 해야 하며 정치, 이론, 정책과 결합시켜야 하고 감각적 인식을 이성적 인식으로 승화시켜야 하며 사유 방법을 강구하고 표현 전달 능력이 있어야 한다. 이것은 곧 모두에게 이론학습, 정책학습, 문화학습을 강화하도록 요구한다.

좌담 가운데 덩잉차오는 이들 여성간부가 평균 3,4명의 아이가 있으며 최대 7명의 아이를 둔 사람도 있음을 알게 되었다. 덩잉차오는 여성들이 아이를 너무 많이 낳는다고 생각했다. 1962년, 저우언라이는 정치협상제3기3차회의에서의 발언 가운데 "도시와 인구밀도가 높은 농촌에서는 산아제한을 제창해야 하며 여성연합회에서도 한 번 제창해 주기를 희망한다"고 밝혔다. 덩잉차오는 저우언라이의 의견에 완전히 동의하고 계획 출산의 중요성을 인식하였다. 1950년대에는 마인추(馬寅初)의 『인구론(人口論)』이 비판을 받았고, 시종일관 "인구가 많으면 힘 또한 커진다"고 선전되었다. 결국 중국에서 출산은 자유로워 어떤 제한도 받지 않았으며 그것이 국력의 성장과 인민생활에 지대한 영향을 미치게 되었다. 덩잉차오는 여성연합, 노동조합, 공산주의청년단(靑年團) 간부와 당정(黨政) 지도자 동지들을 대상으로 계획 출산의 필요성과 중요성에 대해 설명하고 그들에게 사회를 대상으로 이 문제에 대해 널리 선전하고 또 이 문제를 중시하도록 요구하였다.

덩잉차오는 동북지방의 중공업과 국방공업 분야에서 매우 많은 여성노동자가 일을 하고 있는 것을 보았다. 그녀는 여성연합이 책임지고 노동조합과 협조하여 여성노동자에 대한 사업을 잘 전개하고 특히 여성노동자의 노동보호 문제에 주의해야 한다고 느꼈다. 그녀는 많은 공장의 당서기를 여성이 담당하고 있으며 수많은 대기업 가운데 많은 여성 엔지니어와 여성기술자가 일을 하는 것을 보았다. 이를 보고 그녀는 매우 기뻤고 중국의 여성이 마오 주석이 말했듯이 세상의 반을 떠받치고 있다고 느꼈다.

동북지방 농촌에서는 농업생산이 이미 점차 회복되고 발전하여 1961년 그녀가 한단에서 조사사업을 벌였던 상황에 비하면 상당히 좋아졌음을 덩잉차오는 눈으로 확인했다. 농민들이 집 앞뒤에 심은 농작물은 푸르고 싱싱하며 매우 무성하게 자랐고, 들판의 생산 역시 좋았다. 어떤 농민은 집을 수리하고 있었다. 당중앙이 추진한 국민경제의 조정, 회복 방침이 이미 효과를 거두고 있었음을 알 수 있었다.

이번 동북지방 순시를 통해 덩잉차오는 원래 세 가지의 희망을 갖고 있었다. 즉 시야를 넓히고, 지식을 증진시키며, 신체를 단련하는 것이었다. 이 세 가지의 희망은 모두 달성되었다. 그녀는 시야를 넓혔고, 많은 지식을 증진시켰으며, 그녀의 병든 몸 역시 현저하게 건강을 회복하여, 1개월 동안 랴오닝(遼寧), 지린(吉林), 헤이룽장(黑龍江) 삼성을 다니며 십 수 개 도시 공장을 방문하였다. 사실, 그녀에게는 또 다른 수확이 한 가지 더 있었다. 그것은 동북지방의 여성간부와 폭넓게 접촉하여 여러 가지 상황에 대해 이해할 수 있었고 여성사업에 대해 지도할 수 있었다는 사실이었다.

베이징으로 돌아온 후 덩잉차오는 즉시 방문 자료를 정리하였다.

7월 7일 그녀는 전국여성연합 간부회의에서 동북지방 순시의 견문과 수확에 대해 체계적으로 소개하였다. 이번 동북지방 순시에서 그녀는 많은 여성연합 간부들이 열정은 넘치지만 능력이 부족하기 때문에 교육과 훈련이 필요하다고 절감하였다. 그녀는 여성연합서기처에 두 종류의 간부 훈련을 건의하였다. 하나는 전국여성연합이 직접 성, 시, 지구여성연합의 간부 훈련을 담당하여, 그녀들이 독립적인 사업 활동을 할 수 있을 만큼의 수준에 도달하고, 문제를 발견하여 해결하고, 활동 경험을 총괄하여 시의 적절하게 당위원회와 전국여성연합에 상황과 문제를 보고할 수 있도록 요구하는 것이었다. 또 하나는 기층여성간부에 대해 좋은 훈련을 시키는 것으로 성, 지구여성연합을 통해 훈련시키고 전국여성연합은 협조를 잘 하여 훈련 자료를 제공해 주는 것이었다.

덩잉차오는 여성간부가 당과 인민의 소중한 재산이며 여성사업을 전개하는데 있어 의지할 대상이며 훈련에 특히 주의하여 반드시 자신들의 사상과 활동 수준을 제고시켜야 한다고 깊은 애정을 갖고 이야기하였다. 보석이 빛을 내기 위해선 갈고 다듬지 않으면 안 되었다. 수많은 여성간부는 대부분 아직 제대로 다듬어지지 않은 아주 좋은 원석으로 특별히 관심을 기울여 갈고 다듬어야 비로소 번쩍번쩍 빛나는 보석이 될 것이며 전국여성을 위해 더 큰 공헌을 하게 될 것이었다.

111. "하늘을 떠받치고 땅 위에 우뚝 선 주인공이 되어야 한다"

덩잉차오는 여성연합이 간부 훈련에 주의를 기울이라고 요구하고 그녀 자신도 여성간부의 성장에 더욱 관심을 기울였으며 특히 그녀들을 사상적이나 정치적으로 배양, 교육시키는 데에 주의하였다.

60년대 초기 중국의 국제, 국내 환경은 상당히 심각했다. 본래 '형님'인 소련공산당과 중국공산당과의 의견 불일치가 확인되었고 국가 사이의 관계 역시 이미 악화되었다. 소련 정부는 신의를 배신하여 이미 체결된 협정을 일방적으로 파기하고 전 분야에 걸쳐 전문가를 철수시켰으며 한국전쟁 때 빌려준 군사 차관을 상환하라고 압박하였다. 중국인민은 어쩔 수 없이 허리띠를 졸라 매고 노력하여 갚아야 했다. 미국, 일본을 비롯한 유럽의 주요 국가들은 아직 중국과 수교를 하지 않은 상태라 여전히 중국을 경제적으로 봉쇄하고 있었다. 또한 중국 내부로는 엄청난 자연재해로 식량 생산이 1957년에 비해 1／3 수준으로 떨어졌다. 도시와 농촌의 식량과 부식 공급 뿐 아니라 국가의 경제 상황 역시 매우 어려웠으며 인민의 생활수준도 급속히 하락하였다. 이러한 상황에서 여성간부를 포함한 일부간부는 사상적으로 위기의식을 느끼며 당혹해 하고 불안해 하였다.

덩잉차오는 이러한 문제를 예리하게 간파하였다. 그녀는 힘든 시기일 수록 여성간부에 대한 애국주의 사상 교육을 더욱 강화하여 그녀들이 확고한 태도로써 환란을 극복할 수 있도록 도와 줄 필요가 있다고 느꼈다.

1963년 3월 7일, 덩잉차오는 전국정치협상회의 여성조가 주재하는 '3·8'절 경축 간담회에서 자신들은 중화인민공화국의 명실상부한 주인공이 되어야 하고 신중국의 하늘을 떠받치고 땅 위에 우뚝 선 부끄럽지 않은 주인이 되어야 한다고 큰 소리로 제의하였다. 그녀는 또 말했다; 이것은 쉽게 할 수 있거나 마음대로 할 수 있는 것이 아니다. 13년 전 정치협상회의에서 마오 주석은 전 세계를 향해 중국인민이 일어섰고, 중국여성이 이제 해방되어 국가의 주인이 되었다고 선포하였다. 1954년 제1기 전국인민대표회의는 중화인민공화국헌법을 통과시켜 법률로써 전국 여성을 포함한 전국 인민의 권리를 보장하였다. 그러나 여성은 자신이 국가의 주인공이라는 인식, 느낌, 입장, 책임, 태도 등은 각 개인의 각오 정도에 따라 거리가 있어 결코 동일하지 않다.

덩잉차오는 강조하였다 : 위치를 바로 잡는 것이 주인공이 제대로 되기 위한 관건이다. 개인과 국가 관계에 있어 자신을 전체 공민 중 한 분자로 봐야 하는가? 아니면 전체와 구분해야 하는가? 즉 통일적 관계인가 아니면 대립적 관계인가? 만약 명실상부한 주인이라면 마땅히 국가와 같은 입장에 서서 국가의 운명과 동고동락해야 한다. 국가의 성과는 모두가 나눠 가져야 하고, 국가에 곤란한 일이 닥치면 국가와 운명을 같이 해야 하는 것이다. 소위 운명을 같이 한다는 것은 승리했을 때 그 승리로 인해 이성을 잃고 정신이 혼미해지지 않으며 곤란에 닥쳤을 때, 심지어 "적의 포화를 무릅쓰고 전진해야 하는" 상황에서도 낙담하지 않는 것이다. 국제 투쟁 중에 있는 지금 풍랑이 매우 거칠어 어떤 사람은 우리나라가 잘 버텨나갈 수 있을 지 걱정하고 있다. 단지 걱정만 하는 것으로는 충분치 못하다. 책임감을 갖고 하늘이 무너져도 능히 버텨낼 수 있어야 한다! 우리는 위대한 국가의 주인공이고, 어떠한 위험에도 굴하지 않고 능히 다양한 시험을 견뎌낼 수 있으며 우리는 하늘을 떠받치고 땅 위에 우뚝 설 기개를 지녀야 하는 것이다. 하늘을 떠받친다는 것은 어떠한 위험을 헤쳐 나간다는 것이고, 땅 위에 우뚝 선다는 것은 매우 안정적이며 견고하게 국가의 주인공으로서 자리를 굳건히 함을 가리킨다.

또 덩잉차오는 말하였다 : 우리는 사회주의 신중국을 사랑해야 하고 또한 국제주의를 중시해야 한다. 국제주의가 없다면 애국주의 역시 의지할 데가 없다. 어떤 사람은 우리가 '가난한 친구', '힘이 약한 친구'만을 사귀며, 스스로 허리띠를 졸라매야 하는 어려운 상황임에도 다른 사람을 돕는다고 말한다. 그러나 우리가 남들을 도와야 그들도 또한 우리를 도울 수 있어 서로 도움을 줄 수 있는 것이다. 최근 모두는 레이펑(雷鋒)의 생애[190]에 대해 들어 알고 있을 것이다. 레이펑은 모두를 위하는 것이 즐거움이며 이것은 또한 사회주의 중국의 집체주의 사상이며 진정한 국가 주인공의 사상과 풍격이라고 말했다. 우리는 국가의 주인이 되어 근면하고 절약하여 국가를 건설하고 집안 살림을 꾸리며, 국가 재산을 애호하며 절약해야 한다. 우리는 주인공의 자세로 이 일들에 임해야 한다. 만약 주인공의 자세가 아니라면 돈이나 물건을 헤프게 마구 쓸 것이며, 넘치게 먹고 마시며 국가의 소중한 재산을 함부로 낭비하게 될 것이다. 자녀, 혼인, 가정 문제에 대해서도 주인공의 자세로 대처해야 한다. 자신의 아이를 미래의 국가 주인으로 볼 것인가, 아니면 개인의 사적인 보배로 볼 것인가? 나는 그들을 우리의 아이이고 또 국가의 주인이며 혁명사업의 계승자로 바라봐야 한다고 생각한다. 또한 예컨대 자녀 교육은 국가의

---

[190] 역주 : 1940-1962. 인민해방군의 모범병사. 아동단과 소년선봉대에 들어가 활동했고 1957년 공산주의청년단에 들어가 각지 농장과 공장에서 작업하는 등 봉사활동을 계속했다. 1960년에 인민해방군에 입대하였고 1962년 사고로 22살의 나이에 순직했다. 사후 마오쩌동 등 공산당 지도자의 말을 인용한 일기가 발견된 것을 계기로 이상적 군인상으로 널리 선전되기 시작하였다. 1963년 3월 5일 마오쩌동은 직접 "레이펑 동지에게 배우라!"라는 운동을 지시하기에 이른다.

방침에 따라야 하는가, 아니면 개인의 희망에 따라 교육시켜야 하는가? 어떤 이는 자녀를 응석받이로 자라게 하고 또 어떤 이는 지나치게 엄격하게 대하여 7살의 아이에게 성인의 사고 수준을 요구하며 아이에게 자유롭게 발전할 수 있는 기회를 박탈한다.

덩잉차오는 웃으며 말했다. "최근 나는 고등학교에 진학한 조카딸과 레이펑 학습에 대한 감상을 이야기한 적이 있었다. 나는 너희 세대는 과거 어느 때보다 행복하다고 말했다. 그녀가 나에게 말하기를 어떤 친구는 단것을 너무 많이 먹어 맛이 시큼해진 것 같다고 했다는데 이 말은 정말 귀담아 들을 필요가 있다. 즉 이 일은 우리가 자녀들을 정확히 교육시켜야 하며 절대 사상적으로 느슨하게 하거나 멋대로 방임하게 해서는 안 된다는 사실을 일깨워 주었다. 또한 우리의 자녀 출산은 국가에 대한 책임인가, 아니면 개인적으로 혈통을 잇는 것인가? 만약 국가에 대한 책임이면 반드시 만혼(晩婚)을 주장해야 한다. 왜냐하면 자녀를 출산할 때 국가와 사회에 대한 부담을 고려해야 하기 때문이다. 우리나라의 형편에서 보면 우리나라 인구는 전 세계 인구의 1/5을 차지하고 있기 때문에, 계획 출산을 채택하여 무절제한 출산을 자제해야 한다."

"혼인문제의 경우, 어떤 사람들은 매우 행복하고 또 어떤 사람들은 불행하고 고통스러워 매우 슬퍼하고 있다. 그러나 영원히 슬픔에 빠져 지내야 하는 것인가? 만약 주인공의 시각에서 본다면 우리는 위대한 생활 목표와 위대한 책임을 짊어지고 있기 때문에 개인의 불행과 슬픔 때문에 전진하는 우리의 발걸음이 방해를 받아서는 안 된다."

덩잉차오는 근면 절약하여 알뜰하게 가계를 꾸려나가야 하는 문제에 대해 재차 언급하였다. 그녀는 말하였다. "어떤 사람은 우리가 어떻게 이보다 더 절약할 수 있겠느냐고 말한다. 하지만 그렇지 않다. 상황이 발전하고 변화하는데 맞춰 절약함으로써 가계를 꾸려가는 데에도 새로운 내용이 생길 수 있다. 올해 설에 시장의 공급 상황이 호전되어 우리 집의 요리사는 돈을 헤프게 썼다. 나는 요리사와 근무자를 소집하여 회의를 열고, 그들에게 근검절약은 중국인민의 미덕이고 영원히 지켜야 하며 국가경제 상황이 호전되더라도 등한시해서는 안 되니 반드시 근검절약해야 한다고 알려 주었다. 기왕 우리가 국가의 주인이 된 이상, 항상 국가를 위해 생각하며 작은 일에서부터 시작하여 전 중국을 살피고 전 세계를 주시해야 하는데, 그럴 때에야 비로소 신중국 주인공의 태도에 부합할 수 있다.”

정치협상회의 여성위원 가운데 많은 사람들이 신중국 성립 이전에 풍요로운 생활을 하였기 때문에 노동을 해야 하는 상황에 익숙하지 않았다. 덩잉차오는 이러한 상황을 겨냥하여 노동문제에 대해 언급하였다. 그녀는 노동에 대해서도 주인공의 태도를 가져야 한다고 하면서 자신들은 노동을 열렬하게 사랑해야 하며 또한 자신의 자녀를 포함한 다른 사람들이 노동을 뜨겁게 사랑할 수 있도록 격려해야 한다고 하였다. 그녀는 이렇게 말했다. “내가 방금 이야기 한 우리 집의 조카딸은 노동하는 것을 좋아하지 않습니다. 그래서 나는 항상 그녀에게 스스로 옷을 빨고 방을 정리하고 대청소를 하도록 독려합니다. 그러나 어떤 어머니는 자기 아이가 일을 하는 것을 걱정하며 그런 것은 지위가 낮은 사람들이나 하는 일로 여깁니다. 이것은 잘못된 생각으로 아이를 사랑하는 것이 아니라 오히려 아이를 헤치는 것입니다. 신중국의 주인공이라면 어떻게 근면하고 창조적인 노동자가 아닐 수 있겠습니까?”

덩잉차오는 마지막으로 모두에게 자신들이 국가의 주인이니 마땅히 주인공의 태도로써 이들 문제를 잘 처리해야 한다고 격려하였다. 관건은 자각을 끌어 올리고 열심히 학습하며 그것을 실제와 연결시켜 배운 것을 활용하고 창조성과 적극성을 발휘하는 것이었다. 이로써 명실상부하게 영웅적 기개를 지닌 주인이 되어 중국 인민과 세계 인민 그리고 자손만대에 부끄럽지 않게 될 것이었다.[191]

격정으로 가득 찬 덩잉차오의 이 말을 듣고 전국정치협상회의에 참석한 많은 여성위원들은 큰 깨우침을 받았다. 80여 세의 탄티우(譚惕吾) 위원은 아직도 덩잉차오가 그 당시 했던 말을 기억하고 있었는데 그녀는 이렇게 말했다.

"덩 다제가 우리에게 하늘을 떠받치고 땅 위에 우뚝 서는 중국의 주인이 되어 큰 곳에서 착안하여 작은 곳에서 착수하라고 하였는데 정말 이치에 맞는 말이고 강한 인상을 주어 모두에게 적잖이 유익했습니다. 바로 문화대혁명의 폭풍이 밀려와 나는 매우 큰 충격을 받았어요. 가장 곤란한 상황에서 나는 덩 다제가 했던 이 말을 생각하며 스스로 이 풍랑의 충격과 시험을 버텨내어 굳건하게 하늘을 떠받치고 땅 위에 우뚝 서야 한다고 느꼈습니다. 생각이 여기에 미치자 마음은 평정을 찾아 문화대혁명의 시험을 이겨낼 수 있었습니다."

1963년 3월 12일, 덩잉차오는 국무원 직속기관 여성근무자들의 '3·8' 절 경축 집회에서 다시 한 번 발언하였다.

국무원 직속기관에는 4천여 명의 근무자가 있었는데 그 가운데 여성은 1천여 명으로 전체의 1/4을 차지하였다. 이 수치는 덩잉차오를 매우 기쁘게 만들었는데, 국가건설 사업에 중국여성이 매우 커다란 진보와 발전을 이룩했음을 입증하는 것이기 때문이었다.

덩잉차오는 이렇게 말했다 : 모두가 하늘을 떠받치고 땅 위에 우뚝 서는 명실상부한 신중국의 주인이 되기를 희망한다. 단지 국가가 잘 되어 경제건설의 승리를 획득해야 우리도 비로소 경제건설의 성과를 향유할 수 있음을 인식해야 한다. 또한 국가건설이 제대로 이루어지려면 우리들은 각자 맡은 바 책임을 다해야 한다는 사실도 인식해야 한다. 국가가 곤궁에 처하면, 즉 천재지변을 당하거나 정부의 사업에 문제가 발생하면 지도에 문제가 있다고 원망하고 허황된 말을 늘어놓거나 불평하지 말고 국가의 주인공이라는 자세로써 국가와 고락을 같이 하고 곤란을 극복해

---

[191] 1963년 3월 7일 전국정치협상회의 여성조의 '3·8'절 경축 간담회에서 덩잉차오가 한 발언 기록 원고 참조.

야 한다. 국가가 풍랑을 만나거나 더 큰 시험에 들게 될 경우 능히 시험을 견디어 낼 수 있어야 한다.

국가기관 종사자라는 구체적 상황을 겨냥하여 덩잉차오는 그들에게 국가의 주인공으로서 구체적인 업무를 수행해야 한다고 말했다. 그녀는 계속했다: 업무를 대할 때 레이펑과 같이 반짝이는 나사 역할을 수행하며 개인의 앞날과 국가, 인민의 사업과 전망을 결부시켜야 하며 그래야 안심하고 일할 수 있고 불만도 터뜨리지 않을 것이다. 특히 국가기관에서 근무하는 사람은 근검절약, 건국의 책임이 바로 그들에게 있다. 타이피스트는 단지 타자만 잘 치면 그만이 아니라, 어떻게 하면 종이를 절약할 수 있을지 폐지를 이용할 수 있을지에 대해 고민해야 한다. 수시로 전깃불을 끄는 습관을 길러 전력을 절약해야 한다.

그녀는 또한 어떻게 혼인, 가정 그리고 자녀문제에 대처해야 하는지에 대해 언급했다; 자녀 교육은 우선 그들을 건강하게 자라게 하는 것이고 다음 지, 덕, 체를 전면적으로 발전시키는 것이다. 어떤 사람은 아이에게 맛있는 것만 먹게 하고 잡곡을 조금만 먹여도 마음 아파하며 아이를 욕보였다고 느낀다. 하지만 조금의 잡곡을 먹는 것은 매우 좋은 것으로 와와터우(窩窩頭)에는 비타민이 많다.

덩잉차오는 또한 자녀 출산 문제에 대해 말했다. 그녀는 이것이 국가, 모친 그리고 자녀에 대한 책임 문제로 국가와 인민 전체의 이익이라는 시각에서 출발해야 한다고 말했다. 그녀는 국무원 직속기관에 종사하는 600여 명의 기혼여성이 평균 2.5명의 아이를 낳았으며, 적지 않은 여성이 3-4명의 아이를 낳았으며, 소수의 여성은 6명에서 10명의 아이를 낳았음을 알았다. 그녀는 감탄조로 말했다: 아이를 6명에서 10명까지 낳은 것은 너무 많다. 만약 아무런 계획 없이 인구를 증가시킨다면 우리는 언제 식량 부족의 고비를 넘을 수 있겠는가? 더구나 한 명의 아이가 장성할 때까지 키우려면 국가, 사회 그리고 가정이 얼마나 많은 비용을 지불해야 할 것인가? 내가 애를 한 명 더 낳는 것은 별 문제가 되지 않을 것이라 생각하면 안 된다. 만약 모든 사람들이 각자 그렇게 생각한다면 전국 6억 인구로 환산할 경우 얼마를 더 낳게 되겠는가? 계획 출산은 국가, 개인, 모친, 자녀 모두에게 좋은 것으로 목소리 높여 제창해야 한다.

덩잉차오는 회의장에 있는 많은 남성동지들을 보고 웃으며 말했다.

"이렇게 많은 남성동지들이 우리의 '3·8'절 경축 대회에 참석한 것을 보니 오늘 나는 매우 기쁩니다. 나는 계획 출산의 성공 여부는 남성동지들에게 달려 있다고 항상 이야기합니다. 현재 피임에는 많은 방식이 있습니다. 남성동지가 정관수술을 받는 방식이 아주 좋습니다. 겨우 30분 동안 약 1.5센티미터 정도의 상처만 내면 끝입니다. 생활에 아무런 지장도 없고요. 여성동지의 수술은 비교적 복잡하여 약 15센티미터를 찢어야 합니다. 남성동지는 마땅히 한 번 생각해보시기 바랍니다. 부부애와 동지애가 있는데 자기는 1.5센티미터만 째면 될 일을 부인에게 15센티미터를 째는 수술을 받으라고 하겠어요? 이것이 체면 깎이는 일이라 생각하지 마세요. 그것은 낡은 사상입니다. 계획 출산은 국가와 관계된 큰일입니다. 이르는 곳마다 선전해야 합니다."

혼인문제의 경우 덩잉차오는 만혼을 주장했다. 결혼을 하면 항상 집안일을 해야 하므로 결혼하지 않고 힘을 다해 일하고 학습하는 편이 더 낫다고 생각하였다. 따라서 그녀는 만혼을 제창했고 또 그것이 국가 주인공의 태도에 부합하였다.

덩잉차오는 열정적으로 희망하였다 : 여성동지들은 부단히 자기 자신을 제고시키고 부단히 전진해야 한다. 그러면 우리의 기백이 원대해지고 포부가 넓어질 수 있으며 구사회 여성이 지닌 연약함, 협소함 등의 약점을 극복하여 업무에서 더욱 큰 성과를 낼 수 있을 것이다. 스스로 노력

하여 게으르지 않고 자신에게 부과된 중대한 사명을 분명히 인식하고
적극적으로 일을 하며 학습에 노력하고 자신만만하게 앞을 향해 나아가
하늘을 떠받치고 땅 위에 우뚝 선[192] 혁명가가 되어 신중국을 더 훌륭하
게 건설해야 한다.[193]

덩잉차오의 이 말은 국무원 직속기관의 많은 여성동지들에게 하나같
이 매우 큰 격려가 되었다. 60년대 국무원 외교사무실에 근무하던 딩쉐
쏭(丁雪松)은 덩잉차오가 했던 말과 그 말이 자신을 더욱 학습과 업무에
노력하게끔 촉발시켰다는 사실을 분명하게 기억하였다.

이른 봄 어느 일요일. 딩쉐쏭은 자전거를 타고 중난하이 외교사무실
에 가 당직근무를 섰다. 그녀는 급한 업무를 처리하는 한편 짬을 내어
영어공부를 하고 있었다. 당시 그녀의 나이는 이미 40이 넘었다.

뜻밖에 덩잉차오가 중난하이로 산보를 나왔다가 느닷없이 그녀 곁으
로 왔다. 딩쉐쏭은 급히 일어나 덩 다제에게 자리를 권했다.

덩잉차오는 그녀에게 무슨 책을 읽고 있고 있느냐고 물었고 다시 그
녀의 업무와 가정형편에 대해 관심 있게 물었다. 딩쉐쏭은 1938년 옌안
에서 혁명에 참가했고, 그곳에서 조선혁명가 정율성(鄭律成)[194]과 결혼했
다. 정율성은 저명한 음악가로서 저 유명한 「팔로군행진곡(八路軍行進曲)」
을 작곡한 인물이었는데, 그 노래는 건국 이후 인민해방군 군가가 되었
다. 아름다운 선율의 「옌안송(延安頌)」 역시 그가 작곡한 노래였다. 신중

---

[192]　역주: 원문은 "정천립지(頂天立地)"인데, 본래 영웅적인 기개를 지닌 대장부를 형용
하는 말이다.

[193]　1963년 3월 12일 국무원 직속기관 '3·8' 경축집회에서 한 덩잉차오의 발언 기록 원
고 참고.

[194]　역주: 1914-1976. 중국에서 활약한 조선족 작곡가. 광주 출신으로 1933년 항일운동에
가담한 형들을 따라 중국으로 건너갔다. 1937년 옌안 루쉰 예술학교에서 작곡을 전
공하고 1939년 공산당에 입당하였다. 「팔로군대합창」 등을 작곡, 발표하였다. 그 가
운데 「팔로군행진곡」은 1949년 중국 건국과 함께 「인민해방군가」로 불려오다 1988
년 공산당 중앙군사위원회에서 정식 군가로 비준을 받았다.

국 건립 초기 정율성은 북한으로 돌아가 근무하였고 딩쉐쏭 신화사(新華
社) 평양지사 지사장을 담당하면서 매우 뛰어난 업무 능력을 발휘하였다.
이후 그들은 다시 중국으로 돌아와 활동하였다. 그들의 가정생활은 매우
행복하였다. 덩잉차오는 이 말을 듣고 매우 기뻤다.

딩쉐쏭이 영어 공부하는 것을 보고 덩잉차오는 열정적으로 그녀를 다
음과 같이 격려하였다.

"여성동지가 외교방면에서 근무하기 위해서는 외국어를 열심히 공부
하여 통달할 수 있으면 가장 좋습니다. 이것은 지금 당장의 업무에 도움
을 주어 외국자료를 직접 볼 수 있을 뿐만 아니라 장차 맡게 될 더욱 중
요한 업무를 준비할 수도 있습니다." 덩잉차오는 딩쉐쏭을 보고 웃으며
말했다.

"현재 우리나라에는 아직 단 한 명의 여성 대사도 없습니다. 딩쉐쏭
동지, 나는 당신이 장차 신중국의 첫 번째 여성대사가 되어 신중국 여성
의 영예를 한층 높여주기를 희망합니다!"

딩쉐쏭은 황송해 하며 말했다.

"어디요! 덩 다제. 저는 한 번도 그렇게 생각해본 적이 없습니다. 현재
대사는 모두 노홍군(老紅軍) 간부가 맡지요."

덩잉차오는 웃으며 말했다.

"그것은 신중국의 첫 번째 대사니까, 자연이 노홍군 중에서 택해야지
요 하지만 그들은 나이가 많이 들었습니다. 몇 년이 지나면 응당 당신들
과 같은 '삼팔식(三八式)'[195]이거나 심지어 더 젊은 동지 중에서 대사를 맡
아야 하지 않겠어요? 상황을 살필 때 항상 멀리 봐야 합니다. 마오 주석
이 말씀하셨듯이 중국의 여성 동지는 기백이 넘치고 능력이 있으며 남
성동지가 할 수 있는 일이라면 여성도 역시 할 수 있습니다. 쉐쏭 동지,
나는 당신의 좋은 소식을 기다리겠습니다."[196]

---

[195]　역주 : 딩쉐쏭과 같이 항일전쟁 초기인 1938년 혁명에 참가한 사람을 지칭한다. 특히
　　　간부는 '삼팔식 간부'라고 칭했다.

딩쉐쏭은 그녀에 대한 덩잉차오의 격려와 기대를 져버리지 않았다. 그녀는 외교무대에서 많은 노력을 기울였고 또 뛰어난 성과를 냈다. 그녀는 과연 신중국의 첫 번째 여성대사(네덜란드 주재)가 되어 신중국의 패기 넘치는 부끄럽지 않은 주인이 되었다.

112. 중국의 특징을 살린 '부인' 역할을 수립하다

덩잉차오는 독립성이 강하고 사업을 수행할 때 매우 큰 성과를 내는 위대한 여성이었으며, "남편이 고귀해지는 것을 부인이 영예로 여긴다"는 생각이나 남편에 의지하는 봉건사상에 끊임없이 반대해 왔다. 1925년 그녀는 저우언라이와 결혼하였고, 당시 저우언라이는 황푸(黃埔) 군관학교 주임을 맡고 있었다. 황푸군관학교에서 저우언라이와 함께 근무한 국민당의 저명한 고급장교 장즈중(張治中)은 당시 관례대로 덩잉차오를 보고 그녀에게 '저우 타이타이(周太太)'라고 불렀다. 하지만 덩잉차오는 이러한 호칭에 불만을 품고 몇 차례 장즈중에게 말했다.

"나는 내 이름이 있습니다. 덩잉차오라고 불러주세요. 그도 아니면 샤오 차오라고 해도 무방합니다. 하지만 저우 타이타이로 부르지는 마세요"

신중국 성립 이후 장즈중이 덩잉차오를 만나 이 일에 대해 이야기하면서 그녀에게 농담을 했다.

당연히 덩잉차오가 저우언라이의 부인이라는 것은 객관적인 사실이었고 또한 그들은 상부상조하며 서로의 능력을 더욱 잘 드러내었다. 항전시기, 통일전선의 필요 때문에 덩잉차오는 '쟝 부인' 쏭메이링을 포함

---

196 덩쉐쏭, 「고산앙지(高山仰止), 경행행지(景行行止)」, 『鄧穎超-一位偉大的女性』, 376쪽.

한 국민당 당정요원의 부인들과 폭넓게 교류하였다. 그녀는 섬감녕(陝甘寧)소비에트 여성대표단 단장 및 국민참정회 참정원의 독립적 신분으로 사업을 전개하였다. 쑹메이링을 포함한 많은 부인들이 그녀를 '덩 여사'로 높여 불렀다. 그러나 많은 사람들은 그녀를 '저우 부인', '저우 타이타이'로 불렀고 이에 대해 그녀는 매우 불편해 했다.

한 번은 쩡쟈옌(曾家巖) 50호로 어떤 사람이 그녀에게 전화를 걸어 "실례합니다만, 저우 타이타이 계신가요?" 하고 물었다. 그녀는 잠시 반응을 보이지 않다가 바로 "없습니다"라고 대답하고는 "탁" 하고 전화를 끊어버렸다. 전화를 내려놓고 그녀는 비로소 자기를 찾는 전화였음을 떠올리고는 웃음을 터뜨리지 않을 수 없었다.[197]

신중국 성립 이후 같은 상황에 당면하였다. 그녀는 정무원 총리 겸 외교부장인 저우언라이의 부인이었다. 또한 당연히 그녀는 우선 중화전국민주여성연합회 부주석이며, 전국정치협상회의상무위원회와 전국인민대표회의 상무위원회 위원이고 동시에 중공중앙위원이었다. 그러나 총리 부인이라는 신분은 그녀가 사양할 수 없는 것이었다.

덩잉차오는 신중국의 '부인'은 서구 부르주아계급 국가의 그것과 같을 수는 없다고 진지하게 생각했다. 서구국가 부인은 상당히 활동적이었다. 예컨대, 대사 부인은 대사와 함께 외교무대에서 동등한 지위를 누렸다. 반면 소련처럼 '부인'을 완전히 업무에서 배제해서도 안 되었다. 소련정부의 국내외 중요사업에서 부인은 거의 전면에 나서지 않았다. 소련에서 일단 대사 부인이 되면 이전에 아무리 전문가였다 하더라도 자기 일을 포기하고 단지 부인 역할에만 충실했다.

덩잉차오는 우선 자신으로부터 출발했다. 그녀는 저우언라이와 상의하였다.

"외교 활동을 수행함에 있어 부인과 그녀의 남편은 국가에 대한 책임

및 국가가 그들에게 부여한 권력에서 차이가 있습니다. 중국의 대사로서 출국할 때 반드시 인민대표회의상임위원회가 임명을 비준해야 하지만 결코 부인을 임명하지는 않습니다. 부인과 남편은 마땅히 구별되어야 하지요. 따라서 당신이 국가를 대표하여 중요한 국무 활동과 외교 활동을 수행할 때에는 모름지기 늘 당신 저우언라이의 이름으로만 해야지 나 덩잉차오를 끼어 넣지 말아요. 내 이름을 넣을 경우, 우리국가의 사회제도와 정치 생활과도 맞지 않고 우리나라 여성동지의 독립성과 공산당원의 독립성과도 서로 맞지 않습니다."[198]

평소 남녀평등을 주장해온 저우언라이는 덩잉차오의 의견에 흔쾌히 동의하였다.

사람들은 저우언라이가 외교 활동을 할 때 항상 그 개인의 이름만을 내세워 처리하고 있음을 볼 수 있다. 외국을 방문할 때 한 번도 덩잉차오는 동행하지 않았다. 저우언라이의 외빈 초대 청첩장에도 덩잉차오의 이름은 표기되지 않았다. 그러나 저우언라이가 초대한 손님이 부인을 동반하고 또 그들을 위해 연회를 베풀어 환대해야 할 경우나 시화팅에서 연회를 열어야 할 경우 덩잉차오는 여주인 역할을 수행했고 연회에 참석하여 손님을 접대했다.

1950년대에 이런 일이 있었다. 한 아시아 국가의 총리 내외가 중국을 방문하였다. 외교부 의전실 근무자가 깜빡 잊고 연회 초청장에 저우언라이와 덩잉차오의 이름을 인쇄해 넣었다.

이를 본 덩잉차오는 곧장 초청장을 들고 저우언라이를 찾았다.

"언라이, 이 초청장은 원칙에 맞지 않아요. 당신은 총리의 신분으로 사람들을 집으로 부른 것이지요. 당신이 초대했으면 나는 기꺼이 정성을 다해 당신의 부인으로서 손님을 접대할 것입니다. 하지만 초청장에 내 이름이 들어가는 것에는 반대합니다."

---

[198] 1979년 7월 20일 외교부 여성좌담회에서 한 덩잉차오의 강화 기록 원고 참고.

저우언라이는 그녀의 의견에 동의하고 바로 외교부에 전화를 했다. 다행히 초청장은 아직 외빈에게 전달되지 않았기 때문에 의전 담당자는 바로 모든 초청장을 교체하여 초청장에는 저우언라이 이름 하나만 표기되었다. 이 일은 바로 덩잉차오의 품격을 보여주는 것이었다.[199]

여기 덩잉차오가 1954년 12월 29일 외교부 의전 섭외실에 보낸 한 통의 편지를 소개한다. 사정은 다음과 같았다. 전국여성연합은 인도 총리 네루의 누나 라킨 네루의 중국 방문을 요청하였다. 저우언라이가 그녀를 접견했을 때 그녀는 덩잉차오에게 예물을 하나 선물했고 동시에 인디라 간디 여사가 덩잉차오에게 보내는 편지를 전했다. 저우언라이와 덩잉차오의 관례에 따르면 외빈이 그들에게 준 모둔 예물은 관련기관으로 보내 처리토록 하였다. 외교부 의전실은 이전 잘못을 범한 것도 있고 해서 이번에 더욱 신경을 써 덩잉차오에게 보고서를 써 보내고 지시를 기다렸다.

덩잉차오는 그들에게 편지를 보냈는데 그 가운데 다음과 같은 대목이 있다.

"당신들이 계획한 바대로 간디 여사 등이 보내온 편지를 처리한 것에 동의합니다."

"국제 외교 활동에 대해 나는 일관되게 원칙에 근거하고 구체적인 정황에 따라 유관 부서와 나눠 협의하여 처리했습니다. 즉 국제 외교 활동 방면의 경우 우리 여성연합의 직무 신분과 관계될 때에는 나는 여성연합의 관련 부분으로 보내 처리했고 외교부에 청하여 번거롭게 하지 않았습니다. 똑같이 저우 외교부장 부인의 신분과 관련될 때에는 나는 모두 외교부 유관 기관에 맡겨 처리했지 여성연합으로 보내 처리하지 않았습니다."

"이번 라킨 네루 여사가 비록 여성연합이 초청하여 접대하는 손님이

---

[199]   필자가 황전(黃鎭)의 부인 주린(朱霖)을 방문했을 때 그녀는 이러한 상황에 대해 소
         개하였다.

지만, 그녀가 보내온 예물은 내가 여성연합회 직무를 맡고 있다고 해서 준 것이 아니라 저우 외교부장이 대표단을 접견할 때 저우 외교부장을 통해 나에게 전해준 것입니다. 이것은 분명히 남편과의 관계에서 저우 외교부장의 부인이라는 신분에서 받은 것입니다. 간디 여사의 편지 역시 저우언라이 부인에게 보내는 것이라고 앞에 덧붙여 있습니다. 따라서 나는 외교부에서 맡아 처리했으면 합니다. 그러니 여성연합에 전달할 필요가 없습니다."

"위에서 언급한 원칙은 과거뿐만 아니라 이후에도 적용되었으면 합니다. 외교부의 유관 부서와 전국여성연합 사이의 업무 분담 관계를 명확히 하고 이후의 업무 편리를 위해 이 편지를 전국여성연합 사무실과 국제부에 동시에 각각 한 부씩 복사해 보내기 바랍니다."

이 편지를 통해 덩잉차오가 외교 업무를 처리할 때의 신중함과 세심한 모습을 확인할 수 있다. 그녀는 전국여성연합 부주석의 독립적인 업무를 계속 견지해 나갈 뿐만 아니라 총리 겸 외교부장 부인으로서의 역할도 병행했다.

1950년대, 1960년대 많은 중요 외빈이 중국을 방문하였고, 저우 총리는 집에서 연회를 개최하여 그들을 환대하였다. 덩잉차오는 건강이 허락하는 한 항상 안주인의 신분으로 초대 연회에 참석하여 탁월한 외교적 재능을 발휘하며 총리의 외교 활동에 호응하여 협조하였다. 그리고 더 많은 시간을 그녀는 전국여성연합 부수석의 신분으로 전 세계에서 온 많은 친구를 접대하였다. 중요한 외국 여성대표단 혹은 여성계 유명인사가 방문했을 경우 저우언라이 역시 항상 그녀들을 접견했고 덩잉차오와 전국여성연합의 사업을 지원했다.

1956년 여름, 나중에 탄자니아 제2대 부통령이 된 카와와(Kawawa)의 부인이 내방했다. 날씨는 매우 더웠고 덩잉차오의 건강도 그다지 좋지 않았지만 그래도 직접 접대하려 노력하였다. 1개월 후 역시 나중에 탄자니아 제1대 부통령이 된 카루메(Karu-me)의 부인이 중국을 방문했다. 외빈에 대해서 똑같이 대해야 한다는 것이 덩잉차오의 원칙이었다. 그녀는 비행장으로 나가 영접하고 돌아와 심장 발작을 일으켰다. 전국여성연합의 카루메 초청 연회는 저우언라이가 덩잉차오를 대신해 주재해야 했다. 이것 역시 덩잉차오의 활동을 적극적으로 지지하는 것이었다.

덩잉차오 역시 많은 업무에서 저우언라이를 도왔다. 1960년대 초 캄보디아 국가원수 시하누크 국왕이 그의 두 왕자를 중국으로 유학 보냈다. 저우 총리와 덩잉차오는 이 두 왕자의 학습과 생활의 후견인이 되었다. 그들은 두 왕자가 베이징 위잉(育英) 중학에서 학습하도록 조치를 취하고, 개인교사를 붙여 학습을 돕도록 하였으며, 생활의 세심한 데까지 꼼꼼하게 챙겼다. 매번 경축일이나 명절이 되면 덩잉차오는 항상 두 왕자를 시화팅 집으로 초대해 연회를 베풀고 그들을 환대했으며 그들에게 학습을 잘 하고 신체를 단련하도록 격려했다. 한 번은 유명한 탁구선수 좡쩌둥(莊則棟)을 불러 그들과 함께 탁구를 치도록 배려하기도 했다.

덩잉차오는 신중국의 여성사업은 마땅히 적당한 위치에 있어야 하고 정도에 합당하여 지나치게 돌출적이지도 않으며 또 폄하되거나 경시되어서도 안 되며 사회주의국가 여성사업의 새로운 품격을 창조해야 한다고 생각했다. 그녀는 중국에 맞는 특유의 여성사업을 수립하도록 지원하는 데에 있어 특수하고 중요한 역할을 수행하였다.

건국 초기, 일군의 고급장교들이 대사로 발령받았다. 그들의 부인 역시 베이징으로 파견되었다가 남편과 함께 출국하여 대사 부인의 역할을 수행하도록 명령받았다. 이들 여성동지들은 원래 모두 군대에서 근무하였다. 예컨대, 황전(黃鎭)의 부인 주린(朱霖)은 간부과(幹部科) 과장으로 연대본부 간부였다. 1950년대의 여성동지의 혁명성은 매우 강했다. 그녀는 대사부인으로 출국하여 그 역할을 수행하라는 요청에 대해 제대로 이해하지 못하고는 자신이 몇 년 동안 혁명을 수행해 왔는데 어떻게 ‘부인’이 될 수 있겠냐고 말했다. 그녀들은 출국을 원하지 않고 군대로 돌아가겠다고 소란을 피웠다. 어떤 사람은 심지어 이혼하겠다고까지 난리를 쳤다. 그녀들은 황전의 부인 주린과 한녠룽(韓念龍)의 부인 왕전(王珍)을 대표로 뽑아 저우 총리 면담을 요구하였다. 저우언라이는 덩잉차오에게 의뢰하여 외교부 강당에서 이들 대사 및 참사관 부인들과 대화를 나누도록 하였다.[200]

덩잉차오는 먼저 저우 총리의 의견을 다음과 같이 전달하였다 : 여성 동지는 출국하면 여전히 대사관에서 혁명사업에 참가하게 될 것이며 동일 노동에 동일 임금을 받을 수 있다. 이것은 소련과 전혀 다르다. 소련의 대사 혹은 참사관 부인은 분담된 업무 없이 단지 외교관의 부인 역할만 할 뿐이다.

이어 덩잉차오는 그녀 자신이 여성연합 업무를 책임지고 있으며 동시에 저우 총리와 저우 외교부장의 부인 역할을 동시에 수행하는데 어려움이 있거나 서로 대립하는 경우가 결코 없다고 하였다. 그녀는 항전시기 총칭에서 일부 사람들이 자신을 '저우 타이타이'라고 했을 때는 습관이 되지 않아 거북했지만 계속 들으니까 습관이 되어 버렸고, 신중국 건립 이후에 방문한 일부 외빈들이 저우언라이 부인이라 했을 때에도 그녀는 이 호칭을 받아들일 수밖에 없었는데 그것이 객관적 사실이기 때문이었다고 말했다. 그녀는 또 말했다 : 중국에서 혁명에 참가한 사람들은 저마다 서로 동지라고 부른다. 출국 후 사람들이 당신에게 '부인', '타이타이'하고 불러도 괴로워할 필요가 없다. 중요한 것은 이것이 혁명사업의 필요에 의한 것이며 특수한 전선이라고 인식하는 것이다. 외교전선의 전사는 명령에 복종하여 어떤 역할이든 수행해야 하는데 당신들에게 어떤 것을 하라고 일을 맡기면 그것을 수행해야 한다. 일을 하면서 그것을 배우고 또 그러면서 일을 사랑해야 한다. 혁명의 사상과 기풍을 유지할 수 있다면 사사로이 명칭 문제에 구애받을 필요가 없다.

---

[200] 필자가 주린을 방문했을 때, 그녀는 '부인' 사업을 어떻게 지도하여 수립했는지 그 정황에 대해 소개하였다.

덩잉차오는 다시 말했다: 대사 부인은 국외에서 주재국 관리의 부인이나 여타 국가대사 부인 등과 광범하게 교유하면서 대사의 많은 업무에 협조할 수 있다. 대사관 내부에서 대사 부인은 또한 성원들을 단결시키는 작업을 수행할 수도 있다. 대사관의 여러 업무를 수행하는 동안 사람들은 대사에게 복종해야 하고 대사 부인 역시 남편에게 복종해야 한다. 하지만 그녀 자신은 스스로의 독립성을 갖고서 지위 고하를 따지지 않고 어떠한 업무라도 능히 수행할 수 있다. 내가 상하이에서 비밀공작을 수행할 때 회계 업무를 담당했고 등사지를 새겼으며 암호 해독을 하기도 했다고 말했다. 나는 항상 혁명적 수용에 복종했고 공작 단위가 여러 차례 바뀌었지만 언제나 그에 구애받지 않았다. 따라서 여성동지는 대사관에서 근무하며 어떠한 일이라도 수행할 수 있어야 하는데 그 모든 것이 혁명사업이기 때문이다. 사상적인 부담을 갖지 말고 용감하고 또 즐겁게 당의 지시에 호응하여 새로운 직책에서 전투를 계속해야 한다.

대사 부인들은 사리에 꼭 들어맞는 덩잉차오의 이 말을 충심으로 기쁘게 받아들이고 모두 기꺼이 출국하여 부인의 역할을 다하고자 하였다. 대사들은 더욱 기뻐하며 부인과 함께 부임할 수 있었다. 이들 대사 부인은 대사관에서 당 기관 업무를 수행하든가 아니면 행정 업무를 담당하였다. 어떤 이는 후에 2등서기관 혹은 참사관이 되기도 하였다.

덩잉차오는 또한 그녀들을 위해 부임 이후 외교사절단 회의를 적극적으로 개최하여 부인들을 참가시키고 그녀들에게 필요한 문건을 보게 하였다.

1964년 저우 총리는 아시아 아프리카 14개국을 방문하고 귀국 후 대사회의를 개최하였는데 부인들 역시 이에 참가토록 하였다. 덩잉차오는 회의에서의 발언을 통해 다시 한 번 다음과 같이 말했다: 사회주의국가 부인의 역할에 대한 새로운 품격을 수립해야 하는데 지나치게 자신을 돌출시키거나 스스로 낙담해서는 안 된다. 많은 일들을 스스로 쟁취해야 하고 남녀평등의 권리 역시 스스로 쟁취해야 한다. 스스로 비하하고 낙담한다면 권리가 주어져도 빈껍데기일 뿐 실현될 수 없다. 대사관의 업무는 많고 사람은 부족하지만, 대사 부인과 참사관 부인이 대사관의 근무자와 함께 단결하여 소박하고 대범하게 모범을 보이고 근면하게 업무에 종사하며 학습에 노력하여 신중국 여성의 훌륭한 이미지를 수립해야 한다.

덩 다졔는 마치 여동생에게 말하는 것과 같이 친절하게 대사 부인들에게 말했다. "당신들은 정말 신중하고 겸허해야 합니다. 사람들은 항상 당신들의 생각이나 태도를 남편과 연결시켜 판단할 수 있기 때문입니다. 당신들이 학습에 열중하고 업무에 최선을 다하고 사람들을 열정적이고 진실하게 대한다면 사람들은 당신들의 남편을 더욱 존경하게 될 것입니다. 반대로 당신들이 교만하고 무례하면 사람들은 당신들의 남편도 똑같을 것이라 생각할 것이니 절대로 조심하고 경계해야 합니다."

이 또한 덩잉차오의 경험에서 우러난 말이었다. 그녀는 평생 동안 사업을 추진하고 학습하며 매사에 앞을 보고 나아갔을 뿐만 아니라 일관되게 겸허하고 신중했으며 의지와 품행이 고결하였고 저우언라이와 조용히 조화를 이뤄 상부상조하였다. 마치 두 별이 밝게 서로 빛나 찬란한 광채를 뿜어내며 인간 세상에 영원히 전래되는 아름다운 이야기를 남기는 듯했다.

덩잉차오는 간곡하게 부인들에게 당부하였다.

"주재국 관리의 부인이나 기타 국가의 사절 부인들과 우호적인 관계를 수립하고 그녀들에게 중국의 성과에 대해 선전하여 중국의 영향력을 확대시켜야 합니다. 측면에서 중요한 상황들에 대해 살펴 이해함으로써 외교사업에 대한 보조적인 역할을 수행할 수 있습니다."

신중국의 국제 지위가 하루하루 높아짐에 따라 거기에 발맞춰 중국을 방문하는 국가원수와 정부 관리도 증가하였는데, 그들 대부분은 부인을 대동하였다. 덩잉차오 이외에 류샤오치의 부인 왕광메이(王光美), 덩샤오 핑의 부인 줘린(卓琳), 펑전(彭眞)의 부인 장지칭(張洁淸), 천이(陳毅)의 부인 장시(張茜), 리셴녠(李先念)의 부인 린쟈메이(林佳楣), 뤄뤼칭(羅瑞卿)의 부인 하오즈핑(郝治平) 및 정부 부서와 각 성시 책임자 부인 역시 외빈을 접대 하는 일에 참가하였다. 이 또한 부인으로서의 역할을 수행하는 데에 있 어 중요한 내용이었다. 덩잉차오는 말과 행동으로 모범을 보이고 항상 그녀들과 함께 어떻게 하면 다른 국가의 여러 다른 상황에 잘 대처할 수 있을지 그리고 그들을 잘 접대할 수 있을지에 대해 연구하였다.[201]

천이의 부인 장시는 처음에는 앞에 나서서 부인의 역할을 수행하는 것에 대해 썩 내켜하지 않았다. 그녀는 문학을 좋아하여 러시아어를 배 워 이미 러시아 문학작품을 번역할 수 있는 수준에 도달했다. 천이는 상 하이에서 베이징으로 전근되어 저우언라이 대신 외교부장직을 맡았다. 따라서 장시는 외교부장의 부인 역할을 반드시 수행해야 했다. 그러나 융통성이 부족한 그녀는 부인의 역할에 대해 이해를 잘못하여 앞에 나 서기를 꺼렸다. 1950년대의 가치관에 따르면 여성동지가 남들에게서 '부 인', '타이타이'라고 불리면 크게 모욕감을 느꼈고 자신의 독립적인 인격 이 부정당하는 것으로 생각하였다. 장시 또한 그랬다. 덩잉차오는 여러 차례 그녀와 솔직한 대화를 하면서 부인 역할을 제대로 수행하는 것이 외교전선에서의 특수한 임무이며 혁명사업의 일부분이라고 설명하였다. 일부 형식이나 업무 수행의 측면에서 보면 부인은 그 남편에 복종해야 했다. 하지만 그녀 자신은 또한 그녀 자신의 독립성을 갖고 있으며 또한 공산당원이었다. 덩잉차오는 자신의 직접적인 경험을 예로 들어[202] 공산 당원의 독립성을 유지함과 동시에 부인으로서의 역할 수행도 잘 할 수

---

201 필자가 콩위엔(孔原)을 방문했을 때 그는 부인으로서의 역할 수행에 대해 덩잉차오 가 어떻게 지도했는지에 대해 소개하였다.

202 역주: 본문에는 또한 "현신설법(現身說法)"이 추가되어 있는데 그 정확한 의미는 부 처가 중생을 제도하기 위하여 갖가지 모습으로 나타나 사람에게 설법한다는 것이 다.

있다는 현실성과 가능성에 대해 설명하였다. 결국 장시는 덩잉차오에 의
해 설득되었다. 이후 우아한 품격을 지녀 말투나 태도가 저속하지 않은
장시는 중국을 방문한 중요 외빈을 접대했을 때나 천이를 수행하여 아
시아, 아프리카를 순방했을 때에도 호탕한 천이 원수(元帥)와 조화하여
훌륭하게 외교 활동을 전개하였다. 국무원 외사처 사무실에는 '부인공작
소조(夫人工作小組)'가 설치되어 국무원 외사처 사무실 부주임 콩위옌(孔原)
이 조장을 맡았고, 장시가 부조장이 되었다. 덩잉차오는 '부인공작소조'
의 고문이었다.

덩잉차오는 사회주의국가 외교 활동의 새로운 품격을 창조해야 한다
고 항상 말했다. 즉 일반적인 국제관례를 존중해야 하지만 그렇다고 맹
종할 필요는 없었다. 인도네시아 대통령 수카르노의 부인 하디니가 중국
을 방문한 적이 있었다. 어떤 사람은 대통령에 준하는 격식으로 대통령
부인을 접대해야 한다고 했지만 덩잉차오는 이에 동의하지 않았다. 원수
의 부인은 원수와 격이 다르기 때문에 원수를 접대할 때의 격식을 모두
갖출 필요가 없다고 그녀는 말하였다. 대통령에 대한 대우를 갖춘다면
국가주석이 마중을 나가고 붉은 카펫을 깔아야 하며 21발의 예포를 쏘
는 등 여러 격식이 있었는데 이는 적합하지 않다는 것이었다. 스카르노
부인이 올 때는 국가주석의 부인이 마중하면 충분하였다. 또한 어떤 국
가 원수가 방문했을 때, 국가주석 혹은 총리가 그와 함께 무개차에 올라
길 양쪽에 늘어선 수십 만 군중의 환영을 받았는데, 이는 매우 특별하고
성대한 예절이었다. 어떤 원수는 자신의 부인을 무개차에 오르게 하여
환영 인사를 함께 받도록 할 때도 있는데 이럴 경우 중국 주석이나 총리
부인도 같이 수행할 필요가 생기게 되었다. 하지만 덩잉차오는 이러한
조치에 대해 너무 지나치다고 생각하여 적극적으로 반대하였다. 또 어떤
군주제국가에서는 국왕과 왕비의 초상화가 함께 공공장소에 내걸렸다.
덩잉차오는 이것이 그 나라의 내정이고 습관이기 때문에 반드시 존중해
야 한다고 생각했다. 그러나 신중국 부인의 사진은 정부 수뇌의 사진과

함께 공공장소에 걸려서는 안 되었다. 덩잉차오의 생각에 따르면 이것은 원칙의 문제였다.

덩잉차오는 부인으로서의 역할 수행은 반드시 적당한 수준을 유지해야 하는데 이를 경시하는 것은 분명히 잘못된 것이며 아울러 너무 지나쳐도 좋지 않음을 매우 강조하였다. 이러한 적당함은 외교 예술과 외교 활동의 변증법이었다. 덩잉차오는 이 예술을 능숙하게 파악하고 운용하는 하나의 모범이었다. 이것은 그녀가 수년 간 국민당통치구에서 통일전선사업을 수행하면서 누적된 경험과 재능에서 비롯된 것으로 그녀는 이것을 부인으로서의 역할 수행에 적용하였던 것이었다.

신중국이 건립된 1949년에서 문학대혁명 이전까지의 17년 동안 덩잉차오는 차이창 동지 등과 함께 신중국의 여성운동을 지도했고 매우 큰 성과를 거두었다. 그녀의 지도사상은 매우 명확하였으니, 여성해방운동이 인류해방운동의 일부분이라는 마르크스주의 원리에 근거하여 중국의 현실과 결합시키는 것이었다. 그녀는 중국여성해방운동이 중국공산당이 지도하는 신민주주의혁명과 사회주의혁명, 사회주의 건설을 구성하는 부분이라고 거듭 천명하였다. 그녀는 또한 여성의 구체적 요구에도 귀를 기울여 일관되게 당의 중심사업 임무와 여성의 특수한 요구를 결합시키고 여성대중을 조직 동원하였다. 그녀는 당 전체의 시각에서 여성운동을 바라보았는데 여성해방을 당의 투쟁 목표 가운데 하나로 여기고 또한 여성대중의 역량을 당 역량의 중요 원천으로 삼았다. 그녀는 전당이 여성사업에 나서도록 적극적으로 제창하였고 여성단체가 당의 지도 아래 적극적으로 당위원회의 지도와 지지를 쟁취하도록 요구하였다. 그녀는 여성사업이 당의 중심사업과 서로 결합되어야 하며 당의 중심사업에서 남녀가 함께 펼쳐 나가야 한다는 방침을 창조적으로 제시하였다. 신중국 성립 이후 그녀는 사회 생산과 각종 건설에 여성을 동원하는 것이 여성사업의 중심임무이며 여성이 생산과 사업에 참가함과 동시에 여성의 권리를 보호하고 여성만의 특수한 문제를 해결하는 데에도 주의해야 한다고 매우 분명하게 말하였다. 그녀는 남녀평등사상을 선전하는 데에 충분히 주의했고 남존여비의 봉건잔재사상을 파괴하기 위해 노력하였다. 그녀는 일관되게 여성간부의 배출을 중시했고 그녀들을 격려하여 스스로를 존중 강화시키고 기량을 익혀 사업을 잘 수행하며 더욱 여성사업을 안심하고 잘 전개하도록 하였다. 그녀 자신은 지칠 줄 모르고 여성사업을 전개하는 훌륭한 모범이었다. 그녀는 국내외 여성계의 통일전선사업을 훌륭하게 전개하였고 국내외 각 민족, 각 계층 여성과 광범하게 단결하여 중국의 사회주의건설을 추진하고 세계평화사업을 유지하고 보위하였다.

객관적 상황의 발전과 주관적 한계 때문에 여성사업에도 오류는 존재했다. 덩잉차오는 일찍이 여러 차례 여성사업과 당의 중심사업이 상호 결합되어야 한다고 강조했고 이것은 또한 중국여성운동의 중요한 경험이기도 했다. 그러나 중심사업에 오류가 발생하기도 했는데 예컨대 1958년 "대약진운동"과 "인민공사화"가 그것이다. 이 사업을 전개하는 중에 여성사업도 그와 함께 일부 오류가 발생하였다.

전국여성연합의 동지들은 문화대혁명이 발생하기 이전의 17년 동안, 즉 차이 다제(蔡 大姐), 덩 다제가 전국여성연합 사업을 주재했던 시기가 전국여성연합의 '황금시기'였다고 모두 인정하였다. 전국여성연합과 여성운동은 당중앙과 각급 당위원회로부터 관심 하에 중요시 되었으며, 여성사업은 매우 크게 발전하여 신중국의 여성은 "세상의 반쪽을 감당하였다." 이 위대한 성과는 두 다제의 근면한 활동과 분리될 수 없고 두 다제의 고귀한 인품, 덕성, 걸출한 재능과 분리될 수 없다. 그녀들은 활동 가운데 존경하고 사랑하는 차이 다제와 덩 다제를 따라 배우려고 노력하였다!

113. "위험 속에서 함께 쌓은 정, 무한히 깊어만 가고", "산에 비 내리려고 망루엔 바람이 가득하네"

1965년은 덩잉차오와 저우언라이는 결혼한 지 꼭 40년이 되는 해였다. 40년 동안 그들은 어깨를 나란히 하여 싸웠으며 함께 거칠고 사나운 파도를 헤치고 어렵고 힘든 장애를 넘어 왔다. 1960년대 초 저우언라이는 국민경제 조정의 '8자 방침'을 성공적으로 집행하여 국민경제는 전면적으로 회복되어 상승 추세를 보였다. 또한 저우언라이는 외교에서 뛰어난 능력을 과시하며 사업을 긴박하게 전개하였다. 비록 덩잉차오가 저우언라이와 함께 활동하지는 않았지만 그녀는 자신의 독립적인 사업을 전개하는데 주력하였고 동시에 저우언라이의 활동을 후원하려고 노력하였다.

1963년 12월, 저우언라이는 중국정부 대표단을 이끌고 아프리카를 방문하였다. 덩잉차오는 비행장으로 나와 전송하면서 열정 넘치는 장문의 시를 지어 저우언라이에게 주었다.

"나는 무한한 심정으로 당신과 동지들의 아프리카 방문을 환송합니다.
비행기 창문을 바라보며 그 창을 통해 당신의 웃는 표정과 얼굴을 봅니다.
베이징의 이른 아침 태양빛은 당신을 비추고,
당과 마오쩌둥 사상 승리의 빛이 당신을 비추고 있으며,
중화인민혁명 승리의 빛 또한 당신을 비추고 있습니다.
나는 분명하게 봅니다. 당신의 얼굴이 불그스레하게 물드는 것을,
당신의 넘쳐흐르는 정력을, 당신의 유쾌한 심정을,
그리고 당신의 굳건한 믿음을 말입니다.
당신은 장차 6억 5천만 중국인 인민의 애정에 힘입어,
높은 산을 날고, 바다를 건너,

나날이 깨어나는 아프리카 대륙을 향해 날아갈 것입니다.
혁명승리의 국가를 방문할 것입니다.
그들의 승리를 위해 환호하고
그들의 독립을 경축하며
그들의 앞날을 축복하고
중국과 각국의 우의를 다지기 위해 새 지표를 만들 것입니다."

덩잉차오의 이 시는 아프리카 신생독립국에 대한 그녀의 아름다운 축원과 중국인민과 각국 인민 사이의 발전된 우의에 대한 기쁨을 표현하며 또한 아프리카를 방문하여 평화외교 사명을 수행하는 저우언라이에 대한 깊은 정을 담고 있었다. 그녀와 저우언라이는 결혼한 지 이미 오래된 부부이지만 그들 사이에는 뜨겁고 깊은 감정이 여전히 유지되고 있었고 그것은 시간이 흘러도 퇴색되지 않고 오히려 오래 된 술처럼 향기가 더욱 짙었다.

1964년 2월 저우언라이는 아시아 아프리카 14개국을 방문하고 돌아왔다. 덩잉차오는 특별히 쿤밍으로 가 저우언라이를 맞이해 그와 함께 청두에서 그곳 동지들과 즐겁게 설을 보냈다.

중국의 전통명절을 매우 많다. 설을 제외하고 단오절, 중추절, 중양절(重陽節) 등이 있다. 덩잉차오는 오랫동안 혁명에 참가하여 계속 긴장된 사업을 수행하였기 때문에 한가롭게 명절을 즐길 여유가 없었고, 저우언라이 또한 매우 바빴다. 그러나 그들은 속으로 전통 명절을 쉽게 잊을 수 없었다.

어느 해 중추절, 마침 토요일이어서 밤에 중난하이 우청(武成) 앞에서는 무도회가 열렸다. 덩잉차오는 저우언라이에게 참가할 것을 적극 권하여, 은은한 선율 속에서 심신의 긴장을 풀고 오랜 피로에서 해방되기를 바랐다. 하지만 그녀는 몸이 좋지 않아 갈 수가 없었다.

저우언라이는 뤄돤칭(羅段卿)의 부인 하오즈핑(郝治平)에게 춤을 청하여 추면서 그녀와 자연스럽게 대화를 나누었다. 왈츠 곡에 맞춰 그들은 춤도 추고 이야기도 하면서 자연스럽게 무도장 가장자리로 옮겨갔다. 은백색의 달빛이 체크무늬의 창 격자를 통해 하오즈핑의 얼굴과 몸을 비췄는데 마치 얇고 가벼운 고급 비단을 걸친 것 같았다. 저우언라이가 별생각 없이 말했다.

"오늘 달빛은 특별히 아름답군요!"

"총리, 오늘이 중추절이잖아요!" 하오즈핑은 조용히 말했다.

"아! 오늘이 중추절인가요? 내가 너무 바빠 오늘 깜빡 할 뻔 했군요!" 곡이 끝나자, 저우언라이는 바삐 시화팅으로 돌아가 덩잉차오를 데리고 정원에서 밝은 달을 바라보며 꽃향기를 감상하였다. 덩잉차오는 그에게 바삐 돌아가 동지들을 기다리게 하지 말라고 하였다. 그들 부부 사이는 항상 이렇듯 서로 자상하게 돌보면서 아주 친밀하고 의가 좋았다.

1964년 6월 14일은 전통적인 단오절이었다. 전날 밤, 덩잉차오는 요리사에게 부탁하여 약간의 쫑쯔(粽子)[203]를 만들게 하였다.

저우언라이는 평소처럼 밤늦게까지 바빴고 날이 밝아서야 비로소 잠이 들었다. 11시가 되자 서둘러 일어나 세수와 양치질을 마치고 아침 식사를 먹을 준비를 하였다. 그때 식탁 위에 뜨거운 쫑쯔와 샤오싱화댜오(紹興花雕)[204] 그리고 몇 가지 간단한 요리가 놓여 있는 것을 보았다. 덩잉차오는 웃으며 그에게 말했다.

"언라이, 오늘은 단오절입니다. 요리사 귀(桂)가 특별히 쫑쯔를 만들고 황주와 몇 가지 간단한 요리를 준비하여 우리에게 함께 건배하라고 합니다."

저우언라이는 덩잉차오가 술을 마시지 못한다는 사실을 알고 있었다. 그는 비록 술을 좋아했지만 덩잉차오가 그의 건강을 생각해 술을 조금만 마시라고 권했기 때문에 평상시 집에서는 반주도 하지 않았는데 오

203　역주: 찹쌀에 대추 따위를 넣어 댓잎이나 갈잎에 싸서 먹는 단오절 음식의 한 가지.
204　역주: 샤오싱(紹興) 지방 특산의 상등급 황주(黃酒)를 가리킨댜.

늘은 분명 예외였다.

그는 신이 나 술잔을 들어 덩잉차오와 잔을 부딪친 뒤 다 마시고 나서는 오히려 샤오 차오에게 당부하였다.

"당신은 마실 줄 모르니 조금만 마시면 됩니다."

덩잉차오는 입가에 가벼운 미소를 지으며 말했다.

"이것은 샤오싱화댜오이니 상관없어요." 그녀 역시 작은 잔의 술을 홀짝 들이켰다.

식사를 마치자 저우언라이는 바삐 회의에 참석하기 위해 나갔다.

저우언라이가 경쾌하면서도 결연한 발걸음으로 시화팅을 나서는 모습을 바라보면서 덩잉차오는 자기 방에 돌아와 사무용 탁자 위에서 붓을 들어 글을 써내려갔다.

> "다행히 부부는 함께 늙어 가고,
>
> 위험 속에서 함께 쌓은 정, 무한히 깊어만 가네.
>
> 동행한 인연 비록 짧지만
>
> 혁명의 정의(情誼) 만년토록 무궁하네!"

그녀는 또한 종이 위에 "덩잉차오가 언라이에게 기념으로 남깁니다. 1964년 6월 14일 단오"라고 썼다.

청년 남녀나 젊은 부부가 서로 시를 써서 주며 애정을 확인하는 것은 일반적인 일이다. 그러나 이미 60의 나이이고 저우언라이와 결혼한 지 40년이나 된 덩잉차오가 여전히 저우언라이에 대해 이러한 열정적인 감정을 갖고 있고, 또 이렇게 넘치는 시적 감흥으로 마음을 표현한다는 것은 분명히 예삿일은 아니다.

"위험 속에서 함께 쌓은 정, 무한히 깊어만 가네." 이것은 오래된 부부 생활에 대한 덩잉차오의 속내일 뿐만 아니라 당시 정세에 대한 그녀의 불안감을 드러낸 것이기도 했다. 1962년 여름, 그녀는 베이다이허(北戴河)

에서 소집된 중앙사업회의에 참가하였다. 9월 그녀는 8기10중전회에 출석하였다. 마오쩌동은 회의에서 "절대 계급투쟁을 잊어서는 안 된다.", "계급투쟁은 반드시 매년, 매월, 매일 중시해야 한다"라고 호소하였다. 1963년부터 전국의 농촌에서는 속속 "사청(四淸 : 장부 계산 청산, 창고 청산, 재물 청산, 임금 청산)을 주요 내용으로 하는 사회주의 교육운동[205]이 전개되어 "계급투쟁을 벼리(綱)로 삼으며", 운동의 중점이 "자본주의 길로 가는 당 내부의 당권파"임을 분명히 제기하였다. 1965년 사회주의교육운동은 또한 공장과 일부 대학에서 전개되었다. 문예, 학술, 교육 영역에서 일련의 비판과 투쟁이 전개되었다.

정치 형세가 가혹지면서 덩잉차오는 근심과 걱정을 하게 되었고 그녀의 건강은 다시 나빠져 체중이 겨우 41kg밖에 되지 않았다. 그녀는 유명한 한방의 푸푸저우(蒲輔周)에게 진료를 부탁하여 한약을 처방받고 몸조리를 하였다.

1965년 11월 30일. 덩잉차오는 아침 식사를 한 뒤 평소대로 당일 『인민일보』를 보았다. 평상시와 같이 그녀는 먼저 제1면의 중요기사와 논설을 읽고 다시 다른 면을 훑어보았다. 제5면 「학술연구」에서 그녀는 전면에 게재된 글 「신편 역사극 『해서파관(海瑞罷官)』을 평하다」를 보았다. 덩잉차오는 본래 문예와 연극을 좋아했고 이데올로기 영역에 대한 동향에 관심을 갖고 있었다. 『해서파관』[206]의 신편 역사극을 본 적이 없었지만 그녀는 그것이 유명한 역사학자 우한(吳晗)[207]이 극본을 썼다는 사실을

---

[205] 역주 : 정치, 사상, 조직, 경제를 정화하는 운동. 1963년부터 1966년 5월 사이에 전개되었던 운동으로 사회주의교육운동 또는 줄여서 사교(社敎)라고도 한다.

[206] 역주 : 황제의 정책을 비판해서 그를 성나게 한 명나라 관리 해서(海瑞)의 경험을 극화한 우한의 신편 역사극. 1961년 정치국 선전부장 루딩이(陸定一)와 베이징 시장 펑전(彭眞)의 지지를 얻어 출판되고 극화되어 도처에서 환영을 받았다. 하지만 1966년 쟝칭 등은 마오쩌동의 동의 아래 이를 본격적으로 비판하기 시작하였는데 그것이 루산(廬山)회의를 통해 실각한 펑더화이를 비유하고 있다는 것이었다. 결국 우한의 비판은 쟝칭 등이 반대파인 류사오치 등을 비판하는 수단으로 활용됨으로써 문화대혁명의 계기가 되었다.

알고 있었다.

지금 어찌하여 갑자기 이 극본을 다시 비판하게 됐을까? 덩잉차오는
풀리지 않는 의혹을 갖고 야오원위엔(姚文元)[208]이 쓴 글을 처음부터 끝까
지 자세하게 읽었다.

그녀는 또한 『인민일보』의 「편자안어(編者按語)」[209]를 자세하게 읽었다.
그녀는 거기에 "백화제방(百花齊放), 백가쟁명(百家爭鳴)"[210]의 방침에 따라
이치에 맞게 남을 설득하고 또 공평한 토론을 진행하라고 강조되어 있
는 것을 보았다.

그녀는 안도의 한숨을 내쉬었다. 학술 토론의 범위로 제한되어 있는
것을 보고는 그녀는 안심하였다. 그녀는 이 글이 하나의 전주곡이자 도
화선이 되어 유래를 찾아볼 수 없을 만큼 험악한 풍랑이 중국공산당과
중국인민을 향해 빠르게 돌진해 올 것임을 전혀 눈치 채지 못했다. 진정
산에 비가 내리려고 망루에 바람이 가득하였다!

1966년이 매우 빠르게 다가왔다.

설날, 음력 정월 초하루에 저우언라이의 몇몇 조카들이 백부와 일곱
째 큰어머니를 보러 와서 모두 모여 매우 즐거운 시간을 보냈다. 그런데
그녀와 아이들은 곧 다가올 폭풍으로 인해 그들의 정상적인 왕래가 10
년 동안이나 중단될 것이라고는 전혀 예측하지 못했다.

4월 2일 오전, 유명한 감독 쑨웨이스(孫維世)가 그녀를 찾아 왔다. 쑨웨

---

[207] 역주 : 1909-1969. 명대사 전공 역사가. 항일전쟁 때 민주동맹에 가입, 급진적 자유주
의자로서 정치협상회의에서 공산당을 도와 활약하였고 신중국 성립 이후 베이징 부
시장, 전국인민대표대회 대표, 중국사학회 이사 등 요직에 있었다.
[208] 역주 : 1931-2005. 문인 겸 정치가. 『맹아(萌芽)』의 편집위원, 『해방일보』의 주필을 역
임하면서 문예 비판 논문을 발표했다. 중앙문혁소조원, 상하이시혁명위원회 부주임,
중앙정치국 위원 등을 역임했다. '4인방'의 한 사람으로 체포되어 1981년 20년 징역
을 선고받았고, 1996년 만기 출소하였다.
[209] 역주 : 편집자의 주해, 설명, 고증, 주의 따위를 덧붙인 말.
[210] 역주 : 본래의 뜻은 갖가지 학문, 예술이 함께 번성한 모습을 가리킨다. 또한 1956년
중국공산당이 제출한 예술 발전, 과학 진보와 사회주의 문화 번영을 촉진시키는 방
침을 뜻한다.

이스는 다칭(大慶) 유전[211]에서 현장 생활을 체험하면서 다칭 노동자가족의 생활을 담은 연극 『처음으로 떠오르는 태양』을 각색, 연출하여 베이징에서 공연하였다. 저우언라이와 덩잉차오는 함께 이 연극을 관람하였다. 쑨웨이스는 매우 신이 나서 덩잉차오에게 며칠 지나 자신은 다칭 유전으로 다시 돌아가 체험 생활과 창작 활동을 계속할 것이라 귀띔했다. 이것이 쑨웨스와의 마지막 만남이 될 것이라고 덩잉차오는 전혀 알지 못했다.

4월 중순, 시화팅의 만발한 해당화가 복숭아, 오얏나무꽃과 아름다움을 다투었는데 그 꽃이 마치 비단과 같았다. 과거 이 맘 때면 저우언라이는 아무리 바빠도 짬을 내어 그녀와 함께 꽃 아래에서 천천히 거닐며 그가 가장 좋아하는 '뭇꽃' 해당화를 마음껏 감상했었다. 하지만 올해에는 북방에서 큰 가뭄을 당해 저우언라이는 가뭄에 대처하느라 바빴고, 또한 중간에 싱타이(邢台) 지진이 발생하여 그는 바로 지진에 따른 재난 구조사업에 투입되었다. 덩잉차오는 거의 그를 볼 수 없었다. 혹 우연히 보게 되더라도 그는 안색이 좋지 않아 무겁고 어두운 걱정거리가 가득한 것 같았다. 그녀 역시 물어보기가 불편할 정도였다. 단지 항상 내왕하던 쉬이멍치(帥孟奇)만이 그녀를 찾아왔고 온 김에 꽃들을 감상했다.[212]

쉬이 다졔는 시화팅을 항상 찾아오는 손님이었고 오면 덩잉차오는 항상 정성스럽게 그녀에게 식사를 대접했다. 한 번은 그녀들이 저녁식사를 하고 있는데 저우언라이가 바삐 집으로 돌아와 문에 들어서면서 웃으며 말했다.

"오늘 오전에 샤오 차오에게서 쉬이 다졔가 와 저녁식사를 한다는 얘기를 듣고 나도 쉬이 다졔와 함께 식사를 하려고 조금 일찍 귀가하였답니다."

---

211 역주 : 중국의 대표적 유전 가운데 하나로 헤이룽장성 남서부에 위치하며 1960년부터 원유를 채굴하였다.
212 필자가 쉬이멍치를 방문했을 때 그녀는 자신과 저우언라이, 덩잉차오가 항상 서로 내왕했던 상황에 대해 소개하였다.

"총리께서는 덩 다제와 함께 식사하려고 돌아오신 것이지 어디 저와 함께 식사하려고 한 것이겠습니까?" 평소 엄숙하던 솨이 다제가 놀리며 말했다.

"언라이는 특별히 솨이 다제를 모시려고 온 것이지, 어디 그가 나를 모시려고 서둘러 돌아왔겠어요?" 덩잉차오가 바로 저우언라이의 말을 증명하려고 말했다.

"아니! 덩 다제, 당신은 어떻게 항상 총리를 두둔하며 그의 말을 돕나요?" 높은 도수의 근시안경을 쓴 솨이 다제가 웃으며 말했다. 저우언라이 역시 듣고는 크게 웃었다.

후난의 고향에서 막 돌아온 솨이 다제는 덩잉차오에게 작은 대나무 의자를 선물로 주었다. 저우언라이 역시 솨이 다제를 놀리며 말했다.

"솨이 다제는 여성을 중시하고 남성을 경시합니다. 작은 대나무 의자를 단지 샤오 차오에게만 주고 나에게는 주지 않는군요." 솨이 다제는 진지하게 말했다.

"이 작은 대나무 의자에 총리께서 앉으시려고요?"

저우언라이 역시 정색하고 말했다.

"많은 농민들이 아직 땅바닥에 앉습니다. 작은 대나무 의자가 이렇게 아름다우니 솨이 다제는 나에게 주기 아까워하는 거지요." 이렇게 말하자 모두 함께 웃었다.

저녁 식사를 마친 후 솨이 다제가 돌아가려 하자 저우언라이 역시 나갈 채비를 하였다. 그들은 각자의 차에 올랐다. 저우언라이는 솨이 다제의 차를 먼저 보내려 하였다. 그러나 그의 운전기사는 관례대로 총리의 차를 먼저 몰았다. 이에 저우언라이는 화를 내며 차에서 내리려 하였다. 기사가 놀라 황급히 차를 세우느라 석탄더미를 들이받았다. 저우언라이는 어떻게 이렇게 경우를 모를 수 있느냐며 마땅히 손님의 차를 먼저 보내야 한다고 그 기사를 호되게 나무랐다.

차안에서 이 모습을 모두 본 솨이 다제는 총리의 인품을 평생 배워도

다 배울 수 없을 것이라며 감탄해마지 않았다.

1966년 4월 당시, 혁명의 격랑 속에서 수십 년간 투쟁해온 쑤이밍치와 덩잉차오 두 혁명가는 말없이 꽃 아래를 천천히 걷고 있었는데 그들의 마음에는 불안감이 감돌고 있었다. 그녀들은 정치국이 '펑전(彭眞)[213], 뤄뤼칭(羅瑞卿)[214], 루딩이(陸定一)[215], 양상쿤(楊尙昆)[216] 반당집단'을 비판한 사실에 대해 이미 알고 있었다. 이들 네 사람은 하나같이 그녀들과 함께 수십 년을 싸워온 늙은 전우들이었다!

경험 많은 이 두 여성혁명가들은 한 차례의 정치 폭풍이 이미 눈앞에 다가왔음을 분명히 감지하고 있었다. 그러나 그녀들은 이 폭풍의 깊이와 폭을 도저히 가늠할 수 없었다. 과거의 경험에 비추어 볼 때, 정치운동은 일반적으로 수개 월, 길어야 반년 정도 지속되었다. 그녀들은 다가올 것이 십년에 걸쳐 전국에 널리 퍼지며 중국공산당과 중국인민을 재난의 깊은 구렁텅이로 몰아넣은 문화대혁명이 될 줄은 전혀 예상하지 못했다!

---

[213] 역주 : 1902-1997. 중일전쟁 중 공산당 중앙위원회 북방국 서기로 활약하며 류샤오치와 협력하였고, 신중국 성립 이후 중앙인민정부 위원 겸 정치법률위원회 부주임에 취임, 1951년 베이징 시장이 되었다. 루마니아 공산당대회에 참석하여 후르시쵸푸와 논쟁을 벌였고, 소련공산당 22차회의에 참석하여 중소이념논쟁에 불을 붙였다. 문화대혁명 시기 '배신자', '수정주의자', '반혁명과 반당분자'로 비판받아 실각하였으나 1979년 복권되어 전국인민대표대회 부위원장, 상무위원장 등을 지냈다.

[214] 역주 : 1906-1978. 인민해방군 고급장군. 장정에 참가하고 항일전쟁시기 캉르(抗日)대학에서 활동하였다. 신중국 건립 이후 인민해방군 총참모장, 국방부 부부장, 공화국 부총리를 역임하였다. 문화대혁명 때 비판을 받아 실각하였으나 1977년 복권되었다.

[215] 역주 : 1906-1996. 1956년 전국대표회의에서 중앙위원에 재선되었고 중앙정치국 후보위원으로 뽑혔으며 그해 5월 언론자유화를 부르짖는 '백화제방, 백가쟁명'의 강연으로 이름을 떨쳤다. 이후 국무원 부총리, 문화부장을 역임하였으나 문화대혁명시기 류샤오치의 거두로 공격받아 실각하였다. 1979년 당중앙위원으로 복귀하였다.

[216] 역주 : 1907-1998년. 1927부터 1930년에 걸쳐 모스크바 종산(中山)대학 유학. 장정 참가, 1943년 화북국 서기 겸 통일전선공작부장 역임. 1956년 중앙위원과 중앙서기처 후보서기 직을 맡았으나 문화대혁명 때 실각 당했다. 1978년 복권되어 주요 직책을 역임하다 1982년 이후 중앙군사위원회 상임위원 겸 비서장 등을 지내면서 막강한 영향력을 행사하였고 결국 1988년 국가주석에 올랐다. 1992년 이후 일체의 당직에 물러났다.

제9장 십년 세월을 침통한 마음으로 추도하는데,
송백(松柏)은 서리와 눈 속에서도 굴하지 않네

(1966-1976)

114. 고난을 같이 하며 전우를 보호하다

중국인민은 1966년 5월을 쉽사리 잊을 수가 없다.

전례가 없던 문화대혁명이 광풍처럼 휘몰아쳤고 어지러운 파도같이 중국 대지를 휩쓸었다.

덩잉차오는 그 당시 곤경에 처했기 때문에 어쩔 수 없이 '삼불주의(三不主義)', 즉 손님을 만나지 않고, 편지를 쓰지 않으며, 문 밖으로 나가 사람을 만나지 않는다는 원칙을 지키지 않을 수 없었다고 여러 차례에 걸쳐 이야기하였다. 이것은 다른 사람을 연루시키지 않고 동지를 보호하기 위함이었다.

이것은 실제 상황이었다. 항상 웃음소리로 가득했던 시화팅이 쓸쓸하게 변했다. 해당화가 피었지만 그녀는 다시 친구들을 초대해 함께 꽃 감상을 하지 않았다. 복숭아와 오얏꽃이 봄의 아름다움을 다퉜지만 친한 사람 누구 하나 찾아와 그녀와 함께 꽃 사이를 유유히 걷는 일은 사라졌다. 그녀도 그저 무심하게 꽃을 볼 뿐 피고 지도록 방치해 두었다. '삼불주의'를 실행하며 그녀는 이러한 적막감을 견디었다. 그녀는 본래 강인한 혁명적 근성을 지니고 있었다.

하지만 길고 긴 10년 세월을 그녀는 완전히 세상과 단절한 채 살 수는 없었다.

그녀는 원칙과 융통성을 노련하고 교묘하게 조화시켰다. 일반적인 상황에서 그녀는 '삼불주의'를 실행하였기 때문에 왕래하는 사람들이 문화대혁명 이전보다 크게 줄었다. 그러나 특수한 상황에서 필요하다고 생각되면 그녀는 자신이 정한 '삼불주의'를 어기고 극히 소수의 사람들과 접촉하였다.

덩잉차오는 문화대혁명이 시작되자 자신이 정치적으로 일관되게 소중히 여겨왔으며 또한 오랫동안 자신과 함께 일을 해온 '민주 다계'들에게 안부 인사를 전했다.

1966년 7월 7일, 그녀는 쉬광핑에게 전화를 하였다. 9월 3일, 그녀는 류칭양과 통화를 하였다.

9월 21일, 그녀는 뤄수장(羅叔章)과 다음과 같이 통화하였다.

"이번의 운동을 피할 수 없습니다. 그러니 모두 이 시험을 받아들여야 하고 사상적으로 중시해야 합니다. 오랜 친구로서 당신에게 몇 가지를 당부합니다. 첫째, 조직을 해쳐서는 안 됩니다. 둘째, 대중을 해쳐서는 안 됩니다. 셋째, 동지와 친구를 해쳐서는 안 됩니다."

뤄수장은 중요한 순간에 덩잉차오가 자신에게 해준 이 몇 마디 말에 큰 도움을 받았다고 훗날 회고하였다. 문화대혁명 기간 동안 그녀는 여러 차례 비판 투쟁 공격을 받았지만 시종일관 당의 기밀을 엄수하여 마침내 대중의 이해를 얻었다. 그녀는 입에서 나오는 대로 거침없이 내뱉어 동지와 친구를 해치지 않았다. 또한 예사롭지 않는 세월 동안 어떤 사람들은 이 험악한 '시험'을 분명히 견딜 수 없었다![1]

9월 28일, 덩잉차오는 또한 스량과 대화를 나누어 그녀의 사상적인 의심과 우려를 풀어주었다.

그녀는 창장국 여성위원회 지도자 신분의 자격으로 뤄츙이 1938년 입당했음을 증명해 주었다. 또한 그녀는 선쯔쥬(沈兹九)의 입당을 소개해준 신분으로 그녀에게 상세한 증명서를 직접 써 보냈다.[2]

쑨문의 부인 쑹칭링조차도 문화대혁명이라는 큰 재난의 충격에서 벗어날 수 없었다. 비록 저우언라이가 그녀의 베이징 집에 해방군을 배치하긴 했지만 홍위병은 그녀의 상하이 집을 몰수하고 완궈(萬國) 공동묘지에 있던 부모의 무덤을 파헤쳤다. 평소 부모에게 효성스러웠던 쑹칭링은 이 일에 대해 듣고 몹시 상심하여 오랫동안 그녀의 비서를 맡았던 랴오멍싱(廖夢醒)에게 전화를 걸었다.

랴오멍싱은 바로 덩잉차오에게 이 사실을 알렸다. 덩잉차오는 즉시 저우언라이에게 알렸다. 저우언라이는 크게 화를 내며 즉시 상하이로 전화를 걸어 쑹칭링 부모의 무덤을 서둘러 개수토록 지시하면서 핑계를 대고 미루지 말라고 하였다.

덩잉차오는 쑹칭링을 방문하여 무덤이 복구된 사진을 그녀에게 보여주면서 다른 요구 사항은 없는지 그녀에게 물어보았다. 쑹칭링은 매우 감격해 하며 덩잉차오를 와락 끌어안으며 오히려 그녀에게 저우 총리와 더욱 몸조심하라고 당부하였다.[3]

당시 극좌사상이 지배하고 있던 상황에서 쑹칭링의 의료비 역시 문제가 되었다. '조반파(造反派)[4]'는 이것이 '수정주의'의 생활방식이라 억지로

---

1 필자가 베이징 병원의 병실에서 뤄수장을 만났다.
2 뤄츙과 선쯔쥬는 필자에게 문화대혁명 기간 동안 덩잉차오가 자신들을 보호해준 상황에 대해 이야기하였다.
3 랴오멍싱의 딸 리메(李湄)는 필자에게 덩잉차오가 쑹칭링을 돌봐준 상황에 대해 소개하였다.
4 역주 : '조반'은 모든 반항과 반란에는 나름대로의 정당한 도리와 이유가 있다는 의미

우기면서 비용을 지급하려 하지 않았다. 덩잉차오는 이 사실을 알고서 특별히 관련기관을 찾아 그녀의 의료비 문제를 해결하였다. 쑹칭링은 덩잉차오에 대해 크게 감격하였다. 그녀는 덩잉차오에게 미려한 문장의 편지와 정교하게 만든 헝겊신 한 벌을 선물로 보냈다.

허샹닝 역시 저우언라이가 명령을 내려 특별 보호조치를 취한 유명인사였다. 그녀의 집 문 앞에 해방군을 파수꾼으로 파견해 홍위병이 쳐들어가지 못하게 하였다. 그녀는 비록 평안했지만 그녀가 가장 사랑하는 아들 랴오청즈(廖承志)는 수감되었고 또다시 심장병이 발병하였다. 당연히 허샹닝의 마음은 찢어질 듯 아팠다. 덩잉차오는 허샹닝을 찾아갔다. 허샹닝은 완곡하게 말했다. "몇 년 동안 청즈를 보지 못했는데, 들자하니 다시 심장병이 발병했다고 합니다. 정말 걱정이 됩니다." 허샹닝의 심정을 잘 이해한 덩잉차오는 돌아와 저우언라이와 상의했다. 저우언라이는 랴오청즈를 병원으로 보내 치료토록 조치를 취했고 허샹닝도 드디어 이제 사랑하는 아들을 만날 수 있었다. 허샹닝은 저우 총리의 보살핌 덕분임을 잘 알고 있었고, 또한 덩잉차오가 제때 소식을 전해준 것에 대해서도 매우 감사하였다.

덩잉차오의 오래된 부하 장젠홍(張鍵虹)은 14살 때 옌안에서 혁명에 참가하였고 후에 총칭 남방국으로 와 덩잉차오의 지도를 받으며 공작을 수행하였다. 신중국 수립 이후 『인민일보』사와 신화사에서 기자생활을 하였다. 1970년 4월말 광저우 군구(軍區) 신화사 지사에서 근무하던 장젠

의 "조반유리(造反有理)"에서 유래하였다. 즉 마오쩌둥은 권력투쟁 과정에 정적을 숙청하기 위해 젊은이의 반항을 합리화시켜 주는 이 구호를 내세움으로써 문화대혁명 기간 중에 유행하였으며 학생운동의 슬로건으로 자주 쓰였다. 조반파는 조반을 행하는 무리, 즉 홍위병을 지칭한다. 문화대혁명 직전 마오쩌둥은 "중앙기관이 옳지 않은 일을 하고 있다면 우리들은 지방이 조반하여 중앙으로 진공하도록 호소해야 한다. 각지에서 많은 손오공(孫悟空)을 보내어 천궁(天宮)을 소란하게 해야 한다"고 했다. 여기서 천궁은 당시 실용주의 노선을 추구한 류샤오치와 덩샤오핑 등이 실권을 장악한 당중앙을 의미하고 손오공은 당시 전국을 휩쓸던 전국의 고등학생, 대학생 홍위병을 가리킨다.

홍이 베이징에 도착하여 『인민일보』 초대소에 머물렀다. 그녀는 덩 다제와 저우 총리를 매우 그리워하였고 또 만나고 싶어 했다. 그녀는 덩 다제에게 군복을 입고 찍은 자신의 사진을 동봉한 편지를 보내 지금 별 일 없이 잘 지내고 있음을 알렸다.

셋째 날, 그녀는 오랫동안 기다려 왔던 다제의 전화를 받았다.

"당신의 편지, 나와 남편이 잘 받아 봤어요. 우리는 당신의 사진을 보고 매우 기뻤답니다. 내일은 '5·1'절이어서 남편이 일이 있으니 모래 오도록 하세요." 세심한 덩 다제는 전화를 통해 장젠홍에게 『인민일보』사에서 몇 번 버스를 타면 푸요우제(府右街)의 중난하이(中南海) 시베이먼(西北門)에 올 수 있는지 가르쳐 주었다.

5월 2일 장젠홍이 그동안 오랫동안 오지 못했던 시화팅을 찾았다.

정원의 꽃과 나무는 예전과 다름없었다. 하지만 장젠홍은 그것을 감상할 마음의 여유가 없어 곧장 응접실로 가 오랫동안 그리워하던 저우 총리와 덩 다제를 만났다.

막 외출하려던 저우 총리는 장젠홍을 보고 기뻐하며 말했다.

"젠홍, 몇 년 동안이나 보지 못했군요. 우리는 거대한 풍랑 속에서 다시 만나게 됐군요. 나는 회의 때문에 나가야 하니 다제와 이야기를 나누세요." 총리의 말은 의미심장했다.

덩잉차오는 진지하게 말했다.

"젠홍, 문화대혁명 중에 나는 본래 손님을 만나지 않고, 다른 사람을 만나지 않으며, 서로 통신 왕래를 하지 않는 '삼불주의'를 이행하고 있어요. 하지만 당신은 기층현장에서 왔고 언론기관에서 근무하고 있으니 우리 자유롭게 이야기할 수 있겠지요"

덩잉차오는 장젠홍에게 항전시기 총칭 홍옌(紅巖)촌 팔로군 사무실에서 활동했던 많은 동지들의 상황에 대해 관심을 갖고 물어보았다. 장젠홍은 그녀가 알고 있는 대로 덩 다제에게 모두 이야기해 주었다. 그녀들은 능력 있던 공평(龔澎)에 대해 이야기하였다. 덩잉차오는 장젠홍에게 공평이 뇌종양에 걸려 3차례나 수술을 받은 사실을 알려 주었다.

1971년 8월 덩잉차오는 광저우로 가는 저우언라이를 수행하여 다시 한 번 장젠홍을 만났다.

덩잉차오는 매우 조심스럽게 장젠홍과 그저 집안의 일상사에 대해서만 이야기하였다. 그러나 그녀는 전담 간호사를 시켜 장젠홍의 네 자녀가 근무하는 시간과 위치를 자세히 기록하게 한 후 그 가운데 둘을 만나 보았다. 장젠홍은 덩 다졔가 이렇게 한 것이 매우 용의주도한 것이었다고 생각하였다. 만일 장젠홍에게 문제가 생길 경우 다졔는 그녀의 네 자녀를 통해 알 수 있었던 것이었다.

1974년 봄, 장젠홍은 베이징 신화사 본사 해방군 지사 부사장으로 발령받았다. 그녀는 다시 덩 다졔를 찾았다.

덩잉차오는 그녀가 찾아오자 자신의 침실로 불러 대화를 나누었다. 당시 "비림비공(批林批孔)"[5]의 상황에서, '4인방'[6]은 '주공(周公)'을 비판할 다른 속셈을 갖고 있어 창끝을 저우 총리로 직접 향하고 있었다. 근심 걱정에 매우 시름겨워 보이는 덩잉차오는 광저우의 상황에 대해 물었고, 그녀는 덩 다졔에게 광저우 부대의 상황들에 대해 알려주었다.

장젠홍은 또한 일부 사람들이 "비림비공"을 핑계로 총리를 비판하고 있다는 사실을 군대와 지방의 많은 간부들이 다 알고 있으며, 그들 모두 매우 분노하고 있다고 했다.

덩잉차오 역시 격한 반응을 보이며 말했다.

---

5   역주: 비림정풍(批林整風) 운동과 비공(批孔) 투쟁을 결합시킨 말로, 공자의 "극기복례(克己復禮)"는 노예제도를 복귀시키려는 것이고, 린뱌오의 '반혁명 수정주의 노선' 역시 "극기복례"를 통해 '지주·자산계급의 전제'를 복귀시키려는 것이라고 공격하는 운동이다.
6   역주: 공산당 중앙위원회 부주석 왕홍원(王洪文), 정치국 상임위원 겸 국무원 부총리 장춘챠오(張春橋), 정치국 위원 쟝칭, 야오원위옌(姚文元) 등 소위 '반당집단'을 가리킨다. 1976년 마오쩌둥 사후 이들은 쟝칭을 공산당 중앙위원회 주석, 왕홍원을 전국인민대표대회 위원장, 장춘챠오를 국무원 총리로 임명하려고 준비하다 기밀이 사전에 누설되어 체포, 투옥되었다.

"나도 일부 사람들이 저우언라이를 비판하고 심지어 그를 사지로 몰아넣고 싶어 한다는 것을 알고 있습니다! 저우언라이는 항상 생명의 위험을 무릅쓰며 자신을 돌보지 않았고 일찍이 개인의 생사와 이해 득실을 안중에 두지 않았습니다. 저우언라이의 공과에 대해서는 내가 말할 필요가 없고 나 또한 그를 위해 변명할 필요가 없습니다. 당과 인민이 자연스럽게 그에 대한 공정한 평가를 내릴 것입니다."[7]

덩잉차오는 문화대혁명 이전 문예계 인사들과 친밀한 관계를 줄곧 유지하여 왔다. 문화대혁명이 시작되자 문예계는 정치운동의 중심 전선으로 부상하였다. 덩잉차오는 그들을 매우 걱정하였다.

1971년 8월, 덩잉차오와 저우언라이는 광저우에 도착하였을 때 월극(粤劇) 유명배우 홍셴뉘(紅線女)가 막 '57간부학교'[8]에서 돌아와 극단에서 잡무를 처리하고 있음을 알았다. 저우언라이는 미얀마 수상 우 네 윈(U Ne Win)을 초대했고 홍셴뉘를 지명하여 공연에 참가토록 하였다. 홍셴뉘는 매우 감격하였다. 극단에서는 그녀에게 단지 칭창(清唱)[9]만을 하라고 하였다. 공연 심사 때 그녀는 쪼글쪼글한 코트를 입고 무대에 올라 칭창을 하였다. 덩잉차오는 무대 아래에서 웃으며 그녀에게 손짓으로 인사를 전하자 홍셴뉘는 감격하여 울기 시작하였다. 무대를 내려온 뒤 덩잉차오는 그녀에게 말했다. "코트를 깔끔하게 다림질해서 입고 무대에 오르도록 해요. 이렇게 쪼글쪼글한 옷을 외국 손님이 보게 되면 좋은 인상을 줄 수 없지요. 다른 사람들도 그렇게 생각할 겁니다." 덩 다제는 그녀를 위해 정말 주도면밀하게 생각을 한 것이었다! 곧 이어 홍셴뉘의 성대에 백반증(白斑症)이 나타났고 암 직전 증상일지도 모른다는 의료진의 검사

---

7   필자가 장졘훙을 방문했을 때 그녀는 문화대혁명 중 덩잉차오를 만난 상황에 대해 소개하였다.
8   역주: 문화대혁명 시기 마오쩌둥의 『五七指示』를 관철시키고 간부를 빈곤 농촌에서 재교육을 받게 하기 위해 당정기관의 간부와 과학기술인원 및 대학교수 등을 농촌으로 보내 노동을 하게 하던 장소를 가리킨다.
9   역주: 경극(京劇)에서 반주 없이 노래하는 것.

결과가 나왔다. 홍셴뉘는 매우 긴장된 마음으로 이 사실을 덩 다졔에게 알렸다. 덩잉차오는 즉시 그녀에게 답장을 보내 걱정하지 말라고 하면서 그녀를 베이징 종양병원에 가 검사를 받도록 하였다. 홍셴뉘가 베이징에 도착하자, 덩잉차오는 그녀를 찾아가 만성병에 대해 어떻게 싸워 나가야 하는지 자기가 쓴 글을 주며 자신의 요양 경험을 전해 주었고 그녀에게 질병에 정확히 대처하며 낙관주의 정신을 가져야 한다고 격려하였다. 홍셴뉘는 덩잉차오의 친절한 배려 아래 의료진의 치료를 적극적으로 받았고 결국 증상은 해소되었다. 홍셴뉘는 정말 덩 다졔에게 감사하였다.

1973년 홍셴뉘는 유명한 기자 화산(華山)과 결혼하였다. 덩잉차오는 그들에게 축하 편지를 보냈고 동시에 홍셴뉘의 딸 홍홍(紅紅)에게 어머니의 결혼에 대해 이해하고 지지해 줄 것을 요구하였다. 그리고 옌안에서 출판한, 붉은 천으로 장정된 『노신전집(魯迅全集)』 한 질을 결혼 선물로 주었다. 1975년 4계 인민대표대회 대표가 된 홍셴뉘와 화산은 함께 덩 다졔를 만나러 왔다. 덩 다졔는 기뻐하며 화산의 손을 잡아끌며 말했다. "당신은 우리 사위인 셈이니 어디 한 번 자세히 봅시다." 홍셴뉘는 이 말을 듣고 마음속으로 비할 데 없는 행복과 따뜻한 정을 느꼈다.[10]

상황은 비록 어려웠지만 조금의 가능성이 있다면 덩잉차오는 항상 고통 받고 있는 전우를 지원했다. 리메이(李湄)는 허샹닝의 외손녀이고, 랴오멍싱의 딸로서 저우언라이와 덩잉차오를 줄곧 '수양아버지', '수양어머니'라고 불렀다.

하루는 덩잉차오가 리메이의 전화를 받았다.

"수양어머니, 사정이 있는데 말을 해야 할지 말지 모르겠어요. 류샤오치의 아들 류위옌(劉源)이 산시(山西) 농촌으로 추방되어 노동을 하고 있습니다. 그의 몇몇 누나와 여동생들도 모두 추방당했습니다. 다만 10살 된 어린 여동생 류샤오샤오(劉瀟瀟)만 베이징에 남아 돌봐줄 사람 하나

10　필자가 홍셴뉘를 방문했을 때, 그녀는 문화대혁명 기간 중 덩잉차오가 자신에게 보여준 관심과 애호에 대해 이야기하였다.

없이 홀로 지내는데 또 간염에 걸렸습니다. 류위옌이 수양아버지에게 편지를 보내 베이징으로 돌아와 어린 동생을 돌봐주기를 바란다고 했습니다. 수양어머니가 나서서 이 일을 좀 해결해 주면 좋겠어요?"

리메이는 덩잉차오가 예전부터 친척이나 친구들이 자신을 통해 총리에게 일과 관련된 청탁을 엄격히 금지해 왔음을 알고 있었다. 그녀는 류위옌의 여자 친구의 부탁을 받고 그의 처지를 매우 동정하여 덩잉차오에게 어렵사리 전화를 한 것이었다. 그녀는 사실 자신이 없어 우물쭈물 말하고는 덩잉차오가 자신을 책망하지 않을까 몹시 염려하였다.

그녀의 예상과는 달리 덩잉차오는 시원스럽게 말했다.

"걱정 말아요. 그 편지를 내게 줘요." 그녀 역시 류위옌의 처지를 동정하며 급히 편지를 저우언라이에게 전했다.

저우언라이는 매우 빨리 요청을 들어주었다. 10일이 되지 않아 류위옌은 산시에서 베이징으로 돌아와 공장 노동자가 되었고 어린 여동생을 돌봐줄 수 있게 되었다. 힘겨운 생활을 하던 류위옌은 정치적 격동기에 자신을 돌봐준 저우언라이와 덩잉차오에 대해 말로 다 표현할 수 없을 만큼 감격하였다!

리메이는 덩잉차오를 보고 화급히 말했다.

"수양어머니, 어머니와 수양아버지께 너무 감사드려요." 덩잉차오는 천천히 말했다.

"언라이가 이렇게 한 것은 당중앙 문건의 정신에 입각한 것입니다. 부모가 설사 문제가 있다 해도 자녀들을 연좌시킬 수는 없습니다." 덩잉차오는 정치적으로 일관되게 신중하였고, 이 당시 다른 사람들에게 조금이라도 책잡힐 일을 할 수가 없었다.

하루는 덩잉차오가 베이하이(北海)에서 산책을 하다 녜룽전(聶榮臻)과 그 부인 장뤼화(張瑞華)를 보았다. 베이하이 남문 동쪽 호수에는 커다란 연꽃이 마침 만개해 있었다. 푸른 물, 녹색 잎 그리고 붉은 연꽃이 자연스럽게 어울려 내는 정취가 그만이었다. 두 사람이 거기에 앉아 연꽃을 감상하고 있었는데 덩잉차오가 천천히 다가갔다. 장뤼화는 급히 그녀를 맞이하였다. 당시 저우 총리는 병으로 병원에 입원 중이었다. 녜룽전 장군이 총리의 건강 상태에 대해 관심을 표하자 덩잉차오는 깊은 한숨을 내쉬었다. 녜 장군이 물었다.

"총리를 볼 수 없나요?" 덩잉차오가 쓴 웃음 뒤 고개를 저으며 조용히 말하기를, 왕동싱(王東興, 당시 중공중앙관공서 주임)에게 허락을 요청했지만 자기도 마음대로 할 수 없다고 했다는 것이다. 녜 장군은 이 말을 듣고 납덩어리에 눌린 듯 마음이 무거웠다.[11]

덩잉차오는 또한 천윈(陳雲), 예젠잉(葉劍英), 리셴녠(李先念)을 문안했다. 그들은 문화대혁명 과정에서 공개적인 공격이나 의심받지 않아서 왕래가 가능했다.

1973년 덩샤오핑이 쟝시에서 베이징으로 돌아왔다.[12] 덩잉차오는 그와 부인 쥐린(卓琳)을 찾아가 안부를 물었다. 문화대혁명 이전에 그들은 중난하이에서 늘 왕래하던 사이였다. 덩샤오핑의 아이들은 당시 허물없이 덩잉차를 '고모', 총리를 '고모부'라고 불렀는데 덩잉차오와 덩샤오핑 모두 성이 덩이기 때문이었다. 덩잉차오는 또한 사람들로부터 받은 피아노를 덩샤오핑의 딸에게 주었다. 말이 나온 김에 한 마디 덧붙이면 이 피아노는 문화대혁명 기간 중에 차압 몰수당했다가 문화대혁명이 끝난 뒤 덩샤오핑에게 반환된 것으로 이미 심하게 음조(音調)가 어긋나버렸다. 덩샤오핑 일가는 그것을 여전히 소중한 물건으로 보존하고 있다.

덩잉차오는 문화대혁명 때 박해를 받아 불구가 된 덩푸방(鄧朴方)이 이미 반신불수가 된 것이 너무 불쌍해 그에게 정신적으로 더욱 강해지고 꿋꿋하게 질병과 싸워 이겨야 한다고 위로하였다.[13]

---

11 필자가 녜룽전과 그 부인 장뤼화를 방문했을 때 그들은 덩잉차오와의 교류에 대해
    말했다.
12 역주 : 1966년 문화대혁명 때 홍위병으로부터 '반마오 주자파(走資派)의 수괴'라는 비
    판을 받고 실각했다. 1973년 3월 총리 저우언라이의 추천으로 복권되어 국무원 부총
    리가 된 사실을 가리킨다.

비록 덩잉차오는 문화대혁명이라는 험악한 정치전 조건 아래에서 곤란한 지경에 처해 있었지만 여전히 용감하고 침착하게 자신과 고난을 같이 한 전우에 대한 진실한 애정을 표시하였다.

충칭 홍옌(紅巖)촌에서 덩잉차오가 매우 사랑했던 '샤오러톈(小樂天)'[14]은 이미 성인이 되어 난저우(蘭州) 군구(軍區)에서 근무하고 있었다. 아버지 롱가오탕(榮高棠)이 '주자파(走資派)'[15]로 몰리자, 그는 즉시 제대 명령을 받고 베이징 인쇄 3공장의 노동자가 되었다. 그는 심한 심장병에 걸렸지만 노동을 계속해야 했고 피로가 겹쳐 각혈을 했다. 병원에 입원했지만 생명이 경각에 달하자 간절하게 아버지를 한 번 보고 싶어 했다. 롱가오탕은 이 당시 하이쥔다위엔(海軍大院)의 뒤에 있던 단층집에 5년째 감금되어 있었다. 그의 부인 관핑(管平)은 급히 홍옌시기의 전우 장잉(張潁: 장원진(章文晋)의 부인)을 찾을 수밖에 없었다. 장잉은 덩 다졔와 매우 친했기에 바로 덩 다졔와 저우 총리를 찾았다. 저우 총리는 해방군 부총참모장 장차이쳰(張才千)을 찾아가 롱가오탕이 병원으로 가 아들을 만날 수 있도록 특별히 허가하게 하였다. 롱가오탕은 급히 병원으로 달려갔다. 관핑도 정신적으로나 육체적으로 모두 극도로 지쳤으며 또 심장 발작까지 일으켜 같은 병원에 입원해 있었다. 롱가오탕은 황급히 부인을 한번 보고는 바로 아들의 병실로 갔다. 러톈은 이미 임종을 목전에 두고 있었다. 눈을 뜨고는 조용히 "아버지, 앉으세요" 하고 말하는데, 눈물이 얼굴에 가득했고 어렵게 숨을 헐떡거렸다. 2시간이 지나 그는 사망했다. 러톈을 화장하기 전 롱가오탕은 다시 한 번 아들을 마지막으로 볼 수 있

---

13   덩샤오핑의 딸 덩룽(鄧榕)은 필자에게 덩잉차오와 자기 집안과의 교류 상황에 대해 소개하였다.

14   역주: '샤오러톈'에 대해서는 제6장 58절 참조.

15   역주: 문화대혁명 때 문혁파에 의해 공산당 내에 자본주의 노선을 추구하는 실권파로 지목되어 숙청된 간부들을 가리킨다. 당시 당내 최대 실권파는 류사오치를 중심으로 하고 있었고, 실각했다 복권된 덩샤오핑은 실용주의 노선으로 인해 '사인방' 등으로부터 여전히 자본주의 노선 부활을 지향한다고 비판받았다.

도록 허락을 받았다. 비록 러톈은 죽었지만 롱가오탕과 관핑은 저우 총리와 덩 다졔가 당시 그렇게 곤란한 상황에서 샤오러톈의 마지막 소원을 들어준 것에 대해 매우 감격해 했다. 롱가오탕은 지금까지 저우 총리와 덩 다졔가 그들의 집안 식구들에게 보여준 깊은 정을 잊을 수 없었다.[16]

115. "역사를 왜곡할 수 없습니다"

1969년 4월 1일 중국공산당 제9차전국대표대회가 개막되었다. 덩잉차오는 '9대'에 참가하였다. 그녀가 익히 알고 지내던 다수의 옛 동지들이 보이지 않았다. 대표대회에는 새 얼굴들이 많이 보였다. 그들 대부분은 각성 혁명위원회의 성원, 군대대표 및 군중조직대표였고 당연히 그들 가운데 다수가 소위 유명한 '조반파(造反派)'였다.

덩잉차오는 여전히 중앙위원회 위원에 당선되었다. 쟝칭(江青)과 린뱌오(林彪)[17]의 부인 예췬(葉群) 그리고 린뱌오의 도당 황용성(黃永勝), 우파셴(吳法憲), 리쮜펑(李作鵬), 츄휘줘(邱會作) 그리고 천보다(陳伯達)[18], 캉성(康

---

16 필자가 롱가오탕을 방문했을 때, 그는 아들 러톈과 마지막으로 보게 된 상황에 대해 감격해 마지않는 심정으로 이야기하였다.

17 역주: 1907-1971. 1959년 루산회의에서 마오쩌동을 적극 지지하면서 공산당 정치국 2인자로 급부상하였다. 군 내부에서 마오쩌동 사상 학습운동을 전개하고 1965년 「인민전쟁 승리 만세」라는 논문을 발표하여 마오쩌동의 '농촌으로 도시 포위' 전략을 세계전략으로 확대하였다. 1971년 마오와의 권력투쟁 과정에서 실패하여 소련으로 망명하다 몽골지역에서 비행기 추락으로 사망하였다. 추락 원인을 두고 미사일 격추설, 연료 부족설 등이 제기된다.

18 역주: 1904-1989. 옌안시기 이래 마오쩌동의 '정치적 비서'이며 이론적 자문이고 저작의 대필자였다. 모스크바 유학을 거쳤지만 '28명의 볼셰비키'와 관련을 갖지 않았기에 마오쩌동의 신임을 얻을 수 있었다. 문화대혁명시기에 공산당 중앙문혁소조 주임으로서 마오쩌동의 오른팔 노릇을 하며 정적에 대한 주공격수 역할을 수행하였

生)[19], 장춘챠오(張春橋), 야오원위옌(姚文元) 등 한 무리가 모두 정치국에 진입하였다. 천보다, 장춘챠오의 손에 의해 조작된 당장(黨章)은 린뱌오를 마 주석의 후계자로 규정하였다. 당장에 후계자를 규정하는 것은 중국공산당의 역사 그리고 국제공산주의운동에 있어 보기 드문 일이었다.

이때 덩잉차오는 여전히 정치, 외교 활동에 참가하였다. 1970년 6월 1일, 덩잉차오는 명령에 따라 미얀마, 인도네시아, 스리랑카, 캄보디아 등 친구 국가에서 온 인사들을 수행하여 옌안을 방문하였다.[20]

덩잉차오가 옌안을 떠난 지 벌써 22년의 세월이 흘렀다. 1935년 10월, 그녀는 중앙홍군과 함께 산시(陝西) 북부에 도착하였고 1937년 처음 옌안에 왔다. 이후, 그녀는 여러 차례 옌안에 왔고 1943년부터는 3년 동안 옌안에 거주하였다. 1947년 3월, 그녀는 캉커칭(康克淸)과 함께 가족을 이끌고 옌안에서 철수하였다. 그때, 그녀는 옌안의 농민들에게 "우리는 매우 빠른 시간 안에 돌아올 것입니다"라고 말한 바 있었다. 세월은 흘러 어느새 20년이 지났다. 그녀는 옌안의 바오타(寶塔)산과 옌허(延河)를 잊을 수 없었고, 좁쌀로 자신과 모든 혁명가를 부양한 옌안인민을 잊을 수 없었다.

"바오타산이 어디인가요?" 덩잉차오는 비행기에서 내리자마자 감격하여 물었다.

비행장으로 영접을 나온 옌안지방위원회 서기 쉬샤오민(許效民)이 웃으며 말했다.

"덩 다제, 몸을 한 번 돌려보시지요. 바오타산은 바로 여기입니다."

다. 1969년 당 제9기 중앙위원, 정치국 상임위원으로 5인의 핵심지도인물이 되었으며 1970년에 숙청되었다.

19   역주 : 1899-1975. 본명은 자오룽(趙榮)으로 '중앙위원회 아래 문화대혁명의 지도자'라는 공식 칭호를 받았다. 옌안시대 항일대학 교장인 린뱌오와 밀접하게 연대하여 활동하였고 1957년 반우파투쟁의 선두에 섰으며 1962년 당중앙위원회 서기가 되었다. 1965년 천보다와 함께 류샤오치, 덩샤오핑을 '수정주의자'로 공격하였다.

20   필자가 1987년 겨울 옌안을 찾아 그곳 간부와 대중들을 방문하였고 1970년 덩잉차오가 옌안을 방문했던 상황에 대해 살펴보았다.

비행장 뒤가 바로 바오타산이었다. 덩잉차오가 몸을 돌려보니 옌안혁명의 상징인 8각9층 누각식 탑이 그녀 앞에 우뚝 서 있었다.

옌안바오타는 당 대종(代宗) 대력(大歷) 년간(766-778년)에 처음 건립되었으니 지금부터 1,100여 년 전이었다. 송 인종(仁宗) 경력(慶歷) 년간(1041-1048년)에 중건되었고 금 세종(世宗) 대보(大寶) 9년(1169년), 명 신종(神宗) 만력(萬曆) 36년(1608년)에 다시 개수되었다. 그것은 천년 세월 동안 온갖 세상 풍파를 겪으며 점증하는 옌허의 아들딸들이 면면히 세대를 이어오는 동안 그들의 생활을 낱낱이 굽어보았다. 그리고 그것은 중국 현대사의 중요한 증인이었다. 항전 초기 약간의 젊은 혁명가들이 달려와 멀리서 산 위에 우뚝 솟은 바오타를 보고 신이 나 "드디어 옌안에 도착했다. 옌안에 도착했어!" 하고 크게 외쳤다. 덩잉차오는 여러 차례 옌안이 국민당 통치에서 벗어나면 옌안으로 돌아와 멀리서 산 위에 우뚝 솟은 바오타를 보고 역시 기뻐하며 "드디어 집에 도착했다. 집에 도착했어!" 하고 외친 적이 있었다.

이제 그녀는 또한 환영 나온 사람들을 향해 "제가 집으로 왔어요! 집으로 돌아왔습니다!" 하고 말했다.

그녀의 옌안 참관을 수행한 옌안지구 여성연합 주임이었고(여성연합, 노동조합, 공산주의청년단은 모두 똑같이 문화대혁명 기간 동안 활동이 정지되었다.) 현재 옌안지역위원회 조직부에서 근무하는 징선어(井申娥)가 환영하며 앞으로 나왔다. 그녀는 덩 다졔가 소박한 회색 목면 제복을 입고 회색 간부 모자에, 헝겊신을 신고 있는 것을 보았다.

그날 오후 덩잉차오는 외빈을 대동하고 펑황(鳳凰) 산에 있는 마오 주석의 옛집을 참관했다. 다음날 오전, 그들을 양쟈링(楊家嶺)과 짜오위옌(棗園)으로 안내했다. 오후에 그들은 캉르(抗日)대학 옛터와 혁명진열관, 왕쟈핑(王家坪)과 바오타산을 보았다.

베이징에서 옌안 인민공사 생산대에 들어가 정착한 지식인 청년들이 왕쟈핑에서 덩잉차오를 보고 그녀를 빙 둘러싸다 갑자기 울먹이기 시작하였다.

"베이징에서도 볼 수 없었는데 옌안에서 보게 됩니다. 베이징으로 돌아가시면 저희를 대신해 총리께 안부 인사를 전해주시기 바랍니다. 그리고 우리는 베이징에서 멀리 떨어져 있지만 마음으로는 항상 총리를 생각하고 있다고 전해 주세요. 우리는 틀림없이 옌안을 훌륭하게 건설할 것입니다."

덩잉차오는 바로 대답했다.

"여러분, 베이징에서 여러분과 만날 수 없었는데 이제 옌안에서 보게 됩니다. 잘 지내나요? 또한 언라이 동지를 대신하여 안부 인사를 전합니다. 당신들이 옌안에 뿌리를 내리고 옌안을 일으켜 세우기를 바랍니다."

덩 다졔가 왔다는 소식을 듣고 모인 사람들이 산비탈 위아래를 가득 메웠다. 덩잉차오는 사람들 사이로 걸어가며 일일이 뜨겁게 악수를 나누고 같이 사진을 찍었다. 그녀는 말했다.

"옌안의 농민 여러분, 안녕하셨습니까? 당신들은 좁쌀로 우리를 먹여 살렸습니다. 우리는 영원히 당신들을 잊지 못할 것이고 영원히 감사할 것입니다."

양자링에서 그녀는 외빈을 안내하여 마오 주석과 주 총사령관의 옛집을 찾았다. 그녀는 저우언라이와 함께 살던 토굴집에는 들어가지 않았다. 그녀는 "만약 당신들이 보고자 한다면, 주석이 거주하던 곳으로 먼저 안내하겠습니다."

짜오위엔에서 참관에 동반한 옌안지구위원회 서기 쉬샤오민이 덩 다졔에게 반드시 옛집을 한 번 보자고 요청했다. 덩잉차오의 토굴집 안에는 자신이 입었던 작업복 바지, 반소매 셔츠 그리고 저우언라이와 같이 찍은 사진이 걸려 있었다. 그녀는 쉬샤오민에게 말했다.

"이 사진은 꼭 치우도록 하세요. 만약 언라이 동지가 알았다면 허락하지 않았을 것예요. 반드시 마오 주석을 돋보이게 해야 합니다."

양쟈링에서 중국공산당은 제7차전국대표대회를 개최하였다. 안내원이 외빈들에게 '7대'의 상황에 대해 소개하였다.

덩잉차오는 적극적으로 일어나 웃으며 말했다.

"젊은 안내원이 해설을 정말 잘 했습니다. 나는 이때 '7대'에 참가한 늙은 안내원으로서 여러분께 몇 가지 보충하고자 합니다. '7대'는 단결을 위한 대회로서 오류를 범한 동지까지 포함한 모든 동지를 단결시켰습니다. 왕밍(王明)은 저항하며 잘못을 승인하지 않았기 때문에 '7대'에 출석한 모든 대표들이 매우 분개하였습니다. 마오 주석은 대표들을 위해 작업을 하며 모두에게 왕밍을 중앙위원으로 선출해줄 것을 요구하였습니다. 대표들은 확실히 그 뜻을 제대로 이해할 수 없었고 머릿속으로는 바로 거부하고 있었습니다. 그러나 전원은 주석의 의견을 존중하여 왕밍을 선출하였습니다. 결국 그는 33명의 중앙위원 가운데 마지막 한 명이 되었습니다!"

덩잉차오가 이 시기에 이러한 발언을 한 것은 그녀 나름의 의도에서 비롯된 것이었다. 중국공산당은 '1대'에서 '6대'까지 항상 소위 노선투쟁으로 인해 중앙위원과 많은 간부들이 교체되었다. 단지 '7대'에 이르러서만 마오 주석이 무거운 착오를 범한 왕밍까지 포함시켜 단결할 수 있는 모든 간부를 폭넓게 포괄하였다. '7대'는 확실히 단결을 확립한 대회였고 항일전쟁과 해방전쟁을 거쳐 전국적인 승리를 얻어낼 수 있는 기초를 닦았다.

그러나 문화대혁명 과정에서 국가주석에서 기층간부까지 모두 비판받고 투쟁의 대상이 되었으며 파면당했다! 과거 '7대'가 개최된 회의장을 보면서 오늘을 생각하며 과거를 추억하니 어떻게 수만 갈래의 생각이 들지 않을 수 있겠는가?

덩잉차오는 외빈들을 안내하여 옌안혁명진열관을 참관하였다. 그녀는 진열관 내에 마오쩌둥, 저우언라이, 주더, 런비스, 린뱌오, 둥비우, 우위장(吳玉章), 쉬터리(徐特立)[21], 캉성(康生) 등 총 9명의 사진만이 전시되어 있는 것을 보았다. 옌안에서 활동하고 생활했던 중앙과 지방의 지도간부

가운데 유명한 사람은 수백 명에 이르렀지만 현재 모두 보이지 않았다. 그러나 그때 그곳에서 그녀가 또 무슨 말을 할 수 있었겠는가? 다만 이 것은 현실에 부합하지 않고 또 역사유물주의 원칙과도 맞지 않는다는 사실을 분명히 알고 있었을 뿐이었다.

그날 밤 징선어는 덩 다제를 수행하여 숙소로 돌아왔다.

덩잉차오는 친절하게 징선어에게 어떤 일을 하느냐고 물었다. 징선어 는 옌안지방위원회조직부에서 일한다고 대답하였다.

징선어는 "본래 저는 여성연합 간부로서, 1963년 여성운동을 시작했습 니다. 문화대혁명 기간에 여성연합은 해체되고 말았습니다!"라고 말했다.

징선어는 조용히 덩 다제에게 물었다.

"다제, 우리 여성연합은 언제 회복되나요? 여성연합 조직이 없으면 무 슨 일이 있어도 책임질 사람이 없고 여성을 대표하여 의견을 개진할 사 람이 없습니다."

"이것은 당중앙의 일입니다. 장차 당중앙이 이 문제를 검토할 것입니 다." 덩잉차오는 매우 신중하게 대답했다.

"총리의 건강은 어떻습니까? 신문에 실린 사진을 보니 총리께서 과거 에 비해 많이 수척해지셨던데 너무 바쁘고 너무 피로하신 것 아닙니까?" 징선어는 관심 있게 물었다.

덩잉차오는 가볍게 탄식하며 말했다.

"몸은 괜찮습니다. 그 사람이야 국가의 관리에 불과하고 큰일은 주석 께서 하시니 그분이야 말로 큰일 작은일 모두 처리하시니, 분명히 바쁘 고 피곤하실 것입니다."

덩잉차오는 징선어에게 좁쌀 반근을 사달라고 부탁하면서 언라이가

---

21 역주: 1877-1968. 마오쩌둥에 의해 '가장 존경하는 소중한 교사'로 평가받았다. 후난 제1사범학교 선생으로 재직할 때 양창지(楊昌濟)를 도와 마오쩌둥의 퇴학을 막았다. 43세 때 프랑스 유학을 하고 50세에 공산당에 가입하였다. 57세에 장정에 참가하였 는데 장정 참가자 가운데 최연장자였다.

좁쌀을 특히 좋아하여 일주일에 한 두 끼는 꼭 좁쌀로 지은 밥을 먹는다고 하였다. 그녀는 옆에 있던 근무자 훠아이메이(霍愛梅)를 시켜 돈과 양표(糧票)를 지불하게 했다. 징선어는 사양하며 말했다. "몇 근의 좁쌀 정도는 총리와 다제께 선물로 드릴 수 있습니다. 어떻게 돈이나 양표를 받을 수 있겠습니까?" 훠아이메이는 말했다. "안 됩니다. 이것은 총리와 다제께서 오랜 세월 동안 지켜 오신 원칙으로서, 그분들은 절대 다른 사람들의 선물을 받지 않습니다. 당신이 돈과 양표를 받지 않으면 제가 다제로부터 혼이 납니다."

후에 징선아는 이 일을 이야기하며 매우 감격하여 박수를 치며 말했다. "현재 전국 각지에서는 청렴한 정치건설에 매진하고 있습니다. 저우 총리와 덩 다제와 같은 분들이 진정 청렴한 정치건설의 모범입니다!"[22]

이번에 덩잉차오가 옌안에 와서 머문 것이 단지 2,3일밖에 되지 않으며 또 주로 외빈을 대동하여 여러 곳을 참관하느라 바빴기 때문에 군중 속으로 깊이 들어가 그들의 상황을 이해할 시간적 여유가 없었다. 비록 이렇듯 짧은 시간이었지만 그녀는 옌안의 변화가 크지 않고 옛날 그대로 척박한 황토지이며, 케케묵은 토굴과 농민들의 초췌한 얼굴 역시 그대로 임을 알았다. 그는 깊은 불안감에 사로잡혔다. 또한 그녀는 혁명진열관에서 정치적인 목적에 의해 임의로 역사가 날조되는 것을 보고 반감이 일었다.

옌안에 정식으로 혁명역사기념관이 건립될 예정이었다. 지구위원회 부서기 투진장(土金章)은 여러 차례 베이징을 찾아 그에 대해 보고하였고 덩 다제에게도 의견을 구했다.

당의 역사 선전을 위해 옌안역사기념 건설 준비 작업을 잘 수행할 필요가 있었기 때문에 유관조직은 덩 다제에게 옌안역사기념관 준비 작업에 대해 관여해줄 것을 요청하기로 결정하였다.

22　1988년 필자는 옌안의 징선어를 방문하였다.

옌안의 동지는 징쟝산(井江山)기념관 건설이 잘 됐다는 소식을 접하고 그곳으로 서둘러 가 참관하고 학습하였다.

옌안혁명역사기념관 건설을 준비하는 동지들은 징쟝산에서 40여 일 동안 학습하였으나 사상적으로는 매우 혼란스러워했다. 그들은 베이징으로 돌아와 덩잉차오에게 상황을 보고하면서 참관 학습의 임무를 완성하지 못하였고 사상적으로 매우 큰 부담을 느끼고 있었기 때문에 덩 다제로부터 비판받게 될 것이라고 생각했다.

덩잉차오는 종합보고를 다 듣고 나서 비판을 하지 않았을 뿐만 아니라 완곡하게 다음과 같이 말했다.

"옌안에는 옌안 나름의 상황이 있고 징쟝산에는 징쟝산의 상황이 있는 것이니 징쟝산을 무리하게 꼭 답습할 필요는 없습니다. 기념관의 전시는 당사와 혁명사를 실제로 선전하는 것이니 반드시 실제에 합당한 것이어야 하며 역사를 왜곡해서는 안 됩니다!"

"역사를 왜곡할 수 없다"라는 이 말은 정말 훌륭하고 좋았다! 이것은 실제로 린뱌오, 예췬(葉群)[23]이 자의적으로 징쟝산의 역사를 왜곡한 것을 가리킨 것이었다. 당시 상황에서 덩잉차오는 확실히 큰 모험을 하면서 이렇게 말한 것이었다. 옌안의 동지들은 이 말을 듣고 마음속으로 나름의 확실한 주관을 갖게 되었다. 그들은 옌안으로 돌아가 기념관에 진열될 인물 사진 중 자료에 원래 넣기로 되어 있던 9명을 158명으로 증가시켰다. 당시 극좌사상이 성행하던 상황에서 옌안혁명역사기념관의 전시에 대해 모든 이들은 비교적 실제에 합당하다고 공인하였다. 이것은 덩 다제의 사상적 지도 덕분이었다.

옌안에서 덩 다제는 또한 한 사건을 통해 동지들에게 강한 인상을 남

---

[23] 역주: 1917-1971. 린뱌오의 부인. 국민당 장군 예치(葉琦)의 딸. 린뱌오와 결혼 이후 국공내전 시기 인민해방군 사령부 참모, 비서, 편집 등을 맡아 처리하였다. 문화대혁명시기 전군문혁소조의 성원이며 중앙군사위위원을 역임했고 1969년 중공중앙위원에 선출되었다. 린뱌오와 함께 반혁명정변에 참가했다 몽골에서 사망했다.

겼다. 당시, 많은 지방에서 외빈을 접대할 때 식사하기 전 외빈과 중국동
지들은 함께 마오 주석의 어록을 읽도록 되어 있었다. 옌안의 동지 또한
이렇게 하도록 준비해 두었다.

그들은 덩 다졔의 지시를 기다렸다. 덩잉차오는 분명하게 말했다.

"중국 내부와 외부는 구별해야 합니다. 외빈에 대해서는 그렇게 할 필
요가 없어요." 옌안의 동지는 그에 따라 처리했다.

이후, 한 전국외교업무회의에서 저우 총리는 강화를 진행하던 도중
갑자기 한마디를 덧붙였다.

"투진장 동지, 당신들은 외빈을 초대하여 식사할 때도 어록을 읽습니
까?"

옌안지구위원회 부서기 투진장은 총리가 자신의 이름을 지명하는 것
을 듣고 긴장하며 일어나서 매우 성실하게 답변하였다.

"총리께 보고합니다. 우리는 원래 그렇게 준비했습니다. 그러나 덩 다
졔가 외빈과 함께 옌안에 왔을 때 지시하기를 내외에 구별이 필요하다
고 하였습니다. 그에 따라 우리는 외빈에게 어록을 읽도록 하지 않았습
니다." 회의장의 사람들은 이 말을 듣고 모두가 크게 소리 내어 웃었다.

투진장은 자리에 앉아 이마의 땀을 닦으며 심리적으로 매우 불안해
하였다. 총리의 이 질문은 자신이 잘못했다고 비평하는 것인지 아니면
맞았다고 하는 것인지 알 수가 못했다.

그가 아직 안절부절 못하고 있을 때, 덩잉차오가 베이징 호텔로 옌안
의 동지를 찾아 왔다. 그녀는 투진장에게 다음과 같이 설명하였다.

"언라이 동지는 많은 지방에서 외빈을 접대하여 식사할 때 외빈에게
어록을 읽게 하는 것을 알고 있습니다. 내가 옌안에서 돌아와 언라이에
게 옌안에서는 그렇게 하지 않는다고 보고했어요. 언라이 동지가 당신에
게 말한 것은 각지에서 외빈에게까지 무리하게 어록을 읽히지 말게 하
려는 것임을 이해해야 합니다. 그는 당신을 비판하는 것이 아니고 옌안
을 중시하여 옌안동지가 맞게 처리했음을 알려 주려고 한 것입니다."

투징장은 이 말을 듣고 마음을 놓았다. 그는 덩 다제가 이 일을 자세하게 자신에게 설명해준 것에 대하여 진정 자상하다며 더욱 감격하였다.[24]

이 사건을 통해 당시 저우언라이, 덩잉차오가 처해 있던 곤경을 엿볼 수 있다. 린뱌오, 쟝칭 무리의 선동 아래 중국은 개인 숭배, 개인 미신의 열광에 빠져들었다. 마오 주석의 어록은 거의 모든 사람이 한 권씩 다 가지고 있었고, 매번 회의를 시작할 때마다 심지어는 식사 전에까지 반드시 그것을 공손히 읽어야 했다. 외빈에게 식사 대접할 때도 읽도록 요구하였다. 어떤 외빈들은 그렇게 하기도 하고 또 원하기도 했지만 일반적으로 외빈들은 난처해 했다. 읽지 않으면 안 되고 읽는다고 해도 그것은 자신들의 의사에 반하는 것이었다.

외교 업무에 정통하고 외교 의례에 친숙한 저우언라이와 덩잉차오는 이러한 방식이 통상적인 외교 예절에서 벗어나 외교 사업을 진행하는 데에 매우 불리하다는 사실을 알고 있었다. 그들은 만약 공개적으로 이에 반대하면 린뱌오, 쟝칭 무리가 즉각 자신들에게 위대한 영수 마오 주석에 반대하고 마오쩌동사상에 반대한다는 죄명을 덮어씌울 것이었다. 그렇다고 그대로 내버려둘 경우 중국의 이미지와 외교에 손상을 입힐 수 있었다.

이러한 상황에서 덩잉차오는 '내외 구별'이라는 말을 이용하여 옌안 지역에서 외빈을 초대하여 그들에게 어록을 읽게 하는 과도한 좌파적 행동을 제지하였던 것이었다. 저우언라이는 전국외교업무회의에서 또한 투진장의 답변을 빌어 교묘하게 전국의 외교업무 가운데 이러한 지나친 좌파적 행동을 제지하였다. 두 위대한 혁명가, 정치가는 서로 의기투합하여 함께 극좌 행동을 제지하고 매우 긴밀하고 매우 지혜롭게 협력하였던 것이었다!

---

24 필자가 옌안의 투진장을 방문했을 때 그녀는 옌안혁명역사관 건립에 대한 덩잉차오의 중요 의견 및 외빈 접대 시 '내외 구별'의 원칙을 주장했던 것에 대해 소개하였다.

116. 때로는 보이지 않다가 또 때로는 나타났다

문화대혁명 시기에 덩잉차오는 비록 공개적으로 공격을 당하지 않았지만 계속 근신의 상태[25]에 있었다. 마오 주석이나 저우 총리가 외빈을 접견할 때 그녀도 가끔 수행하였고 신문이나 텔레비전을 통해 얼굴을 드러내기도 하였다.

당시 중국에서 신문에 등장한 간부 명단을 통해 사람들은 이미 정치 기상도를 예상하였다. 어떤 중요한 간부의 이름이 신문에서 사라져 버리면 그는 이미 공개적으로 "타도된 것임"에 틀림없었다! 그러다 다시 갑자기 신문에 등장한다면 그는 반드시 "해방된 것이었다." 신문에 등장하는 간부의 명단을 연구하면 당시 간부의 부침현상을 분명하게 알 수 있었다.

덩잉차오의 이름은 신문과 텔레비전에 때로는 보이다가 때로는 보이지 않았고 또 때로는 보이지 않다가 때로는 나타났다. 많은 오랜 동지들이 단지 신문과 텔레비전에서 그녀의 이름이나 모습을 보고서는 크게 안심할 수 있었고 조금의 힘이라도 낼 수 있었다.

문화대혁명 기간 중 사인방은 모든 것을 부정하였고 '부인' 활동 역시 부정하였다. 그러나 장칭은 '부인' 명의의 활동을 빼앗아 사용하고는 오히려 다른 부인이 나서서 활동하는 데에 반대하였다. 그러나 덩잉차오에 대해서는 반대하고 싶어도 반대할 수 없었다. 10년 동란의 기간[26], 사람들은 신문이나 텔레비전에서 덩잉차오가 띄엄띄엄 어떤 때는 마오 주석을 수행하고 또 어떤 때는 저우 총리를 수행하며 중국을 방문한 외빈들과 회견하는 모습을 볼 수 있었다.

---

[25] 역주: 원문은 '카오볜잔(靠邊站)'인데, 비판 따위를 받고서 대열, 현직, 현장을 떠나 근신하고 있는 상태를 일컫는다.

[26] 역주: 문화대혁명이 일어난 1966년에서 1976년까지를 일컫는 말.

1972년 2월, 중국과 미국의 관계가 새로운 국면에 접어들었다. 미국 대통령 닉슨과 그 부인이 중국에 정식 국빈 자격으로 방문을 하였다. 2월 21일 점심, 덩잉차오는 저우언라이 총리와 함께 댜오위타이(釣魚臺)에서 닉슨 부부와 회견하였다. 2월 22일 밤, 다시 그들을 수행하여 중국 발레극『홍색낭자군(紅色娘子軍)』을 관람하였다. 주제넘게 나서는 것을 좋아하는 쟝칭은 도처에서 자신을 드러내며 거드름을 피웠다. 닉슨은 결코 쟝칭을 거들떠보지 않았던 반면 덩잉차오를 매우 존경하였다. 회고록에서 그는 이렇게 썼다 : 중국의 탁월한 총리 저우언라이의 부인은 마찬가지로 탁월한 덩잉차오이다. 그녀는 환상적인 혁명투쟁 경력을 소유했으면서도 겉으로는 온화하고 겸허하다. 저우언라이와 같이 그녀는 전 중국인민의 절대적인 존경과 지극한 사랑을 받고 있다.

외국의 여성단체들이 중국을 방문할 경우 중국여성운동의 지도자이며 조직가인 덩잉차오를 지명하여 회견하고자 하였다. 문화대혁명 기간 동안 덩잉차오는 북한, 시리아, 미국, 프랑스 여성대표단과 일련의 회견을 가졌고 그녀들에게 중국여성운동의 성과와 경험에 대해 소개하였다.

1972년 여름, 미국 스탠포드대학 역사과 부교수 위트커(Roxane Witke)가 중국을 방문하였다. 그녀는 중국현대사를 연구하였고 중국여성운동에 대해 매우 깊은 관심을 갖고 있었다. 중국에 도착한 그녀는 중국여성이 현대 중국 역사 발전에 어떤 작용을 했는지 이해하고 싶어 몇 차례에 걸쳐 덩잉차오와의 회견을 요구하며, 덩잉차오가 직접 오사운동과 장정에 참가했던 혁명 경험을 이야기하고 중국의 여성운동에 대해 체계적으로 소개해 주기를 희망하였다.

덩잉차오는 이것이 이전 중국과 중국여성운동의 상황에 대한 이해가 매우 부족했던 미국인민에게 중국을 소개할 수 있는 좋은 기회라고 판단하였다. 그녀는 심혈을 기울여 준비를 하고는 캉커칭(康克淸)과 함께 위트커와 회견하였다.

덩잉차오는 해박한 지식을 지녔을 뿐만 아니라 혁명 투쟁 경험도 매우 풍부하였다. 그녀는 위트커에게 체계적으로 중국혁명 발전에 미친 중국여성의 역할에 대해 체계적이며 명확하게 설명하고 중국여성해방과 민족해방, 계급해방의 관계에 대해 이야기하였다. 또한 신중국에서의 중국여성의 지위와 역할 그리고 각 시기에서의 여성조직 상황에 대해 소개하고 여성사업에서 드러난 부족한 점과 그것의 개선 조치에 대해 말했다. 덩잉차오는 위트커의 요구에 따라 그녀가 참가했던 오사운동에 대해 설명하고 캉커칭과 함께 홍군의 장정 상황에 대해 소개하였다.

덩잉차오는 위트커와 두 차례 걸쳐 오전 내내 이야기를 나누었다. 위트커는 진지하게 경청했으며 필기를 쉬지 않았고, 수시로 문제를 제기하였다. 그녀는 덩잉차오를 우러러 감탄했고 중국혁명 과정에서 덩잉차오가 "보여준 독특한 역할"을 높이 평가하였다. 덩잉차오는 평소대로 솔직하고 성실하며 또 겸허하게 말했다. "나 개인의 역할은 미미하여 드러내 놓고 말할 만한 것이 못됩니다. 중국여성은 중국혁명 과정에서 매우 큰 역할을 수행하였습니다. 나 개인은 이 여성들 가운데 한 조각에 지나지 않습니다." 중국여성운동의 지도자에 대해 언급하면서 덩잉차오는 샹징위와 차이창 다제를 집중적으로 소개하였다. 또한 그녀는 감정에 복받쳐 오사시기 자신과 함께 일을 했고 30년대 국민당의 도살에 의해 장렬하게 희생당한 많은 열사들의 다양한 상황에 대해 이야기하였다. 두 번에 걸친 반나절 동안의 대화 과정에서 덩잉차오는 자신의 개인적인 입장이나 조건을 조금도 도드라지게 내세우지 않았다.[27]

장칭은 위트커와의 회견을 요청하였고, 저우 총리는 그녀에게 위트커와 예의적인 성격의 회견을 단 한 차례 갖도록 조치하였다. 하지만 장칭은 오히려 회견할 때 다른 속셈을 갖고 위트커에게 광저우에서 심도 있는 대화를 나누자고 약속하였다. 그녀는 베이징에서 회견할 경우 발생할

---

[27] 필자가 딩쉐쏭(丁雪松)을 방문했을 때, 그녀는 덩잉차오가 위트커와 회견한 정황에 대해 소개하였다.

많은 불편한 점을 내세웠다. 당시 쟝칭은 중국 정치계의 눈부신 '정치스타'였고, 그녀는 위트커와 깊이 있는 대화를 나누고 싶었으며, 위트커 역시 좀처럼 얻을 수 없는 기회라고 여겨 약속대로 광저우로 갔다. 쟝칭은 호화로운 별장에서 위트커와 며칠 동안 만나 이야기하였다. 그녀는 자신이 날조한 특출한 일생과 경력에 대해 과장하면서 위트커에게 전기를 써 미국에서 출판할 것을 요청하였다. 그녀는 음흉하게 외국인을 통해 국외에서 자신의 '권위'를 세움으로써 최고지도권 찬탈을 위한 '국제여론'을 조성할 속셈이었다. 이 사실을 알게 된 덩잉차오는 마음이 매우 무거워졌다.

117. 추도곡, 검은 완장 그리고 하얀 꽃

덩잉차오의 마음은 매우 무겁게 가라앉았다.

10년 동란 동안 많은 별들이 떨어졌다. 류샤오치, 펑더화이(彭德懷), 허룽(賀龍) 등이 참혹하게 박해받았고 억울한 누명을 뒤집어쓰고 세상을 떠났다. 수많은 옛 동지들이 우려와 걱정 속에서 잇달아 죽었다. 덩잉차오는 비통한 심정으로 많은 동지와 전우의 추도회에 참가하였다.

1968년 그녀는 쉬광핑과 쉬터리(徐特立)의 추도회에 참가하였다.

1970년 그녀는 중국인민의 오랜 친구이자 미국의 저명한 기자이며 작가인 스트롱(Anna Louise Strong)의 추도회에 참가하였다.

1972년 가을, 늙은 혁명가 허샹닝이 중병에 걸렸다. 덩잉차오는 차이창과 함께 병원으로 문병을 갔다. 가서 보니 허샹닝이 돋보기안경을 끼고 침대 머리맡 등불에 의지하여 골몰히 책을 읽고 있었다. 덩잉차오는 차이창과 함께 "어머니!" 하고 그녀를 놀라게 하였다. 그녀는 두 다계가 자신을 찾아 온 것을 알고 매우 기뻐했다. 덩잉차오는 그녀에게 무슨 책을 읽느냐고 물었다. 그녀는 『사기(史記)』 가운데 「열전(列傳)」을 매일 한 편씩 읽고 있다고 했다. 덩잉차오는 우러러 탄복하며 그녀에게 말했다. "당신은 정말 지칠 줄 모르게 공부하기를 좋아시는군요!" 1972년 9월 1일, 걸출한 혁명가 허샹닝은 노환으로 세상을 떠났다. 그녀가 임종할 무렵, 저우언라이는 서둘러 그녀를 찾아가서 말했다. "어르신, 요구하실 것이 있으면 제게 말씀하세요. 저는 당중앙과 마오 주석을 대표하여 찾아 뵌 것입니다." 그녀는 두 눈을 뜨고 저우언라이를 바라보며 띄엄띄엄 말했다.

"총리, 나는 단지 한 가지 요구가 있습니다……."

총리는 몸을 굽혀 허샹닝의 귀에 대고 친절하게 말했다.

"랴오 부인, 말씀하세요. 말씀하세요."

허샹닝은 저우언라이를 바라보며 온 힘을 다해 고개를 끄덕이며 마지막 남아 있는 혼신의 힘을 다해 침대 끝에 있던 사랑하는 아들 랴오청즈를 가리키고 또 저우언라이를 가리켰다. 그녀의 입술이 떨렸지만 소리는 들리지 않았다. 저우언라이는 허샹닝의 희미한 속삭임을 알아듣고 바로 큰 소리로 말했다. "청즈 동지는 좋은 동지입니다. 그는 아무 문제가 없어요. 안심하시기 바랍니다."

허샹닝는 마치 마지막 남은 생명의 힘을 다 짜낸 듯이 희미한 목소리로 열성적으로 그리고 급박하게 말했다.

"나는, 화장하지 말고, 보내줘요, 난징으로 보내줘요……."

"랴오 부인, 안심하세요. 반드시 말씀하신 대로 따르겠습니다. 당신은 랴오중카이(廖仲愷) 선생님과 함께 영원히 하실 것입니다."

저우언라이가 그녀 귀에 대고 큰 소리로 대답하였다. 저우언라이의 보증을 듣고 허샹닝은 조용히 눈을 감았다.[28]

---

28   廖若, 「영원한 저우 큰아버지」, 『家庭』, 1991.12 참조.

저우언라이는 집에 돌아와 덩잉차오에게 이 사실을 알렸다.

1972년 9월 5일, 덩잉차오는 허샹닝의 추도식에 참석하였다. 당중앙은 그녀에게 허샹닝의 시신을 난징으로 운구하도록 결정하였다. 덩 다제, 랴오청즈와 그 부인 징푸춘(經普椿), 누이 랴오멍싱(廖夢醒), 외조카 리메이(李湄) 등의 친척이 함께 같은 기차에 올랐다.

덩잉차오는 창문에 기대앉아 열차가 들판, 나무, 한 채 한 채 낮은 토담집을 아주 빨리 스쳐지나 가는 것을 보면서 깊은 생각에 잠겨 말도 없었다. 리메이가 건너와 그녀 곁에 앉아 조용히 물었다.

"수양어머니, 무슨 생각을 하세요?"

당시, 린뱌오는 비록 스스로 폭사하였지만[29], 쟝칭 무리는 여전히 권좌에 있었고 정치적인 상황이 여전히 살벌하였다. 덩잉차오는 리메이에게 말했다.

"아인(阿因 : 리메이의 아명), 아직도 계급투쟁의 형세가 복잡하니 매우 조심해야 합니다."

화제를 바꿔 덩잉차오는 1968년 10월 억울한 죄를 뒤집어쓰고 죽은 쑨웨이스에 대해 이야기하며 매우 가슴 아파하였다. 문화대혁명이 시작되고 얼마 되지 않아 쟝칭은 예췬(葉群)과 결탁하여 쑨웨이스를 체포해 박해를 가함으로써 죽음에 이르게 하고는 대외적으로 그가 자살했다고 발표했다.

덩잉차오는 쑨웨스가 박해를 받아 살해됐다는 말을 분명히 하지는 않았지만 단지 함축적으로 리메이에게 다음과 같이 말했다.

"아인, 당신의 웨이스 언니가 자살하지 않았음을 기억해야 합니다. 그녀는 열사의 자식이고 어려서부터 혁명에 참가한 혁명집안 사람인데 어

---

29 역주 : 린뱌오의 죽음에 대해서는 다른 주장도 있다. 1971년 8월 마오쩌둥 암살 계획에 실패한 린뱌오는 그의 가족과 함께 비행기로 탈출하여 소련 이르쿠츠크로 망명하려 하였으나 도중에 몽골지역에서 추락하여 사망한 것으로 알려져 있다. 그의 비행기 추락사를 두고 미사일 공격으로 격추되었다는 설이 있으나 중국 정부의 공식적인 발표에 따르면 연료 부족에 따른 추락으로 알려져 있다.

떻게 자살하겠어요? 그녀는 매우 열정적이며 또 억척스럽게 일을 했지만 어떤 때는 쉽게 충동적으로 변하고 또 의지가 굳세지 않았어요. 기억해 둬요. 언제라도 반드시 강한 의지를 지녀야 합니다. 당신의 외할머니는 평생 권력을 두려워하지 않고 권세와 명예, 이익에 굴복하지 않았던 진정으로 강직하신 분이었어요. 당신은 할머니에게서 이러한 점들을 배워야 합니다."

덩잉차오의 말을 집중해 들은 리메이는 그 말을 가슴에 새겼다. 그녀 역시 그토록 열정적이고 활달하며 생활을 사랑했던 웨이스 언니가 자살했을 것이라고는 믿지 않았다.[30]

덩잉차오는 난징에 도착하여 허샹닝과 랴오중카이의 합장의식에 참가하였다. 그녀는 서로 의기투합하고 지향하는 바가 같은 허샹닝과 랴오중카이가 그들이 평생 따랐던 쑨원의 묘 옆에 함께 안장되는 것을 보면서 이것이 허샹닝에게 가장 큰 위안이 될 것이라고 생각했다.

덩잉차오는 난징에서 막 건설된 웅장한 창쟝(長江)대교를 참관했고 다시 메이위옌신춘(梅園新村)과 위화타이(雨花臺)에 가보았다. 오늘을 생각하며 과거를 추억해 보니 수천 수만 가지 생각이 떠올랐다. 과거 항전시기 메이위옌신춘에서의 상황은 매우 위험했었다. 국민당특무대가 주위에서 삼엄하게 감시의 눈초리를 보내고 있었다. 그러나 그녀는 저우언라이와 태연하고 조용하게 대처하였다. 중국혁명 동안 온갖 고난과 어려움 속에서 많은 열사들이 형장의 이슬로 사라졌다. 위화타이 한 곳에만 십만의 열사가 매장되어 있었는데, 이런 대가로 비로소 찬란한 신중국을 맞이할 수 있었던 것이었다. 하지만 오늘의 상황이 과거보다 더욱 어지러울 것이라고는 어느 누가 상상이나 했겠는가?

1972년 덩잉차오는 또한 천이, 리더취옌, 덩쯔휘(鄧子恢)[31], 쩡산(曾山)[32]

---

30   리메이는 기차에서 덩잉차오와 나눈 대화를 필자에게 소개하였다.

31   역주: 1896-1972. 푸젠서부혁명근거지와 소비에트의 주요 창시자이며 지도자. 1949년 이후 중앙농촌공작부 부장, 국무원 부총리, 전국정치협상회의 부주석 등을 역임

의 추도회에 참석하였다.

이 일 년 동안 덩잉차오는 또한 미국의 저명한 작가이며 기자인 에드가 스노우의 추도식에도 참가하였다. 스노우는 중국인민의 오래된 친구였고 제일 먼저 전 세계를 향해 중국노동자농민홍군의 영웅적인 투쟁과 중국공산당의 유명한 지도자를 많이 소개하였다. 60년대에 그가 중국을 방문하였을 때, 저우언라이는 덩잉차오와 함께 그를 환대하였다. 그는 스위스에서 사망하였는데 유언에서 자신의 유골 일부를 그가 열렬히 사랑했던 중국으로 보내주기를 희망하였다.

1973년 9월 스노우 부인과 딸이 스노우의 유골을 중국으로 가져 왔다. 덩잉차오는 비행장에서 그들을 영접하였다. 스노우 부인은 유골을 공동묘지가 아니라 스노우가 젊은 시절 근무했던 구 옌징(燕京)대학, 현 베이징대학 교내에 뿌려달라고 했다.

1973년 10월 13일 오후, 덩잉차오는 베이징대학으로 가 스노우 유골 안장식을 주재하였다. 저우언라이 역시 병든 몸을 이끌고 참가하였다. 스노우의 유골은 베이징대학 경내의 아름다운 웨이밍(未名) 호수 옆, 사시사철 푸른 소나무와 측백나무로 둘러싸인 산비탈에 안치되었다. 지금까지 베이징대학의 학생과 많은 외국친구들이 이따금 찾아와 추모하고 있다.

덩잉차오는 또한 중국인민을 대표하여 스노우 부인이 보낸 귀한 선물을 받았다. 스노우가 1935년 산시(陝西) 북부에서 취재할 때 홍군이 그에게 오각형 붉은 별이 달린 군모를 준 적이 있었다. 스노우는 일찍이 이 홍군모자를 마오 주석이 쓰게 하고는 매우 귀한 사진을 한 장 찍었다. 마오 주석이 홍군 모자를 쓰고 찍은 이 스노우의 사진은 중국 각지에서

하였다. 당내 농촌, 농촌사업 전문가의 영예를 얻었다.

32   역주: 1904-1972. 1931년 뤼진 중화소비에트 정부 중앙집행위원, 장시 소비에트 주석을 역임. 1949년부터 정무원 정무위원 겸 재정경제위원회 위원, 정무원 방적공업부 부장, 화동군정위원회 부주석 겸 재정경제위원회 주임으로 있었다. 1960년 내무부 부장, 1969년 제9기 중공중앙위원을 역임하였다.

오랫동안 걸려 있었다. 스노우 역시 이 홍군 모자를 수십 년 동안 소중히 보존하였다. 그러다 이제 그 부인이 다시 중국에 돌려준 것이었다. 지금까지 역사적인 의미를 지닌 이 홍군 모자는 중국혁명박물관에 보관되어 중국혁명의 역사와 중국과 미국인민의 우의를 위한 소중한 증거물로 자리매김해 오고 있다.

1975년 1월 9일, 저우언라이, 덩잉차오와 반세기를 함께 한 리푸춘이 사망하였다. 덩잉차오는 즉시 리푸춘의 부인 차이창에게 달려갔다. 두 다졔는 서로 부둥켜안고 눈물만 흘리며 바라볼 뿐 단 한 마디 말도 제대로 할 수 없었다.

1월 15일, 저우언라이와 덩잉차오는 리부춘의 추도회에 참석하였다. 덩잉차오는 다시 한 번 차이창 다졔를 껴안았다. 이 순간 그녀는 무슨 말로 차이 다졔를 위로할 수 있었겠는가?

1975년 덩잉차오는 동비우와 유명한 늙은 한방의 푸푸저우(蒲輔周)의 추도회에 참석하였다.

푸푸저우는 베이징 한의학계의 '4대 명의' 가운데 한명으로 오랜 세월 중앙지도자 동지들의 진찰과 치료를 맡아왔었다. 문화대혁명 때 '반동권위분자'로 낙인 찍혀 거리에서 청소를 하도록 강요받았다. 덩잉차오는 이 사실을 알고 그에게 저우언라이와 자신의 치료를 계속해 달라고 부탁하여 교묘하게 그를 보호하였다. 푸푸저우가 덩잉차오를 치료할 때 매우 조심스럽게 "듣자하니 장샤오쳰(張孝騫)이 화장실 청소를 하고 있답니다"라고 알려주었다. 이로써 덩잉차오는 확실히 알게 되었다.

장샤오쳰은 셰허(協和)병원의 내과주임이었고 덩잉차오의 병을 치료하였다. 그러나 지금은 '부르조아계급의 반동권위분자'로 낙인찍혀 강제로 의사복을 벗고 매일 병원 화장실을 청소하고 있었던 것이다. 어느 날 자동차 한 대가 셰허병원(문혁기간 중에는 "반제(反帝)"병원으로 이름이 바뀌었다.) 문 앞에 도착했다. 차 안에서 저우언라이의 경호원이 내려 장샤오쳰에게 총리의 병 치료를 요청했다. 이로써 장샤오쳰은 "해방되었다."[33]

덩잉차오 자신은 이와 같이 특별한 방법으로 저명한 전문가들을 보호해야만 한다는 사실에 마음속으로 정말 고통스러워했다. 이제, 그녀는 푸푸저우의 초상화를 앞에 두고 깊숙이 삼배를 하였다.

1975년 6월 9일, 덩잉차오는 허룽 원수의 유골 안장식에 참가하였다. 중병을 앓고 있던 저우언라이도 서둘러 참가하여 문에 들어서자마자 통곡하였다. 그는 허룽의 부인 쉐밍에게 "쉐밍, 내가 그를 지켜주지 못했어요!" 라는 말을 하고는 다시 서럽게 울기 시작하였다.

1927년 난창봉기 때 저우언라이는 허룽과 함께 최전선에서 전투를 같이 했고 그들은 거의 50년 동안 관계를 지속한 노전우였다. 문화대혁명 초기 저우언라이는 허룽과 쉐밍을 중난하이 시화팅의 앞집에 머물게 하며 적극적으로 그들을 보호하고자 하였다. 그러나 상황은 악화되어 이후 허룽은 린뱌오 일파에 의해 납치되었고 불행하게도 1969년 6월 9일 억울하게 죽었다.

저우언라이는 지금 매우 침통해 하며 허룽에 대해 미안해하였다. 그는 허룽의 유골함 앞에서 연속으로 허리를 굽혀 7번이나 절을 하였다.

덩잉차오는 곁에서 이 모습을 보면서 너무도 애통해 하였다.

그녀 또한 쉐밍 동지에게 가 정성을 다해 그녀를 위로하였다. 쉐밍은 눈물을 머금은 채 말하였다.

"다졔, 당신도 몸조심해요. 총리에게도 더욱 조심하라고 하고요. 전국 인민이 모두 총리의 건강을 염려하고 있습니다!"

덩잉차오는 고개를 끄덕였지만 칼로 에이는 듯 마음이 아팠다.

이 몇 년 사이에 덩잉차오는 여러 추도식에 참가하였다. 매번 침통한 추도곡을 들었으며 그때마다 가슴에 하얀 꽃을 달고 한 명 한 명 전우와 동지에게 작별을 고했고, 또 한 명 한 명 그들의 가족들을 위로하였다. 비록 그녀는 강한 의지를 소유하고 천성적으로 세속적인 데서 달관하였

---

33 저우언라이의 주치의 쟝쮀량(張佐良)은 필자에게 이러한 상황에 대해 이야기하였다.

지만 정신력과 체력이 모두 고갈되어 가는 것을 느꼈다.

이 몇 년 동안 시국은 암담하고 어수선하였고, 국운은 위태로웠으며 그녀가 잃은 전우, 동지는 정말 너무도 많았다.

118. 저우언라이가 중병에 걸리다

1975년. 전당, 전국, 전국인민이 충심으로 경애하는 저우 총리가 중병에 걸렸다.

문화대혁명이 시작되자, 저우언라이는 전에 없이 마음이 복잡했고 너무나 힘이 들었으며 심지어는 위급한 상황을 맞이하게 되었다.

역사 이래로 중국 내외를 막론하고 이러한 선례는 없었다. 전국적인 정권을 장악한 집권당이 10년이라는 오랜 기간 동안 정치적인 동란을 스스로 발동하여, 국가주석에서 생산대장까지, 당중앙 부주석에서 기층 당지부 서기까지 모두 타도하였고, 당조직의 활동은 몇 년 동안이나 정지되었으며 각급 정부기구는 거의 반신불수의 상황에 빠졌으며, 대학은 문을 닫았고, 많은 공장은 멈춰 섰으며, 신중국 건국 17년의 성과가 전면적으로 부정되었고, 전국이 혼란과 광풍의 도가니로 빠져 들었다⋯⋯.

저우언라이는 맨 먼저 공격을 받았다. '조반파'는 그가 주도적으로 이끌었던 정부에 반기를 들었다. 마오쩌둥은 국내의 계급투쟁 형세를 잘못 판단하여 그 스스로 이 "역사에서 전례를 찾을 수 없는" 문화대혁명을 발동하고 지도하였다. 그의 생각에 따르면 이것은 "수정주의에 반대하고 수정주의를 방지하며", "자본주의 회귀를 방지하기" 위한 것이며, "프롤레타리아트계급독재 하에서 혁명을 계속"하기 위한 것이었다. 린뱌오, 쟝칭 일파는 마오쩌둥의 권위를 이용하여 남의 위급을 틈타 한 몫 챙기는 식으로 당과 국가최고지도권 탈취의 헛된 꿈을 꾸었다.

저우언라이는 최고지도권을 찬탈하려는 그들에게 있어 최대 걸림돌이었다.

그들은 또한 일찍이 저우언라이를 "불로 굽거나(火燒)"[34] "위협하고(威逼)" 싶어 안달난 적이 있었다. 그러나 전해지는 말에 따르면 마오쩌둥은 일찍이 "저우언라이에 반대하면 인민이 반드시 들고 일어날 것이다!(反周民必反)"라고 했다. 그는 내정, 외교, 군사, 경제 사업 모두 저우언라이가 없으면 제대로 작동하지 않는다는 사실을 분명히 알고 있었고, 또한 그가 인민들에게서 위엄과 신망 그리고 힘을 갖고 있음을 잘 알고 있었다.

저우언라이는 매우 곤란한 위기 상황을 맞이하여 지극히 침통한 심정을 노전우 리푸춘(李富春)[35]에게 말했다.

"내가 지옥에 가지 않는다면 누가 지옥에 가겠는가?"

그는 "지옥에 들어갈" 용감하고 비장한 심정으로 나라와 국민을 위해 어렵고 힘든 짐을 짊어지고 애써 잘못된 경향을 바로잡으려 했다.

저우언라이와 함께 투쟁하며 반세기라는 오랜 세월을 동고동락한 덩잉차오는 저우언라이를 가장 잘 이해했고 그를 전적으로 지지했다. 당연히, 그녀 또한 당과 국가의 앞날에 대해, 많은 간부와 인민의 고통에 대해, 그리고 천하의 안위에 온몸을 받친 저우언라이의 처지와 건강에 대해 매우 걱정하고 고민했다……

---

34 역주: 본래의 뜻은 불로 태우고 굽는다는 의미이다. 문화대혁명 때에 의미가 전화되어, 대량의 대자보를 붙여 비판 대상에 관한 문제를 폭로하고 비판하는 용어로 사용되었다.

35 역주: 1900-1975. 차이창의 남편. 근공검학운동에 참가하여 저우언라이, 리리싼과 프랑스에서 공산주의운동에 참가하였다. 1945년 경제와 그 관련 사항의 조직화를 위해 가오강(高岡)이 주임을 맡은 당위원회와 함께 동북지방으로 파견되어 활동하였다. 1956년 중앙위원회 정치국원으로 재선되었는데 그의 주요 임무는 재정과 경제에 관한 것이었다. 1966년 대자보를 통해 대약진 경제정책을 반대했다고 비판받았지만 이와 모순되고 1967년 마오쩌둥과 6명의 부주석으로 구성되는 상무위원회 위원으로 승격되었다. 문화대혁명으로 피해를 보기는 했지만 당중앙위원 자격을 유지하였고 1972년 부총리로 복귀하였다.

문화대혁명이 일어나기 전에는 저우언라이는 밤을 새워 일을 하였다. 그러나 그때는 국무원에 덩샤오핑, 리푸춘, 천이, 리셴녠, 보이보(薄一波) 등 부총리와 수십 명의 부장, 부부장 그리고 각성, 시, 자치구 성위원회 서기, 성장, 시장이 있었다. 하지만 이제 그들은 한 명씩 모두 "타도되어" 어떤 때는 저우언라이가 어쩔 수 없이 몸소 각부와 각성 간부에게 전화를 해야 할 때도 있었다. 그는 린뱌오, 쟝칭 일파의 공공연한 공격과 암암리의 중상모략에 대처하고 중앙 각부와 각지 '조반파'의 도발에 대응하며 국내외의 대사를 처리해야 했다. 또한 당시 전국의 '무장투쟁'이 다시 확대일로에 있었고 광시(廣西) '조반파'는 심지어 베트남에 지원할 군수물자를 강탈하기까지 하였다.

아무리 뛰어난 사람이라도 이처럼 크고 어려운 사업의 부담을 버텨낼 수는 없었다. 덩잉차오는 정력이 넘쳐흐르던 그녀의 언라이가 하루하루 노쇠해져 가고 백발이 성성해지는 것을 가슴 아프게 바라보았다. 그의 심장병이 이미 발병하였지만 그는 한편으로 회의를 주재하면서 다른 한편으로 약을 복용했다.

1969년 '9대'가 소집되었다. 천보다, 장춘챠오가 적극적으로 나서 수정한 당장에 따라 당중앙에 단지 한 명의 부주석을 두기로 확정했는데 그가 바로 린뱌오였다. 저우언라이가 원래 맡고 있었던 당중앙 부주석의 지위는 자연히 사라지고 말았다.

린뱌오는 결코 뜻을 이룰 충분한 시간이 없었다. 그는 몸이 너무 허약한 나머지 마오쩌둥보다 오래 살 수 없을까 걱정하여 조급히 지도부를 점령하고 권력을 찬탈하려 하였다. 그는 우선 국가주석이 되고자 하였지만 마오쩌둥이 이를 간파하고 그 대신 그의 나팔수 천보다와 그의 일파 황영성(黃永勝), 우파셴(吳法憲), 예췬(葉群), 리줘펑(李作鵬), 취휘줘(邱會作) 등을 비판하였다. 린뱌오는 무서워 불안에 떨며 정변을 발동시킬 음모를 꾸몄다.

정국은 소용돌이치며 불안정했다. 정치 경험이 풍부한 덩잉차오는 묵묵히 시국의 추이를 관찰하였지만 내심 그녀도 긴장되고 불안해지는 것은 어쩔 수 없었다.

그녀는 저우언라이가 전보다 훨씬 바빠진 모습을 보았다. 마오쩌둥이 베이징을 떠나 남하하였다가 다시 돌연 베이징으로 돌아왔다.

1971년 9월 13일 밤, 린뱌오는 부인과 아들을 데리고 도주하였다. 비행기는 몽골 원두얼한(溫都而汗)에 이르러 폭파되었다!

저우언라이는 인민대회당(人民大會堂)에서 긴급히 린뱌오 사건을 처리하느라 3일 밤낮을 한숨도 자지 못했으며 집에도 돌아오지 못했다.

덩잉차오는 몹시 애가 탔지만 어떤 긴급 사태가 발생한 것인지 도무지 알 수도 없었다. 그녀는 단지 주치의에게 전화를 걸어 시간에 맞춰 저우언라이에게 약을 복용토록 주의해 달라고 말할 뿐이었다.

덩잉차오는 며칠이 지나서야 비로소 린뱌오가 반란에 실패하여 도주하다 몽골 원두얼한에서 추락사했다는 사실을 알게 되었다.

1971년 9월 27일 덩잉차오는 인민대회당에서 열린 노(老)동지들의 린뱌오 폭로 좌담회에 참가하였다. 리푸춘, 천이, 예젠잉, 녜룽전, 쉬샹첸(徐向前), 차이창, 덩쯔휘(鄧子恢), 장딩청(張鼎丞), 왕전(王震), 장위이(張雲逸) 등이 참석했다. 리푸춘은 회의를 주재하였다. 많은 노동지들은 벌써 몇 년이 지났지만 서로 만나지 못했다. 그들이 "급난 이후 다시 만나게 되자" 하나같이 한 세대를 거른 것 같은 느낌이 들었다.

천이 원수는 비록 위독한 상태였지만 가장 기뻐하였고 목소리 또한 가장 컸다. 그는 좌담회에서 린뱌오가 역사를 통해 저지른 중대한 오류를 체계적으로 폭로하였고 다른 몇몇 원수와 노동지들 역시 린뱌오가 당권을 찬탈하려 한 수많은 범죄행위에 대해 비판하였다.

린뱌오에 대해 잘 알지 못했던 덩잉차오는 다음과 같이 말했다. "1966년 5월 정치국확대회의에서 나는 당시 린뱌오가 왜 그렇게 정변에 대해 관심을 갖는지, 계속해 정변에 관한 책을 읽는지 신기하게 생각했었습니다."

천이는 쓰촨 방언을 써 가면서 큰 소리로 말했다.

"그놈의 심보가 정말 음흉하군요. 정변을 일으킬 음모를 꾸미고 있었다니!"

'9·13'사건은 중국 내외를 크게 놀라게 하였다. 안하무인격인 '부총수(副總帥)' 린뱌오가 국외로 도주하다 스스로 폭사하였다는 사실은 천하의 비웃음을 살 만하였다.

덩잉차오는 중국 내에서 극좌노선에 대한 비판이 시작되고 공업과 농업 생산이 회복되며 노간부들이 한 무리씩 차례로 해방되는 모습을 지켜봤다.

1972년 미국 대통령 닉슨이 중국을 방문하여 중미회담을 거행하고 공동성명을 발표하여 세계를 놀라게 하였다.

린뱌오의 간섭이 사라진 후 저우언라이는 광범위하게 사업을 전개하였으며, 중국 내부 상황이 크게 호전되고 외교에도 커다란 발전이 있었다.

그러나 잠복해 있던 병은 아직 치유되지 않았다. 쟝칭 일파는 여전히 권좌에 있었고 기회를 틈타 일을 도모하려고 호시탐탐 노리고 있었다. 생명에 더욱 큰 위협을 주는 것은 장기간에 걸친 과중한 업무와 심리적 긴장 및 억압이었다. 결국 1972년 5월이 되자 암세포가 이미 저우언라이의 몸을 덮치고 말았다.

1972년 국내 정세는 호전되었고 저우언라이의 기분도 비교적 좋았다. 아주 사소한 일까지 매우 꼼꼼하게 살피는 저우언라이는 이미 자신이 암에 걸렸음을 눈치 챘다. 덩잉차오는 그를 데리고 베이하이(北海)를 산책하면서 사실대로 알렸다.

예젠잉은 외빈을 수행하다 주석을 만날 기회를 이용하여 외빈을 전송한 뒤 주석에서 언라이 동지가 매일 혈뇨를 보이고 심장 또한 좋지 않으니 철저한 검사와 치료가 필요하다고 보고했다.

마오쩌둥은 고개를 끄덕이며 검사와 치료에 동의하였다. 저우언라이는 직접 마오쩌둥에게 병에 대한 보고서를 보냈다.

1973년 3월, 덩잉차오는 저우언라이를 데리고 위취옌산(玉泉山) 요양원에 가 신체검사를 받고 방사능 치료를 받았다.

낮에는 공무를 처리하느라 저우언라이는 여전히 바빴다. 의사는 그가 밤을 새워가며 일 하는 것을 엄격히 금지시키고 반드시 휴식을 취하도록 하였다.

지난 수년 동안 얻을 수 없었던 며칠간의 저녁 시간을 이용하여, 덩잉차오는 저우언라이와 함께 두 사람이 매우 좋아하는 영화『여자농구선수 5번』,『네온사인 아래의 초병』, 월극 극영화『홍루몽(紅樓夢)』,『추어(追魚)』, 그리고 소극(紹劇)[36] 예술영화『손오공이 백골정(白骨精)[37]을 세 번 물리치다.』등을 감상했다.

그들은 위치옌산에서 보름 동안 머물며 함께 향산(香山)의 **쌍칭**(雙淸) 별장을 유람하였다. 이때 향산에는 비록 단풍은 없었지만, 문화대혁명 기간 동안 여행객이 줄어들고 풍광이 수려하고 그윽하여 또 다른 정취를 자아냈다.

덩잉차오는 오랜 세월을 같이 했던 노전우 차이창, 덩샤오핑과 쥐린 및 이미 두 눈을 실명한 채 301병원에 입원해 있던 류보청(劉伯承) 원수를 만나 저우언라이가 방사선 치료를 받고 있으며 병이 안정되어 가고 있다는 소식을 전했다. 그들은 이 소식을 듣고 너무도 기뻐했다.

덩잉차오는 계속해서 노동지의 좌담회에 참가하였다. 1973년 4월 그는 멕시코 친구를 수행하여 다자이(大寨)[38]를 참관하였다.

위취옌산에서 돌아와 저우언라이는 때에 맞춰 치료를 받았고 병은 과연 안정되기 시작하였다. 덩잉차오는 내심 회복할 수 있다는 희망을 한

---

36 역주: 저쟝(浙江)성의 지방극. 원명은 '소흥난탄(紹興亂彈)'이며 '소흥대반(紹興大班)'으로 통칭됨. 샤오싱(紹興) 일대에서 유행함.

37 역주:『서유기(西遊記)』에 나오는 음험하고 악랄한 여자 요정. 비유하여 음험하고 악랄한 여자를 가리킨다.

38 역주: 산시(山西)성 시양(昔陽)현의 한 지명. 이곳 인민공사의 생산대대가 '정치괘수(政治挂帥)', '사상영선(思想領先)'의 기치를 내걸고 '자력갱생'의 정신으로써 자연환경의 악조건을 극복하고 생산을 올렸다. 1965년 가을부터 이에 착안하여 전국적으로 "다자이를 배우자"는 운동이 보급되었다.

껏 품게 되었다.

"요괴가 귀역(鬼蜮)[39]이어서 반드시 재난을 일으킨다."[40] 중국 당대의 '백골정'은 결코 저우언라이를 놔주지 않았다. 그들은 총리의 병이 암인 것을 알고 의도적으로 압박을 가해왔다.

1973년 10월 당 제11차전국대표대회가 개최될 예정이었다. 5월에는 당 업무회의가 개최될 예정이었다. 회의 전에 저우언라이가 업무회의에서 중국공산당의 역대 '노선투쟁' 역사에 대해 보고하도록 결정되었다. 저우언라이는 본래 보고 요점만을 작성했으나, 쟝칭 일파는 마음에 딴 뜻을 품고 저우언라이를 골탕을 먹여 그에게 반드시 상세하게 "사실과 연관시켜" 서술하라고 요청하였다. 이는 실제로 총리에게 자기비판을 하라고 강요하는 것이었다.

반세기에 걸쳐 길게 진행된 당내 '노선투쟁'에 대해 보고하는 것이 말처럼 쉬운 일이겠는가? 반드시 다량의 자료를 뒤지고 공문서를 조사하며 또한 역대 '노선투쟁'에서 드러난 사상과 책임을 깨끗이 정리해야 했다. 시간이 촉박하였기 때문에 불치병을 앓고 있었지만 저우언라이는 어쩔 수 없이 다른 업무는 밀쳐두고 사무실에 틀어박혀 5월 8일에서 18일까지 꼬박 10일 동안 보고서를 작성해야 했다.

저우언라이의 얼굴뿐만 아니라 다리도 퉁퉁 부어올랐으며 매일 깎아야 하는 수염조차 깎을 수 없을 형편이었다. 또한 그의 병의 악화를 억제하는데 매우 중요한 방사능 치료조차 중단할 수밖에 없었다. 이것은 극악무도한 쟝칭 일파가 총리에게 치명적인 일격을 가하려는 속셈이었다!

그것을 곁에서 눈으로 지켜봐야 했던 덩잉차오는 안절부절 마음이 아팠다. 두 눈이 퉁퉁 붓고 얼굴에 수염이 가득한 저우언라이가 밤을 새워

---

39   역주: 음험하게 사람을 해치는 괴물. '위'는 물 속에 숨어 사람을 해친다는 전설상의 괴물.
40   역주: 본문은 "妖爲鬼蜮必成災." 본래는 마오쩌둥의 시 「三打白骨精」 가운데 "僧是愚氓猶可訓, 妖爲鬼蜮必成災"에서 인용한 것이다.

가며 책상 앞에서 자료에 열중하고 있는 모습을 보며 조바심이 나 덩잉차오는 그의 사무실 안팎을 어슬렁거렸다. 그녀는 정말 혹형을 받는 듯했으며 속으로 피눈물을 흘려야 했다!

1973년 5월 20일부터 31일까지, 덩잉차오는 당중앙이 소집한 업무회의에 참가하였다. 저우언라이는 당내노선투쟁사에 대한 보고를 하였다.

1973년 8월 중국공산당제11차전국대표대회가 개최되었다. 덩잉차오는 대표대회에 참가하였고 중앙위원에 다시 당선되었다.

쟝칭 일파의 악랄한 공격에 치료시기 마저 놓쳐 이미 암세포가 전이된 상황에서 저우언라이는 놀랄 만한 의지를 발휘하여 자신의 몸도 돌보지 않은 채 목숨을 걸고 소임을 마쳤다.

쟝칭 일파가 발동한 "비림비공비주공(批林批孔批周公)"은 총리를 절망적인 상태로 내몰았다. 그의 면역체계는 이제 완전히 붕괴되고 말았다.

1974년 6월 1일, 저우언라이는 어쩔 수 없이 입원해야 했다.

이때부터 덩잉차오는 매일 병원으로 달려갔다. 오전에 그녀는 학습모임에도 참석해야 했다. 문화대혁명 기간 동안 이러한 학습 활동은 매우 많았다. 오후와 저녁에 그녀는 그녀의 언라이를 간호했다. 이때가 그녀의 일생에서 가장 고통스러운 때였다.

덩잉차오는 비참하고 고통스러운 심정이었지만 의지는 여전히 강인하였다. 1974년 8월 24일, 즉 저우언라이가 병원 입원한 지 2개월이 되던 때에 그녀는 연필로 탁상용 달력에 "고통을 겪는 것은 운명에 의해서가 아니며 행복은 혁명에 의거한다!"라고 썼다. 그녀는 철저한 유물주의자여서 당연히 그녀가 현재 겪는 고통이 운명의 농간이라고는 생각하지 않았다. 그녀는 국가와 거대한 인민들이 모두 고통 속에 놓여 있음을 잘 알고 있었다. 단지 진정한 변혁이 이루어져야 비로소 국가와 인민에게 행복을 가져다 줄 수 있었다.

1974년 9월 30일, 덩잉차오는 건국 25주년기념 국경절 초대회에 참석하였다. 이번 국경절 초대회를 주재한 사람은 불치의 병을 앓고 있던 저우언라이였다. 그는 인민대회당의 웅장하고 화려한 연회장에 있었다. 이 것은 또한 그가 마지막으로 주재한 국경절 초대회였다.

수척해진 모습의 저우 총리가 연회장에 들어섰을 때, 우뢰와 같은 박수소리가 연회장을 가득 메웠다.

사람들은 열렬하고 또 그칠 줄 모르는 박수로써 총리를 환영했고 총리에 대한 뜨거운 사랑과 적극적인 지지를 표시했다. 총리는 분명 동지들의 이 같은 열정에 감동을 받았고, 손을 들어 이제 박수를 그쳐달라고 요청했다. 하지만 도리어 박수소리는 대해의 큰 파도가 계속 일렁이듯이 웅장한 연회장에 끊임없이 울려 퍼졌다. 그의 국경절 축사 역시 열렬한 박수 때문에 여러 차례 중단되어야 했다.

1975년 1월 13일, 제4기인민대표대회가 개막되었다. 덩잉차오는 대표단과 함께 복받치는 감정에 휩싸여 중병을 앓고 있는 총리의 정부업무보고를 주의 깊게 들었다. 총리는 보고에서 중국 농업, 공업, 과학기술, 국방현대화라는 웅대한 목표를 제시하였다. 그는 향후 20여 년이 지난 20세기 안에 반드시 중국을 사회주의 현대화 강국으로 충분히 만들 수 있다고 확신에 차서 말했다. 많은 대표들이 흰머리가 가득하고 수척한 얼굴의 총리를 눈물을 머금고 바라보면서 그의 보고를 들었다. 모두는 속으로 이것이 총리의 마지막 정부업무보고이며 그의 '정치적 유언'임을 알고 있었다.

1975년 중공중앙부주석에 당선된 덩샤오핑은 당중앙의 일상업무, 국무원업무 그리고 중앙군사위원회업무를 주재하면서, 농공업 생산, 교통운수, 군업무를 전면적으로 정돈하여 전국적으로 상황이 호전되었다. 마오 주석은 '4인방'을 지명하여 비판하였다. 그들은 어쩔 수 없이 언행을 신중하게 할 수밖에 없었다.

5월 17일 오전, 덩잉차오는 학습에 참가하였다. 점심시간에 그녀는 서둘러 병원으로 가 저우언라이를 데리고 베이징판뎬(北京飯店)에 가서 함께 식사를 하였다. 이날 저우언라이는 매우 기분이 좋아 포도주 한 잔도

곁들였다.

식사 후 덩잉차오는 저우언라이를 병원에 데려다 주었다. 오후가 되자 그녀는 덩샤오핑과 쥐린을 만나 그들에게 총리의 병세가 안정되었고 기분도 매우 좋다고 이야기하였다. 샤오핑 동지는 이 말을 듣고 매우 기뻐하였다.

5월 25일 오전, 덩잉차오는 미국에서 친척을 찾으려 귀국한 전 청화대학교 총장 메이이치(梅貽琦)의 부인 한용화(韓咏華)를 만났고 또한 그녀의 여동생이자 웨이리황(衛立煌)의 부인인 한취옌화(韓權華)를 만났다.

덩잉차오는 저우언라이에게 한 씨 자매의 상황에 대해 이야기하였다. 원래 한용화는 톈진의 저명한 교육가 옌슈(嚴修)가 설립한 옌스(嚴氏)여자학교 학생이었다. 옌슈는 또한 난카이학교의 재단이사였으며, 1920년 저우언라이가 유럽으로 유학을 떠날 때 지원을 해준 바 있었다. 저우언라이와 덩잉차오가 젊었을 때 톈진에서 알고 지내던 지인들에 대해 이야기하면서 둘 다 즐겁게 웃었다.

덩잉차오는 천윈(陳雲)을 만나 그에게 총리의 최근 병세가 안정을 찾았고 기분도 좋아졌다고 알려 주었다. 천윈은 이 말을 듣고 매우 기쁘고 안심이 되었다.

1975년 6월 15일, 저우언라이는 마지막으로 그가 25년 동안이나 살았던 시화팅으로 돌아왔다. 덩잉차오는 저우빙이(周秉宜), 저우빙젠(周秉建), 리메이를 오게 하여 총리를 모시게 하였다. 시화팅의 응접실에서는 이따금 젊은이들의 웃음소리와 총리의 낭랑한 웃음소리가 흘러나왔다. 이것은 그의 인생 가운데 마지막으로 누린 즐거운 시간이었다.

저우언라이는 일 년 반 동안 입원하면서 필요한 사람을 찾아 이야기를 나눴고 외빈을 만났으며 회의를 개최하는 등 여전히 업무에 바빴다.

‘4인방’은 결코 실패를 인정하고 물러나지 않았다. 그들은 『수호전(水滸傳)』 평론을 명분으로 다시 한 번 저우언라이에 대한 공격을 시작하였다.[41]

그들은 전국적인 범위에서 『수호전』 평론의 고조를 일으켜 암암리에 저우언라이와 덩샤오핑을 '투항파'와 '수정주의자'라고 비방하며 공격하였다.

저우언라이는 극도로 분노하였다. 그는 병문안 온 오랜 친구 차이창에게 "나 저우언라이는 결코 그 어떤 '투항파'가 아닙니다!"라고 말했다.

저우언라이의 병세는 전국의 상황과 맞물려 급전직하하였다. 11월 4일 덩샤오핑은 덩잉차오와 만나 총리의 치료 문제에 대해 상의하였다.

저우언라이는 자신이 살아 있을 날이 그다지 많지 않음을 알고 있었다. 그는 덩잉차오에게 "모든 일을 당신에게 부탁합니다"라며 뒷일을 맡겼다. 덩잉차오는 "안심해요. 제가 잘 처리할 것입니다"라고 대답하였다. 왜냐하면 일찍이 1950년대에 당중앙의 결정에 따라 사후 화장이 제창되었기 때문이었다. 그들은 모두 이에 찬성하여 서명한 터였다. 또한 두 사람은 누가 먼저 죽을 경우 뒤에 남은 사람이 조직에 먼저 간 사람의 요구를 제출하기로 약속하였다. 또한 반드시 화장을 한 뒤에 유골을 남기지 말고 그것을 조국의 대지와 산하에 뿌려 비료로 삼음으로써 죽어서도 인민을 위해 봉사할 수 있도록 하기 위함이었다. 장례는 간소하게 하고 중앙에 어떤 요구도 하지 않으며 유별나게 하지 않도록 하여 인력이나 물자의 낭비를 막을 의도였다.

이 일과 관련하여 저우언라이는 병상에서 덩잉차오의 비서 자오웨이(趙煒)에게도 일러두었으며, 또 그녀에게 "다졔를 잘 돌봐 달라"는 부탁도 하였다.

충성스럽고 절의가 있는 위대한 두 혁명가이자 오십년을 함께 한 모

41　역주 : '사인방'은 『수호전』의 송강이 송 조정에 결국 투항했던 사실을 두고 그를 비판하면서 당시 재집권한 덩샤오핑과 그 후견인 저우언라이에 대해 정치공격을 가했다. 그들은 투항주의를 비판하는 여론을 전국적으로 조작, 확산시켰는데 그 목적은 덩샤오핑의 재실각을 노린 것이었다. 마오쩌둥 사후 『수호전』 비판에 대한 재비판이 제기되었다. 이렇듯 『수호전』을 둘러싸고 정치공방이 이루어진 것은 이 소설이 문학과 역사의 차원을 넘어 정치지도자와 민중들 사이에 가장 쉽게 공감대를 형성하고 군중심리를 자극할 수 있는 표상이었기 때문이다.

범적인 부부는 이제 헤어져야 할 날이 머지않아 곧 잔인하게 다가올 것임을 알고 있었지만 마지막까지 매우 꿋꿋했다.

12월 5일, 쏭칭링이 사람을 통해 덩잉차오에게 편지를 보냈다. 편지에서 그녀는 총리의 병세에 대해 깊은 관심을 갖고 물었고, 덩잉차오의 건강에 대해 관심을 보이며 절대 몸조심하라고 하였다. 이미 오래 전에 쏭칭링은 애간장이 찢어지는 듯한 생사의 이별을 경험하였기에, 그녀는 덩잉차오의 당시 심정을 자상하게 보살펴줄 수 있었다.

덩잉차오는 전과 다름없이 계속 학습에 참가하기를 게을리 하지 않았다. 12월 7일이 되자 그녀는 학습조에 휴가를 청했다.

12월 7일부터 덩잉차오는 매일 오전, 오후 그리고 저녁에 병원으로 가 저우언라이를 간호하였다. 그녀는 언라이와 함께 할 수 있는 시간이 얼마 남지 않았음을 이미 짐작하고 있었다.

119. "언라이, 언라이, 우리 이제 영원히 이별하나요? 저에게 마지막으로 당신의 눈을 보게 해줘요!"

중국인민은 영원히 1976년을 잊을 수 없을 것이다!

저우언라이의 병세가 악화되어 이미 사경을 헤매고 있었다.

녜롱전 원수는 저우 총리와 50년 동안 사귄 노전우였다. 그는 여러 차례 병원으로 총리를 문병하겠다고 요구했으나 항상 총리는 허락하지 않았다. 1월 7일 점심시간에 저우 총리는 왕동싱(汪東興, 중공중앙사무실 주임)의 전화를 받고 그가 병원에 찾아오는 것을 허락하였다. 녜롱전 원수는 당시 심장 발작을 일으켰고 또 고열에 시달리고 있었다. 의사는 그에게 활동을 하지 말라고 하였다. 녜룽전 원수는 자신의 몸을 돌보지 않고 병원으로 달려갔으나 다시 병실 출입을 저지당했다. 그는 크게 화를 내며 억지로 병실로 밀고 들어갔다. 녜 원수는 총리의 병상 앞에 서서 피골이 상접한 채 혼미상태에 빠져 있는 총리를 보고는 처연하게 눈물을 흘리며 "총리!, 총리! ……" 하며 계속 소리쳤다.

덩잉차오는 1월 8일 오전 9시 총리의 상황이 좋지 않다는 전화를 받았다. 그녀는 급히 병원으로 달려갔다. 의사는 전력을 다해 응급처치를 하고 있었다. 그러나 총리의 암세포는 확산되어 여러 합병증이 나타났으며 기력이 완전히 소진된 상태였다.

1월 8일 오전 9시 57분, 저우언라이는 호흡을 멈춰, 어렵고 힘들게 나라를 위해 온 힘을 다 바치고 진정 사심 없이 희생한 그의 위대한 일생을 마감하였다.

덩잉차오는 병상에 서서 가슴이 찢어지는 듯 고통스럽게 울기 시작하였다. 의사와 간호사들도 모두 대성통곡하였다. 그들은 자신의 가족을 잃었을 때보다 더 가슴 아프게 울었고 또 울었다.

1월 9일 새벽, 중앙인민방송사는 중국과 전 세계에 저우언라이 총리의 서거 소식을 전했다. 수천만의 중국인이 이 비보를 듣고 상심하여 통곡하고 통곡했다! 수많은 국가의 수뇌, 정당대표 그리고 친한 인사들이 눈송이같이 많은 조전을 보냈다. 국제연합은 중국 총리를 위해 조기를 게양하여 애도하였다. 총리의 유해는 베이징 병원 영안실에 안치되었는데 그곳은 짝문을 통해 바로 외부로 통했다. 총리 유해에 고별인사를 하는 사람들은 한쪽으로만 지나갈 수 있었다. 베이징 병원 밖의 대로에는 동단(東單)에서 동쟈오민항(東交民巷)까지 밤낮으로 수많은 애도 인파가 몰려들었다. 그들은 마지막으로 총리의 얼굴을 찬찬히 살펴보고 싶었지만 이마저 불가능했다. 장칭은 몹시 좋아하며 "저우언라이가 죽었지만 나는 그와 끝까지 투쟁할 것이다"라고 말했다. '4인방' 일당은 각 기관, 단체, 학교, 공장에 다음과 같은 명령을 내렸다 : 추도회 개최를 허락하지 않는

다, 검은 망사를 쓰고 하얀 꽃을 다는 것을 불허한다, 영구나 영정을 모
실 방의 설치를 허락하지 않는다, 톈안먼(天安門)으로 가는 것을 불허한다
…….

1월 10일 오후, 덩잉차오는 저우언라이의 유해에 작별 인사를 고했다.
저우언라이는 생전에 외빈과 회견할 때 항상 입던 회색 제복을 입고 있
었고 가슴에는 "인민을 위해 복무한다"라고 쓴 기념휘장을 달았으며 유
해 위에는 선홍색의 당기(黨旗)가 덮여 있었다. 총리는 푸른 소나무와 측
백나무 관에 뉘여 있었고 유해 앞에는 덩잉차오가 바친 새하얀 생화로
된 화환이 놓여 있었으며, 검은 비단 만장에는 "언라이 전우를 추념하며
샤오 차오가 바칩니다"라고 적혀 있었다. '샤오 차오', 이것은 저우언라
이가 생전에 덩잉차오를 부르는 애칭이었다. 이로써 이 애칭은 저우언라
이와 함께 영원히 사라져 버렸다!

1월 11일 오후 4시, 황색과 흑색 깃발로 뒤덮힌 소박한 영구차 한 대
가 총리의 유해를 싣고 베이징 병원에서 서서히 출발하였다. 10리 거리
창안졔(長安街) 양쪽에는 이른 새벽부터 백만 명이 넘는 베이징 시민이
모여 영하 18도의 강추위 속에서도 묵묵히 서서 울면서 자신들이 진심
으로 경애해 마지않은, 그리고 평생 인민을 위해 봉사했던 총리를 기다
리고 있었다! 행렬 가운데에는 간부, 노동자, 학생과 보통 시민도 뒤섞여
있었다. 백발이 성성한 노인도 있었고 붉은 머플러를 목에 두른 아동도
있었다. 10리에 달하는 긴 거리를 흰 꽃과 눈물로 채웠다.

덩잉차오는 조용히 차창 커튼을 젖혀 보니, 10리나 되는 거리에 살을
에는 듯한 추위를 마다 않고 엄숙히 서서 총리의 마지막 길을 울면서 지
켜보는 백만이 넘는 군중들이 있었다. 그녀는 기사에게 빨리 차를 몰게
하여 군중들이 좀 더 빨리 돌아갈 수 있도록 배려하였다. 그러나 이것은
다졔의 잘못된 생각이었다. 사람들은 영구차가 조금이라도 천천히 가서
총리와 조금이라도 천천히 이별할 수 있기를 간절히 바랐다!

오후 6시 5분, 영구차는 바바오산(八寶山) 열사공동묘지에 도착하였다.

덩잉차오는 유리관 위에 엎드려 지극히 사랑하며 50여 년을 함께 했던 언라이를 바라보며 목놓아 울면서 이렇게 외쳤다.

"언라이, 언라이, 우리 이제 영원히 이별하나요? 저에게 마지막으로 당신의 눈을 보게 해 주세요!"

저우언라이의 경호원이며 '샹양팅(向陽廳, 즉 시화팅)' 당지부 부서기 장수잉(張樹迎)은 총리의 유골함을 받들어 노동인민문화궁에 안치하였다. 수도의 각계 인민과 많은 외국친구들이 긴 행렬을 이루며 찾아와 총리를 추도하였다.

비록 '4인방'이 금지 명령을 내렸지만 더 많은 사람들이 톈안먼 광장으로 몰려나와 인민영웅기념비 앞에 헌화하고 경애하는 총리를 추도하였다.

1월 14일 저녁 7시, 덩잉차오는 노동인민문화궁으로 가 저우언라이 초상에 크게 몸을 숙여 3번 절하였다. 그녀는 저우언라이의 유골함을 받쳐 들고 동지들을 향해 말했다.

"나는 지금 저우언라이 동지의 유골을 손에 받쳐 들고서 여기 있는 모든 동지들께 감사 인사를 드립니다." 모두 덩잉차오에게로 몰려가 비 오듯 쏟는 눈물 속에 비통해 하는 소리가 사방으로 울려 퍼졌는데 빈소의 그 통곡소리가 슬픔을 덮어버릴 정도였다.

덩잉차오는 비통함을 꿋꿋하게 참으며 당기로 덮인 유골함을 받쳐 들고 노동인민문화궁을 나섰다. 그녀는 매섭게 추운 바람 속으로 한 걸음 한 걸음 나아가 유골함을 차에 싣고는 인민대회당으로 옮긴 다음 다시 직접 타이완팅(臺灣廳)에 안치했다. 저우언라이는 생전에 항상 타이완과 대륙의 통일을 갈망하고 또 그를 위해 노력했다. 그를 깊이 이해하는 덩잉차오는 특별히 그의 유골을 타이완팅에 안치하여 그의 마지막 순간을 타이완 인민과 함께 하도록 하였다!

추도회는 1월 15일 오후 3시에 거행되었다. 덩샤오핑이 중공중앙을 대표하여 추도사를 하였다. 추도회장은 온통 통곡소리로 가득 찼다. 어떤 사람은 울다 기절하기도 하였다. 덩잉차오는 결연한 자세로 서서 눈물을 뚝뚝 흘렸다. 그녀는 슬픔을 또 다른 하나의 힘으로 승화시켜 결코 쓰러지지 않도록 스스로를 다그쳤다.

추도회가 끝난 후 덩잉차오는 가슴을 저미는 비통함을 억누르며 총리 곁에서 일하던 근무자, 의료진 그리고 친척들에게 다음과 같이 말했다.

"언라이는 죽었습니다. 당신들도 모두 매우 슬프겠지만 나 또한 매우 비통합니다. 그러나 비통해하고 눈물만 흘린다고 죽은 사람이 다시 살아 돌아오는 것은 아닙니다. 한 사람이 인민의 이익을 위해 죽는다면 그것은 가치 있는 죽음입니다. 언라이 동지가 바로 그런 사람입니다. 그는 인민의 공복이었습니다. 그가 평생 동안 추구하고 분투한 것은 모두 인민의 이익을 위한 것이며, 공산주의라는 원대한 이상과 숭고한 목표를 위한 것이었습니다." 그리고 그녀는 "모두가 비통함을 새로운 힘으로 전환시켜 언라이 동지의 유지를 계승하며 각자의 업무에 충실하도록 노력하고 우리나라를 사회주의 현대화의 강국으로 건설하기 위해 분투하기"를 희망하였다.

그녀는 의료진에게 깊은 감사의 마음을 표시하였다. 저우언라이가 죽으면 화장을 하여 유골을 남기지 말기를 자주 자신에게 당부했다는 사실을 일깨워주었다. 두 사람은 유골을 산천에 널리 뿌려 물과 땅에 이르게 하기로 서로 약속하였다. 그는 땅에 뿌리면 비료가 될 것이고 물에 뿌리면 고기밥이 될 수 있을 것이라고 말했다. 그는 또한 사람이 죽으면 시체를 마땅히 해부해야 한다고 주장하였다. 그가 중병에 걸려 입원해 있는 기간 동안, 특별하게 의료진에게 다음과 같이 당부했다: 현재 암에 대한 좋은 치료 방법이 없다. 일단 내가 죽으면 당신들은 철저하게 검사하고 잘 연구해야 한다. 국가의 의학 발전에 공헌할 수 있다면 나는 매우 기쁠 것이다.

언라이 동지는 비록 죽었지만 그는 중국인들에게 정신적인 유산을 남겼다. 그가 임종할 때 생각한 것은 사후에 어떻게 인민을 위해 봉사할 것인가였다.

덩잉차오는 적절하게 다음과 같이 말했다 : 비록 언라이 동지가 생전에 당과 국가의 지도자였지만, 한 명의 보통 공산당원의 기준에 맞춰 항상 자기 자신에게 엄격히 요구했다. 그는 영원히 대중과의 관계를 밀접히 유지했으며, 스스로를 특권화하지 않았다. 그는 평생 동안 당과 인민을 위해 큰 공적을 남겼지만 그에 자만하지 않고 항상 자신을 점검하였다. 그는 공로가 크면 클수록 더욱 겸허했고, 지위가 높이 오를수록 어깨 위의 책임감을 더욱 무겁게 느꼈으며, 부지런하고 성실하며 교만함과 성급함을 경계하였다. 특히 우리당이 집권정당이 된 이후 그는 시시각각으로 이 문제에 대해 주의를 기울였고 우리 당의 기풍이 잘 처리하는 것을 매우 중요한 전략적 지위에 올려놓았다. 그의 친척이라거나 어떤 특별한 이유로 자기 자신을 특수한 지위에 올려놓은 적이 있었는가? 당신들은 스스로를 혁명의 과정에서 어떤 특수한 존재로 여기지 말며 과장해서 추켜세우지도 말고 반드시 겸허하고 신중하게 혁명의 노선배에게 큰 가르침을 배워야 한다.

꿋꿋한 덩잉차오는 마지막으로 말했다. "언라이 동지는 우리와 영원히 이별하였습니다. 여러분들은 강해져야 하며 너무 비통해 할 필요가 없습니다. 우리는 그의 유지를 계승하여 당과 인민을 위한 사업에 매진하고 새로운 혁명 노정에 영원히 전진합시다!

추도회가 다 끝나자 덩잉차오는 저우언라이의 유골을 통현(通縣)비행장까지 호송하였다. 당중앙의 비준을 얻어 두 명의 장례위원과 저우언라이의 경호원이며 시화팅 당지부인원 장수잉과 가오전푸(高振普)가 그녀를 대신하여 유골을 뿌리기로 하였다. 그날 밤, 그들은 농약 살포용 '안얼싱

(安二型)’비행기[42]에 타고 총리의 유골을 중국의 대지와 산하에 뿌렸다. 저우언라이는 인민에게서 온 중국 대지의 아들이었고 마지막으로 다시 대지로 돌아갔다.

덩잉차오는 텅 빈 시화팅으로 돌아와 문에 들어서자마자 통곡하기 시작하였다. 언라이를 잃은 비통함이 그녀의 마음을 온통 사로잡았을 뿐만 아니라 전국에서 "덩샤오핑 비판"과 "우경적인 복권 풍조에 반격"[43]을 가하는 운동이 전개되고 있었기 때문에 그녀는 더욱 근심 걱정으로 애가 탔다. 저우언라이는 이미 쓰러졌지만 그가 추천한 덩샤오핑은 이제 곧 다시 타격과 박해를 받게 될 터였다. 문화대혁명의 재난은 이렇게 가혹했던 것이었다.

120. "전국의 청년들이 모두 당신 곁에 있습니다"

저우언라이가 갑자기 서거하자 중국 전역과 전 세계적으로 애도가 이어졌다.

중국을 방문했던 미국 전 대통령 닉슨 부처, 이탈리아 공산당 총서기 힐(E. F. Hill) 부처, 이집트 부통령 무바라크 부처, 파키스탄 총리 부투 부처와 딸 치 부투, 뉴질랜드 총리 휘트람(Gough Whitlam) 부처 등은 친히 덩잉차오를 방문하여 저우 총리에 대한 심심한 애도의 마음을 표시하였고 그녀에게 위로의 말을 전했다. 덩잉차오는 자신의 비통함을 견디며 그들

---

42 역주: 안토노프 An-2 단발엔진을 갖춘 구소련제 복엽 수송기로서 시속 160Km의 저속, 저공비행과 레이더 회피가 가능한 경수송기를 가리킨다.
43 역주: 원문은 "반격우경번안풍(反擊右傾飜案風)"이다. 여기 "번안"이란 앞서 결정된 판결을 뒤집어 당사자의 명예를 회복시키고 복권시키는 것을 가리킨다.

에게 감사의 뜻을 표했다. 그녀는 저우언라이가 중국인민일 뿐만 아니라 전 세계에 걸쳐 큰 영향력을 갖고 있음을 알고 있었다. 그와 접촉한 모든 외국 인사들은 정치적인 견해와 상관없이 저우 총리의 탁월한 정치적 재능과 고상한 품격에 끌려 그를 진심으로 우러러 탄복하였다.

중국인민이 가장 중시하는 설날이 바로 다가왔다. 설날은 본래 집안 식구가 모두 모이는 명절이었지만 이 해에 덩잉차오는 처음으로 혼자 설을 지내게 되었다. 어린 시절과 청소년시절에는 비록 형편이 어려웠지만 그녀는 항상 사랑하는 어머니와 함께 설을 쉈다. 21세에 저우언라이와 결혼한 후부터 그녀는 저우언라이와 함께 45년 동안 설을 함께 했다. 비록 일 때문에 함께 하지 못할 때에라도 그녀와 언라이의 마음만은 항상 함께 했었다.

이제 이 모든 것들은 갑자기 사라져 버렸다. 그러나 그녀는 결코 고독하지 않았다. 전국의 수많은 사람들이 그녀에게 관심을 기울였다. 많은 노전우들이 그녀를 찾아와 안부를 물었다. 그들은 응접실에 들어서면서 총리의 초상을 보고는 모두 슬프게 울었다. 그녀는 반대로 그들에게 말했다. "힘내세요, 울 필요 없습니다. 사람이 한 번 죽으면 다시 살아 돌아올 수 없지요. 언라이가 죽은 뒤 나는 3번 울었습니다. 만약 울어서 그가 부활할 수 있다면 난 울다 죽어도 좋을 것입니다. 그러나 그렇게는 할 수 없는 일이지요. 다만 우리가 그의 유지를 잘 계승하여 중국을 발전시켜야만 비로소 그를 위로할 수 있을 것입니다!"

설 전날 밤, 그녀는 갑자기 『인민일보』사에서 전달해준 소포와 편지를 받았다. 편지와 소포는 그녀의 제2고향 톈진에서 온 것이었다. 그녀는 급히 편지봉투를 뜯어 돋보기안경을 쓰고 읽어 보았다.

덩잉차오에게 편지와 소포를 보낸 사람은 톈진 홍챠오취(虹橋區) 복장2공장의 73명 청년 노동자들이었다.

1월 9일, 저우 총리가 서거했다는 부고가 전 중국인민의 마음을 뒤흔들었다. 톈진 홍챠오취 복장2공장의 청년노동자들은 라디오를 통해 이 부고를 듣고 저마다 침통한 마음으로 공장에 도착하였다. 그 소식을 듣기 전에는 이들 젊은이들은 만나면 항상 웃고 떠들곤 했었다. 그러나 이날 그들은 괴로워하며 모두 근심어린 얼굴에 눈물어린 눈으로 서로를 바라보았다. 공장으로 가는 차 안은 쥐 죽은 듯이 고요했으나 갑자기 흐느끼는 울음소리가 퍼져나갔다.

그들은 심통한 심정으로 묵묵히 일을 했고 묵묵히 일간 신문을 읽었으며 또한 묵묵히 생각하였다 : 우리들에게 좋은 총리였는데, 국가와 인민을 위해 최후의 피 한 방울까지 아낌없이 쏟으셨는데, 신문에는 외국의 조전만 실릴 뿐 국내에서는 한 편의 추도문도 보이지 않으니 무슨 이유일까? 사람들이 검은 천을 팔에 두르고 흰 꽃을 달고 추도회에 가 경애하는 총리를 애도하는 것을 왜 허락하지 않는가?

그들은 텔레비전 화면에서 베이징의 10리나 되는 긴 길에 백만 인민이 추운 바람 속에서 마지막으로 총리를 전송하는 감동적인 장면과, 쟝칭이 총리의 유해 앞에서 모자도 벗지 않는 기세등등한 추태와, 그리고 밤새워 관을 지키고 있는 덩잉차오의 모습을 보면서 고통스러워하고 또 분통을 터뜨렸으며 마음마저 부서질 듯 아팠다.

그들은 용감하게 금지령을 무시하였다. 1월 15일 점심, 베이징에서 총리의 추도식이 열린 그날 그들은 공장사무실에 빈소를 차리고 총리의 초상을 걸고는 추모곡을 틀었다. 공장의 전 노동자 100여 명은 검은 완장을 팔에 두르고 흰 꽃을 가슴에 달고 자신들의 총리 추도회에 참가하였다.

그들은 자신들의 마음을 아직 다 표현자지 못했다고 생각했다. 어떻게 하면 총리에 대한 애도의 마음을 다 표현할 수 있을까? 어떻게 해야 비통에 잠겨 있는 덩잉차오를 위로할 수 있을까?

설날이 다가오자 복장공장의 일은 더욱 바빠졌다. 많은 고객이 찾아와 공장 문 앞이 북적댔고 설 이전에 물건을 납품해 달라고 재촉하였다.

노동자들은 밤낮으로 일을 하면서도 속으로는 항상 베이징을 헤아려 생각했다: 총리와 덩 마마는 혁명을 위해 자신의 일생을 헌신했으나 한 명의 친자식도 없으니 우리들이 그녀의 아들과 딸이다. 설이 곧 다가오는데, 덩 마마가 홀로 설을 쇠게 될 테니 얼마나 괴롭고 슬플까! 우리가 아들과 딸로서 어머니에게 혈육 간의 정을 보여드려야겠다.

공산주의청년단 지부위원 장바오파(張寶發)는 한 가지 방법을 생각해 내었다.

"우리는 복장공장 노동자입니다. 설 이전에 솜저고리를 한 벌 만들어 덩 마마에게 보내드리면 어떨까요?"

"좋습니다." 당지부 서기이며 청년여성노동자 양민(樣敏)이 제일 먼저 찬성했다. "우리 톈진에는 '딸은 어머니가 가장 아끼는 솜저고리이다.'라는 속담이 있습니다. 우리는 마음에 드는 솜저고리를 한 벌 만들어 덩 마마에게 보내 총리에 대한 우리의 마음을 전하고 그것으로 덩 마마의 마음도 따뜻하게 만듭시다."

73명의 청년노동자들이 모두 찬성하고 각자 5각(角)의 돈을 갹출하였다. 장바오파, 양민, 양밍(楊明), 리천신(李辰欣) 등 4명은 백화점에 가 짙은 회색 춘처우(春綢)[44] 옷감, 옅은 회색의 얇은 비단 안감, 그리고 풀솜을 샀다.

그들은 40여 년 경력의 중국식 복장 전문가 리리장(李立章)에게 재단을 부탁하였다. 그러나 아무도 덩 마마를 만난 적이 없기 때문에 그녀의 몸 치수를 알지 못했으니 어떻게 재단을 할 수 있겠는가? 모두 텔레비전에서 본 덩 마마를 떠올려, 그녀의 사이즈를 추측했고 또 그녀와 총리가 함께 찍은 사진을 찾았다. 모두가 힘들게 오랫동안 노력을 기울여 마침내 재단사 리리장은 재단을 마칠 수 있었다.

---

[44] 역주: 저장성 항저우(杭州)에서 나는 비단천의 이름. 기하학적 무늬가 있으며 봄철 옷감으로 알맞기 때문에 이런 이름이 붙었다. 셴춘(線春)이라고도 한다.

모두 여가 시간을 이용하여 어떤 사람은 풀솜을 당겨 팽팽하게 만들었고 어떤 사람은 정성껏 옷을 지었다. 바느질 한 땀 한 땀 그리고 한 줄 한 줄, 촘촘하게 총리와 덩 마마에 대한 깊은 정을 담아냈다. 1월 24일 솜저고리는 잘 만들어졌는데 설까지는 아직 십여 일이 남아 있었다.

공장의 청년 간부 양밍과 당지부 서기 양민은 손으로 소포를 들고 새벽 찬 서리를 밟으며 시베이쟈오(西北角) 우체국에 도착하였다. 양민은 소포 명세서에 다음과 같이 써 넣었다. "베이징, 중난하이 국무원사무실 경유 덩잉차오 동지 앞."

우체국 직원은 이름, 주소를 보고 이어지는 질문을 하였다.

"이것은 누구의 소포입니까?"

"내 것입니다." 양밍은 조금도 주저하지 않고 대답했다.

"어디로 보내는 것이지요?"

"베이징으로 보냅니다."

"당신과 수취인과는 어떤 관계인가요?"

"동지 관계입니다."

"왜 솜저고리를 보내려 합니까?"

양민은 솜저고리를 만들게 된 경위에 대해 쭉 설명하였다. 직원은 몸을 돌려 안쪽의 상관에게 어떻게 처리해야 할 지 지시를 내려달라고 청하였다. 그리고 돌아와서는 난색을 표하면서 말했다.

"먼저 가지고 돌아갔다 내일 다시 오세요."

다음 날, 양민은 소포를 들고 바로 우체국으로 달려갔다. 대답은 이러했다. "상급기관에 물어 보았더니, 이 소포는 부칠 수 없다고 합니다."

우체국이 고객의 소포를 부치지 못하게 하는 것은 세계 우체국 역사에서도 찾아볼 수 없는 진기한 이야기이다. 이것은 바로 문화대혁명 과정에 있던 중국에서 일어난 일이었다.

양민은 두 손으로 소포를 들고 화를 내며 우체국을 나섰다. 막 공장으로 돌아와 보니 시에서 이미 전화가 와 있었다. "상급기관의 지시에 따라 어떤 물건도 부칠 수 없습니다. 어떤 우체국에서도 불가능합니다. 당신들은 청년사상사업에 더 매진해야 할 것입니다." 전화는 두 차례 왔는데 모두 같은 내용이었다.

십년 동안 되풀이 되어 왔기 때문에 모두 이 간사한 말을 믿지 않았다. 그들은 어떻게 하면 솜저고리를 덩 마마에게 보낼 수 있을지에 대해 고민하였다.

어떤 사람은 차라리 기차를 타고 베이징으로 가서 소포를 중난하이 문 앞에 던져놓고 도망치자고 했다. 즉각 어떤 사람이 "안 됩니다. 안 돼요. 다른 사람들이 폭발물을 던진 것으로 오해할 수 있습니다. 오해받을 일을 만들어서는 안 됩니다" 하고 반박하였다.

한 젊은 여성노동자가 한 가지 묘안을 생각해냈다. 그것은 소포를 한 번 더 포장하여 먼저 『인민일보』사로 보내 그곳에서 덩잉차오에게 전달해 달라고 요청하는 것이었다.

1월 26일, 하늘에선 거위털 같은 함박눈이 쏟아지고 삭풍은 세차게 불었다. 양민은 눈보라를 무릅쓰고 백화점 맞은편에 있는 텐진에서 가장 큰 우체국으로 바삐 가서 소포를 베이징으로 부쳤다. 『인민일보』사는 이 소포를 받고 다시 중난하이의 덩잉차오에게 보냈다.[45]

덩잉차오는 소포 포장을 뜯어보니 매우 꼼꼼하게 바느질이 되고 치밀하게 봉제된 회색 비단으로 수놓은 솜저고리가 있었다. 그녀는 자세하게 적힌 편지를 읽었다.

"경애하는 덩 마마에게 : 저희가 만든 솜옷을 당신이 입게 되면 당신 곁에 저희가 있고, 전 중국 청년이 곁에 있으며, 경애하는 총리께서 지침 없이 분투하셨던 사업을 위해 우리 모두가 당신과 함께 끝까지 싸워나게 될 것이라고 느낄 수 있을 것입니다!"

이 편지를 보고 그녀는 정말 귀여운 청년들이라 생각하며 크게 감동

45　필자는 텐진 홍챠오 복장제2공장 청년 노동자를 방문했었다. 그들은 1976년 설 전날 밤 덩잉차오에게 솜저고리를 보냈던 상황에 대해 상세하게 소개하였다.

하였다. 그녀가 솜저고리를 어루만져 보니 가볍고도 따뜻하여 찬바람을 막기에 좋은 제품이었고, 더 중요한 것은 그것이 73명 청년의 진지한 사랑을 응축시킨 것이기에 그녀의 마음은 더 따뜻해졌다. 그녀는 평상시 줄곧 선물을 받지 않았었다. 그러나 그녀는 이 솜저고리를 그녀가 받지 않을 경우 73명 청년들의 마음을 아프게 할 것이라 판단했다.

그녀는 비서 자오웨이(趙煒)를 시켜 그들에게 편지를 쓰게 했다.

"이제, 덩 다제의 분부에 따라 여러분들에게 답장을 보냅니다. 공장 73명 노동자 동지 여러분이 직접 만들어 보낸 솜저고리는 이미 잘 받았습니다. 청년 노동자들이 한 땀 한 땀 지어 만든 이 솜저고리는 정말 몸에 잘 맞고 마음까지 따뜻하게 해 줍니다. 여러분들의 혁명적 열정으로 인해 그녀는 매우 감동을 받았습니다. 그녀는 자신에 대한 여러분의 관심과 위로에 깊이 감사하고 있습니다."

"그러나 그녀는 본래 선물을 받지 않습니다. 돌려줄 수 있으면 돌려주고, 그럴 수 없을 경우 돈으로라도 지불했습니다. 이 솜저고리의 경우 돌려줄 수 없을 것 같습니다. 당신들의 마음을 헤아려 볼 때 만약 돌려줄 경우 당신들을 힘들게 할 것 같기 때문입니다. 그래서 23원을 생산 원가로 삼아 보내드립니다. 이 돈으로 서적이나 학습용품을 구매하여 사용하면 좋을 것 같습니다."

덩잉차오가 이 솜저고리를 입어보니 좀 컸다. 그녀는 옷을 좀 줄여 입고는 1976년의 설을 쇠면서 마음속으로 뿌듯함을 느꼈다. 그녀는 이 솜저고리에 대해 특별한 애정이 있어 그것을 입고 많은 중요회의에 참석하였고 또 방문하는 외빈들과 회견하였다. 그녀는 전 중국의 모든 청년이 자기 곁에 함께 있으며 그녀와 서로 마음이 통한다고 확실히 느꼈으며, 비할 수 없는 따뜻함과 힘을 느꼈다.

비록 이 당시 '4인방' 일파가 제멋대로 날뛰면서 전국적으로 "덩샤오핑 비판"과 "우경적인 복권 풍조 반대" 운동을 벌이면서 저우 총리를 빗대어 공격하였지만, 덩잉오는 두려워하지 않았다. 전 중국의 인민이 그녀와 함께 하고 있었기 때문이었다! 역사는 인민이 창조하는 것이고, 인민은 반드시 자신의 모든 역량을 드러낼 것이었다.

121. 10월의 햇빛과 즐거운 웃음

중국인민은 과연 자신의 역량을 드러내었다. 4월 4일 청명절(淸明節), 톈안먼 광장으로 몰려나온 사람은 모두 200만 명 이상이 되었다. 그들은 수천 송이의 흰 꽃으로 둘레가 장식된 시비(詩碑)와 무수한 화환을 인민혁명기념비 앞에 놓았다. 화환 위에는 "인민의 총리, 인민이 사랑하며, 인민의 총리, 인민을 사랑하다"라고 쓰여 있었다. 광장에서는 백만이 넘는 인민이 침통하게 저우 총리를 추도하고 '사인방'의 활동에 대해 분노하며 공개적으로 성토하다 '사인방'의 잔혹한 탄압을 받았다. 이날의 톈안문 사건 이후 '사인방'은 전국적으로 대중 진압에 더욱 박차를 가했고 소위 '당내의 부르주아계급'을 비판하며 정치적인 유언비어를 철저히 조사했기 때문에 전국의 인심이 흉흉하고 불안했다. 덩잉차오의 심정은 매우 침울했다. 상황은 매우 가혹했지만, 톈안문 광장에서 보여준 군중의 힘으로 인해 그녀는 전개될 상황에 대해 자신감을 갖게 되었다. 그녀는 이것이 동트기 직전의 암흑에 지나지 않으며 밝은 해가 반드시 떠오를 것이라 굳게 믿었다.

덩잉차오는 뤄칭장(羅靑長)의 아들 뤄캉(羅抗)과 며느리 환귀뤼(宦國瑞)가 톈안먼 광장에서 추도사를 읽던 중 사복경찰에게 사진이 찍혀 '반혁명을 저지른 현행범'으로 체포되었다는 이야기를 들었다. 덩잉차오는 뤄칭장이 매우 고통스럽고 곤란한 처지에 빠졌을 것이라 여겨 그를 꼭 찾아가 보아야겠다고 다짐했다.

5월 8일, 그녀는 다른 사람에게는 위취옌산(玉泉山)에 꽃구경을 간다고 하고는 모란꽃을 한 송이 들고 바로 시위옌(西苑)에 살고 있는 뤄칭장을 찾았다.

덩잉차오는 뤄칭장과 그 부인에게 말했다.

"나는 오늘 특별히 당신을 찾아 모란꽃 한 송이를 주려고 합니다. 뤄칭장, 언라이가 살아 있을 때에도 당내의 상황이 그렇게 살벌하더니, 그가 죽었는데도 여전히 살벌하여 도처에서 사람들을 잡아 가는군요."

뤄칭장은 본래 아들과 며느리가 체포된 소식을 덩 다졔에게 알리고 싶지 않았다. 하지만 그녀가 이미 알고 있을 줄 누가 알았겠는가?

"뤄캉이 체포되었지요? 나는 이미 알고 있었습니다. 뤄칭장, 이 시험을 잘 견디세요. 문제없을 것입니다. '물극필반(物極必反)'[46]이라 했습니다."

덩 다졔의 방문과 이야기 덕분에 뤄칭장은 크게 고무되었다. 그 또한 "물극필반"을 믿었다. '4인방'은 결국 하루면 무너질 터였다![47]

한편 덩잉차오는 저명한 지질학자 리쓰광(李思光)의 딸 리린(李林)을 만났다. 리쓰광은 1971년 사망하였다. 팔바오산(八寶山)에서 거행된 입관식에 평소 리쓰광을 매우 중시했던 저우 총리가 서둘러 참석하였다. 다음 날, 덩잉차오 역시 저우 총리를 대표하여 리쓰광의 부인과 딸 리린(李林)을 찾아가 위로하며 총리의 말을 전하면서 리쓰광의 유고를 잘 정리하여 출판하라고 하였다. 리린은 한 그룹을 조직하여 이년 동안 부친의 유고『지질역학(地質力學)』,『제사기빙천(第四紀冰川)』을 모두 출판하였다.

1973년에 리쓰광 부인이 결장암(結腸癌)에 걸렸다. 리린은 매우 초조해 덩 다졔에게 전화를 걸었다. 덩잉차오는 가장 뛰어난 전문의에게 리쓰광 부인의 치료를 부탁하였다. 불행하게도 암은 이미 여기저기 전이되어 오래지 않아 그녀는 사망하였다. 부모가 모두 돌아가신 뒤 리린은 부모가 원래 살던 집에서 이사하려고 하였다. 덩잉차오는 이에 대해 비판하자

---

46 역주: 사물의 발전이 극에 달하면 반드시 반전(反轉)된다는 의미이다.
47 뤄칭장은 1976년 덩잉차오가 자신을 찾아와 만난 상황에 대해 필자에게 말했다.

리린 부부는 잠시만 더 머물기로 했다가 현재까지 계속 그곳에 살게 되었다. 리쓰꽝은 6만원의 돈을 남겼다. 리린은 상부기관에 넘기기로 하고 덩 다졔에게 편지를 써 도움을 청했다. 덩잉차오는 그녀에게 전화를 걸어 당조직에 당비로 납부하는 것이 좋겠다고 하였다.

리린은 또한 매우 큰 성과를 올린 여성 과학자였다. 그녀는 영국 캠브리지 대학에서 재료과학 박사학위를 취득하고 50년대 고국으로 돌아와 중국과학원 물리연구소에서 금속물리 분야의 연구 활동을 하였으며, 당시 학부위원(學部委員)[48]이기도 했다. 일관되게 학술 연구에 몰두한 이 여성과학자는 청명절을 전후하여 3차례에 걸쳐 톈안문광장에 나가 많은 사진을 찍은 후 자기 집에서 현상하여 사진첩에 붙여 두었다.

리린은 덩 다졔가 찾아온 것을 보고 뜻밖이라 생각하며 매우 기뻐했다. 그녀는 이 사진첩을 덩 다졔에게 주었다. 덩잉차오는 그것을 받고 정중하게 말했다.

"고마워요, 리린 동지. 나는 당신이 준 이 귀한 선물을 아주 소중히 여길 것입니다. 그리고 반드시 잘 간직할 것입니다." 헤어질 때 그녀는 다시 "많은 사람들이 나에게 사진을 보내 준답니다"라고 말했다.

'사인방'이 몰락한 이후 리린은 중난하이 시화팅으로 덩 다졔를 만나러 갔다. 덩잉차오는 그녀에게 말했다.

"당신이 내게 준 사진첩은 당시 굉장히 위험했습니다. 만약 누군가 내 집을 뒤져 찾아냈다면 나는 대문 밖에서 주은 것이라 했을 거예요." 이 말한 마디에서도 당시 덩잉차오가 상황에 처해 있었는지를 알 수 있다.[49]

차이창, 녜룽전과 부인 장뤼화(張瑞華), 딸 녜리(聶力)가 덩잉차오를 보러 왔다. 그들은 총리의 초상을 보고 큰 소리로 울었다.

---

48 역주: 중국과학원 각 학과의 중추기구인 학부 내의 위원으로 과학원 내외의 유명 과학자들이 담당한다.
49 필자가 리린을 방문했을 때, 그녀는 덩잉차오가 보여준 자신 집안사람들에게 쏟은 관심에 대해 소개하였다.

덩잉차오는 비통함을 참으며 결연하게 말했다.

"지금은 울 때가 아닙니다. 어떻게 이 어렵고 고통스런 순간을 넘길 수 있을지에 대해 생각해봐야 합니다." 네 원수는 자주 고개를 끄덕이며 그녀의 말에 전적으로 동의하였다.

여름이 왔고, 베이하이(北海)의 연꽃이 만개하였다. 덩잉차오는 베이하이를 산책하다 노전우 샤즈쉬(夏之栩)를 만났다. 샤즈쉬는 덩잉차오의 손을 잡으며 30년대 상하이에서 함께 지하공작을 하던 상황에 대해 이야기하고 자신의 어머니 샤냥냥(夏娘娘)이 덩잉차오의 어머니 양전더(楊振德)와 한 집에서 살면서 혁명공작을 엄호했던 사정에 대해서도 이야기하였다. 그리고 이미 고인이 된 총리에 대해 말하면서 결국 감정이 격해져 눈물을 쏟고 말았다.

덩잉차오는 호수의 연꽃을 가리키며 샤즈쉬에게 말했다. "즈쉬, 연꽃은 오염된 물에서 피어나지만 오염되지 않고 품격 또한 고상하고 우아합니다. 이 아름다운 연꽃들을 보고 있으면 답답하고 괴로운 내 마음이 시원해집니다. 어렵고 힘든 때 우리는 가능한 한 가슴을 활짝 펴고 스스로 낙담하지 않도록 해야 합니다. 아무리 힘들다 해도 국민혁명 실패 이후 우리가 상하이 비밀공작을 수행할 때만큼 힘들기야 하겠어요? 그때 우리는 정말 목숨을 걸고 하루하루를 살았지요. 문을 나서면 그 날 안전하게 살아서 돌아올 수 있을지 장담할 수 없었으니까요. 즈쉬, 우리는 힘들 때 반드시 앞길을 봐야 하며 희망을 봐야 하고 광명을 바라봐야 합니다!"

1988년 샤즈쉬는 이때의 대화를 기억하며 덩 다졔가 당시 한 말 때문에 자신은 용기와 힘을 얻었고 1976년 마지막 어렵고 힘든 고비를 넘길 수 있었다고 말했다.[50]

그러나 덩잉차오 자신의 심정은 결코 평온하지 않았다. 베이하이 산책에서 돌아와 그녀는 간단한 점심식사를 하였다. 보통 그녀의 생활은

---

[50] 필자가 샤즈쉬를 방문했을 때, 그녀는 베이하이 공원에서 덩잉차오와 만났던 상황에 대해 소개하였다.

매우 규칙적이었다. 점심 식사 후에는 30분 정도 산책 한 후 집에 돌아와 낮잠을 잤다. 그런데 오늘은 침대에 누었지만 엎치락뒤치락 잠을 이룰 수 없었다. 그녀가 비록 샤즈쉬를 위로하긴 했지만, 샤즈쉬의 말은 돌아가신 어머니를 기억나게 했고 언라이를 떠올리게 했으며 눈앞의 시국을 생각나게 하였다. 정말 온갖 생각이 뒤죽박죽 섞여 비통한 마음마저 한 움큼씩 밀려 왔다. 그녀는 평생 동안 오로지 단 두 명의 가족만 있었는데 이제 모두 그녀를 떠나가 버렸다. 어릴 때 그녀는 고민이 생기면 어머니에게 응석을 부릴 수 있었다. 결혼 후 어려움이 닥치면 언라이에게 속마음을 털어놓을 수 있었다. 그러나 이제 모든 비참함과 고통을 그녀 홀로 삼켜야 했다. 그래도 다체라는 그녀의 신분 때문에 그녀는 때때로 남들을 위로해야 했다. 여기까지 생각이 미치자 그녀는 잠자리에서 일어나 탁자 위에 놓인 달력에다 천천히 "낮잠을 이루지 못하고 슬픔 감회만 밀려오네"라고 몇 자 적었다.

이 일 년 동안 덩잉차오의 마음을 상하게 하는 일이 한 두 가지가 아니었다.

7월 3일, 주더 총사령관이 위독했다. 덩잉차오는 서둘러 병원으로 그를 찾았으나 그는 이미 혼수상태에 빠져 있었다. 덩잉차오는 몸을 굽혀 큰 소리로 "총사령관, 총사령관, 샤오 차오입니다"라고 외쳤다. 주더 총사령관은 눈을 뜨며 덩잉차오를 바라보았지만, 말을 하지 못하였고, 단지 안간힘을 다해 머리를 돌려보니 거기에 얼굴 가득 눈물인 캉커칭(康克淸)이 서 있었다. 덩잉차오는 몸을 굽혀 주더 총사령관의 귀에 큰 소리로 말했다.

"총사령관 안심하세요 내가 힘을 다해 캉커칭 동지를 돌봐줄 것입니다."

주더 총사령과는 고개를 끄떡이며 안심이 되는지 가볍게 한숨을 내쉬었다.

7월 6일 주더 총사령관이 돌연 서거하였다. 덩잉차오는 독장 달려가 캉커칭을 위로하였다. 두 다체는 서로 꼭 껴안고 눈물을 흘리며 바라보았다. 이 한 해 동안 그녀들은 자신들과 가장 사랑했던 가족을 동시에 잃었던 것이었다!

7월 8일, 주더 총사령관의 유해에 작별을 고하는 의식에, 그리고 7월 11일 오후, 주더 총사령관의 추도식에 그녀는 잇달아 참석하였다.

저우언라이 이후 또 하나의 큰 별이 떨어진 것이었다. 마오쩌둥의 건강도 매우 쇠약해졌다.

불행은 한꺼번에 몰려왔다. 1976년 7월 28일, 베이징에서 멀지 않은 허베이성 탕산(唐山)시에서 진도 7.8의 강력한 지진이 발생하였다.

이날 새벽 3시, 덩잉차오는 갑자기 침대가 심하게 흔들린다고 느꼈다. 근무자들이 서둘러 달려와 그녀를 부축하여 정원에 있는 자동차에 앉혔다. 하늘에서는 가랑비가 내리고 있었다.

덩잉차오와 저우언라이가 거주했던 시화팅은 본래 낡았고 총리 역시 줄곧 수리를 하지 않은데다 지진의 영향으로 곳곳이 파괴되었다. 사무원과 경호군인 여러 명이 합세하여 서둘러 지진에 대처하기 위한 천막을 정원에 세웠다. 밤에 베이징에서는 또 한 차례의 여진이 발생하였다. 덩잉차오는 이 천막에서 이틀을 기다렸다.

7월 30일, 덩잉차오는 동쟈오민샹(東交民巷)에 집을 구해 이사하였다. 이 집 정원에도 천막이 설치됐고 그녀는 유사시 이 천막으로 들어가 생활하였다.

덩잉차오는 탕산지진으로 24만 2천여 명이 사망했고 16만 4천여 명의 중상자가 발생했다는 소식을 듣고 깜짝 놀랐다. 그녀의 제2의 고향 톈진시 역시 엄청난 피해를 입어 가옥의 1/3이 붕괴되었다. 한 때 전국 민심이 흔들렸고 베이징에서는 민심이 더욱 불안했다. 주민들은 모두 천막에서 숙식을 해결하였다. 그리고 많은 기관들이 일시적으로 업무를 중단하였다.

"천재와 인재는 함께 얽혀 온다!" 덩잉차오는 남몰래 탄식하였다. 그녀는 차이 다졔와 캉 다졔의 안전을 항상 걱정하며 서둘러 그녀들을 찾았다. 그녀는 또한 리셴녠을 찾았다. "마른 수레바퀴 자국에 있는 고기들이 거품을 뿜어 서로를 적시었다."[51] 어려운 때 그녀는 동지들 끼리 서로 위로하고 격려해야 한다고 생각했다.

1945년 충칭의 중공남방국에서 근무한 천하오(陳浩)와 그의 남편 리천(李晨) 역시 동쟈오민샹에 살고 있었다. 그들은 1946년 5월 난징 메이위엔신춘(梅園新村)에서 결혼하였고 덩잉차오는 그 둘의 결혼식에 참석하기도 했다. 신중국 건국 이후 천하오는 총리 사무실 외교담당 업무를 맡아 덩잉차오와 매우 친숙하였다.

천하오는 당연히 덩 다졔를 매우 보고 싶어 하였다. 그러다 타이지창(臺基廠)에서 그녀는 다졔의 비서 자오웨이를 우연히 만났고 비로소 다졔가 동쟈오민샹에 잠시 거주하고 있다는 사실을 알았다. 천하오는 자오웨이에게 다졔가 몹시 보고 싶다고 말했다. 며칠 후, 자오웨이는 그녀에게 덩잉차오가 밤 8시 타이지창 길목에서 기다리겠다고 알렸다.

밤 8시 천하오와 리천은 타이지창 길목에서 기다리고 있었다. 작은 차 한 대가 다가와 길목에 섰다. 차문이 열리더니 안에 있던 덩잉차오가 그들에게 손짓하였다. 그들은 즉시 차에 올랐다. 차는 타이지창에서 창안졔로 갔다가 서쪽 시단(西單)으로, 그리고 무시디(木樨地)로 갔다 다시 돌아왔다.

천하오, 리천은 덩 다졔를 보고 너무도 감격하였다. 그들은 십 수 년 동안 다졔를 만나지 못했다. 그들은 다졔를 매우 보고 싶었다고 거듭 말했다.

덩잉차오는 천천히 말했다.

"나 역시 당신들을 그리워했고 또 만나고 싶었습니다. 단지 만날 경우 당신들에게 피해를 줄까 걱정했을 뿐이에요. 천하오, 우리가 지금 어쩔 수 없이 차안에서 만나 이야기를 나눠야 하는데 상황이 마치 다시 충칭

---

51   역주: 원문은 "涸轍之魚, 相濡而沫"이다. 출저는 『莊子』 「大宗師」.

에 있는 것 같네요."

천하오는 깜작 놀랐다. 그녀는 당시 총칭에서 지하공작을 할 때 특무 조직의 감시를 피하기 위해 어떤 때는 시간을 정하여 차 안으로 피해 이야기를 나눴던 사실을 떠올렸다. 설마 지금 다시 총칭시대로 되돌아간다는 것인가? 그녀는 이 말 뜻을 분명히 알았다. '사인방'은 파시스트 독재통치를 실시하여 요원들로 하여금 항상 노간부의 뒤를 미행하도록 했다. 덩 다졔는 동지를 보호하기 위한 온갖 방법을 동원하였으며 만날 때도 이렇게 했던 것이었다. 그녀는 눈앞의 정치 형세가 살벌하고 또 혼란스럽다는 것을 매우 분명하게 알고 있었다.

천하오는 다졔의 건강이 어떤지 서둘러 물었다. 덩잉차오는 원래 눈이 좋지 않았는데 치료를 받아 좋아졌다고 대답했다.

천하오는 총리의 유골 처리 방식에 대해 제대로 이해할 수 없으며 감정적으로도 받아드릴 수 없다고 했다. 덩잉차오는 그에게 설명해 주었다.

"이 일에 대해 그렇게 편협 되게 생각해서는 안 됩니다. 나는 언라이의 요구대로 그의 희망을 반드시 완성시켜야 했어요. 50년대에 중앙위원은 모두 화장하기로 서명을 했지요. 언라이는 당시 나에게 '당신이 먼저 가면 나는 분명히 화장을 할 겁니다. 내가 먼저 가면 주저할 것인가요?' 라고 물었고 나는 절대 주저하지 않을 거라고 보증했어요. 언라이가 먼저 갔고 내가 당중앙에 언라이가 줄곧 화장을 원했고 유골조차 남지지 말고 조국의 산하에 뿌려달라고 했던 뜻을 존중해 줄 것을 요청했습니다. 그는 중국인민의 아들로서 인민에게서 와서 대지로 돌아갔으니 매우 좋아하지 않겠어요?"

천하오, 리천은 이 말을 듣고 총리와 다졔가 이처럼 도량이 넓고 슬기로우며 진정 철저한 유물주의자였음을 미처 생각하지 못했다.

차가 무시디에서 방향을 바꿔 창안졔를 거쳐 정이루커우(正義路口)에 도착했다. 차가 서자 천하오, 리천은 조용히 내렸다.[52]

9월 4일, 덩잉차오는 또한 홍샤(紅霞) 아파트로 가 저우 총리를 치료한 유명한 비뇨기과 전문의 오제핑(吳階平) 교수를 만났다. 의료진은 이미 활동을 종합하여 부족한 부분에 대해 보고서를 작성해 제출하였다. 덩잉차오는 의료진에 대해 "이들 보고서는 그다지 긴요하지 않으니 모두 없애 버리세요. 남아 있으면 당신들을 귀찮게 할 테니까요"라고 말했다. 덩잉차오도 중앙의 지도자 동지를 치료한다는 것이 의사에게는 매우 큰 위험 부담을 안긴다는 사실을 알고 있었다. 그녀는 의료진을 소중하게 생각해고 또 존중했으며 절대 그들에게 정치적으로 곤란하게 만들고 싶지 않았다.

그러나 어떤 동지들은 총리의 치료에 대해 의구심을 갖고 있었고 사람들의 입에도 그러한 소문이 회자되고 있었다. 의사들은 안절부절 어쩔 줄 몰라 했다. 덩잉차오는 특별히 우제핑 교수에게 말했다.

"언라이의 치료 방법은 내가 모두 지켜봤고 당신도 알고 있습니다. 우리는 모든 의료진 동지에게 지금까지 너무 감사하고 있습니다. 당신은 안심하세요. 어느 순간에도 나의 태도는 바뀌지 않을 것입니다." 우제핑은 덩잉차오의 이 말을 듣고 마치 진정제를 먹은 것 같이 안정되었다. 그는 말이나 행동이 모두 합리적인 덩 다제에 정말 감격하였다.[53]

9월 7일, 지진으로 인해 1개월 여 동안 중단되었던 학습이 다시 회복되었다. 덩잉차오는 냉정한 태도로 학습에 참가하였다. 이때 마오쩌둥의 병세는 매우 위급한 상황이었다. 9월 9일 새벽 0시 10분 서거하였다. 덩잉차오의 비통함은 이루 말할 수 없을 정도였다.

9월 11일 오전, 덩잉차오는 인민대회당으로 가서 주석의 유해를 참배하였다. 오후 6시 그녀는 일부 당중앙 지도자 동지와 함께 주석 유해 곁

---

52 필자가 천하오를 방문했을 때, 그녀는 1976년 8월 덩잉차오가 자신과 남편 리천과 함께 차 안에서 만나 이야기를 나눴던 상황에 대해 소개하였다.

53 필자가 오제핑을 방문했을 때, 그는 1976년 덩잉차오와 그가 만났던 정황에 대해 소개하였다.

에서 온 밤을 하얗게 보냈다.

9월 18일 오후 3시, 그녀는 톈안먼 성루에서 마오 주석 추도회에 참가하였다.

마오 주석 서거 후, '사인방'은 미친 듯이 당과 국가의 최고 지도권 찬탈 음모를 강화하였다. 그들은 한편으로는 여론을 크게 조장하여 "기존 방침대로 처리해야 한다", "주자파(走資派)와 끝까지 투쟁해야 한다"는 주장을 하는 한편 도처에서 공작을 진행하여 공산당10기3중전회를 앞당겨 개최하여 그 전회를 통해 최고지도권을 탈취할 수 있으리라는 망상에 빠져들었다.

많은 노동자들은 덩잉차오와 매 한 가지로 근심 걱정에 애가 탔다. 9월 21일, 양청우(楊成武) 상장(上將)[54]은 녜룽전(聶榮臻) 원수를 찾아가 '사인방'의 음모에 대해 말했다. 녜 원수는 즉시 그에게 예젠잉(葉劍英) 원수를 찾아 정중하게 다음과 같이 전하라고 했다. "'사인방'은 무슨 나쁜 짓이든 할 수 있습니다. 잘 경계하면 그들이 선수 치는 것을 막을 수 있습니다. 만약 그들이 샤오핑을 암살하고 예 원수를 연금시킨다면 일이 곤란해집니다. '사인방'은 쟝칭의 특수한 신분을 이용하여 회의에서 늘 억지를 부리며 난폭하여 시비를 가리지 않습니다. 당내 투쟁이라는 정상적 방식으로 그들 문제를 해결한다는 것은 아무런 쓸모가 없습니다. 단지 우리가 선수를 쳐, 과감한 조치를 취함으로써 비로소 의외의 사태를 방지할 수 있습니다"

양청우는 즉시 예(葉) 원수를 찾아가 녜(聶) 원수의 말을 전했다. 그는 돌아와 녜(聶) 원수에게 예(葉) 원수도 전적으로 녜 원수의 의견에 동의하며, 즉시 관련 동지들을 찾아 협의하여 행동에 옮기겠음을 알렸다. 예 원수는 즉시 이사를 하여 의외의 사태에 대비하였다.[55]

54　역주: 중국군대 계급 가운데 하나로 우리의 중장보다는 높고 대장보다는 낮은 계급을 가리킨다.

55　『聶榮臻回憶錄』(下卷), 解放軍出版社, 1984.10(第1版), 867쪽.

10월 1일 밤, 덩잉차오는 결연하게 예 원수를 찾아가 자신의 걱정하는 바에 대해 말했다. 예 원수는 이때 이미 마음속으로 거사에 대한 전반적인 계획이 서 있었다. 그는 덩잉차오에게 말했다.

"덩 다졔, 안심해요. 저들의 음모는 뜻대로 달성되지 못할 것입니다. 우리는 국가와 국민에게 재앙을 가져온 이들 무리를 일망타진해야 합니다!"

예 원수는 이미 화궈펑(華國鋒), 리셴녠과 상의를 마쳤고, 중난하이를 경호하는 8341부대가 구체적인 행동에 나섰다.

10월 6일 새벽, 예 원수는 중난하이 화이런탕(懷仁堂)에 주재하며 명령을 내려 정치국회의 소집을 명분으로 '사인방'에게 참석할 것을 통지했다. 왕훙원, 장춘챠오, 야오원위옌은 회의에 참석하러 왔다가 한 명씩 차례로 체포되었다! 쟝칭은 그녀의 거처에서 체포되었다. 쟝칭은 울고불고 난리를 치면서 주석의 시신이 아직 따스한데 자기를 감히 붙잡을 수 있냐고 아우성을 쳤다. 예 원수는 이 소리를 듣고 싸늘하게 웃으며 말했다.

"주석께서 살아 계셨다면 우리는 '나쁜 놈을 벌하고 싶어도 도리어 다른 큰 손해를 볼까봐 못했을 겁니다.'[56] 그러니 당신 지금 실컷 울도록 해요!"

이셴녠은 덩잉차오를 불러 이야기를 나누며 이 날의 대사에 대해 알려주었다.

덩잉차오는 감정을 억제할 수 없을 정도로 너무 기뻐했다. 그녀는 당과 국가 그리고 수억 인민 때문에 그렇게 기뻐했던 것이었다!

덩잉차오는 즉각 차이창, 캉커칭 그리고 병원에 입원 중이었던 류바이청(劉伯承) 원수에게 이 사실을 알렸고 그들과 함께 승리의 기쁨을 나눴다.

10월의 밝은 햇빛이 대지를 두루 비췄고, 베이징의 황금 가을은 기쁨으로 충만했다. 십년 문화대혁명의 악몽은 끝났고 수많은 악행을 일삼던

---

56   역주 : 원문은 "투서기기(投鼠忌器)"이다.

'사인방'은 체포되었다. 사람들은 이 중요한 소식을 바삐 전하였고, 서둘러 시장으로 가 '삼공일모(三公一母)' 게를 샀다.[57] 베이징 시내에는 온통 징과 북 소리 그리고 폭죽 소리가 울려 퍼졌다.

10월 24일 오후, 덩잉차오는 '사인방' 분쇄를 경축하는 군중대회에 참석하였다. 덩잉차오는 바다와 같은 붉은 깃발과 파도와 같은 노랫소리 그리고 기뻐 좋아하는 대중의 모습을 보며 마치 '제2차 해방'을 맞이한 듯 했다.

1976년 12월 2일, 제4기전국인민대표대회 상무위원회 제3차 회의가 장엄한 인민대회당에서 거행되었다.

화궈펑(華國鋒)은 중공중앙을 대표하여 덩잉차오에게 전국인민대표대회 상무위원회 부위원장을 맡아줄 것을 제의하였고, 이것은 생전에 마오 주석의 비준 동의를 얻은 것이라고 설명하였다. 회의는 열렬한 박수로 덩잉차오의 부위원장 임명 결의를 통과시켰다. 즉 1975년 10월 21일 중공중앙의 결의에 대한 10월 22일 마오 주석의 비준 동의에 근거하여 제4기전국인민대표대회 상무위원회 제3차회의는 덩잉차오를 제4기 전국인민대표대회 상무위원회 부위원장으로 선출하고 아울러 다음 전국인민대표대회 회의에 추인을 요청하기로 결정하였다.

덩잉차오는 열렬한 박수를 받고 강단에 올랐다. 그녀는 환하고 원기왕성한 모습으로 매우 열정 넘치는 연설을 하였다. 그녀의 발언은 다음과 같았다. "당중앙이 나에게 활동 직무를 배분한 것은 마오 주석이 생전에 비준 동의하였고 또한 동지들의 일치된 토의 결정에 따른 것이기에 너무도 영광스럽고 너무도 감격스럽지만 한편으로는 명성만 대단할 뿐 실제는 그렇지 못해 걱정이 됩니다. 하지만 한 명의 공산당원으로서 마땅히 조직의 결정에 복종해야 합니다. 이후, 당중앙의 지도 아래 각각의 부위원장, 각각의 위원과 함께 노력하고, 겸손하여 교만함과 성급함

을 경계하고, 조직의 기율성을 더욱 강화하며, 이론학습을 강화하고, 단결 협동을 강화하며, 공작을 훌륭하게 수행하여 인민을 위해 더욱 열심히 복무할 것입니다."[58]

1976년 12월 27일 오전, 72세의 덩잉차오는 중국인민 최고권력기구의 대표가 되어 인민대회당에서 미얀마 신임 주중국대사의 국서를 위엄 있게 수리하였다.

덩잉차오는 기나긴 혁명 여정 가운데에서 자신의 정치적 지혜와 재능을 충분히 발휘하며, 가장 큰 공헌을 하게 될, 그리고 주목받을 만한 아름답고 새로운 역사의 장을 열기 시작하였다.

[58]　『인민일보』, 1976.12.3.